Taavi Soininvaara
Finnischer Tango

Taavi Soininvaara, geb. 1966, studierte Jura und arbeitete als Chefanwalt für bedeutende finnische Unternehmen. Mit »Finnisches Requiem« (AtV 2190) – als bester finnischer Kriminalroman ausgezeichnet – erschien 2004 erstmals eines seiner Bücher auf Deutsch. Es folgten »Finnisches Roulette« (2356), »Finnisches Quartett« (2438), »Finnisches Inferno« (2401) und »Finnisches Blut« (2282). Im Herbst 2009 erscheint im Aufbau Verlag sein neuer Roman »Der Finne«.

Tausende Kilometer liegen zwischen Helsinki und Bagdad. Und doch ist die finnische Hauptstadt Dreh- und Angelpunkt eines mörderischen Plans: Von hier soll ein weltweiter Jihad ausgehen. Noch ahnt Arto Ratamo nicht, dass er es mit einem Fall von apokalyptischer Dimension zu tun hat. Die fünf Jahre als Ermittler der Sicherheitspolizei haben Spuren bei ihm hinterlassen. Zudem ist seine alte Liebe Riitta Kuurma von Europol zurückgekehrt, während seine jetzige Freundin Ilona mehr Nähe sucht. Doch eine andere Frau braucht seine Hilfe: Eeva, die ein enormes Zahlengedächtnis hat, wird von Terroristen erpresst. Ratamo läuft die Zeit davon, denn die »Pride of Britain« ist bei ihrer Jungfernfahrt über und über mit Sprengstoff präpariert.

Taavi Soininvaara

Finnischer Tango

Roman

Aus dem Finnischen
von Peter Uhlmann

aufbau taschenbuch

Titel der Originalausgabe
Pimeyden ydin

ISBN 978-3-7466-2530-0

Aufbau Taschenbuch ist eine Marke der Aufbau Verlag GmbH & Co. KG

1. Auflage 2009
© Aufbau Verlag GmbH & Co. KG, Berlin 2009
© Aufbau Verlagsgruppe GmbH, Berlin 2008
Copyright © 2005 Taavi Soininvaara
Published by agreement with Tammi Publishers,
Helsinki, and Leonhardt & Høier Literary Agency, Copenhagen
Satz Dörlemann Satz, Lemförde
Umschlaggestaltung heilmann/hißmann, Hamburg
unter Verwendung eines Motivs von plainpicture/Millenium
Druck und Binden C. H. Beck, Nördlingen
Printed in Germany

www.aufbau-verlag.de

Die das Dunkel nicht fühlen, werden sich nie nach dem Lichte umsehen.

Henry Thomas Buckle, Geschichte der Zivilisation in England

Es gibt kalten und heißen Eifer; das Größte ist auf der Welt durch letzteren vollbracht worden.

Lloyd George, Reden

Ein Adler fängt keine Fliegen.

Lateinisches Sprichwort

PROLOG

Irak im Jahre 2003

Die nackte Gestalt hing am Deckenventilator, die Hände an den Flügeln festgebunden, und drehte sich langsam im Kreise. Der Mann wartete, gleich würde es geschehen, jeden Moment konnte seine Qual beginnen. Auf dem Gang im Kriegsgefangenenlager Camp Bucca hallten die angstvollen Schreie der Gefangenen und die wütenden oder belustigten Rufe der britischen Soldaten wider, und die Wachhunde kläfften.

Er schrie vor Schmerz, als die Schwefelsäuretropfen seine Unterschenkel wie tausend glühende Nadeln trafen, die Muskeln verkrampften sich, und das Zwerchfell zog sich zusammen, aber im Magen war nichts mehr, was er hätte erbrechen können. Der Geruch der von der Säure verbrannten Haut stieg ihm durch den Stoff der über seinen Kopf gezogenen Kapuze in die Nase. Dann rollte eine neue Welle des Schmerzes über ihn hinweg, als Seifenwasser auf seine Beine geschüttet wurde; es reagierte mit der Säure und brannte zunächst wie Feuer, doch allmählich ließ das Brennen nach.

Konzentriere dich, beschäftige dein Gehirn …

An den Schmerz gewöhnte man sich nie, aber er glaubte ihn jetzt bedeutend besser auszuhalten als vor vierundneunzig Tagen; damals hatte das erste Mal ein Elektroschock seinen Körper erschüttert. Oder bildete er sich das nur ein? Sein Gedächtnis fütterte ihn mit Informationen: Der Schmerz ist eine subjektive Erfahrung und lässt sich nicht messen. Die Intensität des Schmerzes, den ein ande-

7

rer Mensch empfindet, kann man nur durch die Beobachtung seines Verhaltens beurteilen: Wie spricht, weint, schreit er, zieht er sich zurück, oder hinkt er, welche Medikamente nimmt er ... Der Schmerz hängt mit einer Gewebeschädigung oder der Gefahr einer solchen zusammen. An den freiliegenden Nervenenden wird ein Schmerzsignal ausgelöst, das ins zentrale Nervensystem übertragen und dort auf verschiedenen Ebenen umgewandelt wird. Es entsteht das Schmerzempfinden ...

»Rede, Gefangener! Rede oder stirb!«, rief die Soldatin vergnügt auf Englisch, begleitet vom pausenlosen, immer wütenderen Bellen der Schäferhunde, das von den kahlen, graugelben Gefängniswänden vervielfacht wurde. Er sah das zu einem Grinsen verzerrte Gesicht der Frau deutlich vor sich, obwohl unter der Kapuze völlige Dunkelheit herrschte.

Konzentriere dich, denk nicht an den Schmerz ...

Gab es irgendjemanden, dessen Leben sich genauso schnell und total geändert hatte wie seines? Noch vor drei Monaten hatte er mit seinen Eltern und seinen zwei jüngeren Schwestern in Adhamiyah gelebt, einem Vorort Bagdads für die obere Klasse, er war Wissenschaftsminister der Regierung gewesen und hatte zum beneideten engsten Kreis Saddams gehört. Nach dem Beginn des Angriffs der Koalition hatte er sich mit seiner Familie zu Hause verschanzt. Einigen Glücklichen gelang es noch rechtzeitig, zu fliehen und das Land zu verlassen, ihnen jedoch nicht.

Von den Bomben blieben sie verschont, und als die US-Truppen am 5. April in Bagdad einmarschierten, glaubten sie schon, das Schlimmste überstanden zu haben. Doch dann begannen die Verhaftungen: Die Amerikaner wussten, wo Saddams Leute wohnten, und holten einen nach dem anderen zum Verhör. Es gelang ihm, aus Bagdad zu fliehen, er versuchte den Hafen von Umm Qasr und die kuweitische Grenze zu erreichen, aber britische Soldaten stoppten ihn und seine Begleitung in der Nähe von Basra und steckten ihn in diesen Vorhof der Hölle – ins Camp Bucca. Ein paar Wochen nach seiner Gefangennahme erfuhr er, dass sein Zuhause noch am Tag seiner Flucht aus Bagdad gesprengt und seine Familie ermordet worden war. Er hatte Sehnsucht nach seinen Eltern und Schwestern.

Eine eiskalte Dusche traf ohne Vorwarnung seinen Körper mit so hohem Druck, dass es schmerzte. Er saugte Wasser aus dem Stoff der Kapuze und bekam einen feuchten Mund, aber der Durst wurde nur noch schlimmer.

Die Briten folterten ihn, weil der Widerstand auf den Straßen Bagdads und überall im Land weiterging, obwohl die eigentlichen Kampfhandlungen längst beendet waren. Die ihn verhörten, wollten wissen, was Saddams engster Kreis in den Monaten, als der Sturz des Diktators näher rückte, geplant hatte, wer den Widerstand der Iraker anführte, was die Aufständischen anstrebten.

Die Briten wussten, dass im Irak die Autorität der Oberhäupter alter Familienclans bei jedem Umsturz noch größer wurde, und seine Familie war eine der ältesten und einflussreichsten im Land und in der ganzen arabischen Welt. Unter seinen Vorfahren fanden sich Dutzende Ajatollahs und Glaubensgelehrte geringeren Ranges sowie Staatsmänner und Politiker. Er war ein Nachkomme des Propheten in gerader Linie. Seine Familie verfügte über gute Beziehungen zu den Machthabern aller arabischen Staaten; später würde ihm das von Nutzen sein, aber derzeit nicht. Denn jetzt war er nur einer von sehr vielen irakischen »Geistergefangenen«, die nicht in die Gefangenenlisten eingetragen wurden und deren Existenz die Truppen der Koalition nicht einmal den Beobachtern des Internationalen Roten Kreuzes mitteilten.

Er spürte einen stechenden Schmerz in den Schultern, als die Ventilatorflügel anhielten. Ihm war schwindlig. Erst jetzt bemerkte er, dass er am ganzen Körper zitterte. Aber warum? Er wartete doch ganz gelassen auf die nächsten Säurespritzer. Lieber physischer Schmerz als die Erniedrigungen. Die Briten dachten sich immer neue aus, dabei fehlte es ihnen nicht an Phantasie: Man hatte ihm Frauenunterwäsche angezogen und ihn gezwungen, in widerlichen Gruppenbildern zu posieren, er musste sich die Wunden von in Leichensäcken liegenden Mitgefangenen, in Eis aufbewahrte verstümmelte Tote und die Folterqualen anderer Gefangener ansehen.

Als ein Stock krachend seinen Oberschenkel traf, zuckte er zusammen und schrie auf, der Schmerz strahlte in seinen ganzen Körper aus.

»Wo sind Saddam, Udai, Qusai ... Wer organisiert die Bombenanschläge in Bagdad ... Wer führt den Widerstand in Falludscha?«, schrie die Frau mit schriller Stimme, und ein neuer Schlag klatschte auf die Rückseite seines Oberschenkels. »Sobald du redest, hört das auf.«

Der Mann stellte sich bewusstlos, manchmal half das. Er konzentrierte sich und dachte an die Folterer und nicht mehr an den bevorstehenden Schmerz. Die Soldatin ließ ihn an Erich Fromms Theorie glauben, wonach an einem Zerstörungssyndrom leidende Menschen sich ihres gestörten Verlangens bewusst waren und es mit brutalen Taten zum Ausdruck brachten. Unter normalen Verhältnissen versuchten solche Psychopathen ihr Verlangen zu kontrollieren, aber unter Kriegsbedingungen oder wenn im normalen Leben alles drunter und drüber ging, brauchten sie sich nicht mehr zurückzuhalten.

»Der erträgt das noch mal«, flüsterte die Soldatin ihrem Kameraden zu, sie glaubte wohl, er höre es nicht. Und es stimmte, was sie sagte, er würde eine weitere und, wenn es sein musste, auch noch hundert Wellen des Schmerzes aushalten. Er wollte nicht sterben. Kierkegaard hatte seinerzeit behauptet, ein Geheimnis adele den Menschen und verleihe seinem ganzen Leben eine neue Bedeutung. Der Däne hatte recht gehabt.

In dem Augenblick trafen die Säuretropfen seine Schenkel, und er zerrte an den Seilen. Ein Schrei entfuhr ihm und hallte von den Wänden des Zellenganges wider. Rasch sank er in die dunkelsten Schichten des Bewusstseins, doch noch schossen ihm Gedanken durch den Kopf; er klammerte sich an ihnen fest und wartete auf das Wasser, das den Schmerz linderte.

Überlass dich nicht der Verzweiflung, sie beseitigt den Schmerz nicht. Konzentriere dich ...

Ihm fiel Spinozas Rat ein: »Du sollst der Menschen Tun weder belachen noch beweinen, sondern es begreifen.« Er dachte an andere Genies, die so waren wie er, und das gab ihm Kraft. Alle, die in ihrem Leben etwas Großes vollbrachten, hatten schon als Kind auf irgendeine unbestimmte Weise davon gewusst. Sie alle hatten schon als junge Menschen erfahren, dass sie etwas Besonderes waren. Und sie alle hatten sich ihr ganzes Leben lang auch für etwas Besonderes gehalten, für anders als die anderen. Sie waren introvertiert und bescheiden, es sei denn, ihr Auftrag verpflichtete sie zu etwas anderem. Sie alle blieben in jeder beliebigen Situation ganz gelassen, ihnen konnte nichts geschehen; sie betrachteten auch ihr eigenes Leben mit den Augen eines Außenstehenden, eines Allmächtigen. Und sie warteten. Sie alle warteten auf das Schicksal, auf das Ereignis, durch das der Sturm ihrer Genialität losbrechen würde. Er brauchte nicht mehr zu warten.

Adil al-Moteiri hatte sein Schicksal in den Folterkammern des Kriegsgefangenenlagers Camp Bucca gefunden. Im Kern der Dunkelheit. Jetzt sah er alles aus dem richtigen Blickwinkel. Er würde es nicht dulden, dass er zum Rächer verkam, er würde nicht zulassen, dass Hass und Gewalt seine Sinne trübten. Die Wut und die Kraft, die sich in ihm angestaut hatten, würde er einsetzen, um Unrecht wieder-gutzumachen.

Er hatte den *Darb al-sad ma red* eingeschlagen.

Den Weg ohne Wiederkehr.

SAMSTAG

In der Gegenwart

1

Eeva Hallamaa warf die Tür ihres Arbeitszimmers zu und ging zur Treppe, ihre schnellen, energischen Schritte auf dem hellgrauen Fußboden im Exactum, einem Gebäude des Instituts für Mathematik und Statistik der Universität Helsinki, dröhnten durch den ganzen Flur. Die Lektorin hatte den Samstagvormittag damit verbracht, das am Montag beginnende Seminar für den Kurs der forschungsorientierten Studenten vorzubereiten, zumal auch ihre Familie nicht da war: Mikko fotografierte auf einer Hochzeit seiner Verwandten in Jyväskylä, und Kirsi war bei einer Klassenkameradin. In den letzten Wochen hatte sich Eeva so gut gefühlt wie lange nicht, aber heute war das Verlangen nach Amphetamin aus irgendeinem Grund wieder erwacht. Sie erinnerte sich nur allzu gut, wie selbst eine kleine Dosis Speed den Stress löste, entspannend und zugleich elektrisierend wirkte, wie dadurch die Lebensfreude und die Farben zurückkehrten …

Die Jahre, in denen sie Drogen genommen hatte, gingen ihr durch den Kopf, während sie die Wendeltreppe zum Foyer des Exactums hinunterstieg. Sie dachte daran, wie sie die Studenten bei den Partys der Fachschaft »Matrix« mit ihrer Energie mitgerissen hatte, wie sie nachts um drei aufgestanden war, um an ihrer Dissertation zu arbeiten … In rascher Folge tauchten Bilder von Ereignissen auf, eines angenehmer als das andere, bis plötzlich Kopfschmerzen einsetzten, als würde ein Bohrer in ihren Schläfen dröhnen. Eeva holte eine Packung der vom Arzt verschriebenen

Schmerztabletten aus der Tasche. Die trug sie immer bei sich. Die Drogenabhängigkeit glich einem schlauen Tier, sie akzeptierte nur die schönen Erinnerungen, vergoldete sie und hielt allen Schmerz und Ärger von ihrem Opfer fern. Das vermochte kein einziger Mensch, selbst wenn er andere noch so gut überreden oder verführen konnte.

Eeva blieb im Foyer stehen, als sie ihr Spiegelbild in den Fensterscheiben sah. Ihre blonden Haare lagen zu dicht an, und im Gesicht hatte das Leben seine Spuren hinterlassen. Die Schicksalsschläge waren auf der Haut abzulesen, obwohl sie einen Menschen von innen aufzehrten. Sie versuchte sich einzureden, dass ein wenig Make-up genügen würde, um alles wieder in Ordnung zu bringen, dann strich sie über ihre dunklen Augenbrauen und überlegte, wann das letzte Mal jemand gesagt hatte, sie sei schön. Das war erst vor ein paar Wochen im Restaurant »Ahven« in Punavuori gewesen. Als ihr das einfiel, fühlte sie sich sofort besser. Trotzdem wollte sie die tägliche Dosis Kalktabletten erhöhen, obwohl ihr klar war, dass sie mit ihrem Gesundheitsenthusiasmus den Schaden, den sie ihrem Körper in den selbstzerstörerischen Jahren zugefügt hatte, nicht wiedergutmachen konnte.

Die trockene Kälte des Dezembertages schlug ihr ins Gesicht, als sie die schwere Holztür des Exactums öffnete. Die kalte Luft auf der Haut tat gut, alles, was von dem Verlangen nach Speed ablenkte, empfand sie als Erleichterung. Sie war schon ein Jahr lang sauber, aber die Sehnsucht nach Speed packte sie immer noch gelegentlich, mit regelmäßiger Unregelmäßigkeit. Zum Glück geschah das immer seltener. Sie hatte den Geruch der Abteilung für Suchtpsychiatrie in der Välskärinkatu noch in der Nase, überraschenderweise bewirkte diese Erinnerung, dass sich ihre Laune besserte. Dahin würde sie niemals zurückkehren.

Der Fußweg zwischen den Universitätsgebäuden war

glatt, Eeva lief vorsichtig, rutschte dennoch auf schwarzem Eis aus und landete auf dem Hinterteil. Das Steißbein schmerzte, sie fluchte, verstummte aber, als ihr ein paar Studenten entgegenkamen, die sie kannte. Sie stand auf und klopfte sich den Schnee von den Hosen.

»Hallo Eeva. Wir sehen uns doch nächste Woche auf der Party, oder?«, rief ihr einer von ihnen zu.

»Na klar.« Ihre Antwort sollte fröhlich klingen. Zumindest die Studenten mochten sie, ihre Kollegen wurden nie zu Feiern der Fachschaft eingeladen. Sie fühlte sich unter den jungen Leuten so wohl, dass sie schon lange nicht mehr dem Aufstieg auf der Karriereleiter nachtrauerte, den sie sich selbst wegen der Drogen verbaut hatte.

Sie überquerte die Pietari Kalmin katu, ging den Fahrradweg hinunter zur Kustaa Vaasan tie und bog dann ab zur Straßenbahnhaltestelle. Ihr fiel das »Abstinenzversprechen« ein, das sie Mikko gegeben hatte, und sie wurde wütend auf sich: Jetzt, wo endlich alles gut lief, musste sie sich einfach zusammenreißen und die Finger von den Drogen lassen. Den anständigsten Mann, den sie je gefunden hatte, wollte sie nicht verlieren. Es ärgerte sie, dass Mikko auf Dienstreise war, niemand anders konnte sie beruhigen, wenn die Sucht erwachte.

Eeva erreichte die Haltestelle an der Kreuzung von Hämeentie und Kustaa Vaasan tie und spielte zum Zeitvertreib Fußball mit Eisbrocken; die Straßenbahn würde in ein paar Minuten eintreffen. Zum Glück käme Kirsi erst abends nach Hause. Eeva fühlte sich so unruhig und nervös, dass sie ihren Frust womöglich an der Tochter auslassen würde. Kirsi war elf und wusste schon zu viel von den Problemen ihrer Mutter.

Mit ihren Drogeneskapaden hatte es Eeva geschafft, viele ihrer zwischenmenschlichen Beziehungen zu zerstören, aber bei Kirsi durfte sie auf keinen Fall versagen.

Glücklicherweise konnte man die Erziehung eines Kindes nicht mit Prüfungen, Berufungen, Forschungsgeldern und Gehaltsklassen messen. Sie brauchte auch nicht mehr Angst zu haben, Kirsi zu verlieren: Den von ihrem Ex-Gatten angestrengten Prozess um das Sorgerecht für das Mädchen hatte sie unlängst gewonnen. Das Prozessieren hatte länger gedauert als ihre Kurzehe.

Endlich war das Quietschen und Rasseln der Straßenbahn zu hören, und kurz danach sah man die 6 auch schon. Sie rutschte ein paar Meter an der Haltestelle vorbei und kam erst dann zum Stehen. Eeva setzte sich in den hinteren Teil der Bahn und schaute hinaus, wie der Wind den Pulverschnee aufwirbelte.

»Wenn du in Versuchung gerätst, dann rekapituliere, was dich dazu getrieben hat, Drogen zu nehmen, und was das für Folgen hatte.« Die Worte der Psychotherapeutin klangen Eeva in den Ohren und weckten schmerzliche Erinnerungen an zurückliegende Jahre. Der Ehrgeiz hatte sie ruiniert, und ihre Gewissenhaftigkeit. Der Teufelskreis der Drogen hatte mit harmlosen Experimenten während ihres Studiums in den USA um die Jahrtausendwende begonnen. Viele Studenten zauberten mit Speed zusätzliche Stunden herbei und verlängerten so den Tag. Nach ihrer Rückkehr in die finnische Heimat hatte sie in der Fakultät zu viel Arbeit an sich gerissen, nachts ihre Dissertation geschrieben und ihr Kind allein aufgezogen. Und eine feste Beziehung mit Adil gehabt. Das Jahr 2001 gehörte wahrlich nicht zu ihren besten.

Eeva betrachtete das Menschengewimmel in Sörnäisten kurvi und ließ sich den Namen ihres Ex-Freundes auf der Zunge zergehen – Adil al-Moteiri. Der junge Iraker hatte den Eindruck eines gebildeten, sympathischen und gutmütigen Genies gemacht, für das nichts unmöglich war. Doch im Laufe der zwei Jahre ihrer Beziehung hatte sich die

Wahrheit herausgestellt: Adil lebte in seiner eigenen Welt, zu der andere keinen Zugang besaßen. Es erwies sich als undenkbar, mit ihm ein normales Leben zu führen. Eeva spürte wieder ein wenig Mitleid; Adil war völlig zusammengebrochen, als sie ihm mitgeteilt hatte, dass sie sich von ihm trennen wollte. Kaum zu glauben, dass auch das schon mehr als drei Jahre zurück lag. Verglichen mit einem Intellektuellen der besonderen Art wie Adil erschien ihr Mikko, der mit beiden Beinen fest auf der Erde stand, verlässlicher als die Lottoziehung am Samstag.

Die Straßenbahn hielt auf dem Bulevardi an. Eeva betrat vorsichtig das glatte Pflaster, überquerte die Straße und ging nach Süden in Richtung Albertinkatu. Bis nach Hause war es zu Fuß ein halber Kilometer. Das heftige Verlangen nach Speed hatte schon nachgelassen, auch diesmal half es, nicht an die Euphorie zu denken, die das Amphetamin erzeugte.

Zehn Minuten später öffnete Eeva die Haustür von Aufgang A in der Sepänkatu 7 und fühlte sich gleich viel besser, als ihr einfiel, dass sie noch Zeit hätte, ein Bad zu nehmen und ein Glas Wein zu trinken, bevor Kirsi nach Hause kam. Ihre Tochter hatte eine neue beste Freundin: Kirsi und Nelli, die in der Nachbarschaft wohnte, nahmen gemeinsam Reitstunden in Kirkkonummi. Eeva hoffte, dass diese Phase noch möglichst lange nicht von Jungsgeschichten abgelöst wurde. Im Briefschlitz des Rentners in der ersten Etage steckte ein Umschlag, und auf dem Fußboden neben der Tür lag die Zeitung. Dem unter ihr wohnenden Nachbarn, der zumeist einsam wirkte, begegnete sie dann und wann im Treppenhaus, aber jetzt hatte sie ihn schon tagelang nicht gesehen. Hoffentlich war nichts passiert? Eeva schämte sich, dass sie seinen Vornamen immer noch nicht wusste. Wenigstens der Familienname des ehemaligen Polizisten stand an der Tür – Saari.

In der zweiten Etage öffnete Eeva ihre Wohnungstür, betrat den engen Flur und bemerkte zu ihrer Überraschung, dass Kirsi endlich einmal daran gedacht hatte, die Wohnzimmertür zu schließen. Das war gut so, denn jetzt roch man den orientalischen Pfeifentabak, den ihr Nachbar, ein arbeitsloser Musiker, rauchte, nur im Flur. Durch welches Loch gelangte der Geruch bloß in ihre Wohnung?

Eeva setzte ihren Hut ab, zog die Stiefel aus und griff gerade nach dem Reißverschluss ihres Mantels, als sie im Wohnzimmer etwas hörte. Ein metallisches Geräusch. War Kirsi doch schon zu Hause? Sie öffnete die Wohnzimmertür und schaute in das schwarze Auge eines Pistolenlaufes. Eeva schrie auf und wandte sich zur Flucht, aber eine kräftige Hand packte sie an der Schulter und drehte sie herum.

Der Mann zog sie an sich heran, ihre Blicke trafen sich, und Eeva wich das Blut aus dem Kopf. Der Eindringling mit der Waffe in der Hand war ein Araber. Hing das irgendwie mit Adil zusammen?

Der breitschultrige Mann zerrte sie ins Wohnzimmer, und wieder stieß Eeva einen Angstschrei aus: Vor dem Bücherregal standen ein paar Meter voneinander entfernt zwei Metallstangen, zwischen denen, mit Ketten befestigt, ein Mensch hing wie ein X. Der nackte und bewusstlose Mann war an den Ketten gespannt wie ein Tierfell zum Trocknen. Einen Schenkel und die linke Schulter bedeckten rot verfärbte Verbände, und unter ihm war eine Plastikplane ausgebreitet.

Eeva schluckte und spürte ihren Herzschlag im Hals. Sie traute ihren Augen nicht. Genau solche Sinnestäuschungen hatte sie in der Amphetaminpsychose gehabt. Das konnte doch nicht wahr sein, sie hatte seit über einem Jahr keine Drogen genommen. Panik befiel sie, ihr war schwindlig. Was würde man ihr antun? Wie …

Der dunkelhaarige Mann drückte sie grob auf das Sofa und setzte sich selbst in einen Sessel.

»Ich habe einen Auftrag für Sie«, sagte er auf Englisch mit verblüffend weicher Stimme.

Eeva begriff überhaupt nichts mehr, der Mann hörte sich regelrecht freundlich an. »Was zum Teufel geschieht hier? Was wollen Sie? Hängt das mit Adil zusammen?«

»Wir wissen alles über Sie, auch den Namen ihres ehemaligen Freundes. Doch Adil al-Moteiri hat mit meinem Besuch nichts zu tun. Sie können mich ›den Türken‹ nennen, den Namen sollten Sie sich merken«, erwiderte er.

Eeva überlegte, in welchem Teil der Welt Englisch mit solch einem Akzent gesprochen wurde. Und warum sah das Gesicht des Mannes so fleckig aus? Sie ballte die Fäuste, dass es schmerzte, ihre Beine zitterten, und der Schweiß floss in Strömen. Sie öffnete den Reißverschluss ihres Wintermantels.

»Ich möchte, dass Sie den Behörden gewisse … Informationen übermitteln.« Der Türke zündete sich eine filterlose Zigarette an und drehte sie zwischen den Fingern.

»Hören Sie jetzt ganz genau zu. Dieser Kerl da ist ein unbedeutender Drogendealer …« Er zeigte mit der Zigarette voller Abscheu auf den gekreuzigten Mann. »… aber sein Arbeitgeber Wassili Arbamow ist gerade dabei, auf schnellstem Weg den europäischen Drogenmarkt zu erobern. Arbamow hat sich tausend Kilogramm Heroin beschafft, mit denen er zur Zeit den gesamten europäischen Markt überschwemmt. Der Russe wendet eine alte und gut funktionierende Taktik an: Zunächst verkauft er den Stoff zu einem Spottpreis, um für eine gewaltige Menge Drogenabhängiger zu sorgen, und wenn er den Heroinmarkt dann erobert und Tausende dieser armen Schweine geködert hat, erhöht er den Preis seiner Ware allmählich. Eine einfache, aber wirkungsvolle Methode.«

Verblüfft stellte Eeva fest, dass sie keine Angst vor dem Türken hatte. Sein Blick war freundlich, der Ton, in dem er sprach, ruhig, und in seinem ganzen Benehmen lag nicht die Spur von Aggressivität. »Wie ... was hat das alles mit mir zu tun?«

»Überhaupt nichts, wir wollen nur, dass Sie den finnischen Behörden berichten, was Sie eben gehört haben.«

»Warum sollte ich ...«

»Arbamow erobert zur Zeit mit seinem preisgesenkten Heroin auch den finnischen Markt. Und es geht um viel Geld. Wir reden von Hunderten Millionen Euro. Sie verstehen sicherlich, dass die finnischen Behörden für diesen Tipp dankbar sein werden.« Der Türke fuhr sich ungeduldig durch sein pechschwarzes, kurzgeschnittenes Haar.

»Ich kann doch nicht ...«

»Dieses Aas heißt Arkadi Kirilow.« Der Türke deutete mit einer Kopfbewegung auf den Mann, der an den Ketten hing, und wiederholte dann in aller Ruhe die Nachricht, die Eeva der Polizei übermitteln sollte. Als er damit fertig war, stand er auf, steckte seine Waffe in den Gürtel seiner Hose und beugte sich über den Wohnzimmertisch.

Eeva erblickte die Injektionsspritze in seiner Hand erst, als er sich umdrehte und vom Tisch wegging. Das war nicht das erste Mal, dass sie bei der Einschätzung eines Charakters völlig daneben lag. Würde sie jetzt sterben? Sie seufzte vor Erleichterung, als der Türke an ihr vorbeiging und vor dem bewusstlosen Russen stehenblieb.

»Diese Lösung enthält ein Gramm reines Heroin, das würde selbst ein Pferd umbringen«, erklärte der Türke, und jetzt war seine Stimme voller Hass. Er suchte die Vene in Arkadi Kirilows Ellbogenbeuge und injizierte den Stoff in einem Zug.

Kirilow erwachte aus dem Koma, zitterte ein paar Sekunden und hing dann wieder bewegungslos an den Ketten. Es dauerte nur einen Augenblick, und alles war vorbei.

»Sie kennen Ihre Aufgabe. Jetzt können Sie gehen«, sagte der Türke. Eeva stürzte so hastig zur Wohnungstür, dass sie hinfiel, sich dabei an der Hand verletzte und blutete. Sie zog die Stiefel an, griff nach ihrer Handtasche, rannte die Treppe hinunter und wagte nicht, sich umzuschauen. Im Treppenhaus hörte sie nur das Klappern ihrer Absätze und ihren dröhnenden Herzschlag. Was war eigentlich gerade passiert? War mit Kirsi alles in Ordnung?

Eeva stürmte auf die Straße hinaus und hätte um ein Haar einen Mann mit einer Pelzmütze und Einkaufsbeuteln umgerannt. Polizei, sie musste einen Polizisten finden. Sie rannte in Richtung Viiskulma und warf einen Blick nach hinten, niemand folgte ihr. Warum musste Mikko ausgerechnet heute auf Dienstreise sein?

Als die Johannes-Kirche zu sehen war, hatte ihre Angst schon so weit nachgelassen, dass Eeva es wagte, ihr Tempo zu drosseln, obwohl sie sich immer wieder umschaute. Wohin sollte sie gehen, wem sollte sie die Nachricht des Türken übermitteln? Sie kannte nur einen Polizisten, den Vater des Mädchens, das mit Kirsi die Reitstunden besuchte – ihren Freund Arto Ratamo.

»*Der Türke*«, Turan Zana sagte den Namen, den er Eeva Hallamaa genannt hatte, leise vor sich hin und geriet in Erregung. Nichts hasste er so sehr wie die Türken.

Als sich Zana vor den bewusstlosen Arkadi Kirilow stellte, wurde der in seinen Augen zu einem Türken. Er hatte große Lust, Kirilow zu schlagen, aber das ging nicht, der Mann durfte nicht sterben. Noch nicht. Zana trat an den Wohnzimmertisch, nahm die Spritze, zog Flumazenil auf und stach die Nadel in dasselbe Loch wie bei der Injektion vor wenigen Minuten.

Im gleichen Augenblick hörte man, wie die Wohnungstür geschlossen wurde, seine kurdischen Kameraden in

Overalls betraten den Raum. Zana hatte seinen Männern im Voraus genaue Anweisungen erteilt, also konnten sie sofort an die Arbeit gehen.

Der leblose Körper wurde von den Ketten abgenommen und in einen Müllsack gesteckt, in den man Luftlöcher stach. Zanas Helfer trugen den Sack in einen Kleintransporter, der vor dem Haus stand, und kehrten dann zurück, um die Metallstangen zu holen.

Zana säuberte jeden Quadratmeter, auf dem er sich bewegt hatte, mit dem Staubsauger, nahm den Beutel aus dem Gerät, wischte den Fußboden im Wohnzimmer und im Flur mit Spiritus und beseitigte auch alle anderen Beweise für seinen Besuch.

Dann ging er ins Badezimmer, holte aus seiner Jackentasche einen kleinen Plastikbeutel und eine Pinzette und sammelte von den im Badezimmer herumliegenden Kleidungsstücken und vom Läufer Fasern und Haare Eeva Hallamaas auf. Schließlich vollendete er seine Inszenierung und streute ein wenig Amphetaminpulver auf die Fußbodenfliesen.

»*Ein paar Hinweise für die Polizei, oder?*«, sagte Zana in Kurmandschi, der Sprache seiner Heimat.

»*So ist es vereinbart, mein Bruder*«, antwortete er sich selbst leise, dann schob er die Hand in die Jackentasche und berührte den Griff der Luger Parabellum, der Pistole, die Eeva Hallamaas Vater gehörte.

2

Der eisige Dezemberwind drang heulend durch das Verdeck von Arto Ratamos uraltem Käfer herein, es waren so viele undichte Stellen, dass er gar nicht erst anfing, sie zu zählen. Warum musste er auch mit dem Auto ins Zentrum fahren.

Im ununterbrochenen Verkehrsstrom rollte er die Erotta-jankatu hinunter zur Mannerheimintie und schaltete seinen brandneuen CD-Player ein. Das war so ziemlich das Einzige, was in seinem Wagen funktionierte. Er beschloss, diesmal nicht J. J. Cale zu hören, kramte an der nächsten Ampel im Handschuhfach, holte eine CD heraus, und kurz danach erklang aus den Lautsprechern Cales Titel »Call Me the Breeze« in einer Version von Lynyrd Skynyrd. Ein bisschen Abwechslung musste sein.

An der Kreuzung mit der Postikatu beschleunigte er seinen Käfer, fuhr über den Fußweg zum Mannerheiminaukio und entdeckte schon von weitem einen freien Parkplatz zwischen dem Kunstmuseum Kiasma und dem Postgebäude. Ratamo fluchte, als die Bremsen blockierten und der Käfer an der Parkbucht vorbeirutschte. Es war der 3. Dezember, und er fuhr immer noch mit Sommerreifen; vielleicht fand sich am nächsten Tag Zeit für den Reifenwechsel. Ratamo stieß zurück und parkte seinen alten Kampfgefährten. Er legte die Parkerlaubnis auf das Armaturenbrett und stieg aus; in der Kälte draußen kam es ihm wärmer vor als in seinem zugigen Auto. Er war müde. Den größten Teil der letzten Nacht hatte er wach gelegen und sich herumgewälzt: Die Tenox-Tabletten, die ihm der Arzt gegen die Einschlafschwierigkeiten verschrieben hatte, wirkten wie der schwedische Humor, von dem Medikament fühlte er sich noch verschlafener und benommener als sonst. Es wunderte ihn immer noch, dass der Arzt ihm Pillen verordnet hatte, die auch zur Behandlung von vorübergehenden Überlastungssymptomen und Depressionen angewendet wurden. Der Arzt hatte behauptet, er leide unter Stress. Möglicherweise stimmte das auch, vielleicht war ihm selbst nicht mehr klar, welch tiefe Spuren die schlimmsten Ermittlungen der letzten Jahre bei ihm hinterlassen hatten. Zum Glück konnte er sich derzeit zumindest am Wochenende ausruhen, bei der SUPO herrschte schon geraume Zeit Ruhe.

Ratamo öffnete die Eingangstür zum Kiasma mit viel Schwung, klopfte sich im Windfang den Schnee von den Schuhen und ging mit kleinen Schritten durch die Drehtür ins Foyer. Er kam zu spät zur Eröffnung von Ilonas Ausstellung, so spät, dass er sich nun auch nicht mehr zu beeilen brauchte.

Er hatte etliche Dinge zu erledigen gehabt, und dabei war der Vormittag so schnell vergangen, dass er es nicht mehr geschafft hatte, nach Hause zu gehen und sich umzuziehen. Er trug Wanderstiefel, abgenutzte Jeans und eine ausgebleichte Ölzeugjacke. Zum Repräsentieren wäre dieses Outfit höchstens auf dem Fischmarkt geeignet gewesen.

Ratamo hängte seine Jacke an der riesigen Garderobe im Foyer auf, holte den Kautabak unter der Lippe hervor und warf ihn in den Mülleimer. Erst jetzt wurde ihm klar, dass er früh ein schwarzes T-Shirt mit dem Aufdruck »Remember the Valamo« angezogen hatte. Doch er sagte sich, dass es sinnlos war, sich jetzt darüber Gedanken zu machen, und ging die Dutzende Meter lange weiße Rampe hinauf in die erste Etage. Vor der Tür zum Printti-Saal blieb er stehen und fuhr sich mit der Hand durch das kurzgeschnittene schwarze Haar, obwohl er wusste, dass es vergeblich war. Dann zeigte er dem mürrisch dreinschauenden Angestellten an der Tür seine Einladung. Die Schiebetür öffnete sich mit einem Rauschen, und er betrat den Ausstellungssaal.

Der offizielle Teil der Veranstaltung konnte jeden Augenblick beginnen, im Saal hatten sich schon Dutzende Gäste versammelt. Ratamo schaute sich um und stellte fest, dass er von allen Besuchern mit großem Abstand am unordentlichsten gekleidet war. Seine Freundin Ilona, die an diesem Abend im Mittelpunkt stand, war wie üblich in einer sehr speziellen Aufmachung erschienen.

Das Publikum im Saal verstummte, als sich eine Frau mittleren Alters in einem festlichen Kleid räusperte und ihre Ansprache begann.

»Die Bildhauerin Ilona Si erschafft schon seit Jahren spritzige und nuancenreiche Kunstwerke, deren landschaftliche und mentale Dimensionen bei den Kunstliebhabern eine Andacht und Verwunderung erzeugende Widersprüchlichkeit hervorrufen. Ihre Werke beeinflussen unsere Auffassung davon, was die finnische modernistische und der Tradition des Modernismus verpflichtete Bildhauerkunst ist. Ilona Sis Werke überzeugen durch ihre dunkle Mysteriösität und ihre Materialdichte, ihr facettenreicher Minimalismus ist auch insofern exzeptionell, als er sehr wohl den Herausforderungen einer Fokussierung aus nächster Nähe gewachsen ist.«

»Wo ist hier ein Dolmetscher?«, fragte Ratamo einen Mann im dunklen Anzug, der neben ihm stand und ihn nun verwundert anschaute. Ratamo trat näher an die größte Installation der Ausstellung heran, betrachtete das Werk und versuchte es zu verstehen. Vergebens. Das merkwürdige Ding sah am ehesten wie ein Umweltvergehen aus.

Die Vertreterin des Kunstmuseums fuhr währenddessen fort. »... sie ist eine wichtige Vorreiterin, die es verstanden hat, in ihrem künstlerischen Ausdruck die Einstellung des unbekümmerten Forschungsreisenden zu bewahren, und mit deren Werken die unerschütterliche Vorstellung von der Leichtigkeit der Kreativität verbunden ist, der Eindruck von Schwere wird durch ihre Werke höchst selten transportiert. Die Abfälle und das durch sein Alter patinierte Material suchen in den Installationen von Ilona Si eine Balance – immer wieder und wieder ...«

Ratamo schien es so, als wäre auch seine Balance verlorengegangen. Was für ein Zeug faselte die Frau da? Neugierig verfolgte er, wie die Rednerin ihren Platz vor dem Müllhaufen verließ und neben einem großen Metallvehikel stehenblieb.

»Die Relationen zwischen diesen auf derselben Stufe installierten, auf das Wesentliche reduzierten Exemplaren sowie das von den Oberflächen reflektierende Licht sorgen für Räumlichkeit. Das Rechtwinklige und die platte Ebene meidet Ilona Si«, erklärte die Rednerin und umkreiste dabei das merkwürdige Elaborat.

»Die Flächen dieses Werkes mit dem Titel ›Funvaari‹ strahlen eine große Vitalität aus. Bedeckt sind sie mit geometrischen Figurierungen und Strukturen, die an Leiterplatten und Diagramme erinnern. Man denkt dabei an Mandala-Muster, an Raumschiffe und Konstruktionen aus Science-Fiction-Filmen ...«

Erleichtert stellte Ratamo fest, dass die Frau endlich am Ende ihrer Rede angelangt war. Das Publikum applaudierte zurückhaltend, als Ilona nach vorn trat.

»Obwohl die Arbeit des bildenden Künstlers oft physisch schwer und mit Schmutz verbunden ist und obwohl sie viele technische Fähigkeiten verlangt, will ich auch künftig nicht zum abstrakten, minimalistischen Ausdruck wechseln, sondern den von mir gewählten Weg weitergehen, weil ich alles andere anstrebe als das Mathematisch-Philosophische. Vielmehr suche ich Naturverweise und eine Form, die für mich perfekt wäre. Die Form oder das Ganze entwickeln sich jedoch nicht, wenn man skaliert oder den Müll durch Granit oder Marmor ersetzt. Ich möchte auch künftig altes Material in einer Weise wiederverwerten, für die der Betrachter nur schwer eine Erklärung findet.«

Dieses Ziel ist schon erreicht, dachte Ratamo. Er betrachtete voller Bewunderung das zu dicken Zöpfen geflochtene Haar seiner Freundin und überlegte, wie lange er brauchen würde, um Ilona das mit Dutzenden Seidenbändern und Pailletten geschmückte Kleid auszuziehen. Weibliche Schönheit wusste er schließlich zu schätzen, im Gegensatz zu abstrakter Kunst.

Ilona trat vor die Installation, die an einen Müllhaufen erinnerte, und ein Lächeln überzog ihr Gesicht. »Die Inspiration zu diesem Werk erhielt ich bei einem Spaziergang auf der Müllkippe von Ämmässuo im letzten Frühjahr. Dort stolperte ich über den Arm eines Menschen und schrie, bis ich heiser war. Ein schreckliches Erlebnis. Der Arm gehörte natürlich zu einer Schaufensterpuppe, aber das war mir ja nicht sofort klar.« Ilona lachte. »Beachten Sie übrigens, wie viel leeren, für eine langsame Annäherung geeigneten Raum ein solches Werk, das sich auf Grundformen stützt, um sich herum braucht.«

Ihre Blicke trafen sich, und Ratamo interpretierte das Lächeln und leichte Kopfnicken seiner Freundin als Erlaubnis, sich zu entfernen. Ilona würde den ganzen Abend die Eröffnung ihrer Ausstellung feiern müssen, aber den morgigen Tag wollten sie gemeinsam verbringen. Was konnte es Angenehmeres geben, als einen ganzen Sonntag zu faulenzen?

Die Fahrt auf den etwa zwei Kilometern vom Zentrum nach Punavuori verlief stockend, weil die Ampeln an der Erottaja-Kreuzung gelb blinkten. Ratamo versuchte sich zu erinnern, wann man in Helsinki das letzte Mal schon Anfang Dezember unter so einem klirrenden Frost hatte leiden müssen, und ihm fiel nur ein Winter in seiner Kindheit ein, als eine seiner Zehen erfroren war, weil er einen ganzen Sonntag im Park Tehtaanpuisto Eishockey gespielt hatte. Er musste lächeln. Ein paar Rotznasen aus seiner damaligen Truppe hatten es später bis in die Erste Liga geschafft, und ein besonders gewalttätiger Typ hatte in der Nationalmannschaft und sogar in der NHL gespielt. Plötzlich kam sich Ratamo sehr alt vor. Alle Spieler seiner Generation hatten ihre Laufbahn längst beendet.

Ratamo parkte seinen Käfer auf dem Innenhof des Wohnhauses in der Korkeanvuorenkatu, dann stieg er die Treppen hinauf, öffnete seine Wohnungstür und schaute in die traurigen Augen eines Labradors, der eine Pudelmütze trug. Sie war mit einem dicken Gummiband unter dem Kinn der alten Hundedame befestigt.

»Hallo Vati, wir wollen mit Kirsi zusammen losgehen und Musti in den Hundepark bringen«, sagte Nelli Ratamo und warf ihrer Freundin, die sich hinter ihrem Rücken versteckte, einen Blick zu.

»Hast du deine Temperatur gemessen?« fragte Ratamo streng. Nelli hatte fast die ganzen ersten Winterwochen unter leichtem Fieber gelitten und schon etliche Medikamente eingenommen. Vor ein paar Tagen war das Ratamo schließlich zu viel geworden, und er hatte seine Tochter gründlich untersuchen lassen. Es machte ihn nervös, dass er nun auf den Anruf eines wildfremden Arztes warten musste, der ihm die Ergebnisse der Laboruntersuchungen mitteilen würde. Ratamo hatte ja selbst seinerzeit Medizin studiert, allerdings nie Menschen behandelt. Vor seiner Laufbahn bei der SUPO war er Virusforscher gewesen.

»Ja, ja, ich hab gemessen. Es ist schon der dritte Tag ohne Fieber«, antwortete Nelli, sie hörte sich putzmunter an.

Ratamo brummte zufrieden. »Weiß Kirsis Mutter, wo ihr seid?«, erkundigte er sich sicherheitshalber, denn Eeva Hallamaa war – zumindest verglichen mit ihm – ein Mensch, der sich leicht Sorgen machte.

Kirsi nickte scheu.

»Und nehmt um Himmels willen Musti die Mütze ab. Jussi wird wütend, wenn er das sieht.« Obwohl Jussi Ketonen ziemlich oft bei ihnen zu Besuch war, fast schon so oft, dass es Ratamo auf die Nerven ging, hatte er immer noch Schwierigkeiten, in ihm nur den Ehemann von Nellis Großmutter Marketta zu sehen. Schließlich war er immerhin der Ex-Chef der SUPO und sein ehemaliger Vorgesetzter. Der Grund dafür, dass sie sich oft sahen, war Musti. Ratamo hatte sich damals bereit erklärt, Ketonens Hund ein neues Zuhause zu geben, nachdem im vorletzten Sommer festgestellt worden war, dass Marketta unter einer Hundeallergie litt.

Ratamo lehnte sich an den Rahmen der Küchentür und schaute zu, wie die beiden Mädchen nach ihren Wintersachen suchten. Diese Zeit wird schneller zu Ende gehen, als du denkst, murmelte der Teufel Pessimismus in Ratamo. Im letzten halben Jahr hatte sich Nelli wie ein kleiner Engel verhalten, die Freundschaft mit Kirsi und ihr gemeinsames Reithobby hatten sie verändert, aus einem Trotzkopf im vorpubertären Alter war ein bezauberndes junges Mädchen geworden. Doch in ein paar Monaten würde Nelli ihren zwölften Geburtstag feiern: Das Teenageralter und die Besuche von pickligen Halbstarken, die vor Testosteron nur so strotzten, rückten unaufhaltsam immer näher. Sein Gedankengang wurde unterbrochen, als die Tür knallte, Jussi Ketonen kam hereingestiefelt, als wäre er hier zu Hause.

Der untersetzte grauhaarige Mann brach in Gelächter aus, als er den Hund mit der Mütze sah. Die Freude war beiderseitig; Musti begrüßte ihr ehemaliges Herrchen mit der Zunge und einem tiefen Brummen. Dann bemerkte Ketonen Ratamos säuerliche Miene: »Ist alles in Ordnung?«

»Hatten wir nicht ausgemacht, dass du deinen eigenen Schlüssel nur benutzt, wenn hier niemand zu Hause ist?«, sagte Ratamo ungehaltener als beabsichtigt. Er hatte Ketonen einen Zweitschlüssel gegeben, damit Musti ausgeführt werden konnte, wenn er selbst und Nelli nicht dazu kamen.

»Anscheinend ist der Herr Oberkommissar mal wieder gestresst.«

Die giftige Antwort verkniff sich Ratamo lieber. Als er Ketonen das letzte Mal mit seiner Meckerei verärgert hatte, war der ihm wochenlang aus dem Wege gegangen, und sofort war das Ausführen von Musti zum Problemfall geworden. Auch Nelli hatte Sehnsucht nach Ketonen bekommen.

»Ich …« Gerade als Ratamo antworten wollte, klingelte es. Wer zum Teufel kam denn jetzt noch? Er öffnete die Tür und schaute verblüfft zu, wie Eeva Hallamaa hereinstürmte und ihre Tochter in die Arme nahm. Eeva keuchte und murmelte irgendetwas Unverständliches.

»Na, hallo, was ist denn jetzt los«, sagte Ratamo besorgt. Eeva sah ganz bleich aus, als wäre sie krank.

»Bei uns zu Hause war …« Eeva brach mitten im Satz ab und wandte sich Kirsi zu: »Wolltet ihr gerade rausgehen?«

Das Mädchen steckte die Hände in die Taschen ihres hellroten Steppanoraks und warf Nelli peinlich berührt einen Blick zu. »Gehen wir«, sagte sie, und die beiden Freundinnen verschwanden zusammen mit Musti und Jussi Ketonen im Treppenhaus.

Jetzt war Ratamo an der Reihe, Eeva umarmte auch ihn. »Entschuldige, aber es ist etwas Unglaubliches passiert … Ich brauche erst mal ein Glas Wasser«, sagte sie und ging in die Küche.

Vergeblich bot Ratamo seiner Freundin Kaffee oder einen Drink an, dann setzte er sich hin und wartete, was da kommen würde. Erst jetzt bemerkte er die Blutflecken an Eevas Händen.

Es dauerte eine Weile, bis sich Eeva so weit beruhigt hatte, dass sie sprechen konnte. Zunächst kamen die Worte einzeln und langsam, wie Tropfen aus einem Wasserhahn, dann flossen sie aus ihr heraus und wurden schließlich zu einem hysterischen Redeschwall.

Je mehr Eeva in Erregung geriet, umso verblüffter war Ratamo. Ihre Geschichte hörte sich tatsächlich unglaublich an: Ein Mörder, der sich als »Türke« bezeichnete, ein rus-

sischer Drogenhändler, der im Kreuzhang an Stangen gefesselt war, die Eroberung des Heroinmarktes ... Er dachte
an Eevas Drogenprobleme und befürchtete schon das
Schlimmste.

»Du musst dich jetzt erst einmal beruhigen«, sagte er und
unterbrach seine Freundin. »Hat der Türke dich bedroht?
Oder Kirsi und Mikko? Kennst du den Mann? Ist in der
letzten Zeit irgendetwas passiert ...«

»Nein, nein und nochmals nein.« Eeva schüttelte den
Kopf so heftig, dass ihre blonden Haare flatterten.

»Das hört sich so an, als wäre bei euch eine verdammt
ernste Sache passiert«, fuhr Ratamo fort. »Wir müssen sofort eine Anzeige machen. Ich kann mich darum kümmern,
dass man dich zur Kriminalpolizei nach Pasila bringt. Was
meinst du dazu? Kirsi kann natürlich hierbleiben, bis du
dort fertig bist.«

Eeva nickte. »Ja, natürlich, zur Polizei. Eine gute Idee.
Ich gehe vorher nur kurz dort hinein.« Eeva verschwand im
Bad.

Ratamo rief einen Kriminalkommissar an, den er kannte,
und der versprach, schnell einen Streifenwagen zu schicken,
der Eeva abholen sollte. Außerdem bat Ratamo seinen Kollegen Ossi Loponen von der SUPO telefonisch, ihm per
E-Mail eine Zusammenfassung über Arkadi Kirilow zu schicken. Ratamo wusste, dass die bei der SUPO existierte, er
hatte sie selbst geschrieben, als er vor einiger Zeit Untersuchungen zu russischen kriminellen Organisationen anstel-
len musste, die sich in Finnland eingenistet hatten. Diese
Überschneidung war besorgniserregend.

Er ging an das Fenster zum Vuorimiehenpark und hörte
zu, wie im Bad das Wasser lief. Warum musste das ausgerechnet Eeva passieren, manchmal kam es ihm so vor, als
träfen die härtesten Schläge gerade jene, die ohnehin schon
am Boden lagen. Er sah, wie der Streifenwagen auf die Kor-

keavuorenkatu einbog, und wollte zum Bad rennen, doch Eeva erschien schon im Flur, mit nassen Ärmeln.

»Der Wagen wartet unten. Viel Glück, es wird sich schon alles klären«, sagte Ratamo und lächelte sie aufmunternd an.

»Ich ... hole Kirsi ab, sobald ich dort auf der Wache ... gehen kann. Mikko ... kommt erst abends von seiner Dienstreise zurück«, stotterte Eeva und verschwand im Treppenhaus.

Ratamo schlurfte zu seinem Computer und schaltete ihn ein. Während der PC knatternd und brummend hochgefahren wurde, rekapitulierte Ratamo Eevas Bericht. Hoffentlich war die Frau, nachdem sie nun endlich ihr Leben in Ordnung gebracht hatte, nicht wieder den Drogen verfallen. Sie hatte mit den Jahren schon genug Rückschläge erleiden müssen. Kennengelernt hatte er Eeva und Mikko durch die gemeinsamen Reitstunden ihrer Töchter, und allmählich waren sie so enge Freunde geworden, dass Eeva ihm ihr Drogenproblem und auch andere Sorgen anvertraut hatte. Sie hatten beide Schweres durchmachen müssen, vielleicht kamen sie deshalb so gut miteinander aus. Er fürchtete, dass seine Freundin wieder arg in der Klemme steckte, wie hätte sie sonst den Namen Arkadi Kirilows kennen können?

Ratamo schaute in sein Postfach, fand Loponens Nachricht und öffnete den Anhang.

»Die kriminelle Laufbahn von Arkadi Kirilow begann buchstäblich schon im Mutterleib: Er wurde am 4. 11. 1976 in Leningrad, im Frauengefängnis Tosnensky, geboren. Als er das erste Mal mit den Behörden zu tun hatte, war er acht Jahre alt, und danach kann man seinen Lebenslauf in seinem Strafregister lesen.« Ratamo schämte sich, was für einen Blödsinn er in seiner Anfangszeit bei der SUPO zusammengeschrieben hatte. »Mit zehn Jahren wurde Kirilow in das Leningrader Heim Nr. 4 gesteckt und mit 16 Jahren entlassen. Danach arbeitete er ab 1992 in der kriminellen Organisation Akulowskaja, zuerst als *Fartsowsik*, das heißt als Schwarzmarkthändler, dann als *Razboinik*, als Kämpfer. Später stieg er auf zum *Torpedo*, zum Profikiller, danach zum *Byk*, zum Leibwächter, und schließlich zum geachteten *Brodyag*, also zum Meisterschüler. Nach dem Zerfall der Organisation im Jahre 1997 verschwand Kirilow für ein Jahr aus den Unterlagen der Behörden, bis er sich vom Petersburger Geschäftsmann Wassili Arbamow anwerben ließ und auf dessen Gehaltsliste auftauchte.«

Ratamo hatte das Gefühl, dass Eeva seine Hilfe brauchen würde.

3

»*Bald darf Kirilow getötet werden*«, murmelte Turan Zana in Kurmandschi, während der Fiat Ducato, in dem er saß, am Kaivopuistonranta entlangfuhr.

»*So ist es, mein Bruder. Denke aber daran, wie er sterben muss*«, antwortete er sich selbst und warf einen Blick zu seinen kurdischen Kameraden, die sich anscheinend schon an seine Ein-Mann-Dialoge gewöhnt hatten. Mit Absicht hielt er eine gewisse Distanz zu seinen Helfern, sie redeten nur über Dinge, die mit ihrem Auftrag zusammenhingen. Zana schaute kurz auf seine Armbanduhr. Je länger sie Geduld hatten und warteten, mit umso größerer Sicherheit würde der Pathologe feststellen, dass der Zeitpunkt von Kirilows Tod nicht mit der Aussage Eeva Hallamaas übereinstimmte.

»Fahr noch einmal um den Park herum«, befahl er dem Mann am Steuer und bemerkte amüsiert, dass er sich um ein Haar selbst geantwortet hätte. Heutzutage halfen ihm diese Selbstgespräche, sich zu konzentrieren, aber vor Jahren hatte ihn diese Angewohnheit davor bewahrt, den Verstand zu verlieren. Damals hatte er sich ein halbes Jahr lang in der Nähe der Stadt Hasankeyf im Herzen Kurdistans in einer fensterlosen Gebirgshöhle verborgen gehalten, in der es nur eine Matratze und eine Decke gab. Aber immerhin leisteten ihm ja Schafe Gesellschaft, und dann war da die Aussicht auf die imposante Landschaft im Tal des Tigris. Das halbe Jahr in diesem Versteck war der Preis, den er für seinen ersten Schlag gegen die Türken als *Peschmerga*-Kämpfer zahlen musste. *Pesch merga,* Zana ließ sich die Worte auf der Zunge zergehen: Wider den Tod.

Die drei Kurden in der Fahrerkabine ruckten nach vorn, als der Chauffeur die Geschwindigkeit abrupt verringerte. Sie sahen, wie die Polizistin am Lenkrad eines Ford Mondeo, der am Straßenrand stand, zu ihnen herüberschaute. Der Transporter rollte im Schneckentempo die Merisatamanranta entlang, bis der Fahrer überzeugt war, dass ihnen das Polizeiauto nicht folgen würde, dann beschleunigte er wieder.

Erleichtert freute sich Zana, dass er endlich einmal brauchbare Helfer bekommen hatte. Es hing immer vom Zufall ab, ob man Männer fand, die sich auf ihr Handwerk verstanden. Diesmal hatte er Glück gehabt. Die hiesigen Kameraden traten mit überraschend großem Eifer für die Ziele der PKK, der Arbeiterpartei Kurdistans, ein. Mit der größten Hingabe wurden die jedoch von Kämpfern wie ihm verfochten, von den Guerillas der PKK, den Soldaten der Befreiungsarmee des Volkes von Kurdistan. Sie hatten in Nordostkurdistan seit 1984 einen Guerillakrieg gegen die türkische Armee geführt. Schwankend bog der Transporter von der Hernematalankatu nach rechts ab und hielt vor dem Tor des Industriegeländes von Hernesaari an. Einer der Helfer Zanas zerschnitt das Kettenschloss des eisernen Tores mit einer robusten Zange, dann fuhr das Auto langsam hinter die Halle für die technische Überprüfung, rutschte noch ein Stück auf dem schneebedeckten Asphalt und blieb schließlich stehen. Turan Zana sprang mit einem Satz aus. Die frische frostige Luft spürte man in den Lungen, die Kälte war das, was Kurdistan und Finnland miteinander verband.

Er ging mit großen Schritten nach hinten, öffnete die Doppeltür des Laderaums, stieg hinein und riss den schwarzen Müllsack auf, in dem Arkadi Kirilow lag. Es war kurz vor drei, in sieben Minuten würde er anfangen. Zana setzte sich hin, und sein Blick fiel auf eine Parkgebührenquittung auf dem Fußboden. Vor fünf Jahren hatte sein Bruder Jalal einen mit Sprengstoff beladenen PKW in Harbiye vor dem Gebäude der türkischen Rundfunk- und Fernsehanstalt TRT geparkt. Aus irgendeinem Grund war die Bombe ein Blindgänger gewesen, und auf dem Parkgebührenschein, der auf dem Armaturenbrett des Autos lag, fand man bei den kriminaltechnischen Untersuchungen Jalals Fingerabdrücke. Der türkische Nachrichtendienst hatte dem Gericht Beweise dafür vorgelegt, dass Jalal ein aktives Mitglied der PKK und ein Terrorist der Befreiungsarmee des Volkes von Kurdistan war, und das Gericht in Ankara hatte seinen Bruder gemäß Artikel 125 des Strafgesetzbuches zum Tode verurteilt …

Der Russe stöhnte und ließ Zana in die Gegenwart zurückkehren. In der Wohnung der finnischen Frau hatte er Kirilow erst das Betäubungsmittel Midazolam injiziert, und gleich nachdem die Frau gegangen war, das Gegenmittel Flumazenil. Bei der Dosierung hatte er offenbar ins Schwarze getroffen, Kirilow kam genau im richtigen Moment zu Bewusstsein.

»Biji serok Apo«, flüsterte Zana, es lebe der Führer Apo Öcalan, und seine Helfer, die gerade in den Laderaum stiegen, stimmten voller Begeisterung ein. Einer von ihnen

packte das russische Opfer, das zwischen Wachsein und Bewusstlosigkeit schwankte, im Genick und am Arm und zwang den Mann auf dem Blechfußboden des Transporters in die Knie. Zana starrte den Russen an und fühlte den Hass in sich als Wärme; sein Gesicht war gerötet, und die weißen Flecken auf der Haut hoben sich nun noch deutlicher ab. Kirilow konnte als Türke herhalten, beschloss er und schlug dem Mann mit aller Kraft in die Nieren. Die gedämpften Schreie hallten im Laderaum wider, als Zana den nackten Russen mit den Fäusten wie einen Sandsack misshandelte. Genau so hatten ihn die türkischen Soldaten im Gefängnis von Mardin geschlagen. »*Räche dich an dem Türken.*«

»*Aber töte ihn mit deinen Schlägen nicht, mein Bruder*«, sagte Zana und warf wieder einen Blick auf die Uhr. Noch nicht ganz. Keuchend setzte er sich neben Kirilow und schaute in die vor Angst geweiteten Augen des Russen, plötzlich war irgendwo in der Nähe das Motorengeräusch eines Autos zu hören. Zana zog die Tür des Laderaums zu und beobachtete durch das Fenster, wie ein kleiner Audi auf den Hof fuhr und nur ein paar Meter von ihnen entfernt anhielt. War ihnen jemand auf den Fersen? Die Angst verflog, als er sah, dass der Audi-Fahrer die Teenagerin küsste, die neben ihm saß. Aha, junge Leute, die vorher noch knutschen. Zana stieg aus, kletterte in die Fahrerkabine und startete den Motor des Transporters. Das junge Paar verschwand schleunigst, um sich ein ruhigeres Fleckchen zu suchen.

Das Teenageralter in so einer heilen Welt sah ein bisschen anders aus als in Kurdistan, dachte Zana, während er im Rückspiegel die Heckleuchten des Audis beobachtete, die sich schnell entfernten. Er schaltete den Motor aus und kehrte in den Laderaum zurück. Als er die Faust zu einem neuen Schlag hob, stieß der schon grün und blau geschlagene Kirilow einen schrillen Schrei aus, kippte nach vorn und fiel krachend aufs Gesicht. Zana untersuchte den

Mann: Die Spuren der Faustschläge waren auf Kirilows Haut sichtbar wie eine Tätowierung. Rasch holte er aus seiner Jackentasche die Luger Parabellum P08 heraus, die er vor einer Woche aus der Wohnung von Eeva Hallamaas Vater gestohlen hatte. Es war Zeit, zu handeln, der Russe musste durch die Kugeln sterben und nicht durch die Misshandlungen. Doch vor seinem Abgang sollte Kirilow noch eine Lebensweisheit hören, obwohl er kein Türke war, beschloss Zana. Diese Gewohnheit hatte er angenommen, weil er ein gutes Herz besaß, denn von einem Landsmann hörte ein Türke nie eine Weisheit. Er beugte sich vor, berührte mit den Lippen fast Kirilows blutiges Ohr und flüsterte: »Die neue Gesellschaftsordnung ist gerade erst errichtet worden, und ihre Festigung braucht noch Zeit.«

Dann presste er den Lauf der Luger gegen Kirilows Schläfe und schoss zweimal. Der Körper sackte zusammen und sank zu Boden, Blut umgab seinen Kopf wie das Wasser der Flut die Steine am Ufer. Zana empfand Stolz. Der Plan war genau wie vorgesehen angelaufen, er würde ihn zum größten kurdischen Helden seit der Eroberung Jerusalems durch Saladin vor tausend Jahren machen.

»Bringt die Leiche auf den Hof«, befahl er in schroffem Ton.

Während seine Helfer den Toten aus dem Laderaum hinausschafften, öffnete Zana Kirilows Umhängetasche und vergewisserte sich zum zehnten Mal, dass die Beweise und die Heroinbeutel, die auf Wassili Arbamow hinwiesen, vorhanden waren. Dann sprang er hinaus, legte die Tasche und die Pistole auf Kirilows Schoß und streute die Fasern, die er bei Eeva Hallamaa eingesammelt hatte, auf die Kleidung des Russen. Diese Operation würde mit der Entstehung eines unabhängigen Kurdenstaates enden, dachte Zana voller Entschlossenheit, während er einstieg. Doch zuvor würden sie ihren Führer Abdullah Öcalan aus dem Gefängnis auf der Insel Imral befreien, wo die türkischen Faschisten den kranken Apo Öcalan langsam sterben ließen. Die türkischen Machthaber nutzten Apo als Erpressungsmittel, um den Widerstand der Kurden zu brechen.

»Gute Arbeit, Männer, gute Arbeit«, sagte Zana, um seinen Helfern zu danken.

Das Meer sah in der Dämmerung am Nachmittag fast schön aus, dachte er, als der Fahrer den Transporter auf die Straße am Ufer lenkte. Es schien so, als könne nichts schiefgehen. Diesen Plan hatte Adil al-Moteiri ausgearbeitet, und die Geschichte kannte nur wenige Genies wie ihn. Das war Zana sehr bald klargeworden, nachdem Adil im letzten Jahr Kontakt zu ihnen aufgenommen und von seinem Plan zur Errichtung eines unabhängigen Kurdistans erzählt hatte. In Kürze könnte er Adil von der erfolgreichen Aktion berichten. Doch zunächst musste er die finnischen Behörden anrufen und ihnen mitteilen, wo Arkadi Kirilows Leiche zu finden war.

»Dieser Türke ist für eine gute Sache gestorben.«
»So ist es, mein Bruder, so ist es.«

4

Ratamo wischte mit einem Lappen Staub auf dem Scheitel der Gipsbüsten von Elvis, Lenin und Kekkonen und danach den Schweiß von seiner Stirn. Als Begleitmusik zum Staubwischen erklang aus den Lautsprechern ein uralter Tango mit Reijo Taipale. Die melancholische und doch schwungvolle Musik trieb ihn an. Nur Wurzelbehandlungen hasste er mehr als das Saubermachen.

Der uralte Sandsack, der im Flur hing, schwang von einem Schlag Ratamos hin und her, und ein paar Sägespäne fielen zu Boden. Der Sack müßte genäht werden, überlegte er und betrat das kleine Gästezimmer, an dessen Stirnseite er sich nach der Renovierung im letzten Sommer eine Arbeitsecke eingerichtet hatte. In dem Raum war es eng, aber gemütlich.

Eeva Hallamaas unglaubliche Geschichte ging ihm nicht aus dem Kopf. Eine Stunde lang hatte er erfolgreich gegen seine Neugier angekämpft, dann aber doch nachgegeben und bei der Polizei in Pasila angerufen, nach Eeva gefragt und die Kollegen vergeblich darum gebeten, seine Freundin nicht den ganzen Tag zu drangsalieren. Eeva wurde weiter verhört, es sah so aus, als wäre sie tatsächlich in eine ernste Geschichte verwickelt. Ratamo spürte erstmals Angst, dieses neue Missgeschick könnte dazu führen, dass Eeva schwach wurde und wieder den Drogen verfiel; und dabei hätte sie doch schon wegen ihrer früheren Rauschgifteskapaden um ein Haar das Sorgerecht für ihre Tochter verloren.

Ratamos Gedanken wurden noch düsterer, als sein Blick auf den Stapel Pappkartons neben dem kleinen Schreibtisch fiel. Die Unterlagen seines vor einem Jahr verstorbenen Vaters warteten immer noch darauf, dass er sie durchging. Irgendwann musste er die Sache in Angriff nehmen, die Kartons konnten nicht ewig in der Ecke herumstehen. Er war gezwungen, sich alles mit großer Sorgfalt anzusehen. Im Nachlass könnten sich Hinweise auf seinen biologischen Vater finden. Tapani Ratamo war nur in den Kirchenbüchern sein Vater gewesen. Ratamo erstickte seine brennende Neugier, bevor er richtig Feuer fing. Bei dem Versuch, seinen Vater aufzuspüren, war er allzu oft in einer Sackgasse gelandet und hatte sich deshalb entschlossen, die Suche aufzugeben. Und an einen Entschluss musste man sich halten. Er schob sich Kautabak unter die Oberlippe.

Neugierig öffnete er den Deckel des obersten Kartons und erblickte das Hochzeitsbild seiner Eltern. Ihn überkam ein Gefühl der Wehmut und der Trauer. Merkwürdigerweise sah er seine Mutter viel lebendiger vor sich als Tapani, dabei war sie schon vor über dreißig Jahren gestorben. Es war Zeit, sich an den Gedanken zu gewöhnen, dass er als nächster an der Reihe wäre. Eine Vorstellung, die ihm zugleich erleichternd und bedrohlich erschien.

Die Wohnungstür ging auf, und man hörte das fröhliche Stimmengewirr der beiden Mädchen und dazu das kratzende Geräusch Mustis, die hereinstürmte. »Macht den Hund sauber!« rief Ratamo, im selben Augenblick klingelte das Festnetztelefon. Das benutzte nur noch Marketta und manchmal jemand von der SUPO, also nahm er den Hörer ab.

»Jukka Liimatta, grüß dich«, sagte der Chef der Antiterrorabteilung der SUPO. »Wir haben mit Wrede zusammen am Rechner gesehen, dass du seinerzeit in der Sicherheitsabteilung die Aktivitäten von Arkadi Kirilow untersucht hast.« Der direkte Vorgesetzte Ratamos hörte sich gestresst an.

»Hab ich. Aber …«

»Wir haben vor etwa zwei Stunden einen anonymen Anruf erhalten und … Kirilow wurde tot in Hernesaari aufgefunden. Der Mann ist grün und blau geschlagen und erschossen worden. Die Ermittlungsgruppe trifft sich in einer Viertelstunde im Raum der operativen Zentrale … Palosuo, Wrede und du«, sagte Liimatta und beendete das Gespräch, ohne sich zu verabschieden.

Ratamo verpasste dem Sandsack ein paar kräftige Haken und fluchte vor sich hin. Jetzt musste er ernsthaft versuchen, mit Wrede auszukommen, denn der war immerhin der zweite Mann in der SUPO und als Leiter des operativen Bereichs auch sein und Liimattas Vorgesetzter. Sie waren sich gleich zu Beginn seiner SUPO-Laufbahn vor fast fünf Jahren in die Haare geraten: Sein ganzes Leben lang hatte er einen Ein-Mann-Krieg gegen Autoritäten und Vorgesetzte geführt, und Wrede war ein kleinlicher Nörgler und Pedant der allerschlimmsten Sorte. Im Laufe der Jahre hatte Ratamo dem rothaarigen Kümmelspalter im Geiste etliche schlimmere Namen gegeben als »Schotte«.

Er legte das Hochzeitsbild seiner Eltern rasch wieder in den Karton und dachte darüber nach, was Liimatta gesagt hatte. Eevas Geschichte warf jetzt noch mehr Fragen auf als vorher. Wie konnte Kirilow in Hernesaari gefunden werden, wenn man ihn doch in Eevas Wohnung umgebracht hatte?

Ihm wurde plötzlich klar, dass er versprochen hatte, auf Kirsi aufzupassen, bis Eeva ihre Tochter nach Hause holen konnte, und im selben Augenblick fiel ihm auch ein, wie sich das regeln ließe.

Jussi Ketonen fand sich in der Küche am Bauerntisch, er hatte Kaffee gekocht, streichelte seinen alten Hund und hielt sich den Rücken. »Diese verdammte Bandscheibe. Wenn du jung bist, tut es auch manchmal weh, aber man weiß wenigstens, warum, doch wenn man alt ist, tut es nur noch weh.«

Der fühlte sich in letzter Zeit hier wie zu Hause, dachte Ratamo verdrossen, sagte aber nichts, weil er vorhatte, Ketonen um einen Gefallen zu bitten. »Ich habe Kirsis Mutter versprochen, dass ihre Tochter heute hierbleiben kann. Eeva ist ja etwas … passiert, wie du sicher bemerkt hast, und ihr Mann ist auf Dienstreise. Kannst du den Mädchen Gesellschaft leisten, während ich mal kurz in der Ratakatu vorbeischaue?«, fragte er und musste Ketonen nicht lange zureden.

Fieberhaft suchte Ratamo nach seinem Handy, fand es schließlich auf dem antiken Spiegelschrank im Flur und schrak zusammen, als das dumpfe Dröhnen der fast zwei Meter hohen Standuhr die Stunde halbierte. Bis zum Hauptquartier der SUPO in der Ratakatu war es nur ein halber Kilometer, deswegen entschloss er sich, zur Abwechslung einmal zu laufen.

Ratamo mußte den Entgegenkommenden ausweichen, die Korkeavuorenkatu war durch die Schneewälle am Straßenrand enger geworden, aber der klirrende Frost sorgte dafür, dass er versuchte, möglichst schnell vorwärtszukommen. Es tat ihm sofort leid, dass er sich über Ketonen geärgert hatte, als ihm einfiel, um wie viel schwerer sein Alltag ohne Jussi und Marketta wäre. Einer der beiden Rentner war immer bereit, bei der Betreuung der Kinder und auch sonst zu helfen. Marketta hatte in Nellis Leben eine große Rolle übernommen, nachdem das Mädchen vor fünf Jahren die Mutter verloren hatte.

Rasch ging er durch die Einfahrt in der Merimiehenkatu auf den Innenhof der SUPO, zog am Hintereingang seine Schlüsselkarte durch das Lesegerät, betrat das Gebäude, drückte die Hände kurz auf die Wangen und schüttelte sich den Schnee von der Ölzeugjacke. An die Kälte gewöhnte man sich nie richtig. Der Fahrstuhl war endlich einmal unten im Foyer, Ratamo drückte auf den Knopf.

Eilig holte er aus seinem Arbeitszimmer die Mappe mit dem Material über Arkadi Kirilow und lief dann zum Raum der operativen Zentrale.

»Wrede ist kurz weggegangen, um irgendwelche Papiere zu unterschreiben, er hatte es satt, auf dich zu warten«, sagte Ulla Palosuo, die Chefin der SUPO, als Ratamo hereinkam. Sie machte einen ganz ruhigen Eindruck und klopfte mehrmals leicht auf ihre massive Frisur, die heute gewissermaßen haargenauso aussah wie ein Hexenbesen am Ast einer Birke. Ratamo fand seinen Einfall sehr lustig.

Er setzte sich und begrüßte Riitta Kuurma, seine ehemalige Lebensabschnittsgefährtin, mit einem steifen Lächeln. Seit Riittas Rückkehr von ihrem Einsatz bei der Europol waren schon anderthalb Jahre vergangen. Ratamo war so von Ilona fasziniert, dass er in Riitta wirklich nur seine Ex-Partnerin sah, aber das verringerte keineswegs die Spannung zwischen ihnen. Er fragte sich verwundert, warum Riitta zu der Besprechung geladen worden war, ihre Arbeit bestand in der Analyse von Terrororganisationen.

Auch sonst brannte er vor Neugier: Wie würde Wrede mit Palosuo auskommen? Er hatte noch nicht erlebt, wie das Führungsduo zusammenarbeitete. Höchstwahrscheinlich ging es dabei sehr laut zu. Der Schotte, der es auf den Posten des SUPO-Chefs abgesehen hatte, war vor zwei Jahren wegen Palosuos Ernennung zur Nachfolgerin Ketonens unheimlich enttäuscht gewesen, erst hatte er die Türen geknallt und sich dann für ein Jahr beurlauben lassen. Die Atmosphäre in der SUPO war nach Ketonens Pensionierung und Wredes Rückkehr sehr angespannt. Heutzutage belauerten sich alle misstrauisch.

Plötzlich wurde Ratamo klar, dass es mit Arkadi Kirilows Tod etwas Besonderes auf sich haben musste, weil der Fall sowohl die SUPO-Chefin als auch den Leiter des operativen Bereichs interessierte. Er wollte Palosuo gerade danach fragen, da kam Wrede mit wehender roter Mähne hereingeschossen.

Den grünen Westover des Schotten, der so aussah, als hätte man ihn irgendwann in den Jahren der Tauschwirtschaft gestrickt, hatte Ratamo schon vergessen gehabt. »Wie geht's denn so in Jakomäki?«, fragte er, obwohl er wusste, dass es besser gewesen wäre, den Schotten nicht gleich zu verärgern. Sie hatten sich seit einer Ewigkeit nicht mehr richtig unterhalten, von seinen Kollegen wusste Ratamo jedoch, dass Wrede geschieden und in eine Junggesellenbude gezogen war.

»Jakomäki ist wie Monaco: Viele Ausländer, und kaum einer zahlt Steuern«, entgegnete Wrede, woraufhin Riitta Kuurma ihm einen eisigen Blick zuwarf. »Aber zur Sache.

Arkadi Kirilows Leiche ist also in Hernesaari gefunden worden. Der Mann wurde zunächst misshandelt und danach im Stile einer Hinrichtung aus nächster Nähe erschossen.« Beim Sprechen verteilte er einen Stapel Fotos an seine Kollegen. Die Mienen der SUPO-Mitarbeiter wurden noch ernster. Palosuo verzog das Gesicht.

»Die Mordwaffe wurde neben der Leiche gefunden, eine alte Pistole, deren Besitzer jetzt schnellstens aufgespürt werden soll. Verantwortlich für die Ermittlungen ist die Mordkommission der Helsinkier Polizei, die Truppe von Markus Falck. Die Jungs von der Technik durchstöbern den Tatort, und die Leiche wird im Institut für Gerichtsmedizin untersucht. Was gibt es noch ...« Wrede blätterte in seinen Unterlagen. »In Kirilows Tasche wurden ausgedruckte E-Mails gefunden ... Der Absender ist Wassili Arbamow. Und mehrere Beutel mit Drogen, höchstwahrscheinlich Heroin. Die Proben werden natürlich analysiert. Aber das Allerinteressanteste ist, dass vor zwei Stunden eine Frau namens Eeva Hallamaa nach Pasila gebracht wurde ...«

»Diese Eeva Hallamaa ist mit ihrer Geschichte zuerst zu mir gerannt gekommen. Ich habe ihr gesagt, sie soll nach Pasila fahren, und ich habe einen Streifenwagen besorgt, der sie hingebracht hat. Wir haben gleichaltrige Töchter, die zusammen zur Reitstunde gehen. Eeva hat mit diesem Mord überhaupt nichts zu tun, das steht fest«, sagte Ratamo und runzelte die Stirn, während er kurz ein Foto von Kirilows Leiche betrachtete. Im selben Augenblick entschloss er sich, seinen Kollegen nichts von Eevas blutverschmierten Händen zu erzählen. Wahre Freunde erkennt man in der ... und so weiter.

»Diese Hallamaa ist also ...«

Palosuo unterbrach Wrede selbstsicher und resolut: »Eins nach dem anderen, so sollten wir vorgehen. Arto, informiere uns über diesen Kirilow.«

Ratamo gab seinen Kollegen eine Zusammenfassung der Informationen des Personenprofils, das er seinerzeit von dem Russen angefertigt hatte, und versprach, es zu aktualisieren.

»Weiß jemand, warum Kirilow in Finnland war?«

Kuurma schaute Palosuo an und schüttelte den Kopf. »Auch die KRP, die Zentrale Kriminalpolizei, weiß es nicht, aber sie versuchen, es zu klären. Ganz sicher hängt es mit Drogen zusammen.«

»Diese Hallamaa hat in Pasila eine ziemlich hanebüchene Geschichte erzählt«, sagte Wrede, der nicht abwarten und ruhig bleiben konnte. »Sie behauptet, ein Mann, der sich ›der Türke‹ nannte, habe Kirilow bei ihr zu Hause mit Heroin ermordet; und Wassili Arbamow beabsichtige, den ganzen europäischen Heroinmarkt zu erobern, auch den in Finnland.«

»Eeva behauptet nichts, sie hat lediglich erzählt, was passiert ist.« Ratamo starrte den Schotten wütend an. »Und was hat übrigens die SUPO mit diesen Ermittlungen zu tun?«

»Sagen wir mal so, wir bekämpfen die internationale organisierte Kriminalität. Von den Dingen im Zusammenhang mit Wassili Arbamow erfährst du etwas später«, antwortete Palosuo, warf Riittaa Kuurma einen Blick zu wie einer Mitverschwörerin und wandte sich dann Wrede zu. »So, dann erzähle jetzt mal, was du von Eeva Hallamaa weißt. Fang aber mit der Wohnung an, was wurde dort gefunden?«

»Es ist besser, wenn ich erst über die Hallamaa rede, die ist nämlich ein ganz spezieller Fall, wie man ihn nur höchst selten antrifft«, entgegnete Wrede. Das Führungsduo schaute sich an, und man sah förmlich, wie die Funken stoben.

»Sie ist ein ganz normaler Mensch«, sagte Ratamo zu Eevas Verteidigung.

Der Schotte trat an den Flipchart, schob einen Daumen in die Achselöffnung seines Westovers und schwenkte mit der anderen Hand seine Unterlagen. »Hallamaa wurde 1973 in Tampere geboren und scheint sich in ihrer Jugend nur mit dem Lernen und dem Studium beschäftigt zu haben. Insbesondere mit dem Mathematikstudium, auch im Ausland. Zuletzt um die Jahrtausendwende in den USA, in Massach… – in der MIT-Universität. Sie ist eine Art mathematisches Genie … oder zumindest ein Gedächtnismonster.« Wrede starrte auf seine Unterlagen. »Wie soll man das jetzt am besten wiedergeben? Hallamaa hat etliche Male an den Gedächtnis-Weltmeisterschaften – den World Memory Championships – teilgenommen. Einen Wettbewerb scheint sie sogar gewonnen zu haben. Den Schnelligkeitswettbewerb im Multiplizieren von zwei achtstelligen Zahlen.« Der Schotte schien selbst zu bezweifeln, was er da vorlas.

Die SUPO-Mitarbeiter schauten verdutzt drein. »Ein Multiplikationswettbewerb? Erkläre das mal etwas«, sagte Riitta Kuurma in schroffem Ton.

»Die beiden Zahlen werden den Wettbewerbsteilnehmern gleichzeitig gezeigt, sie müssen im Kopf miteinander multipliziert werden, ohne jegliche Hilfsmittel, und das Ergebnis wird auf einen Zettel geschrieben. Bei den Meisterschaften im letzten Jahr brauchte Hallamaa dafür sechsunddreißigeinhalb Sekunden.«

Es wurde ganz still in dem Raum. Erst nach einer ganzen Weile lachte Riitta Kuurma schließlich. »Das ist ja unglaublich. Ein normaler Mensch braucht genauso lange, um zwei Zahlen mit nur zwei Ziffern zu multiplizieren. Zumindest bei schwierigen Zahlen«, fügte sie zu ihrer Entschuldigung hinzu.

»Das hat aber jetzt nichts mit Kirilows Tod zu tun«, sagte Ulla Palosuo und starrte Wrede an. »Was wurde in Hallamaas Wohnung gefunden? Hat diese Rechenmaschine der Polizei die Wahrheit gesagt?«

Es sah so aus, als wäre das Rot der Haare des Schotten in sein Gesicht geströmt. Er würdigte Palosuo keines Blickes, sondern wandte sich an Ratamo. »Nach ihrer Rückkehr aus den USA im Sommer 2001 begann Hallamaa ihre Dissertation zu schreiben, die übrigens immer noch nicht fertig ist. Und dann ist etwas passiert: Die Frau geriet in den Teufelskreis der Drogen und musste letztlich in den Entzug und zur Reha ... Hallamaa litt unter schweren Wahnvorstellungen, die Diagnose lautete: Amphetaminpsychose.«

Ratamo öffnete eine Flasche Mineralwasser, sein Blick kreuzte sich mit dem Riittas, und beide wandten blitzschnell den Kopf ab.

»Wenn die Hallamaa nun erneut schwach geworden ist ... Vielleicht nimmt sie wieder Speed und hat Wahnvorstellungen«, schlug Riitta Kuurma vor.

»Ganz bestimmt nicht. Eeva ist seit über einem Jahr sauber. Sie geht ganz normal arbeiten und führt mit ihrem Lebensgefährten und ihrer Tochter ein ganz normales Leben«, entgegnete Ratamo, er verteidigte seine Freundin hitziger als beabsichtigt.

Ulla Palosuo sprang vom Stuhl auf, so dass ihre Haartracht ins Wanken geriet. »Und was wurde nun in Hallamaas Wohnung gefunden?«

Wrede lächelte überheblich. »Bisher noch nichts. Die Männer von der Kriminaltechnik untersuchen die Wohnung noch, aber sicher ist schon jetzt, dass Kirilow dort nicht misshandelt und erschossen wurde. Die Untersuchung Hallamaas auf Schmauchspuren könnte verraten, ob die Frau den Russen in Hernesaari erschossen hat. Und im Kriminallabor vergleicht man die Hallamaa entnommenen Proben mit den Fingerabdrücken, den Blut- und Sekretproben, Fasern, Haaren und Schuhspuren am Fundort von

Kirilows Leiche. Na, du kennst das ja«, sagte Wrede, dabei schaute er Ulla Palosuo an und war überzeugt, dass die von den kriminaltechnischen Untersuchungen nicht das Geringste verstand.

»Woher weiß Hallamaa dann von Kirilow? Und von Arbamows Heroinhandel?«, fragte Riitta Kuurma. »Vielleicht existiert dieser Türke wirklich.«

»Es ist nutzlos, zu spekulieren. Warten wir auf das Verhörprotokoll der Kriminalpolizei, und bald können wir Hallamaa ja auch hier verhören.«

»Und Wassili Arbamow?«, erkundigte sich Palosuo bei Kuurma.

»Ein Datenimage und ein Personenprofil werden gerade angefertigt. Es handelt sich um einen Millionär aus Sankt Petersburg, keine Vorstrafen, aber viele Verdachtsmomente.«

»Ist diese Gefahr einer Heroinwelle, die den Markt überschwemmt, real?«, fragte Ratamo.

»Nach Auffassung der Antimafiamiliz und der Drogenmiliz von Sankt Petersburg ist sie real«, antwortete Kuurma. »In Russland sind wilde Gerüchte im Umlauf, es geht um eingeführte Heroinladungen von mehreren Hundert Kilo. Laut KRP ...«

Riitta Kuurma verstummte, als die Tür aufging und der müde aussehende Ermittler Ossi Loponen den Kopf hereinsteckte. »Die von der Abteilung für Gewaltverbrechen bringen Hallamaa in einer Stunde hierher«, sagte er und verschwand genauso schnell, wie er aufgetaucht war.

»Vielleicht ist es besser, wenn ich dieses Verhör am Bildschirm verfolge. Da ich die Frau nun mal kenne«, verkündete Ratamo. Dabei stapelte er seine Unterlagen und überlegte, was wohl aus seinem morgigen freien Tag werden würde.

5

Aus Adil al-Moteiris Renault Mégane, der in der Laivurin-rinne geparkt war, hatte man eine ungehinderte Sicht auf Eeva Hallamaas Haus in der Sepänkatu. Durch das einen Spalt geöffnete Fenster wehte kalte Luft in sein Gesicht, und aus den Lautsprechern der Stereoanlage erklang Beet-hovens imposante »Eroica«, oder genauer gesagt, Adils Ver-sion der Sinfonie – die Komposition wurde mit doppelter Geschwindigkeit abgespielt. Der Geruch gebratenen Knob-lauchs drang herein. Adils Blick verweilte kurz auf einem Fußgänger, der vor Kälte ganz krumm ging, und kehrte dann zurück zu Eevas Fenstern. Es ärgerte ihn, dass er die Umsetzung seines Plans in der finnischen Kälte überwa-chen musste, aber wegen Eeva hatte er das so entschieden.

Dieses Datum war auf dem Pergament der Geschichte mit besonders großen Ziffern eingebrannt, überlegte Adil. Am 3. Dezember 1812 zog sich Napoleons Armee endgültig aus den eisigen Steppen Russlands zurück, nachdem sie eine der vernichtendsten Niederlagen der Kriegsgeschichte erlitten hatte: Von der ursprünglich 525 000 Mann starken Armee waren nur noch reichlich 25 000 Soldaten übrig geblieben. Adils besaß ein Gedächtnis ohnegleichen: Er konnte nichts vergessen, was er erlebt, gelesen oder gesehen hatte, sogar an mitgehörte Unterhaltungen in Sprachen, die er nicht verstand, erinnerte er sich Wort für Wort. Alle auf-genommenen Reize erzeugten in ihm so viele Bilder, dass es ihn manchmal viel Mühe kostete, seine Gedanken zusam-menzuhalten. Sein Kopf quoll über vor Informationen.

Adil drehte das Zifferblatt seiner Uhr in Richtung Hand-rücken, das Armband ließ sich nicht straffer spannen, es verrutschte ständig, weil sein Handgelenk so schmal war. Er wartete schon anderthalb Stunden, um Eeva wenigstens für einen Augenblick zu sehen. Die Zeit war Adils einziger

Feind, nur sie könnte seinen Intellekt besiegen, und auch das nur einmal, irgendwann in ferner Zukunft. »Was ist die Zeit?« hatte der Kirchenvater Augustinus vor Jahrhunderten gefragt und selbst geantwortet: »Wenn mich niemand danach fragt, weiß ich es, will ich es einem Fragenden erklären, weiß ich es nicht.« Adil wusste es. Er wusste alles.

Er presste das Fernglas an die Augen und beobachtete, wie auf der Eisbahn im Park ein kleines Mädchen in einen Schneehaufen fiel, das ließ ihn an Kirsi und seine bei einem Bombenanschlag umgekommenen Schwestern denken – die Sehnsucht schmerzte. Als er das Fernglas höher hob, sah er, dass die Kriminaltechniker der Polizei immer noch in Eevas Wohnung beschäftigt waren. Eilig hatte er es nicht, die Umsetzung des Plans stand erst am Anfang, er würde seine Geliebte im Laufe der nächsten Tage noch mehrmals sehen. Schon bald käme durch seine Hilfe Eevas Leben in Ordnung. Sie waren Ausnahmemenschen, er und Eeva. Adil kannte außer ihr keinen anderen Menschen, dessen Gedächtnis auf irgendeinem Gebiet noch phänomenaler funktionierte als sein eigenes. Eeva war mit Zahlen zu Kunststücken fähig, von denen auch er nur träumen konnte. Wenn es jemand verdient hatte, Hilfe zu erhalten, dann war es Eeva.

Adil startete seinen Wagen, ging im Kopf den Stadtplan von Helsinki durch und entschloss sich, über die Sörnäisten rantatie zu dem Treffen mit Turan Zana zu fahren. Das Wasser liebte Adil, schon immer. Es war als Entität genauso rein wie er selbst.

Alles verlief zwar bisher wie vorgesehen, doch Adil wollte seinen Helfer im Auge behalten. Turan Zana war intelligent, aber bei weitem kein Genie wie er. Niemand war das. Er hatte seine Dissertationen in Mathematik und Physik vor seinem zwanzigsten Geburtstag geschrieben, mit zweiundzwanzig Jahren in Philosophie promoviert und als jüngster

Wissenschaftler aller Zeiten eine Professur am MIT erhalten, und mit dreißig war er Wissenschaftsminister des Irak geworden. Doch Adil sehnte sich nicht nach den Zeiten, in denen er sich in seine Vollkommenheit zurückgezogen hatte. Jetzt besaß sein Leben ein Ziel, *telos*, das es moralisch zu einer Einheit machte. Er würde Gutes tun, dachte Adil, und sein Gedächtnis überschüttete ihn sofort mit Thesen der Tugendethik von Aristoteles.

Aus dem alten Supermarkt kam eine rothaarige Frau heraus, Adil schaute zu ihr hin und suchte den Blickkontakt. Er konnte der Rothaarigen noch einen neugierigen Blick entlocken, bemerkte aber im selben Moment, dass er an der Ecke zum Kauppatori auf die falsche Spur geraten war. Er riss das Lenkrad herum. Die meisten Frauen mochten sein kultiviertes, zerbrechliches und jungenhaftes Wesen. Doch für ihn war nur die Beste gut genug.

Er konnte Eeva nichts vorwerfen: Wenn sie imstande gewesen wäre, zu verstehen, was für ein Mann Adil al-Moteiri war, dann hätte sie ihn nie und nimmer verlassen. Schon der Gedanke amüsierte ihn. In gewisser Weise verstand er die Entscheidung seiner Geliebten. Eeva hatte keine andere Alternative, als ihre Beziehung zu beenden. Die Frau war nie fähig gewesen, zu begreifen, dass Genies Ausnahmeindividuen sind mit hochsensiblen Nerven, heftigen emotionalen Reaktionen und einem schlechten Anpassungsvermögen. Genies sind launisch und ihren wechselnden Stimmungen und ihrer Niedergeschlagenheit ausgeliefert, und sie sind nicht nur Unbekannten gegenüber in ihrem Verhalten leicht reizbar, empfindlich, rücksichtslos und überheblich, sondern machen auch ihren Angehörigen das Leben schwer. Er empfand Mitleid für Eeva, weil ihr Begriffsvermögen so begrenzt war. Als in Hakaniemi plötzlich ein LKW Schnee auf seine Windschutzscheibe schleuderte, runzelte er die Stirn.

Wegen Eeva hatte er 2001 auf seine Professur am MIT verzichtet, er war in das kalte und abgelegene Finnland gezogen und hatte an der Technischen Hochschule Helsinki eine Vertretung übernommen, für die er einfach viel zu qualifiziert gewesen war. Und wegen Eeva war er ein Jahr später nach Bagdad zurückgekehrt, hatte den Posten des irakischen Wissenschaftsministers angetreten und seine Eltern und Schwestern eingeladen, bei ihm zu wohnen, kurz vor dem Angriff der Koalitionstruppen. Sie waren bei dem Bombenanschlag der Terroristen umgekommen, weil sie in seinem Haus wohnten. Einen größeren Verlust als den Tod seiner Familie vermochte sich Adil nicht einmal vorzustellen. Aber während und dank der Qualen von Camp Bucca hatte er endlich verstanden und alles aus dem richtigen Blickwinkel gesehen. Er würde nicht schwach werden und eine einfache Lösung wählen, nicht Böses, sondern Gutes würde er tun. Helfen wollte er und nicht Rache üben. Er, der Wohltäter Adil al-Moteiri.

Er drehte die Dritte Sinfonie lauter, die mit doppelter Geschwindigkeit aus den Lautsprechern dröhnte. Je mehr er an das Glück dachte, das ihm zuteil geworden war, umso besser fühlte er sich. Auf dem Weg des Leides hatte er die größtmögliche Aufgabe gefunden. Verwundert fragte er sich, warum ihn das immer noch überraschen und so heiter stimmen konnte, er war doch der größtmögliche *Geist*, ein Freigeist, der nur an sich selbst glaubte. Er hatte die Sehnsucht nach Sicherheit hinter sich gelassen und würde auch noch am Rande von Abgründen tanzen können. Die erfolgreichste Form der Intelligenz war in diesen Zeiten eine frohe Überheblichkeit, die dem Tier im Menschen den Vorrang gab. Er bat für sich selbst um nichts und verließ sich nicht auf andere.

Die Heizung des Mégane lief auf Hochtouren, aber die Fenster strahlten Kälte aus. Genau wie die Einwohner Helsinkis, dachte Adil und verließ die Hämeentie, dabei wischte er mit der Hand die beschlagene Windschutzscheibe ab.

Zana wohnte in der Helsinginkatu, gegenüber von einem Alkoholgeschäft, weil er behauptete, man fände in Finnland keinen Ort, an dem es unruhiger und städtischer zuging. Hier wurde sogar ein Mann, der aussah wie ein Araber, nicht arbeiten ging und aktiv wurde, wenn die anderen schliefen, kaum beachtet. Adil hatte versprochen, Zana und der PKK bei der Schaffung eines Kurdenstaates zu helfen, obwohl er die Mittel verachtete, mit denen die Kurden ihren Freiheitskampf führten: Drogenhandel, Kindersoldaten, Bombenanschläge auf zivile Objekte, Entführungen …

Der Frost drang ihm bis ins Mark, sobald er aus seinem Auto stieg. Die von der Säure verätzte Haut seiner Beine reagierte empfindlich auf Temperaturveränderungen. Adil fragte sich, wie viele britische Soldaten in Camp Bucca wohl wussten, dass sein Landsmann Abu Bakr Muhammed Ibn Zakariya al-Razi die Schwefelsäure schon vor tausend Jahren erfunden hatte.

Stechender Uringeruch drang ihm im Treppenflur von Turan Zanas Haus in die Nase, der Gestank weckte demütigende Erinnerungen an die Zeit in Camp Bucca. Den sechzehn Gefangenen in der für acht Menschen vorgesehenen Zelle stand nur ein Abort zur Verfügung, ein Loch, das so angelegt war, dass sich die Häftlinge fünfmal täglich beim Gebet zu ihm hin – in Richtung Mekka – verneigen mussten.

Adil klingelte an Zanas Wohnungstür, und kurz darauf umarmten sich die beiden Männer in der unaufgeräumten, fast unmöblierten Ein-Zimmer-Wohnung.

»Ist bei meinem wichtigsten Helfer alles in Ordnung? Nach dem Lächeln zu urteilen, bist du mehr als zufrieden.« Adil klopfte Zana auf die Schulter.

»Warte einen Augenblick, gleich wirst du alles erfahren.«

Adil betrachtete seinen Helfer, der in die Kochnische ging. Zana war breitschultrig, groß und hatte ein rundes Gesicht, er war physisch also vollkommen das Gegenteil von ihm. Vor Adil auf dem niedrigen Couchtisch tauchten Weizenbrot mit Bulgur, Lammfleisch, Dolma und Sarma und Fetapasteten auf. Und natürlich Tee, den die Kurden vermutlich auch beim Schwimmen tranken.

Während Adil aß, berichtete Zana detailliert über alle Ereignisse in Eeva Hallamaas Wohnung, die Beschreibung der grausamen Einzelheiten des Mordes an Arkadi Kirilow schien der Kurde besonders zu genießen. »… die Inszenierung macht die Frau zur Verdächtigen, aber nicht zur Schuldigen. Noch nicht.«

»Auch diese Etappe ist also genau so absolviert wie vorgesehen«, sagte Adil höflich, dachte dabei jedoch, dass auch Zana nicht imstande wäre, seinen Plan zu verderben. »Morgen ist ein großer Tag. Bist du bereit?«

Zana schien beleidigt zu sein. »Aber natürlich. Alles ist in Ordnung. Wir liefern Arbamows Männern überall in Europa ständig Nachschub, zuletzt heute morgen nach Polen und Deutschland. Und die Russen verteilen das Heroin auf den Straßen wie Waschzettel. Sie haben auch schon angefangen, die Preise zu erhöhen. Das Geld fließt so reichlich wie Wasser aus der Leitung, und bald wird es auch jede Menge Leichen geben.«

»Und das Honorar? Ist auch da alles in Ordnung?«, erkundigte sich Adil, obwohl er überzeugt war, dass Arbamow der PKK das Geld für den Schmuggel des afghanischen Heroins nach Sankt Petersburg schon bezahlt hatte. Auch er hatte sein Honorar in Höhe von einer Million Dollar dafür, dass er Arbamow und die PKK zusammengeführt und andere Dienste geleistet hatte, bereits erhalten. Das war ein guter Anfang.

Zana bestätigte mit einem breiten Grinsen, dass die PKK ihr Geld erhalten hatte.

»Du kannst den Befehl erteilen, die Drogensüchtigen zu töten«, sagte Adil.

Zana wirkte zufrieden. »Die Eeva wird bald laut jubelnd in die Zusammenarbeit einwilligen, sie ist schon jetzt total in Panik. Soll ich bereits heute Kontakt mit ihr aufnehmen?«

»Das überlege ich mir noch«, erwiderte Adil und verabschiedete sich von Zana.

»Ich bin bereit.«

»Auch ich, mein Bruder.«

Adil konnte noch die Sätze von Zanas Selbstgespräch hören, bevor er die Wohnungstür schloss. Zana gehörte vermutlich in Lawrence Kohlbergs Theorie zur Entwicklung der Moral auf die vormoralische Stufe, wo die Folgen einer Tat bestimmen, ob sie gut oder schlecht ist. Deshalb hatte er Zana auch als Helfer ausgewählt, der arme Teufel war in seinem Fanatismus bereit, sogar seinen Finger zu essen, wenn das den Kurden zu einem eigenen Staat verhelfen würde. Zum Glück verschonte Zana ihn mit seinen Weisheiten, selbst ihm war klargeworden, dass man dem Meister nicht das ABC beizubringen brauchte.

Adil setzte sich in seinen gemieteten Mégane, die Imitation einer Gefriertruhe, und überlegte, ob er jemals einen merkwürdigeren Menschen getroffen hatte als Turan Zana. Der Mann führte Zwiegespräche mit sich selbst und hasste die Türken inbrünstig, obwohl er selbst einer war. Zanas dreizehnjährige Mutter aus Istanbul hatte ihren neugeborenen Sohn zur Adoption freigegeben, und der Junge war einer kurdischen Familie zugesprochen worden. Darüber wurde in Zanas Anwesenheit nie geredet, der letzte Mensch, der die Angelegenheit Zana gegenüber erwähnt hatte, war in den Bergen Kurdistans seinen Messerstichen erlegen.

Adil musste lachen, nicht über Zana, sondern über den Zufall, eine wesentliche Eigenschaft der Natur und des Lebens. Der an Zanas Messerstichen gestorbene Mann war ein Kurde aus dem Irak gewesen, Adil hatte von dem Mord erfahren, Informationen über Zana eingeholt und ihn als Helfer angeworben. Es gab auf der Welt auch Dinge, dachte Adil, die geschahen, ohne dass Genialität im Spiele war.

Er entschloss sich, über den Hakaniemi ins Hotel »Kämp« zu fahren. Dann überlegte er, in welche Richtung er seinen Abendspaziergang unternehmen würde. Er wollte seine Freiheit noch einmal genießen, in ein paar Tagen würde an ihre Stelle ein genau überwachtes Leben treten. Fast alles war bereit, mit Hilfe der Beziehungen seiner Familie hatte er sichergestellt, dass alle erforderlichen islamistischen Organisationen seinen Plan unterstützten. Schon bald würde die Welt besser werden.

Viel besser.

6

Das Bild des an Ketten hängenden nackten Russen tauchte so lebensecht vor ihren Augen auf, dass Eeva Hallamaa zusammenzuckte. Sie saß auf einem unbequemen Metallstuhl des öden, unmöblierten Warteraums im Kellergeschoss der Sicherheitspolizei und starrte auf die Betonwand wie auf eine Kinoleinwand. Je mehr Zeit verging, umso schwerer fiel es ihr, die Ereignisse des Tages zu verstehen. Warum hatte man sie zur SUPO gebracht? Zum Glück kannte sie Ratamo, vielleicht würde Arto dafür sorgen, dass sie bald nach Hause gehen konnte. Sie sehnte sich nach Mikko, Kirsi und gerade jetzt am allermeisten nach Speed. Das lag am Stress.

Warum hatte der Türke unter fünf Millionen Finnen

gerade sie ausgesucht, um der Polizei seine Nachricht zu übermitteln? Sie hatte niemandem etwas Böses getan und kannte keinen einzigen russischen Drogendealer. Als hätte sie nicht selbst schon genug Probleme. Und warum glaubte die Polizei ihr nicht? Die Zweifel auf den Gesichtern der Bullen waren nicht verschwunden, obwohl sie in Pasila alles ein Dutzend Mal erklärt hatte. Es schien vielmehr so, als würde man sie selbst verdächtigen, wegen irgendetwas. Stundenlang waren ihr Proben entnommen worden: Man hatte in den Haaren mit einer Art Wattekamm Fasern gesucht, unter den Nägeln Schmutz herausgekratzt, Fingerabdrücke und DNA-Proben genommen, Fotos gemacht, Erkennungszeichen festgehalten … Zum Glück hatte sie bei Ratamo zu Hause die Blutspuren an ihren Händen abgewaschen.

Zorn packte Eeva. Warum musste Mikko auch ausgerechnet an diesem Sonnabend eine Dienstreise machen? Und warum musste das alles gerade jetzt passieren, wo endlich alles in Ordnung war? Der jahrelange Streit um das Sorgerecht für Kirsi hatte im Herbst ein Ende gefunden, im Sommer waren sie und Mikko zusammengezogen, und dank der neuen Psychotherapeutin hatte sie das Gefühl, dass es ihr so gut ging wie seit Jahren nicht. Zumindest bis gestern.

Zum Glück war Kirsi bei Ratamo zu Hause. Sie kannte den Mann schon so gut, dass sie sicher war, er würde nach Kräften helfen. Sie lagen auf derselben Wellenlänge, vielleicht deshalb, weil sie beide in ihrem Leben leidgeprüft waren.

Und wo sollte sie mit Kirsi unterkommen, wenn man sie freiließ? Sollte sie es wagen, nach Hause zu gehen? Eeva war sich nur in einem sicher: Bei ihren Eltern würde sie nicht unterkriechen, den beiden Alten hatte sie schon genug Sorgen bereitet.

Eeva sprang von dem unbequemen Stuhl auf und lief mit

klappernden Absätzen auf dem Betonfußboden hin und her, am liebsten hätte sie der Überwachungskamera unterhalb der Decke den Mittelfinger gezeigt. Der Stress katapultierte ihre Gedanken in Richtung Speed, ob sie es wollte oder nicht. Ein Gramm, ein Beutelchen für fünfundzwanzig Euro, würde alle Probleme beseitigen, für einen Augenblick. Eeva schrak zusammen, als sie bemerkte, wie wunderbar ihr dieser Gedanke erschien. Sie hatte Angst. Wenn sie nicht bald nach Hause kam und sich beruhigen konnte, würde sich das Verlangen nach Drogen nicht mehr allein mit Willenskraft unterdrücken lassen. Sie griff in ihre Handtasche, steckte sich eine Vitamin-D-Pille und zwei Schmerztabletten in den Mund und spülte sie mit Quellwasser aus der Flasche hinunter. Plötzlich öffnete sich die Tür, und drei SUPO-Mitarbeiter betraten mit ernster Miene den Raum. Eeva fuhr sich durch ihr blondes Haar und fürchtete so auszusehen, als wäre sie schuldig – an irgendetwas.

Sie spürte, wie feucht ihre Handfläche war, als sie Ulla Palosuo, Erik Wrede und Riitta Kuurma die Hand gab. Dann wurde sie von Palosuo, die offensichtlich die Chefin war, in den Verhörraum geführt. Enttäuscht musste sie feststellen, dass Ratamo fehlte. Die Einrichtung der fensterlosen Betonzelle bestand aus billigen Stühlen und einem Holztisch mit Metallbeinen. Die absolute Stille wirkte bedrückend, das matte Licht drohend, und die Hitze nahm ihr fast den Atem.

Wrede fingerte an der Videokamera herum, und Riitta Kuurma sprach die Namen der Anwesenden, das Datum, die Uhrzeit und den Gegenstand des Verhörs in ein Mikrofon.

»So, die Kriminalpolizei hat uns schon einiges von Ihren Verhören berichtet, aber wir möchten alles noch einmal von Ihnen persönlich hören«, sagte Ulla Palosuo freundlich. »Beginnen wir mit Ihrer Arbeit. Was genau machen Sie an der Universität?«

»Was hat das denn damit zu tun?«, erwiderte Eeva schroff, biss sich auf die Lippen und bereute sofort, dass sie so ungehalten reagierte. Sie mußte ihre Nerven im Zaume halten. »Ich bin eine ganz normale Universitätslektorin. Im Herbstsemester halte ich Vorlesungen für den Kurs Nummer 1 in Algebra und ein Seminar für die forschungsorientierten Studenten, und ich betreue die Studenten, die ihre Examensarbeiten schreiben«, sagte sie ganz ruhig und ließ ihren Blick von einem SUPO-Mitarbeiter zum anderen wandern; alle schauten sie sehr ernst an.

Nach einigen Fragen zum Hintergrund Eeva Hallamaas rückte Ulla Palosuo auf ihrem Stuhl nach hinten. »Und nun zu den Ereignissen von heute. Erzählen Sie alles mit eigenen Worten bis zu dem Punkt, als Sie in … Arto Ratamos Wohnung gerannt kamen. Und erinnern Sie sich auch an die Einzelheiten.«

Diese Menschen nahmen sie im Gegensatz zu den Polizisten in Pasila ernst. Vielleicht würde sich die Sache klären. Eevas Gemütsverfassung besserte sich, und sie berichtete in einem Zuge alles, von dem Mann, der sich »der Türke« nannte, von ihrem Gespräch, von dem an Ketten hängenden Arkadi Kirilow und auch von der Spritze, die der Mann erhalten hatte.

»Und Wassili Arbamow will den europäischen Heroinmarkt erobern.« Damit war sie am Schluss ihres langen Berichts angelangt und keuchte wie ein Vierhundert-Meter-Läufer im Ziel. Doch sie erlebte eine Enttäuschung, die SUPO-Mitarbeiter starrten sie jetzt genauso ungläubig an wie vorher die normalen Polizisten.

»Kennen Sie diesen Türken?« fragte Wrede in aggressivem Ton.

Eeva konnte ihre Verwunderung nicht verbergen, hatte

sie gegen die Wand gesprochen? »Begreifen Sie das denn nicht? Ich bin diesem Mann nie zuvor begegnet, und ich habe auch keine Ahnung, warum man mich in diesen Alptraum hineingezogen hat.«

Kuurma lächelte voller Mitgefühl. »Haben Sie diesen Türken bei der Polizei in Pasila beschrieben?«

Eeva antwortete mit einem Nicken. Wieso wussten die SUPO-Mitarbeiter das nicht? Redeten die Leute von der Polizei nicht miteinander? Sah so Ratamos Arbeit aus?

»Und Arkadi Kirilow oder Wassili Arbamow, kennen Sie einen von beiden? Sicher sind Sie sich zumindest begegnet, in Ihrem ... früheren Leben.« Über Wredes Gesicht huschte ein Grinsen.

Du kannst mich mal, dachte Eeva, um ein Haar hätte sie es dem Rotkopf, der sie auf den Arm nehmen wollte, auch gesagt, aber sie konnte sich gerade noch beherrschen. Natürlich wusste die Polizei von ihrem Drogenhintergrund und zog daraus ihre Schlüsse, obwohl sie schon ein Jahr lang sauber war. »Ich sage es jetzt zum hundertsten Mal: Ich kenne keinen einzigen russischen Drogendealer. Im Archiv der Polizei müssten die Namen der Leute zu finden sein, bei denen ich damals ... Speed und Ähnliches gekauft habe. Zumindest hat man mich oft genug verhört.« Sie betrachtete die zweifelnden Gesichter der SUPO-Mitarbeiter und fürchtete, die Zweifel könnten jeden Moment in Spott umschlagen.

Riitta Kuurma fand, dass Eeva Hallamaa einen ehrlichen Eindruck machte. »Sie haben also gesehen, wie dieser ... Türke Kirilow die Spritze gab. Wissen Sie ... also glauben Sie, dass der Mann daran starb?« Sie setzte ihre Worte mit Bedacht.

Eeva verstand nicht, worauf die Ermittlerin anspielte. »Zumindest sah es so aus. Und der Türke hat es gesagt. Ich habe nicht erst noch den Puls des Russen gemessen, als ich gehen durfte. Warum sollte jemand ...« Urplötzlich beschleunigte sich ihr Atem, dann wurden die Augen feucht, und sie gab merkwürdige Geräusche von sich, sie konnte die Tränen nicht mehr zurückhalten.

Ihr Gefühlsausbruch kümmerte Wrede nicht: »Wann sind Sie das letzte Mal in Hernesaari gewesen?«

»Wen interessiert das?«, erwiderte Eeva barsch, sie versuchte, das Schluchzen zu unterdrücken, und vergrub ihr Gesicht in den Händen. Sie begriff nicht, worauf der rothaarige Kerl mit dem Westover hinauswollte.

Riitta Kuurma beugte sich zu Ulla Palosuo hin, die neben ihr saß. »Die Frau ist ja völlig durcheinander, wir sollten erst weitermachen, wenn wir die Laborergebnisse haben. Falls es dann noch nötig ist«, flüsterte sie, und Palosuo brummte kurz als Zeichen der Zustimmung.

»Nehmen Sie immer noch Amphetamin ... oder irgendwelche andere Drogen?«, fragte Wrede in scharfem Ton.

Eeva wischte sich die Tränen von den Wangen, sie sah noch bleicher aus als vorher. »Speed habe ich das letzte Mal in meinem Leben am 3. November des vorigen Jahres genommen. Das wissen mein Lebensgefährte, meine jetzige und meine frühere Psychotherapeutin, die suchtpsychiatrische Abteilung des HUS, das städtische Sozialamt und das Amtsgericht Helsinki und sogar der Rat der Mathematisch-Naturwissenschaftlichen Fakultät ...« Eeva verstummte, als ihr wieder die Tränen kamen. Eine Anklage wegen Drogenbesitz wäre das Letzte, was sie jetzt gebrauchen konnte. Sollte ihr Ex-Mann davon erfahren, würde er garantiert wieder das Sorgerecht für Kirsi beantragen. Die ganze Hölle finge wieder von vorn an. Der Kerl interessierte sich nicht im Geringsten für seine Tochter, er meldete sich nur dann, wenn er etwas wollte oder Lust hatte, sich mal um dies oder mal um jenes zu streiten.

»Noch eine Frage. Wir haben ... erfahren, dass Sie ein außergewöhnliches Zahlengedächtnis besitzen. Sie haben angeblich sogar an Wettbewerben teilgenommen«, sagte Riitta Kuurma und beugte sich vor, um Eeva Hallamaa näher zu kommen.

»Heute bringt das nichts als Ärger. Es ist eine Belastung. Im Kopf surrt es, wenn ich Zahlen nur sehe. Als man jünger war, ist man auf so etwas stolz gewesen.«

Ulla Palosuo stand auf und reichte Eeva Hallamaa einen Zettel. »Rufen Sie diese Nummer an, wenn Sie professionelle Hilfe brauchen. Jetzt würde ich Sie aber bitten, noch ein paar Fotos anzuschauen. Für den Fall, dass sich darunter dieser … Türke findet.«

Nach Beendigung des Verhörs schaltete Arto Ratamo in der operativen Zentrale der SUPO in der zweiten Etage den Fernseher aus und spürte eine warme Welle des Mitgefühls. Eevas Angst und Bedrängnis waren echt gewesen, vor allem als Wrede sie mit der Frage überfallen hatte, ob sie Drogen nahm. Ratamo wusste, was ein neues Urteil wegen Drogenbesitz für Eeva in der Praxis bedeuten würde: Sie verlöre das Sorgerecht für Kirsi und vielleicht auch ihre Arbeitsstelle. Er versuchte sich in ihre Lage hineinzuversetzen, und die Aussicht war nicht gerade verlockend. Gern hätte er Eeva irgendwie geholfen, aber ihm fiel nichts ein. Außerdem wunderte es ihn, warum sich Palosuo und Wrede für die Geschichte interessierten. Welche Geheimnisse im Zusammenhang mit Wassili Arbamow kannten sie?

Wredes Stimme war schon von weitem auf dem Flur zu hören. Kurz darauf saß das Trio, das Hallamaa verhört hatte, wieder in dem Raum und diskutierte heftig.

»Der ermordete Kirilow ist ein Drogendealer und Hallamaa eine ehemalige Drogenabhängige«, sagte Wrede. »Das Einzige, was zwischen den beiden eine Verbindung herstellt, sind die Drogen.« Der Rotschopf breitete die Arme aus, so als hätte er gerade etwas lückenlos bewiesen.

Ratamo räusperte sich. »Ich kenne Eeva Hallamaa. Es ist absolut sicher, dass Eeva keine Drogen mehr nimmt.«

»Sie ist doch sofort in Panik geraten, als ich nach Drogen gefragt habe«, erwiderte Wrede erregt. »Wollen wir wetten, dass die Hallamaa Kirilow umgebracht und die ganze Geschichte von dem Türken erfunden hat. Vergesst nicht, dass die Frau verdammt intelligent ist.«

Im Gegensatz zu dir, dachte Ratamo, hielt aber den Mund. »Das ist ja lächerlich. Eeva ist von den Drogen losgekommen und führt ein ganz normales Familienleben. Warum sollte sie jemanden umbringen?«

Der Schotte war nun auch im Gesicht ganz rot. »Gründe gibt es doch genug. Vielleicht hat Kirilow Hallamaa erpresst, vielleicht nimmt die Frau wieder Drogen und braucht Geld, vielleicht hat sie zu viele Schulden ...«

»Nun beruhigt euch aber mal. Eins nach dem anderen.« Ulla Palosuo warf Wrede einen wütenden Blick zu.

»Vielleicht leidet Hallamaa wieder unter psychischen Problemen, Amphetamin hat alle möglichen Auswirkungen ...«, schlug Riitta Kuurma mit unsicherer Stimme vor.

Im selben Augenblick flog die Tür auf und die Ermittlerin Saara Lukkari in einem hautengen T-Shirt und knapp sitzenden Jeans betrat mit energischen Schritten den Raum. »Die ersten Laborergebnisse sind da. In Kirilows Tasche war Heroin, mit ziemlicher Sicherheit aus Afghanistan, was allerdings niemanden überrascht. Und im Bad dieser Hallamaa wurde Amphetaminstaub gefunden.«

Wrede starrte Ratamo triumphierend an. »Die Hallamaa nimmt also Drogen oder macht ihr Bad nur alle zwei Jahre sauber.«

Ratamo sank auf seinen Stuhl und wich Wredes schadenfrohem Blick aus. Bei den Ermittlungen sah es nun für Eeva schlecht aus, jemand hatte wirklich sorgfältige Arbeit geleistet, um alles so zu inszenieren, dass Eeva als Schuldige dastand. Doch Ratamo wusste, dass sie keine Drogen genommen hatte, seit sie sich kannten. Eeva brauchte Hilfe.

Ulla Palosuo klopfte mit den Knöcheln auf den Tisch. »Die Hallamaa lügt also. Sie steht jetzt unter Verdacht ... wegen des Mordes an Kirilow. Holt eine Genehmigung für das Abhören ihres Telefons und für eine technische Überwachung ein. Wir müssen ausreichend Beweise für eine Verhaftung erbringen.«

»Das kriminaltechnische Labor hat schon für morgen weitere Ergebnisse zugesagt«, sagte Lukkari. »Wenn die Hallamaa dann auch mit der Leiche Kirilows und mit Hernesaari in Verbindung bringen, dann steckt die Frau ganz schön in der Klemme.«

Palosuo klopfte erneut auf den Tisch. »Auf Hallamaa kommen wir zurück«, sagte sie und wandte sich Ratamo zu. »Hast du schon zusätzliche Informationen über Kirilow gefunden?«

»Ich bin noch nicht dazu gekommen ...«

Riitta Kuurma eilte ihm zu Hilfe. »Laut Kriminalpolizei wohnte Kirilow im Hotel ›Scandic‹ am Simonkenttä, und in seinem Zimmer fanden sich zusätzliche Hinweise auf Wassili Arbamow: Telefonnummern und Adressen ...«

»Die Männer von der Überwachung sollen sich an die Arbeit machen«, befahl Palosuo. »Und Ratamo darf alle finnischen Firmen in russischem Besitz durchgehen. Vielleicht werden sie zur Geldwäsche benutzt. Wir wollen versuchen, Kirilow und Arbamow über das Geld auf die Spur zu kommen.«

Ratamo wirkte entsetzt, dieses gewaltige Arbeitspensum würde er nie bewältigen können. »Russen gibt es jetzt schon in der Leitung von dreitausend in Finnland registrierten Unternehmen.«

Palosuo kümmerte sich nicht um seinen Einwand. »Nehmen wir einmal an, dass Arbamow wirklich versucht, den europäischen Heroinmarkt zu erobern. Warum sollte er das tun?«

Wrede stand auf. »Den Markt in Sankt Petersburg kann man nicht mehr erweitern. Dort gibt es eine erschütternde Drogensituation, dreihunderttausend Drogensüchtige, und der größte Teil nimmt Heroin. Smack ist in Russland heute so eine Art Mode – stellt euch das vor. Und zudem hat Russland auch noch den Schwerpunkt seiner Grenzkontrollen nach Süden verlegt, die finnische Ostgrenze ist im Moment durchlässig wie ein Sieb. Verfolgt ihr das Zeitgeschehen nicht?«

»Wer seine Zeit verfolgt, der hinkt ihr hinterher«, erwiderte Ratamo.

7

Das kleine Mädchen, das an einem Zeitungskiosk in Sankt Petersburg stand und vor Kälte zitterte, schob die Hände noch tiefer in die Fausthandschuhe und wischte sich die Nase am Ärmel des dicken Wollmantels ab. Katja schaute sich im fahlen Licht der Straßenlaternen auf dem Newski-Prospekt suchend nach ihrem Bruder Juri um, sah aber in dem Menschengewimmel auf dem Fußweg überall nur dahin eilende Erwachsene und auf der Straße vorbeirauschende Autos. Juri ärgerte sie wieder mal. Katja fror und hätte am liebsten losgeheult. Jemand versetzte ihr einen Schubs, sie fiel auf den kalten Belag des Fußwegs und brach in Tränen aus. Als sie sich mühsam wieder aufgerichtet hatte, wurde sie erneut von einem Passanten umgestoßen. Katja kroch auf allen vieren ein paar Meter durch den dichten Dschungel vorbeihastender Beine, bis sie sich am Sockel des Warenhauses Gostiny Dwor in Sicherheit bringen konnte. Hier würde Juri sie vielleicht finden.

Katja erschrak, als ganz in der Nähe die Hupe eines Autos blökte. Im selben Augenblick traten die Fußgänger vor ihr rasch beiseite, und sie sah, wie ein riesiges schwarzes Auto auf den Fußweg bog und direkt auf sie zurollte. Sie stieß einen Schrei aus, aber das Auto fuhr weiter. Katja schloss die Augen und presste den Kopf auf die Knie, ihr Schrei erstickte im Wollstoff ihres Mantels. Dann verstummte das Motorengeräusch. Sie hob den Kopf, erblickte ein paar Meter vor sich das Auto und stand vorsichtig auf. Nun entdeckte sie auch ihren Bruder, Juri schaute sich am Zeitungskiosk beunruhigt um. Katja rief seinen Namen, aber durch den Verkehrslärm drang ihr Ruf nicht bis zu ihm. Immer mehr Menschen blieben vor ihr stehen, erst war nur noch Juris Mantel zu erkennen, dann verschwand ihr Bruder völlig aus ihrem Blickfeld.

Vier Männer in schwarzen Anzügen bildeten eine Mauer auf beiden Seiten des Mercedes, der auf den Fußweg gefahren war. Die Passanten drängten sich in dichten Trauben vor den Sicherheitsleuten, und zwischen dem Wagen und der Tür des Warenhauses entstand ein Spalier. Niemand erhob seine Stimme, die Petersburger wussten, wann es besser war, den Mund zu halten.

Die Türen des Warenhauses Gostiny Dwor öffneten sich, und zwei Sicherheitsleute betraten den Fußweg des Newski-Prospekts, gefolgt von einem älteren Herrn, der die traditionelle hohe Pelzmütze der Tschetschenen, die *Papacha*, und einen silbergrauen Zweireiher trug. Der Mann mit der Mütze wurde rasch zu dem gepanzerten Mercedes geführt, der sofort startete.

In dem Moment erblickte Katja ihren Bruder, der am Zeitungskiosk lehnte. Sie rannte los durch die Gasse, die von den Männern in den schwarzen Anzügen gebildet wurde, und gelangte im Fahrwasser des Autos, das vom Fußweg auf die Straße rollte, zu ihrem Bruder. Auch Juri schien froh zu sein, er fürchtete wohl, vom Vater Prügel zu bekommen, wenn seine Schwester verlorenginge.

Katja lächelte ihrem Bruder zu, dann hörten sie ein Rauschen. Es kam aus der Luft, sie schauten zum Himmel hinauf und sahen einen Funkenstrahl ...

Der explodierende Mercedes verwandelte den Newski-Prospekt in ein Feuermeer, und die Zeitungsseiten, die durch die Luft flogen und auf dem Asphalt landeten, saugten sich voll mit Blut.

Wassili Arbamow hörte nicht, wie die von seinen Leuten abgefeuerte Rakete explodierte, obwohl sein Belosselski-Beloserski-Palast nur einen halben Kilometer vom Warenhaus Gostiny Dwor entfernt lag. Die englischsprachige Fußballreportage aus der Lautsprecheranlage, die an den Fernseher mit einem Fünfzig-Zoll-Flachbildschirm angeschlossen war, dröhnte laut und übertönte auch die wenigen Geräusche, die durch die massiven Steinwände des Palastes und die Panzerglasfenster der zum Büro umgebauten Bibliothek in der ersten Etage hereindrangen. Auf den Tribünen des Stadions der Tottenham Hotspurs kochte es, und Arbamow, dem die Mannschaft gehörte, ärgerte sich, dass er in Petersburg sein musste, während die Jungs an der White Hart Lane spielten.

Wayne Rooney umspielte die Verteidiger der Hotspurs wie Bojen, schoss mit Effet und erhöhte die Führung von Manchester United auf 2:0. Arbamow fuhr sich durch die kurzen blonden Haare und fluchte laut. Die Saison wurde zu einem Alptraum, seine Mannschaft saß in der Nähe der Abstiegsplätze fest. Dabei hatte er doch im letzten Sommer für die Aktienmehrheit des Unternehmens Tottenham Hotspur plc. einhundertsechzig Millionen Pfund bezahlt. Vor Saisonbeginn hatte alles glänzend ausgesehen, auf dem Papier: Die Spieler, der Trainer, der Manager, die ganze Organisation.

»*Vot bumaga bumaga, a praktika praktika*«, murmelte Arbamow. Die alten Leute hatten schon gewusst, wovon sie sprachen: Papier ist geduldig – und die Praxis ist etwas ganz anderes. Zuweilen schien das Leben seinen eigenen Willen zu haben, der mit Macht die Pläne selbst des stärksten Mannes ruinieren konnte. Er bemerkte, dass ihn eine depressive Stimmung überkam, rasch stand er auf, schaltete den Fernseher aus, und kurz darauf strömte aus den Lautsprechern Entspannungsmusik von Sonosync im Rhythmus eines ruhigen Herzschlags. Er betrachtete die Ornamente des Kamins aus Carrara-Marmor, die Puttenreliefs und den Spiegel mit dem Goldrahmen über dem Kamin und überlegte, ob er es schaffen könnte, Feuer im Kamin zu machen.

In den letzten Jahren hatte es wahrhaftig schon genug Rückschläge gegeben. Dank Putin. Der Präsident hatte den größten Teil sowohl seiner tatsächlichen als auch der eingebildeten Konkurrenten vor den letzten Präsidentenwahlen eliminiert. Arbamow war immerhin noch klug genug gewesen, sich rechtzeitig auf Putins Seite zu stellen und freiwillig auf seine Fluggesellschaft und seine Öl-Firma zu verzichten, bevor man ihn vernichtet hätte. Chodorkowski hatte nicht diesen Blick für das Spiel bewiesen. In seiner Überheblichkeit hatte der arme Michail den Präsidenten herausgefordert, mit dem Ergebnis, dass er neben seinem Eigentum auch seine Freiheit verloren hatte.

Aus dem zwei Meter langen Birkenscheit schlugen dank des Brennspiritus schon nach Sekunden hohe Flammen. Das Holz verbrannte wie sein Eigentum, dachte Arbamow und fluchte. Nach den Säuberungen durch Putin waren ihm nur die Hälfte von Militech Russia, einem Unternehmen, das Militärtechnologie entwickelte, und die Newa-Bank geblieben. Und jetzt ging es auch seiner Bank schlecht, deren Gewinne reichten absolut nicht mehr, um seinen Lebensssstil aufrechtzuerhalten. Arbamow redete sich einmal mehr ein, dass er gezwungen worden war, ins Drogenge- schäft zurückzukehren, sonst hätte er alles verloren: seine Investitionen der letzten Jahre, seine Fußballmannschaft, sein Haus, sein Schiff und sein Flugzeug, die ganze in sei- nen jungen Jahren geschriebene Erfolgsgeschichte, die in Russland und weltweit ihresgleichen suchte. Er würde im Drogengeschäft noch diesen einen Präzisionsschlag führen, und der musste deshalb umfassend und effektiv sein, damit er in der Lage wäre, sich, gestützt auf diese Erträge, in Lon- don niederzulassen, bevor Putins Diktatur ihn endgültig vernichtete. Die Autosuggestion funktionierte einmal mehr, er spürte, wie er wieder auflebte und …

Der Türsummer unterbrach Arbamows Überlegungen. Er schaltete die Stereoanlage aus, stellte sich vor den Spiegel und rückte die Krawatte von Dior zurecht. Das gute Leben ließ sich an seiner Taille ablesen, er war etwas rundlich ge- worden, aber auf stilvolle Weise. Rasch fuhr er sich über den Drei-Tage-Bart und zog den Bauch ein. Er war kein Narzisst, nur ein Gentleman, der sich pflegte, und ein Ge- nießer. Irgendwie musste Erfolg ja zu sehen sein. Arbamow drückte auf den Knopf, die Tür ging auf, und er freute sich, als er Renatas junges, ausdrucksloses Gesicht sah, das durch den allzu straffen Pferdeschwanz heute noch angespannter wirkte. Die Frau sah zum Anbeißen gut aus. Arbamow be- kam Lust, aber er hatte schon gelernt, dass die Initiative von Renata kommen musste.

»Ist der Tschetschene erledigt?« fragte Arbamow, bevor Renata die massive Doppeltür geschlossen hatte.

»Aslan Murtazaliew ist tot. Gegen das Auto musste eine Panzerabwehrrakete eingesetzt werden. Aber nun gibt es keine Konkurrenten mehr. Der Heroinmarkt von Sankt Petersburg und ganz Russland gehört uns … also dir. Aber Murtazaliews Hinrichtung wird man untersuchen …«

»Kaum. Die Miliz, die RUBOP und die Ermittlungsbehörden sind doch nur dankbar, dass jemand den tschetschenischen Drogenhändler eliminiert hat. Und wir brauchen uns sowieso nicht um die Behörden zu kümmern, für ihre Bestechung sind Unsummen von Dollar ausgegeben worden. Kapierst du das immer noch nicht?« Arbamows Erwiderung klang unfreundlicher als beabsichtigt, und er kannte auch den Grund. Es wurmte ihn, dass der Tschetschene eine Aufteilung des Marktes abgelehnt und seinen Anteil an den Gewinnen von Arbamows Heroinhandel verlangt hatte. Denn gerade jetzt durfte seine Organisation nicht auffallen, und am allerwenigsten konnte er es gebrauchen, dass die Behörden ihn verdächtigten, hinter dem Raketenanschlag zu stecken.

»Ich habe auch noch andere Nach...«

Arbamow unterbrach sie: »Haben die Kurden schon Nachschub geliefert?«

Renatas langer Ledermantel knarrte, als sie sich in den Empire-Sessel setzte und die langen Beine übereinanderschlug. »Natürlich. In alle achtzehn Länder.«

»Ich habe für dieses Heroin dreißig Millionen Dollar bezahlt, da darf nichts schiefgehen. Unsere Männer verteilen doch wohl in jedem Land so viel und so schnell Ware, wie sie können?«

Renata nickte. »Du wirst bald noch mal tausend Kilo Ware bestellen müssen. Aber zu diesem Preis lohnt sich das ja.«

»Die Verteilung klappt also wie vorgesehen, und man hat auch schon begonnen, den Preis zu erhöhen. Endlich läuft alles. Bald wird eine größere Heroinwelle als je zuvor über Europa hinwegrollen«, sagte Arbamow mit strahlender Miene.

»Aus Finnland haben wir schlechte Nachrichten erhalten: Kirilow ist umgebracht worden. Wir müssten ...«

Arbamows Flüche unterbrachen Renata. »Arkadi ist doch noch nicht einmal dazu gekommen ... Wer hat das getan?«

Renata gelang es, eine noch angespanntere Miene auf ihr Gesicht zu zaubern. »Nach Finnland können wir ja nötigenfalls noch heute Abend einen neuen Mann schicken. Irgendetwas musste nun wirklich passieren, und es werden auch sicher noch weitere Schwierigkeiten auftauchen. Immerhin geht es ja hier um den europäischen Heroinmarkt, der erobert wird.«

Die Antwort beruhigte Arbamow. »Der ganze Plan beruht auf dem Timing, das Tempo muss enorm sein. Alle Zielländer werden gleichzeitig mit billigem Heroin gesättigt, und wenn es genug Kunden gibt, wird der Preis hochgeschraubt, ein halbes ... ein Jahr lang wird Gold abgeschöpft, und danach hören wir auf, bevor uns jemand auf die Spur kommen kann, und dann ...« Um ein Haar hätte Arbamow etwas ausgeplaudert, was Renata nicht zu hören brauchte.

»Der Plan wird schon funktionieren.« Renata stand auf. »Wen soll ich nach Finnland schicken?«

»Jemand, der absolut zuverlässig ist.« Arbamow dachte angestrengt nach, erhob sich und ging im Zimmer auf und ab, um sich aufzuwärmen. Die Kälte kroch in den Palast, obwohl im Kamin ein Feuer brannte und die Wände der Bibliothek unten mit Holzpaneelen und oben mit Seidentapeten bedeckt waren. Beim Nachdenken bildeten sich Falten auf seiner Stirn, aber sie verschwanden, als ihm etwas einfiel. »German Dworkin. Schick ihn nach Finnland«, befahl der Oligarch, und Renata verließ den Raum.

Der Name Dworkin weckte in Arbamow unangenehme Erinnerungen an die zweiundsechzig Tage, in denen Putin ihn mürbe gemacht hatte. »*Sledstwenny Isoljator No. 1*«, murmelte er. »*Kresty.*« Wegen der beiden in Form eines Kreuzes errichteten Hauptgebäude wurde Russlands berüchtigtstes

Gefängnis »Die Kreuze« genannt. Er und German Dworkin hatten zwei Monate lang im größten Untersuchungsgefängnis der Welt unter zehntausend wie Vieh gehaltenen Häftlingen geschmachtet. Vor Arbamow tauchten Bilder der Zelle Nummer 77 und Gerüche auf: Zehn halbnackte Männer in einer Zelle von acht Quadratmetern, ein einziger Aborteimer, der mit Urin und Läusen bedeckte Fußboden, zum Trocknen aufgehängte Wäsche, der Spion an der Tür, ein vergittertes Fenster, die senfgelben Stahltüren, die stickige Luft, der an Tuberkulose leidende Zellengefährte, auf der benachbarten Pritsche ein Mörder, der gierig grinste …

German Dworkin hatte ihn damals zuverlässig beschützt, obwohl viele bereit gewesen waren, ein Vermögen dafür zu zahlen, dass sie ihm an die Kehle gehen konnten.

Ins Kresty würde Wassili Arbamow nie zurückkehren.

8

Eeva Hallamaa schwang sich vor dem Hauptquartier der SUPO auf den Rücksitz eines nach Bratfett riechenden Taxis und knallte die Tür zu. »Korkeavuorenkatu 1. Und mach das Radio aus«, sagte sie ungehalten.

Der Tango, ein Evergreen, der schon Grünspan angesetzt hatte, brach ab, als der etwa zwanzigjährige Fahrer die Lautstärke regulierte. Er stopfte sich den Rest seiner Grillportion in den Mund, warf die Fast-food-Verpackung auf den Beifahrersitz und drehte sich zu seinem Fahrgast um. Doch als er die vor Zorn funkelnden Augen seiner Kundin sah, schluckte er sein Essen und auch seine Antwort hinunter. Dann tippte er etwas in seine Multifunktionsanzeige ein und suchte lustlos ein paar Seiten im Stadtplan durch. »Wo soll ich denn langfahrn?« fragte der Mann freundlich.

Ein Blick in seine gutmütigen Augen überzeugte Eeva davon, dass er keine Witze machte. »Die Korkeavuorenkatu ist einen halben Kilometer entfernt. In die Richtung«, erwiderte sie und zeigte es mit der Hand. Unglaublich, dass der Kerl die Adresse nicht kannte.

»Warum gehste denn das Stück nicht zu Fuß?«, erkundigte sich der Fahrer in seinem karelischen Dialekt gutgelaunt und versuchte mit dem Finger ein Stück Kebabfleisch herauszuziehen, das zwischen den Backenzähnen steckte.

Nun war es mit Eevas Selbstbeherrschung vorbei. »Mann, ich hab's eilig, sieh zu, dass dein Taxi endlich losfährt!« Sie wollte Kirsi bei Ratamo abholen und sich dann zu Hause von den Schrecken dieses Tages erholen. Und das Verlangen nach Drogen loswerden. Mit jeder Faser sehnte sie sich nach chemisch erzeugtem Selbstvertrauen, nach Befreiung von den entsetzlichen Erlebnissen des Tages, nach euphorischem Wohlgefühl ... Warum musste all das gerade heute passieren? Eeva beschloss zu versuchen, für den nächsten Tag einen Termin bei ihrer Psychotherapeutin zu vereinbaren, obwohl es ein Sonntag war, aber das interessierte sie jetzt nicht.

Der Taxifahrer gab Gas, und plötzlich wurde Eeva klar, dass sie Mikko endlich anrufen könnte. Die Polizei hatte das nicht erlaubt, obwohl sie den ganzen Tag fast flehentlich darum gebeten hatte. Ihre Hände zitterten, als sie das Telefon aus der Handtasche holte. Schon allein der Gedanke an Mikko wirkte erleichternd.

Die Sehnsucht wurde zur Enttäuschung, als sie die monotone Frauenstimme des Anrufbeantworters hörte. Eeva blickte auf ihre Armbanduhr und war ein wenig versöhnt, als sie sah, dass Mikkos Zug schon in einer Stunde in Helsinki ankäme. Der Tag war im Nu vergangen. Es hämmerte in ihrem Kopf. Behandelte die Polizei alle Augenzeugen so? Verhörte man sie alle sieben Stunden lang, entnahm man ihnen Dutzende Proben und stellte alles in Frage, was sie sagten? Sie sah immer noch all die Fotos von Gesichtern vor sich, unter denen sie bei der SUPO versucht hatte, den Türken zu erkennen. Und ihr gingen noch die merkwürdigen Fragen der Polizei durch den Kopf: Haben Sie Kirilows Tasche gesehen, wann waren Sie das letzte Mal in Hernesaari ...

»Dieses Eckhaus ist es ... das mit dem Turm«, sagte sie, als der Fahrer rechtzeitig vor Ratamos Haus die Geschwindigkeit verringerte und anhielt.

»Warte hier, ich hole nur meine Tochter, und dann fahren wir weiter.« Sie drückte dem Fahrer ihre Kreditkarte in die Hand.

Eevas Niedergeschlagenheit nahm noch zu, als sie im Fenster der Haustür ihre Falten sah. Sie stieg die Treppe bis zur ersten Etage hinauf und fuhr sich dabei durch die Haare, dann drückte sie so lange auf Ratamos Klingel, dass es garantiert auch die Nachbarn hörten.

»Ich habe schon auf dich gewartet«, sagte Arto Ratamo mit besorgter Miene und bedeutete Eeva hereinzukommen.

»Es tut mir echt leid. Ich konnte nicht früher kommen. Das ist ein unglaublicher Tag. Ich musste auch zu euch ... zur SUPO.« Eeva verstummte, als sie Kirsis und Nellis Stimmen hörte.

»Kirsi, deine Mutter ist gekommen!«, rief Ratamo. Er wirkte verlegen. »Ich weiß von dem Verhör. Du hast vermutlich gesagt, dass du schon seit langem kein Speed mehr nimmst ...«

Eeva nahm Ratamos Hand. »Ich bin nicht wieder schwach geworden, mach dir keine Sorgen. Aber darüber reden wir morgen, heute kann ich einfach nicht mehr, in meinem Kopf geht alles durcheinander ...« Sie ließ sich auf den Stuhl im Flur fallen und vergrub ihr Gesicht in den Händen.

»Na na, jetzt brauchst du ja keine ... Angst mehr zu haben. Morgen sieht die Sache schon viel besser aus ... das wird sich schon alles klären«, stammelte Ratamo. »Ist Mikko von der Dienstreise zurück?«

»Noch nicht. Ich weiß nicht, ob ich es wagen soll, nach Hause zu gehen.« Eeva warf Ratamo einen Blick zu.

»Ich kann euch ja hinbringen«, versprach Ratamo.

Eeva schaffte es, kurz zu lächeln, und bemerkte, dass Ratamo sie voller Mitgefühl betrachtete. Im Gegensatz zu all den Bullen, die sie den ganzen Tag drangsaliert hatten. Arto sah auch kein bisschen wie ein Polizist aus: Mit seinen wirren Haaren, dem Text »Es bleibt wirklich wenig Zeit« auf dem T-Shirt und den ausgebleichten Jeans wirkte er eher wie jemand, der von der Polizei gejagt wurde.

In dem Moment tauchte Kirsi mit einem wohlgenährten Labrador im Flur auf. Eeva zog ihre Tochter an sich, die Umarmung dauerte so lange, dass Kirsi ihre Mutter schließlich wegschob und Nelli verlegen anschaute.

»Zieh dich an, mein Schatz, das Taxi wartet unten«, sagte Eeva und wischte sich die Augenwinkel.

Kurz darauf stiegen die drei die Treppe hinunter, und Eeva war Ratamo dankbar, dass er sie nach Hause begleitete und sich wie ein Freund verhielt. Und er hatte nicht einmal angefangen, Fragen zu der verworrenen Geschichte zu stellen, mit der sie ihn überfallen hatte. Natürlich wollte er im Beisein der Kinder nicht darüber reden.

Der Taxifahrer hatte offensichtlich inzwischen schnell auf dem Stadtplan nachgeschaut, wo die Sepänkatu lag, denn diesmal musste er nicht fragen. Mutter und Tochter saßen auf dem Rücksitz eng beieinander, Eeva strich Kirsi übers Haar, obwohl sie sah, dass die das störte.

»Wo warst du denn bloß? Wir mussten uns mit Nelli den ganzen Abend Jussis Geschichten von der SUPO und sonst noch was anhören. Total krasse Geschichten«, beschwerte sich Kirsi und stieß die Hand ihrer Mutter weg, die ihren Kopf streichelte.

»Warum erzählt er euch denn ...« Eevas Frage brach ab, als ihr Blick auf einen Mann fiel, der gerade den Laden an der Ecke von Tehtaankatu und Laivurinkatu betrat. Er war dunkelhaarig, gut gekleidet und schlank – Adil. Eeva wurde wütend auf sich: Sie drehte langsam durch und hatte Wahnvorstellungen, genau wie damals beim Entzug.

Im Hausflur schlug ihr Herz schneller, obwohl Ratamo vor ihr die Treppe hinaufging. Mechanisch registrierte sie, dass im Briefschlitz des Rentners, der unter ihnen wohnte, immer noch der Umschlag steckte. Irgendjemand mußte da etwas unternehmen, womöglich war der Mann in seiner Wohnung gestorben, vielleicht hatte er keine Angehörigen oder Freunde ...

»Gibst du mir den Schlüssel, dann schaue ich kurz hinein«, sagte Ratamo.

Eeva reichte ihm das Schlüsselbund und stand wie erstarrt vor ihrer Tür, als Ratamo in der Wohnung verschwand. Ihr Puls hämmerte in den Schläfen. Vergeblich sagte sie sich immer wieder, dass die Polizisten die Wohnung vor kurzem untersucht hatten und der Türke nicht so dumm wäre, an den Ort des Mordes zurückzukehren. Doch die Angst hörte nicht auf den Verstand. Das Bild der Gestalt, die an den Ketten hing, schoss ihr durch den Kopf. Dann sah sie Ratamo, der ihr zulächelte, und die Anspannung löste sich.

»Alles in Ordnung. Du kannst mich anrufen, wenn irgendetwas passiert, und kommt nicht auch Mikko gleich nach Hause?«

Eeva umarmte Ratamo. »Ich stehe tausendfach in deiner Schuld, du hast mir einen großen Gefallen getan. Morgen reden wir weiter«, sagte sie.

Die Tür fiel ins Schloss, Eeva sagte Kirsi, sie solle ihren Mantel an den Haken hängen, und betrat vorsichtig das Wohnzimmer. Es war nicht die geringste Spur vom Besuch des Türken zu erkennen. Die Wohnung sah genauso aus wie am Morgen, als alles noch gut war. Oder zumindest besser als jetzt. Die Ketten waren verschwunden, ebenso wie die unter Kirilow ausgebreitete Plane. Hatte sie sich das alles nur eingebildet: den Türken, Kirilow, die Botschaft, die man ihr übertragen hatte? Dann bemerkte sie, dass es nach Chemikalien roch. Was hatten die Polizisten hier nur gemacht?

Eeva ließ sich in den Sessel fallen. Am liebsten würde sie sich jetzt beruhigen, entspannen und über alles nachdenken, was an dem Tag geschehen war, aber das durfte sie nicht, jetzt noch nicht. Nachdem sie einige Minuten lang ins Leere gestarrt und so Kräfte gesammelt hatte, wärmte sie die Reste der vorgestern gekauften Regenbogenforelle auf, fragte Kirsi dabei dies und das und versuchte, sich ganz ruhig zu verhalten. Ihr knurrte der Magen.

»Was ist dir heute eigentlich passiert?«, erkundigte sich Kirsi, als beide schließlich am Tisch saßen und sie versuchte, eine Erbse mit der Gabel aufzuspießen.

Eeva überlegte einen Augenblick, was sie antworten sollte. »Nichts, weswegen du dir Sorgen machen müsstest, das sind Angelegenheiten von Erwachsenen.«

»Du musst doch nicht etwa wieder in dieses Krankenhaus?«

»Nein, mein Schatz, ganz bestimmt nicht. An so etwas brauchst du nicht einmal zu denken«, versprach Eeva und schaute ihre Tochter so überzeugend wie möglich an, obwohl sie selbst Angst hatte.

Als sich Kirsi in ihr Zimmer zurückgezogen hatte, öffnete sie den Kühlschrank. Eeva plagte sich eine Weile mit dem Korkenzieher ab, bis der kühle Weißwein endlich in ihr Glas gluckerte. Sie suchte im Gewürzregal ihre Tabletten mit den Spurenelementen, steckte ein paar davon in den Mund und schlurfte ins Wohnzimmer.

Als sie von der Universität nach Hause gekommen war, hätte sie eigentlich schon erwartet, daheim einen geruhsamen Samstagnachmittag zu verbringen, dachte Eeva, als sie den Wein kostete. Aber die Uhr ließ sich nicht zurückdrehen, sie war nicht imstande, das absurde Schauspiel, dessen Zeuge sie gewesen war, und die quälenden Stunden bei der Polizei zu verdrängen. Es erschien unbegreiflich, dass ihr so etwas passiert war. Eeva streckte sich auf dem Sofa aus und legte die Beine auf die Lehne.

Der Wein entspannte die Muskeln schon nach wenigen Minuten, und sie konnte klarer denken, bis schließlich nur eine bohrende Frage übrigblieb: Warum hatte der Türke gerade sie als Überbringerin seiner Nachricht ausgewählt?

Eeva trank das Glas aus und ging sofort zum Kühlschrank, um es wieder zu füllen. Der Wein sorgte tatsächlich für Erleichterung, obwohl der Alkohol im Vergleich zu Speed, das wie ein Schmiedehammer zuschlug, nur wie ein Gummihämmerchen wirkte. Warum war ihr Leben so geworden, warum war nach ihrer Rückkehr aus den Vereinigten Staaten alles schiefgelaufen? Während des Studiums am MIT war es ihr vergönnt gewesen, für einige Zeit ganz oben, an der Spitze, zu stehen, dank ihres Gedächtnisses hatte sie sogar unter den talentiertesten Mathematikstudenten der Welt zur Elite gehört. Damals war sie auch bis über beide Ohren in Adil verliebt gewesen. Die zwei scharfsinnigsten Talente am MIT im Studienjahr 2000/2001: Eeva Hallamaa und Adil al-Moteiri. Jetzt stellte sich die Lage ganz anders dar: Adil war dreifacher Doktor und ehemaliger Wissenschaftsminister des Irak und sie Lehrbeauftragte, alleinerziehende Mutter und Ex-Drogenabhängige.

Eine Welle des Selbstmitleids überrollte sie mit großer Wucht. Eeva wusste, dass sie in einem solchen Augenblick mit hundertprozentiger Sicherheit zu einem Tütchen mit Speed greifen würde, wenn die Droge erreichbar wäre. Trä-

nen tropften auf ihre Bluse, wurden aufgesogen und bildeten kleine Flecken. Sie war kein Genie wie Adil, sie besaß
nur die Begabung, Zahlen zu sehen, und ein Gehirn, das
die Rechenoperationen wie von selbst ausführte. Adil hingegen war zu allem fähig. Manchmal fürchtete sie, dass sie
ihn gerade deswegen verlassen hatte – aus Neid. Eeva
packte wieder die Wut auf sich selbst. Dabei hatte sie mit
der Trennung von Adil mehr Reife bewiesen als je zuvor.
Der Mann war ein Schatz und gutmütig, lebte aber mit keiner einzigen Zelle in dieser Welt. Sie hingegen war ein normaler Mensch und brauchte einen ebensolchen Partner, so
einen wie Mikko. Das Klingeln ihres Handys unterbrach
ihre Gedankengänge.

»Unbekannte Nummer«, las sie auf dem Display und
ahnte Schlimmes. Am liebsten hätte sie auf die Taste mit
dem roten Hörer gedrückt, aber sie wollte wissen, ob …

»Hier ist der Türke«, sagte Turan Zana in Englisch. »Es
tut mir leid, dass Sie heute Schweres durchmachen mussten, aber ich fürchte, dies war erst der Anfang. Sie …«

»Warum gerade ich? Warum musste der Russe hier bei
mir zu Hause umgebracht werden? Warum …«

»Die Polizei hat Ihnen also nicht die Wahrheit gesagt.
Kirilow wurde nicht bei Ihnen zu Hause getötet. Die Poli-
zei hat den Mann zusammengeschlagen und erschossen in
Hernesaari gefunden«, entgegnete Zana ganz ruhig und
wartete einen Augenblick vergeblich auf Eevas Fragen. »Die
Polizei wird Ihnen Drogenbesitz und vielleicht auch den
Mord an Kirilow zur Last legen.«

Eevas Gehirn arbeitete auf Hochtouren, aber es kam
nichts dabei heraus. … *zur Last legen … Drogenbesitz …
Mord …* Die Worte des Türken klangen ihr in den Ohren.

»Wir wissen beide genau, dass Sie Ihre Tochter verlieren,
wenn Sie wieder wegen Drogenbesitzes verurteilt werden.
Ich kann dafür sorgen, dass Sie entweder als schuldig oder

als unschuldig gelten. Aber ich verspreche, Ihnen zu helfen, wenn Sie mir helfen«, sagte Zana.

»Ich Ihnen helfen. Und wie? Was zum Teufel … Ich erzähle das alles der Polizei«, entgegnete Eeva in barschem Ton.

»Das bringt nun wirklich nichts. Wenn Sie nicht zur Zusammenarbeit bereit sind, wird … etwas passieren. Dann erwartet Sie schon bald eine zweite Überraschung, eine sehr viel schlimmere als die erste. Danach werden Sie garantiert das tun, was ich verlange oder …«

»Warum tun Sie das? Die Wahrheit wird doch herauskommen …« Eeva versagte die Stimme, und sie brach das Gespräch ab.

Die Panik bewirkte, dass Eeva innerlich und äußerlich erstarrte. Am liebsten hätte sie sofort die Polizei angerufen, aber die Warnung des Türken klang ihr noch in den Ohren. Die Polizisten hatten ihr tagsüber nicht geglaubt, warum sollten sie ihr jetzt vertrauen. Vielleicht würde wenigstens Ratamo ihr glauben, oder sollte sie doch erst auf Mikko warten?

Die Tür ging auf, und Mikko Reiman trat herein, als könnte er die Gedanken seiner Lebensgefährtin lesen. Schneeflocken glitzerten auf seinem blonden Haar. Eeva rannte zu Mikko hin, warf sich ihm in die Arme, drückte ihn ganz fest und spürte, wie alles Schlimme von ihr abfiel.

»Ist etwas passiert?«, fragte Mikko schließlich und las die Antwort auf Eevas Gesicht ab. Er legte seine Fotoausrüstung rasch in eine Ecke, streifte den Mantel ab und nahm Eevas Gesicht in seine Hände. »Erzähle, was ist geschehen?«

Eeva zog Mikko am Pulloverärmel zum Sofa, holte ein Glas Wein für ihn und begann ganz ruhig zu berichten. Sie erzählte ihm auch von ihrem Verlangen nach Drogen, und Mikko erfuhr, dass die Polizisten ihr nicht geglaubt hatten.

Verblüffung und Angst wechselten sich in Mikko Reimans Gesichtsausdruck. Es dauerte lange, bis er von dem

Gehörten so viel verdaut hatte, dass er den Mund aufmachen konnte.

»Du hast doch nicht etwa Dummheiten gemacht. Wir haben eine Abmachung. Wir leben zusammen ohne Drogen und ...« Er redete nicht weiter, als er Eevas entsetztes Gesicht sah.

»Das denkst du? Dass ich schwach geworden bin und wieder etwas genommen habe? Wie kannst du auch nur ...«

»Na, diese Geschichte hörte sich ganz genauso an wie jene, die du damals erzählt hast, als du ...«

Eeva brach in Tränen aus, und Mikko nahm sie wieder in den Arm, aber diesmal ließ die Angst nicht nach. Wenn man sie wegen Drogenbesitz verurteilte, dann würde diese Umarmung aus ihrem Leben verschwinden genau wie Kirsi.

9

Jussi Ketonen stürzte sich auf das Pizzastück wie eine Möwe auf Fischabfälle. »Endlich mal wieder ...« Das Gesicht des Rentners strahlte genussvoll. »Aber morgen bei uns zu Hause will ich kein Wort darüber hören. Wenn das herauskommt, darf ich das ganze nächste Jahr nur Salat essen. Marketta setzt heutzutage, was das Essen angeht, so enge Grenzen, dass es schon beängstigend ist.«

Arto Ratamo warf einen Blick zu seiner Tochter, die an der Stirnseite des Bauerntisches saß und kicherte, und schaute dann besorgt zu, wie der übergewichtige Ketonen die Pizza gierig verschlang. Die Hosenträger spannten sich straff über seinem Bauch, man hätte sie gut als Katapult benutzen können. Der Ex-Chef der SUPO stopfte sich mit einer Hand Pizzastücke in den Mund und hielt sich mit der anderen seinen schmerzenden Rücken.

»Was macht der Bandscheibenvorfall?«, fragte Ratamo.

»Es ist besser …« Ketonens Antwort ging im Schmatzen unter.

»Na prima.«

»Es ist besser, wenn du nicht fragst«, knurrte Ketonen. »Denkst du etwa, ich halte mir den Rücken zum Spaß, es tut verdammt weh.«

Alter Giftzwerg, fluchte Ratamo innerlich und würzte dabei seine Pizza mit Senf, Ketchup, Tabasco, Knoblauchpulver und Oregano.

»Du könntest viel Geld sparen, wenn du die Gewürze direkt aus der Dose essen würdest. Unter diesem Gewürzhaufen schmeckt man ja wohl von der Pizza überhaupt nichts mehr«, spottete Ketonen.

Ratamo überhörte die Bemerkung, er betrachtete eine eingerahmte Ansichtskarte, die an der Wand hing und auf der mit blutroten Buchstaben geschrieben stand: »Erste Chronik 21:27.« Die Karte von einem Psychopathen, der sich selbst Engel des Zorns nannte, hatte er vor anderthalb Jahren auf demselben Stuhl das erste Mal gelesen. Der Gedanke an die Ermittlungen in jenem Fall verdüsterte wie durch einen Zauberspruch seine Stimmung, erinnerte ihn aber zugleich daran, dass es um die Dinge in seinem Leben doch ziemlich gut stand, selbst dann, wenn es anscheinend schlecht lief. Es hing immer davon ab, mit wessen Leben man sein eigenes verglich, überlegte Ratamo, und er musste an Eeva Hallamaa denken, die vor ein paar Minuten angerufen und von den neuen Drohungen des Türken berichtet hatte. Die bereiteten Ratamo ebenso Kopfzerbrechen wie die Tatsache, dass er Eeva die Blutspuren an ihren Händen hatte abwaschen lassen. Die DNA, die man durch das Blut gefunden hätte, wäre wichtiges Beweismaterial gewesen.

»Wie findest du Eeva?« fragte Ratamo in möglichst alltäglichem Ton.

Nelli steckte sich gerade ein Stück Pizza in den Mund

und schaute ihren Vater neugierig an. »Wieso? Die ist ganz okay.«

Ratamo stellte fest, dass Nelli klare Augen hatte und eine gesunde Gesichtsfarbe. Das mysteriöse Fieber, unter dem sie längere Zeit gelitten hatte, war wohl doch nur die Folge einer besonders langwierigen Grippe gewesen.

»Benimmt sich Eeva manchmal ... merkwürdig? Hat Kirsi irgendetwas Ungewöhnliches erzählt?«, erkundigte sich Ratamo und wünschte sich einmal mehr, er hätte ein besseres Verhältnis zu seiner Tochter. Selbst wenn Nelli von Geheimnissen Eevas etwas wüsste, würde sie die ihm kaum anvertrauen.

»Was stellst du denn für Fragen? Die Eeva macht nichts Merkwürdiges. Echt nett ist sie ...«, sagte Nelli. Sie streichelte Musti, die auf dem Boden lag und schniefte, und wich dem starren Blick ihres Vaters aus.

Ratamo erwiderte nichts und schaute seine Tochter nur eindringlich an.

»Na, also vor einem Jahr war sie irgendwie in Behandlung. Und dann hat sie Männerbekanntschaften gehabt, das waren Ausländer; Araber oder so«, sagte Nelli bekümmert.

»Wann ... jetzt in letzter Zeit?«, fragte Ratamo interessiert.

»Weiß ich nicht mehr. Über so was reden wir sonst nicht, das war nur irgendwann mal«, murmelte Nelli und verschwand in ihrem Zimmer, Musti folgte ihr auf den Fersen.

Ratamo rief seiner Tochter in betont strengem Ton hinterher, sie solle die Hausaufgaben nicht vergessen. Dann dachte er über Nellis Worte nach: »*... Männerbekanntschaften, Araber oder so.*« Hatte Kirsi Hallamaa den Mann gesehen, den ihre Mutter den Türken nannte? Er beschloss, Nelli später noch mehr Fragen zu stellen.

»Also, nun lass mal hören, worum es geht. Erzähl die ganze Geschichte«, befahl Ketonen ungeduldig.

Die drei letzten Stücke der Pizza verschwanden in Ketonens Magen, einem Fass ohne Boden, während Ratamo seinem ehemaligen Vorgesetzten alles erzählte, was er von Eevas Fall und vom Mord an Kirilow und dessen Hintergrund wusste.

»In Nellis Pizza ist offenbar Gemüse«, sagte Ketonen und verzog den Mund, als hätte er einen Filzlatschen gegessen.

Ratamo war überrascht, dass sich sein Ex-Chef nicht sonderlich für den Fall interessierte. In der Regel fragte Ketonen ihn zu den Ermittlungen der SUPO so beharrlich aus, dass es Ratamo manchmal schon zu viel war. »Anscheinend bin ich der Einzige, der glaubt, dass Eeva nichts mit dem Mord an Kirilow zu tun hat. Ich kenne die Frau. Sie war echt erschüttert und voller Angst, als sie hierherkam, und auch dann noch, als sie Kirsi abgeholt hat. Das gilt auch für die Verhöre. Eeva glaubt aufrichtig, dass Kirilow bei ihr zu Hause in der Sepänkatu umgebracht wurde«, fasste Ratamo zusammen.

»Nehmen wir einmal spaßeshalber an, dass Eeva Hallamaa die Wahrheit sagt.« Ketonen rülpste und strich eine graue Haarsträhne aus der Stirn. »Und nehmen wir an, dieser ... Türke wollte nur, dass Eeva der Polizei irgendeine Nachricht übermittelt. Warum hätte er sich dann so viel Mühe gemacht, den Mord an Kirilow in Eevas Wohnung zu inszenieren, den Russen anschließend nach Hernesaari zu kutschieren und ihn dort umzubringen? Warum hat der Türke Eeva nicht einfach nur die Nachricht mitgeteilt?«

Ratamo runzelte die Stirn und versuchte vergeblich, sich eine Antwort einfallen zu lassen.

»Und warum«, fuhr Ketonen fort, »sollte sich der Türke gerade Eeva Hallamaa aussuchen, wenn die überhaupt nichts mit dem ganzen Fall zu tun hat?«

Ratamo seufzte, als ihm klar wurde, dass Ketonen recht hatte.

»Junge, denke an Occams Rasiermesser: Von gleich guten Erklärungen ist die einfachste höchstwahrscheinlich die richtige.« Ketonen schien sich seiner Sache sicher zu sein. »Wie du selbst gesagt hast, ist Eeva Hallamaa eine intelligente Frau. Am wahrscheinlichsten ist, dass sie Kirilow selbst umgebracht und sich die ganze Geschichte von dem Türken als Alibi ausgedacht hat.«

Diesmal konnte sich Ratamo nicht einmal darüber aufregen, dass Ketonen »Junge« zu ihm sagte. »Das ist doch nicht dein Ernst. Was soll denn Eevas Motiv sein? Sie müsste ein ziemlich starkes Motiv haben, denn sie würde ja ihr Sorgerecht für Kirsi gefährden. Und wie sollte Eeva in der Lage sein, Kirilow derart zu misshandeln?«

»Warum gehst du davon aus, dass die Frau allein gehandelt hat?«, fragte Ketonen. »Mit Drogen hat das in jedem Fall zu tun, wenn Eeva nun mal wieder Speed nimmt und bei ihr nichts anderes Problematisches zu finden ist. Kirilow war Drogendealer, und auch diese Nachricht des Türken, egal ob Eeva sie sich ausgedacht hat oder nicht, hängt mit Drogen zusammen. Vielleicht hat die Frau Schulden und wird erpresst.«

»Ich kenne diese Frau«, entgegnete Ratamo, er wurde allmählich nervös.

»Morgen wird sich die Sache auf jeden Fall weiter klären, dann kommen die Laborergebnisse, die Todesursache Kirilows, Informationen durch das Abhören ihres Telefons und die technische Überwachung ...«, erklärte Ketonen, um Ratamo zu beruhigen. »Man kann aber wirklich nur hoffen, dass die von Eeva übermittelte Nachricht nicht stimmt, sonst haben wir es auch hier bald mit dem größten Drogenproblem aller Zeiten zu tun.« Ketonen stand auf und dehnte seine Hosenträger, was meist bedeutete, dass er die Absicht hatte, nach Hause zu gehen.

Ratamo überlegte, ob er Ketonen noch erzählen sollte,

wie explosiv die Atmosphäre in der SUPO seit einiger Zeit war, doch er entschloss sich, darüber ein andermal zu sprechen. Dann sagte er Nelli, er gehe zu Timo Aalto, Elchfleisch holen, und zog sich die Jacke an. Nachdem sich Ketonen von seinem Hund verabschiedet hatte, verließen beide zusammen die Wohnung.

Kurz darauf hörte Ratamo mit dem neuen CD-Player seines dreiunddreißig Jahre alten museumsreifen VW Musik von Leonard Cohen und dachte über die Arbeit nach. Warum erzählte man ihm nicht, was die SUPO über Wassili Arbamow wusste? Und wie würde er denn im Ernstfall mit Riitta Kuurma auskommen? Unter der Oberfläche schwelte es, das wußten neben ihnen alle in der SUPO. Alte Liebe reizte Ratamo nicht, vorbei war vorbei, zumal er dank Ilona auch an anderes denken konnte als an die SUPO. Das half ihm, die belastenden Erfahrungen der letzten Jahre zumindest zeitweise zu vergessen. Es ärgerte ihn, dass der Sonntag mit Ilona nun wegen der dringenden Ermittlungen zu einem gemeinsamen Abend schrumpfen würde. Und auch den müsste er teilweise einem Besuch bei Marketta und Ketonen opfern.

Ratamo parkte den Käfer auf dem Hof von Timo Aaltos Eigenheim in der Kuusiniementie und musste aus irgendeinem Grund an jenen Tag denken, an dem sein Kindheitsfreund für den Rest des Lebens seinen Rufnamen bekommen hatte: Am Schwarzen Brett im Gymnasium stand auf einer Namensliste statt Timo Aalto Himo Aalto. Die Softwarefirma seines Freundes lief derzeit so gut, dass der kürzlich mit seiner Familie aus Espoo in ein protziges zweigeschossiges Haus am Ufer von Kuusisaari gezogen war. Jeden Winter erhielt Ratamo von seinem Freund, der zur Jagd ging, einen Eimer voll Elchfleisch.

Das Geräusch der Klingel erinnerte an die Glocken des Domes in Helsinki. Ratamo wartete im klirrenden Frost darauf, dass die Tür aufging, bis er die Geduld verlor und auf der Klingel ein Konzert aufführte, das in ihm den Verdacht weckte, alle Bewohner von Kuusisaari würden sich sogleich zum Abendgottesdienst versammeln. Endlich erschien Himoaalto mit zusammengekniffenen Augen in der Tür, er hielt einen Drink in der Hand und stammelte undeutlich Entschuldigungen.

Ratamo schnauzte seinen Freund an: »Du solltest dir am Feierabend eines Werktages eine vernünftigere Beschäftigung einfallen lassen als zu saufen.«

»Und was? Außerdem sind unsere Frauen so selten über Nacht bei den Schwiegereltern, dass man solch eine Gelegenheit gründlich ausnutzen muss«, rechtfertigte sich der zwei Meter große Aalto aus seiner Höhe. »Herein mit dir, dann kannst du in die Sauna gehen und kriegst ein Bier. Calvados findet sich auch.«

»Dreimal darfst du raten, ob ich mit dem Auto gekommen bin? Und morgen ist ein Arbeitstag«, entgegnete Ratamo, obwohl er bei einem Bier nur selten nein sagte und bei der Sauna nie. »Na ja, für ein paar schnelle Aufgüsse reicht die Zeit immer«, fügte er dann jedoch hinzu, betrat das Haus, zog seine Jacke in dem drei Meter hohen Foyer aus und überlegte, wie viel so eine Bude wohl kostete. Mit Blick aufs Meer und allem. Wahrscheinlich mehr, als er in seinem ganzen Leben verdienen würde.

Wenig später saßen die beiden schon in der Sauna und hörten zu, wie das Wasser zischte. Zwischen den Aufgüssen wurde die Stille nur von den Schweißtropfen unterbrochen, die auf den Boden fielen. Aus irgendeinem Grund unterhielten sie sich auf der Saunapritsche nur sehr selten.

Nach zwei schnellen Aufgüssen und einer lauwarmen Dusche bekam Ratamo eine Bierflasche in die Hand gedrückt, und die beiden Freunde setzten sich in die Sessel des Kaminzimmers, um Neuigkeiten auszutauschen. Himoaalto sagte, die Geschäfte gingen derzeit gut. Und dann kam er auf die Zeit vor ein paar Jahren zu sprechen, seinen Rausschmiss bei der Datenschutzfirma SH-Secure und die darauffolgende Arbeitslosigkeit, während der er sich um ein Haar totgesoffen hätte.

Ratamo kannte die Geschichten seines Freundes auswendig, er wartete darauf, dass er zu Wort kam, betrachtete interessiert die Ölbilder an der Wand und schob sich einen Priem unter die Lippe.

Himoaalto bemerkte, wo Ratamo hinschaute. »Laura zeichnet neuerdings mit viel Begeisterung Vögel, als Modell verwendet sie Fotos von mir. Und ich gebe den Bildern Namen.« Er wies mit andächtiger Miene auf das Werk, das ganz in ihrer Nähe hing. »Der Hebekranich, *Aparatus massicus*, flugunfähig, mit langen Gliedmaßen, bedächtig in seinen Bewegungen, ein guter Wanderer«, verkündete er feierlich und zeigte schon auf das nächste Gemälde. »Der Staunkönig, *Perplex baffus*, macht häufig große Augen, der Schnabel steht meist offen. Gibt erstaunliche Geräusche von sich, sobald er verblüfft ist.«

»Mein Patenkind ist ja begabt«, stellte Ratamo fest und empfand Gewissensbisse, weil er eine Weile unschlüssig gewesen war, ob er sich überwinden sollte, für Nellis Reitstunden eine astronomische Summe zu bezahlen. Die Kinder mussten doch Hobbys haben.

Himoaalto ließ die Eisstückchen in seinem Glas klirren und hob es in Richtung des Gemäldes, das über dem Barschrank hing. »Der Schluckspecht. *Ballantines preferae*, gehört zur Familie der Trinkfreudigen, ist im Lauf der Evolution aus dem Blaukarpfen entstanden. Und daneben sehen wir das absolute Meisterwerk, den Schnorrsittich, *Gaunerus chamarocicus*, ein entfernter Verwandter des Kuckucks, die niedrigste Unterart der Rückgratlosen. Wandert zuweilen in Schluckspechtschwärmen mit.«

Ratamo lachte und trank sein Bier aus. »Es ist vermutlich besser, wenn ich gehe, bevor ich auch so richtig gut in Stimmung komme. Morgen ist ein harter Tag.«

Aalto murrte enttäuscht, verschwand für einen Augenblick und kehrte dann mit einem zehn Liter fassenden Plastikeimer zurück, der vor rohem Elchfleisch fast überquoll.

Ratamo trat hinaus, es war eisig kalt und schneite so heftig, dass man kaum etwas sah. Er stellte den Eimer auf den Boden vor dem Beifahrersitz, wischte den Schnee vom Auto und musste dabei gähnen. Es würde aber noch Stunden dauern, bis er in sein Bett käme, das ärgerte ihn, denn ausgerechnet jetzt war er müde und könnte vielleicht endlich mal richtig schlafen. Aber es half nichts, die Fleischklumpen mussten zerteilt und noch heute abend eingefroren werden.

Die Räder mit den Sommerreifen drehten eine Weile durch, bis sie auf eine Stelle mit Streusand trafen, dann ruckte das Auto an. Es machte ihn wütend, dass er manchmal einfach nichts zustande brachte. Nur ein Idiot fuhr bei solchem Wetter mit Sommerreifen: In dem dichten Schneetreiben war die Sicht fast gleich null.

Auf den vereisten und mit Schnee bedeckten Straßen bewegte sich sein Wagen wie auf Teflon. Ratamo fuhr höchstens siebzig und versuchte seinen Käfer von allen anderen Fahrzeugen fernzuhalten.

In Helsinki wunderte sich Ratamo am Ende des Länsiväylä, wo die Ampeln von Ruoholahti blieben. Er kniff die Augen zusammen, beugte sich zur Windschutzscheibe vor und versuchte zwischen den hin- und herrauschenden Scheibenwischern und dem dichten Schneevorhang irgend eine vertraute Landmarke zu erkennen. Dann sah er plötzlich die rote Ampel: Bis zur Kreuzung waren es nur noch ein paar Meter. Er trat bei einem Tempo von sechzig das Bremspedal durch, und der VW rutschte zur Seite wie ein

Stein auf einer Curling-Bahn. Der Fahrer wurde zum Fahrgast, als sich der Käfer um seine Achse drehte. Ratamo sah, wie der Rand der Verkehrsinsel rasend schnell auf ihn zukam, dann krachte es, und Ratamo fühlte irgendetwas Feuchtes und Warmes auf seinen Armen – Elchfleisch.

Zum Glück tat nichts weh, aber das Auto hatte garantiert gelitten. Ratamo schaute sich um und bemerkte, dass die vorbeifahrenden Autos ihre Geschwindigkeit verringerten. Eines hielt fast neben ihm an, der Fahrer starrte neugierig zu ihm herüber und tippte etwas in sein Handy ein. Plötzlich riß eine Passantin, die vom Fußweg der Porkkalankatu aufgetaucht war, die Tür des Volkswagens auf.

»Ist alles in Ordnung?«, konnte die Frau gerade noch fragen, bevor sie die überall herumliegenden Fleischklumpen sah, einen Schrei ausstieß und wegrannte.

SONNTAG

10

»Da ist unser drittes Opfer«, sagte Turan Zana und berührte mit der Nasenspitze fast die Fensterscheibe der Beratungsstelle »Tip« für Drogenabhängige im Stadtteil Kallio.

»Genau, mein Bruder, sie muss noch heute sterben«, antwortete er sich selbst und beobachtete dabei, wie eine etwa zwanzigjährige kahlköpfige Frau in Jeans und einem schmutzigen Parka Nadeln und Spritzen in die Tasche steckte.

Die Zielperson war gewissenhaft ausgewählt worden: Die bei ihren Eltern wohnende Studentin gab sich die Spritze meist morgens entweder an den Felsen hinter dem Stadttheater oder bei starkem Frost irgendwo in deren Nähe, an jedem beliebigen Ort, der warm war und zu dem sie gerade Zugang fand. Die kurdischen Helfer Zanas hatten in den letzten Tagen drei Opfer mit viel Sorgfalt ausgewählt: Es handelte sich um Junkies, die Heroin von Kirilow gekauft hatten, ihren Stoff allein nahmen und auf öffentlichen Plätzen fixten. Zana hatte nicht die Zeit, sich um alle drei Opfer selbst zu kümmern, also durften seine Helfer die beiden anderen töten.

Er überquerte die Toinen linja und bezog seinen Beobachtungsposten hinter der schwarzen Mauer, die den Vorhof des Behördengebäudes schützte. Die Metallplatten an der Fassade des Hauses der Beratungsstelle waren so stark oxydiert, dass sie verschimmelt aussahen.

Die drogensüchtige junge Frau dürfte ziemlich genauso alt sein wie er zu der Zeit, als sich alles geändert hatte, überlegte Zana. Er war ein ganz normaler achtzehnjähriger Chemiestudent gewesen, als er im Dorf Fis am 27. November 1978 an der Gründungsversammlung der Arbeiterpartei Kurdistans teilnahm. Er wurde verhaftet, das Militärgericht befand, er sei Mitglied der PKK, und verurteilte ihn zu zehn Jahren Gefängnis. Nach fünf Jahren Tortur verhalfen ihm die Männer von Apo Öcalan zur Flucht und schickten ihn in das Ausbildungszentrum der PKK, die *Mahsum Korkmaz*-Akademie, nach Syrien.

Als die Drogensüchtige den »Tip« verließ und den Fußweg betrat, schlug der vor Kälte zitternde Zana den Kragen seines wollenen Mantels hoch und zog den Hut tiefer in die Stirn. Der Morgen war unangenehm frostig. Zana war Kälte gewöhnt, zu Hause in Diyarbakir lag die Durchschnittstemperatur in den Wintermonaten deutlich im Minusbereich, aber hier empfand er sie anders als in Kurdistan. Das lag vermutlich an der kräftigen Brise, die vom Meer herüberwehte, der schneidende Wind ließ auch die Haut steif werden wie eine Schicht aus Wachs.

Die junge Frau verließ den Hakaniemi. Zana überquerte die Straße und fuhr zusammen, als er im Fenster eines Büros im Erdgeschoss die schwarzen und weißen Flecken in seinem Gesicht erblickte. Es sah aus wie ein Schachbrett: Auf den Narben wuchs kein Bart, und die von der Kälte betäubte Haut sah ganz weiß aus. Warum hatte er sich nicht rasiert, so ein Gesicht würde niemand vergessen.

Er hielt einen sicheren Abstand zu der Frau, denn ein breitschultriger Mann, der aussah wie ein Ausländer und jemanden beschattete, fiel leicht auf. Beim Gehen wurde ihm etwas wärmer. Eine derartige Kälte, die einem bis ins Mark kroch, hatte er das letzte Mal erlebt, als er sich in der Gebirgshöhle in der Nähe von Hasankeyf das Gesicht und die Zehen erfroren hatte. Er mochte Helsinki nicht, durch diese vereisten Straßen ging er nur, weil es Adil al-Moteiri befohlen hatte und weil er auf dessen Versprechen vertraute, der PKK bei der Schaffung eines unabhängigen Kurdistans zu helfen. Und weil er sich so an den Türken rächen durfte.

Die Drogensüchtige blieb an der Kreuzung von Toinen linja und Castreninkatu stehen, schaute sich unruhig um und bog dann nach rechts ab. Zana beschleunigte sein Tempo und fürchtete schon, die Frau könnte doch zum Fixen in irgendeine Privatwohnung gehen. Als er die Kreuzung erreichte, sah er niemanden mehr, sein Opfer war verschwunden. Er überquerte die Straße, zerrte an der abgeschlossenen Haustür und kehrte auf den Fußweg zurück. Die Drogenabhängige war nicht zu sehen. Beruhige dich, sie kann sich nicht in Luft aufgelöst haben, sagte sich Zana und betrachtete die Umgebung genau, Meter für Meter, bis er seinen Blick auf einen Bretterschuppen heftete, der auf dem Hof des Nachbarhauses stand.

Er ging über die Einfahrt in den Innenhof, näherte sich vorsichtig dem Müllschuppen, blieb an der Wand stehen und spähte durch den Spalt zwischen den Brettern. Zana seufzte erleichtert: Die junge Frau holte gerade aus ihrer abgegriffenen schwarzen Schultertasche das Zubehör heraus und legte es mit zitternden Händen nebeneinander auf den eisigen Beton. Dann zog sie ihren Parka aus, krempelte den linken Ärmel ihres Pullovers bis zum Oberarm hoch und wickelte zum Abbinden ein dickes Gummiband oberhalb der Armbeuge um den Arm.

Die Fixerin gab das Heroin auf einen Löffel und sprühte auf das Pulver Zitronensäure aus einer kleinen Plastikflasche. Sie erwärmte den Löffel mit dem Feuerzeug und rührte den Stoff mit einem Streichholz um. Schließlich ließ sie einen Zigarettenfilter auf den Löffel fallen, nahm die Injektionsspritze, leckte die Nadel ab und zog die Blasen bildende Flüssigkeit durch den Filter in die Spritze.

Nun spannte sie das Gummiband und hielt ein Ende mit den Zähnen fest. Sie klopfte mit dem Finger auf die dicke Vene in ihrer Armbeuge, bis sie deutlich hervortrat wie ein dunkelblauer Wurm, dann drang die Nadel langsam in die Vene, und die Spritze wurde geleert. Die Frau ächzte deutlich hörbar und sackte zusammen, es schien so, als wären wirklich alle Muskeln ihres Körpers gleichzeitig erschlafft.

Zana betrat den Raum für die Müllcontainer und schaute verächtlich auf die Spritze, die in der Ellbogenbeuge der auf dem Boden liegenden Frau zitterte, er sah ihren abwesenden Blick und ihr seliges Lächeln. Das würde ihr gleich vergehen. Jeder Feind ist ein Türke, auch diese Frau.

»Es muss wie eine normale Überdosis aussehen«, sagte er.

»So ist es, mein Bruder, überstürze nichts.«

Zana kniete sich neben die junge Frau und zog aus seiner Brusttasche eine Injektionsspritze. Er riss ihre Spritze aus der blutverschmierten Armbeuge, schob seine hinein, schoss der Frau die tödliche Ladung in die Vene und zog die Nadel heraus. Seiner Meinung nach verdiente auch sie es, eine seiner Weisheiten zu hören.

»Die Überreste der alten Denkweise, die das alte System widerspiegelt ...« Zana wusste nicht mehr weiter, er dachte angestrengt nach. »... bleiben noch lange in den Köpfen der Menschen und sind nicht leicht herauszubekommen.«

Zana untersuchte die Taschen der Drogensüchtigen, fand aber kein Heroin. Vielleicht hatte sie ihr letztes Pulver verwendet und den Beutel in einen der Müllcontainer geworfen. Er nahm aus seiner Tasche ein nicht ganz gefülltes Tütchen mit Heroin, versah es mit den Fingerabdrücken seines Opfers und steckte es in ihre Hosentasche. Nun hatte er einen Hinweis auf Arbamow hinterlassen. Im Labor der Polizei würde man herausfinden, dass ihr Heroin das gleiche war wie das bei Kirilow gefundene. Das Heroin für Arbamow war mit Absicht so verarbeitet, dass man es leicht identifizieren konnte.

Schnell verließ er den stinkenden Müllraum und wäre um ein Haar mit einer Frau zusammengestoßen, die einen Rollator schob und ihm wütend etwas hinterher rief. Der Schnee knirschte unter seinen Schuhen, als er eilig in Richtung Helsinginkatu lief. Jetzt waren alle drei finnischen Opfer erledigt. Er leistete eine heldenhafte Arbeit zum Wohle der Kurden. Kein anderes Volk hatte so viele Qualen, Leiden und Heimsuchungen erdulden müssen.

Zana senkte den Kopf, als die Flut der Erinnerungen über ihn hereinbrach. Im Spätsommer 1972 hatte sein Vater ihn allein verreisen lassen; für den zwölfjährigen Jungen war die Fahrt nach Bahdina im Nordirak zum Verwandtenbesuch bei seinem Onkel Mehdi ein wichtiges Ereignis gewesen, ein Schritt auf dem Weg, auf dem man zum Mann wurde. An einem der vielen heißen Tage, als er und sein Cousin Masud die Schafe auf den Weiden oberhalb des Dorfes hüteten, war plötzlich und völlig unerwartet das Geräusch von Flugzeugen zu hören gewesen. Voller Angst hatten sie beobachtet, wie Bomben auf Masuds Heimatdorf fielen. Zana sah ihn immer noch vor sich, den hellgelben Rauch, der sich überall ausbreitete, als die Bomben explodierten, und genauso roch wie das Schädlingsbekämpfungsmittel zu Hause, ein wenig nach Apfel und Knoblauch. Als sie ins Dorf rannten, bekamen sie von dem Rauch einen bitteren Geschmack im Mund, die Nase lief, die Augen tränten, und ihr Sehvermögen hatte sich getrübt. Der Anblick, der sie im Dorf erwartete, hatte sich für immer eingefressen: Die Haut der Dorfbewohner, die das Gas eingeatmet hatten, war dunkel geworden, und aus ihren Nasen und Mündern floss Blut. Erst viel später hatte er gehört, dass in jenem Jahr über 200 000 Kurden ermordet worden waren.

Es interessierte Zana immer noch nicht, ob sein Onkel

Mehdi durch Senfgas, Sarin, Tabun, VX-Nervengas oder Zyanidgas umgebracht worden war, er wollte nicht einmal wissen, ob ein irakisches oder iranisches Flugzeug die Bomben abgeworfen hatte. Ihn interessierte nur eines: die Rache und der unabhängige Kurdenstaat.

Eine Gruppe Jugendlicher, die am Rand der Eisbahn auf dem Brahen kenttä herumlungerten, rief Zana irgendetwas zu, aber das Gejohle verstummte, als er ihnen sein fleckiges Gesicht zuwandte. Schon bald würde er Adil anrufen und ihm mitteilen, dass alles wieder verlaufen war wie vorgesehen – also perfekt. Etwas anderes wäre für Adil auch nicht gut genug, der Mann erwartete von allen den gleichen Perfektionismus wie von sich selbst. Zana war das nur recht, denn das war die beste Garantie dafür, dass Adil auch fähig sein würde, sein der PKK gegebenes Versprechen einzuhalten. Adil al-Moteiri, Wohltäter der Kurden.

Aus irgendeinem Grund wartete Zana voller Wärme auf die nächste Begegnung mit Adils ehemaliger Freundin Eeva Hallamaa. Heute hörte die Polizei ihre Telefongespräche wahrscheinlich schon ab, also müssten sie sich von Angesicht zu Angesicht treffen.

Der Gedanke erregte ihn.

11

Sie sieht mitgenommen aus und älter, als sie ist, trotzdem ist sie die schönste Frau, die ich je gesehen habe, dachte Adil al-Moteiri niedergeschlagen, während Eeva direkt auf sein Auto zulief. Wie sehr Spinoza doch mit seiner Behauptung recht hatte, alle Gefühle des Menschen seien von der Freude oder der Trauer abgeleitet. Adil erkannte in seiner Sehnsucht zu gleichen Teilen Freude über die Zeit mit Eeva und Trauer, dass ihr Zusammenleben vorbei war.

Sein Mietwagen surrte im Leerlauf vor dem Lieferanten-eingang des Physicum-Gebäudes auf dem Campus Kum-pula der Universität Helsinki. Hier lief Eeva auf dem Weg von der Straßenbahnhaltestelle zu ihrem Arbeitsplatz im-mer entlang. Adil schob sein Gesicht näher an die getönte Scheibe des Mégane, als Eeva nur wenige Meter von ihm entfernt vorbeiging. So nahe war er seiner Geliebten jah-relang nicht gewesen, fast konnte er ihren Duft riechen. Er spürte die Sehnsucht als physischen Schmerz in den Schläfen, am liebsten wäre er ausgestiegen und hätte Eeva einfach in die Arme genommen. Nur mit großer Mühe vermochte Adil seinen Wunsch zu unterdrücken. Doch die Zeit für ein Treffen war noch nicht gekommen, aber bald würde es so weit sein: Sobald Eeva einsah, dass man ihr helfen wollte, ihr Leben zu ändern, damit es besser wurde.

Eeva war nie fähig gewesen, seine Genialität zu verste-hen, das machte Adil traurig. In der ganzen Zeit ihrer Be-ziehung hatte sie sein Anderssein nur für besorgniserregend und peinlich gehalten. Wenn sie wütend war, hatte sie ihn manchmal sogar als Verrückten bezeichnet.

Adil akzeptierte sein Gemüt mit all den Schwankungen, weil Gemütsruhe und Wohlgefühl noch nie jemanden zu großen Taten angespornt hatten. Schon Aristoteles soll ge-fragt haben, warum alle hervorragenden Männer, ob Phi-losophen, Staatsmänner, Dichter oder Künstler, offenbar Melancholiker gewesen seien. Und Seneca sagte: »Es hat keinen großen Geist ohne eine Beigabe von Verrücktheit gegeben.« Die Zitate tauchten aus seinem Gedächtnis auf, als würde er sie in einem Buch lesen.

Zu seiner großen Überraschung fühlte er, wie eine Träne über sein Gesicht rollte, als Eeva hinter der nächsten Ecke verschwand. Eine unwillkürliche Reaktion, dachte er und schaute auf eine Seite aus einem Physiologie-Buch, die er mit geschlossenen Augen vor sich sah. Es machte ihn wütend, dass er imstande war, alles zu beherrschen, nur sein Gedächtnis nicht. In jungen Jahren hatte er versucht, das Meer der Informationen, das in seinem Kopf wogte, loszuwerden, indem er jedes Detail aufschrieb, aber dadurch waren die Erinnerungsbilder nur noch klarer geworden. Er hatte sogar seine Aufzeichnungen verbrannt, als würde das helfen, den Kopf frei zu bekommen.

Adil schaltete die Stereoanlage ein, und neben dem Rasseln des Motors war nun die tiefe Stimme des Kehlkopfsängers Hosoo zu hören. Er gab Gas und fuhr in Richtung Zentrum, lachte, als er auf einem Wegweiser den Namen des Stadtteils Arabianranta las, und bog in die Uferstraße von Hermanni ab. Der morgendliche Verkehr floss ruhig dahin. Auf der Hämeentie fuhr er an dem Geschäft für orientalische Lebensmittel »ViiVoa« vorbei und hätte fast gebremst. Doch ihm fiel gerade noch rechtzeitig ein, dass der Laden sonntags geschlossen war. Na egal, während des ganzen Jahres, das er vor einiger Zeit hier verbracht hatte, war es ihm jedenfalls nicht gelungen, in irgendeinem Geschäft überreife *Austa umram*-Datteln oder wenigstens reife *Barhi*-Datteln zu bekommen.

Die vergitterten Fenster des Supermarktes von Hakaniemi katapultierten ihn in Gedanken wieder einmal an den Ort, den er so hasste wie keinen anderen. Er erinnerte sich an das Wesen der Angst, als er die Zelle in Camp Bucca vor sich sah, mit all ihren Einzelheiten: die Risse im Beton, den das Sonnenlicht nie erreichte, an den Wänden Kerben, eingekratzt von Fingernägeln, und Striche, mit denen die Gefangenen versuchten, über den Ablauf der Tage Buch zu führen, und die flinken schwarzen Schaben, die über die Striche rannten wie Sprinter im Stadion.

Das einfallslose Klingeln des Handys übertönte den Kehlkopfgesang.

»Die drei Drogenabhängigen in Helsinki sind erledigt. Bei allen wird man ... Stoff von Arbamow finden«, versicherte Turan Zana.

»Gute Arbeit. Wie ist die Lage anderswo, wie viele Bestätigungen hast du bekommen?«

Man hörte in der Leitung, wie Papier raschelte. »Drei wurden in Stockholm, in Oslo und in Warschau erledigt und fünf in London. Das heißt, ich erwarte noch Informationen von den meisten meiner Männer.«

»Der Stoff wird ja wohl reichen, ihr liefert doch ständig Nachschub in alle Länder?«, fragte Adil in strengem Ton.

»Aber natürlich. Obwohl Arbamows Männer den Stoff wirklich in einem unglaublichen Tempo überall in Europa unter die Leute bringen. Nach Brüssel und Hamburg wurde heute die dritte Lieferung innerhalb einer Woche geschickt.«

»Vergiss nicht auszuruhen, bevor du Eeva Hallamaa besuchst«, sagte Adil und wollte das Gespräch gerade beenden, als Zana etwas in den Hörer rief, damit Adil noch am Telefon blieb.

»Arbamow hat einen neuen Mann nach Finnland geschickt. Er heißt German Dworkin.«

Adil räusperte sich. »Nun, du weißt ja, was mit Dworkin geschehen wird. Sobald die Zeit gekommen ist.«

»Wer warten muss, dem wird die Zeit lang, Sayyid«, erwiderte Zana unterwürfig.

»Wir machen einen Schritt nach dem anderen, genau wie vorgesehen«, fuhr Adil ihn an und drückte auf die Taste mit dem roten Hörer. Es brachte ihn in Rage, wenn Zana ihn Sayyid nannte.

Adil interessierte es nicht sonderlich, dass die direkte Verbindung seiner Familie zum Propheten schon im 16. Jahrhundert in der Al-Azhar-Universität in Ägypten nachgewiesen worden war. Oder dass seine Vorfahren im 7. Jahrhundert auf die eine oder andere Weise in Medina den ersten vier Kalifen gedient und am Ende des 16. Jahrhunderts das sagenumwobene Heerwesen der Osmanen entwickelt hatten. Oder dass sein Großvater unter dem irakischen König Faisal I. Verteidigungsminister gewesen war und sein Vater unter Präsident Ahmad Hasan al-Bakr Vizepremier. Das war alles vergangen und vorbei. Etwas anderes aber interessierte ihn sehr: Einer seiner Brüder war heute Generalstabschef der syrischen Armee, ein anderer Berater des jordanischen Außenministers, und in Führungspositionen fast aller arabischen Länder fanden sich nahe Verwandte von ihm. Die Achtung, die man seiner Familie in den arabischen Ländern entgegenbrachte, würde ihm viele Türen öffnen. Und hatte schon etliche geöffnet.

In der Kluuvikatu verringerte Adil die Geschwindigkeit, bog ab und fuhr auf die dunkle Hubtür des Parkhauses zu, als plötzlich ein junger Mann in einem zu großen Parka und mit einer Pudelmütze aus der Galerie Kämp herausgeschossen kam und vor das Auto lief. Adil bremste, der Mégane kam auf der vereisten Straße ins Rutschen und blieb erst stehen, als er nur noch wenige Zentimeter von dem jungen Mann entfernt war, der einen Plastikbeutel trug und Adil verdutzt anstarrte. Erweiterte Pupillen und verlangsamte Reaktionen – ganz eindeutig ein Drogenabhängiger, vermutete Adil.

Leute wie ihn brachten sie heute um, dachte Adil, während er auf der Rampe ins Parkhaus hinunterfuhr. Er durfte die ermordeten Junkies nicht bemitleiden. Der Tod einiger Drogensüchtiger war der Preis, der gezahlt werden musste, um das Leben Tausender oder Zehntausender Menschen zu schonen. Um das Gute zu erreichen, war man zuweilen gezwungen, etwas Böses in Kauf zu nehmen; bedeutende Dirigenten wie er mussten das große Ganze sehen. Indem er dafür sorgte, dass Wassili Arbamow vom Drogenmarkt verschwand und Europa nicht mehr mit Heroin überschwemmt wurde, würde er Tausenden jungen Leuten die Hölle der Drogenabhängigkeit ersparen.

Adil fuhr mit dem Fahrstuhl aus dem Parkhaus in die zweite Etage des Hotels »Kämp« und betrat bald darauf sein enges, aber luxuriös eingerichtetes Zimmer. Er schaltete den Fernseher ein, suchte den CNN-Nachrichtenkanal und schüttelte den Kopf: Wieder ein Terroranschlag in Jerusalem. Orthodoxe Juden in den orangefarbenen Schutzwesten der Organisation Zaka suchten Körperteile in den Resten des von einem Selbstmordattentäter in die Luft gesprengten Busses. Für die Juden war der menschliche Körper so heilig, dass es jedes einzelne Teil verdiente, begraben zu werden. Adil empfand große Wertschätzung für diesen Grundsatz.

Er warf sich der Länge nach auf das viel zu weiche Bett und versuchte sich zu entspannen, aber sein Gehirn arbeitete pausenlos weiter, wie ein Uhrwerk. Die Vernichtung Arbamows war gut angelaufen. An diesem Tag würde es überall in Europa Drogentote geben, das würde die Aufmerksamkeit der Polizei wecken. Bei jedem toten Drogenabhängigen fände sich das gleiche Heroin wie bei Kirilow. Die Polizei wusste, dass Kirilow für Arbamow arbeitete, und die Nachricht, die Eeva der finnischen Polizei übermittelt hatte, war dann noch ein Wink für die Behörden, dass Arbamow die Verantwortung für diese Heroinwelle trug. Schon bald würden alle Gesetzeshüter zwischen Eismeer und Mittelmeer von Arbamows Plan wissen. Doch das war erst das Vorspiel in der Aufführung, die Arbamows Vernichtung zeigte. Die nächste Etappe des Planes würde beginnen, wenn er einen Rentner in Sankt Petersburg anrief. Und das geschah jetzt.

»Wie geht es dir?« Adil hörte im Rauschen der Handyverbindung das Echo seiner Worte in gepflegtem Englisch.

»Glänzend, und noch besser wird es mir gehen, wenn ich mit der Arbeit beginnen kann«, antwortete Veikko Saari energisch.

»Es ist doch genau das Hotelzimmer, das du wolltest? Dort wird dir die Zeit ja vermutlich nicht lang geworden sein?«

»Ich kann mich nicht beklagen, alles ist in Ordnung. Du hast es so organisiert, dass ich mich wohl fühlen kann«, versicherte Saari.

Die Männer wechselten noch ein paar freundliche Worte, bevor Adil zur Sache kam. »Es gibt gute Nachrichten. Der Plan ist genauso angelaufen wie vorgesehen. Es kann gut sein, dass du schon heute anfangen darfst. Ich bestätige dir das sobald wie möglich.«

Saari war so begeistert, dass es eine ganze Weile dauerte, bis sich Adil von ihm verabschieden konnte.

Vor Jahren, als Adil mit Eeva zusammen in der Sepänkatu gewohnt hatte, war Veikko Saari sein Nachbar gewesen. Er hatte den Mann kennengelernt und war überrascht gewesen, wie ungeheuer verbittert der einsame Rentner wirkte. Immer wenn sie sich begegneten, hatte sich Saari lang und breit beklagt, die finnischen Politiker hätten jene vergessen, deren Verdienst es war, dass ihr Land seine Freiheit behalten hatte, und sie hätten der Marktwirtschaft und der Europäischen Union den Wohlfahrtsstaat geopfert, den er und seine Generation nach dem Krieg aufgebaut hatten. Noch mehr waren Saari jedoch die Kriminellen zuwider, die sich an den gedeckten Tisch setzten und aßen, ohne dafür zu bezahlen. Und am allermeisten hasste er die russischen Kriminellen, vor allem die russischen Drogendealer.

Als Adil vor einem Jahr seinen Plan vollendet und sich entschlossen hatte, mit seiner Umsetzung in Finnland zu beginnen, war ihm sein alter Bekannter eingefallen, und er hatte sich vorgenommen, dem Rentner zu helfen. So war er eben. Er hatte Kontakt zu Saari aufgenommen und ihm erzählt, wie Wassili Arbamow und seine Organisation den finnischen Heroinmarkt erobern wollten, ohne sich darum zu scheren, dass die Drogen viele junge Leute töten würden. Und er hatte ihm auch verraten, wie er Arbamow vernichten wollte. Saari war bereit gewesen, ihm zu helfen, nachdem er ausreichend Beweise für Arbamows Verbrechen gesehen hatte.

Adil holte aus seiner Minibar eine Flasche Wasser und füllte ein Glas. Alkohol rührte er nicht an, und zwar nicht, weil es sein Glauben verboten hätte, so etwas besaß er nicht, sondern weil bereits ein Glas Wein bewirkte, dass sein Gedächtnis völlig ausflippte. Er setzte sich im Sessel bequem zurecht, vertiefte sich in die Nachrichtensendung und bemerkte das Datum an der Wand des Studios.

Am 4. Dezember des Jahres 1872 entdeckte die von Kapitän David Morehouse befehligte Brigg »Dei Gratia« das amerikanische Schiff »Mary Celeste« im Atlantik in der Nähe der Azoren. Die »Mary Celeste« befand sich in einem guten Zustand, ihre Ladung war vorhanden, ebenso die Lebensmittel und die Trinkwasservorräte. Nur der Kapitän des Schiffes mit seiner Familie sowie die achtköpfige Besatzung fehlten, sie wurden nie gefunden.

Auch heute schrieb man den 4. Dezember.

Die Welt war voll von unerklärlichen Dingen.

12

Ulla Palosuo beugte den Kopf fast bis auf den glänzenden ovalen Verhandlungstisch, um aus ihrer randvollen Kaffeetasse zu trinken, und Arto Ratamo beobachtete interessiert, wie sich ihre massive Haartracht in der Waagerechten verhalten würde. Die Stützkonstruktion hielt, stellte er enttäuscht fest, das imposante tütenförmige Gebilde wackelte kaum, während die Chefin der SUPO vorsichtig Kaffee schlürfte. Dann warf Ratamo einen Blick auf Riitta Kuurma, die einen gestressten Eindruck machte und in ihren Unterlagen blätterte. Ihm fiel ein, dass Riitta in ihrer gemeinsamen Zeit immer Kleider vom Flohmarkt getragen hatte. Was könnte sie dazu bewegt haben, bei Europol auf Hosenanzüge umzusteigen. Oder wer?

Im Beratungsraum A 310 im obersten Geschoss der SUPO begann gerade die Vormittagsbesprechung zum Mord an Arkadi Kirilow. Alle wussten von Ratamos Unfall am vorhergehenden Abend.

»Wie man hört, bis du gestern auf den Geschmack von frischem Fleisch gekommen«, witzelte Wrede und brachte damit sogar Riitta Kuurma zum Lachen. »Und dann auch noch im Auto, genau wie damals als Teenager.«

Ratamo reagierte nicht auf Wredes Spitze, er war es gewöhnt, dass sich Klatsch und Tratsch in Polizeikreisen mit Lichtgeschwindigkeit ausbreiteten. Eines ärgerte ihn allerdings sehr: Der Käfer stand nun in der Werkstatt. Der versäumte Reifenwechsel würde ihn jetzt teuer zu stehen kommen, wieder einmal wurde Faulheit bestraft. Er blätterte im Ermittlungsprotokoll der Kriminalpolizei und gähnte. Erst um zwei Uhr nachts hatte das Elchfleisch endlich in der Gefriertruhe gelegen, und die Wirkung der vom Arzt verschriebenen Schlaftabletten war einmal mehr gleich null gewesen. Sein Arbeitspensum an diesem Vormittag hatte er wie im Halbschlaf erledigt.

Ratamo erschrak, als er las, mit was für einer Waffe Kirilow getötet worden war: mit einer Luger Parabellum P08. O verdammt – Eeva Hallamaa besaß eine Luger, er hatte sie selbst vor etwa einem Vierteljahr bei Eeva zu Hause in der Hand gehalten. Für einen Augenblick hätte er die Information am liebsten einfach an seine Kollegen weitergegeben, aber dann dachte er an Eeva. Wenn er das jetzt hier sagte, würden alle Eeva für eine Mörderin halten, und die Ermittlungen in andere Richtungen kämen ins Stocken. Das durfte nicht geschehen, doch dann fiel ihm ein, dass es ein Dienstvergehen war, wenn man Informationen, die mit den Ermittlungen zusammenhingen, verschwieg. Wie tief mochte wohl die Grube sein, die er sich diesmal aushob?

Ulla Palosuo hatte inzwischen den Kaffeestand so weit gesenkt, dass sie nun schon wagte, die Tasse anzuheben. »Wollen wir denn nicht anfangen? Hat der Pathologe ...«

»Ja.« Ratamo legte das Obduktionsgutachten vor sich auf den Tisch. »Die Todesursache bei Kirilow ist laut Gerichtsmediziner eindeutig: Zwei aufgesetzte Schüsse in die Schläfe. Allerdings wäre der Russe auch an den inneren Verletzungen durch die Misshandlungen gestorben, wenn er die Zeit dazu gehabt hätte: eine gerissene Milz, zerquetschte Leber und Nieren ... Am interessantesten ist jedoch, dass sich in Kirilows Organismus kein Heroin fand, dafür aber zwei andere Substanzen: ein Betäubungsmittel und dessen Gegenmittel, hier sind auch die Bezeichnungen ...«

»Es reicht, wenn du die Hauptpunkte wiedergibst. Fass den Bericht zusammen«, fuhr Wrede ihn an. Ulla Palosuos und Ratamos Gesichtszüge wirkten sogleich sehr angespannt.

»Unter Zugrundelegung der Körpertemperatur und der Flecken starb Kirilow wahrscheinlich zwischen 14 und 16 Uhr. Aber für die Zeit übernimmt der Gerichtsmediziner keine Garantie, weil die Techniker nicht daran gedacht haben, in Hernesaari die Luftfeuchtigkeit und die Windstärke zu messen.«

Riitta Kuurma sah nachdenklich aus. »Wenn Eeva Hallamaa um zwei zu dir gekommen ist, dann müssen wir sie mit auf der Rechnung haben. Wenn's auch knapp ist.«

»Dann ist hier der Bericht der Techniker vom Tatort in Hernesaari«, fuhr Ratamo fort. »Dort hat man alles Mögliche gefunden ... Es bringt nichts, die ganze Liste vorzulesen. Wesentlich ist, dass derzeit nur eine Person mit dem Tatort in Verbindung gebracht werden kann – Eeva Hallamaa. Die Techniker haben dort ein paar Haare von Eeva gefunden.«

»Die Frau war am Tatort, das reicht, um sie zu verhaften«, sagte Ulla Palosuo selbstsicher.

Wrede schüttelte den Kopf. »Nicht unbedingt. Wenn es sich nur um ein paar Haare handelt, kann es sein, dass sie mit jemand anderem an den Tatort gelangt sind. Und das wiederum würde voraussetzen, dass entweder Kirilow oder sein Mörder bei der Hallamaa gewesen ist, wie sie es selbst behauptet. Vielleicht ...«

»Was gibt es sonst noch«, sagte Ulla Palosuo zu Ratamo. Ihr Gesicht hatte eine leichte Rotfärbung angenommen.

»Auf die Ergebnisse der DNA-Tests warten wir noch, wo die Waffe und die Geschosse herstammen, wird ermittelt ...«

»Selbst ein Kind sieht doch, dass eine zierliche, eins sechzig große Frau dem Russen nicht diese blauen Flecken beigebracht haben kann.« Wrede unterbrach Ratamo und schwenkte ein Foto in der Hand. »Entweder hat die Hallamaa mit dem Schläger gemeinsame Sache gemacht, oder die Frau ist unschuldig. Vielleicht sagt sie ja die Wahrheit ...«

Ulla Palosuo klopfte mit den Knöcheln auf den Tisch. »Rede ruhig weiter, Arto.«

»Wrede hat recht. Eeva hat Kirilow höchstwahrscheinlich nicht misshandelt, jedenfalls nicht allein. Angesichts der Anzahl und Größe der Hämatome müssen es zumindest zwei Personen gewesen sein, und es waren mutmaßlich Männer ...«

»Das habe ich doch gesagt«, warf der Schotte ein, und das Rot in Ulla Palosuos Gesicht wurde dunkler.

»Ratamo ist dran«, zischte sie und starrte Wrede an wie etwas, das man auf den Komposthaufen wirft.

»Als Nächstes habe ich hier den Laborbericht zu den Proben von Eeva Hallamaa«, fuhr Ratamo fort und dankte Wrede innerlich für seine wohlwollenden Kommentare zu Eeva. »An den Händen oder der Kleidung der Frau fanden sich keinerlei Schmauchspuren, so dass sie wohl kaum die Todesschüsse auf Kirilow abgegeben hat. Und es gab auch keine Blutspuren«, sagte Ratamo; ihn plagten Gewissensbisse, weil sich Eeva bei ihm hatte waschen können.

»Es ist ganz sicher, dass Eeva Hallamaa in der einen oder anderen Weise an Kirilows Ermordung beteiligt war.« Riitta Kuurma zeigte mit dem Finger auf die Kopie des Protokolls der Kriminalpolizei. »Wie hätte sie sonst von dem Mord erfahren, bevor die Leiche gefunden wurde?«

Wrede stand auf und ging nervös zum Flipchart. »Irgendetwas ist hier faul. Wenn die Hallamaa an der Ermordung Kirilows beteiligt war, warum zum Teufel rannte sie dann in Panik zu Ratamo? Dann wäre sie doch ganz still und stumm zu Hause geblieben.«

Die SUPO-Mitarbeiter dachten eine Weile über Wredes Kommentar nach, dann fiel Ulla Palosuo etwas ein. »Hat man bei der Hallamaa übrigens einen Drogentest gemacht?«

Es dauerte einen Augenblick, bis Ratamo das richtige Blatt fand und als Antwort den Kopf schüttelte.

»Das ist doch bereits bekannt, dass die Frau immer noch Speed nimmt, im Badezimmer hat man ja Restspuren gefunden«, entgegnete Wrede und verpasste Palosuo damit schon wieder eine Spitze.

»Bei so einer geringen Menge kann man Eeva nicht einmal wegen Drogenbesitz anklagen«, sagte Ratamo und hoffte, dass man ihm seine Zufriedenheit nicht ansah. Die Kollegen wussten nicht, welche Probleme Eeva bei einer neuen Verurteilung bekommen würde. Und Ratamo war überzeugt, dass Eeva nicht wieder schwach geworden war, sie hatten sich in den letzten Monaten so oft getroffen, dass er es mit Sicherheit bemerkt hätte.

»Was ist sonst noch?« Palosuo trieb Ratamo zur Eile an.

»Das auf der Grundlage von Eevas Informationen angefertigte Bild des Türken wurde in allen möglichen Archiven gesucht. Ohne Ergebnis. Und laut KRP hat Wassili Arbamow einen neuen Mann nach Helsinki geschickt – er heißt German Dworkin.« Den Namen las Ratamo aus seinen Unterlagen ab.

Palosuo schien zufrieden zu sein. »Prüfe, was es für Informationen über ihn gibt, aber zum Verhör wird er noch nicht geholt. Es ist besser, wenn Dworkin nicht weiß, dass er beobachtet wird. Er würde ohnehin nichts sagen. Aber eine Genehmigung zum Abhören seines Telefons muss eingeholt werden.«

»Hat übrigens der Richter schon die Genehmigung zur Überwachung der Hallamaa erteilt?«, erkundigte sich Wrede bei Ratamo.

»Die für das Abhören ihres Telefons und für die technische Überwachung bekommen wir in einer Stunde. In der Wohnung und im Auto werden Mikros installiert«, erwiderte Ratamo.

»Hast du nicht gestern gesagt, dass du die Hallamaa kennst?«, fragte Ulla Palosuo, und Ratamo nickte.

»Triff dich mit ihr. Möglicherweise spricht sie mit dir offener als mit uns, wenn ihr euch nun mal kennt.«

»Ich würde nicht gern …«

»Schaden kann es nicht. Und danach gehst du zu dem Lebensgefährten der Hallamaa und unterhältst dich mit ihm.« Ulla Palosuos Tonfall machte klar, dass es da nichts mehr zu diskutieren gab. »Was ist das eigentlich für ein Mann, dieser ...«

»Mikko Reiman«, antwortete Ratamo müde. »Geboren in Imatra 1970, Gymnasium in Tampere, Zivi, Kunstgewerbehochschule, keine Kinder, keine Vorstrafen, auch sonst keine Eintragungen in den Registern. Ein ganz normaler Typ.« Ratamo fiel ein, wie er, Eeva und Mikko an jenem Abend, an dem Eeva ihm ihre uralte Luger Pistole gezeigt hatte, zusammen gegessen und etliche Flaschen Rotwein geleert hatten. Die Waffe hatte sie von ihrem Vater bekommen, zur Sicherheit für den Fall, dass ihr gewalttätiger Ex-Mann in die Wohnung eindrang.

»Und Eeva Hallamaas Ex ist ein gewisser ... Antti Hytölä«, sagte Ratamo zum Schluss.

»So, ein gewisser Antti Hytölä. Liebe Leute, nun klärt mal, was das für ein Mann ist«, erwiderte die Chefin in scharfem Ton.

»Was hat Kirilow in Finnland gemacht, zumindest das hat sich ja wohl schon herausgestellt?« Ulla Palosuo gab Riitta Kuurma ein Zeichen, zu antworten.

»Die KRP hat keine konkreten Beweise dafür, was der Mann hier gemacht hat. Aber zwei V-Männer behaupten, Kirilow habe seinen Stoff selbst verkauft. Und die Miliz in Petersburg hat bestätigt, dass Kirilow für Wassili Arbamow gearbeitet hat.«

»Endlich Ergebnisse. Und nun kommen wir auch in den Bereich, der die SUPO interessiert«, sagte Ulla Palosuo voller Eifer. »Mach weiter, Riitta, ich habe gehört, dass Arbamows Personenprofil endlich fertig ist.«

Kuurma erzählte ihren Kollegen, dass Wassili Arbamow vor sechsunddreißig Jahren in eine normale Petersburger Familie mit fünf Personen geboren wurde, seine Jugend in einer engen Zwei-Zimmer-Wohnung verbrachte und mit fünfzehn Mitglied des Komsomol, der Jugendorganisation der Kommunistischen Partei, wurde. Als Gorbatschow die Perestroika und Glasnost in Gang setzte, begeisterte sich Arbamow nicht so sehr für die Reformpolitik oder die neue Offenheit, sondern sah die Gelegenheit gekommen, reich zu werden. Er nutzte seine Beziehungen über den Komsomol und gründete ein Studentencafé und dann einen kleinen Laden, der gebrauchte Computer aus dem Westen an russische Unternehmen lieferte und russische Mädchen an Männer im Westen vermittelte.

Kuurma blätterte um und fuhr fort. Bis zum Jahre 1988 war Arbamow schon so reich geworden, dass er eine eigene Bank gründen konnte, die Newa-Bank. Dank seiner Beziehungen übernahm er bald einen Teil vom Geldverkehr des sowjetischen Staates. 1992 begann er die Privatisierung sowjetischer Firmen zu organisieren und kaufte sich mit Hilfe von Strohmännern zu Spottpreisen Unternehmen bei getürkten Versteigerungen. Ein Imperium entstand: eine Fluggesellschaft, Ölfelder, Schrott ... Gleichzeitig stärkte Arbamow seinen Einfluss, indem er Politiker und Beamte bestach.

Wrede stand so heftig auf, dass sein Stuhl polterte. »Nichts Konkretes? Verbrechen, Anklagen, Urteile ...«

»Arbamow wurde einmal verhaftet. Er hat etwa zwei Monate im Untersuchungsgefängnis verbracht, wurde aber letztlich ohne Prozess freigelassen. Zusätzliche Informationen erhalten wir noch heute aus Petersburg.«

»Ist es jetzt nicht an der Zeit, auch mir zu sagen, welche Verbindung zum Terrorismus es bei Arbamow gibt und warum uns diese Ermittlungen so sehr interessieren?«

Mit der Zunge beförderte Ratamo den Priem unter seiner Oberlippe auf die andere Seite.

Palosuo nickte.

»Wassili Arbamow hat im Laufe des letzten Jahres engen Kontakt zur Terrororganisation Takfir wal Hijra gehalten«, erklärte Riitta Kuurma mit ernster Miene.

»Diese Kameltreiber springen einem heutzutage bei allen Ermittlungen sofort ins Auge«, klagte Wrede und wunderte sich über Riitta Kuurmas Gesichtsausdruck, ihr schien seine Äußerung nicht zu gefallen.

Im selben Augenblick wurde die Tür einen Spalt weit geöffnet, und Jukka Liimattas Gesicht tauchte auf. »Ulla, ein Anruf von der KRP wegen ... unserer Angelegenheit.« Die besorgte Miene des Chefs der Abteilung für Terrorismusbekämpfung färbte auf Palosuo ab, sie sprang auf und beendete die Besprechung.

Wrede wartete, bis die Chefin den Raum verlassen hatte. »Will irgendjemand im ›Annapurna‹ Mittag essen? Nepalesische Küche zu Ehren des Wochenendes.«

Die Antworten kamen blitzschnell: Ratamo musste dringend nach Hause, und Riitta Kuurma machte gerade eine Atkins-Diät.

Ratamo schob seine Unterlagen zusammen, jetzt war Eile geboten. Die Chefin hatte ihm zwar jede Menge Arbeit aufgebrummt, aber er dachte nicht daran, den gemeinsamen Abend mit Ilona abzusagen, das war sicher.

Wrede versuchte immer noch, Riitta Kuurma zu einer Diätpause zu überreden, während Ratamo schon auf den Flur marschierte und sah, wie Palosuo und Liimatta erregt miteinander flüsterten.

13

Veikko Saari drückte die Play-Taste seines uralten Kassettenrekorders, hörte sich einen Satz aus der Nachrichtensendung vom Vorabend in Yleisradio an, haute auf die Pause-Taste und schrieb den Text sorgfältig in sein dickes Notizbuch. Es erwies sich als glücklicher Umstand, dass die Sendungen von Yleisradio Finland in Sankt Petersburg gut zu hören waren. Seit seiner Pensionierung vor fast fünf Jahren hatte der ehemalige Kriminalkommissar jede dieser Sendungen fein säuberlich notiert, und er wollte sein Hobby nicht aufgeben, nur weil er die letzten Tage seines Lebens in Petersburg verbrachte. Einmal im Monat stellte er die sprachlichen Fehler zusammen, die er gefunden hatte, und schickte sie an Yleisradio. Manchmal bekam er eine Antwort, aber meistens nicht. Saari runzelte die Augenbrauen, als der Interviewte erst sagte: »Der vermeintliche Mörder war an der Straßensperre durchgewunken worden ...«, und kurz danach: »... weil der Kommissar ihm scheinbar wohlgesonnen war ...«

Der Niedergang der Muttersprache symbolisierte sehr gut den Zustand des ganzen Landes. Überall herrschte Gleichgültigkeit. Die Kinder wurden nicht erzogen, um die Schwächeren kümmerte man sich nicht, die Alten wurden in Heime gesteckt, die Familien blieben nicht zusammen, das Gesundheitssystem wurde heruntergefahren ... Finnland war so wohlhabend wie nie zuvor, aber es gab zweihunderttausend Arbeitslose und zehntausend Obdachlose, und die in die ambulante Behandlung abgeschobenen psychisch kranken Patienten irrten auf den Straßen herum.

Er wollte sich eigentlich die Sendung anhören, aber daraus wurde nichts, er war jetzt einfach zu wütend. In der heutigen Konkurrenzgesellschaft wurden auch die jungen Leute ausgegrenzt, noch bevor ihr Leben überhaupt richtig begonnen hatte. Mehr als die Marktwirtschaft hasste er nur die Kriminellen, die Schmarotzer, die an den Grundpfeilern des Wohlfahrtsstaates nagten.

Veikko Saari strich über den Rahmen des Schwarzweißfotos aus seiner Jugendzeit, auf dem er in die Kamera lächelte, warf den Kugelschreiber auf den Schreibtisch und ging ans Fenster seiner Suite. Die Betrachtung der Blechlawine, die sich ohne Unterbrechung die Michailowskaja uliza entlangwälzte, hatte die gleiche Wirkung, als würde man ins Feuer starren, es nahm den Blick gefangen und machte den Kopf frei.

Noch nie hatte er so etwas Luxuriöses erlebt. Das Grandhotel Europe im Herzen Sankt Petersburgs war das älteste und teuerste Hotel der Stadt. Die Suite kostete pro Nacht sechshundert Dollar und war fast genauso groß wie seine Wohnung in der Sepänkatu. Aber in den letzten Tagen seines Lebens hatte doch wohl auch er das Recht, sich zu verwöhnen. Und außerdem hatte er die Suite mit zwei Zimmern nur deshalb gewählt, weil er ein Arbeitszimmer brauchte: In einem der Räume hatte er ein Büro mit Computer, Farbdrucker und Scanner eingerichtet. Der allerwichtigste Grund dafür, dass er im Grandhotel Europe wohnte, war allerdings der finnische Marschall Mannerheim. Der war bei seinen Besuchen in Petersburg meistens genau hier abgestiegen, immer im selben Zimmer in der ersten Etage, in dem Flügel am damaligen Michail-Platz. In diesem Zimmer.

Die Preise des Grandhotel Europe hätte sich Saari freilich nicht leisten können, den ganzen Spaß bezahlte Adil al-Moteiri. Eine gedämpfte Welle des Selbstmitleids erfasste den pensionierten Polizisten und Junggesellen: Nicht einmal in vierzig Jahren war es ihm gelungen, Ersparnisse anzulegen, obwohl er sein Geld nur fürs Essen, für die Wohnung und andere unumgängliche Dinge ausgegeben hatte. Und für Drogen. Nur gut, dass er kaum Eigentum besaß: Schon bald würde er es nicht mehr brauchen, und er kannte niemanden, dem er es hätte hinterlassen können.

Deshalb war er ja hier, er wollte die Enden seines Lebensfadens miteinander verknüpfen, bevor die Erkrankung seinen Verstand trüben würde. Er glaubte schon Symptome der im Sommer festgestellten Alzheimer-Krankheit zu erkennen: Neues zu lernen fiel ihm schwerer als früher, und er dachte ständig an seine Kindheit und Jugend, an alte Dinge und vergangene Zeiten.

Das Klingeln des Telefons unterbrach seine Gedankengänge.

»Wie geht es dir, mein Freund?« Adil al-Moteiris gepflegtes Englisch war im Rauschen der Verbindung nur schwach zu hören.

Es dauerte einen Augenblick, bevor Saari antwortete. »Mein Ende erwarte ich nicht gerade voller Freude, aber meinen Auftrag schon.«

»Du bist also bereit?«

»Natürlich.« Saari lebte sofort auf.

»Du darfst dich Wassili Arbamow heute vorstellen und kannst den Erpresserbrief unverändert abschicken.«

Saaris Herz schlug schneller, er wollte noch weitere Anweisungen hören, aber Adil erwiderte, er habe es bedauerlicherweise eilig, und versprach, schon bald darauf zurückzukommen. Sie verabschiedeten sich voneinander.

Jetzt ging es los, seine letzte Aufgabe begann. Durch den Adrenalinstoß erinnerte sich Saari daran, wie er als junger Mann ein grenzenloses Selbstbewusstsein empfunden hatte. Jetzt war er gesundheitlich nur noch ein Wrack, aber er beklagte sich nicht, ein Jammerlappen würde Veikko Saari nie werden. Ein Mann musste entweder etwas gegen seine Probleme unternehmen oder sein Schicksal still ertragen.

Er betrachtete das Hotelzimmer: ein orientalischer Teppich, schwere Gardinen, Kissenbezüge mit Rüschen, das Edelholzparkett ... Ein solcher Glanz gehörte nicht in sein Leben. Wie mochte es wohl sein, wenn der Luxus alltäglich wurde, verdarb das den Menschen? Adil hatte es jedenfalls nicht verdorben. Dieser Mann wurde von dem brennenden Wunsch getrieben, jenen Menschen zu helfen, die Unrecht erlitten hatten, und außerdem verfügte er über einen messerscharfen Verstand und eine verblüffende Menge von Informationen zu Dingen, die auch ein ehemaliger Polizist nicht kannte.

Kennengelernt hatte er Adil al-Moteiri vor ein paar Jahren, als der in der Sepänkatu bei dieser Frau Hallamaa gewohnt hatte. Saari schämte sich und fand es beängstigend, dass er um ein Haar die Chance seines Lebens vertan hätte, weil er anfangs die Versuche des jungen Irakers, mit ihm Bekanntschaft zu schließen, wegen seiner Vorurteile abgewiesen hatte. Es war allein das Verdienst Adils und seiner beharrlichen Freundlichkeit, dass sie sich schließlich doch angefreundet hatten.

Als Adil vor einem Jahr nach Finnland zurückgekehrt war, hatte er ihm Beweise in Hülle und Fülle für Arbamows Drogenverbrechen und einen Plan zur Vernichtung des Russen vorgelegt. Saari dankte seinem Wohltäter Adil und dem Schicksal, das sie zusammengeführt hatte und ihm Gelegenheit gab, dafür zu sorgen, dass der letzte Auftritt seines Lebens wichtig und bedeutend sein würde.

Adils Beispiel verlieh ihm Kraft: Der Mann hatte seine Grundsätze und seinen Wunsch, Gutes zu tun, nicht aufgegeben, obwohl er im Irak unschuldig im Gefangenenlager schmachten musste. Saari setzte sich an seinem Arbeitsplatz in den Bürosessel und schlug sein dickes in Leder gebundenes Buch auf. Er wusste immer noch nicht, ob er in den Erlebnissen seines älteren Bruders aus der Zeit der Kriegsgefangenschaft herumkramte, weil er von Adils Leiden in Camp Bucca gehört hatte oder weil die heraufziehende Krankheit seine Gedanken in die Vergangenheit lenkte. Vielleicht gehörte es zur Vorbereitung seines eigenen Abgangs, dass er sich mit seiner Herkunft beschäftigte. Eines wusste er aber genau: Nachdem er einmal begonnen hatte, in der Geschichte zu kramen, konnte er nicht mehr aufhören.

Saari blätterte in seinem Buch. Auch ohne hineinzuschauen, erinnerte er sich, dass der Jahrgang seines Bruders Paavo Anfang 1944 eingezogen und in der entscheidenden Phase des Fortsetzungskrieges als Ersatz direkt in die Kämpfe an der vordersten Front geschickt worden war.

»Die zweite Gruppe des ersten Zuges in der dritten Kompanie der Abteilung Marttina brach am 29. März 1944 in einem nordkarelischen Dorf namens Jämäs in der Nähe von Kuhmo zu einem Aufklärungseinsatz auf. In Suopasalmi, tief in dem Teil Kareliens, der hinter der Grenze lag, nahm die Grenztruppeneinheit Tregubenko Paavos Spähtrupp gefangen. Die Verhöre, die noch am selben Tag begannen, leitete der Partisanenhauptmann Laamanen von der Roten Armee«, las Saari in seinem Notizbuch.

»Die finnischen Kriegsgefangenen wurden in ein Lager am Perkjärvi gebracht und anschließend nach Wolosowa in der Nähe von Leningrad, von dort ging die Reise einen Monat später weiter in das Kriegsgefangenenlager Usman südlich von Moskau und schließlich in das Sammellager Tscherepowez nordöstlich von Moskau. Dann kam der Frieden, und Paavos Kriegsgefangenschaft wurde abgekürzt. Am 22. 11. 1944 schickte man ihn mit den ersten Kriegsgefangenen nach Finnland zurück, wo er drei Wochen lang im Quarantänelager von Hanko isoliert wurde. Paavos Tuberkulose wurde am 4. 12. 1944 festgestellt.«

Heute ist der 4. Dezember, dachte Saari und empfand eine merkwürdige Schicksalsgemeinschaft mit seinem Bruder. Es war ein gutes Gefühl, zu wissen, dass er wenigstens nicht so lange dahinsiechen würde wie Paavo seinerzeit.

Saari packte seine Sachen in eine alte Kunstledertasche, alle Unterlagen waren schon seit Tagen fertig. Er zog einen dunkelblauen Baumwollmantel an und Lederschuhe, die glänzten, weil sie ganz neu waren, er hatte sie extra für diese Reise gekauft. Es wunderte ihn immer noch, dass er Geld verschwendet hatte, um beim Sterben elegant auszusehen.

Er fühlte sich stark wie lange nicht, als er über den roten Teppich lief, der den Marmorfußboden des Grandhotel

Europe bedeckte. Die anderen Hotelgäste schienen hierher zu gehören, man sah einem Menschen den Wohlstand an, er zeigte sich als gleichgültige Überheblichkeit. Ein langhaariger Mann, vermutlich ein Rockstar, schwankte durch das Foyer, die Zigarette in seinem Mund zitterte, als er mit der Selbstsicherheit des Betrunkenen den Hotelpagen anbrüllte, der lächelte und höflich nickte, obwohl er hinter dem Rücken die Fäuste ballte.

Mit einer Wirklichkeit ganz anderer Art wurde Saari sofort konfrontiert, als er auf die Michailowskaja uliza hinaustrat: vom Rost zerfressene Ladas, vom Wodka verätzte Säufer, ein zahnloser Bettler ... Manchmal hatte man das Gefühl, dass in Sankt Petersburg überhaupt keine normalen Menschen lebten – nur Reiche oder Arme.

Saari betrachtete sein Spiegelbild in den Hotelfenstern, während er in Richtung Italjanskaja uliza ging. Er war klein, aber dank seiner guten Haltung sah er zumindest mittelgroß aus. Und die Taille des Arbeit gewöhnten Mannes war nicht in die Breite gegangen, nur die Falten im Gesicht und die fast weißen Haare verrieten sein Alter.

Nachdem er sich auf dem Fußweg eine Weile durch das Gedränge geschlängelt hatte, erreichte er den Platz der Künste, wo ihm der Wind aus der Richtung des Puschkindenkmals Pulverschnee ins Gesicht wehte. Die Telefonzelle war leer. Er trat hinein und wiederholte im Kopf noch einmal seinen Rollentext. Es wunderte ihn, wie sicher er sich fühlte. Er betrachtete kurz die kyrillischen Buchstaben auf dem Telefon, steckte die Münzen in den Apparat und wählte die Nummer. Das Tuten vermischte sich mit dem Klopfen seines Pulses, dann meldete sich Wassili Arbamow.

»Wir haben Ihren Mann in Helsinki, Arkadi Kirilow, getötet und sichergestellt, dass die Polizei bei ihm Ihr Heroin und Beweise gefunden hat, die Sie beide miteinander in Verbindung bringen. Und Ihr Heroin hat heute überall in

Europa zahlreiche Todesfälle durch eine Überdosis verursacht, wir haben dabei ein wenig nachgeholfen. Wie Sie wissen, ist die Zusammensetzung Ihres Heroins leicht zu identifizieren«, sagte Saari in Englisch fast ohne Luft zu holen und war wütend, dass seine Stimme vor Anspannung und Hass etwas verzerrt klang.

Arbamow schwieg einen Augenblick. »Ich weiß nicht, wovon Sie sprechen. Wenn das ein Scherz sein soll, dann ist der äußerst geschmacklos«, erwiderte der Russe, stellte mit der Fernbedienung den Ton der Fußballübertragung ab, schaltete den Lautsprecher des Telefons ein und winkte seine Assistentin Renata näher heran.

»Wir übersenden Ihnen in Kürze die Zahlungsanweisungen und Kopien der gesammelten Beweise gegen Sie. Unser Konto befindet sich bei einer Bank in Aruba, somit haben Sie bis Mitternacht Zeit, zu zahlen.« Saari schaute auf seine Uhr – es war 13 Uhr. »Genau elf Stunden. Die Zeit läuft.«

»Bringen Sie sich nicht unnötig um Ihren Nachtschlaf, Sie würden vergeblich warten«, sagte Arbamow, und es rauschte so lange, dass er schon glaubte, das Gespräch wäre unterbrochen.

»In dem Fall töten wir noch mehr Ihrer Dealer und sorgen für neue Todesfälle durch Überdosis. Und wenn auch das nicht hilft, teilen wir den Behörden die Namen aller Ihrer Dealer mit, und Ihre ganze Heroin-Operation wird zunichte gemacht«, entgegnete Saari, beendete das Gespräch und ging in Richtung Newski-Prospekt.

Nach dem Telefongespräch fühlte er sich schmutzig. Von allen Verbrechern verabscheute er die Drogendealer am meisten, vor allem die ausländischen, die sich nach Finnland eingeschlichen hatten. Wenn Adil ihn doch eher hätte beginnen lassen: Arbamows Männer hatten in den letzten Wochen Zeit gehabt, ihre tödliche Ware bereits an Tausende Menschen zu verteilen. Auch in diesem Augenblick stach irgendein Jugendlicher die Heroinspritze das erste Mal in seine Vene. Die armen Kerle wussten nicht, in welche Hölle sie geraten würden. Er wusste es, hatte es über fünfzig Jahre lang gewusst. Durch die Herointabletten seines Bruders war er schon als Teenager heroinabhängig geworden. Die Tabletten hatte man an der Front wie Aspirin verteilt, sogar als Hustenmedizin.

Saari erreichte den Newski-Prospekt, er würde mit der Metro bis zur Station Sennaja Ploschtschad fahren und von dort zum Büro des Kurierdienstes FedEx laufen.

Wenn alles so klappte wie vorgesehen, dann käme sein großer Augenblick übermorgen, am finnischen Unabhängigkeitstag.

14

Die Straßenbahn der Linie 6 hielt quietschend vor dem Stockmann-Warenhaus in der Mannerheimintie, und Eeva Hallamaa schreckte aus dem Halbschlaf auf. Den Sonntagmorgen hatte sie nicht mit Mikko, einer Tasse Kaffee und der Zeitung im Bett verbracht, sondern mit der Vorbereitung des Seminars auf dem Campus in Kumpula. Sie stieg aus, trat in ein mit Matsch gefülltes Schlagloch, biss die Zähne zusammen und weigerte sich, wütend zu werden. Heute war das Verlangen nach Drogen verschwunden: Jetzt würde sie alles aushalten, auch das Bild der Nadel in Arkadi Kirilows Vene und die Drohungen des Türken, die ihr durch den Kopf gingen.

Am Vormittag hatte sie lange mit ihrer Psychotherapeutin telefoniert und für den nächsten Tag ein zusätzliches Treffen vereinbart. Das Verlangen nach Speed fiel in Wellen über sie her, warum nur hatte sie das einmal mehr vergessen? Auch die schlimmste Gier hielt nur eine bestimmte

Zeit an und verschwand dann genauso schnell, wie sie gekommen war. Sie müsste die Auslöser des Verlangens wirksamer eliminieren können, vor allem den Stress. Hass, Ängste und Langeweile vermochte sie sehr wohl zu kontrollieren, aber ihre Fähigkeit, Stress zu ertragen, ähnelte der eines Kaninchens. Das starb unter Umständen schon, wenn es nur erschrak.

Als Eeva sich dem runden Gebäude des Svenska Teatern näherte, wurde ihr klar, dass der Weg zum Restaurant »Vespa« von der Haltestelle auf dem Bulevardi etwas kürzer gewesen wäre. Aber das spielte keine Rolle, es war erst Viertel vor eins, also noch zu früh. Sie war müde. Die Drohungen des Türken hatten sie fast die ganze Nacht nicht schlafen lassen und gingen ihr immer noch unablässig durch den Kopf: »... *das ist erst der Anfang ... die Polizei wird Ihnen Drogenbesitz und vielleicht auch den Mord an Kirilow zur Last legen.*« Das schien alles keinen Sinn zu ergeben. Wenn dieser Russe tatsächlich in Hernesaari umgebracht worden war, warum hatte man ihr das bei der Polizei nicht gesagt? Was hatte der Türke mit seiner Bemerkung gemeint, sie müsse ihm helfen? Erwartete sie heute ein noch größerer Schock als gestern, wie es der Türke ihr angedroht hatte?

Sie bereute es auch, dass sie die Polizei nicht sofort über den abendlichen Anruf des Türken informiert hatte. Glücklicherweise hatte Ratamo eben angerufen und angekündigt, er werde sie am Nachmittag besuchen. Arto hatte sich ganz ruhig und sachlich angehört, es war eine Erleichterung, dass sie bei der Polizei einen Freund besaß, der ihr aufrichtig helfen wollte. Sie beabsichtigte, Ratamo von dem Anruf des Türken zu erzählen. Anders als Mikko glaubte er ihr, und vielleicht konnte Arto auch seinen Kollegen gut zureden, vielleicht kam doch alles in Ordnung. Heute schien das Leben voller Hoffnung zu sein: Kirsi hatte sich am Morgen anscheinend nicht einmal mehr an die Gefühlsausbrüche ihrer Mutter erinnert, und selbst der Frost wirkte milder als gestern. Sie hätte am Sonntag lieber zu Hause Mittag gegessen als im Restaurant, aber Mikko wollte mit ihr an einem neutralen Ort reden. Was bedeutete das wohl?

Eeva überquerte die Bushaltestelle auf dem Erottaja und dann bei Gelb die Etelä esplanadi, klopfte im Windfang des Restaurants »Vespa« den Schnee von den Schuhen und zog den Mantel aus. Sie entschloss sich, an der Bar im Erdgeschoss auf Mikko zu warten. Die rote Farbe an den Restaurantwänden sprang einem ins Auge, und der bunte Fußboden aus kleinen Fliesen wirkte unruhig.

Sie setzte sich ans Fenster und schlug die Speisekarte auf. Mikko verstand es meisterhaft, die Monotonie des Alltags zu durchbrechen und andere aufzuheitern, mal nahm er sie mit ins Konzert, mal zu einem Eishockeyspiel. Gerade seine Fähigkeit, das Leben zu genießen, mochte sie an ihm am meisten. Vielleicht wollte er sie mit seiner Einladung zum Essen aufmuntern. Möglicherweise glaubte er ihr nun, was am Vortag geschehen war. Bei den Hauptgerichten des Menüs fand Eeva eine Tagliatelle vegetariana: Ziegenkäse, Oliven, sonnengetrocknete Tomaten, Zucchini, Paprika, Zwiebel und Champignons in Tomaten-Kräuter-Soße mit Tagliatelle. Das würde sie vielleicht essen können, obwohl ihr die Sorgen den Appetit genommen hatten.

Mikko verspätete sich. Gerade als Eeva beabsichtigte, den Kellner herbeizuwinken, fiel ihr Blick auf den Mann am Nebentisch, der sie anstarrte wie ein Pornovideo und ihr zuzwinkerte. Idiot. Manchmal hatte sie das Gefühl, dass man ihr die Vergangenheit ansah. Vor einer schönen und intelligenten Frau fürchteten sich die Männer, aber einer schönen Frau mit Alkohol- oder Drogenproblemen rückten alle Spielernaturen auf den Leib.

Eeva vertiefte sich für einen Augenblick in die Speisekarte und winkte dann den vorbeigehenden Kellner herbei. Genau in dem Moment fuhr ein schwarzer PKW auf den Fußweg und hielt etwa einen Meter von den Fenstern der Bar entfernt an. Die getönte Scheibe auf der Seite des Beifahrersitzes wurde heruntergelassen, und der Türke schaute Eeva mit eisigem Blick an.

Merke dir die Autonummer ... ruf die Polizei an ... renne weg ... wo bleibt Mikko? Eevas Puls beschleunigte sich, ihr Gehirn arbeitete auf Hochtouren, bis der Türke die Vergrößerung eines Fotos von Kirsi neben sein fleckiges Gesicht hielt, mit der Waffe darauf zeigte und lächelte. Dann bedeutete er ihr, sie solle zu ihm kommen, und die hintere Tür des Wagens öffnete sich. Angst packte Eeva und lähmte sie.

»Möchten Sie schon bestellen?«, fragte der Kellner.

Eeva sprang auf. Saß Kirsi im Auto des Türken? Warum hatte sie am Abend das Gespräch einfach abgebrochen, mit dem Mann am Telefon zu reden hielt sie jetzt für die wesentlich angenehmere Alternative, als ihm persönlich zu begegnen. Sie war gezwungen, in das Auto zu steigen, Kirsi durfte nichts passieren.

Eeva schnappte sich ihren Mantel von der Stuhllehne, ohne sich um die Fragen des verblüfften Kellners zu kümmern. Sie fürchtete, dass ihr die Beine versagten, als sie die wenigen Meter bis zum Auto lief. Vor Angst spürte sie ein Stechen in den Muskeln. Kaum hatte sie sich hinten neben einen dunkelhaarigen Mann gesetzt, gab der Fahrer Gas und fuhr in Richtung Kauppatori.

»Wo ist Mikko? Ist Kirsi wohlauf? Weshalb ...«

»Ihrer Tochter und Ihrem Freund geht es gut. Bei unserer Besichtigung des Fotoateliers haben wir nur dafür gesorgt, dass Ihr Freund dort noch ein wenig ... aufgehalten wird«, sagte Turan Zana.

»Weshalb haben Sie ...«

»Ich bedaure die dramatischen Umstände dieser Begegnung. Aber die Polizei hört wahrscheinlich Ihr Telefon ab, und möglicherweise wird auch Ihre Wohnung schon überwacht.« Zana reichte Eeva einen Stapel Fotos.

Als Eeva einen Blick auf das oberste Foto warf, drehte es ihr fast den Magen um. War das die bis zur Unkenntlichkeit zugerichtete Leiche Arkadi Kirilows? Wo hatte man das Foto aufgenommen? Jedenfalls nicht in der Sepänkatu.

»Wie ich gestern bereits erwähnt habe, wurde Kirilow nicht in Ihrer Wohnung, sondern in Hernesaari ermordet«, erklärte Zana in angespanntem Ton.

»Was wollen Sie? Ich kann doch nicht ...«

»Wenn Sie mit uns zusammenarbeiten, übermitteln wir der Polizei jene Beweise, die Sie von jedem Verdacht befreien. Das Sorgerecht für Ihre Tochter ist dann nicht gefährdet.«

Eeva wollte die unumgängliche Frage nicht stellen, obwohl sie es gern getan hätte. Kirsi und Mikko zuliebe wäre sie bereit, die Wünsche des Türken zu erfüllen, aber wozu würde man sie dann zwingen? »Was für eine Zusammenarbeit?« Sie bereute ihre Worte schon, als sie noch in der Luft hingen.

Der Türke schien zufrieden zu sein. »Das kann ich Ihnen erst sagen, wenn Sie eingewilligt haben. Falls Sie sich entschließen, uns zu helfen, gibt es kein Zurück. Ihre Entscheidung ist unwiderruflich. Ich kann Ihnen aber versichern, dass wir nur Ihr phänomenales Zahlengedächtnis benötigen, Ihre Aufgabe hängt in keiner Weise mit Gewalt oder Drogen zusammen.«

Durch den Stress spürte Eeva einen bitteren Geschmack im Mund, sie fürchtete, der gestrige Alptraum könnte sich wiederholen: das Verlangen nach Drogen, die Verzweiflung ... Doch jetzt musste sie an Kirsi denken. Aber eine gute Alternative gab es nicht: Sie würde ihr Sorgerecht auch dann aufs Spiel setzen, wenn sie einwilligte, Kriminellen zu helfen. Würde der Mann Kirsi umbringen, wenn sie eine Zusammenarbeit verweigerte?

»Wir wollen, dass Sie sich jetzt entscheiden, sonst müssen wir zu … härteren Mitteln greifen, um Sie zu überzeugen. Denken Sie an Ihre Tochter, die Sie sicherlich nicht verlieren möchten oder …«

Das Auto blieb vor dem Kauppatori an der Ampel stehen. Eeva sah im Rückspiegel, dass hinter ihnen ein Polizeiauto anhielt, und traf ihre Entscheidung blitzschnell. Sie stieß die Tür auf und rannte schon über das glatte Pflaster, bevor der Türke oder seine Helfer überhaupt reagieren konnten.

Eeva raste über die Pohjoisesplanadi und wäre fast von einem großen Jeep überfahren worden, hinter ihr dröhnte die Hupe. Sie stürmte zur Sofiankatu und beschleunigte ihr Tempo in der Fußgängerzone, die durch die Heizungsrohre nicht vereist und glatt war.

Dann bog sie nach links ab, denn der Senatsplatz war zu leicht überschaubar. Im Laufschritt steuerte sie das Menschengewimmel in der weihnachtlich geschmückten Aleksanderinkatu an.

Müsste sie die Polizei anrufen? Aber was sollte sie sagen? Dass der Türke, den niemand anders gesehen hatte, sie ein paar hundert Meter durch das Zentrum gefahren und gebeten hatte, mit ihm zusammenzuarbeiten, ohne zu sagen, worum es dabei ging? Die Polizei würde sie für noch verrückter halten als am Vortag.

Vor dem Reisebüro auf der Aleksi blieb sie stehen und schaute sich verstohlen um in Richtung Senatsplatz, Verfolger waren nicht zu sehen. Hatte der Türke Mikko etwas angetan? Sie drückte auf die Schnellwahltaste ihres Handys, und Mikko antwortete fast sofort.

Eeva fielen vor Erleichterung die Schultern nach vorn. »Ist alles in Ordnung?«

»Entschuldige, dass ich noch nicht angerufen habe. Ich bin nicht dazu gekommen.« Mikko schnaufte. »Ich hab hier einen Wasserrohrbruch in der Toilette, Wasser läuft auf den Fußboden, alles wird nass.«

»Waren bei dir irgendwelche Männer ... Türken ...?«, fragte Eeva hastig.

Es dauerte eine Weile, bis Mikko antwortete. »Was für Männer? Hier ist niemand gewesen. Spinnst du schon wieder ... Von wo rufst du an?«

»Aus der Stadt. Jetzt ist alles in Ordnung, aber der Mann von gestern hat gedroht ...« Eeva verstummte, als sie im Telefon hörte, wie Glas splitterte.

»Sorry, Schatz, wir reden später weiter. Hier steht wirklich der ganze Fußboden unter Wasser, ich kann jetzt nicht hier weg. Ich warte auf den Hausmeister und den Klempner, einer von beiden müsste schon hier sein, verdammt noch mal ...« Man hörte Wasser plätschern und Mikko fluchen, dann brach die Verbindung ab.

Auch das noch, Mikko glaubte ihr wieder nicht. Eeva drückte die Schnellwahltaste und rief bei sich zu Hause an, sie wartete, aber niemand meldete sich. Auch nicht beim zweiten und dritten Versuch. Wo war Kirsi? Sollte sie es riskieren, nach Hause zu gehen? Vielleicht wollte der Türke nicht in der Umgebung ihrer Wohnung gesehen werden, da er den Verdacht hatte, dass sie überwacht wurde. Eeva versuchte auch noch Ratamo anzurufen, hörte aber nur den Anrufbeantworter. Sie schaute auf die Uhr, und ihr wurde klar, dass Ratamo schon in einer Stunde zu ihr nach Hause käme. Vielleicht könnte Arto ihr helfen.

Eeva traf ihre Entscheidung, bog auf die Fabianinkatu ab und rannte zum Taxistand auf der Pohjoisesplanadi. End-

lich stand dort mal ein Wagen. Sie setzte sich auf den Rücksitz und nannte die Adresse. Allmählich beruhigte sich ihr
Puls, dieser Fahrer kannte die Strecke und war zum Glück
nicht so gesprächig.

Plötzlich fiel ihr etwas ein, worauf sie schon am Vortag
aufmerksam geworden war: Der Türke benutzte das englische Wort *forfeit*. Das war selten, aber sie erinnerte sich,
das jemand anders dieses Wort auch verwendet hatte. Aber
wer? Und warum ging ihr das nicht aus dem Kopf? »...*you
shall forfeit* ...« Wenn ihr Gedächtnis doch bei normalen
Dingen genauso phänomenal funktionieren würde wie
beim Umgang mit Zahlen.

Das Taxi hielt in der Sepänkatu, und kurz darauf stürmte
Eeva schon das zweite Mal innerhalb von vierundzwanzig
Stunden mit klopfendem Herzen die Treppe hinauf. Der
Zeitungsstapel vor der Wohnungstür des Rentners in der
ersten Etage war um die dicke Sonntagsausgabe gewachsen.
Es roch nach dem Pfeifentabak des arbeitslosen Musikers,
und irgendwo hörte jemand finnische Tangomusik. Warum
war Kirsi nicht ans Telefon gegangen?

»Kirsi!« Eeva rief ihre Tochter schon, als sie die Klinke
der Wohnungstür noch in der Hand hatte. Keine Antwort.
Aber aus Kirsis Zimmer erklang laute Musik. Sie rannte
durch das Wohnzimmer, öffnete die Tür zum Kinderzim-
mer und sah ihre Tochter auf dem Bett, sie lag auf dem
Bauch. Eeva stürzte zu Kirsi hin und griff nach ihrer Schulter. Beide schrien auf, und Kirsi drehte sich mit vor Schreck
weit aufgerissenen Augen um.

»Bis du verrückt, eh, was soll denn das?«, stammelte das
Mädchen und stand auf, um die Anlage auszuschalten.

Eeva konnte ihre Tränen nicht mehr zurückhalten und
umarmte ihre Tochter, damit die es nicht bemerkte, aber
das Mädchen stieß sie weg.

»Mutter, jetzt fängst du wieder an durchzudrehen«, sagte

Kirsi mit brüchiger Stimme, sie setzte sich an ihren Schreibtisch und vergrub ihr Gesicht in den Händen.

So ist es, mein Schatz, dachte Eeva. »Entschuldige. Ich habe mir nur Sorgen gemacht, weil in der Stadt etwas ... Häßliches passiert ist. Ich habe nicht vor, auszuflippen.«

Kirsi drehte sich um und schaute ihre Mutter an. »Wenn mit dir irgendwas passiert, dann muss ich zu Vater. Und das will ich nicht, der ist immer auf Achse, und was bei mir so los ist, interessiert den nicht.«

»In zwei Tagen ist alles wieder in Ordnung. Mach dir keine Sorgen. Uns kann nichts trennen«, versicherte Eeva und hoffte von ganzem Herzen, dass sie nicht zu viel versprochen hatte.

15

Der dunkelrote BMW hielt am Ende einer langen Schlange von Luxuskarossen vor dem Kasino Taleon Club. Von Wassili Arbamows Palast bis zum Kasino war es nicht weit, aber er hatte keine Lust, bei fünfzehn Grad minus auch nur einen Meter zu laufen. Der Portier mit Zylinder erkannte die Nummer des BMW und eilte herbei, um die hintere Tür des Wagens zu öffnen.

Der Taleon Club war der ehemalige Jelisejew-Palast. Aus einem Zeugnis des zaristischen Glanzes in Sankt Petersburg hatte man nach dem Zusammenbruch der Sowjetunion einen Spielplatz für die russische Elite gemacht. Arbamow war stolz auf diese Perle seiner Heimatstadt. Zusammen mit Renata, die ein dickes Kuvert trug, betrat er das im Renaissancestil gehaltene Foyer des Clubs, wo sie von einer großgewachsenen blonden Frau empfangen wurden. Sie waren Stammgäste und wurden dementsprechend behandelt.

Arbamow reichte dem vor der Garderobe bereitstehenden jungen Mann in Uniform seinen Mantel und schnaufte, als er bemerkte, wie sein Smokinghemd über dem Bauch spannte. Er strich über seine vor kurzem getrimmten Bartstoppeln, richtete den Kragen des Smokings von Oscar de la Renta und schob die mit einem Hahn, dem Logo seiner Fußballmannschaft, geschmückten Manschettenknöpfe zurecht. Das Motto der Tottenham Hotspurs glänzte in goldenen Buchstaben auf den Manschetten – *Audere est facere.*

Während Renata ihren Zobelpelz an der Garderobe abgab, betrachtete er die vertrauten Gemälde, den großen Kamin und die Paneele aus Eichenholz. Sie gingen hintereinander durch die Metalldetektoren, stiegen die breite Treppe hinauf und liefen an der pompösen Vorhalle vorbei, die dem Stil Ludwigs XIV. nachempfunden war.

»Wir sind ein prächtiges Paar.« Arbamow verschlang mit seinen Blicken Renata, die ein dunkles Seidenkleid trug.

»Sind wir ein Paar?«, erwiderte Renata neckisch, als sie den gewaltigen Kasinosaal im Barockstil betraten.

Arbamow spürte den ihm wohlbekannten Reiz der Spielleidenschaft, als er die großen Baccarat-Kronleuchter, die riesigen Spiegel und die kunstvollen Wand- und Deckenornamente des Saals erblickte. Jetzt verstand er auch die Ironie des prachtvollen Deckengemäldes, das die Revolution von 1917 darstellte. Als Vorbild für den Taleon Club hatte natürlich das Kasino von Monte Carlo gedient und nicht etwa die primitiven Spielhöllen von Las Vegas. Spielautomaten oder andere Maschinen passten nicht zum Niveau des Taleon.

Arbamow sah den marokkanischen Mitarbeiter seines Heroinlieferanten Umar Hussain, als der Mann sich erhob. Der etwa dreißigjährige Jamal Tagmouti, der einen modischen dunkelgrauen Anzug trug, nickte Renata zu und gab

Arbamow die Hand, der überrascht war, dass Tagmouti die Etikette kannte: In Russland gaben Männer den Frauen nicht die Hand.

»So etwas wie diesen Club findet man in Moskau nicht«, sagte Tagmouti schmeichlerisch.

Damit stiegen seine Aktien in Arbamows Augen noch mehr. In Petersburg war es eine Selbstverständlichkeit, über Moskau und die Moskauer herzuziehen. »In Moskau findet man sehr wenig Lobenswertes«, bestätigte Arbamow. »Wie fühlen Sie sich hier?«

Tagmouti hofierte ihn weiter: »Wie könnte man sich im Hotel ›Jelisejew-Palace‹ nicht wohl fühlen.« Dann zeigte er voller Eifer in Richtung Restaurant. »Wir haben viel zu besprechen.«

Arbamow beachtete Tagmoutis Geste überhaupt nicht. »Nur ein paar Spiele Roulette, das entspannt«, erwiderte er und beobachtete mit glänzenden Augen den Spielsaal. Die Fenster waren verhängt, und Uhren gab es nicht, weil die Spieler ihr Zeitgefühl verlieren sollten. Die Überwachungskameras hinter den Lampen waren nur teilweise versteckt, und auf dem Edelholzparkett gingen etwa zwanzig Aufseher umher, obwohl sich momentan nur ein Dutzend Spieler im Saal befand. Das Rauschen der Klimaanlage, die frische Luft in den Raum blies, hörte sich an wie ein beruhigendes Mantra.

Der Kasinochef tauchte wie aus dem Nichts vor den beiden Männern auf und fragte süßlich lächelnd, ob alles in Ordnung sei. Arbamow bestellte Spielmarken, die ihm sogleich auf einem Tablett gebracht wurden. Er wählte den Roulettetisch in der Mitte und stellte sich neben einen dunkelhäutigen jungen Mann, der einen offensichtlich ausgeliehenen Smoking trug. Die dicke Goldkette, die um seinen Hals hing, ließ Arbamow an das Kummet eines Pferdes denken.

Der Croupier warf die Kugel, die sich sofort drehte: »*Place your bets.*«

Arbamow schob in aller Ruhe Chips auf schwarze und rote Zahlenfelder, ein paar auch in die grünen Bereiche. Als sich das Tempo der Kugel verlangsamte, wurden seine Bewegungen immer schneller. Er runzelte die Stirn, verzog den Mund und warf in einem fort Chips auf das Spielfeld, bis urplötzlich die Worte des Croupiers erklangen: »*No more bets.*«

Arbamow hörte nicht auf, im Gegenteil, seine Hände rotierten wie bei einem Meisterkoch, in seinem Blick lag etwas Irres, die Chips flogen auf das mit Stoff bezogene Spielfeld, die Kugel hüpfte schon auf den Zahlen.

»*No more bets!*«, brüllte der Croupier wütend.

Arbamow warf seine letzte Spielmarke auf den Tisch und seufzte schwer, als die Kugel anhielt. Keine Gewinne.

Er zuckte die Achseln und wandte sich Tagmouti zu, der hinter ihm stand. »Auch heute kein Glück«, stellte er lächelnd fest. »Bei uns in Russland sagt man, Leben ist Leiden, und auch der Tod ist kein Genuss.«

»Es ist schon nach drei, und der Brunch geht nur bis um vier«, sagte Renata, die sich zu den Männern gesellt hatte. Die drei gingen in das Restaurant, das schon mehrmals als bestes in Petersburg ausgezeichnet worden war. Der Sonntagsbrunch im Taleon war im ganzen Land berühmt.

Von der Creme der Petersburger Emporkömmlinge schien mindestens die Hälfte anwesend zu sein. Arbamow nickte seinen Bekannten zu und wählte einen Ecktisch, in dessen Nähe niemand saß. Er hatte mit Tagmouti hierhergehen wollen, weil der in Petersburg als Bankier auftrat, und Bankiers brachte er immer ins Taleon.

Der Kellner goss Champagner ein, und Arbamow bestellte für sich und seine Begleitung auf der Speisekarte mit vierzig verschiedenen Gerichten schwarzen und roten Kaviar, Blini mit allen möglichen Beilagen sowie Hummer und Obst.

»*Za krasoty*.« Arbamow erhob sein Glas und trank auf die Schönheit, er schaute dabei Renata an und stellte erfreut fest, dass auch Tagmouti den Champagner kostete. Zumindest war der Mann kein fanatischer Moslem.

»Das hier war nach der Revolution ein von Maxim Gorki gegründetes Heim für Schriftsteller.« Arbamow zeigte mit der Hand auf die Marmorsäulen des Restaurantsaals.

Tagmouti lächelte höflich, aber seine Miene verriet, dass ihm der Name Gorki unbekannt war. Er sah angespannt aus, als er den dicken Briefumschlag auf den Tisch legte, den er vor einer Stunde von Arbamow erhalten hatte. »Der Erpresser besitzt unwiderlegbare Beweise dafür, dass unser Heroin Drogensüchtige überall in Europa getötet hat, und er hat auch Beweise für Ihre Rolle. Wir können nicht das Risiko eingehen, dass Sie auffliegen«, sagte der Marokkaner, und in seiner Stimme klang ein Vorwurf an.

Nach einer kurzen Pause fuhr Tagmouti ganz ruhig fort: »Wer hat den Brief geschickt?« Dabei starrte er Arbamow an und benahm sich so, als wäre Renata Luft.

»Der Erpresser hat sich nicht vorgestellt«, antwortete Renata dem überheblichen Marokkaner aus lauter Boshaftigkeit, noch bevor Arbamow den Mund aufmachen konnte. Sie holte das Begleitschreiben aus dem FedEx-Paket und las es leise vor. »»Wir kennen die Namen all Ihrer Dealer: Arkadi Kirilow in Finnland, Marat Jarkow in England, Roman Krasnikow in Deutschland, Wadim Karpin in Holland, Rodion Lumpow in Schweden …‹«

»Wer ist imstande, die Namen Ihrer Verteiler herauszubekommen?« Tagmoutis Stimme wurde immer angespannter. »Umar will das sofort wissen.«

Renata schaute immer noch auf den Begleitbrief des Erpressers. »Falls Sie Ihre Geschäfte weiterführen wollen, möchten wir einen Tropfen von dem Gewinnregen, den Ihre Drogenflut einbringt. Überweisen Sie fünfundzwanzig Millionen Dollar auf diese Kontonummer in Aruba ...«

»Die Behörden dürfen dieses Material nicht in die Hände bekommen, diese Alternative ist ausgeschlossen.« Tagmouti beugte sich zu Arbamow hin und sagte so laut, dass es Renata ganz sicher hörte: »Ich möchte mit Ihnen unter vier Augen sprechen.«

Mit betretener Miene warf der russische Milliardär seiner Assistentin einen Blick zu und führte Tagmouti dann mit dem Champagnerglas in der Hand zu dem prächtigen Kamin an der Giebelseite des Restaurants. Tagmouti sprach leise: »Nur drei Menschen kennen sowohl die Staaten, deren Markt wir erobern wollen, als auch die Namen all Ihrer Verteiler.« Er schwieg einen Augenblick, um die Bedeutung seines nächsten Satzes hervorzuheben. »Sie, Umar und diese Frau, Ihre Assistentin.«

Arbamow lachte gezwungen. »Keiner von uns beiden ...«

Tagmouti hob den Finger, und seine dunklen Augen flackerten. »Umar bat mich, Ihnen zu versichern, dass er Außenstehenden nichts gesagt hat.«

Arbamow schaute auf Tagmoutis erhobenen Finger und überlegte, was geschehen würde, wenn auf seine Anweisung hin ein paar seiner Männer dem marokkanischen Laufburschen Manieren beibrächten. Er versuchte sich zu beruhigen.

Es schien so, als hätte Tagmouti Arbamows Gedanken erahnt. Er zauberte eine versöhnliche Miene auf sein Gesicht. »Wenn der Erpresser im Laufe dieses Tages nicht gefunden wird, beendet Umar die Zusammenarbeit mit Ihnen. Unser wichtigstes Ziel ist die Finanzierung des bevorstehenden Anschlags, das darf durch nichts gefährdet werden. Niemand darf Umar oder Takfir wal Hijra auf die Spur kommen. Wir können das Heroin auch anderen verkaufen.«

»Ich werde diesen Erpresser schon finden.« Arbamow schlug mit der flachen Hand auf den Rand des Kamins.

Tagmouti ignorierte die Bemerkung. »Sie profitieren am meisten bei diesem Projekt. Wir müssen denen, die das Opium anbauen, große Summen zahlen. Die Afghanen können gut feilschen.«

»Das ist nur ein kleiner Rückschlag, so etwas kommt bei jedem Geschäft vor«, beteuerte Arbamow. »Ansonsten läuft die Umsetzung des Plans ja glänzend, Heroin ist schon an Tausende Menschen verteilt worden, und nun, nach dem Anheben der Preise, kommt mehr Geld herein, als wir zählen können. Ich werde bei euch bald die nächste Lieferung für dreißig Millionen Dollar bestellen.«

Tagmoutis Champagnerglas leerte sich, aber er war noch nicht versöhnt. »Ein Schaden ist schon entstanden. Die Todesfälle durch Überdosis heizen die Diskussion über Drogen an, die Polizei vergrößert ihre Ressourcen, die Kontrollen werden verschärft, Drogenabhängige werden verhört und die Dealer auf der Straße verfolgt, man versucht die Erzeuger zu ermitteln ...«

Arbamow musste sich eingestehen, dass der Marokkaner zur Abwechslung einmal recht hatte; ihre Geschäfte waren gefährdet. Der Erpresser musste gefunden werden und auch derjenige, der die Informationen verraten hatte. Leider war Renata sehr viel wahrscheinlicher die Schuldige als Umar. »Sagen Sie Umar, dass ich die Sache in Ordnung bringe.«

»Sie haben neun Stunden Zeit.« Tagmouti machte mit seinem Gesichtsausdruck klar, dass dieses Gespräch beendet war, und die Männer kehrten an den Tisch zurück.

Die Stimmung war zum Zerreißen gespannt. Die drei aßen schweigend ihren Brunch, und Arbamow dachte über die Lage nach. Renata wäre leicht auszuschalten, aber er würde es sehr ungern tun, denn die Frau übte eine außergewöhnlich starke Anziehungskraft auf ihn aus. Und wenn doch Umar der Verräter war? Er ließ seiner Phantasie freien Lauf: Hatte Umar die Habgier gepackt? Die Herstellung eines Gramms Heroin in Afghanistan kostete einen Euro, die ausländischen Großeinkäufer zahlten dafür siebzig Euro und verkauften es verlängert für einhundert Euro weiter. Auf der Straße kostete ein Gramm Heroin, dessen Preis ursprünglich bei einem Euro lag, schon dreihundert Euro. Wenn Umar seinen Stoff selbst verteilte und verkaufte, würde er astronomische Summen verdienen.

Arbamow beschloss, seine Phantasie zu zügeln. Umar war bereit gewesen, ihm sein Heroin so billig, für dreißig Euro pro Gramm, zu verkaufen, weil er Umar versprochen hatte, ihm nach dem Abschluss der Operation die Zeichnungen für die E-Rakete zu liefern. Umar würde ihn nicht verraten, der Mann wollte immer noch in den Besitz des perfekten Instruments für den Terrorismus gelangen, da war sich Arbamow fast sicher.

16

Eine Frau, die verblüffend sexy wirkte, posierte auf dem Werbeplakat für Unterwäsche an der Bushaltestelle in der Laivurinkatu, und Arto Ratamo fragte sich, warum die Frauen aufreizende Dessous trugen, wenn die Liebe nun mal blind war. Er ging mit hochgeschlagenem Kragen in Richtung Sepänkatu und fluchte, weil der Käfer in der Werkstatt stand und er auch noch seinen Hut und die Handschuhe vergessen hatte, und das bei fast zwanzig Grad minus.

Mit seinen Gedanken war er immer noch in der Ratakatu. Nach Ketonens Pensionierung hatte sich die Atmosphäre in der SUPO deutlich verschlechtert, sie war äußerst angespannt. Auch wenn man noch sosehr versuchte, unparteiisch zu bleiben, es half nichts, dem Tratsch in der Kaffeepause und den zwischenmenschlichen Problemen in einer Gemeinschaft, die so eng zusammenarbeiten musste, konnte man sich nicht entziehen. Zwischen Palosuo und Wrede funkte es ständig, aber die Ursache waren ganz gewiss keine zärtlichen Gefühle. Den spannungsgeladenen Zustand zwischen ihm selbst und Riitta Kuurma hatten auch die Kollegen schon bemerkt. Und welche Geheimnisse verbanden Jukka Liimatta mit Ulla Palosuo? Warum mussten sie miteinander auf dem Flur flüstern wie bei Hofe im Mittelalter? Zudem ärgerte es ihn, dass er bei der Weihnachtsfeier am nächsten Abend nicht richtig abschalten konnte, denn die SUPO-Mitarbeiter, die mit dem Mordfall Kirilow beschäftigt waren, mussten auch am darauffolgenden Unabhängigkeitstag fleißig ackern.

In der Sepänkatu betrachtete Ratamo das vergoldete Kreuz, das auf der Turmspitze der Agricola-Kirche glitzerte. Seine Mutter hatte ihm irgendwann in der Kindheit erzählt, dass man die Kirchturmspitze während des Krieges aus Angst vor Bombenangriffen mit Flaschenzügen in den unteren Teil des Gebäudes heruntergelassen hatte. Doch jetzt war es höchste Zeit, sich auf die richtige Wellenlänge für das Treffen mit Eeva einzustellen, beschloss Ratamo und schob die Erinnerungen beiseite. Warum hatte man Eeva in all das, was mit dem Mord an Kirilow zusammenhing, mit hineingezogen? Die Informationen Riitta Kuurmas über Wassili Arbamow und seine Verbindungen zur Terrororganisation Takfir hatten Ratamo endgültig davon überzeugt, dass Eeva im Schach der Großen bloß ein Bauer war, womöglich nur das Spielbrett. Es ging ihm auch durch den Kopf, was wohl das Ziel der Zusammenarbeit von Arbamow und Takfir sein könnte, der Heroinhandel brachte so verdammt viel Geld ein, dass er gar nicht daran zu denken wagte, welch großer Schaden damit angerichtet werden könnte.

Im Treppenhaus der Sepänkatu 7 A roch es nach irgendeinem orientalischen Gewürz, vor der Tür der Wohnung im ersten Stock lag ein Zeitungsstapel, und irgendwo wurde ein Nagel in die Wand geschlagen. Ratamo überlegte, wie er sich möglichst taktvoll nach den früheren Männerbekanntschaften seiner Freundin erkundigen könnte. Bei der Suche nach Informationen über Eevas Ex-Mann hatte sich herausgestellt, dass Eeva vor einigen Jahren eine kurze Zeit mit einem gebürtigen Iraker zusammengelebt hatte. War dieser Adil al-Moteiri jener Araber, von dem Kirsi seiner Tochter erzählt hatte?

Ratamo blieb vor Eevas Tür stehen, klingelte und erschrak, als die Tür sofort geöffnet wurde. Eeva hatte gerötete Augen, sie wirkte verängstigt und nervös.

»Schön, dass du gekommen bist. Entschuldige, dass es hier ein bisschen chaotisch aussieht. Wir spielen mit Kirsi gerade Scrabble.«

»Na, wie fühlst du dich heute? Das Leben ist kein Zuckerschlecken, aber man ist auf Rosen gebettet, stimmt's?« Ratamo versuchte seine Freundin aufzuheitern.

Eeva murmelte etwas Unverständliches.

»Hallo Kirsi«, rief Ratamo, als er Nellis Freundin sah. Das Mädchen nickte ihm zu, antwortete aber nicht und ging mit einem Schmollmund in ihr Zimmer und schloss die Tür.

»Mikko ist anscheinend nicht zu Hause«, stellte Ratamo fest und fragte sich, warum Eeva so unruhig war. Sie lief im Wohnzimmer umher wie ein Raubier, das seine Beute umkreist.

Eeva ließ sich auf das Sofa fallen und rieb sich die Schläfen. »Ein Wasserschaden im Fotoatelier. Er kommt sobald wie möglich.«

»Ist wieder etwas passiert?«, fragte Ratamo, obwohl er die Antwort schon erriet.

Eeva bedeutete Ratamo, sich in einen Sessel zu setzen. »Dieser Türke ... Er hat gedroht, Kirsi etwas anzutun, gewissermaßen ...« Eeva versagte die Stimme, sie wandte sich ab und wischte sich die Augen.

»O verdammt, nun erzähl aber alles.« Ratamo konnte sich gut in Eevas Lage versetzen, vor Jahren hatte auch er um das Leben seiner Tochter bangen müssen.

Es dauerte eine Weile, bis sich Eeva wieder gefasst hatte und Ratamo alles berichten konnte, woran sie sich von dem gestrigen Anruf des Türken und von ihrer heutigen Spazierfahrt noch erinnerte.

Ratamo betrachtete Details der gemütlich eingerichteten Wohnung, während er den Bericht verarbeitete. »Hat irgendjemand anderes diesen Türken gesehen?«

»Woher soll ich das wissen? Glaubst du mir auch nicht mehr?« Eeva versank immer tiefer in ihrem Sofa.

»Natürlich glaube ich dir, aber ich bin doch gezwungen, Fragen zu stellen. Der Türke hat also ein Foto von Kirsi gezeigt, aber hat er irgendwie jemandem gedroht ... Kirsi oder dir, irgendjemandem?« Ratamo stellte seine Fragen so ruhig wie möglich.

Eeva wirkte verlegen. »Gedroht hat er eigentlich nicht. Er hat mich ... um Hilfe gebeten.«

»Was für eine Hilfe?«

Eeva betrachtete ihre Zehen. »Darüber wollte er nicht reden.«

Ratamo wusste nicht, was er sagen sollte. Eevas Geschichte ergab keinen Sinn, ihm ging durch den Kopf, dass sie vielleicht doch wieder zu Drogen gegriffen hatte, dadurch in die Klemme geraten war und sich den Türken einfach ausgedacht hatte. Den Gedanken verscheuchte Ratamo aber sofort wieder, er war nicht bereit, zu glauben, dass sich eine leidgeprüfte und verantwortungsbewusste Frau, die genau wusste, was es für Folgen hätte, wenn sie erwischt würde, freiwillig auf so etwas Gefährliches eingelassen hatte.

»Zum Glück hast du Mikko ... und sicher auch andere, mit denen du reden kannst.« Ratamo überlegte sich genau, was er sagte, und fragte sich, wie Eeva all das aushalten sollte.

»Mikko glaubt mir nicht. Er denkt, dass ich wieder etwas nehme. Zum Glück hört mir meine Psychotherapeutin wenigstens zu. Kann denn die SUPO oder die Polizei wirklich nichts machen? Der Türke hat gestern gesagt, dass dies alles erst der Anfang ist ... Und dass man mich wegen Drogenbesitz anklagen wird.« Eeva vergrub ihr Gesicht in den Händen.

»Darüber wollte ich mit dir reden. Die Ermittler der Polizei haben nämlich hier ... in deinem Badezimmer Amphetamin gefunden. Nur wenig, aber trotzdem ...« Ratamo brach mitten im Satz ab, als er Eevas bestürzten Gesichtsausdruck sah. Diese Erschütterung war nicht vorgespielt, dazu war niemand imstande, da war er sich absolut sicher.

»Muss ich jetzt ...«

»Mach dir nicht übermäßig viel Sorgen. Die Menge war sehr gering, auf dieser Grundlage wird wohl kaum Anklage wegen Drogenbesitz erhoben werden«, versicherte er, obwohl er da möglicherweise zu viel versprach.

Eeva starrte mit glasigen Augen vor sich hin, sie sah blass und müde aus. »Das ist inszeniert. Genau das ist es. Man versucht es so darzustellen, als wäre ich die Schuldige, an irgendetwas.«

»Die Sache wird untersucht, das ist klar, und ich versuche zu helfen.« Ratamo überlegte schon, wie er Eeva am besten nach Adil al-Moteiri fragen könnte. »Warum drangsaliert dieser Türke gerade dich? Was denkst du selbst? Hast du mit irgendeinem Türken oder einem anderen ... Ausländer eine Beziehung gehabt?« Er wählte seine Worte mit Bedacht und hoffte, dass Eeva nicht bemerkte, wie durchsichtig die

Frage war. Sie schien nachzudenken. Das fand er merkwürdig, schließlich erinnerte sich ja wohl jeder, mit wem er einmal zusammengelebt hatte.

»Nein. Das heißt, ich bin mit keinem Ausländer zusammen gewesen, außer vor Jahren in den Staaten mit einem Norweger.«

Eeva log also, was al-Moteiri anging. Warum? Dafür musste es einen triftigen Grund geben. »Hat sich übrigens dein Ex-Mann in der letzten Zeit bei dir gemeldet?« Die Antwort auf die Frage war heftiges Kopfschütteln. In der SUPO wurden gerade Informationen zu Antti Hytölä zusammengetragen, deswegen entschloss sich Ratamo, Eeva erst später genauer nach ihrem ehemaligen Mann zu befragen. Falls es dafür eine Veranlassung gab.

Schweigen legte sich über den Raum, während Ratamo überlegte, wie er die nächste Frage formulieren sollte. »Erinnerst du dich noch an den Abend im Herbst, als wir hier zusammengesessen haben und du mir mit Mikko die uralte Luger gezeigt hast? Könntest du sie mir noch mal zeigen?«

Eeva lächelte unsicher. »Die Waffe gehört meinem Vater, die habe ich ihm schon vor geraumer Zeit zurückgegeben. Ich hatte sie mir ausgeliehen, weil Antti damals die Angewohnheit hatte, nachts betrunken hierherzukommen und zu randalieren. Der war total unberechenbar und ist bei jeder Gelegenheit über mich hergefallen.«

Ratamo betrachtete Eeva abschätzend. Sie wich seinem Blick aus und zupfte eine unsichtbare Fussel von ihrer Bluse. Während des Verhörs bei der Kriminalpolizei hatte Eeva nur gesagt, dass sie keine Waffe besaß.

»Warum fragst du übrigens danach?«

»Ich ... versuche nur einiges aufzuklären.« Ratamo beschloss, sich die Luger von Eevas Vater zu besorgen. Wenn sich herausstellen sollte, dass es die Mordwaffe war, dann könnte selbst er Eeva nicht mehr helfen.

»Da wir gerade bei Fragen sind. Wo wurde Kirilow getötet? In meiner Wohnung oder in Hernesaari?«, fragte Eeva entschlossen.

Ratamo war verblüfft. Woher wusste Eeva von Hernesaari. »Wir sind zwar Freunde, aber ich bin als Polizist hier. Und die Ermittlungen laufen nun mal so ab, dass die Polizisten die Fragen stellen und die Leute, die unter Verdacht stehen ... oder Zeugen sind, antworten.« Ratamo fluchte innerlich über seine nicht sehr glückliche Wortwahl. Er erhob sich und ging in den Flur.

»Stehe ich unter Verdacht?« Eeva hörte sich wie jemand an, der ganz am Boden war.

»Nun, offen gesagt, deine Lage ist nicht gerade ... sehr einfach. Ich werde tun, was ich kann.«

Ratamo fuhr in seine Schuhe und zog den Reißverschluss seiner Jacke zu. »Ich bin übrigens gezwungen, zu fragen, was du in den nächsten Tagen tun willst, du hast ja wohl nicht vor, Helsinki zu verlassen.« Er hoffte, einen geeigneten Augenblick für die Installation der Abhörvorrichtungen in Eevas Wohnung zu finden.

»Morgen ist ein normaler Arbeitstag. Wirklich ein ganz normaler.« Eeva lachte trocken. »Das Seminar mit den forschungsorientierten Studenten beginnt um neun und geht bis sechs Uhr abends. Und dann ist noch die Reitstunde der Mädchen ...«

»Ich kann sie ja hinfahren«, versprach Ratamo und versuchte Eeva noch mit ein paar aufmunternden Worten zu trösten, bevor er die Treppen hinuntertappte. Warum hatte Eeva gelogen, als es um al-Moteiri ging? Und hatte sie in Bezug auf die Pistole wirklich die Wahrheit gesagt? Was war, wenn er nun doch die Spuren einer Mörderin verwischte? Ratamo erinnerte sich an die Fotos von Kirilows zerschundenem Körper und kam zu dem Schluss, dass Eeva nichts mit so einem brutalen Mord zu tun haben konnte.

Ratamo trat in die eisige Kälte hinaus und bemerkte sofort einen südländisch aussehenden Mann, der auf der anderen Straßenseite stand und zu den Fenstern von Eevas Wohnung hinaufschaute. Er ging auf den Mann zu und erreichte den Anfang des Fußweges, der durch den Park führte, bevor der Ausländer ihn sah, sich umdrehte und losrannte.

»Halt stehenbleiben! Polizei, Police!«, schrie Ratamo, er stürzte dem fliehenden Mann hinterher und überquerte dabei die Tehtaankatu bei laufendem Verkehr. Die Autos hupten ohrenbetäubend.

Die beiden Männer rannten in Richtung Meer. Ratamos Beine wurden von der Milchsäure steif, einige Male wäre er auf dem schneebedeckten Fußweg fast ausgerutscht, sein Puls beschleunigte sich, und die Brust schmerzte, als er die eisige Luft in die Lungen zog. Doch der Abstand verringerte sich nicht. Dann bog der Fliehende nach links ab in die Pietarinkatu und wenig später nach rechts in die Huvilakuja.

Ratamo blieb in der schmalen Straße stehen und schaute sich um, nirgendwo war eine Bewegung zu erkennen. Hatte er diesen Türken gesehen? Irgendeinen Grund für seine Flucht musste der dunkelhaarige Ausländer ja haben. Er spähte über die flachen Steinmauern hinweg in die Innenhöfe der Häuser und ballte die Fäuste, als er schließlich die bittere Wahrheit einsehen musste: Der Mann war verschwunden.

17

Im zweiten Kellergeschoss der SUPO war ein rhythmisches Stöhnen zu hören. Erik Wrede zog mit den Händen, stieß aus der Hüfte und ächzte im Takt. Das verschwitzte Gesicht des Schotten war von der Kraftanstrengung verzerrt und gerötet, als wollte es seinen rostroten Haaren Konkurrenz machen. Das Tempo ließ allmählich nach, und das Schnaufen wurde stärker, bis schließlich ein tierischer Schrei den letzten Stoß begleitete.

Die Klimaanlage im Fitnessraum streikte. Ratamo wischte sich den Schweiß von der Stirn, warf ungeduldig einen Blick erst auf seine Uhr, dann zu Riitta Kuurma und fluchte innerlich über den Schotten, der sie hierher beordert hatte, um die Ermittlungsergebnisse im Fall Kirilow zusammenzufassen. Und das ausgerechnet jetzt, Ratamo musste eigentlich losgehen, er war mit Mikko Reiman verabredet. Das wurde knapp. In einer Stunde sollten er, Nelli und Ilona bei Marketta und Ketonen zum Abendbrot erscheinen, und Marketta duldete es nicht, wenn man zu spät kam. Verdammter Wrede. Nach dem Besuch bei Eeva und der Verfolgung des geflohenen Ausländers hatte er auch noch viel kostbare Zeit dafür gebraucht, die richtigen Leute bei der Kriminalpolizei ausfindig zu machen. Den Mordfall Kirilow bearbeitete nicht mehr die Helsinkier Kriminalpolizei, sondern die Ermittlungen waren der KRP übertragen worden, und es hatte unbegreiflich lange gedauert, die zuständigen Ermittler ans Telefon zu bekommen.

Ratamo hatte vom Geächze des Schotten die Nase voll. »Pass auf, dass dir keine Ader im Kopf platzt.«

»Oder dass auch noch die letzte Hirnzelle abstirbt«, flüsterte Riitta Kuurma.

»Ohne Palosuo dürften wir den Fall eigentlich nicht besprechen«, sagte Ratamo, um endlich zur Sache zu kommen, und schob sich gleichzeitig einen Priem unter die Lippe.

Wrede ließ den unteren Gurt des Fitnessgeräts auf den Betonfußboden fallen und schnaufte wie im luftleeren Raum. »Palosuo ist mit Liimatta irgendwohin gegangen und hat befohlen, die Ermittlungen weiterzuführen. Als würden hier alle aufhören zu arbeiten, wenn der Chef zufällig nicht da ist.« Der Schotte sah sofort rot, wenn von Palosuo die Rede war. »Habt ihr übrigens bemerkt, dass sie sich seit einiger Zeit in Liimattas Gesellschaft überraschend wohl fühlt? Die werden doch keine organisatorischen Veränderungen planen? Hat jemand irgendetwas gehört?«

Ratamo fiel die Szene mit Liimatta und Palosuo ein, die er auf dem Flur gesehen hatte, aber er dachte gar nicht daran, das hier zu erwähnen. Zumal er nicht einmal wusste, worum es gegangen war. Es ärgerte ihn, dass Wrede versuchte, sich sogar mit ihm zu verbünden, da bekam man ja fast Sehnsucht nach den Zeiten, als der Schotte ihn nicht ausstehen konnte.

Wrede hatte keine Lust mehr, auf Antworten zu warten, die nicht kamen. »Was wissen unsere russischen Brüder zu berichten?«

»Die Miliz hat Arbamows Geschäfte das erste Mal gleich nach dem Zusammenbruch der Sowjetunion untersucht, als der Mann verdächtigt wurde, mit Amphetamin zu handeln«, antwortete Riitta Kuurma und blätterte in ihren Unterlagen. »Beweise fehlten damals, und die Drogenmiliz und die Antimafiamiliz von Sankt Petersburg haben auch jetzt keine Beweise gegen Arbamow. Aber daran wird in Petersburg gearbeitet. Auf dem russischen Drogenmarkt ist nämlich einiges im Gange, auf den Straßen ist im Laufe des letzten Monats fünfmal mehr Stoff beschlagnahmt worden als sonst. Ähnliche Informationen kommen auch anderswoher: aus Polen, Litauen, Tschechien … Es sieht ziemlich schlecht aus, wenn man an Eeva Hallamaas Nachricht von dem Versuch der Eroberung des europäischen Heroinmarktes denkt.«

Wrede wischte sich den Schweiß von den Armen und wirkte skeptisch. »Das kann reiner Zufall sein. Da kommt immer etwas in Bewegung, wenn eine größere Lieferung Stoff nach Europa geschmuggelt worden ist.«

Riitta Kuurma stimmte ihm zu: »Hoffen wir es. Sollte Eeva Hallamaas Nachricht aber stimmen, dann gerät die Drogensituation in Europa schon bald außer Kontrolle.«

»Warum sollte sich ein Milliardär auf das Heroingeschäft einlassen?«, erkundigte sich Ratamo bei Riitta Kuurma.

»Arbamows legale Unternehmen laufen schlecht. Nach der Jahrtausendwende hat er in seinen Geschäften schwere Rückschläge hinnehmen müssen, wie auch die anderen russischen Oligarchen. Dank Putin. Arbamow besitzt nur noch ein großes Unternehmen – die Newa Bank – und die Hälfte der Aktien eines Technologieunternehmens namens Militech Russia.«

»Verdammte Russen, dass die ihre Angelegenheiten einfach nicht in Ordnung bringen.« Wredes Stimme wurde laut. »In Petersburg gibt es Dutzende international aktive kriminelle Organisationen: Die Tambower, die Malyschewer, die Kasaner, die Permer, die Tschetschenen … Über fünfzehntausend Kriminelle, und die Miliz sitzt da und legt die Hände in den Schoß.«

»Petersburg ist geographisch gesehen ein Knotenpunkt, das Tor für das Heroin aus Fernost und Mittelasien nach Europa«, ergänzte Riitta Kuurma. »Und wenn die Drogen erst mal von Russland auf das Gebiet der EU gebracht worden sind, kann man damit innerhalb der Gemeinschaft ungestört operieren.«

Wrede schaute Ratamo an. »Hast du von der Kriminalpolizei neue Informationen über diesen … Typen erhalten, der für Kirilow nach Helsinki gekommen ist?«

Ratamo überlegte einen Augenblick, wie er die Zusammenfassung möglichst kurz wiedergeben könnte. »Der Fall ist an die KRP übergeben worden. Und dieser German Dworkin, den Arbamow nach Finnland geschickt hat, ist ein Muskelpaket, so groß wie ein Schrank, und arbeitet als Sicherheitsmann, Erpresser ... In den kriminellen Kreisen Russlands werden die *Gramila* genannt. Wahrscheinlich ist er ein Vertrauter Arbamows, vor ein paar Jahren haben beide im Petersburger Untersuchungsgefängnis in derselben Zelle gesessen.«

»Lasst ihn überwachen, das hört sich so an, als wäre es einfach, ihn im Auge zu behalten«, sagte Wrede und griente. »Gibt es sonst noch etwas?«

Riitta Kuurma schüttelte den Kopf. »Die Verbindungen zwischen Arbamow und dieser Organisation Takfir werden sowohl bei uns als auch beim MI 5 untersucht.«

»Vergesst nicht, das Lagezentrum der EU und diesen Koordinator für die Terrorismusbekämpfung auf dem Laufenden zu halten«, befahl Wrede. »Sonst werfen uns die Brüsseler Bürokraten wieder vor, wir würden Informationen zurückhalten.«

Ratamo warf einen Blick auf seine Uhr, er sollte jetzt eigentlich schon in Mikko Reimans Fotoatelier sein. »Die wichtigste Information des Tages kam von der KRP. Auch auf dem finnischen Drogenmarkt ist etwas im Gange. Am Vormittag hat es in Helsinki drei Todesfälle durch Überdosis gegeben – alle mit Heroin.«

Wrede, der noch auf der Bauchbank lag, richtete sich schlagartig auf. »Gottverdammt. Das kann kein Zufall sein, in den letzten Jahren haben nur ein paar Kiffer wegen einer Überdosis den Löffel abgegeben. Haben sie ein Blech geraucht oder gedrückt?«

»Geraucht wird das selten, die haben es sich auch in die Vene gejagt«, erwiderte Ratamo. »Laut KRP hat es heute auch anderswo in Europa merkwürdig viele Todesfälle durch eine Überdosis gegeben. Es ist eindeutig irgendetwas im Gange.«

Wrede begann eine Serie von Bauchmuskelübungen,

und Ratamo wandte sich erleichtert zur Tür. Vielleicht schaffte er es doch noch, in Mikko Reimans Fotoatelier vorbeizuschauen, bevor er zum Abendessen musste.

»Fast hätte ich es vergessen. Hast du dich mit Eeva Hallamaa unterhalten?«, rief Wrede ihm nach.

Ach du Scheiße. Das musste jetzt eine sehr verknappte Zusammenfassung werden, entschied Ratamo und informierte innerhalb einer halben Minute über die Hauptpunkte seines Besuchs. »... und ich habe die Gesprächsdaten von Eevas Handy überprüft: Sie hat gestern Abend einen Anruf von einer öffentlichen Telefonzelle erhalten, und zwar zu der Zeit, als der Türke sich bei ihr gemeldet hat, wie sie es behauptet. Vom Personal im ›Vespa‹ erinnert sich aber niemand an ein schwarzes Auto auf dem Fußweg. Ein Kellner hat immerhin bestätigt, Eeva gesehen zu haben, er meinte, sie habe sich ... merkwürdig verhalten. Mysteriös ist übrigens auch, wieso Eeva weiß, dass Kirilow in Hernesaari getötet worden ist.«

»Wer hat der etwas über die Ermittlungen erzählt?«, rief Wrede und ächzte.

Ratamo hatte nicht die Absicht, Wrede zu sagen, dass Eevas Waffe verschwunden war oder dass sie gelogen hatte, als es um Adil al-Moteiri ging. Er wusste selbst nicht, ob das daran lag, dass er es eilig hatte oder dass Eeva ihm leidtat. Die Frau hatte schon genug Schweres durchmachen müssen. Und Eeva Hallamaa war keine Mörderin, das stand für Ratamo absolut fest. Der Mann, der vor Eevas Wohnung die Flucht ergriffen hatte, bewies seiner Ansicht nach, dass der Türke existierte.

Wrede widmete sich wieder seinen Bauchmuskeln, und die beiden Ermittler verließen den Fitnessraum, wobei sie noch bis auf den Flur hörten, wie er rief: »Kommt ihr morgen zur Weihnachtsfeier? Das Programm soll gut sein!«

Ratamo lief so schnell zu den Aufzügen, dass seine

Schritte im Flur dröhnten. Er fuhr in die zweite Etage und hastete in sein Zimmer. Die Mappe mit dem Material zu Adil al-Moteiri lag auf dem Tisch. Der Iraker hatte wohl kaum etwas mit dem Fall zu tun, im Vorleben des Mannes fand sich kein Hinweis auf Kriminelles, im Gegenteil. Al-Moteiris bisheriges Leben war so vollgestopft mit Erfolgen und Ereignissen, dass man darüber einen Film drehen könnte: Dissertationen mit kaum zwanzig, jüngster Professor am MIT, Wissenschaftsminister im Irak, Tod der Familienmitglieder bei einer Explosion in Bagdad, monatelang im Kriegsgefangenenlager gesessen ... Warum hatte Eeva gelogen und behauptet, sie kenne den Mann nicht?

Ratamo warf die Mappe in den Schrank, schloss ihn ab, schnappte sich seine Jacke vom Garderobehaken, drehte sich um und wollte das Zimmer verlassen, da bemerkte er, dass Riitta in der Tür stand.

»Hast du das von Palosuo und Liimatta schon gehört?«

»Das kann doch nicht wahr sein.« Ratamo vermutete, er würde gleich wieder ein neues Gerücht über eine Romanze von zwei Mitarbeitern hören, die wurden in der SUPO kultiviert wie Reis in China. »Die sind doch beide verheiratet.«

»Du hast es also nicht gehört. Sie sind heute Morgen bei der KRP gesehen worden. Und niemand bei uns hier weiß, warum. Es sei denn, du hast etwas gehört ... Du kommst ja neuerdings mit Wrede so gut zurecht.«

»Ich hab's jetzt echt eilig ...«, murmelte Ratamo, ließ Riitta in seinem Zimmer stehen und schlug auf den Fahrstuhlknopf, als würde die Kiste dadurch schneller kommen. Er wollte seinen Wagen aus dem Parkhaus holen und drückte schon auf die Taste für das Kellergeschoss, als ihm einfiel, dass der Käfer immer noch in der Werkstatt stand. Aber das machte nichts, bis zu Mikko Reimans Fotoatelier waren es nur ein paar hundert Meter.

18

Adil al-Moteiri stand im abgelegensten Winkel des Industriegeländes von Roihupelto, betrachtete das flache, aus weißen Betonfertigteilen errichtete Fabrikgebäude und spürte
den Lebenswillen in sich so stark wie noch nie seit den Qualen von Camp Bucca. Was er sich da gerade anschaute,
würde schon bald ein Tempel des Rechts sein, ein Ort, an
dem er einem jener Menschen, deren Leben er zum Besseren wenden wollte, die Lauterkeit seiner Motive beweisen
würde. Die vor der Fabrikhalle gestapelten Holzkisten und
Kanalisationsrohre und die LKWs und Transporter, die auf
dem Weg standen, verdeckten die Sicht von der Straße auf
sein künftiges Büro. Der Ort war perfekt, sein Plan lief wie
geschmiert.

Seine Begeisterung wuchs und grenzte schon an Leiden-
schaft, als er zu dem Büro ging, das ein in Finnland leben-
der kurdischer Kamerad Turan Zanas schon vor Monaten
für ihn gemietet hatte. Nicht einmal der unangenehme
Frost konnte seine Emotionen abkühlen. Wenn das Büro
von innen auch nur annähernd so karg wirkte wie von außen, würde er seinem künftigen Ehrengast zumindest eine
Ahnung davon vermitteln können, was er selbst hatte erleiden müssen, um zum Wohltäter zu werden. Vielleicht
würde auch sein Gast lernen, alles aus dem richtigen Blickwinkel zu sehen, und sein Leben künftig dem Streben nach
Gerechtigkeit widmen. Dazu würde es aber kaum kommen,
nur die Stärksten waren zu einer solchen Wandlung imstande, wie er sie erlebt hatte.

Der Philosoph Alasdair MacIntyre hatte gewusst, wovon
er sprach, als er sagte, dass einem ehrlichen Menschen in
der auf das Individuum bezogenen Welt der Gegenwart
nicht unbedingt eine gerechte Behandlung zuteil wird. Ein
tugendhafter Mensch kann sogar gezwungen sein, allein au-

ßerhalb der Gesellschaft zu leben. Adil wusste, dass die Behauptung stimmte, wunderte sich aber, warum man deswegen besorgt sein sollte. Er fühlte sich in seiner eigenen Welt sehr wohl, er hatte eine Aufgabe und hoffte nicht einmal, dass jemand anders sie verstand.

Adil ließ die Seiten des Buches im Kopf ablaufen, bis er das Gesuchte fand. Am gekonntesten hatte der französische Philosoph Denis Diderot das Wesen der Genialität auf den Punkt gebracht: »*Ich vermute, dass diese verschlossenen und schwermütigen Menschen den ungewöhnlichen, fast göttlichen Scharfblick, der bei ihnen zeitweilig zu bemerken ist und sie zu unsinnigen, dann auch wieder zu erhabenen Gedanken geführt hat, einzig und allein einer zeitweiligen Störung ihres Mechanismus zu verdanken haben ... Wie nah Genie und Wahnsinn doch beieinanderliegen! Die einen legt man in Ketten, den anderen errichtet man Denkmäler.*« In Ketten hatte man ihn schon gelegt, in Camp Bucca, und für seine künftige Heldentat, dachte Adil amüsiert, würde er auch ein Denkmal bekommen. Oder zumindest eines verdienen.

Es dauerte eine Weile, bis sich der Schlüssel in dem vereisten Schloss drehen ließ. Adil riss die Tür des Büros auf und wusste sofort, dass er den Ort gefunden hatte, wo das Recht siegen würde. Orange Farbflecken leuchteten auf dem bröckeligen Betonfußboden, hartnäckiger Dreck bedeckte die kleinen Fenster, und das Allerbeste war, dass der Raum stank wie eine verstopfte Kloake.

Ein durchdringendes Piepen unterbrach Adils Gedankenstrom. Er las die SMS auf seinem Handy. »Probleme im Osten! Ich fordere eine Erklärung, Maßnahmen und eine Lösung. Melde dich. U.«

Das Telefon glitt wieder in Adils Brusttasche. Umar, der Verantwortliche für die Operationen von Takfir wal Hijra in Europa, glaubte die PKK und ihn gekauft zu haben und wie Hunde kommandieren zu können.

Einen größeren Gefallen als Umars Vernichtung könnte man der Welt kaum tun, dachte Adil voller Stolz. Nach der Freilassung aus Camp Bucca hatte er seinen Auftrag, seine Berufung, Gestalt gewinnen lassen und dann im Kopf noch ein Jahr lang daran gefeilt, bevor er Umar aufgesucht hatte. Der war paranoid vorsichtig gewesen. Erst nach Monaten hatte man ihn in den engsten Kreis um Umar aufgenommen, obwohl er doch der Nachkomme einer mächtigen arabischen Familie war, den die britischen Eroberer gefoltert hatten.

Der Terroranschlag, den Umar plante, war in seiner Dreistigkeit ohne Beispiel. Der Mann war genau das Instrument, das Adil benötigte, um eine wahre Veränderung in Gang zu setzen. Umar hatte die Absicht, mit seinen durch das Heroingeschäft verdienten Millionen Schlimmeres zu vollbringen als viele der Kriminellen, die als die brutalsten in der Geschichte gebrandmarkt waren. Adil sah die brennenden Türme des World Trade Center vor sich und versuchte sich vorzustellen, wie die Hinterlassenschaft der von Umar befehligten Takfir-Terroristen aussehen würde.

Es raschelte, eine Ratte rannte einen Meter von Adil entfernt vorbei und ließ ihn auflachen. Die versteckten sich bestimmt bei den Abfallbehältern der nahe gelegenen Betriebskantine. Er beschloss, die ganze Sippe des Nagers in sein Büro zu locken, das würde die Inszenierung noch realistischer machen. Dieser Ort war so vollendet, wie er es sich nicht hatte vorstellen können.

Adil setzte sich auf einen Holzhocker, dessen Lack abblätterte, und dachte an den Spanier, der in den sechziger Jahren auf den Namen Carlos Candelaria getauft worden war und nach seinem Übertritt zum Islam in den achtziger Jahren den Namen Umar Hussain angenommen hatte. Den Namen Umar hatte er dem zweiten Kalifen der islamischen Gemeinschaft entlehnt, der im sechsten Jahrhundert gelebt hatte und ein berühmter Krieger gewesen war. Bis zu seiner Ermordung bei einem Attentat im Jahre 644 hatte er den Irak, Teile des Iran, Ägypten, Palästina, Syrien, ganz Nordafrika und Armenien erobert und so das islamische Kalifat vergrößert. Das strebte auch der neue Umar an, die Ausbreitung des Islam mit allen Mitteln, am liebsten mit Blut.

»Ein ekliger Stall«, sagte Zana an der Schwelle. Adil zuckte zusammen. »Aber so etwas wolltest du ja anscheinend haben.«

»Hat die Frau eingewilligt?«, fragte Adil ungeduldig und erhielt als Antwort ein kurzes Kopfschütteln.

»Natürlich nicht«, murmelte Adil. Eeva Hallamaa war die eigensinnigste Frau, die er kannte, das war ein Teil ihrer Anziehungskraft. »Aber morgen wird sie ganz sicher dazu bereit sein. Habt ihr die Drogen schon versteckt?«

Zana stand kerzengerade da und wirkte so noch größer. »Bei ihr zu Hause gestern, bevor die Polizei die Überwachung der Frau begonnen hat, und im Fotoatelier des Mannes heute Morgen.«

Adil zeigte seine Zufriedenheit mit einem freilich übertrieben breiten Lächeln. »Wenn Wassili Arbamow nicht innerhalb von sechs Stunden zahlt, kannst du German Dworkin noch brutaler in die Mangel nehmen als gestern Kirilow. Wir haben keine Zeit für einen dritten Versuch, Eeva zu überreden. Und befiehl deinen Männern, die Dinge, um die ich gebeten hatte, so schnell wie möglich hierher zu bringen. Am liebsten sofort.«

Zana nickte und wandte sich zur Tür, doch da fiel ihm noch etwas ein. »Einer meiner Helfer hatte es vor ein paar Stunden mit … der Polizei zu tun«, berichtete Zana. »Aber er konnte fliehen, es ist alles in Ordnung«, fügte er eilig hinzu, als er Adils besorgte Miene erblickte. »Hoffen wir, dass es keine Probleme mit dem Zeitplan gibt. Noch heute müsste Kontakt zum Arzt aufgenommen werden. Ich brauche für morgen ein paar ... Ratschläge«, sagte er und verschwand durch die Tür.

Adils Begeisterung erlosch im selben Augenblick, als er das Wort Arzt hörte, die Erlebnisse in Camp Bucca drangen überdeutlich und schmerzhaft in sein Bewusstsein. Ein Teil der Ärzte der britischen Armee hatte an den Folterungen von Gefangenen teilgenommen, sie sorgten für die Wiederbelebung bewusstloser Häftlinge, damit die Opfer noch mehr Foltern aushielten, sie ließen unfähige Soldaten Wunden von Gefangenen nähen, vertuschten Morde, indem sie Totenscheine falsch ausstellten, und ließen Beweise für die Misshandlung von Gefangenen verschwinden. Die Grausamkeit von Menschen, die ausgebildet waren, Gutes zu tun, verabscheute Adil um ein Vielfaches mehr als die Brutalität von Soldaten, die für das Töten geschult waren. Er hoffte einmal mehr, zumindest die schmerzlichsten Erinnerungen aus seinem Gedächtnis löschen zu können, vor allem die Bilder seiner bei einem Anschlag ums Leben gekommenen Schwestern. Konzentriere dich, lenke deine Gedanken in eine andere Richtung, befahl er sich.

Er schaute sich um und stellte sich vor, wie das Büro nach der Veränderung aussehen würde: Zellen für die Gefangenen, der Ventilator an der Decke, der Abfluss, in den das Blut gespült wurde ... In diesem Büro würde alles Platz finden. Dann wanderten seine Gedanken zu Veikko Saari: War der Rentner imstande, seinen Auftrag auszuführen? Vielleicht hätte er den Hintergrund des Mannes noch genauer überprüfen sollen. In seinem Plan gab es keine Schwachstellen, aber Saaris Rolle war so wichtig, dass er sich deswegen ständig Sorgen machte. Doch zum Grübeln war es jetzt zu spät, beschloss Adil. Vor allem, weil der Plan für Arbamows Erpressung so ausgefeilt war, dass Saari ihn nicht untergraben könnte, selbst wenn er es wollte.

Adil bemerkte, dass seine Gedanken in dem öden, widerlich stinkenden Raum immer düsterer wurden, anscheinend erinnerte er mehr an Camp Bucca als nötig. Ein Risiko seines Plans nach dem anderen kam ihm in den Sinn, und verblüfft stellte er fest, dass ihn Angst beschlich. Für einen Augenblick hatte er das Gefühl, ohne Stange auf einem Seil zu tanzen. Er brauchte frische Luft.

Die Kälte schlug ihm ins Gesicht, als wollte sie ihn daran erinnern, dass sich jedes Genie mühsam seinen Weg durchs Leben bahnen musste, unterschätzt von den Kollegen, als ständiges Ziel von Intrigen, einsam und von Trauer, Hass, Verbitterung und Schwermut heimgesucht. Den Menschen fehlte es an Verständnis, an der Fähigkeit, sich auf das Niveau von Ausnahmeindividuen zu erheben – sie waren untereinander wie Wölfe. Das hatte er schon als junger Mensch gelernt, als er ständig mit seinen Eltern und Lehrern in Konflikt geraten war. Man hatte ihn für faul und unfähig gehalten, da schon sichtbar wurde, dass er anders war als die anderen, aber seine Genialität noch nicht weit genug entwickelt, noch nicht offensichtlich war. Er selbst hatte seine Größe schon damals erkannt, genau wie Otto von Bismarck, der als Abiturient gesagt hatte: »Aus mir wird entweder der größte Lump Preußens oder sein erster Mann.«

Nun, in der Welt nach Camp Bucca, wusste Adil, dass er ein großer Mann werden würde.

19

Ratamo zerrte an der Klinke des Fotoateliers im Untergeschoss eines Mietshauses in der Jääkärinkatu, aber das Ding rührte sich nicht. Also klopfte er erst an das Holz der Tür, dann an die getönte Scheibe und schließlich versuchte er durch die Lücken der Jalousie in das Geschäft hineinzuschauen. Es war schon fast halb sieben, er kam viel zu spät.

Endlich erschien Mikko Reiman an der Tür, er sah müde, aber gut gelaunt aus. »Grüß dich, Arto. Gut, dass sie wegen der Fragen zu Eevas Geschichten jemanden geschickt haben, der einem vertraut ist. Du verstehst Eeva bestimmt besser als deine Kollegen.«

Ratamo drückte Mikko die Hand. »Eeva hatte ja wirklich Gründe, schockiert zu sein.«

Als Mikko sagte, er wolle Kaffee kochen, versuchte Ratamo, ihn davon abzuhalten, seine Zeit war knapp bemessen, er musste innerhalb einer halben Stunde herausbekommen, was Mikko von den Ereignissen der letzten Tage wusste, Nelli zu Hause abholen und mit ihr in die Jääkärinkatu zurückkehren, zum Abendessen bei Marketta und Ketonen.

Er setzte sich auf das Sofa und musterte das Atelier, während der Kaffee durchlief: An einer Giebelwand des großen Raumes war ein Büro eingerichtet, und am anderen Ende befanden sich alle möglichen Fotoutensilien, Kartons, gestapelte Hocker, Kamerataschen ... Dann entdeckte er in den Zimmerecken Wischtücher und zu Füßen der Wände feuchte Lappen.

Der Hausherr bemerkte den fragenden Gesichtsausdruck seines Gastes. »Es hat heute Mittag einen vollkommen rätselhaften Wasserschaden gegeben. Irgendwie hat Papier das Toilettenbecken verstopft, um ein Haar hätte es eine noch größere Überschwemmung gegeben.«

Ratamo stand auf, um die Fotos an der Wand aus der Nähe zu betrachten. Sie waren vor kurzem im Sepänpuisto aufgenommen worden. An der Bande des Eishockeyspielfeldes in dem Park erkannte man Graffiti, die erst seit ein paar Tagen da zu sehen waren. Mikko schien ein begabter Fotograf zu sein: Das fahle Licht des frostklaren Tages war gekonnt eingefangen.

Als Ratamo die Tasse mit dem dampfenden Kaffee in der Hand hielt, kam er zur Sache. Er berichtete über die Hintergründe der Ereignisse, die mit dem Mord an Kirilow und mit Eeva zusammenhingen, und zwar so viel, wie seines Erachtens nötig war. Dann begann er mit der Routinebefragung.

Mikko antwortete sachlich und genau. Ratamo gelangte schnell zu der Überzeugung, dass – egal welche Rolle Eeva bei all dem spielte – Mikko nichts von diesen Dingen wusste. Die schwierigsten Fragen hob er sich bis zuletzt auf. »Ich habe von Eeva gehört, dass du ihre Schilderung anscheinend nicht glaubst.«

»Geschichten vom gleichen Typ hat sich Eeva damals ausgedacht, als sie abhängig war.« Mikko senkte den Blick zu Boden. »Speed führt bei Eeva zu schlimmen Wahnvorstellungen.«

Es fehlte nicht viel, und Ratamo wäre laut mit seiner Meinung herausgeplatzt, was er von Mikkos Einstellung hielt. Eeva brauchte jetzt eine Stütze und nicht Zweifel und Vorwürfe. »Ich bin gezwungen zu fragen, ob du jemals selbst Drogen genommen hast?«

Mikko lachte und schüttelte seine blonde Mähne. »Naja, als junger Mann bei einer Interrailtour in Amsterdam ein bisschen Hasch. Sonst nichts.«

»Nicht einmal mit Eeva zusammen?« Ratamo war es zuwider, Bekannte nach ihren Privatangelegenheiten auszufragen.

Auch Mikko hatte an dem Gespräch keine große Freude. Er zog seinen Fischerpullover aus, trank einen Schluck Kaffee und seufzte. »Dann bleibt mir wohl nichts anderes übrig, als dir zu sagen, dass Eeva und ich unter der Bedingung zusammen sind, dass sie die Finger von Drogen lässt. Das ist unsere gemeinsame Abmachung, damit du nicht denkst, ich stelle irgendwelche Ultimaten.«

»Die Abmachung hört sich ziemlich … bedingungslos an«, erwiderte Ratamo und wählte seine Worte sehr sorgfältig. Es fiel ihm schwer, die Rolle des Polizisten und die des Freundes auseinanderzuhalten.

»Eeva sagt, dass sie umso sicherer clean bleibt, je mehr sie zu verlieren hat, wenn sie wieder schwach wird.«

»Dann weißt vermutlich auch du nicht, wie das Amphetamin in eure Wohnung gekommen ist?«, fragte Ratamo, noch bevor ihm klar wurde, was Mikko eben gesagt hatte. Er bereitete ja geradezu den Boden für einen Familienstreit seiner Freunde.

»Ich hab's geahnt, oh, verdammt!«

»Ja also, die Polizei hat in eurem Badezimmer Amphetamin gefunden. Eine ganz geringe Menge, bloß Staub …« Ratamo versuchte wiedergutzumachen, was ihm da herausgerutscht war, und begriff, dass er es nur noch schlimmer machte.

Mikko sank auf seinem Klappstuhl zusammen und schüttelte den Kopf. Der Mann sah aus, als wäre für ihn eine Welt zusammengebrochen. »Ja, natürlich. Die ganze Geschichte von dem Türken war so …«

»Wann hast du übrigens Eevas Pistole zum letzten Mal gesehen?« Ratamo wechselte das Thema. Die Enttäuschung in Mikkos Gesicht wich, nun schaute er ihn verdutzt an.

»Das ist schon eine ganze Weile her. Die liegt vermutlich in der Sepänkatu hinten im Flurschrank.«

Ratamo schüttelte den Kopf. »Eeva hat gesagt, dass sie die Waffe ihrem Vater zurückgegeben hat. Ich wollte nur wissen, ob ihr die Seriennummer der Waffe habt. Leider habe ich vergessen, Eeva danach zu fragen.«

»Vielleicht weiß es Eevas Vater«, sagte Mikko und senkte den Kopf wieder.

Ratamo warf einen Blick auf seine Uhr und erschrak,

jetzt musste er sich wirklich sputen. Er trank seinen Kaffee in einem Zug aus und hätte sich beinahe den Mund verbrannt. »Du hast es sicher schon eilig und willst zu Eeva und Kirsi. Kümmere du dich um sie, und ich versuche, diese Sache zu klären. Abgemacht?«

Ein paar Minuten später schnaufte Ratamo die Treppe hinauf und wunderte sich, wie schnell sich seine Kondition seit dem Sommer verschlechtert hatte. Sofort nach diesen Ermittlungen würde er wieder mit dem Laufen anfangen und Himoaalto zwingen, mit ihm Federball zu spielen.

Er öffnete rasch seine Wohnungstür und hörte verblüfft das helle Lachen einer Frau. Was war denn nun los, Ilona sollte doch direkt zu Marketta und Ketonen kommen, sobald er sie anrufen würde. Ohne die Jacke auszuziehen, marschierte er ins Wohnzimmer und fand Nelli und Ilona, auf dem Orientteppich liegend, in die Betrachtung eines Fotoalbums vertieft. Musti räkelte sich mit dem Bauch nach oben zu Nellis Füßen.

»Das Bild ist aus Vietnam, von einer Puppenvorstellung in Hanoi. Und da steht Vati nackt im Garten der Sommerhütte.«

Ratamo schnappte sich das Album und hoffte, dass Nelli noch nicht dazu gekommen war, die allerblödesten Fotos zu zeigen. Er nahm sich vor, die von seiner verstorbenen Frau zusammengestellten Fotoalben im Keller zu verstecken, sobald er Zeit hätte, ließ den Gedanken aber gleich wieder fallen, als ihm klar wurde, dass Nelli von ihrer Mutter nur noch die Erinnerungen geblieben waren. »Jetzt müssen wir aber los. Es ist schon fünf nach sieben, und Marketta nimmt das sehr genau. Auch das.«

Nelli und Ilona schienen glänzend miteinander zurechtzukommen. Das freute Ratamo, immerhin war das die erste Begegnung der beiden Damen. Aus irgendeinem Grunde hatte er es allzu lange hinausgeschoben, Ilona seiner Tochter vorzustellen.

Ilona gab Ratamo einen Kuss auf die Wange. »Ich bin gleich fertig«, sagte sie und verschwand in Richtung Bad.

Nelli bemerkte den fragenden Gesichtsausdruck ihres Vaters und sagte: »Die ist ganz nett.«

Ratamo drückte seiner Tochter den Wintermantel in die Hand und suchte Mustis Leine. Wie würde sich Marketta Ilona gegenüber verhalten? Er hatte der Mutter seiner verstorbenen Frau nicht einmal seine vorherige Freundin Riitta Kuurma richtig vorgestellt. Wohl weil er fürchtete, Marketta könnte denken, dass andere den Platz ihrer Tochter einnahmen. Aber Marketta glaubte ja wohl nicht, dass er sein restliches Leben allein verbringen würde.

Ratamo war erleichtert, als sie endlich aufbrechen konnten. Nelli und Ilona liefen in der schmalen Jääkärinkatu ein paar Meter vor ihm, und auch Musti zerrte so an ihrer Leine, als wollte sie sich zu den Frauen gesellen. Hoffentlich erlaubte es Marketta Jussi Ketonen, an diesem Abend auch über die Arbeit zu reden. Wenn Ratamo irgendwann einen Ratschlag gebraucht hatte, dann war es jetzt. Gern hätte er Jussi von der verschwundenen Luger erzählt und davon, dass Eeva gelogen hatte, als es um ihren irakischen Ex-Freund ging. Sollte er das wagen? Dass er in der Ratakatu Ermittlungsergebnisse verschwiegen hatte, war vermutlich ein Dienstvergehen. Bei dem Gedanken lief es ihm eiskalt den Rücken hinunter.

Ketonen öffnete mit einer Hand die Tür, die andere steckte unter den Hosenträgern. Er begrüßte die Gäste frohgelaunt, am allerherzlichsten seinen früheren Hund.

Marketta, die hinter ihrem Mann stand, blickte auf ihre Uhr. »Lass den Hund frei laufen, ich sauge hier, wenn ihr gegangen seid.«

Ein kräftiger Essensduft hing in der Luft. Erleichtert

stellte Ratamo fest, dass Marketta nur ein wenig verärgert zu sein schien, normalerweise hätte er sich jetzt wegen seiner Verspätung einiges anhören müssen, aber offenbar hielt sich seine Ex-Schwiegermutter wegen Ilona etwas zurück. Und auch Musti wurde nicht im Flur eingesperrt wie beim letzten Besuch, vielleicht hatte Markettas Allergie nachgelassen.

»Ich hatte übrigens heute eine Siegerwette. Chin de Maire hat beim Trabrennen in Teivo mit einer Quote von fast zwanzig gewonnen. Merke dir den Namen, mein Junge«, prahlte Ketonen, obwohl er sehr wohl wusste, dass sich Ratamo nicht für den Pferdesport interessierte.

Die Gäste wurden direkt an den Esstisch geführt, und Ratamo schämte sich nun für seine Verspätung, als er sah, welche Mühe sich Marketta gemacht hatte: Der Tisch war mit allen möglichen Schüsseln und Schalen reichlich gedeckt. Ratamo bekam seine Vorspeise, eine Rote-Bete-Suppe mit Smetana, Marketta schüttete sie ihm auf den Teller, dass es überschwappte. Den anderen teilte sie etwas ruhiger aus.

»Die sieht gut aus«, sagte Ratamo, als sich endlich auch Marketta gesetzt hatte. Die Löffel klirrten auf den Tellern, aber niemand sagte etwas. Schließlich brach Ketonen das Schweigen. »Arto hat erzählt, dass du eine Künstlerin bist?«

Ilona lachte und erklärte der Tischgesellschaft lang und breit ihre Arbeit. Die Stimmung wurde etwas entspannter. Die Begeisterung, mit der sie sprach, verriet, wie sehr sie in ihrer Arbeit aufging. »Das ist übrigens eine wunderbare Suppe«, verkündete Ilona zum Schluss ihres Monologs.

»Ja, bei uns wird heutzutage fast ausschließlich vegetarisch gegessen«, sagte Ketonen und schaute Ilona mit ernster Miene an.

Ratamo hatte zuletzt am Vortag gesehen, wie Ketonen eine Pizza mit Salami und Speck verschlang, und konnte der Versuchung nicht widerstehen, seinem ehemaligen Chef eine kleine Spitze zu verpassen.

»Ach wirklich? Ab und zu darf man sich aber ja auch etwas Leckeres gönnen. Beispielsweise ein Abendbrot mit sieben Gängen – ein Sixpack und ein Hotdog.«

Ketonen schaute beide Ratamos mit grimmiger Miene warnend an.

»In unserem Alter muss man gesund essen und Sport treiben. Stimmt's, Jussi?« Der strenge Ton von Markettas Frage ließ nur eine Antwort zu.

»Genauso ist es«, erwiderte Ketonen derart resolut, dass Ratamo um ein Haar laut losgelacht hätte.

»Marketta treibt diese modernen Sportarten, dieses … Eirobig und das Gehen am Stock«, sagte Ketonen und lächelte, aber sein Lächeln erstarb, als er Markettas eisigen Blick bemerkte. »Ich hingegen laufe Ski. Wusstet ihr übrigens, dass in Salla der älteste Ski der Welt gefunden wurde, er ist fünftausenddreihundert Jahre alt. Wenn es eine traditionelle finnische Sportart gibt, dann ist es Skilaufen.«

Marketta reichte Nelli den Brotkorb. »Du musst essen, mein Schatz, du bist doch wochenlang krank gewesen. Zum Glück ist das jetzt vorbei, dieses ständige Fieber. Anscheinend war es doch nur eine ganz gewöhnliche Grippe.«

Ratamos Gesichtsausdruck wurde ernst. »Hoffen wir es. Die Laborergebnisse bekomme ich vielleicht schon morgen.«

»Du hast anscheinend auf der Arbeit viel zu tun, Arto. Wieder mal.« Marketta hörte sich schon fast freundlich an.

Ratamo sah die Gelegenheit gekommen, seine Verspätung zu erklären. »Es laufen Ermittlungen im Zusammenhang mit Drogen. Alles furchtbar stressig.«

»Kein Wunder, dass der Drogenhandel blüht«, sagte Ketonen. »Weltweit gibt es zehn Millionen Heroinsüchtige, und alle sind bereit, für die nächste Spritze jeden beliebigen

Preis zu zahlen. Und es finden sich auch genug Drogendealer, die selbst das Risiko eines Todesurteils in Kauf nehmen, um Geld zu machen. Bei uns werden sie allerdings nur ins Gefängnis gesteckt, und für Leute, die in etwas kargeren Ländern aufgewachsen sind, ist ein finnisches Gefängnis fast ein Witz. In Russland gibt es sogar Hotels, die schlechter sind.«

»Jussi, du wirst doch nicht etwa die Drogenhändler verteidigen?«, entgegnete Marketta aufgebracht.

Ketonen bemerkte, dass er in gefährliche Gewässer abgetrieben war. »Natürlich nicht. Ich habe nur Fakten genannt.«

Ratamo eilte Ketonen zu Hilfe. »Heroin ist das größte Exportprodukt auf der Welt, es wird im Jahr für Hunderte Milliarden Dollar gehandelt.«

Das Gespräch über Drogen versickerte erst, als Marketta das Hauptgericht brachte. Schon bald war von der vegetarischen Lasagne nichts mehr übrig. Die Unterhaltung drehte sich um alltägliche Dinge, auch noch beim Pfefferminzeis und Kaffee. Der Calvados sorgte dafür, dass Ratamos Appetit auf Kautabak immer stärker wurde, aber er beherrschte sich, weil sowohl Ilona als auch Marketta gern über die schädliche Wirkung von Nikotin predigten.

»Musti geht es gut«, sagte Ketonen sentimental, als die alte Hundedame ihre Pfoten auf seinen Oberschenkel legte und ihn mit ihrem eindringlichsten Bettelblick anschaute.

»Du, also, allmählich sieht man ihr das Alter aber schon an. Sie ist ein alter Hund«, erwiderte Ratamo.

»Musti hinkt manchmal mit der linken Hinterpfote«, sagte Nelli, es klang besorgt.

»Ach, was heißt alt. Ich habe gerade in der Zeitung gelesen, dass ein sechzehn Jahre alter Labrador in den USA mit dem Ehrentitel ›Hundeheld des Jahres‹ ausgezeichnet wurde. Er hat das drei Wochen alte Baby seiner Herrchen gerettet«, erzählte Ketonen mit zunehmender Begeisterung. »Der Knirps hatte plötzlich aufgehört zu atmen, und mit seinem Bellen hat der Hund sein Frauchen alarmiert. Außerdem lehrt uns diese Geschichte auch etwas ...« Ketonen betrachtete die Gesellschaft am Tisch mit ernstem Gesichtsausdruck.

»Der Hund war etwa zwei Jahre vor der Geburt des Kindes an Krebs erkrankt, und der Tierarzt hatte empfohlen, ihn einzuschläfern. Aber die Familie hat bei der Bank einen Kredit aufgenommen und die Operation des Hundes bezahlt. Das heißt, man sollte uns alte Leute nicht vorzeitig abschreiben ...«

Der Abend ging in einer angenehmen Atmosphäre weiter, bis Nelli allmählich müde wurde und Ratamo und Marketta übereinstimmend befanden, dass der Patient, der sich auf dem Weg der Genesung befand, schlafen gehen sollte. Es dauerte eine Weile, bis Musti bereit war, ihren Platz am Sessel ihres ehemaligen Herrchens zu verlassen.

MONTAG

20

Eeva umarmte Mikko und dachte, dass es wohl so kommen musste: Das Leben mit einem normalen und ausgeglichenen Mann war einfach zu gut gewesen, als dass es ihr vergönnt sein könnte. Mikko drückte sie so fest an sich, dass sie seinen Herzschlag unter dem Wintermantel spürte. Zumindest ihre Gefühle füreinander waren also noch nicht verschwunden, wenn der Abschied ihnen so schwer fiel. Schließlich löste sich Eeva von Mikko, langsam, aber entschlossen.

»Wir reden dann heute Mittag im ›Ahven‹ weiter.« Mikko Reiman warf Kirsi einen Blick zu und wünschte, er könnte ihr etwas Tröstliches sagen.

Als Mikko im Treppenhaus verschwunden war, zogen sich Eeva und Kirsi in aller Ruhe ihre Mäntel an und waren wenig später schon auf dem Weg zu Kirsis Schule. Das alltägliche Morgenritual empfand Eeva als ein wunderschönes Stück normalen Lebens inmitten von all diesem Chaos. Es störte sie nur, dass der Frost nicht nachgelassen hatte.

»Nellis Vater bringt euch heute zur Reitstunde«, sagte Eeva und bemühte sich, fröhlich zu klingen, während sie von der Laivurinkatu auf die Tehtaankatu einbogen, aber Kirsi lief mit gesenktem Kopf neben ihr.

»Worüber habt ihr heute Nacht gestritten, du und Mikko? Ich hab gehört, wie du geweint hast«, sagte Kirsi einen Augenblick später vorsichtig.

Eeva überlegte, was sie antworten sollte, sie wollte nicht lügen, konnte aber auch nicht über die Drohungen des Türken, die ihr durch den Kopf gingen, und die Drogen reden. »Wir haben ein paar Probleme, die es zwischen Erwachsenen gibt. Manchmal ist das Leben ein bisschen wie eine Zwiebel: Man schält sie und nimmt eine Schicht nach der anderen ab und weint zwischendurch.«

»Na, dann sagst du's eben nicht«, erwiderte Kirsi verärgert. »Ich hab nur Angst, dass auch Mikko verschwinden wird. Das ist der beste Typ, den du je gehabt hast.«

Das fürchte ich auch, hätte Eeva am liebsten gesagt. »Wir sind doch auch zu zweit immer gut zurechtgekommen, oder?«

»Ich gehe jetzt das letzte Stück allein«, rief Kirsi ihrer Mutter zu, winkte und rannte los. Eeva schaute ihrer Tochter hinterher und überlegte, wann jemand die Zeit im Schnelldurchlauf um Jahre vorgespult hatte: Plötzlich war Kirsi schon ein elfjähriges junges Mädchen. Sie wusste, dass sie ihre Tochter allzu sehr beschützte, es gab wohl kaum andere Eltern, die ihr Kind in der fünften Klasse jeden Morgen in die Schule begleiteten. Kirsi mochte dieses Morgenritual schon lange nicht mehr. Eeva nahm an, dass sie ihre Tochter deswegen so behütete, weil sie Kirsi verzweifelt vor all dem Schlimmen bewahren wollte, das sie selbst hatte erleben müssen.

Der eisige Wind fuhr ihr in die Augen, sie brannten ohnehin schon vom Weinen. Fast die ganze Nacht hatten sie und Mikko sich unterhalten und auch gestritten. Sie wusste nicht, was sie betroffener machte: dass Ratamo Mikko von dem Amphetamin in ihrer Wohnung erzählt hatte oder dass Mikko tatsächlich ausziehen wollte. Das Schlimmste war, dass beide Männer nur das getan hatten, was sie tun mussten: Ratamo war vermutlich gezwungen gewesen, zu versuchen, aus Mikko herauszubekommen, wie das Amphetamin in die Wohnung gelangt war. Und Mikko beabsichtigte, sie zu verlassen, weil er glaubte, dass sie wieder den Drogen verfallen war. Sie hatten gemeinsam vereinbart, dass ihre Beziehung zu Ende wäre, wenn Eeva schwach würde. Dennoch ärgerte das Eeva: Ratamo hätte genausogut seinen Mund halten können, und Mikko hätte ihr eine Stütze sein müssen. In guten wie in schlechten Zeiten, dachte sie.

Als Eeva an der Treppe vorbeiging, die vom Fußweg zum Schulhof führte, wäre sie am liebsten hinaufgestiegen, um den Kindern eine Weile zuzuschauen, verzichtete dann aber doch darauf, weil das Kirsi peinlich gewesen wäre. Sie dachte daran, wie aufgeschlossen und fröhlich Kirsi im Umgang mit ihren Freundinnen war, und das erste Mal seit langem spielte um ihren Mund ein Lächeln. Zum Glück hatte das Mädchen ihr verschlossenes Wesen nicht geerbt, sondern ähnelte mehr dem sehr geselligen Mikko, obwohl der gar nicht Kirsis Vater war.

Hatte Mikko tatsächlich vor, sie zu verlassen, oder drohte er ihr nur deshalb auszuziehen, weil sie es so vereinbart hatten? Sollte sie ihn bitten, zu bleiben, war es das, worauf er wartete? Eeva erkannte, dass sie hoffte, Mikko würde seine Entscheidung zurücknehmen, wenn sie sich mittags im Restaurant »Ahven« treffen würden. Sie hatte jetzt schon Sehnsucht nach ihm.

Sie bog nach Norden ab, in die Kapteeninkatu, und atmete die frische kalte Luft tief ein. Dieser Morgenspaziergang war zu einer Gewohnheit geworden, die sie genoss. Manchmal kam auch Mikko mit. Erst liefen sie alle drei zu Kirsis Schule, dann begleitete sie Mikko bis zum Fotoatelier und ging dann zur Straßenbahnhaltestelle auf dem Bulevardi. Sie bemühte sich, ihren Tag in Ruhe zu beginnen, weil die Psychotherapeutin behauptete, das helfe, den Stress unter Kontrolle zu halten. Zum Glück hatte sie für den heutigen Tag einen zusätzlichen Termin bekommen; um diese Situation zu überstehen, brauchte sie handfeste Ratschläge.

Das Haus an der Ecke von Vuorimiehenkatu und Korkeavuorenkatu ließ sie an Ratamo denken. Arto hatte gesagt, dass wegen der im Badezimmer gefundenen Menge Amphetamin wohl kaum Anklage erhoben werden würde. »Kaum« schien das unsicherste Wort der Welt zu sein. Wenn man doch Anklage erhob und sie verurteilte, dann würde sie das Sorgerecht für Kirsi verlieren. Danach bliebe sie garantiert nicht clean.

Der massive Eckturm von Ratamos Haus reckte sich gen Himmel wie der drohend erhobene Zeigefinger eines Anklägers. Warum hatte sie behauptet, Adil nicht zu kennen; sie verstand selbst nicht, warum sie Arto belogen hatte. Wenn das herauskam, würde Ratamo ihr nie mehr vertrauen. Dazu durfte es aber nicht kommen, in ihrer Lage war ein Freund wie Arto Gold wert. Sie musste ihm unbedingt die Wahrheit sagen, beschloss Eeva und überlegte, warum Ratamo überhaupt nach Adil gefragt haben könnte. Adil hatte doch nie irgendjemandem etwas zuleide getan, der Mann war wahrhaftig ein Heiliger. Doch vermutlich musste die Polizei bei solchen Ermittlungen versuchen, alle möglichen Hintergründe zu untersuchen.

In der Jääkärinkatu wurden Eevas Gedankengänge unterbrochen, als sie sah, wie jemand durch die Tür in Mikkos Fotoatelier hineinhuschte. Sah sie Gespenster? Mikko hatte doch gesagt, er müsse zum Fotografieren nach Porkkalanniemi. Er hatte sie doch wohl nicht angelogen?

Eeva beschleunigte ihre Schritte. Im Fotoatelier war es dunkel. Sie drückte ihr Gesicht fast an die Scheibe, sah aber durch die Lücken in der Jalousie keine Bewegung und auch sonst nichts. Die Tür war ja wohl verschlossen? Sie zog an der Klinke und wäre fast hintenüber gefallen, als die Tür mit einem Ruck aufflog. Im selben Augenblick packte sie jemand an den Handgelenken und riss sie in den stockdunklen Raum. Die Tür fiel ins Schloss. Gitarrenmusik erklang.

Eeva erkannte sofort, dass es Mikkos Platte mit Titeln von Alexandre Lagoya war.

Die Deckenbeleuchtung ging an, und Eeva erschrak, als sie das fleckige Gesicht des Türken sah. Vor Angst wich ihr das Blut aus dem Kopf, würde jetzt so etwas passieren wie vor zwei Tagen in ihrer Wohnung? Die Gehilfen des Türken standen an der Tür und rührten sich nicht. Dann fiel Eevas Blick auf den schwarzen Vorhang mitten in dem Raum, der das Büro vom Atelierbereich trennte. Ihre Angst wurde noch größer. Mikko zog den Vorhang nur zu, wenn er im Atelier fotografierte. Und warum stand mitten im Büro eine Kamera auf einem Stativ?

»So trifft man sich wieder, willkommen«, sagte Turan Zana und strahlte. »Bevor ich zur Sache komme, würde ich Sie um einen kleinen Gefallen bitten. Ich möchte sehr gern ein paar Fotos als Erinnerung an dieses Treffen. Könnten Sie sich freundlicherweise vor diesen Vorhang stellen.«

Eevas Gehirn streikte. Was, um Himmels willen, war hier im Gange? »Was wollen Sie? Ich habe nicht vor, den Clown zu spielen …«

»Zwingen Sie mich nicht, Ihnen wegen so einer Kleinigkeit zu drohen.« Zana wies auf seine Männer. »Wir wollen das schnell erledigen, dann kommen wir zur Sache.«

Eeva zögerte immer noch, doch ihr fiel kein einziger vernünftiger Grund ein, warum sie dem Türken nicht den Gefallen tun sollte. Schließlich begriff auch sie, dass man einen Killer bei guter Laune halten musste. Sie ging langsam zu dem Vorhang, stellte sich davor und blickte abwechselnd auf den Türken und seine Gehilfen. Das immer schneller werdende Gitarrensolo von Lagoya hörte sich jetzt anders an als vorher.

»Schauen Sie in die Kamera, bis ich mit den Aufnahmen fertig bin. Ich mache gleich mehrere Bilder«, erklärte Zana, während er an der Kamera hantierte. Einer seiner Helfer stand jetzt neben dem Vorhang, und der andere blieb an der Tür. Die Stimmung glich der vor einem Gewitter.

Für einen Augenblick war Eeva geblendet, als die Studiolampen aufleuchteten, sie hörte, wie der Vorhang aufgezogen wurde, dann klickte die Kamera und schoss fünf Bilder pro Sekunde. Sie kniff ein paarmal die Augen zusammen und drehte sich um.

Eeva entfuhr ein Aufschrei, als sie die Leiche eines nackten Mannes erblickte, die an einen Stuhl gefesselt war. Entsetzt wandte sie sich ab.

»Sie fragen sich bestimmt, was das alles soll.« Zana hörte sich nicht mehr höflich an.

»Das ist ... abartig«, sagte Eeva und schluckte.

»In diesem elektrischen Stuhl Marke Eigenbau sitzt German Dworkin, er ist der Nachfolger Ihres ... Bekannten Arkadi Kirilow hier in Helsinki. Oder genauer gesagt, er war es. Wir haben uns also gerade ein paar zusätzliche Beweise gegen Sie verschafft. Ich hatte Sie ja gewarnt.«

Eeva hielt die Hand vor den Mund und taumelte langsam in Richtung Tür, bis sich ihr einer der Helfer des Türken in den Weg stellte.

»Die Fotos beweisen, dass sie hier am Tatort waren, und die Polizei hat sonst keinen Verdächtigen«, sagte Zana. »Ich und meine Männer sind auf den Fotos natürlich nicht zu sehen.«

Eeva machte einige Schritte auf den Türken zu, bekam aber kein Wort heraus. Das konnte doch nicht wahr sein.

»Und für den sehr unwahrscheinlichen Fall, dass auch das Sie nicht zur Zusammenarbeit bewegen kann, haben wir sowohl in Ihrer Wohnung als auch in diesem Raum hier ... ein Kilo Amphetamin versteckt. Es lohnt sich nicht, nach den Verstecken zu suchen, ich kann Ihnen versichern, dass Sie die nicht finden werden, selbst wenn Sie beide Wohnungen in kleine Stücke zerlegen. Wir haben aus gewissen Gründen in diesen Dingen ziemlich viel Erfahrung.«

Eeva hatte das Gefühl, als würde sie das Geschehen von der Decke aus betrachten, alles erschien ihr unwirklich, inszeniert ... Sie würde das nicht mehr lange aushalten. Alles schien zusammenzufallen. Dann fiel ihr Blick auf ein vergrößertes Foto an der Wand, das sie vorher noch nicht gesehen hatte. Sie beugte sich näher zu ihm hin, starrte auf die Silhouette einer Gestalt am Rande des Sepänpuisto-Parks und hätte schwören können, dass es sich bei dem Mann um Adil al-Moteiri handelte.

»Sie haben exakt zwei Alternativen. Wenn Sie immer noch nicht bereit sind, uns zu unterstützen, übergeben wir die Fotos der Polizei und teilen ihr mit, wo sich die Drogen befinden. Sie verstehen sicher, dass das den Abschied von Ihrer Tochter bedeutet. Ihr *Verlust* – das wäre der saure Apfel, in den Sie dann beißen müßten ...«

»Und der da, verschwindet der einfach so?« Eeva deutete auf den toten Russen.

»Wenn Sie sich für die Zusammenarbeit mit uns entscheiden, bringen wir den elektrischen Stuhl und die Leiche weit von hier weg, und nichts wird Sie mit dem Tod des Mannes in Verbindung bringen. Selbst wenn die Polizei ... den Braten riecht«, erwiderte Zana und lächelte über sein Wortspiel. »In dem Fall wird nie jemand die Fotos sehen oder die Drogenverstecke finden.«

Wieder hatte der Türke für den *Verlust* das englische Wort *forfeit* verwendet. Eeva fürchtete, verrückt zu werden, sie versuchte, ihre Gedanken in den Griff zu bekommen.

»Sie erhalten vier Stunden Zeit, um Ihre Entscheidung zu treffen«, sagte Zana eindringlich und führte Eeva zur Tür.

Sie trat hinaus in die eisige Luft, am liebsten hätte sie geschrien und wäre zur nächsten Polizeistation gerannt und hätte Mikko oder Ratamo angerufen ... Aber sie wusste, dass sie nichts von alldem tun würde. Nichts, worum der Türke sie bitten würde, wäre schlimmer als der Verlust Kirsis und ein neuer Drogenteufelskreis. Und der Türke hatte ja gesagt, er brauche nur ihr Zahlengedächtnis. Sie wollte keinen einzigen Toten mehr auf ihrem Gewissen haben, sie war gezwungen, eine Entscheidung zu treffen.

21

»Oh, verdammt! Hört euch das mal an«, rief Erik Wrede so aufgeregt, dass im Zimmer der SUPO-Chefin alle verstummten. Der Schotte las aus seiner Zeitung vor:

»Ein zwanzigjähriger Mann starb kürzlich in Wichita in den USA bei dem Versuch, seinen eigenen Selbstmord vorzutäuschen. Der junge Mann hatte im Keller seines Hauses eine Konstruktion zusammengebaut, die aus einem messerscharfen, auf ein Brett genagelten Meißel, einer Schrotflinte und einem durchsichtigen Netz bestand. Er wollte ein Video aufnehmen, das den Eindruck erweckte, er habe sich in den Kopf geschossen und wäre dann auf den Meißel gefallen, der aus dem Brett herausragte. In Wirklichkeit hatte er die Absicht, an seinem Kopf vorbeizuschießen, und das durchsichtige Netz sollte seinen Sturz aufhalten, bevor er auf den Meißel fiel. Doch die Inszenierung gelang nur teilweise: Er schaffte es zwar, an seinem Kopf vorbeizuschießen, aber das Netz zerriss unter seinem Gewicht, und der Meißel durchbohrte sein Herz. Die Polizisten fanden unter seinem Bett ein Notizbuch, demnach wollte der junge Mann nach seinem inszenierten Selbstmord verschwinden, das Video im Haus seiner Eltern hinterlassen, so dass es die Polizei fand, und abwarten, bis die Versicherung ihn auf Grund des Videos für tot erklärte und die Entscheidung über die Auszahlung traf. Und den Scheck über die Lebensversicherung wollte er seinen Eltern dann stehlen.«

Riitta Kuurma schnaufte. »Das gibt es doch nicht.«

»Anscheinend doch. Ein Bekannter schickt mir immer solche Berichte aus dem Informationsdienst der Kriminalpolizei.«

»Only in America«, murmelte Ratamo und schlürfte seinen Kaffee. Nach einer Nacht mit wenig Schlaf kam er früh auch nach der dritten Tasse Kaffee nicht richtig in die Gänge. Immerhin hatte er aber eben klären können, dass Eevas Vater tatsächlich die Luger gestohlen worden war. Arvo Hallamaa hatte versprochen, die Seriennummer irgendwie zu finden. Wenn sie nicht mit der Nummer der Mordwaffe übereinstimmte, wäre die ganze Pistole bedeutungslos. Er dachte an den vergangenen Abend, und das tat gut. Das Essen und der Abend bei Marketta waren angenehm verlaufen, und Ilona hatte sogar die Nacht bei ihm verbracht. Zum ersten Mal hatte wieder eine Frau in seinem Bett geschlafen, seit die Beziehung mit Riitta vor über zwei Jahren zu Ende gegangen war, überlegte Ratamo und warf Riitta Kuurma einen Blick zu.

»Hat die Chefin übrigens schon entschieden, welche befristeten Stellen zum Jahreswechsel in feste umgewandelt werden?«, erkundigte sich Wrede.

»Nein.« Ulla Palosuos Augenringe und ihr angespannter Gesichtsausdruck verrieten, dass sie unter Stress stand. »Wollen wir nicht gleich anfangen, Riitta hat versprochen, über diese Organisation Takfir zu berichten. Ich bin etwas in Eile. Mit Jukka Liimatta zusammen habe ich etwas ... zu erledigen«, sagte die Chefin und klopfte auf ihrer Frisur herum; ihre Hände reichten gerade bis zum Gipfel der Haartracht.

Ratamo schaute sich prüfend in Ketonens ehemaligem Zimmer um und überlegte, was Palosuo an der Einrichtung alles geändert hatte: Der Tresor, dessen Farbe an Preiselbeerpudding erinnerte, der Schreibtisch und die Tischlampe waren noch die alten, aber die beigefarbene Sofagarnitur, der dunkelblaue Wollteppich und die Topfpflanzen, die überall wucherten, gaben dem Zimmer die Handschrift der neuen Chefin. In der Kantine hatte er gehört, dass der Raum nun »Dschungel« genannt wurde. Wann würde jemand auf die Idee kommen, Ulla Palosuo als Herrscherin über den Dschungel zu bezeichnen? Jane würde sie wohl kaum jemand nennen.

Riitta räusperte sich und begann. »Ich habe gestern neues Material aus England vom MI 5 erhalten. Ich kenne eine ihrer Analytikerinnen, Melissa Tufton. Wir haben uns bei Europol kennengelernt, deshalb bekomme ich Informationen von ihr, und zwar etwas leichter als sonst«, erklärte sie stolz. »Es ist eindeutig etwas im Gange. Wassili Arbamow hat Carlos Candelaria, der in der Terrororganisation Takfir wal Hijra für die Operationen in Europa zuständig ist, im letzten Jahr viermal getroffen. Candelaria benutzt heute den Namen Umar Hussain. Außerdem arbeitet der Marokkaner Jamal Tagmouti, den der MI 5 mit Umar in Verbindung bringt, derzeit in Petersburg in Arbamows Bank.«

»Das hätte man sich ja denken können«, schimpfte Wrede. »Heutzutage stellt sich aber auch bei jeder Ermittlung heraus, dass die Kameltreiber dahinterstecken.«

Riitta Kuurma schaute nicht von ihren Unterlagen auf, sie hatte heute nicht die Absicht, sich mit dem Schotten anzulegen.

»Carlos Candelaria. Der Name hört sich nicht sehr islamisch an.« Ratamo dachte laut nach.

»Der Mann ist Spanier. Deswegen hat er auch die Verantwortung für die Operationen von Takfir in Europa erhalten: Spanien ist schon seit Anfang der neunziger Jahre der Stützpunkt des extrem-islamistischen Terrorismus in Europa, bei über einer Million Moslems können die arabischen Terroristen leicht untertauchen.«

Ulla Palosuo sah ungeduldig aus. »Berichte über diese Organisation Takfir.«

»Der Name Takfir wal Hijra bedeutet ›Exkommunikation und Exil‹ oder ›Mit dem Bann belegen und vertreiben‹. Dieses Netzwerk von Terrorgruppen ist noch brutaler als Al-Kaida«, sagte Riitta Kuurma und fand die ungeteilte Aufmerksamkeit ihrer Kollegen.

Sie berichtete, dass Takfir schon 1981 an dem Attentat auf den ägyptischen Präsidenten Anwar Sadat beteiligt gewesen war. Man nahm an, dass die Organisation 1996 im Sudan sogar versucht hat, Osama Bin Laden zu ermorden. Mehrere Täter der Anschläge vom 11. September waren Mitglieder von Takfir, und die Organisation hatte auch Anschläge auf viele Ziele in Europa geplant: auf die US-Botschaft in Paris, das Gipfeltreffen der G8-Staaten in Genf, den Flughafen von Heathrow und die US-Luftwaffenbasis Inçirlik in der Türkei.«

Wrede nickte und trank einen Schluck Mineralwasser. »Takfir, Al-Kaida ... die Namen wechseln, aber das sind alles die gleichen Killer.«

»Mach weiter, Riitta«, befahl Ulla Palosuo und warf dem Schotten einen wütenden Blick zu.

»Theologisch gesehen, ist Takfir ein extremer Ausläufer der saudi-arabischen Wahhabiten, es ...«

»Von was?«, erkundigte sich Ratamo interessiert.

»Die Ideologie der Wahhabiten entstand Ende des 18. Jahrhunderts in Saudi-Arabien«, las Riitta Kuurma aus ihren Unterlagen vor. »Sie verurteilt alle anderen Moslems als gottlos und will ein weltweites Kalifat, einen islamischen Staat, errichten, ein ähnliches Imperium, wie es in den Zeiten nach dem Tod des Propheten Mohammed blühte und gedieh, als das islamische Kalifat den ganzen Nahen Osten und die arabische Halbinsel beherrschte. Die Mitglieder von Takfir glauben, dass sämtliche ungläubigen Staatsoberhäupter der Welt mit allen Mitteln beseitigt werden müssen. Und die Anwendung von Gewalt für diesen Zweck ist ihre heilige Pflicht. Auch Muslime mit falschem Glauben dürfen getötet werden.«

»Na klar«, warf Wrede ein. »Wer ist übrigens der Führer von Takfir?«

»Das weiß man nicht, aber der MI 5 vermutet, dass es Ayman al-Zawahiri ist, den man früher auch für den zweiten Mann nach Osama bin Laden hielt. Takfir ist es sehr gut gelungen, die eigenen Strukturen geheim zu halten. Die Mitglieder verstehen es, überall auf der Welt sehr effizient in ihrer Umgebung unterzutauchen, denn ihnen ist es erlaubt, das islamische Recht nicht einzuhalten, wenn es ihr Auftrag erfordert. Diese Männer dürfen Frauen anmachen, Schweinefleisch essen und Alkohol trinken.«

»Der Zweck heiligt die Mittel«, sagte Wrede und grinste.

Jetzt reichte es Palosuo. »Versuche wenigstens, so zu tun, als wärest du erwachsen. Ich habe es ohnehin schon eilig.«

Riitta Kuurma wählte ein neues Blatt aus dem Stapel aus und erklärte, dass sich Takfir wie eine Sekte oder ein Kult verhielt: Sie suchte sich einzelne Menschen als Opfer aus, und wer einmal Mitglied geworden war, kam nicht wieder heraus. Die Ausbilder von Takfir wendeten die Gehirnwäsche und eine extrem strenge Disziplin an, um die schwachen Individuen herauszufiltern und die aufgenommenen jungen Leute zu Männern zu machen, die ihrer Organisation gegenüber fanatisch loyal waren.

»Und wie hängt das alles nun mit dem Tod von Kirilow zusammen?« fragte Ratamo und schaute Wrede an, der während der Besprechung schon die zweite Flasche Mineralwasser öffnete. Der süßliche Gestank von altem Schnaps drang vom Schotten über den Tisch herüber bis zu Ratamo.

»Insofern, als laut MI 5 Umar Hussain Wassili Arbamow afghanisches Heroin verkauft, um die künftigen Terroranschläge von Takfir zu finanzieren.«

Die SUPO-Mitarbeiter verdauten das Gehörte eine Weile, bis Ratamo das Schweigen brach. »Weiß der MI 5, was Takfir plant?«

Riitta Kuurma schüttelte den Kopf. »Noch nicht. Aber Takfir verdient mit dem Heroinhandel Millionen Dollar, schon der Gedanke, wofür sie solche Summen verwenden werden, lässt einen angst und bange werden. Irgendetwas wirklich Großes planen sie. Das steht fest.«

Wrede schien ausnahmsweise der gleichen Auffassung wie Kuurma zu sein. »Die Vorbereitung der Anschläge vom 11. September hat nur eine halbe Million Dollar gekostet.«

Ulla Palosuo warf einen Blick auf ihre Uhr und stand auf. »Riitta kümmert sich um alles, was mit Takfir zusammenhängt. Und die sonstigen Ermittlungen? Ratamo, berichte kurz.«

»Ich habe das Labor gebeten, Kirilows Heroin mit dem Stoff zu vergleichen, der bei den drei Fixern gefunden wurde, die in Helsinki an einer Überdosis gestorben sind. Es ist alles dasselbe Zeug.«

»Es ist ziemlich seltsam, dass bei allen dreien noch Stoff gefunden wurde.« Um Palosuo zu ärgern, sprach Wrede bedeutend langsamer als sonst. »Kaum ein Junkie kann es sich überhaupt leisten, mehrere Tütchen mit sich herumzutragen.«

»Laut KRP hat es gestern auch anderswo in Europa mehr Drogentote gegeben als sonst«, fuhr Ratamo fort. »Wenn auch da die Ursache der gleiche Stoff war, dann wird man gegen Arbamow bald ausreichend Beweise zusammenhaben. Also so viele, dass auch die russischen Kollegen etwas unternehmen müssen.«

Ulla Palosuo war währenddessen zur Tür ihres Zimmers

gegangen. »So, nun dürfte in dieser Besprechung langsam alles abgearbeitet sein ...«

»Noch ein Wort zu Eeva Hallamaa«, fuhr Ratamo rasch fort. »Ihr Ex-Mann ist Antti Hytölä, ein sechsunddreißig-jähriger Diplom-Ingenieur, er arbeitet in einer Baufirma und ist noch nie auffällig geworden, nicht einmal Knöll-chen hat er bekommen. Interessant ist jedoch, dass der Mann derzeit in ... Sankt Petersburg wohnt. Natürlich we-gen seiner Arbeit.«

»Ein ziemlicher Zufall«, fand auch Riitta Kuurma.

»Ich war gestern bei Hallamaa und Reiman.« Ratamo re-dete nun noch schneller. »Sie behauptet, dieser Türke hätte sie wieder bedroht, aber niemand kann das bestätigen. Und Mikko Reiman dürfte kaum etwas mit den Drogen zu tun haben.«

»Auch ich habe etwas Wichtiges zu berichten«, sagte Wrede übertrieben ruhig und betrachtete Ulla Palosuo, die schon die Hand auf der Klinke hatte. »Die Männer, die Ger-man Dworkin, den neuen Dealer von Arbamow, beschatten sollten, haben ihn letzte Nacht aus den Augen verloren. Das ist allerdings kein Wunder, die Jungs hatten nur den Haupteingang des Hotels überwacht.«

Ulla Palosuo verließ das Zimmer und hätte am liebsten laut geflucht.

»Du kommst doch heute Abend zur Weihnachtsfeier?«, rief der Schotte ihr fröhlich hinterher.

22

Hunderte Menschen starrten schweigend nach oben, als die Trapezkünstlerin Anlauf zu ihrem lebensgefährlichen Vierfachsalto nahm. Es schien so, als hätte auch das über hundert Jahre alte Zirkusgebäude am Ufer des Fontanka-

Kanals den Atem angehalten. Die grazile, aber kräftige Frau ließ die weiße Stange los, drehte sich in der Luft wie ein Windrad und landete dann mit den Handgelenken genau im Griff ihres Partners, der ihr entgegenschwebte. In der Frühvorstellung des Petersburger Zirkus ertönte ein Aufschrei aus vielen Kehlen, und ein tosender Beifallssturm setzte ein, auch Veikko Saari klatschte wie alle anderen.

Wenig später verkündete ein Mann in einer prächtigen Uniform etwas auf Russisch, und aus dem schallenden Gelächter der vielen Petersburger Schüler schloss Saari, dass als nächstes Clowns die Arena betreten würden. Bis es so weit war, ließ er seinen Blick über die lächelnden und kichernden Kinder wandern, die vor Begeisterung auf ihren Sitzen hin und her rutschten.

Es verwirrte ihn, dass er sich so intensiv an die Kindheit erinnerte, zu einem Zeitpunkt, da sich das Leben seinem Ende näherte. Saari dachte daran, wie er und die Gebrüder Mattila nach dem Krieg, Anfang der fünfziger Jahre, wochenlang alle möglichen Arbeiten übernommen hatten, um das Geld für die Eintrittskarten zum Zirkus Sariola zusammenzusparen. Noch immer waren ihm das Staunen und die Freude als kleiner Junge im Zirkus gegenwärtig. Solche echten Gefühle hatte er schon seit langer Zeit nicht mehr empfinden können.

Das Kind in ihm war wohl gestorben, weil er in seiner Zeit als Polizist genug Leute vom Schlage Wassili Arbamows getroffen hatte. Oder hatte er es mit all den Drogen getötet, die er im Laufe der Jahrzehnte in sich hineingestopft hatte?

Saaris Stimmung verdüsterte sich. Er stand auf, gerade als wieder schallendes Gelächter durch die Arena klang, und betrachtete auf dem Weg zum Ausgang die vergoldeten Ornamente des Zirkusgebäudes, die purpurroten Samtverzierungen, die großen Spiegel und die gewaltigen Kronleuchter aus Kristall.

Dem Wartenden wird tatsächlich die Zeit lang, dachte Saari, als er im schneidend kalten Wind zur Metro-Station Gostiny Dwor lief. Er hatte in Petersburg eine Aufgabe, und nur deswegen war er hier. Immerhin hatte nun endlich alles begonnen, aber es ging nur im Schneckentempo voran. Saari wollte sich nicht mehr in seinem Hotelzimmer verstecken, obwohl einst Marschall Mannerheim hier gewohnt hatte.

In der Metro-Station ging er zum Bahnsteig hinunter, fuhr bis zur Station Sadowaja und trat wieder hinaus in den frostigen Wind. Er wollte alle wichtigen Orte aus Dostojewskis Roman »Schuld und Sühne« besuchen. Die zwei Menschen, die er am meisten bewunderte, hatten Jahre ihres Lebens in Sankt Petersburg verbracht: der größte Soldat und der größte Schriftsteller der Welt, Mannerheim und Dostojewski. Der Mannerheim-Rundgang war erst später an der Reihe, das Beste kam zuletzt.

Saari stand vor der Metro-Station, schaute zum Sennaja Ploschtschad, dem Heumarkt, und versuchte sich vorzustellen, wie es da zu Dostojewskis Zeiten ausgesehen hatte. Ein Irrenhaus, in dem es von Menschen nur so wimmelte: Betrunkene, Straßenjungen, Obdachlose und Prostituierte, Restaurants, Herbergen …

Er ging in Richtung Norden, überquerte den Gribojedow-Kanal, bog nach links ab und blieb an der Kreuzung mit der Stoljarny-Gasse stehen. Saari wusste, was auf dem Schild am Eckhaus zu lesen war: »Raskolnikows Haus. Fjodor Michailowitsch Dostojewskis an die ganze Menschheit gerichtete leidenschaftliche Botschaft der Herzensgüte beruhte auf den unglücklichen Schicksalen der Menschen, die dieses Haus in Sankt Petersburg bewohnten.« Er bewunderte das Haus der Romanfigur Rodion Raskolnikow nur kurz.

Dann setzte er seinen Rundgang in Richtung Kanal fort, bis er nach rechts in die Kasnatschejskaja uliza einbog; in dieser Straße hatte Dostojewski unter drei verschiedenen Adressen gewohnt. Eine streunende Katze im Schatten und das trostlose Licht der Straßenlaterne, das die Abenddämmerung nur schwach erhellte, schufen eine Dostojewskische Stimmung. Saari blieb einen Augenblick vor dem Haus Nummer sieben stehen, hier hatte der Schriftsteller »Schuld und Sühne« geschrieben.

Die Wohnung Raskolnikows geliebter Sonja Marmeladowa befand sich am Ende der Straße am Ufer des Gribojedow-Kanals, aber Saari fand das Gebäude nicht sonderlich eindrucksvoll. Das Haus von Petrowitsch interessierte ihn nicht, aber das der alten Wucherin musste er natürlich noch sehen, dort war immerhin der berühmteste Romanmord der Welt geschehen. Er ging am Nordufer des Kanals entlang bis zur Brücke, dann am Südufer bis zur nächsten Straßenecke und bog in die Srednjaja Podjatscheskaja ab. Der kalte Wind wirbelte durch die schmalen Gassen. Saari betrachtete eine Weile das häßliche Haus, in dem Raskolnikow die alte Pfandleiherin und ihre Schwester mit der Axt ermordet hatte, aber der Tatort lenkte ihn nicht von den bald bevorstehenden Ereignissen im wirklichen Leben ab: Sein eigener Tod würde sehr real sein.

Eine halbe Stunde später hielt der Metrozug quietschend an der Station Gostiny Dwor. Veikko Saari stieg hinauf und wartete, bis eine mit grellbunter Werbung bedeckte Straßenbahn vorbeigerasselt war, dann überquerte er den Newski-Prospekt und ging zum Haupteingang des Grandhotel Europe, das so groß wie ein ganzer Häuserblock war. Der breite Treppenaufgang, der rote Teppich auf den Stufen, die gemaserten Marmorplatten auf den Treppenabsätzen – dann fiel die Tür ins Schloss, und er stand wieder in seinem Zimmer.

Wenn Adil doch endlich anrufen würde. Saari schob den Stecker des Kassettenrekorders in die Dose, holte sein Notizbuch aus dem Schreibtischschubfach und überlegte, ob die heutige Nachrichtensendung die letzte sein würde, die er mitschrieb.

Das Telefon klingelte, er spürte einen Anflug von Angst, verdrängte sie aber sofort aus seinem Bewusstsein. Niemand wollte endlos lange warten.

»Geht es dir gut?«, erkundigte sich Adil in Englisch.

»Besser als je zuvor. Ich warte nur auf … genau diesen Anruf, hoffentlich«, versicherte Saari.

»Und du hast deine Entscheidung nicht bereut?«

»Nicht einen Augenblick lang.« Saaris Stimme klang entschlossen. »Hoffen wir, dass ich niemanden enttäusche.«

»Das braucht man doch wohl nicht zu befürchten?«, sagte Adil besorgt. »Du hast dich ja sicher in den letzten Wochen darum gekümmert, dass du in einer guten körperlichen Verfassung bist?«

Saari beteuerte, dass er sich auf das Bevorstehende so sorgfältig wie möglich vorbereitet hatte, aber Adil stellte weiter Fragen nach seinem Befinden. Er wird doch nicht etwa Angst haben, ich könnte das Kettenglied sein, das versagt, dachte Saari.

Dann kam Adil endlich zur Sache: »Arbamow hat bisher noch nicht gezahlt.«

»Das hast du ja vermutet. Und dementsprechend bin ich vorbereitet. Auf das Schlimmste.«

In der Verbindung herrschte für eine Weile Schweigen. »Gut so, dann gibt es ja keine Überraschungen. Du bist also bereit, die zweite Phase zu beginnen? Obwohl du weißt, was das bedeutet.«

Saari versicherte nochmals, alles sei in Ordnung, und schließlich schien es ihm so, als würde Adils Stimme vor Zufriedenheit weicher werden.

»Versuche jetzt, deine letzten Stunden zu genießen. Wenn du etwas möchtest, dann rufe an«, sagte Adil.

Saari verabschiedete sich, beendete das Gespräch und dankte im Stillen Adil al-Moteiri einmal mehr dafür, dass er ihm einen menschenwürdigen Tod ermöglichte, ehe er bei fortschreitender Krankheit die Kontrolle über sein Leben verlieren würde. Allzu viele alte Leute, die er kannte, wurden in Altersheimen und Pflegeheimen gefüttert, angezogen und gehätschelt wie kleine Kinder. Dank Adil brauchte er nicht als einsamer, von der Hilfe anderer abhängiger Mensch zu sterben, der nichts mehr verstand.

Als er den Newski-Prospekt überquerte, hörten sich seine Schritte energisch und bestimmt an, obwohl er gleich ein Telefongespräch führen würde, nach dem es kein Zurück mehr gab. Heute oder morgen war seine Zeit abgelaufen.

Im Stimmengewirr der Metro-Station Gostiny Dwor griff Veikko Saari nach dem Hörer in der Telefonzelle, hob ihn aber nicht ab. Die Erkenntnis, dass ihn nach diesem Gespräch nur noch der Tod erwartete, ließ das Blut in den Schläfen rauschen. Erinnerungen tauchten vor ihm auf: Der Julitag, den er splitternackt am Sandstrand von Pihlajasaari verbracht hatte, das Überschreiten der ersten Schwelle zum Erwachsensein bei der Konfirmation in der Johannes-Kirche, er sah sich die weiße Abiturienten-Mütze auf den Treppen des Gymnasiums schwingen und spürte, wie ihn die Trauer schwächte.

Er durfte seinen Hass nicht verlieren, denn der verlieh ihm Kraft, sagte sich Saari und war wütend auf sich selbst. Wenn er jetzt schon zögerte, wie sollte er dann imstande sein, die eigentliche Aufgabe zu erfüllen. Er ließ vor seinem geistigen Auge Bilder von Leichen jämmerlich gestorbener Drogensüchtiger vorbeiziehen, die er als Polizist gesehen hatte. Und dann dachte er an Wassili Arbamow, der dank des Geldes und der Leiden seiner Opfer im Luxus lebte und gerade wieder für Tausende neue Opfer sorgte. Genau deshalb war er hier, auch er hatte wegen solcher Parasiten wie Arbamow alles verloren. Oder eigentlich hatte er sich nicht einmal etwas anschaffen können, was er zu verlieren hätte: ein Zuhause, eine Familie, Kinder ... Er hob den Hörer ab und wählte die Nummer, die er sich eingeprägt hatte, es dauerte lange, bis sich Arbamow endlich meldete.

»Sie haben gestern die Kopien unserer Beweise sowie die Zahlungsanweisungen erhalten, aber wir haben kein Geld bekommen.«

Arbamow lachte. »Ich pflege nicht jedem nachzugeben, der mich bedroht. In diesem Land und besonders in ... bestimmten Kreisen ist es üblich, dass man nicht zu Kreuze kriecht, sondern die Dinge anders regelt.«

Saari ging seinen Rollentext noch einmal im Kopf durch, bevor er fortfuhr. »Ich habe gestern angekündigt, dass Sie heute einen neuen Beweis unserer Stärke erhalten, ein Zeichen dafür, wie ernst wir es meinen.« Er legte eine kleine Pause ein, um seinen folgenden Worten Nachdruck zu verleihen. »German Dworkin wurde heute in Helsinki ermordet.«

»Wir müssen uns treffen«, erwiderte Arbamow schroff.

»Nein. Sie müssen zahlen«, sagte Saari, und für einen Augenblick hatte er Lust, einfach aufzulegen und den Mann in seiner Angst schmoren zu lassen, aber Adils Manuskript sah etwas anderes vor. Das Telefongespräch musste fortgesetzt werden.

»Ich brauche etwas mehr Zeit. Das Geld ist zwar auf meinem Konto, aber ich habe selbst eine Begrenzung der Summe festgelegt, die innerhalb von vierundzwanzig Stunden abgehoben werden kann. Ausdrücklich aus Angst vor einem Missbrauch«, log Arbamow.

»Ich werde jetzt nicht mehr versuchen, Sie zu ... überreden, aber Sie erhalten eine zweite Chance. Wenn Sie das

Geld nicht gemäß den gestrigen Anweisungen bis heute 24 Uhr zahlen, werden die Behörden überall in Europa die gleichen Beweise erhalten wie Sie. Ihnen bleiben noch dreizehn Stunden.« Saari knallte den Hörer hin und hatte das Gefühl, erfolgreich gewesen zu sein. Er wusste, dass Arbamow alle gewünschten Telekommunikationsdaten von seinem Operator erhielt, und der würde seine Spur schnell bis zum Grandhotel Europe zurückverfolgen. Und das war auch beabsichtigt, sie sollten ihn ja aufspüren. Deshalb hatte er von der Station Gostiny Dwor in unmittelbarer Nähe seines Hotels angerufen und deshalb würde er Arbamow gleich aus seinem Hotelzimmer eine E-Mail schicken, über die man sein Handy ausfindig machen könnte.

Der Zeitplan musste eingehalten werden, er wollte dem Schmerz am kommenden Tag ins Auge sehen, am finnischen Unabhängigkeitstag. Dieses Datum würde ihm Kraft geben.

Arbamow schlug mit der Faust auf den Mahagonischreibtisch, sein Gesicht war vor Wut ganz rot, eine Flut von Flüchen ergoss sich über Renata. »Prüfe, ob die Information zu Dworkin stimmt. Und Vimpelcom soll ermitteln, woher der Erpresser angerufen hat, dann kann der Operator endlich mal etwas für die Bestechungsgelder tun, die er ständig kassiert.«

Renata machte keine Anstalten, das Zimmer zu verlassen. »Du musst dich beruhigen, Wassili, die Lage ist unter Kontrolle. Dieser Erpresser ist unser einziges Problem. Die Verteilung des Heroins läuft überall in Europa auf Hochtouren, und das Geld strömt auf die Konten. Wenn wir den Erpresser zu fassen kriegen, entsteht uns durch die Todesfälle wegen einer Überdosis kein Schaden. Niemand kann uns damit in Verbindung bringen. Also entspanne dich.«

»Du weißt sehr wohl, was mich entspannen würde«, sagte Arbamow, trat hinter Renatas Stuhl und legte die Hände auf ihre Schultern.

»Das ist jetzt nicht der richtige Augenblick.« Renata schob die Hände weg, die sich ihren Brüsten näherten.

»Na dann, mach dich an die Arbeit. In meinem Arbeitszimmer wirst du diesen Erpresser wohl kaum finden.«

Nachdem Renata gegangen war, brauchte Arbamow etliche Minuten, bis er sich beruhigt hatte. Er schaltete den Fernseher ein und suchte einen Kanal, auf dem Fußball gezeigt wurde. Libyen gegen Tunesien, na toll.

Er war immer noch nicht bereit, den Einstieg in dieses Heroingeschäft zu bereuen. Vor Jahren hatte er erfolgreich Amphetamin nach Europa eingeführt und damit ohne große Mühe viel Geld eingenommen. Aber eben nicht genug, der Markt für Amphetamin war begrenzt und der Preis ziemlich niedrig. Mit dem Heroin hingegen würde er im Laufe eines halben oder ganzen Jahres so viel Dollar verdienen, dass er nach London ziehen und sich ausschließlich auf legale Geschäfte konzentrieren könnte. Die laufende Operation würde sein letzter Ausflug auf die verkehrte Seite des Gesetzes sein. Man war gezwungen, im Leben auch etwas zu riskieren.

Arbamow hatte Angst, das musste er sich eingestehen. Eine Rückkehr ins Kresty kam als Alternative nicht in Frage, dieses Gefängnis wollte er nie wieder von innen sehen. Ein paar vertraute Zeilen eines Gedichtes kamen ihm in den Sinn und ließen sich nicht verdrängen, es war der einzige Vers, den er auswendig konnte. Darin sprach die große Petersburger Dichterin Anna Achmatowa vom Kresty. Zu jener Zeit galt es als Symbol für die Unterdrückung in der Sowjetunion, und jetzt war es ein Machtinstrument Putins.

Wie die Pappel schwankt, die geblendete,
Und kein Laut – doch wie viele dort,
Deren Leben schuldlos sich endete …

23

German Dworkins glasige Augen starrten zum Himmel, aber der tote Mann sah und hörte die Hochspannungsleitung und das Rauschen des Stromes nicht. Turan Zanas kurdische Gehilfen hielten in Vantaa auf einem kleinen, von kahlen Birken gesäumten Weg in Kartanonkoski Dworkins Leiche an den Armen und Beinen und versuchten ihr Gesicht vor dem Schnee zu schützen, den der Wind durch die Luft wirbelte.

Zana stand daneben und strich sich über die Wangen, nach dem Rasieren war die Haut empfindlich. Er überlegte, ob er an alles gedacht hatte. Es war wahnsinnig mühsam gewesen, Dworkin nach Adils Drehbuch umzubringen: Sie mussten den Russen aus dem Strand-Hotel entführen, den elektrischen Stuhl bauen, die Videoaufnahmen in dem Fotoatelier vorbereiten, und jetzt auch das noch. Aber er beklagte sich nicht, Adil wusste, warum alles genau so getan werden musste, und das genügte.

»Wir lassen ihn hier unter der Stromleitung liegen«, befahl Zana seinen Kameraden, und die Leiche fiel mit einem dumpfen Geräusch auf den vereisten Boden.

Er schob seine Finger zwischen Dworkins Zähne und drückte die Kiefer auseinander. Die Leiche wurde schon steif, die Milchsäure, die sich in Dworkins Muskeln gebildet hatte, während er sich wehrte, beschleunigte die Totenstarre. Zana hatte einmal gesehen, wie die Leiche einer Peschmerga-Kameradin nach stundenlanger Flucht vor türkischen Soldaten innerhalb von ein paar Dutzend Minuten steif geworden war, nachdem die Türken sie erschossen hatten.

Er steckte dem Russen vorsichtig einen Beutel mit zehn Gramm Heroin in den Mund, es war der gleiche von Arbamows Leuten verteilte Stoff, den die Polizei bei Kirilow gefunden hatte und mit dem man gestern überall in Europa Drogensüchtige getötet hatte.

»*Der doppelköpfige russische Adler ist abgestürzt*«, murmelte er.

»*Genau so ist es, mein Bruder. Kirilow und Dworkin.*«

Die kurdischen Helfer warfen verstohlen einen Blick auf ihren Chef, der Selbstgespräche führte.

»Auch der hat ja wohl einen weisen Spruch verdient«, sagte Zana zu seinen Gehilfen, ohne eine Antwort zu erwarten. »Die Armut erzeugt den Wunsch, etwas zu ändern, den Wunsch, zu handeln, und den Wunsch nach der Revolution.«

Im selben Augenblick hörte man irgendwo in der Nähe ein Kind jauchzen, Zana sah zwei kleine Jungen, die mit Skiern den Hügel hinunterfuhren und auf sie zukamen. Er knurrte einen Befehl, wandte sich um und ging zu dem Transporter.

Die Behörden würden aus Dworkins Tod nicht schlau werden, überlegte Zana, als sie sich in die Fahrerkabine des Ford Transit zwängten. Dass Dworkin nicht hier gestorben war, könnten die Ermittler schnell herausfinden, aber diese Erkenntnis würde der Polizei auch nicht weiterhelfen. Es sei denn, er schickte den Behörden die Bilder, die er in dem Fotoatelier gemacht hatte.

»Fahr schnell hier weg, bevor uns jemand in der Nähe der Leiche sieht. Ihr könnt für den Rest des Tages freinehmen. Vielleicht«, sagte Zana, als der Motor aufheulte.

»Ein bisschen Freizeit haben wir auch mal nötig«, erwiderte der Fahrer und trat aufs Gaspedal.

Die Genialität von Adils Plan verblüffte Zana einmal mehr. Es war geradezu ein Wunder, dass sich die Wege von Adil und der PKK gekreuzt hatten, den Kurden wurde selten etwas Gutes zuteil. Manchmal hatte Zana sogar das Gefühl, dass ein Fluch auf ihnen lag oder zumindest die Geißel der Gleichgültigkeit: Niemand schien sich für die fünfundzwanzig Millionen Kurden auf der Welt zu interessieren.

Die türkische Armee hatte während der letzten zwanzig Jahre über drei Millionen Kurden aus ihren Häusern vertrieben, und die Armut hatte dazu geführt, dass noch mehr seiner Landsleute aus ihrer Heimat geflohen waren. Über dreißigtausend Kurden waren als Opfer des Krieges gestorben und um ein Vielfaches mehr durch das Elend und die Krankheiten infolge des Krieges. Aber die Welt hatte ihre Hilfeschreie nicht hören wollen. Als die Serben im letzten Jahrzehnt fünfhundert Dörfer im Kosovo zerstört hatten, war ein Aufschrei der Entrüstung durch die ganze Welt gegangen.

Zana schaute auf seine Uhr. In Kürze dürfte er der Polizei mitteilen, wo sie die Leiche Dworkins abholen konnte, und dann würde er Adil al-Moteiri anrufen. Den Mann, dank dem die Kurden endlich zu ihrem Recht kommen würden.

Plötzlich ruckte Zana heftig nach vorn, weil der Fahrer eine Notbremsung machen musste. Der Transporter war in zu hohem Tempo auf den Gipfel des Hügels gerast und rutschte nun unausweichlich auf einen gelben Volvo zu, der ihnen entgegenkam. Der Fahrer versuchte auszuweichen, doch der Transporter stellte sich quer, und dann krachte Blech und klirrte Glas. Der Volvo prallte zehn Meter von ihnen entfernt an einen Baum.

»Gib Gas, wir können nicht hierbleiben«, befahl Zana und schaute in den Rückspiegel. Sie waren schon weit von dem Volvo entfernt, als dessen vordere Tür aufging. Vielleicht hatte niemand die Nummer ihres Transporters erkannt.

Irgendwo auf dem Industriegelände von Roihupelto heulte ein Metallbohrer auf, das Geräusch klang Adil in den Ohren, als er zufrieden das Resultat seiner Arbeit betrachtete. Allmählich erinnerte das Büro an Camp Bucca. Er hatte den Betonfußboden hellgrün und die Wände graugelb angemalt, stolz war er vor allem auf seine beste Leistung: die Gefangenenzellen. Die Gittertüren waren mit brauner Farbe entstanden und die pulsierende Dunkelheit in den Zellen mit Schwarz. Der Eindruck räumlicher Tiefe war besonders gut gelungen.

Er war unruhig, aber das musste auch so sein. Wenn man aus der Struktur seines Wesens die Sensibilität entfernen würde, bliebe nur ein ganz gewöhnlicher talentierter Mensch übrig. Außergewöhnliche Taten erforderten aber eine sehr empfindsame Seele. Allerdings würde er deshalb für den Rest seines Lebens unter dem Tod seiner Schwestern, dem Verlust Eevas und den Gräueln von Camp Bucca zu leiden haben, das musste er akzeptieren.

Adil setzte sich an den Schreibtisch, trank den Rest seines kalt gewordenen Tees und versuchte sich zu beruhigen. Das Schwierigste an der Genialität war, das eigene Talent zielgerichtet einzusetzen, eine Aufgabe zu finden, die tatsächlich motivierte. Wenn alles mit Leichtigkeit gelang, musste die Herausforderung enorm groß sein. Und der Lohn ebenso. Er hatte seine Aufgabe gefunden. Nur um sie zu erfüllen, war es ihm erlaubt gewesen, sowohl die Sprengung seines Hauses in Bagdad als auch das Grauen von Camp Bucca zu überstehen.

Als das Piepen seiner Armbanduhr den Beginn einer neuen Stunde anzeigte, griff Adil wieder zum Pinsel. Ihm knurrte der Magen, aber das Essen musste noch warten: Die Einrichtung des Büros und die Zusammenstellung der Aufnahmen auf einem Videoband mussten vollendet sein, bevor in Sankt Petersburg der große Augenblick des Rentners

Saari käme. Danach würde sich das Tempo beschleunigen, die einzelnen Teile seines Planes würden sich miteinander verbinden, und die Welt stünde in Flammen, bis er ihr die Chance zum Frieden böte. Millionen Menschen würde er helfen. So wie es der Schriftsteller Henry Thoreau gesagt hatte: »Es ist nicht von Bedeutung, wie viele auf deine Weise gut sind, denn schon ein Krümel vollkommener Güte reicht, um den ganzen Teig aufgehen zu lassen.«

Genau in dem Moment, als der Pinsel in die Farbbüchse tauchte, zeigte die eintönigste Rufmelodie seines Handys an, dass Turan Zana mit ihm reden wollte. Adil griff hastig nach dem Telefon und meldete sich sofort.

»Na endlich. Wo bist du? Es ist doch alles in Ordnung?«, fragte er in strengem Ton.

»Wir haben den zweiten Russen jetzt dahin gebracht, wo die Polizei ihn finden wird. Die Inszenierung der Vorführung in dem Fotoatelier war äußerst schwierig, ist aber perfekt gelungen«, sagte Zana, um den Wert seiner Aktien in Adils Augen zu steigern. Von dem Unfall ließ er nichts verlauten.

»Teile mir sofort mit, wenn die Frau zur Zusammenarbeit bereit ist.«

»Wie du befiehlst, Adil«, versicherte Zana. Die beiden unterhielten sich noch eine Weile über die nächsten Etappen des Planes und verabschiedeten sich dann voneinander.

Zanas Fanatismus erstaunte Adil immer wieder. Wenn alles vorbei war, würde er dem Kurden einen Gedanken von Bertrand Russell vortragen: »Fanatismus ist in erster Linie ein intellektueller Defekt bei der Nutzung des Verstands, für den sich in der Philosophie ein geistiges Gegengift findet.«

Ein Schwindelanfall ließ Adil ins Schwanken geraten, als er aufstand. Der Blutdruck war zu niedrig. Schnell nahm er sich von einem Teller, den er auf dem Fensterbrett vergessen

hatte, einige Oliven und überlegte, wohin sein Appetit verschwunden war. Wenn das so weiterging, wäre von ihm bald
nicht mehr viel übrig. Er zerkrümelte auf dem Teller einen
vertrockneten Brotkanten für die Ratten, setzte sich auf den
Hocker, um auf das Erscheinen der Nager zu warten, und
dachte an den Augenblick der Ehre, der schon bald kommen würde.

Ihn bedrückte nur eins: Um seine Aufgabe zu erfüllen,
musste er zulassen, dass Europa mit Heroin vollgestopft
wurde. Das Leben von Tausenden jungen Menschen würde
unwiderruflich zerstört werden. Aber wenn Arbamow und
Umar die Situation in Afghanistan nicht genutzt hätten, dann hätte es ganz sicher jemand anders getan. Die
Schuld trug nicht er, sondern der letzte Afghanistan-Krieg.
Über die mittelalterliche Verwaltung der Taliban-Bewegung
konnte man nicht viel Gutes sagen, aber immerhin hatte sie
durch ein Verbot des Mohnanbaus dafür gesorgt, dass die
Produktion von Opium zusammenbrach. Nach dem Beginn des Krieges und dem Sturz der Taliban-Administration
hatten die Produktionsmengen schnell wieder den vorheri-
gen Stand erreicht, und jetzt waren sie schon größer als je
zuvor.

Adil begann Einzelheiten von Camp Bucca an die
Wände und auf den Fußboden seines Büros zu malen: Krat-
zer von Fingernägeln, Blutspritzer, Schmutz ... Er hörte die
Schreie und erinnerte sich, wie die Angst ihn fast um den
Verstand gebracht hätte. Er versuchte, die quälenden Erinnerungen im Zaum zu halten, indem er an etwas Angeneh-
mes dachte: Jede Sekunde brachte den Augenblick näher, in
dem er Eeva treffen würde. Die einzige Frau, die fähig gewesen war, seinen Panzer zu durchbrechen.

Er musste demütig, bescheiden und vorsichtig bleiben,
viele große Männer waren an ihrer Überheblichkeit gescheitert. Daran musste man vor allem am 5. Dezember denken.

An diesem Tag im Jahr 1839 wurde George Armstrong Custer geboren. Der geniale Kavalleriekommandeur wurde mit dreiundzwanzig Jahren zum General der Nordstaaten befördert und führte seine Truppen bei jedem Angriff höchstselbst an. Aber wegen seiner Überheblichkeit und seines Übermuts erlitt Custer schließlich eine der demütigendsten Niederlagen der Kriegsgeschichte: Am Little Big Horn unternahm er mit seiner Kavallerieeinheit von tausend Mann einen Angriff gegen zehnmal so viele Krieger der Cheyenne, Arapaho und Sioux und verlor dabei die Hälfte seiner Männer und sein Leben.

24

Arto Ratamo lief über die Felder von Kartanonkoski, rutschte dabei immer wieder aus und kam der Leiche unter der Hochspannungsleitung nur langsam näher. Durch das milde Wetter hatte sich auf dem kleinen Weg über dem Eis eine Wasserschicht gebildet, die glitschig war wie Vaseline. Er beobachtete, dass die ausgeatmete Luft heute nicht so dicht und gut sichtbar war wie in der Saukälte der letzten Tage. Es tat gut, zwischendurch mal aus dem stickigen Büro an die frische Luft zu kommen.

Nach dem Hinweis des anonymen Anrufers handelte es sich bei dem Toten um German Dworkin. Dessen Foto hatte Ratamo, bevor er losgegangen war, aus dem von der Petersburger Miliz übermittelten Material herausgesucht. Irgendeine wirklich große Sache war im Gange: Zwei Helfer Wassili Arbamows hatte man ermordet, eine Heroinwelle überrollte Europa, und zahlreiche Drogensüchtige waren in den letzten Tagen an einer Überdosis gestorben.

Als Ratamo noch etwa zwanzig Meter von Dworkins Leiche entfernt war, rümpfte er die Nase und spürte, wie sich

der Klumpen quälender Erinnerungen, der sich in ihm gebildet hatte, bewegte. Es roch nach verbrannter Haut, den
Gestank erkannte er sofort, spätestens das bewies eines
zweifellos: Er hatte in den letzten Jahren zu viel Schlimmes
erleben müssen. Kein Wunder, dass er unter Schlafstörun-
gen litt. Wie hatte er es nur fertiggebracht, nach fünf Jahren
bei der SUPO so ausgebrannt zu sein? Und wie sollte er das
bis zur Rente aushalten? Vielleicht müsste er ein Jahr Bil-
dungsurlaub nehmen oder sich beurlauben lassen, dann
hätte er endlich einmal Zeit, sich richtig zu entspannen und
viel mit Nelli zu unternehmen. Neben seinen Bekannten
hatte er in den Jahren bei der SUPO auch die meisten seiner Hobbys vernachlässigt, das Laufen und Angeln ausge-
nommen.

Der Gestank wurde immer stärker, je näher Ratamo dem
Toten kam. Endlich hatte der beißende Geschmack des
Kautabaks auch einen Nutzen: Er vermischte sich mit dem
Geruch, der von Dworkin ausging, und schwächte ihn ab.

Ein paar Meter von der Leiche entfernt blieb er stehen
und stellte sich der Polizeistreife vor. Ein Polizist mit blas-
sem Gesicht zog ein blauweißes Plastikband mit dem Aufdruck »POLIZEIABSPERRUNG« von einer Birke zur anderen.

»Wer hat die Leiche gefunden?«, erkundigte sich Ratamo
bei einer jungen Polizistin.

»Zwei kleine Jungs, sie sind hier Ski gefahren. Andere Augenzeugen gibt es nicht, aber ein Volvo ist in der Nähe von
der Straße abgekommen, weil aus dieser Richtung ein
Transporter gerast kam. Die Nummer von dem Transporter
hat der Volvo-Fahrer natürlich nicht gesehen.«

Ratamo wandte seinen Blick zu dem Toten, der durch die
Kälte steif geworden war: verbrannte Haut, geronnenes
Blut, vor Entsetzen weit aufgerissene, ins Leere starrende
Augen … Wieder eine unangenehme Erinnerung mehr, wie

lange würde sie in seinem Kopf herumgeistern? Der Mann war German Dworkin, da gab es keinen Zweifel. Ihm taten die Männer der Überwachung leid, die Dienst hatten, als der Russe aus dem Hotel »Strand« verschwand. Wrede würde sie mächtig zusammenstauchen.

Er stieg über das Plastikband und trat näher an den Toten heran. Der Notarzt, der an der Leiche beschäftigt war, sah Ratamos gerümpfte Nase. »Das ist bei einer Hinrichtung auf dem elektrischen Stuhl ziemlich normal, dass sich Dickdarm und Blase entleeren.«

»Auf dem elektrischen Stuhl?« Ratamo war überzeugt, dass er nicht richtig gehört hatte.

»Schwere Verbrennungen auf der Schädeldecke, ebenso an beiden Fußgelenken. Ich würde tippen, dass die stromführenden Elektroden an diesen Stellen befestigt waren. Und der Mann war gefesselt, als er umgebracht wurde.« Der Arzt zeigte auf die roten Striemen, die überall auf dem Körper zu sehen waren.

»Gefesselt … Elektroden … Wie hat man den Mann an die Stromleitung binden können?« Ratamo starrte, den Kopf in den Nacken gelegt, auf die rauschende Hochspannungsleitung.

Der Arzt atmete deutlich hörbar aus. »Diese Leiche ist einige Zeit nach Eintreten des Todes hierhergebracht worden. Wegen des Rigor mortis … der Totenstarre nimmt die Leiche nicht einmal die Form des Geländes an. Gerade aus dem Winkel von Rücken und Beinen habe ich den Schluss gezogen, dass der Mann gesessen hat, als er starb.«

Ratamo versuchte vergeblich, die Überlegungen der Mörder zu verstehen. Wieder einmal konnte er sich nur wundern, zu welcher Brutalität das Tier namens Mensch fähig war. »Warum hat man ihn hierhergebracht?«

»Das herauszufinden ist eure Sache«, entgegnete der Arzt schlagfertig.

Von dem Gestank wurde Ratamo übel. Er wandte sich ab, um weiter weg zu gehen, blieb aber stehen, als er hinter sich ein Juchzen hörte.

»Was hat der denn da gegessen? Im Mund des Mannes ist etwas«, sagte der Arzt voller Eifer.

»Die Zähne?« Ratamo bereute seine Bemerkung sofort.

Der Arzt schob vorsichtig eine dicke Pinzette in den Mund der Leiche, drehte sie eine Weile und zog schließlich einen kleinen Plastikbeutel mit bräunlichem Pulver heraus. Er öffnete ihn einen Spalt und roch daran. »Wenn ich darauf wette, dass es Heroin ist, dann liege ich richtig.«

Das überraschte Ratamo nicht. Allerdings wunderte es ihn, dass man Dworkin das Heroin in den Mund gesteckt hatte, wie eine Botschaft an die Polizei. Wenn auch dieses Heroin der gleiche Stoff war wie bei Kirilow und den Drogensüchtigen, die sich den goldenen Schuss gesetzt hatten, dann sah es allmählich so aus, als wollte jemand, dass Arbamow aufflog. Das war doch wohl auch mit der Nachricht des Türken beabsichtigt, die Eeva übermittelt hatte. Aber wer könnte … Ratamo wurde auf das Stimmengewirr hinter seinem Rücken aufmerksam.

Die Männer von der KRP und die Ermittler des kriminaltechnischen Labors in weißen Schutzanzügen begannen ohne Umschweife mit ihrer Arbeit: Lampen wurden aufgestellt und eine Videokamera ausgepackt, und schon bald war der zusammenklappbare Tisch voll von Instrumenten, die bei den Untersuchungen am Tatort benötigt wurden.

Ratamo und der Kriminalobermeister, der die Untersuchungen leitete, wechselten ein paar Worte, aber als der Mann von der Kriminalpolizei nachfragte, was die SUPO an dem Fall interessierte, erklärte Ratamo, er sei in Eile, und ging zu seinem Auto. Eilig hatte er es tatsächlich, die Besprechung der Ermittlungsgruppe begann in Kürze, und von Kartanonkoski waren es bis zur Ratakatu weit über zehn Kilometer.

Er startete seinen eiskalten Käfer, schlug ein paarmal die Hände zusammen und ließ den Motor aufheulen, in der Hoffnung, die Heizung würde aufhören, kalte Luft hereinzublasen. Warum nur hatte er nicht daran gedacht, die Heizung gleich mit reparieren zu lassen, als nach dem Unfall mit dem Elchfleisch die Blechdelle vorn am Kotflügel gerichtet worden war? Sein Blick fiel auf die Tankanzeige, der Zeiger rührte sich nicht. Wo lag denn hier die nächste Tankstelle, überlegte Ratamo, während er sein Handy herausholte und die Nummer Lindströms von der Überwachung eintippte.

»Gibt es was Neues zu Hallamaa?«, fragte Ratamo.

»Sie ist ... zu Hause. Früh hat sie ihre Tochter zur Schule gebracht und ... war dann kurz im Fotoatelier ihres Mannes.« Es hörte sich so an, als würde Lindström etwas essen. »Anscheinend macht sie heute blau. Wieso ... fragst du?«

»Es ist nichts weiter. Danke für die Information.« Ratamo beendete das Gespräch und überlegte zum hundertsten Mal, ob er seinen Arbeitsplatz gefährdete, wenn er Eeva schützte. Warum hatte sie auf die Frage nach Adil al-Moteiri gelogen? Ratamo hatte auch heute im Vorleben des Irakers nichts Verdächtiges gefunden. Und warum hatte Arvo Hallamaa die Seriennummer der verschwundenen Luger immer noch nicht mitgeteilt? Wenn es die Mordwaffe im Fall Kirilow war ... In dem Augenblick bemerkte Ratamo auf der linken Straßenseite den grellgelben Daumen, das Logo der neuen ABC-Tankstelle in Tuomarinkylä, und beschloss zu tanken.

Als er wenig später die Zufahrt zum Tuusulanväylä hinaufknatterte, hörte er, dass die Heizung nun ein noch merkwürdigeres Geräusch von sich gab; jetzt war auch ein schriller Ton dabei. Es dauerte eine Weile, bis er begriff, dass sein Telefon klingelte.

Riitta Kuurma kam sofort zur Sache: »Palosuo hat angerufen. Die Besprechung wird auf den Nachmittag verschoben ... Gibt es bei diesen Ermittlungen einen Zusammenhang, den man uns nicht sagt? Palosuo und Liimatta verschwinden immer wieder zu zweit irgendwohin. Jemand verbreitet das Gerücht, dass ...«

»German Dworkin verbreitet nur noch einen üblen Geruch«, sagte Ratamo, um das Thema zu wechseln, er wollte nicht in den Strudel der Gerüchteküche hineingezogen werden. »Der Russe wurde irgendwo mit Strom gegrillt und in Kartanonkoski mitten auf dem Feld liegengelassen. In seinem Mund ...«

»Oh, verdammt.« Nun war Riitta an der Reihe, den anderen mitten im Satz zu unterbrechen. »Bist du übrigens auf dem Weg hierher? Ich habe nämlich ziemlich interessante Informationen über Dworkin bekommen. Und auch über anderes ... Wollen wir nicht Mittag essen gehen?«

Ratamo schaute auf seine Uhr, zu tun gab es mehr als genug, aber der Gedanke, sich mit Riitta zu treffen, war plötzlich angenehm. Ein kurzes Mittagessen zu zweit in ruhiger, gemütlicher Atmosphäre könnte die knisternde Spannung zwischen ihnen abbauen.

Ratamo schlug ein neues Restaurant vor, das kürzlich auf dem Bulevardi eröffnet worden war, und Riitta nahm das Angebot gern an, weil sie – so ihre eigenen Worte – seit der Rückkehr aus Den Haag kein einziges Mal richtig gut in einem Restaurant gegessen habe. Ratamo schien es so, als würde in ihren Worten ein Vorwurf anklingen, und er überlegte, wer von ihnen beiden eigentlich die Schuld daran trug, dass die Beziehung zu Ende gegangen war. Wie üblich gab er sicherheitshalber sich selbst die Schuld.

Eine halbe Stunde später saß das einstige Paar an einem Ecktisch in dem Restaurant und untersuchte schweigend, welche Delikatessen des Mittelmeeres angeboten wurden. Ratamo hatte Riitta zum Mord an Dworkin so ausführlich auf den neuesten Stand gebracht, dass er für einen Augenblick schon befürchtete, er könnte ihr den Appetit verdorben haben. Zuletzt hatten sie vor anderthalb Jahren in Den Haag, in Holland, zusammen in einem Restaurant gegessen und danach in Riittas Wohnung miteinander geschlafen. Das war ihr letztes Mal gewesen. Ratamo irritierten diese Erinnerungen, sie weckten nur alte Gefühle.

Schließlich brach Riitta das Schweigen: »Es tut gut, wieder in Helsinki zu sein. Ich habe mich zwar in Den Haag und vor allem bei Europol wohl gefühlt, aber irgendwie kam man sich sehr wie ein Außenseiter vor. So, als würde man nur für die Arbeit leben, weil es da eigentlich nichts anderes gab.«

»Das war doch aber sicher interessant, zu sehen, was bei Europol gemacht wird. Ich spiele selbst ein wenig mit dem Gedanken, mal den Ort zu wechseln.«

»Und Nelli?«, fragte Riitta erstaunt.

»Man muss ja nicht unbedingt ins Ausland gehen.« Ratamo hatte keine Lust, weiter über seine Pläne sprechen, weil er selbst noch nicht genau wusste, was er wollte. Deshalb wechselte er das Thema: »Wie gefällt es dir übrigens jetzt bei der SUPO?«

»Ganz gut, obwohl ich manchmal Sehnsucht nach Ketonen habe. Jussi hatte alles im Griff, niemand hat sich getraut, ihm gegenüber den großen Max zu spielen. Nicht einmal Wrede.«

Ratamo trank sein Wasser aus und füllte das Glas gleich wieder.

»Heute hat Ketonen die Hälfte seiner Zeit bei uns zu Hause Bereitschaftsdienst.«

»Ich habe übrigens von Melissa wieder eine neue Zusammenfassung bekommen.« Riittas Miene verriet, dass der Bericht des Sicherheitsdienstes der Briten etwas Interessantes enthielt.

»Anscheinend seid ihr gute Kumpels?«

»Ach, Melissa und ich? Na ja, eigentlich schon. Ein großer Teil der Frauen bei Interpol waren Singles, nur ziemlich wenige Frauen mit Familie können einen Auslandseinsatz machen«, sagte Riitta und warf Ratamo einen vieldeutigen Blick zu.

Ratamo erschrak, womöglich hielt Riitta nun eine Vorlesung über die Gleichberechtigung im Arbeitsleben. »Du hast gesagt, du hättest neue Informationen über Dworkin.«

Der Köder funktionierte, Riitta biss sofort an: »Ja, tatsächlich. Es scheint, als hätte Wassili Arbamow im Laufe des letzten Jahres etliche professionelle Kriminelle aus der Gegend von Petersburg als seine Helfer eingestellt«, erwiderte Riitta. »Auch German Dworkin. Aber das ist nur eine Lappalie verglichen mit den eigentlichen Neuigkeiten.«

Das Gespräch brach ab, denn die Kellnerin kam angerauscht, ergriff das Wort und erkundigte sich nach ihren Wünschen.

»Full Meze. ›Elf verschiedene warme sowie kalte Spezialitäten, wird in Schüsseln serviert.‹ Das hört sich gut an«, sagte Ratamo und lächelte dabei wie ein kleiner Junge am Eiskiosk.

»Etwas weniger würde mir auch reichen, andererseits ...« Riitta studierte die Speisekarte, »... habe ich früh nur einen Joghurt und ein steinhartes Croissant gegessen.«

Ratamo vermutete erfahrungsgemäß, dass Riitta nun lange nachdenken würde, und so vertiefte er sich selbst in die Speisekarte. Das Wasser lief ihm im Munde zusammen, als er las, was Full Meze alles enthielt. Humus kavurma: Kichererbsenmus mit Sesam, Piniensamen und gebratene Lammfleischwürfel. Kisir: Nüsse, Bulgur, Salat, als Gewürz orientalische Kräuter. Imam Bayildi: leicht gewürzte

Aubergine gefüllt mit einer Mischung von Tomaten, Zwiebel, Paprika ...

»Zwanzig Euro ist aber ziemlich viel für ein Mittagessen«, murmelte Riitta.

Ratamo hatte seinen Appetit schon so angefacht, dass die Flamme loderte und nicht mehr zu löschen war. Er beschloss, seiner Begleiterin die Entscheidung leichter zu machen. »Diesmal bin ich dran, ich lade dich ein.«

Jetzt zögerte Riitta nicht mehr und bestellte die vegetarische Version des Full Meze. Dann suchte sie einen Rotwein aus, sie wusste zwar genau, dass Ratamo die Merlot-Traube nicht mochte, wählte aber trotzdem für beide ein Glas Alexis Lichine. Die Kellnerin entfernte sich mit einem höflichen Lächeln.

»Ich weiß nicht, ob ich das noch erzählen soll, Melissa hat mir vor ein paar Stunden wirklich gewichtige Informationen über Takfir wal Hijra geschickt. Auch Palosuo weiß davon noch nichts.« Riitta wirkte sehr ernst.

Ratamo wollte sie nicht drängen, er schaute Riitta neugierig an und wartete.

»Laut MI 5 plant Umar Hussain einen Anschlag in Nordeuropa.«

Ratamo sah enttäuscht aus. »Ist das nicht ziemlich logisch? Der Mann ist doch für die Operationen von Takfir in Europa verantwortlich.«

»Daran ist an sich auch nichts ungewöhnlich, aber jetzt wird etwas vorbereitet, das für besonders viel Aufsehen sorgen wird. Vielleicht etwas Größeres als je zuvor, einschließlich des 11. September. Beim MI 5 hat sich angeblich schon ordnerweise nachrichtendienstliches Material angesammelt, und jemand schickt ihnen Insiderinformationen über Takfir. Nach Auffassung von Melissa muss diese Informationsquelle ein Mitglied von Takfir sein, solche Fakten könnte niemand anders wissen. Der MI 5 hat auf der Grundlage dieser Informationen schon zwei Leute von Takfir in Manchester verhaftet.«

Zu Ratamos Überraschung trug die Kellnerin schon die erste Schüssel herbei, obwohl sie erst vor ein paar Minuten bestellt hatten. Wenig später stand eine Vielzahl Schüsseln auf dem Tisch. Ratamo kostete abwechselnd aus jeder und warf zwischendurch einen Blick auf die Speisekarte. Das Lamb shishi, das gegrillte Lammfilet mit Falafel, erkannte er schnell, aber was war das Törtchen, das so delikat schmeckte? Er schloss die Alternativen aus und kam so zu dem Ergebnis, dass es Börek war, eine mit Spinat, Kräutern und Feta-Käse gefüllte Pastete. »All diese Terrororganisationen haben genug Leute, aber woher nehmen sie die? Und was zum Teufel entfacht ihren abgrundtiefen Hass?«

Riitta kaute gelassen weiter und wartete, bis sie alles hinuntergeschluckt hatte. »Die Araber haben schließlich ausreichend Gründe: Armut, Arbeitslosigkeit, Rassismus in den Großstädten Europas … Und in den arabischen Ländern kommt dann noch der Mangel an grundlegenden Menschenrechten und politischen Rechten hinzu. Der Konflikt zwischen den Palästinensern und Israel geht immer weiter. Und in den letzten Jahrzehnten hat es Massenmorde an Moslems in Kroatien, Serbien, im Sudan, in Tschetschenien und Kaschmir gegeben. Jede Krise und jeder Rückschlag bringen den extremen Bewegungen neue Anhänger. Denk daran, dass in Pakistan und Afghanistan vor Beginn des Krieges gegen den Terrorismus siebzigtausend militante Islamisten ausgebildet werden konnten.«

Auch Ratamo kam jetzt langsam in Fahrt. »Und wenn dafür gesorgt wird, dass Anschläge auf sogenannte harte Ziele unmöglich werden, dann wählen die Terroristen weiche Ziele aus und verüben Anschläge auf Züge, Flugzeuge, Touristenzentren … Und wenn sie bemerken, dass sie durch das

Töten von Zivilisten ein Chaos schaffen, dann wird sich alles noch beschleunigen.«

Riitta nickte. »Für die normalen Europäer ist es schwer, zu verstehen, dass es in der Welt der Terroristen die Begriffe des Zivilisten und die des Völkerrechts nicht gibt. Die leben auf einem ganz anderen Planeten als wir.«

Sie ist immer noch dieselbe alte Weltverbesserin wie früher, obwohl sie sich nicht mehr wie ein Hippie kleidet, überlegte Ratamo und gestand sich ein, dass er den Idealismus seiner Ex-Partnerin immer noch bewunderte. Als er jünger war, hatte auch er sich ständig über alle möglichen Missstände aufgeregt, aber sein Eifer hatte in den letzten Jahren nachgelassen. Anscheinend machte ihn die Arbeit bei der SUPO allmählich immer zynischer.

»Übrigens, willst du das von Palosuo und Liimatta wirklich nicht hören?«, fragte Riitta und nahm einen Schluck aus ihrem Weinglas.

»Ich bin nicht sonderlich scharf darauf, vermutlich habe ich schon alle Spekulationen gehört: ein Verhältnis der beiden, die Vorbereitung einer geheimen Strukturreform, ein Geheimbund, um Wrede auszuschalten. Als Nächstes wird man beide bestimmt mit dem Kennedy-Mord in Verbindung bringen.« Ratamo drehte den Kopf zur Seite, als er ein langes Gähnen nicht unterdrücken konnte. Rotwein und fehlender Schlaf waren eine gefährliche Kombination.

»Laut Buschfunk stehen sie irgendwie unter Missbrauchverdacht.« Riitta sprach mit gedämpfter Stimme, aber Ratamo zeigte immer noch kein Interesse.

»Ich habe irgendwo gehört, dass du wieder mit jemandem zusammen bist«, sagte Riitta plötzlich ohne jede Vorwarnung.

Jetzt wurde es gefährlich. »In gewisser Weise. Oder … ich habe jemanden, wohne aber allein … also mit Nelli zusammen.«

»Und diese Eeva Hallamaa, wie gut seid ihr eigentlich …
befreundet?«

Ratamo beschloss, das Thema zu wechseln. »Ich habe übrigens immer noch keinen Kontakt zu Eevas Ex-Mann bekommen, zu diesem Antti Hytölä. Er ist in Petersburg auf
irgendeiner Baustelle. Ich habe ihm auf Band gesprochen,
er soll mich zurückrufen.«

Die Kellnerin räumte die leeren Schüsseln und Teller ab
und brachte fast im selben Augenblick den Kaffee. Ratamo
schien es so, als hätte das Treffen die Schützengräben, in denen sie sich gegenübersaßen, nur noch vertieft. Keiner von
beiden wollte auch nur mit einem Wort über die Vergangenheit reden. Er hoffte nur, dass sich Riitta ihre Munition
nicht für die Weihnachtsfeier am Abend aufgehoben hatte.

25

Im Restaurant »Ahven« waren Eeva und Mikko am Montag
zur Mittagszeit fast unter sich, nur zwei junge Männer
hockten stumm da und erholten sich von ihrer Wochen-
endfeier. Der eine füllte die Antwortspalten des Rätsels in
der Abendzeitung aus, seine Hände zitterten so sehr, dass er
den Stift nicht extra zu bewegen brauchte. Der andere
starrte am Tresen aus Edelholz mit rotem Gesicht und ernster Miene in sein Bierglas. Eeva und Mikko saßen an einem
Fenstertisch, schwiegen und hielten sich an den Händen;
sie hatten über eine Stunde geredet, alles Nötige war gesagt,
außer den Abschiedsworten, und auch die hingen schon in
der Luft.

In Eevas Kopf herrschte totales Chaos, das war das Werk
des Türken. Von den Ereignissen im Fotoatelier hatte sie
Mikko nichts erzählt. Das hätte alles nur noch schlimmer
gemacht. Mikko hielt schon ihre ersten Berichte über den

Türken für Produkte ihrer Phantasie. Oder des Amphetamins. Der Druck in ihr staute sich an, sie musste irgendjemandem von dem Mord an Dworkin erzählen können.

»Vielleicht ist es wirklich am besten, wenn ich für eine Weile ausziehe«, sagte Mikko. »Ich kann erst mal im Atelier schlafen, und man weiß ja nie, vielleicht hast du alles schon bald in Ordnung gebracht. Und es ist doch auch nicht weit weg, ich kann Kirsi hin und wieder zur Reitstunde bringen und auch sonst helfen.« Mikkos trauriger Gesichtsausdruck sagte etwas ganz anderes als seine beruhigenden Worte.

»Was für einen Sinn hat es dann, überhaupt auszuziehen?«

Die Frage schien Mikko zu verwirren. »Das hatten wir doch vereinbart.«

Die Logik der Männer, dachte Eeva und lächelte gezwungen. Anscheinend wusste Mikko nicht richtig, ob er ausziehen sollte oder nicht. Es war unbegreiflich, dass er ihr immer noch nicht glaubte. Aber da er offenbar nicht imstande war, ihr zu vertrauen, war es vielleicht tatsächlich besser, wenn er verschwand.

Eeva hatte Angst davor, dass Mikko auszog, aber zugleich weckte es ihren Kampfgeist. Sie würde ihre Angelegenheiten in Ordnung bringen, beweisen, dass sie keine Drogen genommen hatte, und alles würde wieder so werden wie vorher. Ihr war klar, dass sie so nur den Moment hinausschob, in dem sie der Trennung ins Auge blicken musste, aber es half nicht, deprimiert herumzusitzen, sondern jetzt galt es, zu handeln. Sonst würde der Türke sie zugrunde richten.

»In der Regel klären sich die Dinge nach einer Weile, man muss nur warten können«, sagte Eeva und drückte Mikkos Hand.

»Natürlich kann ich warten, monatelang, wenn es sein muss. Doch mit diesen wirren Geschichten muss Schluss sein. Und die Spielerei mit Speed muss aufhören. Aber wir wollen das nicht noch mal durchkauen.«

Das Paar stand auf, und Mikko beugte sich vor, um ihr einen Kuss zu geben. Eeva drückte ihn an sich und nahm begierig seinen Duft in sich auf, zum letzten Mal vielleicht für lange Zeit.

»Als Allererstes solltest du deine Angelegenheiten an der Universität in Ordnung bringen«, schlug Mikko vor, während er seinen Mantel zuknöpfte.

»Ich werde mich schon um meine Angelegenheiten kümmern«, erwiderte Eeva gereizt, und Mikko verließ betrübt das Restaurant.

Eevas Blick fiel auf einen Spiegel; die blonden Haare hingen ihr in die Stirn und zerteilten die dunklen Augenbrauen, die dadurch aussahen wie Salmiakpastillen. Mikko hatte wie üblich recht gehabt, aber was immer sie dem Dekan und dem Fakultätsrat erklären würde, ihr Fehlen bei dem heutigen Seminar könnte den Rauswurf bedeuten. Sie hatte im Laufe der Jahre schon alle Möglichkeiten des Entgegenkommens ausgeschöpft, die ihr die Universität bieten konnte. Nun hatte sie noch einen Grund zur Sorge mehr.

»Darf man sich hierher setzen?« Der eine der beiden jungen Männer glaubte, seine Gelegenheit sei gekommen, als die einzige Frau in der Gaststätte allein an ihrem Tisch saß.

»Lieber nicht.« Eeva starrte ihn an, bis er auf den Hacken kehrtmachte und zu seinem Rätsel zurückkehrte.

Eeva schaute auf ihre Armbanduhr. Die Bedenkzeit, die der Türke ihr gegeben hatte, ging gerade zu Ende, am liebsten hätte sie die Zeiger herausgerissen und wäre kopflos irgendwohin geflohen. Der gelbe Pernod wurde trüb und weiß, als sie Wasser dazu goss. Sie hätte Rotwein bestellen sollen, dessen Flavonoide beugten Krankheiten vor. Das erste Glas hatte dafür gesorgt, dass sie sich entspannte, wieder klarer denken und ihre Lage ungefähr einschätzen konnte. Um aber die Ereignisse an diesem Morgen zu vergessen, hätte es mehr Anis-Schnaps gebraucht, als man in Frankreich abfüllen konnte. Ihre Bedrängnis ließ nicht im Geringsten nach, obwohl sie sich immer wieder versicherte, keine Mörderin zu sein. Sie hatte diesen Russen aus Mikkos Fotoatelier nicht umgebracht.

Am Vormittag hatte sie ernsthaft in Erwägung gezogen, mit Kirsi irgendwohin zu fliehen: ins Ausland, in die Sommerhütte ihrer Eltern nach Asikkala, in eine Herberge in der lappischen Einöde, auf einen verlassenen Bauernhof mitten im Wald von Kainuu … Aber nun war ihr klar, dass eine Flucht keines ihrer Probleme lösen würde. Wenn der Türke der Polizei die Fotos aus Mikkos Studio übergäbe und von den Drogen berichtete, die er versteckt hatte, wären sie und Kirsi bis an ihr Lebensende auf der Flucht. Und wenn sie der Polizei selbst alles erzählen würde, bekäme sie wahrscheinlich eine Anklage zumindest wegen eines Verstoßes gegen das Suchtmittelgesetz und würde Kirsi verlieren. Es gab keine Alternative, sie war gezwungen, sich auf die Zusammenarbeit mit dem Türken einzulassen. Vielleicht würde ihr unterwegs irgendetwas einfallen.

Als der Minutenzeiger den Strich über der Eins erreichte, trank Eeva entschlossen ihr Glas aus und verließ die Gaststätte. An der nächsten Straßenecke schaute sie sich verstohlen um, konnte aber das schwarze Auto des Türken nirgendwo entdecken. Es waren nur noch ein paar Grad unter null, und das kam ihr nach der langen Kälteperiode schon fast warm vor.

Um was würde der Türke sie bitten? Der Gedanke machte ihr angst. Plötzlich wurde ihr klar, dass er ja auch etwas von ihr verlangen könnte, wozu sie nicht imstande war. Was würde dann geschehen? Würde er dann die gefälschten Beweise, die sie belasteten, der Polizei übergeben? »Es genügt, wenn man sein Bestes tut« – das dürfte kaum einer der Grundsätze des Türken sein.

An der Kreuzung von Merimiehenkatu und Albertinkatu roch sie vor der offenen Tür eines Restaurants, das sie kannte, den Duft gutbürgerlicher Küche und hörte plötzlich ein Telefon klingeln. Der schrille Ton war ihr nicht vertraut, es klang aber so, als wäre es ganz in der Nähe, in ihren Sachen. Sie steckte die Hand in die Manteltasche und zog ein Telefon heraus, das sie noch nie zuvor gesehen hatte.

Eeva zögerte einen Augenblick und hoffte noch, sie würde genau jetzt in ihrem Bett neben Mikko aufwachen und hören, wie Kirsi in ihrem Zimmer herumklapperte … Aber es half nichts, sie musste sich melden. Vielleicht würde sie ihre Aufgabe erfahren und endlich verstehen, warum man gerade sie in diesen Alptraum hineingezogen hatte.

»Es tut mir leid, dass wir uns nicht treffen können …«, sagte Turan Zana, aber Eeva unterbrach ihn.

»Ich bin einverstanden. Was muss ich tun?«, sagte sie rasch.

»Natürlich sind Sie einverstanden, Ihnen bleibt ja gar nichts anderes übrig.« Zana hörte sich überheblich an.

»Was ist das für eine Aufgabe?« Eeva redete jetzt so laut, dass ein Chihuahua, der auf der anderen Straßenseite sein übergewichtiges Frauchen ausführte, in schrillem Ton zu bellen begann.

»Ihre Aufgabe ist extrem schwierig, fast unlösbar für alle anderen, aber für Sie ist das eher leicht. Deshalb wurden Sie ausgewählt. Sie können sich vorbereiten, indem sie Ihr … Gedächtnis trainieren. Ich weiß nicht, wie Ihr Zahlengedächtnis funktioniert, aber vermutlich kann man auch das irgendwie trainieren. Etwas anderes brauchen Sie nicht zu tun, Sie müssen nur zu ihrer Normalleistung fähig sein, wenn es darum geht, sich Zahlen zu merken.«

Eevas Mund entschlüpfte ein trockenes Lachen. Wegen so etwas war man im Begriff, ihr Leben zu zerstören? »Ich will mich nicht vorbereiten, vielen Dank. Ich würde meinen Beitrag am liebsten jetzt sofort leisten. Diese Hölle muss ein Ende haben, ich halte das nicht mehr aus.«

»Sie werden erst gebraucht, wenn alles ... bereit ist. Wir holen Sie dann ab.« Der Türke beendete das Gespräch, ohne sich zu verabschieden.

In der Sepänkatu schaute Eeva eine Weile neidisch dem fröhlichen Treiben der Kinder auf der Eisbahn zu. So unbekümmert würde sie auch gern sein. Das Wort *forfeit*, das der Türke einmal mehr verwendet hatte, ging ihr durch den Kopf. Warum fiel ihr nicht ein, wo sie es gehört hatte? Sie tauchte in ihr Gedächtnis ab und stöberte darin: Menschen, Situationen, Auslandsreisen und Fernsehserien, aber das einzige Ergebnis war die zunehmende Angst, dass ihr Zahlengedächtnis nicht alles war, was man von ihr wollte.

26

Bald war es so weit, dann gab es kein Zurück mehr, dann hatte sein Leben keinen Wert mehr, aber einen Sinn. Veikko Saari schaute über den dichten Verkehr auf dem Newski-Prospekt hinweg zur Hunderte Meter breiten prächtigen Fassade des Warenhauses Gostiny Dwor und genoss es, dass er nach langer Zeit wieder einmal Stolz empfand: Er würde mithelfen, einen skrupellosen Drogenhändler zu vernichten, Wassili Arbamow.

Die Kindheitserinnerungen ließen ihn nicht in Ruhe. Eben hatte er wieder einmal die in der Sowjetunion geschriebenen Aufzeichnungen seines Vaters über die Verhöre gelesen, obwohl er sie auswendig kannte: *Soldat Matti Saari wurde am 22. 6. 1941 im Alter von siebenunddreißig Jahren zur*

finnischen Armee einberufen und nach Kuopio geschickt. Bis An-
fang Dezember war er für Bewachungsaufgaben der Stabskompa-
nie eingesetzt. Es folgte die Beförderung zum Gefreiten. Dann
wurde er krank und lag bis zum Jahreswechsel im Lazarett.

Nach seiner Genesung erhielt er im Januar 1942 sechs Tage Ur-
laub, von dem er mit drei Tagen Verspätung in seine Einheit zu-
rückkehrte und dafür zu sieben Monaten Gefängnis verurteilt
wurde. Da man arbeitsfähige Gefangene nicht untätig herumsitzen
lassen wollte, wurde der Vollzug der Strafe ausgesetzt und Saari als
Lagerverwalter ins Materiallager der Eisenbahn nach Petroskoi ge-
schickt.

Im April 1942 wurde Saari bei der Neuregistrierung der Wehr-
pflichtigen wieder in die Armee eingezogen und auf die karelische
Landenge in die Granatwerferkompanie des 53. Infanterieregi-
ments geschickt. Im August erkrankte er und wurde in das Laza-
rett 32 nach Oulu gebracht und dort bis zum Oktober 1942 behan-
delt. Nach seiner Genesung schickte man ihn in das rückwärtige
Ausbildungs- und Versorgungszentrum in Lahti.

Am 15. 1. 1943 wurde die Vollstreckung der Gefängnisstrafe
angeordnet, zu der Saari 1942 verurteilt worden war. Er wurde
verhaftet und saß in den Gefängnissen von Hämeenlinna, Sukeva
und Riihimäki, bis man ihn am 18. 4. 1943 als Soldat in die Gra-
natwerferkompanie des 101. Infanterieregiments schickte, die in
Richtung Karhumäki lag. Am 4. Juni 1943 beschloss Saari, zu-
sammen mit dem Soldat Nevalainen, auf die Seite der Roten
Armee überzulaufen, der Grund: keine Lust, weiter Krieg zu füh-
ren. Saari überschritt die Verteidigungslinie der Finnen im Plan-
quadrat 9676–5, die Rote Armee verhaftete Saari und verhörte
ihn mehrere Tage. Er wurde als Spion zum Tode verurteilt.

Eine einfache und schmucklose Beschreibung, dachte
Saari und spürte wieder die Verbitterung: Sein Bruder Paavo
war an der Tuberkulose gestorben, die er in einem sowjetischen Kriegsgefangenenlager bekommen hatte, sein Vater,
der Überläufer, wurde in Leningrad als Spion erschossen,

und in gewisser Weise hatte der Krieg auch ihn selbst vernichtet. Das Erbe seines Bruders, eine Schachtel Herointabletten der Armee, hatte ihm dreißig Jahre Hölle eingebracht. In den vierziger und fünfziger Jahren war Heroin ein ganz normales Medikament gewesen, es wurde noch in den vierziger Jahren sogar zur symptomatischen Behandlung nach übermäßigem Alkoholgenuss verschrieben. Kaum jemand wusste, dass der Heroinverbrauch der Finnen zu jener Zeit, bezogen auf die Einwohnerzahl, Weltspitze war.

Nachdem er abhängig geworden war, hatte er über Jahre hinweg seine ganze Freizeit für die Beschaffung von Drogen geopfert: Er hatte Rezepte gefälscht, Ärzte belogen, Apothekenangestellte und Krankenschwestern bestochen und, nachdem er Polizist geworden war, auch seine Beziehungen missbraucht. Schließlich war er von Heroin auf leichtere Drogen umgestiegen, zunächst auf natürliche Opiate, Morphin und Kodein, dann auf synthetische Opiate, Methadon, Petidin und Buprenorphin, bis es ihm endlich gelang, ganz aufzuhören. Doch da war er schon ein alter Mann, der nichts anderes mehr hatte als seine Arbeit.

Saari schrak aus seinen Gedanken auf, als er sah, dass der Range Rover von Arbamows Assistentin in hohem Tempo die Dumskaja uliza entlangkam. Seine Willenskraft reichte nicht aus, um seinen Herzschlag zu beeinflussen, der Puls beschleunigte sich. Durch die großen Fenster des Restaurants »Sadko's« im Erdgeschoss seines Hotels beobachtete er, wie der Geländewagen vor der Kreuzung am Newski-Prospekt bremste, dann beschleunigte und in die Michailowskaja uliza einbog, auf den Fußweg fuhr und vor dem Haupteingang des Grandhotel Europe stehenblieb, gefolgt von einem weißen Transporter.

Die Autotüren flogen auf, und in ihren getönten Scheiben spiegelten sich die Petersburger, die auf dem Fußweg unterwegs waren. Eine Frau stieg aus dem Geländewagen aus, Saari erkannte das ausdruckslose Gesicht von Renata Gergijewa und versuchte vergeblich, das Gefühl, das in ihm brodelte, zu benennen. Wie bezeichnete man die Mischung von Hass, Ekel, Auflehnung und Rachgier? Die Männer Wassili Arbamows hatten ihn im Hotel Europe aufgespürt. Alles lief wie vorgesehen.

Renata klopfte mit dem Schuh auf den vereisten Fußweg der Michailowskaja uliza und wartete darauf, dass die sechs Männer in ihren langen Ledermänteln aus dem Laderaum des Transporters herauskletterten. Sie gingen rasch ins Foyer des Grandhotel Europe und steuerten die Aufzüge an, bis auf einen der Männer, der an der Rezeption Posten bezog. Er würde dafür sorgen, dass niemand die Polizei rief, selbst wenn das Hotel gleich einstürzen würde.

Die Aufzugsglocke erklang, die Aluminiumtür rauschte auf, und der Trupp zwängte sich in den Fahrstuhl. Auf dem Schild an der Wand wurde versichert, dass dieser Lift entweder acht Personen oder achthundertsechzig Kilo befördern konnte. Der Erpresser wohnte in Zimmer 2282.

Renata war unruhig, irgendetwas stimmte nicht. Warum hatte der Erpresser Arbamow unmittelbar aus der Nachbarschaft seines Hotels angerufen und die E-Mail über einen Handy-Anschluss geschickt, dessen Besitzer leicht herauszufinden war? Und warum hatte der Mann den Erpresserbrief persönlich zu FedEx gebracht und auch noch das Hotelzimmer auf seinen eigenen Namen gebucht? Jetzt wussten Renata und ihre Leute, dass sie einen Finnen namens Veikko Saari suchten, sie wussten sogar, wie der Mann aussah. Hatte Saari als ehemaliger Polizist nicht kapiert, dass Wassili Arbamow in Petersburg alles kaufen konnte: Informationen, Beamte, selbst Sklaven. Der Finne musste entweder dumm oder senil sein. Oder sie waren auf dem Weg in eine Falle.

Die Aufzugstür öffnete sich, sie traten hinaus auf den

Flur der ersten Etage, die fünf Männer griffen unter ihre schwarzen Mäntel und holten die Waffen hervor: Drei Maschinenpistolen der Marke Ismash Bison und zwei Sturmgewehre vom Typ Grosa OC-14.

Renata blieb an der Tür des Zimmers 2282 stehen, drückte ihr Ohr an das Holz und hörte nur das Dröhnen ihres eigenen Pulses. Sie zog ihre Pistole, eine KPB DROTIK, aus dem Schulterhalfter, trat beiseite und nickte ihren Männern zu. Man hörte, wie Metall klirrte, als die Waffen entsichert wurden.

Zwei der Männer packten die Griffe eines anderthalb Meter langen Metallrohres, und die Türramme krachte auf das Holz, dass die Splitter flogen, dann noch einmal und ein drittes Mal. Der Rahmen am Schloss zerbrach, und die Männer stürmten hinein. Türen knallten, während sie die Suite durchsuchten. Saari war verschwunden.

Renata verließ sich meist auf ihren ersten Eindruck, und jetzt hatte sie das Gefühl, dass sie eine Inszenierung sah: Das Bett war gemacht, und der Schreibtisch im Arbeitszimmer schien unbenutzt, sogar die Unterlagen und Bücher waren ordentlich gestapelt.

Renatas Männer wussten, was sie zu tun hatten: Einer von ihnen setzte sich an den Computer, zwei begannen das Zimmer zu durchsuchen, und die restlichen zwei gingen sofort los, um den finnischen Erpresser aufzuspüren.

»Alle Programme lassen sich ohne Passwort öffnen. Auch der Erpresserbrief ist hier«, sagte der Computerexperte, und Renata wusste, dass sie richtig getippt hatte, hier stimmte einiges nicht. Aber warum wollte der Finne, dass man ihn fand?

Veikko Saari saß immer noch im Restaurant des Grandhotel Europe und betrachtete den endlosen Fahrzeugstrom auf dem Newski-Prospekt. Es schien so, als hätte er jene Welt, in der die Hektik herrschte, schon verlassen. Merkwürdigerweise wäre er den Männern Arbamows und dem Schmerz am liebsten jetzt sofort gegenübergetreten; es reizte ihn nicht, ein paar zusätzliche Minuten oder Stunden zu erleben, denn wenn man auf das Ende wartete, konnte man sie sowieso nicht genießen.

Doch er durfte den Plan nicht gefährden. Das war er sich selbst und vor allem Adil schuldig, der ihm die Möglichkeit gab, sich zu rächen. Er durfte es den Männern nicht zu einfach machen, ihn zu finden, Renata und Arbamow wunderten sich bestimmt schon jetzt, wie viele leicht erkennbare Spuren er hinterlassen hatte.

Saari erhob sich widerwillig und lief durch das Labyrinth der Gänge des Hotels zu dem Seitenausgang, der auf die Italjanskaja uliza führte. Er war bereit, das Leben hatte ihm nichts mehr zu bieten, nur die Krankheit, die langsam seinen Verstand auffressen würde, und von Finnland hatte er gleich gar nichts zu erwarten, vermutlich nicht einmal einen Pflegeplatz. Es machte ihn zornig, dass die Finnen solche Schafe waren. Sie nahmen es hin, ohne zu murren, dass sie auf notwendige Operationen Jahre warten mussten, obwohl sie jede Menge Steuern zahlten und in einem der reichsten Länder der Welt lebten. Zum Glück war morgen der Unabhängigkeitstag.

Wassili Arbamow knallte den Hörer hin und atmete im hellroten Ecksalon des Belosselski-Beloserski-Palastes tief durch. Endlich einmal gute Neuigkeiten, man war dem Erpresser auf der Spur. Nach der Nachricht vom Mord an German Dworkin hatte er schon eine ähnliche Lawine von Katastrophen befürchtet wie zum Jahrtausendwechsel, als Putin ihn und seine Unternehmen bis an den Rand des Bankrotts getrieben hatte. Eine schlechte Nachricht kam in der Regel nicht allein.

Kirilow, Dworkin, die Erpressung, die durch eine Überdosis getöteten Drogenabhängigen … Irgendjemand brachte ihn mit einer großen Organisation und einem guten Plan in Bedrängnis. Aber wer? Der finnische Rentner war nur ein Laufbursche und zudem noch ein schlechter.

Arbamow hob den noch warmen Hörer ab und drückte die Schnellwahl. Das erste Mal in seinem Leben würde er Umars marokkanischen Spitzel gern anrufen. Er schaute durch die großen Fenster auf die winterliche Landschaft am Fontanka-Kanal entlang bis hin zum Scheremetjew-Palast und zur Pantelejmon-Brücke. Jamal Tagmouti meldete sich, gerade als Arbamow seinen Tee kostete.

»Renata hat den Erpresser gefunden. Es ist ein finnischer Ex-Polizist, ein alter Mann, schon seit Jahren pensioniert.« Die Worte schossen aus seinem Mund heraus und mit ihnen ein paar Teetropfen.

In der Leitung herrschte für einen Augenblick Stille, während der Marokkaner das Gehörte verarbeitete. »Habt ihr den Mann schon verhört?«

»Er hatte noch Zeit, aus dem Hotel zu fliehen. Aber Renatas Männer werden ihn jeden Augenblick finden.« Arbamow klang nicht mehr so selbstsicher.

Tagmouti schnaufte. »Stell dir selbst die Frage, ob sich dieser Erpressungsplan so anhört, als hätte ihn sich ein finnischer Rentner ausgedacht. Und wenn deine Antwort ›nein‹ lautet, dann überlege, in wessen Auftrag er arbeitet.«

Arbamow hatte große Lust, Umars Gehilfen einige passende Worte zu sagen, aber er beherrschte sich. Er ging zu der hohen Kommode im Rokokostil und goss sich von dem weißen Pai Mu Tan-Tee ein. »Bei uns in Russland gibt es eine Redensart, die lautet: ›Nur die Jagd nach Flöhen erfordert Eile.‹ Der Mann wird auf jeden Fall gefasst und verhört, und alles wird sich klären.« Arbamow versuchte den Eindruck zu erwecken, als sei er ganz ruhig. »Das kannst du Umar mitteilen.«

»Ich glaube nicht, dass er seine Meinung ändern wird. Er will die Zusammenarbeit mit dir abbrechen.«

Jetzt kochte die Wut in Arbamow hoch. »Ich bitte um Aufschub, sonst nichts. Der Finne wird heute gefunden, und Umar erhält die Garantie, dass unser Plan in all seinen Bestandteilen nicht gefährdet ist. Ein paar Stunden – mehr will ich nicht. Umar hat von mir schon dreißig Millionen ...« Arbamow hörte das Tuten, fluchte und wünschte sich den Marokkaner dahin, wo die Sonne nie scheint.

Der Kerl hatte ihm die Laune völlig verdorben. Und er hatte sich auf diesen Abend gefreut wie ein kleines Kind auf Weihnachten. Die Hotspurs würden gleich im FA Cup zum Rückspiel gegen Liverpool in der Anfield Road antreten, einem der Heiligtümer des Fußballs. Er hatte schon vor Jahren beschlossen, dass er eines Tages seine eigene Mannschaft in das Finale des FA Cups führen würde, des ältesten Wettbewerbs im modernen Sport, deshalb hatte er Tottenham gekauft.

Arbamow griff nach Renatas schwarzem Halstuch, das am Rand seines Schreibtisches lag, und roch daran wie ein brünstiger Hund. Vielleicht steckte Renata doch hinter dem Erpressungsplan. Vielleicht hatte sie ihn um den kleinen Finger gewickelt, um die Gelegenheit zu bekommen, ihm sein Geld abzugaunern.

27

Melissa Tufton rannte zum Thames House, dem gewaltigen Hauptgebäude des britischen Sicherheitsdienstes MI 5. Das Nordufer der Themse lag hinter ihr, als sie ihr Tempo verlangsamte und von der Millbank Street zu den Glastüren am Ende des über zehn Meter hohen Bogengewölbes ging. Der Geruch des Dieselöls der Flußschiffe hing in der Luft.

Melissa ächzte und legte die Hand auf ihren Bauch, als sich das Kleine bewegte. Im sechsten Monat spürte man die Tritte schon richtig.

Das war das Schlimmste im MI 5, die Ungewissheit. Irgendetwas Wichtiges war geschehen, das ahnte Melissa. Die Fahrt nach Cheltenham ins Government Communication Headquarter hatte sie gestern mit ihrem Vorgesetzten abgesprochen, aber jetzt hatte er sie angerufen und vom Bahnhof Paddington zurück ins Thames House beordert. Hatte es einen Terroranschlag in Großbritannien gegeben, oder war er in letzter Sekunde verhindert worden, oder hatte jemand von einem geplanten Anschlag Wind bekommen? Wegen irgendeiner Kleinigkeit hätte man ihre Reise kaum abgesagt.

Melissa betrat das Foyer des unter dem Namen The Box bekannten Thames House und winkte den Wachposten zu. Am Ende des Foyers zog sie ihre Schlüsselkarte durch das Lesegerät und betrat den kleinen Raum für die Sicherheitskontrolle, wo sie gescannt wurde. Dann öffnete sich die Tür, und vor ihr lag eine Welt des getönten Glases und des glänzenden Stahls. Sie ging zu den Aufzügen.

Das musste mit Umar Hussain und Takfir wal Hijra zusammenhängen, überlegte Melissa und drückte dabei den Knopf der fünften Etage. Takfir war das wichtigste Objekt ihrer Untersuchungen, und man wusste, dass die Organisation einen Anschlag in Nordeuropa plante. Sie hatte die richtige Ahnung gehabt, als sie bei der Suche nach einem geeigneten Mittel, um in ihrer Laufbahn als Analytikerin den Durchbruch zu schaffen, auf Takfir gesetzt hatte. Aber warum sollte sie den Chef des Joint Terrorism and Analysis Centre treffen, das JTAC war doch nur für die Ermittlungen in den allerwichtigsten Fällen zuständig? In dem nach den Anschlägen vom 11. September gegründeten Kooperationsorgan hatte man die besten Experten Großbritanniens auf dem Gebiet des internationalen Terrorismus zusammenge-fasst.

Der Aufzug hielt an, Melissa betrat den Vorraum der fünf-ten Etage und klingelte; an dieser Glastür funktionierte ihre Schlüsselkarte nicht. Wie aus dem Nichts tauchte vor der Tür ein junger Mann in dunklem Anzug auf, der die Tür öff-nete, lächelte und ihr bedeutete hineinzugehen. Melissa war noch gar nicht dazugekommen, ihm zu sagen, zu wem sie wollte, da führte er sie schon zielstrebig den Flur entlang. Sie blieben vor der Tür des Eckzimmers stehen, eine Sekre-tärin drückte lustlos einen Knopf an ihrem Schreibtisch, ein Summer ertönte kurz, und Melissa wurde die Tür geöffnet.

»George Langdon«, ein kleiner, freundlich lächelnder Mann stellte sich vor, reichte ihr die Hand und zeigte auf einen von zwei Ledersesseln vor dem riesigen Schreibtisch.

»Ich komme gleich zur Sache. Von Ihrem Vorgesetzten habe ich die Erlaubnis erhalten, Sie auszuleihen, weil Sie mehr über Umar Hussain und Takfir wal Hijra und vor al-lem über die Informationsquelle, die sich ›Taube‹ nennt, wissen als jeder andere.«

Melissa nickte, wagte aber nicht zu fragen, was geschehen war.

»Diesmal hat ›die Taube‹ die Antiterror-Hotline der Poli-zei angerufen.«

»Und welche?« Melissa bereute sofort, dass sie Langdon unterbrochen hatte. Dann ärgerte sie sich, dass sie es be-reute. Sie war einfach zu schüchtern.

»Die 0800 789 321«, antwortete Langdon.

Melissa schien zufrieden zu sein. »›Die Taube‹ hinterlässt nie eine Nachricht zweimal auf die gleiche Weise.«

»Die Verbindung war schlecht, deswegen habe ich die Nachricht ins Reine schreiben lassen.«

Langdon reichte Melissa ein Blatt und musterte die junge Analytikerin.

»Takfir wal Hijra hat einer von dem Petersburger Wassili Arbamow geführten Organisation tausend Kilo afghanisches Heroin verkauft.‹« Melissa las, so schnell sie konnte. »Sie beabsichtigen, den europäischen Markt mit billigem Heroin zu sättigen, die Zahl der Abhängigen zu erhöhen, dann die Preise drastisch zu erhöhen und schnell gewaltige Summen zu kassieren. Den Transport des Heroins von Afghanistan nach Russland sowie in einen Teil Europas besorgt die Arbeiterpartei Kurdistans, die PKK. Umar Hussain, der für die Operationen von Takfir in Europa zuständig ist, beschafft sich mit dem Heroinhandel die Mittel für einen Terroranschlag. Es handelt sich um eine unmittelbare Bedrohung, und sie betrifft Großbritannien. Tausende werden sterben.‹« Melissa spürte Erregung und Angst. »Eine unmittelbare Bedrohung.«

Auch Langdon sah sehr ernst aus. »Ich habe es so verstanden, dass Sie von der Zuverlässigkeit der Nachrichten der ›Taube‹ überzeugt sind.«

»Vollkommen überzeugt.« Der Lederbezug des Sessels knarrte, als Melissa nach hinten rückte. »Der Mann hat schon zwei Saudis verraten, die zu einer Schläferzelle von Takfir in Manchester gehörten. Alles, was die ›Taube‹ berichtet hat, stimmte.«

»Haben Sie eine Vermutung, wer es ist ... Oder wo er ist?«

Melissa zögerte einen Augenblick. »Es kann gut sein, dass wir das erste Mal eine Informationsquelle innerhalb einer extrem-islamistischen Terrororganisation haben. ›Die Taube‹ muss in der Führung von Takfir oder zumindest in ihrer direkten Nähe arbeiten. Die einfachen Mitglieder wissen nichts von den Dingen, die uns ›die Taube‹ berichtet hat. Zumindest wissen sie es nicht vorher.«

Langdon verarbeitete das Gehörte und musterte Melissa wieder abschätzend. »Ich möchte, dass Sie sich in der Krisengruppe ausschließlich auf diese Sache konzentrieren, an Ressourcen wird es nicht fehlen. Meine Sekretärin zeigt Ihnen die Arbeitsräume und stellt Sie den anderen vor. Ach, und viel Glück.« Langdon zeigte auf Melissas durch die Schwangerschaft gewölbten Bauch.

»Danke, ich bin im sechsten Monat«, sagte Melissa erleichtert. In der Welt war doch auch Platz für erfreuliche Dinge.

Langdon sah nachdenklich aus. »Dieser Job könnte ziemlich anstrengend werden. Wenn Sie das Gefühl haben, dass ...« Melissa unterbrach ihn: »Na klar kann ich arbeiten.« Sie hatte den brennenden Wunsch, an diesen Ermittlungen beteiligt zu sein.

Sie reichte ihrem Chef auf Zeit die Hand und war schon an der Tür, als ihr noch etwas einfiel. »Für die Behauptungen der ›Taube‹ gibt es übrigens schon Beweise, sowohl bei uns im MI 5 als auch bei unseren finnischen Kollegen. Wassili Arbamow und Umar Hussain haben sich im Laufe des letzten Jahres viermal getroffen.«

»Finden Sie heraus, wo Takfir zuschlagen will«, sagte Langdon zum Abschied.

28

Arto Ratamo hielt das Lenkrad des VW-Käfers krampfhaft fest, als er zum tausendsten Mal vor sich sah, wie der finnische Offizier seine Frau Kaisa in der Küche ihrer Wohnung erschoss. Die Bilder von dem Ereignis, das sein Leben verändert hatte, waren in den fünf Jahren überhaupt nicht verblasst.

Der Song »My Gal« von J. J. Cale, der aus den Lautsprechern seines Autoradios erklang, hatte ihn über die Gründe für das Scheitern seiner Beziehungen zu Frauen nachdenken lassen: Kaisa war als Opfer eines Verbrechens gestorben, das Zusammenleben mit Riitta Kuurma war zu Ende gegangen, als sie wegen eines Auslandseinsatzes nach Holland zog, und an die Gründe für das Ende der Beziehungen in seiner Jugend erinnerte er sich nicht einmal mehr richtig. Oder wollte er sich nicht mehr erinnern. Mit Ilona ging vorläufig alles gut, aber aus irgendeinem Grund wich er aus, wenn es darum ging, ihr Verhältnis zu vertiefen; das bedeutete, in eine gemeinsame Wohnung ziehen, jeden Tag zusammen sein, zu zweit einkaufen gehen ...

Nach der Rutschpartie mit den Sommerreifen vor zwei Tagen war die gute Haftung der Winterreifen eine Wohltat. Seine Gedanken wanderten zu Eeva und ihren Ex-Männern; hatte einer von ihnen etwas mit den Mordfällen Kirilow und Dworkin zu tun? Der irakische Wundermensch Adil al-Moteiri hatte eine strahlend weiße Weste, aber Eevas gewalttätiger Ex-Gatte Antti Hytölä war gegenwärtig auf Dienstreise in Petersburg. Zufall oder nicht?

Ratamo parkte seinen Käfer nicht im warmen unterirdischen Parkhaus, sondern fuhr von der Fredrikinkatu auf den Innenhof der SUPO. Aus irgendeinem Grund sprang der VW derzeit in eiskaltem Zustand besser an als warm.

Am Ende des Innenhofes warf er seinen Priem in eine Gurkendose, die vor Kippen überquoll, zog an der Hintertür der SUPO die Schlüsselkarte durch das Lesegerät, passierte das Metallsuch- und das Durchleuchtungsgerät und drückte auf den Fahrstuhlknopf.

Der schallisolierte Abhörraum im zweiten Kellergeschoss der SUPO war karg eingerichtet: Leuchtstoffröhren an der Decke, der Fußboden nackter Beton und vier Arbeitsplätze mit Computer, Telefon, Lautsprecher und Kopfhörer. Es roch nach Elektrokabeln. Er suchte auf der Festplatte des Computers die Aufzeichnungen aus der Wohnung von Eeva Hallamaa und vertiefte sich in das, was er hörte.

»Das war das einzige Versprechen, um das ich dich gebeten hatte. Keine Drogen. Nie wieder!«, rief Mikko Reiman.

»Soll ich zu einem Bluttest gehen?« Eevas Stimme klang weinerlich. »Das willst du! Vertrauen ist aber …«

»Aber du wirst ja wohl nicht angefangen haben, dieses Gift zu verkaufen. Die Polizei hat in unserem Badezimmer Speed gefunden. Das ist Fakt und …«

Je mehr Ratamo hörte, umso unangenehmer war ihm das. Als er sich schließlich die Kopfhörer herunterriss, kam er sich wie ein Spanner der allerschlimmsten Sorte vor. Das Abhören war immer widerlich, sobald die Zielpersonen über private Dinge sprachen, aber wenn man einen Familienstreit von Freunden belauschte, überschritt man eine Grenze der Unverfrorenheit, die Ratamo noch nie freiwillig übertreten hatte. Jetzt war also auch das getan. Manchmal ähnelte die Arbeit des Polizisten der eines Kanalisationstauchers. Er hatte sich nur vergewissern wollen, dass Eeva nicht noch zusätzliche Probleme bekommen hatte, weil ihm bei Mikko die Sache mit dem Speed in ihrem Bad herausgerutscht war. Aber gerade eben hatte er erfahren, dass Mikko sie ausdrücklich genau deswegen verlassen hatte.

Eeva tat ihm leid. Die Frau hatte im Laufe der letzten Jahre mehr Schicksalsschläge hinnehmen müssen als die meisten Menschen in ihrem ganzen Leben: ein gewalttätiger Ex-Mann, der Drogenteufelskreis, die Amphetaminpsychose, die lange Entziehungskur, der Streit um das Sorgerecht, die Probleme mit dem Arbeitsplatz, und jetzt noch die Ereignisse der letzten Tage. Ratamo hätte Eeva gern noch mehr geholfen, aber wie? Von der Luger würde er in der SUPO nichts sagen, bevor er nicht die Seriennummer der Waffe kannte, das stand fest. Es wunderte ihn, dass Eevas Vater sie ihm immer noch nicht durchgegeben hatte. Er beschloss, ihn noch einmal anzurufen, sobald er dazu kommen würde.

Ratamo fuhr mit dem Aufzug in die zweite Etage und wäre fast mit Ossi Loponen zusammengestoßen, als er auf den Gang hinaustrat.

»Warst du schon bei Wrede? Der wundert sich, weil du nicht an dein Handy gehst«, sagte der etwas rundliche Ermittler, ohne stehenzubleiben.

Ratamo schaltete sein Handy an, ging einen Augenblick später durch die offene Tür in Wredes Büro und blieb vor dem Schotten stehen, der in seine Unterlagen vertieft war. Auf dem Schreibtisch lag ein Werbeprospekt für Harley-Davidson-Motorräder. Im Sattel des protzigen Modells Dyna Glide thronte ein auf elegante Weise grauhaariges männliches Model in einer Lederjacke. Das waren klassische Symptome; er hatte nicht geahnt, dass Wrede so schlimm in die Midlife-Crisis geraten war. »Warte noch ein paar Jahre, dann kannst du gleich einen Harley-Parkinson, einen Rollator, kaufen«, sagte er.

Der Schotte warf seinem Kollegen einen wütenden Blick zu. »Irgendetwas muß man ja tun, wenn einem die Alte wegläuft und auch die Haare ausgehen wie einem Elch nach dem Winter.«

»Kochst du immer noch? Ist es nicht so, dass den Frauen im Durchschnitt gute Köche lieber sind als Biker im mittleren Alter?«

Wrede wechselte das Thema: »Gibt es bei den Ermittlungen etwas Neues? Ist schon klar, welches Ziel die Kameltreiber im Auge haben?«

»Palosuo scheinen diese Ermittlungen nicht mehr zu interessieren?« Ratamo antwortete mit einer Frage, weil er fürchtete, selbst Probleme zu bekommen, wenn Wrede einen Alleingang machte und der Chefin auf die Zehen trat.

»Palosuo und Liimatta haben jetzt andere ... dringendere Aufgaben. Das kann unter Umständen lange dauern. Ich habe gehört, dass die KRP ihre Aktivitäten im Zusammenhang mit der Weitergabe irgendwelcher geheimer Informationen untersucht«, sagte der Schotte und wunderte sich, dass Ratamo immer noch kein Interesse zeigte.

Doch der kam zur Sache: »Das Heroin, das im Mund von German Dworkin gefunden wurde, ist der gleiche Stoff wie der bei Kirilow und den toten Drogensüchtigen. Aber das konnte man sich ja denken.«

Wrede drückte seinen orangefarbenen Stressball. »Ich weiß nicht, ob es da einen Zusammenhang gibt, aber von der Drogenmiliz in Petersburg kam die Information, dass man dort das Hotelzimmer eines Finnen überfallen hat.«

»Und wie heißt der? Antti Hytölä?«, fragte Ratamo voller Eifer. Hatte Eevas Ex-Mann doch mit den Ermittlungen zu tun?

»Die Petersburger Miliz bittet die KRP und uns um Angaben zu einem Mann namens Veikko Saari. Und sie fragt an, ob es bei ihm irgendeine Verbindung zu den Ermittlungen in dem Heroinfall in Petersburg und Helsinki gibt.«

Ratamos Interesse erlosch, er hatte noch nie etwas von einem Saari gehört.

»Veikko Saari ist ein ehemaliger Polizist. Er hat über dreißig Jahre in der KRP gearbeitet und ist im Jahr 2000 in Rente gegangen. Ein Bericht über den Mann liegt auf deinem Tisch. Es könnte dich interessieren, Saari wohnt nämlich in der Sepänkatu, im selben Haus wie Eeva Hallamaa.«

Ratamo war von der neuen Information überrascht und wandte sich ab, um zu gehen, aber Wrede fuhr fort:

»Man müsste in dem ganzen Fall endlich ein Gesamtbild umreißen. Wie hängen die Morde an Kirilow und Dworkin mit dem gemeinsamen Drogengeschäft von Arbamow und Takfir zusammen? Wer hat Arbamows Dealer in Finnland umgebracht und warum? Wollen wir nicht vor der Weihnachtsfeier ein Bier trinken gehen und über diese Dinge nachdenken? Wir könnten bei der Gelegenheit auch mal kurz über die derzeitige Lage in der SUPO reden.«

»Ansonsten gerne, aber im Moment nicht. Ich habe absolut keine Zeit, ich muss Nelli von der Reitstunde abholen und … na ja, offen gesagt, den Haushalt machen. Das ist eben der Alltag eines Alleinerziehenden.« Ratamo verließ das Zimmer des Schotten. Warum versuchte der sich mit ihm zu verbünden, mit einem gewöhnlichen Oberkommissar? Oder suchte Wrede nur jemanden, mit dem er sich unterhalten konnte, vielleicht fühlte er sich nach seiner Scheidung einsam. Würde auch er so werden, wenn Nelli irgendwann zu Hause auszog? Ratamo erschrak bei dem Gedanken und nahm sich einmal mehr vor, wieder öfter den Kontakt mit seinen Freunden zu suchen.

Kurze Zeit später betrat Ratamo sein Zimmer und versuchte, die Tür zu schließen, aber ein Pappkarton voller Unterlagen stand im Wege. Das Durcheinander machte ihn unruhig. Er warf einen Blick auf die Wanduhr, und ihm wurde klar, dass sich ihm eine günstige Gelegenheit bot: Er würde den Papierkram zu Hause erledigen und alle noch ungelesenen Berichte durchgehen, die sich auf seinem Schreibtisch angesammelt hatten, er könnte sogar die Sauna anheizen und vor der Weihnachtsfeier eine Weile die selige Ruhe des Alleinseins genießen. Nelli war mit Kirsi beim Reiten. Eigentlich sollte Ratamo die Mädchen hinbringen, aber in der Annahme, dass er bis abends auf der Arbeit schwitzen würde, hatte er den Auftrag schon am Vormittag in weiser Voraussicht an Marketta delegiert.

Plötzlich fielen Ratamo Nellis Laborergebnisse ein. Er rief die Ärztin an, eine Bekannte, die seine Tochter behandelt hatte, und musste sich widerwillig anhören, wie sich die Frau erst beklagte, sie hätte es eilig, dann über die Chefs des HUS herzog und kein gutes Haar an ihnen ließ und zum Schluss sicherheitshalber auch noch die Helsinkier

Kommunalpolitiker und die Leute beschimpfte, die ihren Hund ausführten. Die Ergebnisse der Tests würde er frühestens am nächsten Tag erfahren.

Er stopfte die Unterlagen auf seinem Schreibtisch und aus dem Fach mit den Posteingängen in eine uralte Ledertasche, dabei fiel sein Blick auf den Namen Adil al-Moteiri. Er zog das Blatt aus dem Stapel heraus und wusste nicht, was er denken sollte, als er in dem Überwachungsbericht las, dass Eeva Hallamaas ehemaliger Freund im Hotel »Kämp« wohnte, und das schon seit zwei Wochen. Da musste man zwangsläufig auf die Idee kommen, dass der Mann irgendetwas mit den Ereignissen der letzten Tage zu tun hatte. Warum hätte Eeva sonst gelogen und behauptet, sie kenne ihn nicht?

Zwölf Minuten später drückte Ratamo seine Wohnungstür von innen zu und schüttelte sich die schneebedeckten Schuhe von den Füßen, allerdings so heftig, dass einer von ihnen an die fast zwei Meter hohe Standuhr flog und die Glastür nur um ein paar Zentimeter verfehlte. Am Kratzen auf den Dielen hörte er, dass Musti herbeikam, aber sie interessierte sich mehr für den Geruch der Schuhe als für ihr Herrchen. Ratamo brachte seine Tasche ins Wohnzimmer, stellte fest, dass die Wohnung saubergemacht werden müsste, kehrte in den Flur zurück, um die Jacke auszuziehen, und wollte sich gerade aus der Küche ein Bier holen, als eine vertraute Stimme ihn erstarren ließ.

»Menschenskind, dieser Veikko Saari ist ein alter Kollege von mir. Anfang der siebziger Jahre haben wir in derselben Abteilung gearbeitet.« Ketonen bemerkte den verblüfften Gesichtsausdruck Ratamos, der zur Küchentür hereinschaute. »In der KRP.«

»Diese Unterlagen sind … Jussi, du arbeitest nicht mehr bei der SUPO. Bist du gekommen, um dir Streichhölzer auszuleihen oder was?«, fragte Ratamo ungehalten.

»Marketta ist mit Nelli im Reitstall, du bist bis spät in der Nacht auf der Arbeit, hieß es, und Musti fühlt sich allein genauso unwohl wie ich«, sagte Ketonen zu seiner Verteidigung und dehnte dabei seine Hosenträger, dann vertiefte er sich erneut in Ratamos Unterlagen.

»Du hast dich doch nicht etwa mit Marketta verstritten?«, erkundigte sich Ratamo neugierig.

»Worüber sollten wir uns streiten? Wir haben eine Vereinbarung, dass ich über die wichtigen Dinge entscheide und Marketta über alles andere. Bisher ist noch nichts derart Wichtiges vorgekommen, dass ich hätte eingreifen müssen«, antwortete Ketonen und grinste. »Marketta ist eine tolle Frau, aber manchmal möchte man auch seine Ruhe haben.«

Ratamo verabschiedete sich innerlich von seinem ruhigen Abend, holte eine Flasche Bier und ließ sich gegenüber von Ketonens Sessel auf das Sofa fallen.

»Veikko Saari. Geboren am 4. 5. 1939 in Helsinki. Abitur, Armee.« Ketonen überflog Saaris Daten. »Hobbys: Mannerheim-Traditionsstiftung. Gesellschaft für finnische Sprache. Literaturverein Eira ...« Ketonen geriet immer mehr in Eifer. »Das habe ich ja gar nicht gewusst, dass Saaris Bruder Kriegsgefangener war ... Oh, oh, und dann auch das noch ... der Vater war Deserteur ... und anscheinend hatte Veikko auch Probleme, in den siebziger Jahren stand er im Verdacht, Drogen zu nehmen ... keine Familie, keine nahen Verwandten. Da glaubt man, jemanden zu kennen und dann ... Weshalb überprüft ihr übrigens Veikkos Vorleben?«

Es dauerte eine Weile, bis die bruchstückhaften Informationen, die Ketonen aufgezählt hatte, in Ratamos Bewusstsein eingetaucht und verarbeitet waren. »Unter Drogenverdacht? Zeig mal her.« Ratamo nahm Ketonen Saaris Personenprofil aus der Hand und blätterte es schnell durch. Der Mann war nie verurteilt oder auch nur angeklagt worden. Den Verweis auf die Drogen konnte man dennoch nicht einfach übergehen.

Ketonen stocherte mit der Gabel lustlos in den Resten des Makkaroniauflaufs herum, der duftend auf dem Tisch stand, anscheinend schmeckte es ihm dann aber doch, denn im Handumdrehen hatte er alles verschlungen, und der Teller war leer. »Das sind ganz eigenartige Ermittlungen. Ich kenne Veikko Saari und du Eeva Hallamaa. Ein ziemlicher Zufall, oder?«

»Bei diesen Ermittlungen gibt es etwas zu viele Zufälle. Vor allem wenn man bedenkt, dass Eeva Hallamaa außergewöhnlich intelligent ist. Oder zumindest ist ihr Gedächtnis eines der besten der Welt. Allmählich habe ich den Verdacht, dass Eeva mich an der Nase herumführt wie einen Ziegenbock an der Leine«, sagte Ratamo. Dann trank er sein Bier aus.

»Von dem Gedächtnis der Hallamaa hast du schon erzählt«, sagte Ketonen und rieb sein Kreuz, das ihm weh tat. »Das Gedächtnis ist ein merkwürdiges Ding. Es sagt nicht unbedingt viel über die Intelligenz aus. Ich habe vor einiger Zeit einen interessanten Artikel gelesen. Da ging es um Launen der Natur bei Menschen, die von ihrem Intelligenzgrad her unter dem Durchschnitt liegen, aber die nahezu unglaubliche Fähigkeit besitzen, sich bestimmte Dinge zu merken. Man bezeichnet sie als ›gelehrte Idioten‹. Einer von ihnen hat das Buch ›Der Aufstieg und Untergang des Römischen Reiches‹ einmal durchgelesen und konnte es danach Wort für Wort aus dem Gedächtnis hersagen. Und ein von Geburt an blinder Junge konnte mit fünf Jahren nicht sprechen, spielte aber virtuos Klavier. Man kennt sehr viele solche gelehrten Idioten, manche von ihnen haben unfassbare Fähigkeiten im Kopfrechnen, andere können schon mit zwei Jahren lesen, verstehen aber nicht, was sie lesen …«

»Das ist das erste Mal, dass ich ein Verbrechen untersuche, bei dem es um Drogen geht«, sagte Ratamo, um Ketonens endloses Gerede zu unterbrechen. »Drogen führen wahrhaftig zu bedauernswerten Schicksalen.«

»Man lernt eben nie aus«, sagte Ketonen mürrisch und strich sich eine graue Haarsträhne aus der Stirn. »In Afghanistan gibt es wirklich eine ganz besondere Situation: Der weltgrößte Heroinproduzent ist Verbündeter der USA und steht unter ihrem Schutz. Die Kriegsherren in Afghanistan dürfen ihr Drogengeschäft so lange weiterführen, wie die USA die Hilfe Afghanistans im Krieg gegen den Terrorismus brauchen. Das Heroin bringt diesen Bergräubern jedes Jahr Einkünfte von einer Milliarde Dollar«, verkündete Ketonen.

»Du bist als Rentner eine richtige Nachrichtenagentur geworden.«

»Für die meisten Männer in meinem Alter sind die wichtigsten Werte im Leben die Cholesterinwerte. Für mich nicht, ich verschlinge Informationen.«

»Es ist ja wirklich gut, wenn man auch als Rentner nicht nur auf dem Sofa liegt«, sagte Ratamo.

»Ja du, die Zeit wird einem schon manchmal lang. Und man kriegt Sehnsucht nach der Ratakatu.«

Das Handy klingelte so schrill, dass Ratamo die Ohren weh taten, aber der Schmerz ließ sofort nach, als er die Taste mit dem grünen Hörer drückte. Den Rufton müsste er ändern.

Als er den Namen des Anrufers hörte, war er sofort hellwach – Antti Hytölä. Eevas Ex-Mann klang nicht sehr freundlich, als er mitteilte, er habe es sehr eilig: Der Zeitplan auf der Baustelle in Sankt Petersburg wäre teilweise nur noch Makulatur, und in einer Woche würden Vertragsstrafen wegen der Verzögerung fällig.

Ratamo rannte zu seinem Schreibtisch, holte aus der kaputten Ledertasche sein Notizbuch und stellte dem missmutigen Hytölä schnell die Fragen, die er sich vorher aufgeschrieben hatte. Die Antworten kamen schnell und klangen sehr bestimmt: Hytölä wohnte schon über drei Monate in Sankt Petersburg, war das letzte Mal Ende Oktober in Finnland gewesen und hatte viele Wochen lang keine Zeit gehabt, Eeva oder Kirsi anzurufen. Der Chef des Bauprojekts könnte bestätigen, dass er jeden Tag auf der Baustelle geschuftet hatte.

Als das Gespräch zu Ende war, strich Ratamo einen der Verdächtigen auf seiner Liste.

29

Zehntausende rotgekleidete Anhänger von Liverpool schmetterten auf den Rängen des Stadions in der Anfield Road ihren Schlachtgesang »You'll never walk alone«, und Wassili Arbamow lief es kalt den Rücken hinunter. Der Neid packte ihn: Liverpool hatte die besseren Spieler und die besseren Anhänger als seine Hotspurs, von dem Gesang ganz zu schweigen. Sein Team lag schon Ende der ersten Halbzeit mit 0:3 zurück.

Es machte ihn auch wütend, dass Renata den finnischen Erpresser immer noch nicht gefunden hatte, obwohl seit der Ermittlung seiner Identität schon Stunden vergangen waren. Er fürchtete, Umar könnte die gemeinsame Heroinoperation tatsächlich eingestellt haben, wie es Tagmouti angedroht hatte.

In dem Spiel ertönte der Halbzeitpfiff. Arbamow schaltete mit der Fernbedienung den Ton aus, warf einen armdicken Birkenscheit in den Marmorkamin der Bibliothek seines Palastes, schürte das Feuer und schaute zornig zu Renata hin, die wie üblich schweigend neben dem Kamin saß. Sein Misstrauen gegen die Frau wurde umso größer, je länger die Suche nach dem Erpresser dauerte. Der Mann musste seine Informationen entweder von Umar oder von Renata erhalten haben, eine andere Alternative gab es nicht. Möglicherweise hatte Tagmouti doch recht, vielleicht wollte Renata auf seine Kosten reich werden.

»Dieser Finne hatte es nicht gerade schwer, aus dem Grand Hotel Europe zu verschwinden.« Arbamow sprach sehr laut. »Wie ich gehört habe, hast du niemandem befohlen, die Ausgänge des Hotels zu bewachen. Und ihr habt euch auch nicht sonderlich viel Mühe gegeben, unnötiges Aufsehen zu vermeiden, gut, dass ihr das Zimmer des Mannes nicht in die Luft gesprengt habt.« Renata änderte ihre Haltung, so dass Arbamow möglichst viel von ihren langen Beinen sah. »Wenn ich mich recht entsinne, hast du selbst gesagt, dass der Mann mit allen Mitteln gefasst werden muss.«

Arbamow setzte sich an seinen Schreibtisch, öffnete eine Mappe, nahm ein Blatt heraus und starrte Renata so an, als würde er all ihre Geheimnisse kennen. »Deine Meritenliste gibt Anlass zu einigen interessanten Fragen. Du hast deine … Studien im Kinderheim Nummer 53 begonnen, bist dann in das Jugendgefängnis von Kolpino, später in das Frauengefängnis von Sablino und schließlich in die Wirtschaftswissenschaftliche Fakultät der Universität von Sankt Petersburg gewechselt. Äußerst beeindruckend.«

Renata lächelte über die spöttischen Worte, ging zu Arbamow und setzte sich auf seinen Schoß. »Vielleicht möchtest du statt zu reden lieber etwas anderes tun?«, flüsterte sie.

»Warum werde ich das Gefühl nicht los, dass die Universität von Petersburg nicht unbedingt als Ort für ein Studium zu erwarten ist, wenn jemand so eine … Grundausbildung hat? Es dürfte ziemlich unwahrscheinlich sein, dass du mitten im Teufelskreis der Gefängnisse plötzlich beschlossen hast, Wirtschaftswissenschaftlerin zu werden. Einfach so. Wer hat dir geholfen?« Arbamows Hände wanderten über Renatas Körper.

»Ich bin … aufgenommen worden genau wie alle anderen auch.«

»Du bist schneller fertig geworden als der Durchschnitt, trotz der Ganztagsarbeit für die Malyschew-Leute, die du erst verlassen hast, als du in meine Dienste getreten bist. Hast du sie wirklich verlassen? Wann bist du das letzte Mal …«

Das Handy in Renatas Tasche vibrierte. Sie stand auf, meldete sich, hörte einen Augenblick zu, gab rasch eine ganze Reihe von Befehlen und beendete das Gespräch. Dann beugte sie sich vor und berührte mit ihren Lippen fast Arbamows Ohr.

»Der Finne hat sich vor einer halben Stunde im Hotel ›Marshal‹ eingeschrieben und das Haus soeben zu Fuß verlassen. Der Operator hat das Handy des Mannes lokalisieren können.« Renata wandte sich zur Tür.

»Ein Wort noch zur Warnung«, rief Arbamow ihr hinterher. »Wenn der Mann auch diesmal nicht gefunden wird, könnten sich meine Gedankenspiele in einen Verdacht verwandeln. Und du bist schon so lange in dem Geschäft, dass du weißt, was das bedeutet.«

Renata wartete nicht auf die Erlaubnis, den Raum verlassen zu dürfen. Sie knallte die Tür von Arbamows Arbeitszimmer zu und lief mit hallenden Schritten auf dem Marmorfußboden durch die große Halle des Belosselski-Beloserski-Palastes, als das Telefon in ihrer linken Faust aufheulte wie ein Nebelhorn.

»Ich weiß, wo der Erpresser ist … oder zumindest, wo er hin will«, sagte der junge Computerexperte stolz. »Im Foyer des Hotels ›Marshal‹ steht eine Büste von diesem Mannerheim, ein Buch über ihn hatten wir im Hotelzimmer des Erpressers gefunden, der eindeutig ein Bewunderer des finnischen Marschalls ist. Und Mannerheim wohnte seinerzeit in Petersburg unter den Adressen Moika-Ufer 29, Kutusow-Ufer 28, Ligowskaja 49/51, Millionnaja uliza 8 …«

»Zur Sache!«, fuhr Renata ihn an.

»Nach den Ortungsdaten des Operators hat der Erpresser nach dem Verlassen des Hotels vier der Objekte aufgesucht. Der Mann macht einen Rundgang zu den Häusern, in denen Mannerheim seinerzeit gewohnt hat, es sind nur noch zwei Gebäude übrig.«

Renata schrieb die Adressen auf, rief ihre Männer an und beorderte zu beiden Objekten eine Gruppe. Jetzt würden sie den Erpresser zu fassen kriegen. Aber warum hatte sie wieder das Gefühl, dass der Finne sie dirigierte.

Veikko Saari blieb in der Sacharewskaja uliza vor dem Haus Nummer 21 stehen. Das Gebäude war immer noch vorhanden wie auch alle anderen, in denen Mannerheim während seiner Jahre in Sankt Petersburg gewohnt hatte. Das Äußere des Hauses beeindruckte ihn nicht, aber seine Geschichte: Saari stellte sich vor, wie der junge und selbstbewusste Carl Gustav Emil aus seiner ersten eigenen Mietwohnung in die nahe gelegene Stätte seiner Studien, die Nikolajewsche Kavallerieschule, stolziert war.

Das Licht der Straßenlaterne zeichnete Saaris Schatten auf die schmutzige Fassade des dreigeschossigen Hauses. »Der Schatten begleitet mich auf der letzten Reise, die schon begonnen hat.« Die Zeile aus einem Gedicht von Eeva-Liisa Manner tauchte aus seinem Gedächtnis auf, sie passte perfekt zur Situation. Es war ein eigentümlicher Gedanke, dass er höchstwahrscheinlich nie wieder auch nur eine Minute normal schlafen würde. So nahe war das Ende schon. Er hoffte, dass er seine letzten Augenblicke ruhig und gelassen überstehen würde.

Es machte ihn traurig, dass er nicht im »Marshal« übernachten durfte. Immerhin hatte das jetzige Hotel einst der Leibwache der Zarin, der Chevalier-Garde, gehört, in der auch der Marschall einige Jahre gedient hatte. Saari war nur in dem Hotel gewesen, um sich anzumelden und sicherzugehen, dass Arbamows Lakaien ihm auf die Spur kamen.

Es blieb nur noch ein Gebäude übrig, aber das war das wichtigste, überlegte Saari, warf einen Blick auf seinen Stadtplan und machte auf den Hacken kehrt. Die Wohnung im Haus Konjuschennaja Ploschtschad 1–2, also am Stallplatz 1–2, war das Quartier Mannerheims in Petersburg, in dem er am längsten gewohnt hatte, fast auf den Tag genau sieben Jahre. Von hier war er Ende des Jahres 1904 als Freiwilliger in den Russisch-Japanischen Krieg gezogen.

Saari ging an einem idyllischen Park vorbei, sah eine freie Bank und beschloss, sich einen Augenblick auszuruhen und dabei den Kindern zuzuschauen, die auf einem Klettergerüst herumturnten. Je länger er seinen Spaziergang hinauszog, umso besser, dann hatten die Russen genügend Zeit, zu begreifen, dass er einen genau geplanten Rundgang machte. Er hatte Angst, dass er die Behandlung durch Arbamows Männer nicht lange genug aushalten würde, bis zum Unabhängigkeitstag waren es noch sechs Stunden.

Er wischte den Schnee von der hölzernen Parkbank und schaute zu, wie die warm angezogenen Kinder herumtobten, wie von selbst schweiften seine Gedanken dabei in die Vergangenheit ab. Er holte aus seiner Brusttasche einen Brief, den sein Bruder während des Winterkrieges vom Vater erhalten hatte. Der braune Umschlag war sehr abgegriffen und die Stempel »Feldpost« und »Von der Militärzensur geprüft« waren verblasst. Er holte das vergilbte Papier aus dem Kuvert heraus, datiert war der Brief mit: »*An der Front, 11. 2. 1940.*« Langsam las er den Text: »*Grüß dich, Paavo. Danke für Deinen Brief. Ich hatte viel zu tun, deshalb bin ich nicht früher dazu gekommen, Dir zu schreiben. Sehr gern würde ich Dich als Melder nehmen, aber das darf ich nicht. Alle, die hierherkommen, müssen über den Militärbezirk kommen. Auch die Erwachsenen, wenn es dort zu Hause noch welche gibt, die nicht dienen, kommen nicht dahin, wo sie hin wollen, sondern wohin man sie befiehlt. Versuche Du dort in jeder Hinsicht eine Hilfe zu sein. Das ist ein genauso großer Dienst für das Vaterland wie ...«*

Die Gefühle übermannten ihn, und die letzten Zeilen verschwammen vor seinen Augen. Saari hob nicht einmal den Kopf, als er die Schritte hörte, die sich hinter seinem Rücken näherten, und die Befehle auf Russisch, die eine Frau mit schneidender Stimme erteilte. Er wusste auch ohne hinzuschauen, wer da kam: Renata Gergijewa und der Tod.

30

Adil al-Moteiri konnte sich nicht erinnern, jemals vor einem Treffen mit einer Frau so aufgeregt und angespannt gewesen zu sein. Nicht einmal bei dem jungenhaften Mädchen von Camp Bucca, das es genossen hatte, nackte Gefangene mit dem Wasserschlauch, dem Knüppel und der glühenden Zigarette zu demütigen. Aber diese Angst heute war gewissermaßen ein positives Gefühl. Es verwunderte ihn, warum der Mensch auch vor angenehmen Dingen Angst haben sollte, das schien eindeutig ein Konstruktionsfehler zu sein.

Der Seewind wehte vom Nordhafen bis in die Rauhankatu in Kruununhaka. Adil schlug den kleinen Kragen seines Kaschmirmantels hoch und fluchte einmal mehr, dass er hier in Helsinki vor Kälte zittern musste. Gegen Abend wurde es noch eisiger.

Er wartete auf Eeva, die einzige Frau in seinem Leben. Den ganzen Nachmittag hatte er sich verhalten wie ein Teenager: Er hatte drei verschiedene Hemden anprobiert, eine halbe Stunde vor dem Spiegel gestanden, seine Schuhe poliert, die Fingernägel gefeilt ... Da er sicher war, dass die Behörden Eevas Gespräche abhörten, hatte er sie mit seinem eigenen Handy angerufen, die Polizei sollte wissen, dass Eeva freiwillig zu dem Treffen kam. Ansonsten hätte man ihn für den Türken halten können. Das Treffen hatte freilich seinen Preis, von jetzt an würde er immer sicherstellen müssen, dass die Polizei ihm nicht folgte.

Adil brauchte nichts zu befürchten, er hatte sich keines einzigen Vergehens schuldig gemacht, verspürte aber trotzdem nicht das dringende Verlangen nach einem Polizeiverhör. Die richtige Dosis Vorsicht war der Garant des Erfolgs. Deshalb hatte er auch abgewartet, bis Eeva in das Angebot Turan Zanas für eine Zusammenarbeit einwilligte, und ihr erst danach dieses Treffen vorgeschlagen. Diese Zeit des Wartens war eine der längsten in seinem Leben gewesen.

Die Kälte drang durch Mark und Bein, und der vom Wind aufgewirbelte Pulverschnee schmolz auf dem Gesicht. Adil wäre am liebsten schon in die Fotogalerie »Laterna Magica« hineingegangen, aber es erschien ihm sicherer, Eeva draußen zu begegnen; wer weiß, vielleicht hatte sie nur vor, ihm ins Gesicht zu sagen, dass sie mit ihm nichts mehr zu tun haben wollte.

Adil überlegte, was es für ein Gefühl war, Eeva zu lieben, aber er fand keine Worte dafür. Dostojewski war jedoch imstande gewesen, sogar eine metaphysische Verzückung zu beschreiben: »Es gibt Sekunden, es sind im ganzen nur fünf oder sechs auf einmal, und plötzlich fühlt man die Gegenwart der ewigen Harmonie, der vollkommen erreichten. Das ist nicht irdisch; ich rede nicht davon, ob es himmlisch ist, sondern ich will nur sagen, dass ein Mensch in irdischer Gestalt das nicht aushalten kann.«

»Adil!«, rief plötzlich jemand fröhlich, und das brachte ihn in die Realität zurück. Eeva rannte mit ausgestreckten Armen auf ihn zu, sie umarmten sich, und Adil roch den Duft seiner Geliebten. Es war genau derselbe wie bei ihrem letzten Treffen vor Jahren, genauso berauschend. Sehnte er sich immer noch so sehr nach Eeva? Ihm fiel ein, wie sie sich vor Jahren auf dem Flughafen minutenlang umschlungen gehalten hatten, da waren sie nur zwei Wochen voneinander getrennt gewesen. Jetzt empfand er dasselbe wie damals, das Gefühl war so intensiv, dass es ihm fast den Atem nahm.

Eeva löste sich aus der Umarmung und streifte den halb geschmolzenen Schnee von der Wange ihres früheren Freundes. »Du siehst noch toller aus.«

Adil betrachtete Eeva stumm. Die Schönheit war nicht verschwunden, sie hatte sich nur in die Tiefe verlagert, ruhte nun irgendwo hinter den Fältchen, den Falten und den vor Müdigkeit geröteten Augen. Eeva wirkte gestresst, aber ihr Lächeln war aufrichtig. Adil hatte nicht erwartet, dass sie ihn so herzlich begrüßen würde. Vielleicht bereute sie das Ende der Beziehung. Vielleicht verstand Eeva jetzt, was sie verloren hatte ... Adil zwang sich, seine abschweifenden Gedanken wieder im Zaum zu halten, es war sinnlos, sich von gewöhnlichen Menschen zu viel zu erhoffen.

»Wollen wir nicht Kaffee trinken oder Essen gehen?«, fragte Eeva. »Und darüber reden, was in den letzten drei Jahren geschehen ist. Du hast bestimmt Millionen Geschichten zu erzählen, weil du damals während des Krieges im Irak warst.«

»Deshalb wollte ich dich auch hier treffen. In der Galerie wird nämlich eine Fotoausstellung von James Nachtwey über den Irak gezeigt. Mit Hilfe der Bilder kann ich vielleicht besser von diesen Ereignissen erzählen.«

Eeva gefiel der Gedanke. Sie schüttelten sich den Schnee ab, und Adil hielt die Tür offen, als Eeva das alte Haus betrat. In den ursprünglich als Keller und Kühllager errichteten Räumen befanden sich jetzt ein Buchladen und eine Galerie. Eeva fuhr sich mit der Hand durch ihr Haar, das durch den Hut zu sehr am Kopf anlag.

Sie gingen durch das vor Büchern überquellende Antiquariat und bogen dann in einen schmalen Flur ein, in dem die nummerierten Türen der Abstellkammern an den ursprünglichen Verwendungszweck der Räume erinnerten. Dann wurde der Flur schmaler, und der Holzfußboden wurde von blankem Beton abgelöst. An der Tür zu dem kleinen Ausstellungssaal musste sich Adil bücken.

Die Galerie erinnerte Adil an den Bunker seines Hauses in Bagdad. Der Raum war höchstens zwei Meter hoch, aus den Leitungsrohren tropfte Wasser und bildete auf dem Fußboden kleine Pfützen, und die blanken Ziegelwände waren verwittert. Dieser trostlose Ort eignete sich ausgezeichnet als Kulisse für Kriegsfotos.

Nachdem ein deutsch sprechendes Ehepaar den Raum verlassen hatte, blieben Adil und Eeva allein mit den Fotos, die an Metalldrähten hingen. Adil zeigte auf ein Bild, auf dem sich im Hintergrund der von einem Sandsturm orangerot gefärbte Himmel und die Stadt Bagdad erstreckten. Im Vordergrund grüßte vor einer weißen Moschee das Denkmal Saddam Husseins.

»Na'm, na'm, Saddam«! »Ja, ja, Saddam.« Adil äffte die Rufe der Begeisterung für den einstigen Diktator nach, aber es gelang ihm nicht, dabei zu lächeln.

Adil trat vor das nächste Foto, betrachtete einen Augenblick mit ernster Miene den von Bomben erleuchteten nächtlichen Tigris und erzählte dann vom Tod seiner Eltern und seiner Schwestern. Als die Truppen der Koalition in Bagdad einrückten, hatten Aufständische und Terroristen überall in der Stadt Anschläge auf die Angreifer ausgeführt: Sein Haus war zerstört worden, als beim Vorbeimarsch der amerikanischen Truppen eine Autobombe explodierte. Der Zufall hatte seine Familie umgebracht. Das Entsetzliche mit Eeva zu teilen schien die Bürde der Erinnerungen leichter zu machen; Eeva wusste, wie viel ihm die Familie und die Verwandten bedeuteten.

Zu dem Foto, das eine zerstörte Moschee und die wutverzerrten Gesichter junger Iraker zeigte, hatte Adil nichts zu sagen. Er ging weiter, bis er stehenblieb und ein Foto betrachtete, auf dem ein mit Lederriemen an das Gitter gefesselter Gefangener der Schnauze eines Hundes auszuweichen suchte, den ein lachender Soldat hielt.

»Diese Fotos wurden im Gefängnis Abu Ghraib aufgenommen, bevor die Welt von den Folterungen der Gefangenen erfuhr. Ich bin nach Camp Bucca gekommen … in ein Kriegsgefangenenlager der Briten. Dieses Foto könnte genausogut dort gemacht worden sein«, stammelte Adil. Er schaute kurz zu Eeva hin und kam sich edel vor, weil er seiner Geliebten helfen wollte, obwohl sie in gewisser Weise daran schuld war, dass er all das Schlimme hatte erleben müssen. Wenn Eeva ihre Beziehung nicht abgebrochen hätte, wäre er nicht nach Bagdad zurückgekehrt und hätte nicht das Haus gekauft und seine Familie wäre nicht bei dem Bombenanschlag umgekommen. Und er hätte nie auch nur einen Tag in der stinkenden Zelle von Camp Bucca schmachten müssen. Aber er hatte Eeva verziehen, die stärksten Menschen waren imstande, sogar denen Gutes zu tun, die ihnen Schlimmes zugefügt hatten.

»Es ist erstaunlich, dass jemand solche Erfahrungen bewältigen … oder sich davon wieder erholen kann.« Eeva starrte das Folterfoto bedrückt an.

»Ich habe mich meinem emotionalen Intellekt überlassen und bin nicht verbittert. Ich habe alle Empathie und alles Mitgefühl aus mir herausgeholt und mich entschieden, nicht mit Hass auf den Schmerz, die Folter und die Demütigung zu reagieren.«

Eeva war sich nicht vollkommen sicher, ob Adil das ernst meinte, wenngleich sie wusste, dass er seine eigene Begabung mehr schätzte als alles andere auf der Welt. »Zumindest bist du im Laufe der Jahre kein bisschen bescheidener geworden«, sagte sie, es sollte scherzhaft klingen.

»Bescheidenheit gehört kaum zu den Tugenden eines Genies, wie du sehr wohl weißt. Aber ich lobe mich selbst noch in Maßen. Erinnerst du dich, wie Rousseau seine Autobiographie eröffnete: ›Ich beginne ein Unternehmen, das ohne Beispiel ist und das niemand nachahmen wird. Ich will meinesgleichen einen Menschen in der ganzen Naturwahrheit zeigen, und dieser Mensch werde ich sein.

Ich allein. Ich lese in meinem Herzen und kenne die Menschen. Ich bin nicht wie einer von denen geschaffen, die ich gesehen habe; ich wage sogar zu glauben, dass ich nicht wie einer der Lebenden gebildet bin.‹«

Eeva lächelte. »Auch dein Gedächtnis funktioniert anscheinend noch genauso außergewöhnlich wie früher. Hast du neue Methoden gelernt ... dir überlegt, wie du es unter Kontrolle halten kannst? Oder wie du das Überflüssige loswerden, wie du vergessen kannst?«

Adil schnalzte mit der Zunge wie ein Kutscher. »Die Menge des Wissens ist nicht das Problem, sondern dass ein Gehirn seinen eigenen Willen hat. Und bisher hat wohl kaum jemand gelernt, wie man es ausschalten kann.«

»Entschuldige, ich wollte nicht ...«

»Ich bin nervlich zu angespannt, in der letzten Zeit ist so viel geschehen«, sagte Adil versöhnlich. »Da sehe ich dich und beklage mich nur die ganze Zeit. Und wie geht es dir? Du hast anscheinend deine ... Probleme überwunden? Jedenfalls siehst du schöner aus als je zuvor«, fuhr Adil fort, obwohl ihm bei der Betrachtung von Eevas müdem Gesicht einfiel, welche Naivität und Unschuld und welchen Lebenshunger es ausgestrahlt hatte, als sie sich vor über zehn Jahren in London das erste Mal begegnet waren.

Eeva wandte sich den Fotos zu, sie wollte nicht über die Ereignisse der letzten Tage sprechen. Aber irgendetwas musste sie sagen, Adil hatte sich ihr schließlich gerade anvertraut und vom Schicksal seiner Familie erzählt. »Ich bin schon ein Jahr lang sauber«, sagte sie schließlich. »Und ich fühle mich als Lektorin an der Uni wohl. So kann ich doch wenigstens mit jungen Leuten zusammen sein.«

»Und Kirsi? Das Mädchen ist sicher enorm gewachsen.« Adil dachte mit Wehmut an das kleine Mädchen, das er genau wie Eeva verloren hatte.

»Kirsi geht es blendend. Sie ist schon in der fünften Klasse, zeichnet immer noch gern und besucht derzeit Reitstunden. Auch jetzt ist sie mit ihrer Freundin zusammen in der Reitschule«, antwortete Eeva und dachte daran, wie gern Adil mit Kirsi zusammen gewesen war, sie fürchtete schon, sie könnte allzu begeistert von ihr geredet haben. Sicher hatte Adil Sehnsucht nach Kirsi.

»Und dein Nachbar aus der Wohnung darunter? Dieser sympathische Ex-Polizist ... Veikko Saari. Wie geht es Veikko?«

Plötzlich hatte Eeva das Gefühl, dass Adil zu weit in ihr Revier eindrang. Darin war er ein Meister, ehe man es sich versah, war er schon in die Welt des anderen gelangt und schlich nach und nach immer tiefer hinein, bis er dessen Tun zu beherrschen schien. Eeva wechselte das Thema: »Hast du ... jemanden an deiner Seite, gibt es eine Frau in deinem Leben?«

»Vermutlich habe ich nicht einmal danach gesucht«, erwiderte Adil, obwohl er gern zugegeben hätte, dass er gar niemand anderen als Eeva haben wollte. »Genialität ist nicht vererbbar. Und in den Fällen, in denen sich ungewöhnlich intelligente Menschen Kinder angeschafft haben, gibt es über die nur selten Gutes zu berichten. Es ist verblüffend, dass die Familie eines Genies nahezu regelmäßig nur kurze Zeit nach seinem Tod erlischt. Und die Beziehungen von Genies zum anderen Geschlecht sind in der Regel tragisch. Wie du sehr gut weißt.«

Über dieses Thema wollte Eeva nicht sprechen. Adil

konnte sich stundenlang selbst loben, und je länger er über sich redete und redete, umso überheblicher wurden seine Geschichten. Eeva blieb vor einem Foto von einem Basketballspiel zwischen britischen und amerikanischen Soldaten stehen. »Warum bist du übrigens in Finnland? Dienstlich oder ...«

»Im Dezember wird ja wohl niemand zu seinem Vergnügen nach Finnland reisen. Ich nehme an einer Konferenz in Otaniemi teil. Offen gesagt, schlage ich im Moment nur die Zeit tot und warte darauf, dass sich die Situation zu Hause im Irak normalisiert.«

»Werdet ihr die Dinge dort je in Ordnung bringen? Und werdet ihr es schaffen, dass die Briten und Amerikaner den Irak verlassen?«

»Ja«, antwortete Adil postwendend, laut und entschlossen. »Die Eroberer sollten uns nicht unterschätzen. Der Irak hat Besatzer immer grob behandelt. Auch die römischen Legionen erlitten ihre größte Niederlage an den Ufern des Euphrat in der Schlacht von Carrhae.«

Diesen Gesichtsausdruck hatte Eeva schon vergessen: Wenn Adil über Dinge sprach, die für ihn am allerwichtigsten waren, dann verlor er anscheinend die Verbindung zu seiner Umgebung, seine Augen wurden glasig, und er sprach wie eine Maschine.

»... und 1916 kapitulierte der britische General Charles Townsend in der Stadt Kut bedingungslos, nachdem man die Stadt hundertvierzig Tage lang belagert und über fünfzigtausend britische Soldaten abgeschlachtet hatte.«

Das einstige Paar kam wieder an dem Foto an, vor dem es seinen Rundgang begonnen hatte, und verließ die Galerie, als gäbe es ein unausgesprochenes Übereinkommen.

Eeva hasste Abschiedsszenen und überlegte fieberhaft, was sie sagen sollte, als sie durch das Antiquariat gingen und schließlich auf die Rauhankatu hinaustraten.

»Es war wunderbar, dich zu sehen«, sagte Adil und gab Eeva einen leichten Kuss auf die Wange.

»Das fand ich auch, Adil. Pass auf dich auf, hoffen wir, dass die Zeit die Wunden heilt.« Eeva drückte seinen dünnen Arm.

»Wir sehen uns noch«, rief Adil, wandte sich ab und lief in Richtung Nordhafen.

Eeva wollte zum Senatsplatz und schaute auf ihre Uhr, sie hatte sich mit ihrer Freundin Sari um sieben Uhr im Café »Strindberg« verabredet. Bis dahin blieb noch Zeit. Es wunderte sie, in welch kurzer Zeit der stets lächelnde Schöngeist Adil zu einem Erwachsenen mit strengem Blick geworden war. Ihr ging durch den Sinn, was aus ihrem Leben geworden wäre, wenn sie sich nicht getrennt hätten. Immerhin war Adil ein außergewöhnlich begabter Mensch und Sprößling einer mächtigen arabischen Familie.

Ebenso verwunderlich war, dass Adil überhaupt nicht nach ihren Beziehungen zu Männern gefragt hatte. Konnte es sein, dass er die Trennung immer noch nicht überwunden hatte? Es war ein merkwürdiges Zusammentreffen, dass Adil das erste Mal nach ihrer Trennung gerade jetzt Kontakt zu ihr aufnahm, als sie in den Alptraum hineingezogen wurde, den der Türke ausgelöst hatte. Eevas Besorgnis wurde noch größer, als ihr einfiel, dass sie in den letzten Tagen zweimal geglaubt hatte, Adil zu sehen: Auf einem Foto, das in Mikkos Fotoatelier an der Wand hing, und am Eingang des Lebensmittelladens an der Ecke von Tehtaankatu und Laivurinkatu.

Ein paar Touristengruppen fotografierten auf dem Senatsplatz den Dom, obwohl es an diesem Abend unangenehm windig war. Eeva machte einen großen Bogen um sie, um nicht versehentlich auf ein Foto zu geraten. Angst und Ungewissheit quälten sie; könnte sie den Abend in Ruhe mit Kirsi verbringen, oder würde der Türke schon heute anrufen? Sie hatte Sehnsucht nach Mikko. Dass er ihr nicht glaubte, was sie über den Türken erzählt hatte, enttäuschte sie viel mehr, als dass er ausgezogen war. Eeva wusste, dass sie ihre Schwächen hatte, aber eine Lügnerin war sie nicht. Jetzt rief Mikko also ab und zu an, fragte, wie es ihr ging und bot ihr seine Hilfe an. Und warum hatte sie das Gefühl, hinter seinem Rücken etwas Unerlaubtes getan zu haben, als sie sich mit Adil traf?

Adil hatte immer anderen helfen wollen, vielleicht wäre er bereit, in einer Notlage auch ihr zu helfen.

31

Das Auto hielt an. Irgendetwas surrte, und die kalte Luft an seinen Händen verriet Veikko Saari, dass jemand das Fenster geöffnet hatte. Er lag gefesselt vor dem Rücksitz auf dem Boden mit einem modrigen Sack über dem Kopf. Um Luft zu bekommen, musste er schwer atmen. Renata Gergijewa, die auf dem Beifahrersitz saß, unterhielt sich auf Russisch mit einem Mann, der draußen stand. Der Lauf einer Maschinenpistole wurde noch fester gegen Saaris Kreuz gepresst, aber er dachte nicht einmal daran, zu rufen; er wollte keine Hilfe, sondern ein möglichst schmerzloses Ende.

Seltsamerweise fürchtete er immer noch nicht den Tod selbst, sondern den Weg dahin; das Warten auf die Folter ließ den Mund trocken werden und die Phantasie galoppieren. Mit welchen Mitteln würde man versuchen, ihn zum Reden zu bringen: mit Drogen, mit Gewalt? Was auch immer geschehen würde, er musste es stundenlang aushalten, ohne zusammenzubrechen. Je mehr Mühe es Arbamow machte, die Informationen aus ihm herauszuholen, für umso zuverlässiger würde der Russe sie halten.

Das Auto hielt wieder an, jetzt schaltete der Fahrer den Motor aus, und die Türen wurden geöffnet. Derbe Hände packten Saari, zerrten ihn aus dem Auto heraus und stießen ihn weiter; er stand in der Kälte. Endlich ging es los.

»Nehmt ihm die Kapuze ab«, befahl Renata, sie zog eine Stahltür auf und betrat die Winterhalle des Petersburger Yachtclubs »Joki«. Ihre sechs Helfer und der finnische Erpresser folgten ihr. An der Decke flackerte es, die Leuchtstoffröhren sprangen an, und in ihrem Licht sah man die aufgebockte hundert Meter lange Yacht »Hotspur«. Neben dem Heck waren zwei 730er BMW abgestellt, die zur Ausstattung des Schiffes gehörten, und auf dem Vorderdeck stand ein kleiner Hubschrauber R22 BETA II, mit dem Wassili Arbamow in der Regel die fünf Kilometer vom Belosselski-Beloserski-Palast zum Yachtclub auf der Westseite der Petrowski-Insel bewältigte. Heute aber nicht.

Als der letzte der sechs Männer die Tür von innen abschloss, tauchte Arbamow an Deck der Yacht auf, stieg die Leiter hinunter auf den kalten Betonboden der Halle und ging zu Renata. »Gute Arbeit. Und ich muss mich wohl bei dir entschuldigen, dass ich dich verdächtigt habe. Aber wie man so sagt: Der Chef hat nicht immer recht, aber er ist immer der Chef«, sagte Arbamow, während er voller Neugier den finnischen Erpresser betrachtete.

Veikko Saari fühlte, wie er immer stärker wurde, je länger er den Russen anstarren durfte. Wassili Arbamow stand für all das, was er verabscheute: Der Mann schwamm im Reichtum, den er durch Verbrechen erworben hatte, und es scherte ihn einen Dreck, welche Leiden er anderen zufügte. Arbamow hatte zahllose Menschen versklavt und in die gleiche Hölle gejagt, in der Saari Dutzende Jahre geschmort hatte. Und dieser Mann hatte mit seinen Drogen Hunderte oder Tausende junger Menschen umbringen lassen, die nie die Gelegenheit bekamen, wenigstens zu probieren, ob ihre Flügel sie trugen.

»Haben Sie ernsthaft gedacht, Sie könnten mich erpressen?«, fragte Arbamow und hatte gar nicht vor, auf eine Antwort zu warten. »Fünfundzwanzig Millionen Dollar. Wenn Sie wenigstens mehr verlangt hätten, eine ordentliche Summe, das hätte Ihren Versuch glaubhafter gemacht. Mein Gott, selbst dieses Boot kostet mehr«, sagte er gleichgültig und nickte Renata zu.

Befehle auf Russisch dröhnten durch die Halle, und zwei vierschrötige Männer hoben Saari an den Schultern hoch. Jetzt überflutete die Angst sein Bewusstsein, es gehorchte ihm nicht mehr, obwohl er sich so entschlossen fühlte wie nie zuvor. Leicht würde man ihn nicht zum Reden bringen.

Saari wurde zur Blechwand der Halle gestoßen, er fiel vornüber auf den kalten Fußboden, stand langsam auf, spannte die Muskeln an in der Erwartung von Schlägen und drehte sich den Russen zu. Alle sechs Männer standen in einer Reihe zehn Meter vor ihm, das metallische Geräusch beim Entsichern der Waffen war zu schnell vorbei. Es dauerte noch einen Moment, bis er begriff, was im Gange war – man würde ihn hinrichten.

»Legt an!«, schrie Renata auf Russisch, und die Läufe der sechs Waffen zielten auf den Delinquenten.

Er durfte nicht versagen, alles hing von ihm ab, Adils ganzer Plan. »Ich rede. Ich sage, wer die Erpressung geplant hat.« Warum zum Teufel wollte Arbamow seine Informationen nicht hören? Das Herz schlug ihm bis zum Halse.

»Feuer!«, brüllte Renata.

Veikko Saari entfuhr ein Ruf der Verzweiflung, als die Mündungsfeuer der Waffen aufblitzten. Das Echo der Schüsse dröhnte in der Halle, und die Blechwand hinter ihm krachte. Aber kein einziger Schuß hatte getroffen. Und die Russen lachten. Die Absätze von Renatas Stiefeln klangen wie Hammerschläge, als sie selbstsicher auf den Finnen zuging. »Mit einer Scheinhinrichtung pflegt man den Verhörten in die ... richtige Gemütsverfassung zu bringen.«

Saari versuchte, den wie wild hämmernden Puls mit seiner Willenskraft zu normalisieren, nur gut, dass er nicht in die Hosen gemacht hatte. Er verfluchte seine Dummheit. Natürlich wollte Arbamow wissen, wer die Erpressung geplant hatte und wer alles über sein Heroingeschäft mit Umar Bescheid wusste, wie könnte er sich sonst vergewissern, dass er nicht mehr in Gefahr war, denunziert oder erpresst zu werden? Jetzt musste er sich zusammenreißen. »Ich will Garantien dafür, dass ich freikomme, wenn ich sage, in wessen Auftrag ich arbeite.«

»Ich kann Ihnen nur eines garantieren, dass Sie sterben werden«, verkündete Renata. »Die Art und Weise und den Zeitpunkt dürfen Sie selbst bestimmen. Wenn Sie Ihre Informationen zurückhalten, werden Sie langsam und qualvoll sterben, wenn Sie freiwillig reden, wird Ihr Ende schnell und sauber sein.«

Veikko Saari öffnete gerade den Mund, um zu antworten, als die Schulterstütze einer Maschinenpistole ihn am Kopf traf und die Welt um ihn herum dunkel wurde.

Irgendetwas schlug voller Wucht auf Saaris Wange, das Klatschen war irgendwo weit weg zu hören, aber der Schmerz strömte in Wellen durch den ganzen Körper. Er öffnete die Augenlider einen Spalt, es dauerte eine Weile, bis er begriff, wo er war. Renata Gergijewa starrte ihn an wie ein Versuchskaninchen. Es hatte also begonnen. Die Freude über das Erwachen verwandelte sich sofort in Angst vor dem Schmerz.

Der Stuhl fühlte sich auf Saaris nackter Haut kalt und hart an, er musste aus Metall bestehen. Sie befanden sich in Arbamows Schiff, zu dem Schluss kam er, weil in den kleinen ovalen Fenstern unterhalb der Decke fahles elektrisches Licht schimmerte. Bei der Ausstattung der Kabine hatte man nicht gespart: Leder, Edelholz, Kristall ... Doch der prächtige Rahmen war ihm gleichgültig, nur das, was in den nächsten Stunden geschah, hatte eine Bedeutung. Hier würde er sterben.

»Dann wollen wir mal anfangen«, sagte Wassili Arbamow in seinem weißen Ledersessel, er stand auf und stellte sich neben Renata vor Saari hin, der an den Metallstuhl gefesselt war. Der Finne sah schwach aus, der alte Mann würde nicht lange durchhalten, vermutete er.

»Willkommen zurück. Für einen Augenblick. Sie werden uns binnen kurzem alles sagen, was Sie wissen. Um Sie zu ... überreden, gehen wir stufenweise vor, und vor jeder Etappe erhalten Sie die Chance, zu sprechen. Sie können Ihren Schmerzen jederzeit ein Ende bereiten, indem Sie uns sagen, wer die Erpressung geplant hat und wer alles davon weiß.« Arbamow wartete vergeblich darauf, dass Saari etwas erwiderte.

»Sie wollen also dieses Spiel nicht gleich am Anfang beenden. Gut. In der ersten Stufe erhalten Sie einen Chemikaliencocktail, der die Funktion des zentralen Nervensystems verlangsamt und die Herzfrequenz und den Blutdruck senkt. Das macht Sie gesprächig.« Arbamow nickte einem von Renatas Männern zu.

Vor Angst wurde Saari schwindlig, nur gut, dass er sitzen konnte, er musste zumindest eine Weile aushalten, sie würden es bemerken, wenn er sich bewusstlos stellte. Die Injektionsnadel stach in seine linke Armbeuge, und die farblose Flüssigkeit wurde in seine Vene gedrückt. Er spürte die beruhigende Wirkung der Spritze, obwohl die Angst seine Sinne schärfte und in den Muskeln brannte. Die Zeit schien schneller zu vergehen, alles wurde verfälscht, es war, als hätte man ihn aus seinem Körper herausgezogen. Er sah Arbamow und einen Mann, der ein Tablett hielt, es roch nach Essen, dann nach einer Zigarre ... Geräusche, Bilder, Gerüche, das alles ging ihm durch den Kopf.

Es war, als kämen die Worte Arbamows aus einer anderen Wirklichkeit: »Wer ist Ihr Chef ... wer alles weiß ... wo sind die Beweise ...« Saari wurde klar, dass er sich unter Kontrolle hatte. Zumindest so weit, dass er nicht reden würde. Er könnte das überstehen, so wie die Folter würde auch er in Etappen vorgehen.

»Warum wolltest du gefasst werden? Du hast Hinweise hinterlassen, deine Kontonummer und deine Telefonnummer haben uns auf deine Spur geführt, du bist selbst bei Fed Ex gewesen ... Wolltest du gefaßt werden?«, brüllte Renata.

Saari hörte seine eigene Stimme, sie kam irgendwoher aus der Ferne. Er sprach von seiner Krankheit, vom Nachlassen seines Gedächtnisses, von seiner eigenen Abhängigkeit ... Er konnte also seinen Rollentext trotz alledem aufsagen.

Plötzlich erblickte Saari vor sich eine missgebildete Gestalt, die einen Stock schwang; er sah ein tanzendes Licht, dann knallte etwas.

»Ein Elektroschocker«, sagte Arbamow. »Wir gehen gleich zu Stufe zwei über.« Er zeigte ihm ein schwarzes Gerät von der Größe eines Ziegelsteins. An einem Ende tanzte Hochspannungsstrom zwischen zwei Elektroden und knisterte als blauer Blitz. »Sie bekommen damit Schläge mit fünfzigtausend Volt ... an ihren empfindlichsten Stellen. Wir haben mehrere davon.« Als wollten sie seinen Worten Nachdruck verleihen, demonstrierten zwei der Männer ihre Elektroschocker.

Saari fiel ein, dass Adil im Gefangenenlager mit Elektroschocks gefoltert worden war. Er musste das aushalten, so wie es Adil ausgehalten hatte, er durfte seinen Wohltäter nicht enttäuschen, er war einfach gezwungen, es zu ertragen.

Renata trat näher heran und klopfte mit ihren Knöcheln auf die Lehne des Metallstuhls. »Und wenn du die Elektroschocks überstehst, darfst du in der nächsten Etappe die Eigenschaften dieses Metallstuhls testen. Er kann auf zweihundertvierzig Grad erhitzt werden.«

Arbamow betrachtete den Rentner, der Renata anspuckte, und fragte sich verwundert, warum der es für wert hielt, Schmerzen zu erleiden, obwohl er wusste, dass er auf jeden Fall sterben würde. Die meisten, die gefoltert werden sollten, gaben ihre Informationen schon preis, wenn sie nur hörten, wie man sie martern würde.

32

Elvis, Kekkonen, Lenin – die ganze Gipsbüstengalerie verfolgte vom Fensterbrett aus das Paar, das auf dem Ballstuhl stöhnte. Ilona saß auf Ratamos Schoß, und der wiegende Rhythmus ihrer Körper wurde immer heftiger, Ratamos Atem ging immer schwerer, und Ilonas Seufzer wurden immer lauter. Das alles verschmolz mit dem Geruch der Liebe in dem kleinen Kaminzimmer. Ilonas Rock war bis zur Hüfte hochgeschoben, und unter ihrer Bluse bewegten sich Ratamos Hände. Kurz vor dem Höhepunkt sah Ratamo den Labrador und schaute in seine neugierigen Augen, die Stimmung war dahin, aber er konnte auch nicht mehr aufhören …

Eine Tür knallte, und die Liebenden erstarrten. Ratamo erkannte an den Geräuschen, dass Nelli nach Hause kam: Die Tasche mit ihren Reitsachen fiel krachend zu Boden, ihre Schuhe klapperten durch den Flur, und die Schiebetür des Kleiderschrankes rauschte auf, aber nicht wieder zu. Ilona und Ratamo sprangen hoch, brachten ihre Sachen in Ordnung und fuhren sich durch die Haare. Die Röte im Gesicht aber ließ sich nicht wegwischen.

Ratamo zog einen Pullover an, der bis zu den Oberschenkeln reichte. Zum Glück. Er schaute Ilona so schuldbewusst an, dass sie in Gelächter ausbrach, das schließlich auch ihn ansteckte. Er kam sich vor wie in seiner Schulzeit, als der Vater einmal vorzeitig nach Hause gekommen war und ihn dabei ertappt hatte, wie er gerade auf dem Wohnzimmersofa an seiner Freundin herumfummelte.

»Wir sind ja hier schließlich nicht bei einem Ritualmord erwischt worden«, sagte Ilona und streichelte Ratamos Wange.

»Marketta wollte nicht mit reinkommen?«, rief Ratamo Nelli zu, die Antwort blieb aus, man hörte nur ein Gemurmel. »Übrigens ist Ilona bei uns zu Besuch!« Immer noch keine Antwort.

»Vielleicht ist es besser, wenn ich mal hingehe und mich mit Nelli unterhalte«, schlug Ilona vor.

»Hallo, Ilona.« Nelli tauchte mit neugieriger Miene an der Tür auf.

»Ich habe mir gedacht, dass Ilona heute Abend hier bleiben könnte. Heute ist doch die Weihnachtsfeier der SUPO.« Ratamo bereute es, dass er das Nelli nicht schon früher gesagt hatte.

»Super. Dann kann ich dir noch mehr Fotos zeigen, die allerschlimmsten von Vati hast du noch nicht gesehen.« Nelli grinste ihren Vater an, griff nach Ilonas Handgelenk und zog sie mit sich ins Wohnzimmer.

Ratamo bemerkte, dass er schon eine Stunde zu spät war. Am liebsten hätte er die ganze Fete ausgelassen, aber dann fiel ihm ein, dass sich Ilona und Nelli heute richtig kennenlernen könnten, und so eine gute Gelegenheit sollte man nicht verpassen. Er bestellte ein Taxi, ging ins Schlafzimmer und durchwühlte den Klamottenhaufen, der auf dem Fußboden lag, in der Hoffnung, ein paar Jeans zu finden, die etwas sauberer waren. Ilona und Nelli plauschten in der Küche. Er fand es verwunderlich, dass seine Freundinnen nach ein paar Minuten einen besseren Draht zu Nelli hatten als er nach elf Jahren. So kam es ihm zumindest manchmal vor.

Ratamo betrat die Küche, in der Ilona und Nelli belegte Brote zurechtmachten. Bei dem Anblick bekam er Sehnsucht nach einem normalen Familienleben. »Ich muss jetzt los, man kann sich bei einer Weihnachtsfeier um eine Stunde verspäten, aber nicht um zwei.«

»Viel Spaß.«

»Zum Heiligabend mit dem Schlitten, den Kerzen zieren. Von der Betriebsweihnachtsfeier nach Haus auf allen vieren«, rief Ratamo Ilona zu, zog seine Jacke an und verschwand im Treppenhaus.

Im Taxi dachte er über Eeva Hallamaa nach. Irgendwie hing Eeva mit Wassili Arbamows Heroingeschäften zusammen, aber wie? Ratamo weigerte sich, zu glauben, das Verschwinden von Eevas Nachbar Veikko Saari in Sankt Petersburg und die Dienstreise ihres Ex-Mannes Antti Hytölä dorthin seien reiner Zufall. Plötzlich wurde ihm klar, dass er vergessen hatte, Eevas Vater noch einmal wegen der Seriennummer der verschwundenen Luger anzurufen. Allmählich bekam er Angst, man könnte ihn rausschmeißen, wenn herauskam, dass er Informationen über Eeva verschwiegen hatte. Die Arbeit in der SUPO war zwar vielleicht nicht mehr derselbe Traumberuf wie am Anfang vor fünf Jahren; das Leben in der Welt des Verbrechens fraß einen Mann und seine Ideale auf, aber er konnte sich auch nicht vorstellen, beruflich irgendetwas anderes zu machen.

Das Taxi hielt an der Ecke von Museokatu und Dagmarinkatu vor dem massiven Haus »Ostrobotnia«. Ratamo wunderte sich immer noch, warum Mikko Piirala, der Chef der Abteilung für Informationsmanagement, die Weihnachtsfeier gerade hier organisiert hatte, normalerweise betranken sie sich in der Ratakatu bis zur Bewusstlosigkeit. Piirala, der scharf darauf war, bei jeder Feier, und sei es irgendeine Katzentaufe, den Organisator zu spielen, hatte als Datum für die Weihnachtsfeier den 5. Dezember gewählt, einen Montag, aber der Dienstag war Feiertag. Ratamo würde allerdings in diesem Jahr auch am Unabhängigkeitstag schuften müssen.

Er bezahlte das Taxi, überquerte den Fußweg, auf dem ein eisiger Wind wehte, und zog die Tür des Restaurants »Manala« auf. Überrascht bemerkte er, wie Ossi Loponen durch das Foyer zwischen Bar und Speiserestaurant schwankte. Die Feier hatte doch erst vor anderthalb Stunden begonnen. Offensichtlich waren die Jungs in »Urho's Pub« gewesen, um ein gutes Fundament zu legen. »Hier sind ja manche schon ganz schön in Fahrt.«

»Die gute Nachricht ist, dass ich die Finger vom Schnaps gelassen habe. Und die schlechte ist, dass ich nicht mehr weiß, wo«, stammelte Loponen mit schwerer Zunge, während Ratamo der Garderobenfrau seine Jacke reichte; er konnte selbst nicht über seinen Witz lachen.

Ratamo schaute sich erstaunt in der Bar des »Manala« um, die nach seinem letzten Besuch renoviert worden war. Am Tresen herrschte großes Gedränge, aber an den Tischen sah es schon ruhiger aus. Gemessen an der Zahl der schmutzigen Teller schien den Kollegen die Weihnachtsverpflegung geschmeckt zu haben. Der Lärm, der von unten heraufdrang, und der Betrieb auf der Wendeltreppe ließen darauf schließen, dass in der Kellerbar am meisten los war.

Er bat den Mundschenk um ein Glas Rotwein und freute sich, als er das Etikett einer ihm vertrauten portugiesischen Marke erkannte. Dann betrachtete er kurz das Hinterteil einer Sängerin auf dem großen Bildschirm an der Wand und stieg gerade die schmale Wendeltreppe hinunter in den Keller, als dort plötzlich ein höllischer Lärm losbrach.

Auf einer Bühne, die man in der Ecke aufgebaut hatte, malträtierten drei Jungs im Teenageralter ihre Instrumente in einem Stil, dass Ratamo sich fragte, ob es in den Musikschulen heutzutage einen Holzfällerkurs gab. Er schaute den Jünglingen eine Weile zu und versuchte herauszufinden, ob jemand wirklich so schlecht spielen konnte oder ob der Lärm irgendwo in einer Schrottpresse aufgezeichnet worden war. Da tauchte Riitta Kuurma neben ihm auf.

»Das ist die Band von Piiralas Sohn. Denen braucht er nichts zu zahlen«, schrie Riitta, um den Lärm zu übertönen.

»Die können ja auch nicht spielen.« Ratamo versuchte vergeblich, den Titel zu erkennen: Der Gitarrist spielte ein schnelles Solo und kreischte gleichzeitig unverständliches Zeug in einer entfernt an Englisch erinnernden Sprache ins Mikrofon, der Drummer schlug einen besonders langsamen Takt wie bei einem alten Foxtrott, und der Bassist trank heimlich aus einem Flachmann. Der Lärm war ohrenbetäubend.

Riitta beugte sich zu Ratamo hin, sie roch nach Cidre. »Hier ist schon alles Mögliche passiert. Saara Lukkari und Sotamaa haben etwas miteinander, und Palosuo und Liimatta sind zusammmen verschwunden, kaum dass sie gekommen waren.«

»Wen interessiert das.« Ratamo schob sich noch einen Priem unter die Lippe.

»Ich habe übrigens im Büro, kurz bevor ich gegangen bin, gehört, dass der MI 5 einen Anschlag von Takfir wal Hijra in Großbritannien für so gut wie sicher hält.«

Ratamo zog die Augenbrauen hoch und beugte sich näher zu Riitta hin, um besser zu hören.

»Ein großer Anschlag. Und zwar in diesen Tagen.«

Ratamo war im Begriff, noch eine Frage an Riitta zu formulieren, da schnappte sich Mikko Piirala das Mikrofon, in das sein Sohn gerade fast gebissen hätte, und klopfte darauf. Die Musik brach ab und der Krach legte sich.

»Ich wollte dieses Jahr einen richtigen Profi für einen Auftritt engagieren, weil man euch sonst nicht dazu bewegen kann, mal etwas Begeisterung zu zeigen. Darf ich vorstellen – Ismo Turpeinen, Fakir und Fesselkönig, Mitglied der Internationalen Vereinigung der noch lebenden Schwertschlucker SSAI, das heißt der Sword Swallowers Association International«, verkündete Piirala voller Enthusiasmus wie ein Sprecher im Boxring.

»Turpeinen ist der einzige Mensch auf der Welt, der sich aus einer Zwangsjacke befreit hat, über die eine Jacke zum Transport von Gefangenen gezogen war«, sagte Piirala zum Schluss seiner Ansprache, nach der niemand klatschte.

»Der hätte lieber eingewickelt bleiben sollen«, stellte Ratamo fest, als er verdutzt zuschaute, wie ein eins sechzig großer, stark übergewichtiger Opa mit glänzender Glatze auf die Bühne schwankte. Der Mann war so blau wie ein Veilchen, der würde sich nicht einmal aus einer Windjacke befreien können. Diesmal hatte sich Piirala tatsächlich selbst untertroffen, und noch tiefer würde er ohne Erdarbeiten nicht kommen.

Turpeinen schwankte, wälzte sich auf dem Boden und stürzte schlapp hin und her, während er mit seiner Zwangsjacke kämpfte, bis er bei einer Drehung von der Bühne fiel und auf dem Fußboden liegenblieb. Ratamo hatte von der Show genug, als Wredes Sekretärin anfing, den Mann wiederzubeleben. Ein Fakir und Fesselkünstler, genau.

Er nahm sich am Büfett ein paar Würstchen und stieg die Treppe wieder hinauf. Die Verwirrung, die Turpeinens niederschmetternder Auftritt hinterlassen hatte, wurde noch größer, als er im Foyer auf einen zwei Meter großen krakeelenden Bodybuilder traf, auf dessen schwarzem T-Shirt mit vor Blut triefenden Hakenkreuzen geschrieben stand: »FINSKINS«. Der Muskelprotz, der nur etwas kleiner als ein Feuerwehrauto war, hielt seine Arme so weit vom Körper entfernt, dass Ratamo vermutete, der Junge könnte Pickel in den Achseln haben. Er musste lächeln.

»Wer immer ein Lächeln um die Lippen hat, der spuckt schnell mal einen Zahn aus«, dröhnte der Schrank.

Zum Glück für Ratamo richtete das Hormonmonster seine Aufmerksamkeit plötzlich auf Lindström und Wrede, die nur ein paar Meter entfernt standen und sich in Schwedisch über irgendetwas stritten.

»Ist der nun der oder die«, sagte das Muskelpaket und zeigte mit seinem schwankenden Finger auf den schmächtigen und langhaarigen Lindström.

Ein Skinhead, der sich mit Wortspielen beschäftigte! Jetzt hatte er wirklich alles gesehen, sagte sich Ratamo und wollte schon weitergehen, als Wrede sich zu ihm hinbeugte und ihm etwas ins Ohr flüsterte.

»Wir reden morgen über Palosuo und Liimatta. Ich habe ein Gerücht gehört, ein schweres Kaliber, denen wird bald das Wasser bis zum Halse stehen. Und darüber werden wir nicht weinen«, erklärte Wrede ihm mit vom Schnaps verstärkter Stimme und kehrte zu Lindström zurück.

Die Zeit verging schnell. Ratamo wanderte durch das »Ostrobotnia« und blieb dann und wann stehen, entweder, um sein Glas aufzufüllen, oder um ein paar Worte mit einem bekannten Kollegen zu wechseln. Er machte sogar einen Abstecher zu den Finskins, die im ersten Stock im Festsaal mit viel Lärm und Krawall feierten, verließ den Saal aber schnell wieder, als der DJ Freude daran fand, auszuprobieren, wie laut man Heavy spielen konnte. Zu laut.

Gegen Mitternacht hatte Ratamo einen angenehmen angeheiterten Zustand erreicht und fand sich in der Kellerbar wieder, wo er seine Kollegen beobachtete. Riitta schien sich auf der Weihnachtsfeier in die Dornröschen-Stimmung zu versetzen: Wenn sie weiter in diesem Tempo Cidre in sich hineinschüttete, würde sie schon bald unter den Tisch rutschen und hundert Jahre schlafen. Saara Lukkari wiederum flirtete mit den Männern, als wollte sie am Morgen nach der

Feier wie Schneewittchen neben sieben Typen aufwachen. Piiralas Kopf wackelte schon von allein, seine Weihnachtsfeier erinnerte Ratamo an »Des Kaisers neue Kleider«: Es konnte gut sein, dass Piirala am nächsten Morgen nackt auf der Straße aufwachte. Und vielleicht würde ja Sotamaa, der auf der Tanzfläche gerade sein Hemd auszog, eine Weihnachtsfeier im Sinne von Dagobert Duck erleben und sich einen großen Haufen Geld ohne Hosen beschaffen. Und die Hälfte der Leute im Keller würde nach der Feier an Moby Dick denken: Früh würde jemand in ihren Eingeweiden klopfen und herauswollen. Es fehlte nur jemand, der eine Pippi-Langstrumpf-Weihnachtsfeier mitgemacht hatte: Niemand schien so verwirrt zu sein, dass er am Morgen zwischen einem Pferd und einem Affen aufwachen würde.

Ratamo beschloss, nach Hause zu gehen, als er Loponen sah. Der Mann hatte in seinem Suff das Papst-Stadium erreicht: Zwei Männer führten ihn und der dritte interpretierte, was er sagte.

Ratamo schüttelte wütend sein Kissen auf und wischte sich den Schweiß von der Stirn. Schon stundenlang wälzte er sich im Bett hin und her, der Schlaf wollte wieder einmal nicht kommen. Er wusste, dass er einmal mehr seine Probleme in der einsamen Dunkelheit der Nacht dramatisierte; das war ja das Schlimmste an der Schlaflosigkeit, dass man dem Gehirn nicht befehlen konnte, sich auszuruhen. Die Probleme schienen über ihn hereinzubrechen: Würde es bei Nellis Laborergebnissen Überraschungen geben, war Eeva doch an dem Mord an Kirilow beteiligt, riskierte er seinen Arbeitsplatz, wenn er Eeva schützte, müsste er mehr in die Beziehung mit Ilona investieren ...

Sein Handy schrillte. Ratamo griff nach dem Gerät, das auf dem Nachttisch lag, hoffentlich wachte Nelli nicht auf. Wer zum Teufel rief um diese Zeit an.

»Hier Eeva. Entschuldige, dass ich mitten in der Nacht anrufe. Ich kann nicht einschlafen, obwohl ich vor Müdigkeit Kopfschmerzen habe. Alles, was passiert ist, geht mir durch den Kopf. Du ahnst nicht, wie beschissen das ist.«

»Ich ahne es nicht, aber ich weiß es. Ich war auch noch wach.«

»Unser letztes Treffen beschäftigt mich noch. Ich habe wohl ... gelogen, als ich behauptet habe, ich würde Adil al-Moteiri nicht kennen. Ich verstehe wirklich selbst nicht, warum ich das gesagt habe, weil mit dieser Beziehung nichts Ungewöhnliches zusammenhängt, auch nicht mit Adil. Na ja, etwas Besonderes ist der Mann schon, aber Adil wird kaum etwas mit den Ereignissen der letzten Tage zu tun haben. Wir haben uns heute auch getroffen, wir waren in Kruununhaka und haben uns eine Ausstellung angeschaut.«

Ratamo fühlte, wie ihm ein Stein vom Herzen fiel. »Offen gesagt, war ich schon etwas besorgt. Ich habe nämlich auf anderem Wege herausgefunden, dass du mit al-Moteiri zusammen vor Jahren einige Zeit eine gemeinsame Adresse hattest.«

»Gut, dass ich angerufen habe. Ich wollte diese Sache nur gern klären. Weil du der Einzige bist, der sich bemüht, mir zu helfen.«

»Versuche nur jetzt zu schlafen, wir reden im Laufe des Tages weiter«, sagte Ratamo.

»Gute Nacht.« Eeva schaltete das Telefon aus und überlegte, was für eine Erleichterung es gewesen wäre, hätte sie Ratamo auch erzählen können, dass sie bereit war, dem Türken zu helfen.

DIENSTAG

33

Er sah Licht, heller als je zuvor, nicht am Ende eines Tunnels, sondern über der sich kräuselnden Wasseroberfläche. Das Wasser war heiß, fast kochend heiß, es berührte seine Haut, jede einzelne Zelle, überall. Er musste hier weg, zum Licht hinauf, er strampelte und kämpfte sich nach oben, es schien eine Ewigkeit zu dauern. Endlich durchbrach er mit dem Gesicht die Wasseroberfläche und sah vor sich eine lächelnde Gestalt, sie hielt den Stab des Rechts in der Hand, sie würde dem brennenden Schmerz ein Ende setzen, seine Wunden salben, ihm bei der Flucht helfen ...

Veikko Saaris Augenlider öffneten sich, und er sah den eiskalten Blick Renatas, die einen Elektroschocker in der Hand hatte. Sie befanden sich immer noch auf dem Schiff, er saß immer noch auf dem Metallstuhl, und irgendwo redete jemand russisch. Die Zeiger der Tischuhr aus Marmor verrieten, dass es kurz vor halb vier morgens war. Die Freude verdrängte den Schmerz und die Angst für einen Augenblick: Er hatte es geschafft, heute war der 6. Dezember, der Unabhängigkeitstag.

Er konnte sich nicht bewegen, obwohl er es versuchte. Jeder Muskel und jeder Knochen schmerzte, er würde das nicht mehr lange durchstehen. Wie viele Elektroschocks hatte er schon bekommen, zwölf oder zwanzig? Er war beim Zählen bereits vor langer Zeit durcheinandergeraten. Sie hatten ihn die ganze Nacht gefoltert. Abgesehen von einigen Ohnmachtsanfällen, war er stolz auf sich, er hatte mehr Schmerzen ertragen, als er für möglich gehalten hatte. Vielleicht reichte es schon.

Die Bruchstücke seines Bewusstseins verbanden sich langsam wieder zu einem Ganzen, und er bemerkte, dass der Schmerz seine Form änderte: Er verteilte sich nun gleichmäßig auf den Rücken, das Gesäß und die Unterseiten der Oberschenkel. Der Stuhl war heiß. Es dauerte einen Augenblick, bis ihm einfiel, was jemand am Anfang der Folter gesagt hatte: Der Metallstuhl erhitzte sich auf zweihundertvierzig Grad. Die Panik fasste schon nach ihm.

Wassili Arbamow hatte genug von den Fußballseiten im Videotext und schaltete den Fernseher aus. »Wenn du in einen Sturm gerätst, dann bete zu Gott, höre aber nicht auf zu rudern«, sagte er zu Saari. »Es sieht so aus, als wollten Sie sich nicht selbst helfen. Ihnen ist vermutlich klar, dass jede neue Stufe der Folter brutaler und schmerzhafter ist als die vorherige.«

Die richtige Replik fiel Saari erst ein, nachdem er eine Weile überlegt hatte. »Ich rede sofort, wenn Sie garantieren, dass ich Petersburg lebend verlassen kann.«

Arbamow schüttelte den Kopf. »Es ist absolut sicher, dass Ihr Widerstand schon bald gebrochen wird. Wir beherrschen diese Kunstgattung perfekt, man wird Sie nicht sterben lassen, bevor Sie reden. Das Endergebnis kennen wir schon: Sie reden und sterben, der variable Faktor ist, wie viel Schmerz sie vorher erleben wollen.«

Saari spürte, wie sich der Metallstuhl unter ihm weiter erhitzte. Das würde er nicht mehr ertragen, Brandwunden würde er nicht aushalten … Er hatte schon genug gelitten. Sein Entschluss stand fest, als ihm klar wurde, dass er den Russen vielleicht mit seiner Geschichte nicht mehr überzeugen konnte, wenn er in einem allzu schlechten Zustand wäre.

»Turan Zana«, sagte Saari und sorgte dafür, dass alle in dem Raum schwiegen. »Turan Zana erpresst Sie. Derselbe

Kurde von der PKK, der das Heroin von Afghanistan nach Petersburg geschmuggelt hat.«

Renata schlug Saari mit der flachen Hand ins Gesicht, dass es klatschte. »Lüg nicht. Turan Zana kennt nicht alle Namen unserer Männer, er hat die Ware nur in einige Länder geliefert.«

Saari versuchte Arbamows Gesichtsausdruck zu erkennen, glaubte er ihm? Ihn musste er überzeugen, er traf die Entscheidungen. In seinem Blickfeld zitterte alles, es dauerte eine Weile, bis er alle Einzelheiten erkennen konnte. Er glaubte, in Arbamows Miene Unschlüssigkeit zu sehen. Seine Geschichte brauchte mehr Wirkung, mehr Glaubwürdigkeit. Mehr Schadenfreude, mehr Aggressivität ...

»Ich weiß nicht, woher Turan Zana die Namen Ihrer Dealer hat«, sagte Saari und schaute Arbamow dabei an. »Vielleicht hat er die PKK damit beauftragt, sie hat überall in Europa fanatische Anhänger. Und Zana hat wochenlang Zeit gehabt, sich vorzubereiten. Das ist ja wohl auch Ihnen klar, dass niemand anders als Zana oder Umar in der Lage wäre, Ihre Männer in Helsinki umbringen zu lassen und überall in Europa Todesfälle durch eine Überdosis zu organisieren.«

Der Elektroschocker knisterte, als Renata die Spannung einschaltete. »Soll ich weitermachen?«, fragte sie, aber Arbamow verneinte mit einer Geste.

Saari sah, dass Arbamows Interesse geweckt war, jetzt musste er nachlegen, und das Adrenalin, das in sein Blut strömte, verlieh ihm Kraft. »Warum sollte Umar Sie erpressen, wenn er durch den Verkauf seines Heroins an Sie mehr Geld verdient? Turan Zana hingegen erhielt für seine Arbeit als Maultier nur ein Schmerzensgeld, und auch das musste er bei der PKK abrechnen. Sie haben Ihre Hintergrunduntersuchungen schlecht gemacht: Turan Zana ist nicht mal ein Kurde, er ist Türke.«

Arbamow saß eine Weile schweigend da. »Erzählen Sie alles von Zana und dem Erpressungsplan.«

»Dieser Stuhl ...«, erwiderte Saari und verzog das Gesicht. Arbamow gab einem seiner Männer ein Zeichen, den Strom abzuschalten.

Die Folterbank kühlte schnell ab, und Saari wäre fast in Ohnmacht gefallen, als sich seine Muskeln schließlich entspannten. Arbamow hatte den Köder geschluckt. Saari erzählte ganz ruhig alles, was er Arbamow vorlügen sollte, genau so, wie es ihm Adil aufgetragen hatte: die Hintergrundinformationen zu Turan Zana, die Namen seiner Helfer, die Adresse der Herberge der Kurden, selbst die kleinsten Details des Erpressungsplanes ... Seine Informationen hätten jeden von Zanas Schuld überzeugt, und sie überzeugten auch Arbamow.

Als Saari fertig war, stellte der Russe noch ein paar ergänzende Fragen und gab Renata dann den Befehl, herauszufinden, ob der Finne die Wahrheit sagte. Die Frau verließ das Schiff, man hörte noch eine Weile das Echo ihrer Schritte in der riesigen Blechhalle.

Arbamow hatte gerade die Geschichte geglaubt, die ihn vernichten würde. Saari hätte am liebsten vor Freude laut gerufen oder wenigstens gelächelt, aber er schloss die Augen und tat so, als würde er vor Schmerz zucken. Arbamow durfte keinen Verdacht schöpfen.

Wassili Arbamow und Turan Zana. Veikko Saari war mehr als zufrieden, das erste Mal seit Jahren war er stolz auf sich. Es wäre zu einem großen Teil sein Verdienst, dass zwei skrupellose Verbrecher vernichtet wurden. Adil hatte einen glänzenden Plan ausgearbeitet, dafür Schmerzen auszuhalten hatte sich gelohnt. Jetzt erschien ihm auch der Tod fast verlockend, er würde von seinen Qualen erlöst werden, und die lähmende Krankheit bliebe ihm erspart. In gewisser Weise hatten die Wassili Arbamows dieser Welt ihn schon vor langer Zeit umgebracht: Über Jahrzehnte hatte er nur die einsame Wohnung und die abendliche Dosis irgendeines beliebigen Stoffes gehabt, etwas, das den Lebensschmerz auf den nächsten Tag verschoben hatte.

»Wie viele Leute wissen all das, was Sie erzählt haben?« Arbamows Frage holte Saari zurück in die Folterkammer.

»Zana, ich und seine zwei engsten kurdischen Freunde. Und wie gesagt, die Originalbeweise hat Zana in Helsinki.«

Wieder senkte sich Stille über die Vorderkabine der Yacht, und die Gedanken des erschöpften Finnen gingen eigene Wege, kehrten wieder in seine Jugend zurück. Der Sommer des Jahres 1952 hatte alles in seinem Leben geändert. Er erinnerte sich, wie er auf Lebensmittelkarten Kaffee und Zucker aus dem Laden an der Ecke geholt hatte und wie seine Mutter über die Ungerechtigkeit der Reparationen geflucht hatte. Die Olympischen Spiele waren für ihn ein erstaunlicheres Ereignis als jedes andere davor oder danach gewesen. In Seutula war der neue Flughafen fertig geworden und im Südhafen das Olympia-Terminal, die Stadt wurde mit Blumenbeeten verschönert, und an der Kreuzung von Aleksanterinkatu und Mikonkatu installierte man eine Ampel. Er wusste immer noch, wie der erste Schluck Coca-Cola geschmeckt hatte und wie exotisch die fremden Sprachen der Olympia-Gäste geklungen hatten. In Helsinki war die Freiheit angekommen, aber für ihn brach die Zeit der Gefangenschaft an. In jenem Sommer war sein Bruder gestorben und hatte ihm ungewollt die Heroinabhängigkeit hinterlassen.

Renata öffnete mit enttäuschter Miene die Kabinentür. »Es scheint so, als würde er die Wahrheit sagen«, sagte sie. Arbamow erhob sich von seinem Ledersessel, streifte mit dem Handrücken Renatas Wange, nickte und verließ den Raum.

Veikko Saari lächelte, er wusste, dass er seinen Auftrag erfolgreich ausgeführt hatte. Dann tauchte Renata vor ihm auf, er sah, wie sich das schwarze Auge der Pistole seiner Stirn näherte, und mit dem Schuss breitete sich die Dunkelheit in ihm aus.

34

»*Insha'Allah*«, sagte Umar Hussain, strich über seinen Bart und loggte sich aus dem E-Mail-Postfach aus, als vom Minarett der Imam-Ali-Moschee, des heiligen Ortes der Schiiten, der Ruf zum Morgengebet erklang. Die Geräusche waren bis in Umars unterirdisches Höhlenbüro zu hören, denn er hatte in dem Souvenirgeschäft, das darüber lag, Mikrofone installieren lassen. Er wollte vorgewarnt sein, wenn Soldaten oder Polizisten das Geschäft stürmten. Die Schiiten der heiligen Stadt Nadschaf besaßen reiche Erfahrungen, wenn es darum ging, zu fliehen oder sich in den Labyrinthen der uralten Stadt zu verstecken; Saddam Hussein hatte im Laufe seiner über zwanzigjährigen Alleinherrschaft Zehntausende Schiiten töten lassen.

Die Muezzin riefen immer noch den *Adhan*, es dröhnte so in den Ohren, dass Umar die Lautstärke an seinem Hörgerät änderte. Er schämte sich, dass er keine Zeit hatte, in die Moschee zu gehen, aber jetzt musste er sich konzentrieren und an die Arbeit gehen. Jamal Tagmouti hatte gerade eine wichtige Nachricht aus Sankt Petersburg an ihn gemailt – der Erpresser war gefunden. Der Tod würde eine zu milde Strafe für Turan Zana sein, der Kurde hatte ihm zum unpassendsten Zeitpunkt Kopfschmerzen bereitet, kurz vor dem Anschlag, der die Welt verändern würde. Er hatte Zana nie gemocht: Der Kurde nannte ihn hartnäckig Carlos Candelaria, obwohl er seinen Namen schon vor Jahrzehnten geändert hatte.

Umar versuchte seinen Zorn unter Kontrolle zu bringen und positiv zu denken. Zum Glück war nicht Adil der Erpresser: Sie hatten sich im Laufe des Jahres, in dem Adil als sein Assistent gearbeitet hatte, angefreundet. Umar musste sich eingestehen, dass viele seiner genialsten Pläne ursprünglich von Adil ausgearbeitet oder zumindest vorgeschlagen worden waren, anderen gegenüber würde er das jedoch nie zugeben. Adil hatte ihm geholfen, im Internet ein Kommunikations- und Datenübermittlungssystem aufzubauen, mit dem die Zellen von Takfir Kontakt halten konnten, ohne die Nachrichtendienste fürchten zu müssen. Und Adil hatte ihn mit Wassili Arbamow zusammengebracht. Das war der Mann, der Takfir wal Hijra das Gerät übergeben würde, mit dem ein neues Zeitalter des Terrorismus begänne.

Umar versetzte der surrenden Klimaanlage einen Tritt, in der Höhle war es unangenehm kühl und muffig. Adil hatte Takfir einen so großen Dienst erwiesen, dass Umar ihm den Fehler verzeihen wollte, einen Verräter, Turan Zana, und die PKK für den Schmuggel des Heroins von Afghanistan nach Petersburg vorgeschlagen zu haben. Die Entscheidung fiel Umar leicht, niemand wollte Adil zum Feind haben, denn die Fangarme der einflussreichen Sippe al-Moteiri reichten bis ins Herz der Machtstrukturen fast jedes arabischen Landes.

Die Riegel der einen Zoll starken Stahltür öffneten sich mit einem dumpfen Geräusch. Umar schob die schwere Tür auf und stieg die Metalltreppe hinauf, die unter den massiven Bohlen endete. Er stieß die Falltür mit solcher Wucht auf, dass sie bis ans Ende des Hinterzimmers rutschte. Nachdem er den Tunnel verlassen hatte, stellte er sich vor den großen matten Spiegel und glättete seine Sachen: Dank des Bartes und der Sonnenbräune konnte man ihn schon als Araber ansehen, und das weiße Hemd und die dunkle

Baumwollhose erweckten den Eindruck, als sei er ein ganz normaler Einwohner Nadschafs.

Umar zog den Vorhang an der Türöffnung zu dem kleinen Geschäft beiseite und sah, dass sein Gehilfe Nabil gerade mit zwei Kunden feilschte, die einen Turban trugen. Sein Hörgerät erfasste die Worte der Männer nicht. Er und Nabil verkauften den Pilgern Souvenirs: Gebetsschnüre sowie Gebetsutensilien aus dem heiligen Lehm von Kerbela. Die Schiiten wollten ihren Kopf sowohl beim Beten als auch beim Schlafen auf den heiligen Boden von Kerbela legen.

Umar trat hinaus auf die enge Basargasse, in der die Sonne stets nur einen kleinen schmalen Streifen beleuchtete; jetzt trafen ihre Strahlen das gegenüberliegende Stoffgeschäft. Wie üblich herrschte ein dichtes Gedränge, und die Abfälle in der Gasse stanken. Er fand, dass dieser Morgen für einen Dezembertag ungewöhnlich warm war.

Nachdem Umar in seinen unterirdischen Schutzraum zurückgekehrt war und die Stahltür verriegelt hatte, schaltete er die Leuchttafel ein und sah ein Foto des Zielobjekts ihres geplanten Anschlags: ein zweihunderteinundsechzig Meter langes und dreißig Meter breites schwimmendes Luxushotel, die »Pride of Britain«, mit ihren glänzend weißen Flanken und gelben, stilisierten Schornsteinen. Das Schiff, das morgen zweitausendzweihundert geladene britische Gäste und eine achthundertköpfige Mannschaft befördern würde. Dreitausend Opfer. Am 11. September waren ein paar Ungläubige weniger gestorben.

Das Kreuzfahrtschiff der urbritischen Reederei P&O war schon vor zwei Tagen von der deutschen Werft zu seiner Jungfernkreuzfahrt »Perlen der Ostsee« aufgebrochen und sollte im Laufe einer Woche Oslo, Kopenhagen, Stockholm, Helsinki und Sankt Petersburg und schließlich seinen künftigen Heimathafen Portsmouth anlaufen. Auf dem

Schiff reisten so viele britische Prominente, wie es das noch nie gegeben hatte: führende Persönlichkeiten aus Wirtschaft und Politik, Bankiers, Schauspieler, Musiker, hohe Beamte, zwei Minister, vier Minister der konservativen Schattenregierung, und das Allerbeste war: von Helsinki bis Sankt Petersburg auch der Kommandeur der Royal Navy, Admiral Harris. Dann würden sie zuschlagen. Morgen Nachmittag um vier Uhr englischer Zeit.

»The Peninsular & Oriental Steam Navigation Company.« Umar wiederholte im Kopf den Namen der Reederei. Das Unternehmen war ein Überbleibsel des britischen Imperiums der Viktorianischen Zeit. Was würde sich besser als Schauplatz für den bisher zerstörerischsten Anschlag gegen Großbritannien eignen als das neueste Schiff der P&O, die »Pride of Britain« – »Der Stolz Britanniens«. Umar würde den Anschlag nicht mehr aufschieben, was auch immer geschah. Turan Zanas Erpressungsversuch war ein gutes Beispiel dafür, dass immer etwas schieflaufen konnte. Ursprünglich sollte der Anschlag schon im September ausgeführt werden, aber der Motor der »Pride of Britain« war bei der Probefahrt auf See in Brand geraten, und man hatte die Übergabe des Schiffes und die Jungfernkreuzfahrt um über zwei Monate verschoben.

Der Anschlag musste gelingen. Seit dem Angriff Großbritanniens auf den Irak waren schon Jahre vergangen, und es war bisher weder ihnen noch anderen Glaubenskriegern geglückt, sich zu rächen. An den USA, Spanien und der Türkei schon, aber nicht an Großbritannien.

Auf diesen Anschlag hatte ihr Lehrmeister Ibn Abdalwahháb in seinem Grab über zweihundert Jahre warten müssen. Jetzt würden die Wahhabiter die Rückkehr zum Gesellschaftsmodell aus der Anfangszeit des Islam, zum islamischen Staat, zum Kalifat, einleiten. Takfir wal Hijra würde den Islam säubern und die westlichen Staaten mit dem *Jihád*, dem heiligen Krieg, vernichten. Für sie bedeutete der *Jihád* einen zulässigen Angriffskrieg gegen alle anderen: Bombenanschläge in Spanien, Saudi-Arabien und Ägypten, Entführungen im Irak und Attentate überall in der Welt. Für die meisten anderen Moslems bedeutete der *Jihád* nur einen Kampf, der in ihnen selbst stattfand.

Umar hatte sich bei seinen Überlegungen so ereifert, dass er erst einmal tief durchatmen und sich beruhigen musste. Es war Zeit, an die Arbeit zu gehen: Er öffnete die Tür des einen Meter hohen Tresors, schaute in seinem Code-Heft nach, wie er heute Kontakt zum Chef der Zelle in London aufnehmen konnte, und setzte sich an den Computer. Vor dem Internetzeitalter hatten sie sich in dunklen Gassen oder abgelegenen Gegenden treffen müssen, aber jetzt erreichten sie sich per Computer jederzeit. Die Mitglieder von Takfir hielten über öffentliche E-Mail-Fächer Kontakt, deren Nutzerkennungen und Passwörter vor dem Auslandseinsatz an die Mitglieder der Zelle verteilt worden waren. Sie konnten sich überall auf der Welt in die E-Mail-Fächer einloggen und dort Nachrichten schreiben, die niemals abgeschickt wurden. Die anderen Takfir-Mitglieder waren in der Lage, die Nachrichten zu lesen, indem sie Zugang zu demselben Postfach bekamen. Die Nachrichtendienste mit ihren Überwachungsprogrammen waren machtlos, da nichts abgeschickt wurde, und sicherheitshalber ersetzten die Mitglieder von Takfir die Wörter, die am meisten verrieten, durch Codebezeichnungen.

Ein paar Minuten später schrieb Umar schon die letzten Anweisungen an die Zelle, die den Anschlag gegen die »Pride of Britain« ausführen würde. Sie war schon seit anderthalb Jahren bereit zum Handeln. Alle drei Männer der Zelle hatten einen Universitätsabschluss, sie arbeiteten bei Großunternehmen in London, und in ihrem Vorleben fand sich kein Makel. Umars Männer waren zum Märtyrertod bereit, ohne mit der Wimper zu zucken, mit derselben Überzeugtheit, mit der im Jahre 60 A. H. der dreizehnjährige Qasim ibn al-Hasan dem Tod begegnet war.

Umar dachte an die Geschichte, die ihn tief beeindruckt hatte. Imam al-Husain hatte seinem jungen Verwandten Qasim zweimal verboten, in den Kampf gegen einen übermächtigen Feind und in seinen sicheren Tod zu reiten. Schließlich willigte al-Husain doch ein, er ließ Qasim in den Kampf ziehen und fragte den Jungen, was der darüber dachte, dass er den Märtyrertod sterben würde.

Süßer als Honig. »*Ahla min al-'sal*«, flüsterte Umar. So lautete die Antwort des jungen Qasim.

35

In dem Naturfilm über die Tiere Australiens tauchte nun das Schnabeltier auf, und Kirsi Hallamaa, die auf dem Sofa neben ihrer Mutter saß, lachte laut. Der einen halben Meter große braune Zottelpelz hatte flossenartige Beine, einen Schnabel wie eine Ente und einen Schwanz wie ein Biber. Wie der begeisterte Moderator berichtete, brütete das zahnlose Säugetier seine Eier erst und säugte dann seine Jungen, und das Schnabeltiermännchen konnte mit seinem Gift sogar ein Tier von der Größe eines Hundes töten.

Eeva Hallamaa nahm vom Frühstückstablett zwei Lebertrankapseln, viererlei Tabletten mit Spurenelementen und drei Silizium-Kalk-D-Kompretten und spülte sie mit Juice hinunter, ohne sie zu zerbeißen. Sie betrachtete ihre Tochter, die, ganz in den Dokumentarfilm vertieft, ihre Cornflakes kaute, und versuchte die Ruhe an diesem Feiertagmorgen zu genießen, war aber nicht imstande, ihre Unruhe zu verdrängen. Mikko hatte sie schon verloren, zumindest vorübergehend, und sie fürchtete, auch auf Kirsi verzichten zu müssen. Und was sollte sie dem Dekan der Fakultät sagen? Jetzt ärgerte sie sich, dass sie es gestern nicht einmal zuwege gebracht hatte, sich krank zu melden.

»Wo ist übrigens Mikko?« Kirsis Frage kam wie ein Blitz aus heiterem Himmel.

Eevas Anlaufmarkierungen gerieten völlig durcheinander. »Mikko schläft jetzt ein paar Nächte im Fotoatelier. Wir müssen erst einmal einige Dinge klären.« Eeva hatte den Satz kaum ausgesprochen, da bereute sie ihre Worte schon. Sie belog ihre Tochter oder beschönigte zumindest die Wahrheit. Aber es wäre sinnlos, Kirsi mit Problemen zu beunruhigen, die möglicherweise schon bald erledigt waren.

»Quatsch. Er ist abgehauen, weil ihr euch gestritten habt.«

Eeva wollte keine Auseinandersetzung mit ihrer Tochter. »Wie war übrigens eure Reitstunde gestern? Ist sie ...«

Ihr Handy schrillte, und Eevas Herz setzte einen Schlag aus. Rief der Türke jetzt an? Mikko jedenfalls war es nicht, der hatte sich im Laufe des Vormittags schon zweimal gemeldet. Vielleicht rief ihre Freundin Sari an, mit der sie sich am Tag vorher im Café getroffen hatte. Am liebsten wäre sie davongerannt und hätte das Telefon klingeln lassen. Dann wandte sich Kirsi um und schaute sie fragend an, sie war gezwungen, das Gespräch annehmen.

»Unbekannte Nummer«, las Eeva auf dem Display. Das mußte der Türke sein, obwohl er sich nicht mehr telefonisch melden wollte.

»Guten Morgen, spreche ich mit Eeva Hallamaa?«, fragte lebhaft ein Mann, der sich jung anhörte, aber keine Antwort bekam. »Ich bin vom Finnischen Direktmarketing. Wir bieten in der Weihnachtszeit Vorteile, die wirklich Geld wert sind. Haben Sie einen Augenblick Zeit?«

Eeva war schon nahe daran, das Gespräch abzubrechen,

da fiel ihr ein Rat ein, den Mikko ihr kürzlich gegeben hatte. »Ja, also ...«

»Jetzt gibt es die Zeitschriftenabos für das nächste Jahr unglaublich billig. Beispielsweise die ›Illustrierte für Haushalt und Garten‹ kostet nur ...«

»Ich habe es jetzt etwas eilig. Aber geben Sie mir Ihre Nummer zu Hause, dann rufe ich abends an.«

In der Leitung herrschte für einen Augenblick Schweigen. »Also ... Ich möchte eigentlich nicht, dass wegen dieser Dinge bei mir zu Hause angerufen wird ...«

»Na dann verstehen Sie ja vollkommen, wie ich mich gerade fühle«, sagte Eeva, musste lachen und legte auf. Die Rache war süß, in dieser Woche hatte mindestens schon dreimal jemand am Telefon versucht, ihr etwas aufzuschwatzen. Wo bekamen die nur ihre Nummer her?

Wenn sie doch auch dem Türken ein paar offene Worte sagen könnte. Sie wollte gar nicht mehr daran denken, wofür der Mann ihr Zahlengedächtnis brauchte, wer weiß, was das für schauderhafte Dinge waren. Ihre Phantasie hatte schon schreckliche Varianten heraufbeschworen. Am Morgen war sie auch überzeugt gewesen, dass Adil irgendwie mit all den Ereignissen der letzten Tage zu tun hatte. Diese Einbildung konnte sie jedoch durch eine Anfrage bei der Technischen Hochschule zerschlagen; in o taniemi fand tatsächlich eine Konferenz zum Thema »Mathematik, Wissenschaft und Technologie« statt.

Sie kehrte auf das Sofa zurück, legte ihre Hand in Kirsis Nacken und genoss die Wärme ihrer Haut.

»Wie wär's, wenn wir zu dritt irgendwohin fahren und Urlaub machen, wir beide und Mikko?«, schlug Kirsi vor. »Ziemlich viele aus unserer Klasse waren letztes Weihnachten im Ausland.«

»Eine gute Idee, das überlegen wir uns an irgendeinem Tag. Wir holen einen ganzen Rucksack voll Reiseprospekte und suchen uns irgendeinen tollen Ort aus«, sagte Eeva begeistert. Wenn sie diesen Alptraum überstehen würde, wäre ein richtiger Urlaub mehr als nötig. Sehnsucht packte sie, als ihr Blick auf einen braunen Ledergürtel fiel, der in einer Wohnzimmerecke lag. Sie hatte Lust, Mikko anzurufen.

Es klingelte an der Tür, und Eeva erstarrte vor Angst – der Türke. Der Mann würde es aber nicht wagen, hierherzukommen. Die Polizei überwachte doch ihre Wohnung. Oder hatte der Türke gelogen, als er das behauptete? Eeva traute sich erst an die Tür, als ihr einfiel, dass es Mikko sein könnte.

Sie schaute durch den Spion und war verblüfft, als sie einen Mann im Parka sah, der ungeduldig von einem Bein auf das andere trat. Was suchte der hier? Der Fremde stand mit dem Rücken zu ihr, machte aber einen jungen und finnischen Eindruck. Eeva öffnete die Tür einen Spalt.

Der Mann drehte sich rasch um und wollte ihr etwas in die Hand drücken, sie schrie auf und schloss die Tür.

»Eine Blumensendung«, rief der Mann.

Eeva schaute noch einmal durch den Spion und schämte sich. Sie öffnete, nahm dem jungen Mann den Blumenstrauß aus der Hand und knallte die Tür ohne weitere Erklärung zu.

Das Papier zerriss, als sie die blutroten Rosen auswickelte; sie dufteten nach Erinnerungen. Dann sah sie ein winziges Kuvert, in dem sich eine schön verzierte Grußkarte fand.

»Restaurant Mezopotamya, Tallinnanaukio 1, heute 13.00 Uhr.«

»Was glaubt ihr, verdammt noch mal, wie ich diese Einrichtung leiten soll, wenn ihr Dinge, die mit den Ermittlungen zusammenhängen, verheimlicht und hinter meinem Rücken Klatsch verbreitet!« Ulla Palosuos Stimme dröhnte in der operativen Zentrale der SUPO, und ihre Frisur wackelte. Sie wandte den Kopf Ratamo zu und schaute ihn mit vor Wut funkelnden Augen an. »Du hast also zwei Tage lang gewusst, dass Eeva Hallamaa die gleiche Pistole besitzt wie die, mit der Arkadi Kirilow erschossen wurde.«

Ratamo sah aus wie ein Schuljunge, der sich die Strafpredigt seiner Lehrerin anhören musste. »Die Luger gehört Hallamaas Vater. Eeva hat sie nur ausgeliehen. Ihr Ex-Mann Antti Hytölä war gewalttätig und versuchte manchmal, in ihre Wohnung einzudringen. Eeva hat die Waffe ihrem Vater schon vor geraumer Zeit zurückgegeben, und jetzt ist sie aus Arvo Hallamaas Wohnung gestohlen worden.«

»Keine Ausflüchte. Eeva Hallamaa hat garantiert gewusst, wo der alte Mann die Waffe aufbewahrt und hat sie sich sehr wohl holen können. Oder möglicherweise lügt Hallamaa senior, um seine Tochter zu schützen. Vielleicht hat Eeva die Waffe die ganze Zeit gehabt.«

Ratamo musste sich eingestehen, dass die Chefin recht hatte. »Ich wollte die Seriennummer dieser Luger herausfinden. Wenn die nicht mit der Nummer der Mordwaffe übereinstimmt ...«

»Die Jungs von der Überwachung haben gesagt, dass du mit der Hallamaa mitten in der Nacht telefonierst. Du wirst doch nicht auch noch etwas anderes verheimlichen?« Palosuo umkreiste den Beratungstisch mit solcher Geschwindigkeit, dass die Unterlagen flatterten.

»Hier scheinen allerdings auch andere Geheimnisse zu haben.« Wrede überlegte einen Augenblick, ob er es direkt auf den Tisch knallen sollte, dass beunruhigende Gerüchte über Palosuo und Liimatta im Umlauf waren.

»Was meinst du damit?«, fuhr Palosuo ihn an.

»Man sollte jetzt kühlen Kopf bewahren. Beruhigt euch erst mal alle«, appellierte Ratamo. »Ich und Eeva haben gleichaltrige Töchter, die zusammen reiten gehen. Deshalb kennen wird uns. Und das ist alles.« Er schaute beim Reden Riitta Kuurma an.

»Ein ziemlicher Zufall, dass man das Verschwinden der Waffe von Arvo Hallamaa gerade jetzt bemerkt. Oder was meint der Herr Oberkommissar?« Palosuos Stimme hallte von den Wänden wider wie eine der Posaunen von Jericho. Sie wirkte gestresst.

»Ich wollte keine große Nummer daraus machen, es gibt wichtigere …«

Palosuo haute mit der Faust auf den Tisch. »Du wirst in diesem Fall nicht weiter ermitteln. Das ist sicher.«

Die Chefin war so in Rage, dass Ratamo es für besser hielt, zu schweigen. Vielleicht würde sich Palosuo im Laufe der Zeit wieder beruhigen. Er hatte sich das selber zuzuschreiben, warum war er bloß gestern nicht dazu gekommen, Arvo Hallamaa nach der Nummer zu fragen. Der Mann hatte am frühen Morgen die Zentrale der SUPO angerufen, ihn aber nicht erreicht und deshalb dem Diensthabenden eine Nachricht hinterlassen. Das Lustigste daran war, dass Arvo Hallamaa nur angerufen hatte, um mitzuteilen, dass er die Seriennummer der Luger erst am Abend durchgeben könne, weil der Waffenschein im Ferienhaus liege. Ratamos Tag hatte wahrlich nicht gut angefangen, der Kopf tat ihm weh, obwohl es ihm schließlich doch mit Hilfe von drei Tabletten gelungen war, noch ein paar Stunden zu schlafen. Zum Glück war er wenigstens klug genug gewesen, das »Manala« noch zu einer vernünftigen Zeit zu verlassen. Im Gegensatz zum Schotten.

In den Augen Wredes war kein Weiß zu erkennen, seine Lider hingen herab, die Tränensäcke waren geschwollen, sein Gesicht sah aus wie in Frischhaltefolie gewickelt, und seine Hände zitterten. Der Leiter des Operativen Bereichs machte so einen leidenden Eindruck, dass niemand Lust hatte, ihn zu frozzeln. »Können wir nicht zur Sache übergehen, dann kommt man irgendwann wieder ... hier raus. Schließlich müssten auch wir heute einen freien Tag haben, so wie die normalen Menschen«, sagte der Schotte zu Palosuo, und es gelang ihm sogar – ganz gegen seine sonstigen Gewohnheiten – ein fast freundlicher Tonfall.

Palosuo sah immer noch wütend aus, gab aber schließlich Riitta Kuurma ein Zeichen anzufangen.

»Der MI 5 bittet uns bei diesen Ermittlungen im Fall Arbamow-Takfir um Hilfe ... oder schlägt eine Zusammenarbeit vor«, berichtete Riitta Kuurma stolz. »Der Fall ist in England an das JTAC übergeben worden.«

»Was ist das?«, fragte Palosuo und warf dem gähnenden Wrede einen bösen Blick zu, der verriet, dass sie selbst die kleinste Stichelei nicht mehr dulden würde.

Kuurma erläuterte ihren Kollegen, das Joint Terrorism and Analysis Centre (JTAC) analysiere und beurteile die nachrichtendienstlichen Informationen über den internationalen Terrorismus und fertige Berichte über die Bedrohungen an, die Großbritannien betrafen. In der Einrichtung arbeiteten Polizisten, Ermittler, Analytiker und Forscher aus elf staatlichen Einrichtungen und Instituten.

»Zur Sache«, sagte Wrede leise und hob die Flasche mit Mineralwasser an seine Lippen wie den Heiligen Gral.

»Laut Melissa hat die PKK also das afghanische Heroin der Organisation Takfir wal Hijra zu Arbamows Männern nach Sankt Petersburg geschmuggelt«, fuhr Riitta Kuurma fort. »Das Interessanteste ist aber, dass sich drei der Kurden, die an dieser Operation teilnahmen, derzeit in Helsinki befinden. Die Namen der Männer kennt man nicht, aber ich habe gestern Abend die Namen aller Kurden, die sich derzeit in Finnland aufhalten, dem türkischen Nachrichtendienst geschickt und werde in Kürze auch unsere Kontaktleute nach den Männern fragen. Vielleicht weiß irgendjemand etwas«, sagte Riitta Kuurma zum Schluss ihrer Zusammenfassung.

Ulla Palosuo schien Zweifel zu haben. »Die Kurden schmuggeln Heroin?«

Riitta Kuurma suchte ein Blatt in ihrem Stapel. »Es sieht so aus, als wäre das nichts Neues. Laut Interpol hat die PKK in den neunziger Jahren die Verteilung fast aller harten Drogen von Asien nach Europa geleitet. Und die PKK ist überall in Europa aktiv: in der Türkei, in Holland, Tschechien, Frankreich, Italien, Großbritannien, Belgien, in der Schweiz ... diese Liste ist ja endlos. Die Kurden haben wahrscheinlich Tausende Kilo Heroin pro Jahr nach Europa geschmuggelt, und diese Scheißkerle haben auch noch Kinder als Kuriere benutzt. Eine Sauerei.«

Wrede schien zusätzlichen Sauerstoff zu benötigen. Er stützte sich mit den Händen auf den Tisch wie ein Sprinter, der auf den Startschuss wartete. »Die Überwachung teilt mit, dass die Hallamaa gestern ihren ehemaligen Freund getroffen hat.« Der Schotte hatte keine Lust, den Namen des Irakers in seinen Unterlagen zu suchen. »Der Mann behauptet, hier an irgendeinem Mathematiker-Seminar teilzunehmen, was angeblich stimmt.«

»Hat Arto außer Schaden noch etwas anderes zustande gebracht? Vielleicht möchtest du diesmal deine Informationen auch uns anderen mitteilen?«, stichelte Palosuo.

»Der Obduktionsbericht zu German Dworkin verrät nichts wesentlich Neues, und auch die KRP hat nicht die geringste Ahnung, wer den Mann umgebracht hat. Und Eeva Hallamaas Ex-Mann Antti Hytölä hat gestern am Telefon gelogen, als er behauptete, er wäre die letzten zwei Monate in Sankt Petersburg geblieben. Am Grenzübergang von Vaalimaa wusste man, dass Hytölä am letzten Samstag mit seinem Auto in Finnland war.« Ratamo fingerte am Thermostat der Heizung herum, die sich gerade mal lauwarm anfühlte, obwohl es draußen fast zwanzig Grad minus waren.

»Die Polizei hat doch in Sankt Petersburg einen Verbindungsmann«, fiel Riitta Kuurma ein. »Könnte der nicht Hytölä in die Mangel nehmen?«

»Ein guter Vorschlag. Und dieser Nachbar von Eeva Hallamaa, Veikko Saari, ist immer noch verschwunden, auch diese Angelegenheit müsste von jemandem durchstöbert werden. Ich kann Kontakt zu dem Mann aufnehmen«, sagte Ratamo und merkte zu spät, was ihm da herausgerutscht war.

»Du beschäftigst dich von jetzt an nur noch mit Papierkram, wenn nichts anderes befohlen wird. Das ist kein Spaß. Man muß die Juristen fragen, was mit dir geschehen soll«, erwiderte Palosuo in strengem Ton und packte schon ihre Unterlagen zusammen. Die Besprechung schien beendet zu sein.

Ratamo und Wrede blieben als letzte in dem Raum. Palosuos Worte klangen Ratamo noch in den Ohren. Hatte er durch seine Blödheit jetzt etwa seine Arbeit bei der SUPO verloren? Was zum Teufel sollte er tun, wenn man ihn hinauswarf? Dann fiel ihm etwas ein. Hatte nicht Wrede bei der Weihnachtsfeier angedeutet, dass auch Palosuo und Liimatta irgendwie in der Klemme steckten?

»Du hast übrigens gestern gesagt, dass du etwas von der Chefin weißt und von ...«

»Wir reden morgen darüber.« Der Schotte stand auf und sah so aus, als wäre aus seinem Magen etwas auf dem Weg nach oben, was niemand sehen wollte.

36

Adil wirkte ganz ruhig, sah aber noch schmächtiger aus als sonst. Er saß mit hängenden Schultern mitten in dem Büro, das er in ein Gefängnis verwandelt hatte, und betrachtete die an die einzige weiße Wand des Raumes projizierten Fotos des Gefangenenlagers Camp Bucca. In dem Versteck auf dem Industriegelände von Roihupelto fand die Generalprobe statt, das Publikum war Turan Zana. Die ganze Show wollte Adil dem Kurden allerdings nicht zeigen: Die Geräuschkulisse und der Hauptdarsteller fehlten. Die Zeit für das Recht war noch nicht gekommen.

»Du hast wahrscheinlich die gleichen Gräuel in der Türkei erlebt?«, fragte Adil.

»Diese Bilder könnten genausogut aus dem Gefängnis von Mardin stammen.« Turan Zana verfolgte mit großem Interesse die Fotos, sie zeigten Szenen, eine abartiger als die andere: Eine Frau, die mit der Schlinge um den Hals auf einem Hocker stand und hin und her schwankte, ein gefesselter Mann, dessen Fußsohlen mit Holzstöcken geschlagen wurden ... »Man hat dich wie ein Tier behandelt, Sayyid«, sagte er.

Adil war nahe daran, den Kurden anzufahren, weil er den Begriff »Sayyid« benutzte, doch da tauchte urplötzlich an der Wand das Bild eines schnurrbärtigen und knüppelschwingenden Mannes aus einem westlichen Land auf, der Zivilkleidung trug.

»CDF.« Adil sprach den Namen des britischen Unternehmens wie ein Schimpfwort aus. Die USA und Großbritannien hatten im Irak die Dienste privater Unternehmen nicht nur für militärische und Sicherheitszwecke, sondern auch für Verhöre von Gefangenen genutzt. Adil erinnerte sich nur zu gut an das Gesicht des CDF-Mitarbeiters, den er am meisten verabscheute. Der Mann, der Verhöre durchführte, hatte jedes einzelne Körperhaar eines Gefangenen abrasiert und ihn dann gezwungen, Frauenunterwäsche mit Korsett und allem Zubehör anzuziehen.

Ihm selbst hatte man noch etwas viel Schlimmeres angetan. Adil rutschte betreten auf dem Hocker hin und her, und sein Blick fiel auf die Flügel des Ventilators, den er vorhin mit Bolzen an der Decke befestigt hatte. In diesem Augenblick tauchten die Bilder aus den Tiefen des Gedächtnisses auf und rollten mit solcher Wucht über ihn hinweg, dass er die Augen schließen und seine ganze Willenskraft aufbieten musste, um Herr seiner Empfindungen zu bleiben. Er hoffte, dass seine Folterer die härteste aller möglichen Strafen erhalten würden, auch bei ihm hatte das Verständnis schließlich seine Grenzen. Aber das war vermutlich ein vergeblicher Wunsch: Nur wenige ausländische Zivilisten hatten sich für ihre Verbrechen im Irak verantworten müssen.

»Hast du die Erlebnisse in Mardin jemals überwunden?«, fragte Adil, obwohl er die Antwort kannte.

»Die Wunden eines jungen Mannes verheilen schnell. Und du? Was hat man dir in Camp Bucca angetan?«

Zanas Telefon klingelte genau im richtigen Moment. Adil schaltete den Multimediaprojektor aus, und die Schreckensbilder verschwanden von der Wand. Er hatte in seinem Körper schon Zeichen dafür bemerkt, dass er in Rage geriet: Das Blut strömte in die Hände, damit es leichter wurde, nach der Waffe zu greifen und zuzuschlagen, und der Ausstoß von Hormonen, die sich im Körper ausbreiteten, hatte Energie für den Angriff aktiviert. Der Mensch war ein Tier.

Adil stand auf, als er in einem Winkel des Raumes ein Rascheln hörte. Er holte aus der Kochnische ein Stück Emmentaler Käse und schlich in die Ecke. Jetzt waren es schon drei Ratten, die Fütterung hatte Erfolg.

»Die Männer Arbamows sitzen in der Maschine nach Finnland, die in Kürze landen wird. Vier Männer und eine Frau.« Zana gab die Neuigkeiten weiter, die er gerade am Telefon erfahren hatte.

Adil betrachtete seinen großgewachsenen Helfer mit dem fleckigen Gesicht abschätzend: Zana wirkte jetzt ernster als je zuvor während der Operation. Er glaubte nicht, dass Zana im Kampf zurückweichen würde, seinen Mut hatte er als Peschmerga-Kämpfer oft bewiesen. Deswegen hatte er Zana auch ausgewählt. Aber laut Darwin konnte auch schon das bloße ängstliche Auf-der-Hut-Sein anderen Artgenossen eine mögliche Gefahr verraten. War Zana zu einer schauspielerischen Leistung fähig? Es bereitete ihm auch Sorgen, dass Zanas nächste Aufgabe diplomatisches Geschick verlangte.

»Gehen wir den Plan noch einmal durch«, schlug Adil vor. »Wenn Saari in Petersburg alles so getan hat wie vorgesehen, dann kommen Arbamows Männer …«

»Haben wir denn nicht alles schon abgesprochen?« Zana unterbrach Adil das erste Mal seit langer Zeit.

»Da ist deine letzte Aufgabe und absolut die wichtigste. Davon hängt alles ab: Ob wir das Geld bekommen, ob es uns gelingt, Arbamow und Umar zu entlarven …« Adil schluckte seinen Zorn mitten im Satz hinunter, obwohl er Zana gern zurechtgewiesen hätte. Doch er wollte den Mann nicht verärgern, von dem der Erfolg der nächsten Etappe des Planes abhing. Vielleicht sollte er von anderen Menschen nicht das Gleiche wie von sich selbst verlangen – Vollkommenheit. Die Genialität war biologisch gesehen eine seltene und extreme Mutation der Gattung Mensch, die man nicht erlernen oder sich aneignen konnte, man mußte als Genie geboren werden. Genau wie bei Zwergen oder siamesischen Zwillingen, dachte Adil.

»Es ist am besten, wenn du gehst, falls du meine Männer wieder nicht sehen willst. Man wird mich gleich abholen.« Zana hörte sich versöhnlich an. »Meine Helfer würden es natürlich sehr schätzen, wenn sie dir wenigstens einmal begegnen dürften.«

»Ich mache das nicht wegen der Ehre und des Ruhmes. Es ist für alle Seiten besser, dass möglichst wenige meine

Rolle kennen«, erwiderte Adil, und am allerbesten ist es, wenn sie niemand kennt, fügte er für sich hinzu.

Die an die Wand gemalten Zellen und die Fotos von Camp Bucca hatten Adil in Unruhe versetzt, vielleicht würde ein Spaziergang im Frost ihn beruhigen. Er zog sich seinen Kaschmirmantel an, verabschiedete sich von Zana und trat hinaus.

Eine Weile genoss er es, wie der Schnee knirschte, das war allerdings so ziemlich die einzige angenehme Sache in Finnland. Dann wanderten seine Gedanken zu Umar, der ihm vor einigen Stunden den Befehl erteilt hatte, Turan Zana mitsamt seinen Helfern umzubringen. Es lief also alles wie vorgesehen. Der Fanatismus hinderte Umar daran, zu erkennen, was tatsächlich im Gange war, dachte Adil. Genau wie es Jung-Stilling in seiner Autobiographie kristallklar formuliert hatte: »Der Fanatiker ergibt sich blind dem göttlichen Willen, der in ihm spricht, und hält sich für ein von diesem Willen auserwähltes Instrument, das berechtigt ist, über andere Menschen zu herrschen.«

Auf dem Weg in Richtung Herttoniemi ging Adil an einer Schule vorbei, hörte ein Geschrei und sah, wie zwei breitschultrige Jungen einen Mitschüler, dessen Haut etwas dunkler war als die der anderen, in einen Schneehaufen stießen.

Konsequent gedacht, hätte er der Verrückte sein müssen und nicht Umar, überlegte Adil. Psychosen, Grenzzustände und Neurosen waren bei Menschen mit besonderer Begabung deutlich häufiger anzutreffen als bei normalen Menschen. Er spulte aus seinem Gedächtnis die Namen klinisch geisteskranker Genies herunter: Rousseau, Nietzsche, Newton, Maupassant, Dostojewski, Strindberg, van Gogh, Schumann … Er war gezwungen, den Gedankenstrom zu unterbrechen und lächelte, weil ihm etwas einfiel: Die meisten genialen Menschen waren auf irgendeine Weise

Verrückte, aber die meisten Verrückten waren nicht auf irgendeine Weise genial. Darin bestand der Unterschied zwischen ihm und Umar.

Der Streusand auf dem Weg bergab, der zur Siilitie führte, knirschte unter Adils Schuhen. Nach dem, was nun kam, würde er vielleicht keine Zeit mehr haben, in sein Hotel zu gehen, bald würde es ernst werden. Adil schlug seinen Kragen hoch. Heute war der 6. Dezember. Er hatte den Tag nicht ausgewählt, aber er beinhaltete unbestreitbar eine Symbolik, die glänzend mit seinen Zielen übereinstimmte: Nicht nur, dass die Finnen heute ihren Unabhängigkeitstag feierten, in den Vereinigten Staaten war an diesem Tag seinerzeit der dreizehnte Zusatz zur Verfassung angenommen worden, mit dem die Sklaverei abgeschafft wurde. Das war ein Tag der Freiheit, an dem jene, die gelitten hatten, sehen durften, dass sich das Recht durchsetzte. Und auch Eeva würde das erleben dürfen, mit seiner Hilfe.

Der Ford Transit der Kurden hielt auf der Arinatie in Pajamäki. Die drei holten aus dem Laderaum das notwendige Zubehör und gingen dann bis ans Ende der schmalen Gasse zwischen zwei Industriehallen. Der Raum in einer Ecke der flachen Wellblechhalle war noch abgelegener als Adils Loch, hierher würde sich selbst aus Versehen niemand verirren, höchstens irgendein Tier aus dem Wäldchen nebenan, dachte Turan Zana zufrieden, als er die klapprige Tür öffnete.

Der Raum war schon so hergerichtet, dass er aussah, als hätten sie hier Tage zugebracht: Fastfood-Verpackungen, Pizzakartons, Flaschen und Abfälle lagen hier und da herum, und auf einem Hocker stand ein Fernseher. Es fehlte nur noch der letzte Schliff.

»Stellt die Stühle auf, richtet die Lampen aus und macht für die Männer aus Norwegen Platz am Ende des Raumes«, befahl er seinen Helfern.

Als alles bereit war, ging Zana mit seinem Teebecher zum Fenster, öffnete aber die Jalousie noch nicht, obwohl er es gern getan hätte. Nach den Monaten in der Höhle nahe bei Hasankeyf hatte er geschlossene Räume möglichst gemieden. Der Tee war so heiß, dass er dampfte, er tauchte ein Stück Dolma hinein, aß es lustlos und dachte dabei über den schon bald bevorstehenden Zusammenstoß nach. Einem gleichstarken Feind gegenüberzustehen war etwas ganz anderes als die Ermordung eines einzelnen Opfers, das nichts Schlimmes ahnte. Es könnte passieren, dass die Russen sie töteten; der Gedanke ging ihm zwangsläufig durch den Kopf. Aber Zana glaubte, dass die Angst seine besten Seiten zum Vorschein bringen würde. Er hatte schon so lange in einer Welt der Gewalt gelebt, dass er sich nicht einmal erinnerte, wie das normale Leben war. Gewalt hatte auch die Geschichte der Kurden, die Jahrtausende zurückreichte, dominiert. Allzu viele Alleinherrscher hatten im Laufe der Jahrhunderte die Kontrolle über ihr gebirgiges Land angestrebt, weil es sowohl strategisch als auch wirtschaftlich wichtig war: In Kurdistan nahmen die zwei Ströme Euphrat und Tigris ihren Anfang, und in seinem Boden fand sich Öl. Die Kurden hatten sich daran gewöhnt, zu fürchten, dass man ihr Volk vernichtete, aber sie hatten sich nie unterworfen und nie ihren Traum aufgegeben – den Traum von Kurdistan. Im Laufe der letzten hundert Jahre hatten sie sowohl in der Türkei als auch im Irak und Iran gegen die Unterdrücker rebelliert. Aber ihr Widerstand war ein ums andere Mal erstickt worden. Sie waren zu uneinheitlich, sie müssten ihre Stammeskonflikte vergessen. Und das würde diesmal geschehen. Danach würde sich alles ändern.

»Wo wollt ihr euch in Kurdistan niederlassen. Wo wohnt eure Familie?«, fragte Turan seine Helfer.

»In Cizre«, antwortete einer der Kurden niedergeschlagen. Dann erinnerte sich der andere an die Schönheit der Stadt Sirnak und beschrieb sie mit so viel Begeisterung und einem solchen Pathos, dass Zana seine Frage bereute.

Auf dem Hof waren Schritte zu hören, Zana schaute auf seine Uhr. Die Verstärkung aus Norwegen, die er bestellt hatte, traf gerade rechtzeitig ein.

»Wir sind bereit«, sagte er.

»Zu allem, mein Bruder, zu allem.«

37

In der unterirdischen operativen Zentrale des Thames House herrschte ein geschäftiges Treiben, Dutzende Männer in dunklen Anzügen und Frauen in Hosenanzügen telefonierten, tippten auf Computertastaturen oder unterhielten sich miteinander. Die EDV-Anlagen summten, die Drucker surrten, und die Telefone klingelten. Zur Krisengruppe des JTAC gehörten neben Melissa Tufton vom MI 5 je ein Vertreter des Auslandsnachrichtendienstes MI 6, des Government Communication Headquarter, der Sondereinheit der Londoner Polizei, des Innen- und Außenministeriums sowie Mitarbeiter von fünf anderen staatlichen Institutionen. Die aus mehreren LCD-Bildschirmen zusammengesetzte große Lagetafel zeigte die Karte des Irak, Umar Hussains Foto und die Liste seiner Verdienste.

Die Informationsquelle, die den Namen »Taube« benutzte, hatte dem MI 5 soeben neue Enthüllungen über die Heroinoperation, über Umar Hussain und den geplanten Terroranschlag geschickt.

»Umars Hauptquartier liegt also im Irak, im Gebiet des Todesdreiecks«, konstatierte George Langdon, der Chef der Krisengruppe.

»Das ist keine Überraschung.« Melissa Tufton hörte sich

zynischer an, als sie beabsichtigt hatte. »Der Irak bleibt so lange die Weltzentrale des Terrorismus, wie man dort Männer sowohl anwerben als auch ausbilden und außerdem noch die Fähigkeiten als Terrorist in der Praxis trainieren kann. Der Irak zieht die extremistischen Elemente unter den Moslems von überall her an, dort wachsen derzeit viele neue Osamas, al-Zarkawis und Umars heran.«

Niemand kommentierte Melissas Ausbruch, alle wussten, dass sie recht hatte.

»Sind wir imstande, Umar aufzuspüren?«, fragte Langdon und rieb sich die Augen. Er hatte die operative Zentrale nicht ein einziges Mal verlassen, seit er vor knapp vierundzwanzig Stunden von der unmittelbaren Gefahr eines Terroranschlages erfahren hatte.

Melissa Tufton runzelte die Augenbrauen und setzte sich hin, als sie im Bauch einen Tritt des sechs Monate alten Kindes spürte. »Das Todesdreieck ist ein zu großes Gebiet. In ihm liegen Bagdad und Falludscha und die heiligen Städte der Schiiten Kerbela und Nadschaf. Und noch andere schlimme Unruheherde. Die Suche nach Umar ist auch sonst schwierig: Das Todesdreieck ist das gefährlichste Gebiet des gefährlichsten Staates der Welt.«

»Wir alle wissen das.« Langdon wies die junge Analytikerin zurecht, hielt sich dabei aber sehr zurück. Alle waren zu der werdenden Mutter ein wenig höflicher als üblich.

Melissa kümmerte sich nicht um Langdons Spitze, das Adrenalin verlieh ihr Selbstvertrauen. »Das Regiment ›Black Watch‹ ist schon zur Suche ins Todesdreieck abkommandiert worden. Und die Aufgabe des Government Communication Headquarter wird jetzt leichter, da es seine Aufklärung auf ein bestimmtes Gebiet konzentrieren kann. Aus dem Todesdreieck wird keine einzige E-Mail mehr geschickt, die nicht durch das Echelon geht. Und alle Telefongespräche werden gefiltert. Auch die NSA der Yankees ist an der Operation beteiligt. Vielleicht sagt oder schreibt Umar oder ein anderes Mitglied von Takfir eines der Schlüsselwörter.«

Der junge Mann, der das Communication Headquarter vertrat, meldete sich zu Wort und räusperte sich zunächst, er schien Hemmungen zu haben, vor anderen aufzutreten. »Wir haben auch ein neues automatisches Überwachungsprogramm, das Diskussionsforen im Internet überwacht und deren Inhalt filtert. Aber die Terroristen brauchen technisch nicht sehr begabt zu sein, wenn sie nicht erwischt werden wollen. Es reicht, wenn sie eine einfache Code-Sprache verwenden, die gefährlichen Worte durch andere ersetzen und keine Ortsnamen erwähnen. Alle E-Mails und Internetseiten kann man auf keinen Fall überwachen.«

»Wenn der Anschlag morgen Nachmittag um vier verübt wird, so wie es ›die Taube‹ behauptet, dann haben wir zu wenig Zeit.« Auch Langdon hörte sich pessimistisch an.

Melissa hätte gern entgegnet, dass Schwarzseherei ihre Chancen zumindest nicht verbesserte, aber sie schluckte ihren Ärger hinunter. »Die Mitglieder der Terroristenzellen wissen in der Regel nur genau so viel, wie unbedingt erforderlich ist. Es kann gut sein, dass Umar seinen Männern noch auf den letzten Drücker Anweisungen gibt.«

»Warum hat ›die Taube‹ diesen Kurden denunziert, der sich in Finnland aufhält, diesen … Turan Zana?« Langdon überprüfte den Namen in seinen Unterlagen. »Irgendeinen Grund muss es dafür geben. Vielleicht weiß Zana etwas über den von Umar geplanten Anschlag. Hat schon jemand eine Zusammenfassung über Zana gemacht?«

Die Analytikerin des MI 6 in einem lachsfarbenen Hosenanzug stand auf. »Geboren in Istanbul 1960 von einer fünfzehnjährigen türkischen Schülerin namens Serpel Cerrahoglu, der Vater unbekannt. Adoptiert von einer kurdischen Familie, die in die Stadt Diyarbakir in Kurdistan umzog, als Zana drei Jahre alt war. Er hat die Schule mit gutem Erfolg besucht und konnte Chemie an der Universität in Istanbul studieren. Die erste Verhaftung gab es im Zusammenhang mit der Gründungskonferenz der PKK 1978, er wurde zu zehn Jahren verurteilt, floh 1983 aus dem Gefängnis Mardin und hat danach als Guerilla der PKK gekämpft. Der Mann konnte nach 1978 nicht einmal fotografiert werden.« Die Mitglieder der Krisengruppe wandten sich zur Lagetafel, wo Turan Zana auf dem Foto, das die türkischen Behörden nach seiner Verhaftung aufgenommen hatten, mit langen Haaren und glatten Wangen trotzig dreinschaute.

»Wenn sich Zana nun mal in Helsinki versteckt, dann bittet die Finnen, ihn aufzustöbern«, sagte Langdon und schwieg dann einen Augenblick, in Gedanken versunken. »Wo schlägt Takfir zu – das ist jetzt die allerwichtigste Frage.«

In der operativen Zentrale redeten plötzlich alle durcheinander, jeder in der Gruppe hatte Dutzende Ziele vorzuschlagen.

»Auf englischem Boden sind alle möglichen Vorsichtsmaßnahmen schon ergriffen worden, die Gefahrenstufe ist auf Rot erhöht, und alle Behörden befinden sich in Alarmbereitschaft«, rief Melissa über den Lärm hinweg, und die anderen verstummten. »Aber was ist, wenn Takfir einen Anschlag auf ein britisches Ziel im Ausland ausführt?«

Langdon klopfte mit den Knöcheln an die Glaswand der operativen Zentrale. »Wir informieren noch extra alle ausländischen Filialen von britischen Unternehmen und die Botschaften über die akute Gefahr und stellen die Häfen, Flughäfen, Kernkraftwerke und die anderen Energieerzeuger unter Sonderbewachung, ebenso Westminster, das Parlament, Buckingham und die anderen Paläste, die St.-Pauls-Kathedrale ... Na, ihr wisst schon.«

38

Die Tasse mit dem doppelten Espresso klirrte vor Ratamo auf dem Tresen der Bar im »Kämp«, er bezahlte und überlegte dabei, inwieweit die Räume in ihrem jetzigen Aussehen noch an das ursprüngliche Hotel aus dem neunzehnten Jahrhundert erinnerten. Er ging in das Bibliothekszimmer, holte ein Foto von Adil al-Moteiri aus der Tasche und schaute sich schnell um. Doch er sah in dem Raum nur eine Herrengesellschaft im Frack, die wahrscheinlich auf den Beginn einer Festveranstaltung zu Ehren des Unabhängigkeitstages wartete.

Ratamo kehrte in die Bar zurück, er zog seine Ölzeugjacke aus, hängte sie über die Sessellehne und setzte sich. Die Erfahrung ist wie ein Kamm, den das Leben erst herausrückt, wenn der Mensch schon kahlköpfig ist, dachte er. Warum hatte er die Seriennummer der Waffe von Eevas Vater nicht sofort ermittelt? Jetzt hatte man ihn aufs Abstellgleis geschoben und zur Schreibtischarbeit verdammt, gerade als die interessantesten Ermittlungen im ganzen Jahr auf ihren Höhepunkt zusteuerten. Hatte er seine Laufbahn in Gefahr gebracht, war das jahrelange Rackern für die Katz gewesen? Und wie würde es Eeva nun ergehen? Hatte er ihr mehr geschadet als genutzt? Nur weil er seine Zunge nicht im Zaume halten konnte, hatte Mikko Eeva verlassen.

Wenigstens hatte Wrede ihm erlaubt, mit al-Moteiri zu reden. Er hatte ein paar wichtige Fragen an den Iraker, obwohl im Vorleben des Mannes anscheinend alles so rein war wie selbstgebrannter Schnaps. Al-Moteiri behauptete, wegen der Mathematiker-Konferenz nach Helsinki gekommen zu sein, war aber anscheinend nicht ein einziges Mal dort gewesen. Ratamo hatte in der Technischen Hochschule vorbeigeschaut und al-Moteiris Foto sowohl den Organisatoren der Konferenz als auch Teilnehmern gezeigt: Niemand hatte den Mann erkannt.

Klaviermusik aus den Lautsprechern berieselte den Raum, sie hörte sich genauso an, wie die Bar des »Kämp« aussah: künstlich, alles war nur Kulisse. Ratamo hatte Kopfschmerzen, das lag an der gespannten Atmosphäre in der SUPO: Heutzutage musste man in der Ratakatu mit jedem Wort vorsichtig sein, man musste sich absichern und überlegen, auf wessen Seite man sich schlug und mit wem man sich einließ. Es brachte ihn auf die Palme, dass Riitta die Suche nach Turan Zana und den anderen PKK-Mitgliedern leiten durfte, während er das Vorleben von Eevas Männern durchforstete und dafür auch noch Wrede um Erlaubnis bitten musste. Allerdings wäre es nicht verwunderlich, wenn Eevas Männer irgendwie mit den Morden zusammenhängen würden. Das war ein seltsames Trio: Der letzte irakische Wissenschaftsminister unter Saddam, ein Diplom-Ingenieur, der seine Frau verprügelte, und ein Fotograf, der wie ein Naturschützer aussah. Al-Moteiri und Antti Hytölä, denen Eeva den Laufpass gegeben hatte, besaßen sogar irgendwie ein Motiv – Rache.

Ratamo war müde. So sehr hatte er noch nie auf den Sommerurlaub gewartet, und jetzt war erst Dezember. Er schaffte es einfach nicht, sich neben der Arbeit um seine Schlaflosigkeit und die anderen Privatangelegenheiten zu kümmern. Aber Urlaub durfte man nur zu einer bestimmten Zeit und für eine genau festgelegte Zeit nehmen, es kam ihm so vor, als würde er von seinem eigenen Leben ein Gnadenbrot erwarten. Vielleicht konnte er in Nellis Winterferien ein paar Tage frei machen.

»Arto Ratamo?«, fragte jemand. Ratamo drehte sich um und sah einen relativ kleinen, schlanken Araber, der irgendwie an eine Werbung für Herrenbekleidung erinnerte. Die beiden Männer machten sich miteinander bekannt, gaben sich die Hand und nahmen Platz. Ratamo staunte, wie gut sich al-Moteiri während seines Aufenthalts in Finnland die Intonation der finnischen Sprache angeeignet hatte; er sprach Ratamos Namen ohne den geringsten fremden Akzent aus.

»Sie können sich vorstellen, dass ich überrascht war, als mich die geheimnisvolle Sicherheitspolizei anrief. Worum geht es?«, fragte Adil auf Englisch und winkte den Kellner heran.

Ratamo lächelte al-Moteiri an wie ein Zahnarzt seinen Patienten. »Ich habe nur ein paar Routinefragen im Zusammenhang mit Eeva Hallamaa. Sie waren doch mit ihr zusammen ...«, Ratamo holte sein Notizbuch aus der Jackentasche, »... von 2000 bis 2002 und haben ein Jahr lang hier in Helsinki zusammen gewohnt.«

»Das stimmt.« Adil nickte und bestellte beim Kellner einen Malt-Whisky.

»Darf ich nach dem Zweck ihres diesmaligen Finnland-Besuches fragen, warum sind Sie in Helsinki?«

Adil musterte den finnischen Ermittler. »›Warum?‹ ist eine wichtige Frage. Computer haben in gewisser Weise einen hohen Intelligenzquotienten und viele Tiere eine gut entwickelte emotionale Intelligenz, aber beide können nicht fragen ›warum‹. Diese Frage gibt den Menschen die Möglichkeit, schöpferisch zu sein, Regeln und Situationen zu ändern, Grenzen zu überschreiten. Unsere spezielle Intelligenz gibt uns die Moral, die Mittel, Gut und Böse zu bewerten, Fragen im Zusammenhang mit Leben und Tod zu stellen und Visionen über bisher nicht verwirklichte Möglichkeiten zu haben – also zu träumen.«

Es dauerte eine Weile, bis Ratamo klar wurde, dass al-Moteiri seine Frage nicht beantwortet hatte. Doch noch bevor er den Mund aufmachen konnte, fuhr der Mann schon fort.

»Der Zweck meines Aufenthalts war die Teilnahme an

einem von der Technischen Hochschule veranstalteten Seminar, aber leider kam der Zufall auf betrübliche Weise ins Spiel, wie er das gelegentlich zu tun pflegt. Ich erhielt äußerst traurige Nachrichten aus meinem Familienkreis, ich muss schon heute nach London abreisen. Die Familie ist mein Ein und Alles.« Adil bekam seinen Whisky und eine kleine Glasschüssel mit gerösteten Erdnüssen.

»Hoffentlich ist es nichts Ernstes.« Ratamo versuchte einen mitfühlenden Eindruck zu erwecken, obwohl der Iraker außerordentlich überheblich wirkte. Einen Augenblick lang starrte er auf al-Moteiris Finger, die unverhältnismäßig lang aussahen.

»Es ist ärgerlich, dass ich zufällig gerade hier bin. Meine Erinnerungen an Helsinki sind schon von früher her nicht sonderlich positiv. Eure Toleranz gegenüber fremden Kulturen ist genauso oberflächlich wie eure ganze Bildung. Aber das ist ja nur natürlich: Ihr habt Jahrtausende im Wald gelebt, und die Bildung hat hier bisher erst die Oberfläche streifen können. Die Situation in alten Kulturländern wie dem Irak unterscheidet sich davon in beträchtlichem Maße, dort braucht man nicht andere nachzuahmen und mit Macht Anerkennung zu suchen.«

»Das finnische Schulsystem gehört ja zu den besten der Welt und …« Ratamo wurde klar, dass er sich aufregte, er atmete einige Male ganz ruhig und schob sich einen Priem unter die Lippe. »Jedenfalls ist Finnland eine echte Demokratie.«

»Vielleicht eines Tages. Derzeit habt ihr euch so in euren Wohlstand zurückgezogen, dass ihr gar nicht begreift, was in der Welt wirklich geschieht. Ihr bemitleidet die, die keine Schuhe haben, und seht nicht einmal jene, die keine Beine haben, wenn Sie die kleine Allegorie gestatten.« Adil schaute den verdutzten Ermittler an und grinste. »Das bedeutet so viel wie Sinnbild.«

Ratamo geriet so in Wut, dass er kein Wort sagen konnte.

»In der islamischen Welt sind die Dorfgemeinschaften klein und funktionieren, die Menschen kennen einander, die Familien sind groß und halten zusammen, die religiösen Traditionen und Gebräuche sind sehr lebendig und stabil, und die Art sich zu kleiden, die Esskultur und das Brauchtum sind eigenständig und nicht bei den Vereinigten Staaten ausgeliehen.« Adil schien seine Vorlesung zu genießen. »Unsere traditionelle Lebensweise ist vielfältig und bietet Sicherheit, aber auch bei uns wird sich alles ändern, falls die westliche Kultur mit Gewalt die ganze Welt erobert. Und das darf nicht geschehen.«

Ratamo biss sich auf die Lippen. »Also, ich stehe nicht gerade an vorderster Front bei der Unterdrückung anderer Kulturen.«

»Wollten Sie noch etwas anderes?«, erkundigte sich Adil, stand auf und schnappte sich den Rest der gerösteten Erdnüsse, während er auf Ratamos Antwort wartete. »In dem Falle wünsche ich Ihnen weiterhin das Bestmögliche.«

Das Bestmögliche … Das bedeutet so viel wie Sinnbild … Ratamo wiederholte die Spitzen al-Moteiris, der die Bar verlassen hatte. So ein überheblicher Affe! Er konnte sich nicht erinnern, dass ihm irgendwann jemand bei einem Gespräch die Fäden so leicht und unbemerkt aus der Hand genommen hatte. Eilig zog er sich die Jacke an, jetzt musste er schnell nach Hause zum Mittagessen, Jussi Ketonen hatte ihm Neuigkeiten über Eevas Nachbar versprochen, über Veikko Saari.

Jussi Ketonen aß am Bauerntisch in Ratamos Küche die in Ketchup und Senf schwimmenden Reste eines Bauernfrühstücks und blätterte dabei ungeduldig in der neuesten Nummer des »New Scientist«. Ratamo verspätete sich wieder einmal.

Die Seiten über die Militärtechnologie las er genauer als alle anderen, dort fanden sich eindeutig die amüsantesten neuen Erfindungen der Menschheit. Wie zum Beispiel das hier, dachte Ketonen, als er einen Artikel über einen Kampfanzug für Infanteristen entdeckte, der von der MIT-Universität für die US-Army entwickelt worden war.

»Ein Fußgänger läuft mit einem scheinbar ganz gewöhnlichen Anzug die Straße entlang, plötzlich fallen Schüsse – jemand schießt auf ihn. Wenn die Kugeln auf den weichen Stoff des Anzugs treffen, erkennt der die Geschosse, wird hart, hält die Kugeln auf und wird danach wieder weich. Die Kugeln fallen auf die Straße wie Eicheln. Anders als die derzeitigen kugelsicheren Westen und Schutzausrüstungen kann dieser Stoff, der die Nanotechnologie der Zukunft nutzt, endlos viele Kugeln aufhalten.« Ketonen lachte schallend und las weiter.

»In der MIT-Universität glaubt man auch, in den kommenden Jahrzehnten einen Kampfanzug entwickeln zu können, in den Nanomuskeln eingebaut werden: Fasern, die im Grunde die Funktion der menschlichen Muskeln nachahmen und dem Soldaten bis zu dreißig Prozent mehr Kraft verleihen. Der untere Teil der Uniform von der Taille bis zu den Fußsohlen wird robotisiert: Kolben dienen als Unterstützung der unteren Extremitäten, wodurch der Soldat bis zu dreimal schwerere Lasten als normalerweise heben und tragen kann. Auch die Bewaffnung des Soldaten wird am Kampfanzug befestigt.« Ketonen malte sich aus, wie so ein mit motorisierten Beinen hüpfender Soldat aussehen würde und lachte herzlich.

»Allein vor sich hin lachen, das ist ein bedenkliches Symptom«, rief Ratamo an der Küchentür und jagte damit Ketonen, der gerade seine Hosenträger dehnte, einen Schrecken ein.

»Ich habe gar nicht gehört, dass du gekommen bist. Im

Alter kann man eben vieles nur noch schlecht, zum Beispiel gut hören. So sieht es aus«, sagte Ketonen und hob einen Stapel Unterlagen vom Stuhl auf den Tisch.

»In der Ratakatu ist die Lage beschissen. Über Palosuo und Liimatta sind wilde Gerüchte im Umlauf, und Wrede hat Blut gerochen.«

»Was für Gerüchte?«, fragte Ketonen voller Interesse.

Ratamo seufzte und setzte sich an den Küchentisch. »Nun fang du nicht auch noch an. Irgendwie soll es um die Weitergabe von geheimen Informationen gehen, aber das ist nicht mein Bier.«

»Interessant«, murmelte Ketonen. »Zu meiner Zeit hat man sich jedenfalls auf die Arbeit konzentriert und nicht auf Klatsch und Tratsch. Es zieht mich zwar nichts dorthin zurück, aber die Atmosphäre in der Ratakatu, die war wirklich ...«

»Sind Nelli und Marketta noch im Konzert?« Ratamo ärgerte es, dass er auch diesen Feiertag nicht mit seiner Tochter verbringen konnte.

»Die kommen sicher gleich. Wollen wir nicht vorher ein wenig über Veikko Saari sprechen? Marketta mag es nicht, wenn ich über die Arbeit rede. Also über meine ehemalige Arbeit.« Ketonen klappte sein Notizbuch auf, ohne Ratamos Antwort abzuwarten. »Wie gesagt, kenne ich Veikko Saari und viele Polizisten, ehemalige und noch aktive, die den Mann kannten.«

»Wieso kannten? Saari ist doch verschollen, nicht tot«, sagte Ratamo verwundert.

»Ich meine damit, dass er nach seiner Pensionierung mit niemandem Kontakt gehalten hat. Aber vorigen Monat ist etwas passiert. Saari besitzt eine Büchersammlung, und die hat er seinem ehemaligen Arbeitskollegen Pertti Hämäläinen geschenkt, er hat ein Testament anfertigen lassen und ...«, Ketonen machte eine kurze Pause und fuhr mit triumphierender Miene fort, »sein eigenes Begräbnis bezahlt.«

Ratamo war sichtlich erstaunt. »Wer erbt Saaris Geld? Und wo hast du all das ausgegraben?«

»Es wird versucht, den Begünstigten des Testaments herauszufinden.« Ketonen spielte den Bescheidenen, aber nicht sonderlich gut. »Fünf Jahre bei der KRP und zweiunddreißig Jahre bei der SUPO. In so einer Zeit lernt ja selbst der Dümmste etwas. Wie geht es übrigens bei den Ermittlungen voran?«

»Einigermaßen.« Ratamo überlegte kurz, ob er Ketonen erzählen sollte, wie schlecht es ihm ergangen war, aber er beschloss, erst später zu sagen, dass er auf der Strafbank saß. Vermutlich schämte er sich: Ketonen war schließlich in gewissem Sinne sein Lehrmeister. Was würde er denken, wenn Ratamo seine Stelle verlor? »Wir haben erfahren, dass die PKK das Heroin für Arbamow nach Sankt Petersburg geschmuggelt hat. Und dass sich drei an der Operation beteiligte Kurden in Finnland versteckt halten. Sie werden gesucht.«

Ketonen wirkte nachdenklich.

»In gewisser Weise versteht man die Bestrebungen der Kurden schon«, sagte Ratamo. »Dieses Volk hat ziemlich viel Schweres durchgemacht.«

»Durchgemacht und selbst getan. Laut türkischer Regierung war die PKK vor der Inhaftierung ihres Führers Öcalan die schlimmste Terrororganisation der Welt. Sie hat ganze Dörfer in Südost-Anatolien vernichtet, Schulen und Polikliniken zerstört, Bombenanschläge in Touristenzentren begangen und Ausländer entführt«, erwiderte Ketonen erregt. »Ich erinnere mich noch gut an diese Zeit. Die PKK hat in den achtziger und neunziger Jahren Hunderte Menschen ermordet: Prominente und gewöhnliche Zivilisten, Lehrer und Ärzte.«

»Die Behauptungen des türkischen Staates dürften nicht ganz unparteiisch sein«, sagte Ratamo, er hatte sich für eine Seite entschieden.

»Vermutungen, mein Junge, bringen einen ziemlich weit, aber nicht ans Ziel«, entgegnete Ketonen verärgert.

Ratamo konnte es nicht vertragen, wenn Ketonen »mein Junge« zu ihm sagte, er verschwand aus der Küche und beschloss, Nellis Ärztin anzurufen, obwohl sie versprochen hatte, sich zu melden, sobald sie die Ergebnisse der Laboruntersuchungen erfahren würde. Er ließ sich der Länge nach auf das Sofa im Wohnzimmer fallen.

Die Ärztin meldete sich sofort, und Ratamo stellte seine Frage in schrofferem Ton als beabsichtigt.

»Wenn du also willst, dass ich halbfertige Ergebnisse kommentiere, dann muss ich dir sagen, dass es so aussieht, als wäre die Anzahl der weißen Blutkörperchen bei Nelli besorgniserregend hoch«, sagte die Ärztin und hörte sich gestresst an. »Wie du selbst weißt, kann es dafür alle möglichen Ursachen geben, die wahrscheinlichste sind jene Entzündungen, die auch zu Nellis Fieber geführt haben.«

Ratamo bereute schon, dass er angerufen hatte, als das Gespräch noch gar nicht zu Ende war. Das fehlte gerade noch, jetzt musste er auch noch ernsthaft um Nelli Angst haben, bis die Ärztin wieder anrief.

39

»Hundert Jahre alte Steyr-Maschinenpistolen, antike Tula-Tokarew-Pistolen und eine einzige Kalaschnikow, und das ist die älteste, die ich je gesehen habe!«, schrie Renata dem Lieferanten Wadim ins Gesicht und trat so heftig an den Kotflügel des alten Diesel-Mercedes, das der Rost auf den Asphalt des riesigen und völlig leeren Parkplatzes der Trabrennbahn von Vermo rieselte. Renata wusste, dass Wadim, der sich offensichtlich schämte, nur ein Zuhälter war, aber sie hatte gedacht, mit Geld könne jeder Waffen beschaffen, egal wo.

»Alle funktionieren, es sind genug, und auch die Munition reicht. Und alle haben einen Schalldämpfer«, erwiderte Wadim und zuckte die Achseln. »Helsinki ist eine kleine Stadt, gute Sachen muss man rechtzeitig bestellen. Hier kann man nicht irgendeinen Waffenkiosk aufmachen ...« Einer von Renatas vier Männern hob seine behandschuhte Faust und brachte den Zuhälter zum Schweigen.

»Du bekommst die Hälfte des vereinbarten Geldes. Und wenn irgendetwas schiefläuft, weil auch nur eine einzige Waffe kaputt geht, dann stopfe ich dir diesen Schrott Mutter für Mutter einzeln ins Maul.« Renata drückte Wadim ein Bündel Dollarscheine in die Hand.

Der blätterte die Scheine durch und wollte sich gerade wegen der geringen Summe lauthals beschweren, da erklang aus Richtung des Kofferraumes ein metallisches Ladegeräusch. Wadim schluckte den Ärger zusammen mit seinem Stolz hinunter.

Drei große Russen zwängten sich auf den Rücksitz des Mercedes, und Renata setzte sich vorn neben Ruslan. Vielleicht ließe sich dieser Auftrag auch mit schlechter Ausrüstung erledigen. Der alte Finne hatte in Sankt Petersburg alles ausgeplaudert: Turan Zanas Unterkunft befand sich auf dem nahe gelegenen Industriegelände, der Mann hatte nur zwei Helfer, er bewahrte das Beweismaterial in seinem Büro auf, und das Waffenarsenal der Gruppe sollte, sofern das möglich war, noch schlechter sein als Wadims Auswahl von Museumswaffen.

Der bevorstehende Überfall war so wichtig, dass Renata feuchte Hände bekam; diesmal durfte nichts schiefgehen. Die Liquidierung des Erpressers Turan Zana musste einfach

gelingen, Arbamow hatte es Umar über Tagmouti versprochen. Danach würde alles wieder so wie vorher weitergehen: Der Drogenhandel würde zunehmen und der Heroin-
preis steigen und der Geldstrom auf Arbamows Konten
anschwellen.

»Fahr langsamer«, schnauzte Renata den Fahrer an, als
sich das Auto einer Kreuzung näherte. Sie schaute abwechselnd auf den Stadtplan von Helsinki und die unanständig
kleingedruckten Straßenschilder: Pitäjänmäentie ... Takkatie. »Nach links«, befahl sie schließlich.

Einen Augenblick später gab Renata Ruslan den Befehl,
in die Arinatie abzubiegen, und sie fuhren im Schneckentempo am Stützpunkt der Kurden vorbei. Alles sah ruhig
aus. Sie parkten den Wagen auf dem Hof einer Wäscherei in
der Takkatie, nahmen die Waffen aus dem Kofferraum und
steckten sie unter ihre Mäntel. Es herrschte nur wenig Verkehr auf den Straßen, aber ein junger Mann im Overall, der
auf dem Hof der Reifenhalle nebenan stand und rauchte,
schaute neugierig zu ihnen herüber. Renata lief die schmalen Gassen zwischen den Industriehallen entlang zurück
zur Arinatie und musste dabei kleinen Bäumen und Schrott
ausweichen. An der Ecke der grünen Halle einer Autola-
ckiererei blieb sie stehen und beobachtete eine Weile die
Wellblechhallen auf der anderen Seite und die Gasse, die
zum Stützpunkt der Kurden führte. Dann schickte sie zwei
Männer los, die diese Hallen durch den nahe liegenden
Wald umgehen sollten, mit den beiden anderen näherte sie
sich dem Objekt. Die Gasse zwischen den Hallen war leer,
Überwachungskameras gab es offensichtlich nicht, und direkt sehen konnte man die Unterkunft der Kurden nur aus
dem Wald. Ein perfektes Versteck.

Sie rannten bis ans Ende der Gasse und drückten sich an
die Wand der Kurdenherberge. Renata schlich gebückt unter
das Fenster. Es stand einen Spalt offen, und drinnen hörte

man jemanden reden. Sie verstand kein Wort. Ein Fernseher oder Radio war eingeschaltet, irgendwer lachte, sie konnte die Stimmen von zwei Männern unterscheiden und vielleicht auch noch die eines dritten. Renata hob den Kopf für eine Sekunde bis auf Fensterhöhe und sah drei dunkelhaarige Männer, die gerade Fastfood verschlangen, neben ihnen lagen die Verpackungen. Der Überfall wäre nicht schwierig, alle drei Kurden waren anwesend und ahnten die Gefahr nicht, alles war für einen Überraschungsangriff fast perfekt. Nur der Grundriss des Gebäudes fehlte, deswegen musste ihre ganze Gruppe den Raum durch dieselbe Tür stürmen.

Renata entsicherte ihre uralte Pistole, zum Glück hatte Wadim die Waffen wenigstens geölt. Die Männer folgten ihrem Beispiel. Das Metall klirrte dennoch ziemlich laut, rasch spähte Renata noch einmal durch das Fenster hinein, aber der Fernseher dröhnte so laut, dass die Kurden nichts gehört hatten.

Sie stellte sich vor die Tür und befahl mit Handzeichen ihren Männern, an ihrer Seite Position zu beziehen. Die Holztür war in so einem schlechten Zustand, dass sie schon umfallen würde, wenn man sie anhauchte, und das kleine Schloss war total verrostet. Sie zeigte ihren Männern, was sie zu tun hatten, atmete tief durch und knurrte den Befehl zum Angriff.

Ruslan trat die Tür ein, Renata stürmte hinein und zielte mit ihrer Waffe auf den Türken, dessen fleckiges Gesicht verriet, dass er Turan Zana war. Der Sturmangriff war innerhalb weniger Sekunden vorbei.

Schritte dröhnten, als Renatas Männer ihren Platz an der Seite der Chefin einnahmen, dann blieb Renata fast das Herz stehen. Es war leicht gewesen, die Tür aufzubrechen, das Fenster stand einen Spalt offen, der Hof war nicht bewacht ... und nun saßen die drei Kurden da und grinsten, obwohl Waffen auf sie gerichtet waren.

Gedämpfte Schüsse zischten durch die Luft, Renata ging in die Knie und sah, wie die Männer neben ihr zusammenbrachen. Maschinenpistolen ratterten hinter ihrem Rücken. Renata begriff, dass sie direkt in die Falle gegangen waren, dann hörte der Kugelregen genauso unerwartet wieder auf, wie er begonnen hatte.

Sie drehte sich vorsichtig um. Zwei, vier, sechs Männer, Renate zählte die Gestalten, die am anderen Ende des Raumes im Halbdunkel standen. Einer der Männer in dem Hinterhalt war bei dem Schusswechsel verletzt worden. Es stank nach Pulver, und ihr Puls hämmerte wie wild. Nur sie und Ruslan lebten noch. Was zum Teufel war hier im Gange?

Zana trat näher an Renata heran. »Die Geschichte zeigt, dass es zwei Arten von Kriegen gibt, gerechte und ungerechte. Alle fortschrittlichen Kriege sind gerechte und alle Kriege, die den Fortschritt hemmen, sind ungerechte«, sagte Zana auf Englisch und genoss die verblüffte Miene der Russin. »Ich habe die Angewohnheit, meinen Opfern immer eine Weisheit mit auf den Weg zu geben.«

Renata kam nicht dazu, den Mund aufzumachen, da Zana schon fortfuhr: »Es überrascht mich, dass ihr uns so verdammt unterschätzt habt. Natürlich haben wir euch erwartet: Unser Mann in Petersburg hat die Verbindung gestern urplötzlich abgebrochen, ohne einen Grund zu nennen.«

»Wir sind nicht gekommen, um euch zu töten«, erwiderte Renata. »Aber niemand ist so verrückt, dass er unbewaffnet zu so einem Treffen geht.«

Zana ignorierte ihre Bemerkung. Der Abfall auf dem Betonfußboden raschelte, als er die Frau umkreiste. »Die Polizei weiß, dass Kirilow und Dworkin im Auftrage Wassili Arbamows gearbeitet haben, und bei ihnen wurde das gleiche Heroin gefunden wie bei den Drogensüchtigen, die überall in Europa an einer Überdosis gestorben sind. Wenn die Behörden eine Liste aller Dealer Arbamows in Europa erhalten, ist euer Drogenprojekt innerhalb weniger Tage am Ende.«

Renata wartete einen Augenblick vergeblich darauf, dass der Kurde weiterredete. »Ich verstehe schon, womit ihr Arbamow erpresst ...«

»Das glaube ich, aber es sieht so aus, als hätte die Drohung keine Wirkung. Also wird der Einsatz erhöht.« Zana holte von dem mit Farbflecken bedeckten Holztisch einen Stapel Unterlagen und Fotos und reichte ihn Renata.

»Wir haben Bilder von Arbamows Treffen mit Umar in Madrid, ein Dokument über die Überweisung der dreißig Millionen Dollar vom Firmenkonto Arbamows auf ein Bankkonto, das Umar verwaltet, wir haben Fotos, auf denen Umars Takfir-Brüder uns, also der PKK, in Afghanistan Heroin übergeben, und Fotos, auf denen wir dieselbe Heroinladung an Arbamows Männer in Sankt Petersburg weiterreichen. Alles ist glänzend dokumentiert; die Markierungen der Heroinpackungen sind vergrößert, die Fotos der Gesichter sind scharf, auch ein Teil der Gespräche ist aufgezeichnet. Die Beweise sind völlig lückenlos, damit wird Arbamow verurteilt und bis an sein Lebensende in irgendeines der gemütlichen Gefängnisse Russlands gesteckt.«

Renata fiel kein Kommentar ein, als sie die Beweise durchblätterte, die der Kurde ihr gegeben hatte. Arbamow wäre verloren, wenn sie bei der Polizei landeten. Und sie selbst auch.

»Teilen Sie Wassili Arbamow mit, dass ich ihn hier in Helsinki persönlich treffen will. Er zahlt uns fünfundzwanzig Millionen Dollar, bringt uns die von Umar bestellten Zeichnungen der E-Rakete, und wir geben ihm alle Beweise.« Zana schrieb etwas auf einen Zettel und reichte ihn der konsternierten Renata. »Er kann diese Nummer anrufen, wenn er das Zentrum von Helsinki erreicht hat. Mit seiner eigenen Maschine wird es Ihr Arbeitgeber sicher schaffen, schon heute Abend hier zu sein.«

Renatas Gehirn arbeitete fieberhaft, aber ohne Ergebnis. Wie konnte das alles geschehen? Drei ihrer Männer lagen tot auf dem Fußboden, und Arbamow war in größerer Gefahr als je zuvor.

»Ihr könnt gehen!«, fuhr Zana sie an, die beiden Russen zögerten einen Augenblick und marschierten dann durch die leere Türöffnung hinaus.

»*Biji serok Apo!*«, brüllte einer von Zanas Helfern, und die Kurden, die aus dem Halbdunkel hervortraten, stimmten in seinen Ruf ein.

In der Tat, es lebe der Führer Apo, dachte Zana. Sein Auftrag war fast erfüllt, es erschien unglaublich, dass ihnen gelingen würde, woran so viele Generationen vor ihnen gescheitert waren. Dank Adil al-Moteiri würde das größte Volk der Welt ohne eigenen Staat endlich ein Zuhause erhalten: Kurdistan mit fünfundzwanzig Millionen Einwohnern. Apo Öcalan würde befreit, das Autonomiegebiet der Kurden im Nordirak erweitert werden, so dass es ganz Kurdistan umfasste, und bald bekäme es seine volle Unabhängigkeit. Sehr bald. »*Ey, Regib*«, »Hör zu, Feind«, würde als Nationalhymne des unabhängigen Staates erklingen.

Eine halbe Stunde später saß Zana in dem Transporter auf dem Parkplatz der Metro-Station Siilitie und schaute auf seine Uhr – es war halb eins. Adil verspätete sich. Er überlegte, welches Amt Apo Öcalan ihm wohl geben würde, dann, wenn alles vorbei war. Mindestens das eines Ministers. Er hatte es weit gebracht nach dem harten Anfang in den öden Gebirgshöhlen von Hasankeyf. Zana dachte an den eiskalten Erdboden, an die barfüßigen, wimmernden Kinder der Höhlengemeinschaft, an die in den Ecken gesta-

pelten Matratzen und Decken, an den Brei auf dem Spirituskocher und die stinkenden Abfalleimer. Manche Kurden
verbrachten ihr ganzes Leben unter solchen Bedingungen.

Wie würde er es schaffen, sich anzupassen und sich an
ein bequemes Leben zu gewöhnen? Würde er den Lohn für
seine Dienste genießen können, überlegte Zana. War er
überhaupt imstande, mit dem Töten aufzuhören? Vielleicht war er schon zum Wolf geworden. Die meisten Raubtiere fraßen ihre Beute sofort, wenn sie gefangen war, aber
wenn Wölfe über eine Herde herfielen, töteten sie so lange,
bis kein einziges der Tiere mehr am Leben war. Erst dann
begannen sie zu fressen. So war auch er geworden. Und es
gab Millionen Türken.

Adil riss die Tür des Transporters mit solcher Wucht auf,
dass Zana instinktiv die Faust hob.

»Hattet ihr Erfolg?«

Zanas Lächeln beantwortete die Frage. »Alles hat wieder
geklappt ...« Mitten im Satz klingelte sein Telefon. Er meldete sich und schaltete den Lautsprecher ein.

»Meine Assistentin hat mich über Ihre neuen Beweise
und die neuen Bedingungen informiert.« Wassili Arbamows Stimme klang müde. »Ich bin mit allem einverstanden, damit muss jetzt Schluss sein. Ich zahle Ihnen das
Geld sofort, aber nach Helsinki komme ich nicht. Dafür
gibt es keinen Grund. Renata ... meine Assistentin kann die
Originale der Beweise bei Ihnen abholen.«

Adil schüttelte lächelnd den Kopf.

»Das geht nicht. Ich habe meine Bedingungen genannt,
und dabei bleibt es«, sagte Zana.

»Wieso geht das nicht, es ist doch egal, ob ...«

»Ich brauche Ihnen gegenüber nichts zu begründen. Wir
treffen uns heute Abend.« Zana wartete eine Weile und
wollte das Gespräch schon abbrechen, als Arbamow einlenkte.

»Na gut. Aber ich möchte mich auf einem öffentlichen Platz mit Ihnen treffen, wo nicht geschossen werden kann. Zwei Vertreter von beiden Seiten und ein Laptop, keine Waffen«, verlangte der Russe.

»Einverstanden. Ich teile Ihnen den Treffpunkt mit, wenn Sie mich aus dem Zentrum von Helsinki anrufen.« Zana drückte auf die Taste mit dem roten Hörer und schaute Adil stolz an. Der klopfte ihm auf die Hand wie ein Lehrer, der das artigste Mädchen der Klasse lobt.

»Das Vorspiel ist aufgeführt, mein Bruder.«

»Bald beginnt der Krieg.«

40

Eeva Hallamaa saß in dem kleinen Restaurant »Mezopotamya«, schaute hinaus auf den Tallinnanaukio und beobachtete die blauen Busse, die in hohem Tempo auf den Platz gefahren kamen, und die Menschen, die alle irgendwohin hasteten. Die Kifta shorba, eine im Reisteig gebackene Hackfleisch-Petersilie-Zwiebel-Paste, schmeckte pikant. Sie hatte nicht einmal gewusst, dass es in Helsinki ein kurdisches Restaurant gab. Es schmeckte himmlisch, dennoch musste sie sich jeden Bissen hinunterzwingen. Sie hatte solche Angst, dass es in ihren Ohren rauschte. Es war schon nach eins, doch der Türke ließ auf sich warten. Es schien unbegreiflich, dass sie freiwillig auf einen Mörder wartete, der sie irgendwohin bringen würde. Aber es blieb ihr nichts anderes übrig, weigerte sie sich, würde ihr Leben zerstört werden.

»Das war also echt ganz fürchterlich. Schon früh hat der Kerl sich gleich wieder über mich hergemacht, obwohl ich noch geschlafen hab. Und der hat überhaupt nicht daran gedacht aufzuhören …«

Eevas Blick wanderte von dem roten Tischtuch über die gelben Wände zu der etwa zwanzigjährigen Frau mit orangefarbenem Haar am Nebentisch, die ihre nächtlichen Sex-Abenteuer am Handy schilderte, als wäre sie zu Hause. An einem anderen Tag hätte das Eeva amüsiert, aber heute konnte es ihre düsteren Gedanken nicht vertreiben.

Was für ein Leben würde Kirsi haben, wenn man ihre Mutter einsperrte und das Mädchen in die Obhut seines durchgedrehten Vaters gab? Vom Alltag der Kindeserziehung wusste Antti Hytölä nichts. Hatte sie ihre Tochter für Jahre das letzte Mal gesehen, als sie Kirsi am Vormittag bei Mikko zurückließ? Eeva bemerkte auf dem Tallinnanaukio einen Mann, der wie Mikko aussah, unter seinem Anorak schaute ein Stück vom Pullover heraus. Würde irgendetwas jemals wieder so werden wie vorher? Sehnsucht packte sie und vermischte sich mit der Angst. Wieder schoss ihr der Gedanke an eine Flucht durch den Kopf, eine Flucht ins Ausland – oder in die Drogen. Aber sie sagte sich immer wieder, dass keine der beiden Alternativen irgendein Problem lösen würde, und hoffte, die Versuchung würde nicht zu groß werden.

»Nee, heute treffen wir uns nicht. Jeden Tag hält so was ja kein Schwein aus ... ja, ja, natürlich weiß ich das ... am Anfang sind die immer so, und nach ein paar Wochen liegen sie nur noch auf dem Sofa rum und sagen dir, du sollst noch ein Bier bringen.«

Das hörte sich ganz beängstigend danach an, als hätte die junge Frau, die so laut telefonierte, als wären alle anderen taub, ihren Glauben an das gefühlvolle Wesen des finnischen Mannes verloren, dachte Eeva und schaute sich um. In der Küche des Restaurants hantierte ein Paar, vermutlich waren das die Eigentümer der Gaststätte. Dann ging die Tür auf, sie drehte sich um, aber statt des Türken kam ein Glatzkopf herein, der seine Tasche schleppte und wie ein Beamter aussah. Sollte sie die Besitzer fragen, ob jemand eine Nachricht für sie hinterlassen hatte? Sie wirkten wie ganz gewöhnliche Gastwirte, es fiel schwer, sich vorzustellen, dass sie etwas mit dem Türken zu tun hatten.

Eevas Hand mit der Gabel verharrte vor ihrem Mund, als der Türke wie aus dem Nichts im Restaurant auftauchte.

»Wir haben es eilig, folgen Sie mir«, sagte er barsch und griff nach ihrer Schulter. Das Besteck fiel klirrend auf den Teller, Eeva konnte gerade noch ihren Mantel mitnehmen. Im Laufschritt hasteten sie durch die kleine Küche zur Hintertür des Restaurants und dann ins Treppenhaus, wo sie die wütenden Rufe der Restaurantbesitzer nicht mehr hörten.

Sie rannten in das unterirdische Parkhaus von Itäkeskus, wo ihre lauten Schritte das Brummen der Klimaanlage und die Geräusche der Autos übertönten. Der Türke schob Eeva zur Fahrerkabine des Transit-Transporters und ging selbst schnell auf die andere Seite.

»Die Sicherheitspolizei beschattet Sie seit gestern, wahrscheinlich werden auch Ihre Gespräche abgehört. Wir müssen schnell hier weg, in diesem Haus befindet sich eine Polizeiwache«, sagte Turan Zana und fluchte innerlich über seine Helfer. Bei der Wahl des Restaurants hatten sie ihren ersten groben Fehler begangen.

Der Transporter fuhr über die Rampe aus dem Parkhaus hinaus, bog auf der Itäkatu nach rechts ab und beschleunigte in Richtung Zentrum.

»Sie werden bald gebraucht, in ein paar Stunden. Eine Weile müssen Sie noch warten«, erklärte der Türke Eeva, als der Wagen in den Verkehrsstrom auf dem Itäväylä eintauchte.

Eeva überlegte, warum Ratamo ihr nicht erzählt hatte, dass die SUPO sie überwachte. Und woher kannte sie den stechenden Geruch in der Fahrerkabine? Blitzartig wurde es ihr klar, das war Pulvergestank, sofort stieg ihre Angst in die fünfte Potenz. »Was muss ich tun? Wofür wird mein Zahlengedächtnis gebraucht?«

Zana überlegte einen Augenblick, was er antworten sollte. Adil hatte verboten, zu viel auszuplaudern. »Sie müssen den Code zu einem … wichtigen Datensystem knacken.«

Eevas Gehirn setzte einen Augenblick aus. Hatte der Türke die falsche Frau als Opfer gewählt? »Damit kenne ich mich doch aber überhaupt nicht aus …«

»Hören Sie. Wir wollen auf einige Internetseiten gelangen, die mit einem Passwort geschützt sind, das …«

Zana machte eine heftige Bewegung am Lenkrad, als er die Abfahrt Herttoniemi und Roihupelto bemerkte.

»Ich verstehe von Computern oder Passwörtern genauso wenig wie …«

Zanas wütender Blick brachte Eeva zum Schweigen. »Diese Internetseiten sehen aus wie ganz normale, von Studenten und jungen Intelligenzbestien entwickelte Seiten mit Gedächtnisspielen, die findet man zu Dutzenden im Internet. Eines der Spiele ist dasselbe, das Sie bei dem Wettbewerb gewonnen haben«, sagte er und blieb an einer Ampelkreuzung stehen. »Auf dem Monitor werden für zwei Sekunden fünfzehn Ziffern gezeigt, die man innerhalb von zehn Sekunden in der richtigen Reihenfolge eingeben muss. Das ist nur möglich, wenn man sie sich merken kann, niemand ist imstande, sie in zwei Sekunden aufzuschreiben.«

Eeva fielen vor Erleichterung die Schultern nach vorn. Das würde sie vielleicht schaffen.

Zana gab Gas und bog nach rechts ab. »Die Zahlenreihe ist jedesmal anders, es gibt in der Welt nicht viele solche Gedächtnismonster wie Sie, und alle anderen, die diese versteckten Seiten öffnen wollen, müssen die Reihe von fünfzehn Ziffern im Voraus wissen.«

Eeva dachte über das Gehörte nach. »Warum erscheinen

die Ziffern kurz auf dem Bildschirm? Die ... zugelassenen Nutzer müssen sie ja wohl kennen?«

»Darum!«, brüllte Zana. *Verärgere die Frau nicht, verärgere sie nicht ...* »Natürlich haben die Nutzer alle Schlüsselzahlen. Aber auch sie wissen vorher nicht, welche Zahlenreihe dran ist. Das verraten die ersten beiden Ziffern der Zahlenreihe, die auf dem Monitor gezeigt wird, das sind nie dieselben.«

Der Transporter hielt an der Bushaltestelle in der Siilitie, und Zana nickte in Richtung des Restaurants, das auf der rechten Seite zu sehen war. »Warten Sie dort, jemand, den Sie kennen, wird Sie abholen.«

Vielleicht würde ihr das gelingen, dachte Eeva und sah, wie die Rücklichter des Wagens in Richtung Roihuvuori verschwanden. Bei der Gedächtnis-WM hatte man das Licht in dem Raum gelöscht, dann wurde den Wettbewerbsteilnehmern ein Zettel mit den Zahlenreihen vorgelegt und das Licht für genau zwei Sekunden eingeschaltet. Auf dem Computerbildschirm könnten die Zahlen sogar leichter zu lesen sein, zumindest mussten sich die Augen nicht innerhalb kürzester Zeit von der Dunkelheit an das grelle Licht anpassen. Und ihr Rekord lag bei achtzehn Ziffern, jetzt müsste sie sich nur fünfzehn merken. Aber diese Wettbewerbe waren ein Spiel, jetzt würde sie unter extremem Druck stehen, der Preis wäre ihre Zukunft, und an die Strafe wollte sie gar nicht denken.

Sie knöpfte ihren Mantel zu, machte auf dem Absatz kehrt und ging zum Restaurant »Siilinpesä«. Welche Dateien waren so wichtig, dass jemand so viel Mühe aufgewendet hatte, um sich solch ein Passwort auszudenken? Wessen Idee war das? Und wer würde sie abholen?

41

»Die Ermittlungsgruppe trifft sich jetzt sofort, egal, was Palosuo gesagt hat«, brüllte Erik Wrede an der Tür von Riitta Kuurmas Zimmer in der ersten Etage der SUPO. »Nehmt eure Sachen mit, und ab in die operative Zentrale!« Er zog Ratamo, der neben ihm stand, am Ärmel, und die beiden gingen weiter.

Ratamo wusste nicht, was geschehen war, aber es musste etwas Wichtiges und Eiliges sein. Der Schotte rief die Ermittlungsgruppe zusammen, obwohl Ulla Palosuo darum gebeten hatte, zu warten, bis sie wieder in der Ratakatu war. Es fiel ihm schwer, sich auf die Arbeit zu konzentrieren, da ihm die Worte von Nellis Ärztin ständig durch den Kopf gingen.

Wrede schnaufte, als sie die Treppe in die zweite Etage hinaufstiegen. »Man kann schließlich nicht warten, verdammt noch mal, bis die Chefin ihre ... Probleme gelöst hat. Die Ermittlungen haben ihr eigenes Leben, sie sind nicht ...«

Die beiden Männer hatten kaum ihre Unterlagen auf dem Tisch in der operativen Zentrale ausgebreitet, da kam Riitta Kuurma schon hereingestürmt.

Wrede riss eine vollgekritzelte Seite des Flip-Charts herunter, knüllte sie zusammen und warf sie in den Papierkorb. Er fühlte sich in der Rolle als Leiter sichtlich wohl. »Die Kriminalpolizei fahndet derzeit nach Eeva Hallamaa, die Frau soll festgenommen werden, weil sie im Verdacht steht, Arkadi Kirilow ermordet zu haben«, sagte er laut und genoss es für einen Augenblick, wie verdutzt seine Kollegen dreinschauten.

»Hallamaas Vater hat die Seriennummer seiner Luger mitgeteilt: Es ist die Mordwaffe. Die Jungs waren sofort bei Hallamaa senior und haben ihn befragt. Als sie ihn ein bisschen unter Druck gesetzt haben, hat er zugegeben, dass seine Tochter weiß, wo die Waffe aufbewahrt wird. Eeva Hallamaa hat die Schlüssel zu ihrem Elternhaus immer noch, sie konnte die Luger jederzeit holen, ohne dass ihr Vater davon wusste.«

Ratamo spürte, wie sein Gesicht vor Wut heiß wurde, gleichzeitig empfand er aber auch Mitleid. War Eeva also doch in die Morde an den Russen verwickelt? Hätte er also doch den eindeutigen Zeichen ihrer Schuld glauben müssen: der verschwundenen Luger, den phantasievollen Geschichten von dem Türken, den nie jemand anderes gesehen hatte ... War es ein schwerer Fehler gewesen, Eeva zu vertrauen, musste er nun stempeln gehen? Ratamo fürchtete, dass er sein Leben nicht mehr im Griff hatte, das lag an der ständigen Müdigkeit.

»Riitta, wie ist die Lage?« Die Frage des Schotten im Befehlston ließ Riitta Kuurma nach einem Blatt ihrer Unterlagen greifen. »Wir haben Turan Zanas Persönlichkeitsprofil vom türkischen Nachrichtendienst erhalten. Das Foto des Mannes, das allerdings uralt ist, wurde überall in der Hauptstadt und der Umgebung verteilt. Und die Männer von der Überwachung befragen jetzt alle Kurden zu Zana, da aus denen, die sonst als Informanten dienen, nichts herauszukriegen war. Zana wird zwar früher oder später gefunden, aber ...«

Ratamo unterbrach sie: »Hat denn nicht dein Kontakt beim MI 5 gesagt, dass der Terroranschlag schon morgen passieren wird? Um sechs Uhr finnischer Zeit?« Riitta Kuurma nickte. »Es bleiben nur reichlich vierundzwanzig Stunden Zeit. Zana muss jetzt sofort gefunden werden, wenn wir ihn verhören wollen. Und ich glaube eigentlich nicht, dass man ihn leicht zum Reden bringen wird.«

»Du nimmst ab jetzt wieder normal an den Ermittlungen teil«, sagte Wrede und begnadigte damit Ratamo. »Jetzt werden alle gebraucht, nach Ende der Ermittlungen wird man sehen, was dann unternommen wird.«

Ratamo staunte, das war das erste Mal, dass Wrede etwas für ihn tat. »Pass nur auf, dass Palosuo dich nicht auch aufs Abstellgleis schiebt.«

»In Kürze wird man sehen, wer hier wen aufs Abstellgleis schiebt. Palosuo kommandiert vielleicht nicht mehr lange hier herum, wenn sie ...«

Wredes Zorn legte sich, als die Tür aufging und der Ermittler Ossi Loponen hereingelatscht kam, wie üblich ohne anzuklopfen. »Ich habe gute und schlechte Nachrichten. Turan Zana ist mit Sicherheit in Helsinki. Ein Ehepaar, das in einem Kurdenrestaurant Mittag essen war, hat ihn auf den Fotos erkannt, und es gibt auch andere Hinweise. Aber Eeva Hallamaa ist nirgendwo zu finden, ihre Tochter hat sie bei ihrem Lebensgefährten gelassen.«

Ratamo musste daran denken, wie Eeva ihm im Sommer das erste Mal ihre Probleme anvertraut, von der Drogenhölle erzählt und geschworen hatte, dass sie ihr Leben nie wieder, um keinen Preis der Welt, ruinieren würde. Und in den letzten Monaten hatte es keine Anzeichen dafür gegeben, dass sie wieder Speed nahm. Vielleicht war das doch alles von jemandem sorgfältig inszeniert worden. Er beschloss, Eeva zu vertrauen, auch wenn die Gefahr bestand, dass er für seine Blauäugigkeit bestraft würde.

»Du bist nicht schuld, wenn Eeva Hallamaa irgendeine Dummheit begangen hat«, sagte Kuurma, um Ratamo aufzumuntern.

Doch sie erreichte damit genau das Gegenteil. »Ihre Tochter ist auch nicht schuld, Kirsi wird aber dennoch darunter leiden müssen.«

Wrede klopfte mit den Knöcheln auf den Tisch. »Jetzt konzentrieren wir uns auf die Suche nach den Kurden. Bittet die Kollegen um Unterstützung, soweit es erforderlich ist. Diese Ermittlungen haben jetzt den absoluten Vorrang. Wenn das jemand nicht glaubt, dann sagt ihm, er soll mich anrufen. Und das gilt auch für Palosuo«, verkündete der Schotte selbstsicher, und die Besprechung war zu Ende.

Ratamo packte zufrieden seine Unterlagen ein, er hatte schon vergessen, warum Wrede trotz seines komplizierten Charakters der zweite Mann der SUPO war. Wenn es hart auf hart kam, war Wrede der richtige Mann am richtigen Ort: kontrolliert aggressiv und schnell in seinen Entscheidungen. Aus dem Schotten könnte ein guter Chef werden, wenn er es noch lernen würde, seine Untergebenen zu schätzen. Ohne Orchester war auch der allerbeste Dirigent nur ein Mann im Frack mit einem kleinen Holzstöckchen.

Eine halbe Stunde später betrat Ratamo hinter dem Hausmeister, der einen Jeansoverall trug, den Treppenflur des Hauses in der Helsinginkatu.

»Verdammt, diese Kerle haben überhaupt keinen Anstand mehr.« Der untersetzte Hausmeister wurde wütend, als er im Treppenhaus die Krakel sah, die jemand mit schwarzer Tusche an die Wand gemalt hatte. »Früher war es einfacher, weil sich die Jugendlichen nur mit Bier zugeschüttet haben, jetzt nehmen sie diese Pillen und sonst noch was. Schnaps macht schlapp, aber dieses andere Drogenzeug lässt sie die Wände hochgehen und allen möglichen Unsinn machen.«

Der Hausmeister blieb in der ersten Etage vor der Wohnungstür stehen, warf Ratamo einen Blick zu und klapperte mit dem Schlüsselbund. »Was hat denn dieser Held hier angestellt, wenn sich sogar die Sicherheitspolizei die Mühe macht, hierherzukommen?«

»Eine reine Routineangelegenheit«, antwortete Ratamo. »Warten Sie hier, ich bleibe nicht lange.«

Ratamo betrat den Flur. In der fast leeren Ein-Zimmer-

Wohnung roch es anders als normalerweise in finnischen Wohnräumen, nach Kräutern und Gewürzen. Er war hier, weil sich eine Oma aus dem Haus in den letzten Wochen mehrfach bei der Polizei über einen Mann beschwert hatte, der sich verdächtig benahm, ihre Beschreibung traf auf Turan Zana zu.

Abfall knirschte unter seinen Schuhen, als er in die Kochnische ging. Auf der Arbeitsplatte lag ein seltsamer Teebeutel, und der Inhalt des Kühlschrankes erinnerte an die Abfalltonne eines Multikulti-Restaurants. Er machte einen Rundgang durch die kleine Wohnung, überprüfte zerknülltes Papier, das auf dem Boden herumlag, und durchwühlte die Schubfächer einer Kommode, fand aber keinerlei Hinweise auf den Bewohner.

Ratamo öffnete die Badtür und tastete nach dem Lichtschalter, als sich irgendetwas bewegte. Er duckte sich instinktiv, im selben Augenblick spürte er einen Aufprall, jemand stürzte sich auf ihn und versetzte ihm einen Faustschlag in den Magen. Knochen krachten an die Wände des engen Badezimmers, beide wollten den jeweils anderen zu fassen kriegen. Dann gelang es dem Angreifer, Ratamo zu treten, der schlug mit dem Kopf auf die Badewanne, ihm wurde schwarz vor Augen, die Schritte des Angreifers verklangen.

Ächzend quälte sich Ratamo hoch, hielt sich einen Augenblick am Rand der Wanne fest und taumelte ins Treppenhaus, wo er gerade noch hörte, wie die Haustür zwei Stockwerke weiter unten ins Schloss fiel.

»Hast du den Mann gesehen?«, knurrte er. Der Hausmeister starrte ihn völlig verdutzt an.

»Bevor ich irgendwas kapiert habe, war er schon auf der Treppe. Von hinten sah er ein bisschen aus wie du.«

42

Sliman Mouni stand inmitten der Menschenmenge im Kreuzfahrtterminal des Hafens von Nynäshamn, sechzig Kilometer von Stockholm entfernt. Er hörte das Stimmengewirr um sich herum und betrachtete durch die Panoramafenster die prächtige »Pride of Britain«. Das Kreuzfahrtschiff war riesig, wie ein umgekippter Wolkenkratzer. Wenn dieser Anschlag gelänge, dann würde sein Name nicht nur in die Geschichte der Organisation Takfir wal Hijra, sondern auch der gesamten islamischen Revolution eingehen.

Er hielt den Pilotenkoffer mit Rollen so fest, dass seine Knöchel ganz weiß waren. Als er das bemerkte, lockerte er den Griff, atmete tief durch, summte einen seiner Lieblingssongs vor sich hin und schaffte es schließlich, dass sich sein Herzschlag beruhigte. Er musste wie ein junger erfolgreicher Geschäftsmann aussehen und die Einladungskarte sorglos in der Hand halten. Sein Blick wanderte suchend über das Menschenmeer, fand aber seine zwei Gefährten nicht.

An den Wänden des Terminals waren unterhalb der Decke hier und da Überwachungskameras zu sehen, ihnen konnte man nicht entgehen, weder im Hafen noch auf dem Schiff. Plötzlich erblickte Mouni ein paar Meter entfernt einen Sicherheitsmann in dunkelblauem Overall und mit Dienstmütze und gleich dahinter einen zweiten. Der Sicherheitsmann stoppte einen dunkelhäutigen Mann in Jeans und Lederjacke, der nervös wirkte, und führte ihn in den mit einem schwarzen Vorhang abgeteilten Raum für die Sicherheitskontrolle. Mounis Puls beschleunigte sich wieder, als er die Sicherheitsleute an der Tür zur Passagierbrücke bemerkte. Aber einen Metalldetektor sah er nicht, das war das Wichtigste.

Sie würden die Sicherheitskontrolle überstehen, sagte

sich Mouni. Alles war berücksichtigt worden: Sie trugen die Standardkleidung von Geschäftsleuten, einen dunklen Anzug und einen langen Mantel aus Wollstoff, ihr Gepäck bestand nur aus Pilotenkoffer und Laptop, und sie sahen auch wie Menschen aus einem westlichen Land aus. Umar Hussain hatte für die wichtigste Aufgabe in der Geschichte von Takfir drei blauäugige und hellhäutige algerische Berber ausgewählt.

Das Stimmengewirr schwoll an, als das Tor zur Passagierbrücke geöffnet wurde und die Menschenmasse anruckte. Es dauerte einen Augenblick, bis sich Schlangen bildeten. Mouni beobachtete die Sicherheitsleute unauffällig, man durfte nicht zu ihnen hinstarren, und als er sah, dass einer seiner beiden Gefährten die Kontrolle am Tor problemlos passierte, fasste er Mut.

Sechs Jahre, das war eine lange Zeit für die Vorbereitung auf eine einzige Aufgabe. Umar hatte ihn in Madrid für Takfir angeworben, als Sliman noch Betriebswirtschaft an der Universität studierte. Er hatte seine Prüfungen mit Spitzennoten bestanden und sich auf Umars Befehl in der Hauptfiliale eines großen deutschen Unternehmens in Frankfurt beworben, dort sollte er seinen Marktwert steigern. Im Jahre 2003 hatte Umar ihn und die zwei anderen Takfir-Mitglieder, die an diesem Auftrag beteiligt waren, nach London beordert. Sie hatten alle drei innerhalb eines halben Jahres Arbeitsplätze in Beratungsfirmen bekommen und von da an nur auf den Augenblick gewartet, der schon bald, in siebenundzwanzig Stunden, kommen würde. Der Augenblick, in dem die »Pride of Britain« mit dreitausend Menschen in der eisigen Ostsee versinken würde.

Plötzlich blieb ein Sicherheitsmann ganz überraschend in seiner unmittelbaren Nähe stehen. Mouni betrachtete konzentriert ein Kleinkind, das auf dem Fußboden herumkroch, lächelte dabei und hielt seine Hand so, dass der

Mann seine Einladungskarte sah. Es war ein Vorteil für die Mitglieder von Takfir, dass die Identität aller Passagiere schon im Voraus überprüft worden war: Ihr Vorleben war makellos.

Der Sicherheitsmann bat eine junge Frau, die vor Mouni stand und Kaugummi kaute, höflich in den Raum für die Sicherheitskontrolle, und der Algerier atmete wieder etwas befreiter. Im gleichen Augenblick bemerkte er, dass sein zweiter Gefährte über die Passagierbrücke ging. Ausgezeichnet, zwei von dreien waren schon auf dem Schiff. Auch ihm würde es gelingen, das musste es auch, in seinem Koffer befanden sich die Zündkapseln, die Zünder und die Schaltuhren. Seine Kameraden trugen in ihren Koffern insgesamt zwanzig Kilo eines Plastiksprengstoffs, den die Amerikaner als Composition C bezeichneten; er wurde mit Plastifizierern und Bindemitteln aus einem der wirksamsten für militärische Zwecke entwickelten Sprengstoffe der Welt hergestellt, aus RDX. Ein halbes Kilo dieses Zaubermittels hatte genügt, um 1988 den Boeing-747-Jumbojet über Lockerbie zu zerstören. Sie würden imstande sein, Besseres zu leisten.

Mouni war einen Meter von der Passagierbrücke entfernt, als am Tor ein anderer Sicherheitsmann sein Augenmerk auf ihn richtete und sich in Bewegung setzte. Er kam direkt auf ihn zu und holte etwas aus seiner Tasche. Zurückgehen konnte Mouni nicht, die Möglichkeit der Flucht gab es nicht … Er schaute den Sicherheitsmann freundlich an und summte etwas vor sich hin. Sein Herz raste.

»Zlatan Ibrahimović?«, sagte der Sicherheitsmann erwartungsvoll und streckte Mouni einen Stift und einen kleinen Block hin.

Mouni verstand nicht, was der Mann von ihm wollte, sein Herz hämmerte wie verrückt, er bemerkte, dass er schwitzte, aber der Sicherheitsmann lächelte nur und hielt ihm den Block unter die Nase.

Plötzlich brach der andere Wachmann am Tor in Gelächter aus und rief seinem Kollegen, der den Notizblock hin und her schwenkte, auf Schwedisch etwas zu, daraufhin änderte sich dessen Gesichtsausdruck, nun schaute er betreten drein. Die Schlange setzte sich wieder in Bewegung, und Mouni erreichte das Tor.

»Entschuldigen Sie, ich habe Sie für einen berühmten schwedischen Fußballer gehalten«, murmelte der Sicherheitsmann auf Englisch und bedeutete Mouni, die Brücke und den Luxuskreuzer zu betreten.

Sliman Mouni hoffte, dass niemand gesehen hatte, wie seine Hände zitterten. Sie befanden sich auf dem Schiff, das Schlimmste war überstanden. Nichts würde die Zerstörung der »Pride of Britain« nun noch aufhalten.

43

Nie hatte er etwas mehr gehasst als Helsinki gerade jetzt, dachte Wassili Arbamow verbittert, während das Taxi im nachmittäglichen Berufsverkehr das Zentrum der Stadt erreichte. Es gab nur eine Ausnahme: Kresty. Die Angst, gefasst zu werden, sorgte dafür, dass ihm die Erinnerungen an das widerwärtige Untersuchungsgefängnis in Sankt Petersburg ständig durch den Kopf gingen, obwohl er alles versuchte, um sie aus seinem Bewusstsein zu verbannen.

Gretschnewaja kascha, schon allein von dem Gedanken an die Buchweizengrütze wurde ihm übel. Die hatte man ihnen im Kresty früh und abends zu essen gegeben, begleitet vom Gebrüll der Wärter in ihren Tarnanzügen und den übers Gesicht gezogenen Kommandomützen. Arbamow spürte in der Nase den säuerlichen Gestank der Suppe und der Ausscheidungen der Gefangenen und verzog das Gesicht.

Er war hier, weil es nur zwei Alternativen gab: Entweder

er zahlte den Kurden fünfundzwanzig Millionen Dollar und verdiente dafür in den nächsten Monaten durch den Heroinhandel die zehnfache Summe, oder er ließ Turan Zana die Beweise für seine und Umars Heroinoperation den Behörden übergeben und verlor dadurch Millionen, außerdem würden seine Unternehmen zerstört, und er würde den Rest seines Lebens entweder auf der Flucht vor dem Gesetz oder im Kresty verbringen.

Es gab also keine echten Alternativen. Er musste in die Erpressung der kurdischen Gangster einwilligen, obwohl das endlos viele Risiken in sich barg: Selbst wenn er zahlte, könnten ihn die Kurden denunzieren oder später weiter erpressen. Er besaß kein Mittel, das ihm garantierte, das gesamte Beweismaterial erhalten zu haben.

Es war Zeit, Turan Zana anzurufen, beschloss Arbamow und befahl Renata, die Nummer des Kurden einzutippen. Er wartete darauf, dass sich jemand meldete, und je länger der Rufton zu hören war, umso nervöser wurde er. Die Phantasie ging mit ihm durch: Vielleicht ortete gerade jemand seine Position, vielleicht würde die Polizei das Taxi an der nächsten Kreuzung stoppen, oder vielleicht würde auch er bei einem Raketenanschlag sterben wie Aslan Murtazaliew vor drei Tagen in Sankt Petersburg.

»Turan Zana.«

»Ich bin in der Stadt. Wenn man das hier so bezeichnen kann«, sagte Arbamow.

»Wir treffen uns auf dem Senatsplatz am Denkmal für Alexander II.«

Arbamow gab Zanas Anweisungen an Renata weiter, die über eine Minute brauchte, bis sie es dem Taxifahrer auf Englisch erklärt hatte.

»Du glaubst also nicht, dass die Kurden auf dem Senatsplatz schießen?«, fragte Arbamow, machte sich aber nicht die Mühe, Renata dabei anzuschauen. Er wollte nicht, dass

sie mit ihm flirtete, um seine Verärgerung zu beschwichti-
gen. Renata war den Kurden in die Falle gegangen und
würde für ihren Fehler büßen, sobald sie nicht mehr gebraucht wurde.

»Die werden ja wohl kaum wollen, dass man sie erwischt.
Der Platz liegt im Zentrum von Helsinki, dort befinden
sich um diese Zeit immer viele Leute, und auf den Straßen,
die aus dem Zentrum hinausführen, kommt man nur er-
bärmlich langsam voran. Ich rufe Ruslan an, er soll uns den
Rücken freihalten.« Renata studierte noch eine Weile den
Stadtplan von Helsinki und holte dann ihr Telefon aus der
Tasche.

Als das Taxi vor dem Regierungspalais anhielt, drückte
Arbamow dem Fahrer zwei Zwanzig-Euro-Scheine in die
Hand und stieg aus, ohne auf das Wechselgeld zu warten.
Er atmete die kalte Luft tief ein, beobachtete den großen,
offenen und schneebedeckten Platz und begründete noch
einmal vor sich selbst, warum es unabdingbar war, zu zahlen: Er wollte nicht ins Kresty oder für den Rest seines Lebens auf der Flucht sein. Nein, er wollte das Drogenprojekt
zu Ende führen und dabei so viel Geld machen, dass er alle
seine illegalen Geschäfte aufgeben und für immer nach
London ziehen konnte. Es half, wenn die Dinge im Kopf
klar waren, nun fühlte er sich bereit. Er musste es sein.

Das Denkmal Alexanders II. war schon von weitem zu sehen. Arbamow ging darauf zu, gefolgt von Renata, und
überlegte, ob die Kurden das Denkmal des russischen Zaren
zufällig gewählt hatten oder ob ihnen die Ironie der Situation klar war.

Alexander II. in zehn Metern Höhe und die prächtigen
Bronzefiguren auf dem roten Granitsockel hätten Arbamow gar nicht weniger interessieren können. Eine Touris-
tengruppe irgendwoher aus Asien umkreiste das Denkmal,
Kameras klickten.

Renata stellte sich auf der Westseite des Zaunes, der das Denkmal umgab, neben Zana und schaute Arbamow einladend an.

»Erledigen wir das schnell. Möchten Sie die Einzahlung auf das Konto, das Ihr finnischer ... Assistent in dem Erpresserbrief angegeben hat?« Arbamow würdigte Zana keines Blickes. Er legte seinen Laptop auf den Zaun, schaltete ihn ein und ging ins Internet.

»Wir haben sicherheitshalber ein anderes Konto gewählt.« Zana reichte Arbamow einen Zettel. »Geben Sie als Empfänger der Einzahlung lieber ›Kontoinhaber‹ an und nicht PKK. Bei fünfundzwanzig Millionen Dollar sollte man vorsichtig sein.« Er bemühte sich, witzig zu klingen, obwohl er nur den Rollentext aufsagte, den Adil ihm vorgegeben hatte.

Arbamow überwies das Geld auf das Konto, ohne dabei etwas zu empfinden. Es war schwer gewesen, eine Entscheidung zu treffen, nicht, sie auszuführen.

Zana schaute dem Russen über die Schulter, beobachtete den Überweisungsvorgang und vergewisserte sich dann mit einem Anruf, dass die Summe tatsächlich eingetroffen war. »Die Zeichnungen von Militech Russia«, sagte Zana und erhielt von Renata eine Pappröhre, er überprüfte den Inhalt und reichte Arbamow eine schwarze Tasche.

Der Russe lachte und schaute Zana das erste Mal in die Augen. »Ich weiß nicht, was es für einen Sinn haben soll, die überhaupt zu öffnen. Auch wenn Sie versuchen sollten, mich hinters Licht zu führen, kann ich jetzt nichts machen.«

Zanas Lockerheit verschwand auf einen Schlag. »Seien Sie vorsichtig. In unserer Kultur ist die Ehre wichtiger als das Leben. Wir töten um der Ehre willen.«

Als Arbamow den Kurden mit dem fleckigen Gesicht anschaute, wurde sein Zorn noch größer, das lag aber nicht am Aussehen oder Wesen Zanas, vielmehr erkannte Arbamow die unausweichliche Tatsache, dass es nicht dieser Mann gewesen sein konnte, der den Erpressungsplan ausgearbeitet hatte. Zana war kein Führer und kein Planer, sondern ein Soldat. Der Kurde strotzte vor Testosteron. Wer steckte dahinter? Er würde es herausfinden, eines Tages.

Arbamow öffnete die Tasche und kramte fieberhaft in den Unterlagen: Fotos, eine Liste seiner Männer, Speicherkarten einer Kamera, DVDs ... Für einen Augenblick wagte er zu hoffen, dass Zana die Wahrheit gesagt hatte. Er schloss die Tasche und schüttelte sich den Schnee von den Schultern. »Ich hoffe wirklich, dass wir uns nie wieder begegnen. Obwohl man in Russland sagt, dass auch der ewige Frieden nur bis zum nächsten Jahr hält.«

44

Unterhalb der Betonhäuser von Merihaka heulte ein eisiger Wind, aber Adil kümmerte sich nicht darum. Er wartete an der Bushaltestelle in der Haapaniemenkatu, die durch das riesige Parkhaus verlief, auf Turan Zana und spürte den Sturm der Gefühle und Gedanken, der in ihm tobte. Schopenhauer hatte recht gehabt, als er behauptete, das Genie wohne nur eine Etage höher als der Wahnsinn.

Die Vorbereitungen würden bald abgeschlossen sein, Turan Zana und Wassili Arbamow hatten ihre Aufgaben erfüllt, gleich durfte er Eeva treffen und dafür sorgen, dass sich das Recht durchsetzte. Danach war die Zeit für das Finale gekommen, der morgige Tag würde die Welt verändern.

Turan Zana kam mit seinem Transporter aus Richtung Zentrum und bemerkte Adil an der Bushaltestelle. Er bremste, bog nach links ein und stellte den Wagen auf einem Platz für Besucher des Finanzamtes ab.

»Adil ist sicher zufrieden, in Finnland ist alles perfekt gelaufen.«

»So ist es, mein Bruder, bald können wir nach Hause fahren.«

Adil hörte von Zanas Dialog nur ein Murmeln, als der Kurde auf ihn zukam. Die Anspannung beschleunigte den Stoffwechsel in den Zellen und Geweben, dachte Adil, der Ausstoß von Adrenalin und Non-Adrenalin nahm zu, das Nervensystem wurde empfindlicher, das Herz schlug heftiger, die Muskeln wurden angespannt und die Reflexe beschleunigt, die Pupillen erweiterten sich, die Blutgefäße der Haut verengten sich, und die Leber setzte zusätzliche Glukose frei. Er war bereit.

»Hast du Erfolg gehabt?«, fragte Adil, nahm Zana am Mantelärmel und führte ihn weiter in das Parkhaus hinein.

»Ohne die geringsten Probleme. Wassili Arbamow hat seine Niederlage eingesehen und brav gezahlt. Nach ein paar Minuten war das ganze Treffen vorbei.« Zana versuchte gar nicht, seinen Stolz zu verbergen. Von dem Handgemenge im Badezimmer der Wohnung in der Helsinginkatu wollte er Adil natürlich nichts erzählen.

»Wunderbar, ich gratuliere. Und was ist mit deinen Leuten?«

»Die sind schon bald auf der Fähre nach Schweden. Und die Männer, die geholfen haben, den Kommandotrupp von Renata Gergijewa auszuschalten, sind schon auf dem Rückweg nach Norwegen.«

»Wackerer Othello, in den Kampf gegen den Türken, den gemeinsamen Feind, müssen wir nun sogleich ziehen«, sagte Adil fröhlich und erreichte, dass sein Helfer lächelte. »Du erlaubst ja wohl, dass ich Shakespeares Worte ein wenig variiere?«

Ihre Schritte hallten in dem öden und kalten Parkhaus wider, als Adil und Zana immer tiefer in das Reich der Neonröhren, Autos und summenden Klimaanlagen eindrangen.

»Dort kann uns niemand sehen.« Adil führte Zana zwischen den Betontreppen hindurch in eine dunkle Ecke hinter einen LKW der Brauerei Koff. »Und die Aufzeichnung, ist das gelungen?«

Zana öffnete seine Tasche, nahm einen Stapel Unterlagen heraus und zeigte Adil die wenige Zentimeter großen Kameras, die auf dem Taschenboden lagen. »Vier davon haben wir am Denkmal auf dem Senatsplatz vor dem Treffen befestigt, und meine Männer hatten in ihrem ganz in der Nähe geparkten Auto den Sender, den Empfänger und einen DVD-Recorder.« Zana kramte in seiner Tasche, hantierte eine Weile mit den Geräten herum und hielt dann Adil einen etwa handtellergroßen Flüssigkristalldisplay vor die Augen.

»*Möchten Sie die Einzahlung auf das Konto, das Ihr finnischer ...*« Wassili Arbamows Stimme war aus dem Lautsprecher zu hören und sein Gesicht auf dem Display zu sehen.

»Wunderbar, du hast dich selbst übertroffen. Und das sind sicherlich unsere Exemplare der Beweise und die Zeichnungen der E-Rakete«. Adil zeigte auf den Stoß Papier, den Zana hielt, und bekam ein Nicken als Antwort.

Mit einer raschen flüssigen Bewegung schob Adil seine rechte Hand in die Brusttasche seines Kaschmirmantels, zog eine Pistole vom Typ PSS Vul heraus, hielt den Lauf ganz dicht an Zanas Kopf und schoss zweimal.

Einen Augenblick starrte Zana seinen Wohltäter verdutzt an, er hatte zwei schwarze Löcher in der Stirn, dann fiel er zusammen wie ein geplatzter Reifen. Hinter seinem Ohr schlängelte sich ein Blutrinnsal über den Beton.

Adil betrachtete Zanas Leiche und wunderte sich, dass er nichts anderes empfand als Sorge um das, was kommen würde. Er hatte das erste Mal in seinem Leben einen Menschen getötet. Dankbarkeit empfand er aber doch: Zana hatte mit den ihm erwiesenen Diensten und mit seinem

Tod bei der Umsetzung des Plans geholfen. So viel dazu, jetzt war alles in Ordnung. Niemand hatte die Schüsse gehört, weil die Waffe fast lautlos war. Etwas Gutes hatten auch die Russen der Welt gegeben, dachte Adil: Eine fast geräuschlose Pistole, mit der man mühelos sogar durch kugelsichere Westen schießen konnte. Die üblichen Schalldämpfer verringerten die Durchschlagskraft der Waffen, also hatten die Russen stattdessen eine lautlose Munition erfunden. Geniale Ideen waren einfach, das wusste Adil besser als jeder andere.

»Jeder Kommunist muss die Wahrheit begreifen: ›Die politische Macht kommt aus den Gewehrläufen‹«, zitierte Adil aus Maos Kleinem Rotem Buch. Als Rache. Er hatte Zanas Angewohnheit, seinen Opfern stets Gedanken Mao Tsetungs, des ideologischen Lehrvaters der PKK, als vermeintliche Weisheiten mitzugeben, verabscheut; wer richtig auswählte, konnte aus jedem beliebigen Werk sprichwörtliche Wendungen herauspicken, die sich intelligent anhörten. Mao hatte schließlich mehr Menschen umbringen lassen als Stalin und Hitler zusammen.

Die Waffe legte er Zana auf den Bauch, das bot den Behörden noch mehr Stoff zum Grübeln, denn auch die Agenten des russischen Militärgeheimdienstes GRU verwendeten die lautlose Pistole PSS Vul. Er betrachtete den toten Kurden, der Arme hatte nichts geahnt. Zana war wie eine Mücke gestorben, die auf dem Arm eines Menschen landet und erschlagen wird. Auch eine Mücke würde sich nicht hinsetzen, um zu sterben, wenn sie fähig wäre, das Wesen des Menschen zu begreifen, eine Entität, die auf so überwältigende Weise mächtiger als sie selbst ist. Adil versuchte Mitleid für seinen Helfer zu empfinden, aber es gelang ihm nicht. Vielleicht verstand er, ohne sich dessen bewusst zu sein, wie unbedeutend Zanas Leben verglichen mit seinem Plan war – so musste es sein.

Adil schrak aus seinen Gedanken auf, er musste den Ort, an dem die Leiche lag, verlassen. Er überprüfte, ob sich alle Beweise in Zanas Tasche befanden, sie würden den Behörden ein vollständiges Bild geben, wer für die Herstellung des Heroins, für dessen Schmuggel und Verteilung, für den Mord an Kirilow, Dworkin und Veikko Saari sowie für die Todesfälle durch eine Überdosis überall in Europa verantwortlich war – Arbamow, Umar und Zana. Von ihm selbst wusste niemand etwas. Das heißt, Umar wusste es, aber er würde nie Gelegenheit erhalten, es irgendjemandem zu sagen. Zum Schluss speicherte er auf einer DVD die Daten des Kontos, auf das Arbamow das Erpressungsgeld eingezahlt hatte, steckte sie ebenso in Zanas Tasche wie einige selbst angefertigte Dokumente, in denen Umar Hussain und die Stadt Nadschaf erwähnt wurden, und noch Aufzeichnungen, die sichern würden, dass Eeva ihr Recht zuteil wurde. Die Zeichnungen der E-Rakete nahm er mit, von ihnen brauchten die Behörden nichts zu wissen.

Er eilte im Laufschritt zu seinem Auto. Zum Glück waren keine Fußgänger zu sehen, eine Rolle spielte das aber auch nicht, er würde Finnland noch heute verlassen. Rasch fuhr er mit dem Renault aus dem Parkhaus hinaus auf die Sörnäisten rantatie, bog an einer Tankstelle ab und hielt auf deren Hof.

Mit einem Laptop überwies er das von Arbamow eingezahlte Geld zunächst vom Konto der PKK auf sein eigenes und verteilte es dann auf fünfundzwanzig verschiedene Konten, auf jedes sandte er eine Million Dollar. Das dauerte unangenehm lange. Er war ganz gerührt, als er daran dachte, dass schon bald auch Zanas Traum Wirklichkeit werden würde: In wenigen Stunden würde eine umwälzende Veränderung die ganze Welt erfassen, in deren Verlauf würden auch die Kurden ihren eigenen Staat erhalten. Schade, dass Zana es nicht erleben konnte.

Adil schaltete den Computer aus, seufzte schwer und ließ seine Augen eine Weile auf dem Verkehr ruhen, der die Uferstraße entlangfloss. Das Geld war überwiesen, er hatte eine Kettenreaktion aktiviert, die morgen starten würde. Die Absicht, Gutes zu tun, und das Gemeinwohl verlangten manchmal extreme Taten. Adil war nicht überrascht, dass auch in ihm ein Killer steckte: Zusätzlich zur Begabung musste ein Genie Besessenheit besitzen, und gerade in dieser Besessenheit, die in Form einer scheinbar unerklärlichen, eigenartigen geistigen Aktivität, in Form von ungewöhnlichen Ideen und merkwürdigen Leidenschaften auftrat, dürfte das tiefste Wesen der Genialität verborgen sein.

Zum Glück hatte er wenigstens keinen Hang zur eiskalten, blutigen Grausamkeit wie viele große Männer der Geschichte. Alexander der Große, Stalin, Mao, Calvin … In Adils Gedächtnis tauchte eine Seite aus den Protokollen der Genfer Hexenprozesse im Jahre 1545 auf, in denen Calvin die bis dahin vorgenommenen Hinrichtungen pries und noch mehr Opfer, ja, sogar die Hinrichtung aller Zauberer, forderte. Und Calvin war immerhin ein Mann der Kirche gewesen.

45

Der hämmernde Rhythmus am Anfang von Irwin Goodmans Titel »Die Rose des Säufers« dröhnte schon zum dritten Mal durch die Gaststätte. Eeva wartete voller Spannung an einem Fenstertisch im »Siilinpesä«. Es stank nach Zigarettenqualm, und ständig kam irgendein betrunkener Penner an ihren Tisch und machte ihr alle möglichen Vorschläge. In dieser Gesellschaft wurde sie bei dem Gedanken an Kirsi und Mikko noch betrübter. Mikko hatte eben angerufen, aber nur, um ihr zu sagen, dass er mit Kirsi zusammen auf dem Weg zum Präsidentenschloss war, sie wollten sich die Gäste ansehen, die zur großen Feier am Unabhängigkeitstag eintrafen. Der Mann kümmerte sich um sie beide, war aber dennoch ausgezogen. Das Leben kam ihr vor wie ein grausamer Scherz. War sie tatsächlich wegen ihres Gedächtnisses in diese Hölle geraten? Und was befand sich auf den Internetseiten, versteckt hinter dem Codewort, das sie knacken sollte, wenn man deswegen schon zwei Menschen getötet hatte? Auch das machte ihr Angst.

Jemand klopfte draußen an die Fensterscheibe. Eeva schaute hinaus und hätte vor Erstaunen fast aufgeschrien, als sie Adil im Schneegestöber erblickte. Wieso wusste er, dass sie hier war? Ihr Verstand griff aber nur kurz ins Leere, dann wurde ihr klar, dass Adil also doch an den Ereignissen der letzten Tage beteiligt war. Er gab ihr durch eine Handbewegung zu verstehen, sie solle herauskommen.

»Was machst du denn hier?«, fragte Eeva ihn auf Englisch und wunderte sich, warum Adil so aussah, als hätte er eine Umarmung erwartet.

»Ich habe das alles organisiert. Dein Alptraum ist gleich zu Ende.« Adil hätte Eeva am liebsten einfach in die Arme genommen, die Ärmste sah so verängstigt und verletzlich aus. Er fasste sie leicht an der Schulter und zog sie weg von der Gaststätte und von der Siilitie, bis zu seinem Büro war es nur etwa ein halber Kilometer. »Ich werde dir gleich alles erklären. Ich …«

Eeva riss sich so heftig los, dass sie beinahe in den Schnee gefallen wäre. »Wo ist der Türke? Bist du etwa beteiligt an diesem … diesem …«

»Der Türke heißt Turan Zana, und ich bin dem Mann noch nie begegnet. Doch wie du sehr wohl weißt, habe ich gute Beziehungen. Als ich von deiner Situation erfuhr, habe ich die Dinge mit den Chefs von Zanas … Organisation geregelt. Wenn du dieses Codewort knackst, brauchst du nie wieder auch nur ein Wort von dem Türken zu hören. Ich helfe dir.«

Eeva verstand überhaupt nichts mehr. »Von welcher Organisation sprichst du?«

Ein Ehepaar auf seinem Abendspaziergang lief an ihnen vorbei, als sie vor der Kneipe standen und sich stritten, und schaute sie missbilligend an.

»Je weniger du weißt, umso besser.« Adil ging in Richtung der Anhöhe und bedeutete Eeva mitzukommen.

So sehr Eeva ihr Gehirn auch anstrengte, in ihrem Kopf funktionierte alles nur sehr zähflüssig. Doch diese neue Situation würde wahrscheinlich auch nichts daran ändern, dass sie sich in jedem Falle selbst retten musste. Dann schon lieber an Adils Seite als an der des Killers mit dem fleckigen Gesicht, dachte sie und folgte Adil.

Sie stapften auf dem vereisten Weg den Anstieg hinauf, an einer Schule und einem Kindergarten vorbei, und liefen auf der anderen Seite hinunter bis in die niedrige Unterführung zum Industriegelände von Roihupelto. Man hörte ein kurzes dumpfes Rauschen, wenn Autos darüber hinwegfuhren. Dann gingen sie durch eine schmale Gasse zwischen zwei Industriehallen aus Fertigteilen, in der man das Licht der Straßenlaternen nur noch ahnen konnte; der Schnee knirschte unter ihren Schuhen.

Adil führte Eeva über das Industriegelände bis zu seinem Büro oder vielmehr zum Camp Bucca, ins Gefängnis. Alles war bereit. Zuweilen warf er einen Blick auf seine Geliebte und dachte an ihre gemeinsamen Tage in der Vergangenheit. Traurigerweise war das Schicksal von Genies auf Grund irgendeines Naturgesetzes fast ausnahmslos so tragisch. Adil öffnete die Tür und bedeutete Eeva, vor ihm hineinzugehen.

Eeva glaubte ihren Augen nicht zu trauen. Hatte man sie

ins Gefängnis gebracht? Es dauerte eine Weile, bis sie begriff, dass dies alles vorgetäuscht war: Die Zellen und die Gitter hatte man an die Wand gemalt, die Blutlachen auf dem Fußboden waren Farbflecke, und die Soldaten an der Wand Pappbilder. Und an den Flügeln des Ventilators an der Decke hing eine widerliche nackte Schaufensterpuppe. »Was soll denn das sein?«

»Erst erledigen wir die Arbeit, dann erkläre ich es dir. Alles ist vorbereitet.« Adil zeigte auf den Bürostuhl und wartete, bis sich Eeva gesetzt hatte. »Die Seite mit dem Gedächtnisspiel ist schon geöffnet, du musst nur … Aber du weißt ja wohl schon, was du zu tun hast.«

»Wiederholen wir es noch mal«, sagte Eeva, sie wischte ihre Handflächen an den Hosen trocken und zuckte zusammen, als sie in der Ecke eine Ratte sah, die gierig Futter aus einem Joghurtbecher verschlang.

Adil beugte sich so weit über Eeva, dass er den vertrauten Duft ihrer Haut roch. »Wenn du den Pfeil mit der Maus auf ›Play‹ bringst und klickst, dann wartet der PC zwanzig Sekunden und zeigt danach für zwei Sekunden eine Zahlenreihe von fünfzehn Ziffern. Die mußt du innerhalb von zehn Sekunden in das Fenster darunter eingeben. Für dich ist das eine Leichtigkeit. Nicht einmal ich kann das, wenn es um Zahlen geht.«

»Ich weiß nicht, ob ich imstande …«

Adil lachte. »Das ist für dich doch bloß Training. Liegt dein Rekord noch bei achtzehn Zahlen?«

Eeva antwortete nicht, sie starrte wie hypnotisiert auf den Monitor. Der Hintergrund der Internetseite war weiß, sie sah nichts anderes als das Wort Play und das leere Fenster darunter. Den oberen Teil des Monitors hatte Adil mit schwarzem Klebeband verdeckt, damit sie die Adresse der Site nicht sah. Eeva war so aufgeregt, dass ihre Füße unablässig auf dem Boden auf und nieder wippten. Sie versuchte sich zu konzentrieren, aber ihr Gehirn gab keine Ruhe und stellte bedrohliche Fragen: Würde sie es in der vorgegebenen Zeit schaffen? Was geschähe, wenn es ihr nicht gelang? Ihre Zukunft hing von zwei Sekunden ab.

Eeva griff nach der Maus und hielt sie so krampfhaft fest, dass sie es bemerkte, und versuchte lockerer zu sein und sich zu suggerieren: Denk an Kirsi, tue es für sie, es muss gelingen, dein Kopf ist frei, schau auf die Ziffern, mach ein Bild wie ein Foto.

Ein Mausklick startete die Uhr des Computers. Eins, zwei, drei ... Eeva zählte die Sekunden mit. Ihr Herzschlag beschleunigte sich ... acht, neun ... Das Geräusch der Schritte Adils störte die Konzentration, sie stampfte auf, um ihm zu zeigen, er solle ruhig sein ... zwölf, dreizehn ... in ihren Ohren rauschte es, sie war zu aufgeregt ... 16 ... davon hing jetzt alles ab ... zwanzig.

Die Zahlenreihe tauchte urplötzlich auf dem Bildschirm auf und verschwand genauso schnell wieder. 654197871321546: Eeva hämmerte die Ziffern in die Tastatur und wäre vor Erleichterung fast in Ohnmacht gefallen, als anstelle der weißen Seite Text erschien. Es war ihr gelungen. »Anweisungen der Kommandozentrale Nadschaf ...« Eeva konnte die Worte in Englisch gerade noch lesen, dann wurde der Stuhl gedreht, und sie sah Adil vor sich.

»Hervorragend gemacht. Ich habe es ja gesagt, für dich ist das ein Kinderspiel.« Adil nahm Eeva an der Hand und führte sie zu einem alten Ledersessel, in den sie sich setzen musste.

»Jetzt kann ich dir diese ... Kulisse erklären. Du wirst zugleich erfahren, was mir passiert ist, nachdem ich auf deine ... Initiative aus Finnland in den Irak zurückgekehrt war. Das Schicksal meiner Schwestern und meiner Eltern kennst du schon«, sagte Adil und löschte dabei alle Lichter in dem Raum, außer einer kleinen Tischlampe.

Eeva wusste nicht, was sie erwarten sollte, die Erleichterung nach ihrem Erfolg wich, und an ihre Stelle trat wieder die Angst. Dann erleuchtete der an der Decke befestigte Multimediaprojektor die einzige weiße Wand des Raumes. Der Aufschrei eines Menschen ließ Eeva zusammenfahren, an der Wand lief ein Video, in dem ein wütender Soldat mit einem Stock auf einen am Boden liegenden Mann einschlug, dessen Kopf in einem Sack steckte ... Eeva wandte den Kopf ab und wartete, bis der Schrei erstarb. Dann spähte sie vorsichtig wieder zur Wand. Das Gefängnis in dem Video erinnerte an dieses Büro. Ihr wurde übel. Plötzlich wechselte das Bild, und sie sah einen zuckenden Mann unter einem riesigen Hund.

Empört sprang Eeva auf. »Verdammt, jetzt reicht es!« Sie tastete nach dem Lichtschalter an der Wand.

Adils Hand berührte Eevas Haut, als sie das Licht einschaltete. »Ich dachte, es wäre gut für dich, zu wissen, was es für ein Gefühl ist, wenn man alles verliert.«

Verliert, *forfeit*. Adil hatte dasselbe selten verwendete englische Wort benutzt wie der Türke. Jetzt erinnerte sich Eeva: Es war Adil, bei dem sie das Wort früher schon gehört hatte. Deswegen war ihr das die ganze Zeit durch den Kopf gegangen. Die beiden kannten sich also; arbeiteten Adil und der Türke zusammen? Warum hatte Adil dann gelogen und behauptet, er sei dem Türken noch nie begegnet?

»Du kennst den Türken«, sagte Eeva.

Adil war überrascht, und dann freute er sich. Natürlich hatte seine Geliebte das erkannt, deswegen hatte sie ja auch so gut zu ihm gepasst. »Ich wollte nur dich retten, aber in gewisser Weise habe ich damit gleichzeitig auch dem ... Türken geholfen. Und das ist gut so, nach all dem Unrecht, das euch widerfahren ist, habt ihr es verdient, dass euch nun das Recht zuteil wird. Ich habe dir dieses Video gezeigt, damit du weißt, was mit mir in Camp Bucca geschehen ist, diese Erfahrungen haben bewirkt, dass ich verstanden und fortan alles aus dem richtigen Blickwinkel gesehen habe.«

Eeva starrte Adil an und versuchte zu begreifen, was er sagte. »Hat man dich dort gefoltert? Und was bedeutet, du hast alles aus dem richtigen Blickwinkel gesehen?«, fragte sie schließlich.

»Auch bösen Menschen muß man ihre Taten in gerechter Weise heimzahlen«, verkündete Adil. »Wenn ich einen Folterer ermorde, dann sagst du, das ist Rache oder das Böse, aber ich nenne es das Recht oder Güte.«

Das erste Mal in ihrem Leben spürte Eeva, dass sie sich vor Adil fürchtete. »Du bist also gefoltert worden?«

»Genau wie die Menschen, die du eben gesehen hast. Deinetwegen bin ich nach Bagdad zurückgekehrt, deinetwegen habe ich meine Eltern und meine zwei Schwestern verloren und bin ins Gefangenenlager gekommen und gefoltert worden. Und es ist mein Verdienst, dass dir dein Recht zuteil werden wird. Alles das, was mit dir geschehen wird, nachdem du den Raum verlassen hast, ist mein Verdienst, mein Dank für alles, was ich von dir bekommen habe.«

Warum spielte Adil mit Worten und trat hier auf wie die Göttin des Rechts? »Was willst du mit all dem eigentlich erreichen?«, fragte Eeva und hatte Angst.

»Etwas, wozu nur ich imstande bin. Du bist nur ein kleiner Teil einer perfekten Inszenierung, eines Tricks, der ein neues Zeitalter in der Geschichte einleiten wird. Iman Ali hat die Schiiten und Sunniten getrennt, schon bald wird derselbe Mann sie vereinen. Aus seinem Grab heraus. Oder genauer gesagt, mit seinem Grab.«

»Du bist verwirrt.«

»Wie es Bahr gesagt hat: ›Genie besteht immer darin, dass einem etwas Selbstverständliches zum ersten Mal einfällt.‹«

Eeva hätte am liebsten gelacht, aber dazu war sie nicht in der Lage. »Du bist intelligent, aber nicht klug, und bei weitem kein Genie. Du bist ein Gefangener deiner Vorstellungen von Größe, ein verwöhntes Gör, das immer nur seine eigenen Interessen verfolgt.«

Adil trat näher an Eeva heran. »Die meisten der großen Genies wählen ihren eigenen sonderbaren, ungewöhnlichen Weg, und der Rest der Welt nennt den mal so, mal so, mal böse, mal kriminell, weil er nicht imstande ist, das Geniale zu verstehen.«

»Du bist ein buchgelehrter Einsiedler, der von Menschlichkeit oder Gefühlen nichts versteht. Deshalb habe ich dich auch verlassen.« Eeva konnte sich nicht mehr zurückhalten.

»Der Preis für die Tugend ist oft Langeweile, der Preis für die Größe Vereinsamung, wenn du gestattest, dass ich Boßhart hier anführe. Aber du bist wohl kaum fähig, wahre Größe zu verstehen.«

Jetzt konnte Eeva schon über Adil lachen. »Wer die Gedanken anderer Menschen zitiert und ein ungewöhnlich gutes Gedächtnis hat, der ist noch lange kein Genie oder ein kluger Mensch, er ist nicht einmal unbedingt intelligent.«

Für einen Augenblick sah es aus, als würde Adil die Fassung verlieren, aber dann seufzte er und lächelte. »Deine Zukunft liegt in meinen Händen. Falls du es vergessen haben solltest, in deiner Wohnung und im Fotoatelier deines ... derzeitigen Mannes liegt immer noch ein Kilo Amphetamin, und ich habe die Fotos von dir und Dworkins Leiche.«

Eeva blieben die Worte im Halse stecken. Das war zu viel, wollte Adil die vom Türken gefälschten Beweise der Polizei übergeben? Plötzlich nahm Adil ihren Mantel, drückte ihn ihr in die Arme und stieß sie dann zur Tür hinaus. »Du bist frei und kannst gehen«, hörte sie ihn hinter sich sagen. Die Tür knallte zu, und Eeva stand allein im Schneetreiben.

Das Gefühl, das man empfand, wenn man dem Recht zur Geltung verhalf, glich keiner anderen Emotion, in ihm verschmolzen Rache, Freude und Stolz. Adil stand da, schaute nach oben und sah schon vor sich, was Eeva geschehen würde. Das Piepen seiner Armbanduhr unterbrach diesen Moment, er würde erst am nächsten Tag Zeit haben, seinen Erfolg zu genießen. Jetzt musste er die Dateien von Umar Hussain und Takfir von den Internetseiten herunterladen, deren Passwort Eeva geknackt hatte.

Danach war alles bereit für den Anschlag von Nadschaf.

46

»Das Leben ist eine zum Tode führende Krankheit, die man beim Geschlechtsverkehr bekommt.« Arto Ratamo las den Spruch an der Wand des Klos in der zweiten Etage der Ratakatu. Das dürfte so stimmen. Welcher Nichtsnutz beschmierte denn bei der Sicherheitspolizei die Wände? Das Wort Krankheit ließ ihn an Nelli denken und an die zahlreichen Ursachen, die eine erhöhte Zahl weißer Blutkörperchen haben könnte. Es war besser, wenn er versuchte, nicht mehr daran zu denken, sonst würde er selber krank werden, vor Sorge.

Ratamo wusch sich die Hände und griff nach den Papierhandtüchern. Ein Schweißtropfen rollte von seiner Stirn in die dunklen Augenbrauen, er schwitzte, obwohl die Wände des über hundert Jahre alten Hauptgebäudes der SUPO Kälte ausstrahlten.

Turan Zanas Leiche war vor einer Stunde gefunden worden, und Wrede hatte ihm befohlen, schnellstens eine Zusammenfassung der bei Zana gefundenen Unterlagen anzufertigen. Der Schotte kümmerte sich um die Analyse des Bildmaterials, und Riitta war mit anderen unterwegs und suchte die zwei kurdischen Helfer Zanas. Man hoffte, dass sie etwas über den drohenden Terroranschlag in Großbritannien wussten.

Es war sechs nach sechs, Ratamo fluchte, nahm seine Mappe, die auf dem Waschbeckenrand lag, riss hastig die Tür auf und warf sie hinter sich zu. Er kam wieder zu spät. Die letzte Wendung in den Ermittlungen machte ihn so wütend, dass es in den Schläfen rauschte. Er hatte Eeva in jeder Hinsicht falsch eingeschätzt: Nach Zanas Unterlagen war Eeva doch wieder schwach geworden und nahm Drogen. Es fiel ihm immer noch schwer, das zu glauben. Wenn er auf irgendetwas stolz war, dann auf seine Menschenkenntnis, in der Regel konnte er echte Menschen von solchen unterscheiden, die sich verstellten. Hatte Eeva skrupellos seine Gutgläubigkeit und ihre Freundschaft ausgenutzt? Dass er Ermittlungsergebnisse verheimlicht hatte, könnte nun seine Laufbahn bei der SUPO ruinieren. Das erste Mal seit langer Zeit begriff er, wie viel ihm die Arbeit als Ermittler bedeutete, obwohl sie so schwer war, dass sie ihn auffraß. Auch das war eine Art Droge, überlegte er: Wenn man einmal auf den Geschmack gekommen war, konnte man ohne sie nicht mehr leben.

Er betrat das Zimmer des Schotten, der schon wütend mit dem Finger auf seine Armbanduhr klopfte. Auch Riitta Kuurma war bereits da. Ratamo wollte schon fragen, wo Palosuo denn diesmal steckte, aber er verzichtete darauf: Die Chefin war bei diesen Ermittlungen schon außen vor. Er knallte den Stoß Unterlagen auf Wredes Schreibtisch.

»Anscheinend habt ihr die beiden anderen Kurden nicht gefunden?«, fragte Ratamo die verdrossen dreinschauende Riitta Kuurma, obwohl er die Antwort an ihrem Gesicht ablesen konnte. Riitta schüttelte den Kopf.

»Vielleicht finden die Jungs von der Technik in der Wohnung in der Helsinginkatu Spuren von Zanas Helfern. Wenn es überhaupt Zana war, der dort gewohnt ...«

Wrede unterbrach ihn: »Das ist ein gottverdammter Mist, dass man niemandem in Finnland vorher etwas von Wassili Arbamows Ausflug nach Helsinki gesagt hat«, schimpfte er. »Die Miliz von Sankt Petersburg hat uns nur mitgeteilt, dass Arbamow nicht ständig überwacht wird.«

Riitta Kuurma fürchtete schon, der Schotte würde gleich ihr und Ratamo auch dafür die Schuld geben, weil niemand anders da war.

»Was hat sich in den Unterlagen Zanas gefunden?«, fragte der Schotte plötzlich.

Ratamo wedelte mit dem Notizbuch. »Sie liefern die Erklärung selbst für die kleinsten Details dieser Ermittlungen.«

»Auch dafür, wo die Terroristen letztendlich zuschlagen wollen?« Riitta Kuurma richtete sich auf.

»Na ja, das nicht gerade ...«

»Menschenskind, dann nimm den Mund nicht so voll, verdammt noch mal!« Wrede geriet immer mehr in Rage.

Ratamo setzte sich hin und atmete ein paarmal tief durch. »Ich meinte damit, dass die Unterlagen Zanas eine Erklärung für fast alle die Teile der Ermittlungen liefern, die mit Finnland zusammenhängen. Auf ein paar Blättern werden allerdings auch der Terroranschlag auf ein britisches Objekt und Umar Hussain und die Stadt Nadschaf erwähnt.«

Riitta Kuurmas Miene hellte sich auf, sie nahm sich den Stoß Unterlagen, den Ratamo mitgebracht hatte, und begann ihn durchzublättern wie einen riesigen Stapel Spielkarten. »Diese Seiten müssen dem MI 5 jetzt sofort geschickt werden. Wo sind sie?«

Ratamo suchte die Seiten heraus, und Wredes Sekretärin

wurde beauftragt, sie als verschlüsselte Datei an Melissa Tufton vom MI 5 zu senden.

»Also, was die Ermittlungen angeht, die mit Finnland zusammenhängen«, fuhr Ratamo fort, noch bevor Wrede ihn dazu auffordern konnte, »die PKK hat das afghanische Heroin von Takfir nach Sankt Petersburg geschmuggelt und Arbamow übergeben. Die Operation wurde von Turan Zana geleitet, den offensichtlich die Habgier packte, er fing nämlich an, Arbamow zu erpressen. Deshalb hat Zana auch alles so sorgfältig dokumentiert. Die Morde an Kirilow und Dworkin und die Todesfälle durch eine Überdosis waren ein Teil des von Zana entwickelten Erpressungsplanes, und Veikko Saari, der in Petersburg verschwunden ist, arbeitete als Zanas Helfer.« Ratamo war stolz auf seine Fähigkeit, das Wesentliche zusammenzufassen.

»Schick Kopien dieser Unterlagen an die Miliz in Petersburg.«

»Ist schon passiert.«

Wrede und Kuurma verarbeiteten das Gehörte, und Ratamo betrachtete das Zimmer des Schotten. Es war kein einziger persönlicher Gegenstand zu sehen. Ob der Schotte wohl immer noch Küchenmesser sammelte und gern kochte, oder konzentrierte er sich nach seiner Scheidung allein auf das Trinken?

Schließlich brach Ratamo das Schweigen: »Was war auf den DVDs zu sehen, die man bei Zana gefunden hat?«

Wrede beugte sich über seine Notizen. »Turan Zana und Arbamow haben sich heute gegen vier auf dem Senatsplatz getroffen, nach dem, was sie dabei gesagt haben, sieht es so aus, als hätte Arbamow der PKK fünfundzwanzig Millionen Dollar gezahlt. Das heißt, die Erpressung ist anscheinend gelungen.«

»Das stimmt«, bestätigte Ratamo. »Die Überweisung war auf einer der DVDs in Zanas Tasche kopiert.«

»War Arbamow allein in Finnland?«, fragte Riitta Kuurma verwundert. »Der wird ja wohl Zana nicht umgebracht haben?«

»Zumindest einen Mann – oder genauer gesagt eine Frau – hatte er bei sich. Es wäre für mich keine Überraschung, wenn die beiden Zana nach dem Treffen umgebracht hätten.«

Riitta Kuurma war anderer Meinung als Wrede. »Arbamow wäre doch wohl so schlau gewesen, Zana das Videoband und die Unterlagen abzunehmen? Die beweisen doch, dass die Russen an allem Möglichen schuld sind.«

»Die Petersburger Miliz soll Arbamow und die Frau befragen. Die haben dort etwas bessere Möglichkeiten, aus den Verhörten Informationen herauszuholen.« Wrede hörte sich so an, als beneidete er seine Petersburger Kollegen.

Plötzlich fiel Riitta Kuurma noch etwas ein: »Und Eeva Hallamaa? Wurde sie in Zanas Unterlagen erwähnt?«

»Das hätte ich fast vergessen«, sagte Ratamo und blätterte in seinem Notizblock eine Seite um. Er wusste noch alles, was er in den letzten Stunden über Eeva gelesen hatte, schämte sich aber wegen seiner Blauäugigkeit so sehr, dass er am liebsten gar nicht über sie gesprochen hätte. »Eine Mörderin ist Eeva nicht, aber kriminell schon. Es scheint so, als hätte Eeva Zana hier in Finnland geholfen und als Lohn dafür Drogen erhalten. Bei ihr zu Hause und im Fotoatelier von Mikko Reiman müssten sich Beutel mit einem Kilo Speed finden. Die KRP sucht sie derzeit. Wo Eeva sich aufhält, ist immer noch nicht bekannt.« Ratamo fürchtete, dass Eeva das gleiche Schicksal erlitten hatte wie Turan Zana. Doch niemand sollte für seine Fehler mit seinem Leben bezahlen müssen.

»Steckt Reiman etwa auch mit drin?«, fragte der Schotte ungehalten, und Ratamo schüttelte den Kopf.

Riitta Kuurma schien überrascht zu sein. »Weshalb wollte die Hallamaa Zana dann denunzieren und rannte zur Polizei, wenn sie doch zusammengearbeitet haben? Und warum hat sie Zana als Türken bezeichnet?«

»Wahrscheinlich war sie erschrocken, als Kirilow getötet wurde«, vermutete Wrede. »Vielen Amateuren rutscht das Herz in die Hosen, wenn jemand sein Leben verliert.«

»Ich glaube immer noch, dass jemand das inszeniert hat, um den Eindruck zu erwecken, als sei Eeva kriminell«, versicherte Ratamo, obwohl er selbst nicht mehr wusste, was er glauben sollte.

»Vielleicht wird sich das alles bei den Verhören klären, wenn wir Hallamaa gefasst haben«, sagte Wrede, legte seine Unterlagen zusammen und beendete die Besprechung.

Melissa Tufton starrte auf die riesige Lagetafel der operativen Zentrale im Kellergeschoss des Thames House. Das Mosaik der Bildschirme zeigte das Gebiet des Todesdreiecks, Umar Hussains Gesicht und die allerletzten nachrichtendienstlichen Informationen über Takfir wal Hijra. In dem hundert Quadratmeter großen offenen Raum herrschte ein reges Treiben, die Krisengruppe des Joint Terrorism and Analysis Centre JTAC kämpfte gegen die Gefahr eines Terroranschlags.

Ein außenstehender Beobachter hätte den Eindruck gewinnen können, dass die auf Hochtouren arbeitende Krisengruppe die Lage im Griff hatte, aber Melissa Tufton kannte die Wahrheit: Sie wussten nicht, wo und gegen wen die Terroristen zuschlagen wollten, wer den Anschlag ausführen würde oder in welcher der Städte des Todesdreiecks Umar Hussain seine Kommandozentrale hatte. Sie wussten nur eines: Der Anschlag würde morgen, in dreiundzwanzig Stunden, verübt werden. Ihnen lief die Zeit davon.

Melissa rieb sanft ihren durch die Schwangerschaft ange-schwollenen Bauch, warf einen Blick auf ihren Monitor und bemerkte unten rechts das Symbol eines Kuverts. Die Nachricht kam aus Finnland – von Riitta Kuurma. Turan Zana war tot, hieß es im Betreff. Melissas Tastatur ratterte, wieder eine mögliche Informationsquelle weniger. Sie klickte den ersten Anhang auf und erstarrte. *»... aus Nad-schaf ist seit vielen Tagen nichts mehr zu hören, obwohl Umar ver-sprochen hat ...«* Sie las den zweiten Anhang, auch darin wur-den Umar Hussain und die Stadt Nadschaf erwähnt. Sie lag im Todesdreieck.

Melissas Telefon schrillte, aber sie nahm nicht ab, son-dern las die Dokumente noch einmal voller Konzentration. Das Klingeln ging immer weiter, am liebsten hätte sie die Schnur aus der Wand gerissen. Im gleichen Augenblick sagte jemand ihren Namen, Melissa drehte sich um und er-schrak, als sie George Langdon, den Chef des JTAC, vor sich sah.

»Wollen Sie nicht rangehen?«, fragte Langdon im Be-fehlston, so dass Melissa den Hörer sofort abnahm.

»Sie nennen mich vermutlich ›die Taube‹. Zumindest habe ich mich Ihnen unter diesem Namen vorgestellt«, sagte eine ruhige Männerstimme.

Darauf war Melissa nicht gefasst gewesen, es dauerte einen Augenblick, ehe sie sich so weit gesammelt hatte, dass ihr klar wurde, was sie ›die Taube‹ fragen musste. »Wo will Takfir zuschlagen? In welcher Stadt ist Umar Hussain zu finden?«

»Umar ist in Nadschaf, und die Terroristenzelle wird von einem in England wohnenden algerischen Berber namens Sliman Mouni geführt, aber das Ziel des Anschlags kann ich leider nicht verraten. Beeilen Sie sich, ich schicke Ihnen weitere Beweise, sobald ich kann«, sagte der Mann und be-endete das Gespräch.

Langdon ließ einen ohrenbetäubenden Pfiff erklingen, bis sämtliche Mitarbeiter auf ihn aufmerksam wurden. »Alle hierher!«, rief er und bedeutete den Mitgliedern der Krisengruppe durch heftige Handzeichen, sie sollten zu Melissas Arbeitsplatz kommen.

Die müden Mitarbeiter waren auf einen Schlag munter, als Melissa berichtete, dass sich Umar in Nadschaf versteckte.

Die Flut von Fragen ließ erst nach, als der dicke Ermittler aus der Spezialeinheit der Londoner Polizei mit lauter Stimme alle anderen übertönte. »Warum gerade Nadschaf? Was gibt es dort Besonderes?«

Die Vertreterin des Außenministeriums, eine Frau kurz vor dem Rentenalter in einem grauen Hosenanzug, trat vor und klärte ihre Kollegen auf: »In Nadschaf liegt das Grab von Imam Ali ibn Abi Tálib. Das ist eine der heiligen Städte der Moslems, für die Schiiten ist es der heiligste Ort auf der ganzen Welt. Die Bezeichnung Schiiten ist abgeleitet von *Shi'at Ali*, das bedeutet ›Partei des Propheten Ali‹ oder ›Alis Anhänger‹.«

»Und was hat das mit diesen Ermittlungen zu tun?«, unterbrach sie der Mann von der Londoner Polizei barsch.

Die Frau ließ sich davon nicht beirren, sondern fuhr würdevoll fort: »Das Schiitentum entstand nach dem Tod des Propheten Mohammed, als Abu Bakr zum ersten Kalifen gewählt wurde, nach Auffassung der Schiiten hätte die Macht jedoch an den Schwiegersohn Mohammeds, an Ali, übergehen müssen. Schließlich wurde Ali zwar der vierte Kalif des islamischen Staates, in gewisser Weise der letzte gemeinsame Führer der Sunniten und Schiiten, aber schon kurz danach ermordete man ihn in der Nähe von Nadschaf. Er war der erste Führer der Schiiten, der Imam Ali.«

»Vielleicht sollte das Verteidigungsministerium dem Regiment Black Watch befehlen, nur Nadschaf durchzukämmen und nicht das ganze Todesdreieck«, schlug die großgewachsene rothaarige Frau vom MI 6 vor.

»Unbedingt. Bis jetzt hat ›die Taube‹ kein einziges Mal gelogen, und das Todesdreieck ist so groß, dass es keine Armee innerhalb von vierundzwanzig Stunden ganz durchsuchen kann«, sagte Melissa.

Die Diskussion wurde unterbrochen, als das Handy des Verbindungsmannes aus dem Communication Headquarter peinlich laut klingelte. Mit betretener Miene meldete sich der junge Mann, schob seine Brille zurecht und zupfte nervös am Knoten der Krawatte. Je länger das Gespräch dauerte, umso ernster wurde sein Gesicht. »Das war das Hauptquartier in Cheltenham. Das Echelon hat im Laufe des heutigen Tages aus vielen Nachrichten und Telefongesprächen, die im Todesdreieck angekommen und abgegangen sind, das Schlüsselwort *Samak*, das heißt Fisch, gefunden. Die Trefferdichte kann nicht annähernd mit der statistischen Wahrscheinlichkeit erklärt werden. ›Fisch‹ bedeutet im Codebuch vieler unterschiedlicher Terrororganisationen Schiff. Im Hauptquartier ist man ziemlich sicher, dass die Terroristen einen Anschlag auf irgendein britisches Schiff vorhaben.«

»Ausgezeichnete Arbeit«, sagte Langdon voller Eifer. »Wir machen eine Liste aller Schiffe, die morgen aus Großbritannien abfahren oder hier ankommen.«

»Das müssen Tausende sein«, seufzte Melissa. »Wir werden es nicht schaffen, alle Schiffe zu überprüfen. Nicht in knapp vierundzwanzig Stunden. Außerdem kann Takfir auch einen Anschlag auf ein britisches Schiff in Asien oder Südamerika unternehmen. Es kann überall passieren. Und dann handelt es sich vermutlich um Zehntausende Schiffe.« Auch ihr Optimismus verflog allmählich, und zu allem Überfluss bekam sie auch noch Sodbrennen. Das war eine der Freuden in der Schwangerschaft, auf die sie auch hätte verzichten können.

Langdon überlegte nur kurz. »Wir sind gezwungen, alle verfügbaren Kräfte einzusetzen, um diesem Hinweis auf das Schiff nachzugehen: Wer ist Sliman Mouni, was für ein Schiff könnte Takfir am leichtesten zerstören, die Vernichtung welches Schiffes brächte ihnen am meisten Nutzen, welches Schiff transportiert die wertvollste Fracht oder den wertvollsten Passagier, und auf welchem Schiff befindet sich die gefährlichste Last ... Ich nehme Kontakt zum Verteidigungsministerium auf: Das ganze Regiment Black Watch muss jetzt sofort nach Nadschaf verlegt werden.«

47

Eeva schaltete das Handy aus und lehnte sich hinten im Taxi mit einem Seufzer zurück. Mikko würde zu Hause mit Kirsi zusammen auf sie warten. Das war ihr gerade jetzt das Allerwichtigste, die Nähe der Menschen, die sie liebte. Der Stress der letzten Stunden hatte alle Kraft aus ihr herausgesogen, sie hing auf dem Rücksitz wie ein weggeworfener Handschuh.

Das Verlangen nach Speed erwachte irgendwo tief in ihr, auch das machte ihr Angst, in diesem Zustand könnte sie schwach werden, wenn sie die Gelegenheit dazu bekäme. Deswegen wollte sie sich zu Hause einschließen und einen ganzen Tag lang schlafen, das würde helfen, das hatte auch früher geholfen. Es schien ihr so, als wäre von ihrer Kraft nichts, aber auch gar nichts mehr übrig. Aber das Gehirn arbeitete weiter: Die Begegnung mit Adil, das als Gefängnis hergerichtete Büro, das Passwort, das Foltervideo, das Wort *forfeit*. Sie versuchte sich zu erinnern, was Adil gesagt hatte. »... *dass ich alles aus dem richtigen Blickwinkel gesehen habe* ...

auch bösen Menschen muss man ihre Taten in gerechter Weise heimzahlen ... wenn ich einen Folterer ermorde, dann sagst du, das ist Rache, aber ich nenne es das Recht ... deinetwegen bin ich nach Bagdad zurückgekehrt, deinetwegen bin ich gefoltert worden.«

Adil hatte ihr etwas angedeutet, aber was? Das Taxi bog in die Sepänkatu ein, und Eeva holte ihre Kreditkarte aus dem Portemonnaie. Sie würde schlafen und dabei die Gräuel der letzten Tage vergessen und dann weiterleben wie vorher. Nur eins wusste sie noch nicht, wie sollte sie Mikko davon überzeugen, dass sie kein Speed genommen hatte. Morgen würde sie jedenfalls ihr Verhältnis zu Mikko in Ordnung bringen, beschloss Eeva, so oder so. Sie würde nicht zulassen, dass Adil diese Beziehung zerstörte. Vielleicht wäre Ratamo bereit, mit Mikko zu reden.

Die Tür des Taxis knallte zu. Eeva schaute nach oben und atmete die kalte Luft tief ein. Der Schnee, der weich auf ihr Gesicht fiel, wirkte belebend, und von der Eisbahn im Park hörte man die fröhlichen Stimmen der Kinder, die dort Schlittschuh liefen. Sie drehte sich zur Haustür um und erstarrte, als sie zwei Männer mit ernster Miene sah. Ihr Herz ließ einen Schlag aus, nahm denn diese Hölle immer noch kein Ende? Blonde Haare, blaue Augen, nüchterne Krawatten und graue Anzüge: Eeva fühlte Erleichterung, als ihr klar wurde, dass es finnische Polizisten waren. Sie hatte in ihren Drogenjahren genügend Bullen getroffen und erkannte sie deshalb sofort, selbst wenn sie eine Kapuze aufhätten.

»Sicherheitspolizei, Loponen«, sagte der kleinere der beiden Männer und zeigte seinen Dienstausweis, während sein Kollege die Tür des weißen Ford Mondeo öffnete und Eeva bedeutete, hinten einzusteigen.

Wenige Minuten später saß Eeva wieder in demselben trostlosen Raum wie am letzten Sonnabend, als dieser Alptraum begonnen hatte. Gleich würde wahrscheinlich dasselbe Bataillon wie damals hereinmarschiert kommen. Sie musste an den Film »Und täglich grüßt das Murmeltier« denken, in dem ein Meteorologe, dargestellt von Bill Murray, denselben Tag noch einmal erlebte, ein ums andere Mal. Was er im Laufe des Tages auch tat, wenn er am nächsten Morgen aufwachte, war alles wieder genau wie vorher ...

»So. Jetzt ist Schluss mit dem Ringelreihen«, dröhnte der rothaarige SUPO-Mann, als er die Tür aufriss und hereinpolterte. Eeva erinnerte sich nicht an seinen Namen, aber die Ermittlerin hieß Riitta Kuurma, sie war beim letzten Verhör am freundlichsten gewesen. Völlig überrascht sah Eeva, dass auch Ratamo hereinkam, instinktiv versuchte sie zu lächeln und erhielt als Antwort einen bösen Blick.

»Anscheinend hast du nicht nur gelogen, als es um Adil al-Moteiri ging«, sagte Ratamo.

Eeva begriff sofort, dass sie jetzt noch tiefer in der Klemme saß: Auch Ratamo vertraute ihr nun nicht mehr. Was war geschehen?

Bis die Videokamera endlich lief und Wrede die Litanei am Anfang eines Verhörs aufs Band gesprochen hatte, vergingen lange, bedrückende Minuten, in denen Schweigen herrschte. Kuurma und Ratamo schauten den Schotten an, der zwischen ihnen saß, wie Schöffen den Richter.

»Sie werden verhört, weil Sie unter dem Verdacht stehen, einen groben Verstoß gegen das Suchtmittelgesetz begangen zu haben«, verkündete Wrede ohne langes Drumherum.

Eevas Welt brach zusammen, das war in den letzten drei Tagen schon zu oft passiert. Hatten die Polizisten die von dem Türken versteckten Speed-Pakete gefunden? Wie war das möglich? Hatte Adil ...

»Das abzustreiten ist völlig sinnlos, Sie können sich nur noch helfen, indem Sie die Wahrheit sagen. Wir haben in

Ihrer Wohnung das Kilo Amphetamin gefunden, das Turan Zana Ihnen gegeben hat, und ein zweites Kilo im Fotoatelier Ihres Mannes. Und nach unserem letzten Gespräch hat sich auch herausgestellt, dass Turan Zana oder einer seiner Männer Arkadi Kirilow mit Ihrer Waffe erschossen hat. Der Staatsanwalt wird das sicherlich berücksichtigen, wenn er abwägt, was es alles für Gründe gibt, gegen Sie Anklage zu erheben.«

Es begann urplötzlich, erst atmete sie nur heftig, dann musste sie schluchzen, und schließlich brachen sich Verzweiflung und Enttäuschung Bahn, und die Tränen flossen. Alles, was sie getan hatte, war umsonst gewesen. Sie würde Kirsi trotzdem verlieren, und auch Mikko geriet jetzt wegen ihr in Schwierigkeiten.

»Mikko Reiman hat mit all dem nichts zu tun. Der Türke hat die Drogen bei uns und im Fotoatelier versteckt«, stammelte Eeva.

Ratamo bereute es, dass er hartnäckig darauf bestanden hatte, am Verhör Eevas teilzunehmen. Als er sah, wie die Frau völlig zusammenbrach, hatte er keine Lust mehr, sie mit strengen Fragen in die Enge zu treiben, jetzt tat ihm die Freundin nur noch leid. Was würde mit Kirsi geschehen? Er wusste nicht mehr, ob Eeva die Wahrheit sagte oder nicht.

Riitta Kuurma reichte ihr einen Stapel Papiertaschentücher und versuchte, ein paar tröstende Worte zu finden. »Vielleicht ist es wirklich am besten, wenn Sie mit Ihren eigenen Worten die ganze Wahrheit sagen. Und nichts weglassen.«

Es dauerte eine Weile, bis Eeva sich wieder einigermaßen unter Kontrolle hatte und aufhörte zu weinen. Dann erzählte sie mit leiser, aber sicherer Stimme alles von den Ereignissen der letzten Tage, was sie der Polizei noch nicht gesagt hatte. Dabei fühlte sie sich allmählich besser, vor allem, als sie von Adil berichtete.

»Unbestreitbar ein tolles Märchen. Auch diesmal«, spottete Wrede sofort, als sie fertig war. »Fakt ist aber, dass in Ihrer Wohnung und in der Ihres Lebensgefährten Speed gefunden wurde, und Turan Zana hatte Dokumente bei sich, nach denen Sie die Drogen als Lohn für Ihre Hilfe erhalten haben. Und niemand hat auch nur einen einzigen Beweis dafür, dass dieser al-Moteiri auf irgendeine Art an dem beteiligt war, was in den letzten Tagen geschehen ist.«

Eeva fielen plötzlich noch mehr Bruchstücke von Adils großtuerischen Bemerkungen ein. »... *und es ist mein Verdienst, dass dir dein Recht zuteil werden wird. Alles das, was mit dir geschehen wird ... ist mein Verdienst, mein Dank für alles, was ich von dir bekommen habe.*«

»Wie viele ...«, Ratamo wurde mitten im Satz unterbrochen, als Eeva urplötzlich in Gelächter ausbrach.

»Adil hat das alles inszeniert. Jetzt wird mir das klar! Das meinte Adil mit all dem, was er dort in diesem ... in diesem vorgetäuschten Gefängnis gesagt hat. Für all das, was mir passieren wird, darf ich ihm danken, das hat Adil gesagt. Dieser größenwahnsinnige Irre will sich an mir rächen. Fahrt um Himmels willen nach Roihupelto und schaut euch dieses Gefängnis an.«

»Erst haben Sie behauptet, dass dieser Türke hinter allem steckt, und nun ist al-Moteiri schuld. Wer wird der nächste sein – Scheich Ali Hassan?« Wrede grinste über seinen Witz. »Sie werden selbst verstehen, dass niemand solche phantasievollen Geschichten ernst nehmen kann.«

»Natürlich nicht. Genau das hat Adil ja bezweckt.« Eeva versuchte gar nicht erst, das Wort *forfeit* zu erwähnen. Für sie war es der unstrittige Beweis, dass Adil und der Türke zusammengearbeitet oder sich zumindest oft getroffen hatten, aber für die Leute von der SUPO würde es wahrscheinlich nur beweisen, dass sie tatsächlich verrückt war.

»Dort in ... Roihupelto, was hast du da gesehen, als du

den Code geknackt hast?« Ratamo bemühte sich, irgendetwas aus Eeva herauszuholen, was bewies, dass sie die Wahrheit sagte.

»Ich konnte in der kurzen Zeit nur ein paar Worte sehen: ›Anweisungen der Kommandozentrale Nadschaf‹. Oder so ähnlich.«

Ratamo drängte sie, mehr zu sagen, dabei schob er sich einen Priem unter die Lippe: »Wo befand sich diese Seite? Unter welcher Internetadresse?«

Eeva vergrub ihr Gesicht in den Händen. »Die Adresse habe ich nicht gesehen, Adil hatte den oberen Teil des Monitors zugeklebt.«

»Hat Adil irgendwann von einem Terroranschlag gesprochen?«, wollte Riitta Kuurma wissen.

Eeva schaute nacheinander die SUPO-Mitarbeiter an, die mit versteinerter Miene ihr gegenübersaßen, und grub aus ihrem Gedächtnis aus, was Adil in seinem Büro gesagt hatte. *Du bist nur ein kleiner Teil einer perfekten Inszenierung.* Was hatte er damit nun wieder gemeint?

Riitta Kuurma beugte sich zu Eeva hin. »Versuchen Sie, sich zu erinnern. Sie könnten Tausenden Menschen damit helfen.«

»Von Terrorismus hat Adil nicht gesprochen. Ich habe doch schon gesagt, dass er sich wie ein Verrückter verhalten hat.« Eevas Atem beschleunigte sich.

»Es dürfte am besten sein, wenn wir später weitermachen, dann können wir jetzt an die Arbeit gehen, und Sie haben Zeit, nachzudenken. Derzeit können Sie nur etwas für sich tun, wenn Sie reden«, sagte Wrede und demonstrierte damit, dass er hier der Chef war.

»Wie ist übrigens solch ein Zahlengedächtnis überhaupt möglich? Wie ... merken Sie sich all die Zahlen?«, fragte Kuurma und schob dabei ihre Unterlagen zusammen.

»Ich sehe sie als Bild. Die Eins ist eine Ziffer, die wie eine

Pyramide aussieht, die Zwei ist eine flachere, viereckige helle Zahl und die Drei ist ein großer Mann mit Bart ...« Eeva bemerkte, wie sie sich in Eifer redete.

»Beispielsweise die Zahl Einundsiebzig ist ein großer Mann mit Bart, der auf einer Pyramide steht.«

»Das hört sich genauso verrückt an wie Ihre anderen Geschichten«, erwiderte Wrede giftig, dann holte er den Polizisten herein, der vor der Tür Wache hielt, und befahl ihm, die Festgenommene in eine Zelle zu bringen.

»Arto, sag Mikko, dass ich hier bin. Sie warten in der Sepänkatu schon auf mich«, bat Eeva, als sie zur Tür hinausging. Sie sah erschöpft aus.

»Ach, so gute Freunde seid ihr«, stichelte der Schotte sofort, kaum dass die Tür hinter Eeva Hallamaa ins Schloss fiel.

»Waren wir, muss man nun wohl sagen«, erwiderte Ratamo. Man hörte ihm die Enttäuschung an.

Wrede rieb sich vor Eifer die Hände und wandte sich Riitta Kuurma zu. »Was habt ihr zwei vor dem Verhör gemacht?«

»Ich habe mich mit al-Moteiri beschäftigt«, antwortete Kuurma.

»Und ich habe mit dem Kontaktmann in Sankt Petersburg gesprochen«, sagte Ratamo, der am Videorecorder hantierte. »Antti Hytölä bleibt bei seiner Behauptung, er wäre seit Oktober nicht in Finnland gewesen, er sagt, er habe sein Auto einem Kollegen ausgeliehen. Das könnte stimmen, an der Grenzstation Vaalimaa hat man sich ausdrücklich nur an Hytöläs brandneuen BMW erinnert. Und im Fall Veikko Saari gibt es keinerlei Beobachtungen.«

»Fahrt mal sicherheitshalber doch in das Industriegelände von Roihupelto. Und sprecht mit diesem al-Moteiri«, sagte Wrede.

48

Renata drückte ihre Beine immer fester auf Arbamows Rücken, zog den Mann heftig an den Haaren und stellte sich vor, das Gebrüll in ihren Ohren wäre ein Todesröcheln.

Arbamow wälzte sich von Renata herunter und knöpfte sich die Hosen zu. Er hatte wieder einmal seinen Gelüsten nachgegeben, aber diesmal würde es Renata nicht gelingen, ihn mit Sex zu bestechen. Er starrte stöhnend an die Decke der Schlafnische in dem siebzig Quadratmeter großen Passagierraum seines Flugzeugs und überlegte, was er mit Renata machen sollte. Die Frau hatte einen Denkzettel für ihr Versagen bei der Liquidierung der Kurden verdient, aber allzu sehr durfte er sie nicht bestrafen: Er hatte Verwendung für sie, solange er gezwungen war, in Sankt Petersburg zu leben und zu arbeiten. Und diese Zeit, die ihm wie eine Gefängnisstrafe vorkam, war gerade um einige Monate verlängert worden, weil er das Erpressungsgeld hatte zahlen müssen.

Arbamow zog sich schnell sein Jackett an und setzte sich dann in den schwarzen Ledersessel, um die Dokumente durchzublättern, die er Turan Zana abgekauft hatte. Wie zum Teufel war es dem Kurden gelungen, sein Treffen mit Umar Hussain zu fotografieren? Das verwirrte ihn völlig. An der ganzen Erpressung war irgendetwas merkwürdig, Turan Zana hatte sie jedenfalls nicht geplant, da war er sich vollkommen sicher. Renata oder Umar, einer von beiden musste so oder so an der Intrige beteiligt sein. Er würde es herausfinden, wer von beiden dahintersteckte, selbst wenn er dafür das ganze Jahrtausend brauchte. Niemand hinterging Wassili Arbamow ungestraft.

Vom Tower des Petersburger Flughafens Pulkowo war durch das dichte Schneetreiben nur die zigarrenförmige Silhouette von Arbamows Boeing Business Jet zu sehen, als

die Reifen des Flugzeugs aufsetzten und den Schnee auf-
wirbelten; es sah aus, als hätte die Maschine Schneeflü-
gel. Langsam rollte die Boeing am Terminalgebäude vorbei
bis zum entlegensten Winkel der Landebahn und blieb
schließlich schwankend vor dem VIP-Terminal stehen. Der
Pilot hatte in Helsinki stundenlang auf die Starterlaubnis
warten müssen, und auch die Landeerlaubnis war erst nach
einer halben Stunde gegeben worden, weil über dem ganzen Finnischen Meerbusen so ein dichtes Schneetreiben
herrschte, dass die Luft weiß aussah.

Die Kabinentür öffnete sich, und Arbamow spürte den
kalten Luftzug, der hereindrang. Er packte die Unterlagen
in seine Tasche, nahm seinen Mantel, den Renata ihm hin-
hielt, trat hinaus und ging die Gangway hinunter. Sechs von
Renata engagierte Sicherheitsleute erwarteten ihn auf der
Landebahn.

Arbamow zog den Kopf ein, als ihm eine Böe Schnee ins
Gesicht wehte. Umgeben von den Sicherheitsleuten, stapfte
er zum VIP-Terminal, auf seinen Haaren und Schultern bildete sich schnell eine dünne Schneeschicht. Noch ein halbes Jahr oder ein ganzes: Wenn er Umars Heroin so lange
verkaufen könnte, wäre er imstande, Sankt Petersburg für
immer hinter sich zu lassen. Danach würde er seine Geschäfte abwechselnd von London und einem warmen Ur-
laubsort aus erledigen. Einem sehr warmen. Nur dann
nicht, wenn die Tottenham Hotspurs spielten. Nach dem
Umzug in die britische Hauptstadt könnte er sich endlich
richtig auf die Spiele der Hotspurs konzentrieren, er würde
bei jedem Match auf den besten Plätzen sitzen, bei den
Heimspielen und auch auswärts, in der Premier League und
im FA Cup, in der Champions League und im UEFA Cup.
Bei dem Gedanken bekam er sofort bessere Laune.

Die äußere Eingangstür des flachen VIP-Terminals öffnete sich, Arbamow trat hinein und schüttelte sich im

Windfang den Schnee aus den Haaren und von seinem Mantel. Er öffnete die innere Tür, machte ein paar schnelle Schritte und blieb mitten im Foyer auf dem glänzenden Mosaikparkett wie erstarrt stehen. Stampfende Schritte waren zu hören und wurden immer lauter ...

»Ein Hinterhalt!«, brüllte Renata, und Metall klirrte, als die Sicherheitsleute ihre Waffen entsicherten. Jemand zerrte Arbamow auf den Boden und schützte ihn mit seinem Körper, zwei Männer stellten sich vor ihn.

»Bleibt nicht hier. Bringt ihn außen herum zum Auto«, rief Renata, während gleichzeitig durch jede Tür des Foyers Männer in schwarzen Overalls mit Helmen und Maschinenpistolen hereinstürmten.

Einer von Renatas Männern schoss, und sofort verwandelte sich der Raum in ein Feuermeer.

Der Lärm war ohrenbetäubend, Arbamow fühlte, wie einer der Sicherheitsleute auf ihn fiel, überall war Blut. Irgendetwas musste er versuchen, sonst würde er hier sterben. Rasch kroch er hinter die Stühle und dann am Fenster entlang zur Tür. Wenn es ihm gelänge hinauszukommen, könnte er vielleicht fliehen. Kugeln schlugen in die Glastür ein, gerade als Arbamow sie erreicht hatte, Glassplitter rieselten auf ihn herab wie Schnee von einem Baum. Er erhob sich auf die Knie, stürzte hinaus, weg von der Tür, hinter die Ziegelwand. Er würde rennen und sich in Sicherheit bringen ...

Arbamow konnte nur ein paar Schritte machen, dann leuchteten Scheinwerfer auf und blendeten ihn. Die Polizei kam ihm zu Hilfe. Er würde sich also doch retten können.

Im selben Augenblick wurden einige der Scheinwerfer ausgeschaltet und die verbleibenden so gerichtet, dass er ein paar dunkle Gestalten erkennen konnte, die auf ihn zukamen. Die Tasche mit Zanas Beweisen fiel Arbamow aus der Hand in den Schnee, als er die Buchstaben auf den kugelsicheren Westen der Männer erkannte: SOBR, das bedeutete ein Sondereinsatzkommando. Die Anti-Mafia-Miliz von Sankt Petersburg war gekommen, um ihn zu holen …

Ins Kresty.

Renata spürte den säuerlichen Geschmack ihres eigenen Blutes im Mund, sie saß im Keller des Flughafens Pulkowo und winselte mit durchdringender Stimme. Die Männer der Anti-Mafia-Miliz hatten wahrlich keine Zeit verloren. Vom VIP-Terminal hatte man sie direkt in die Milizwache des Flughafens geschleppt und sofort mit dem Verhör begonnen. Und mit dem Prügeln.

Der Milizionär in schmutziger Uniform und mit Schirmmütze stand auf und trat vor Renata hin. »Sie sollten besser reden, wir kennen schon den größten Teil von Wassili Arbamows Drogenprojekt. Das reicht, um Sie beide bis ans Lebensende hinter Gitter zu bringen. In der Tasche des in Helsinki gestorbenen Kurden befanden sich gleich ein paar Kilo Beweise.«

Renatas Kopf flog von der Wucht des Schlages nach hinten, sie spuckte Blut. »Wenn ich nicht angeklagt werde, sage ich alles«, erklärte sie zum x-ten Male.

»Du redest auch so«, brüllte der Milizionär, aber jetzt klang es nicht mehr so selbstsicher wie noch vor einer halben Stunde.

Renata war überzeugt, dass die Männer von der Miliz binnen kurzem auf ihre Bedingungen eingehen würden. Schon bald würde der Leiter des Verhörs einsehen müssen, dass sie nicht so war wie die anderen Frauen. Sie fürchtete Schmerzen und Schläge nicht. Denn sie hatte in ihrem Leben schon viel Schlimmeres durchgemacht. Und eines war dem Mann, der sie verhörte, schon klar: Sie war der einzige Mensch, der alles über Wassili Arbamows Geschäfte wusste.

Die Tür ging auf, und ein großer, dicker Mann in Zivil

trat herein. Darauf hatte Renata gewartet, die Männer der Führungsebene, die das Verhör hinter dem Spiegelglas verfolgten, hatten ihre Entscheidung getroffen.

»Wenn Sie alles sagen, können wir vielleicht den Verzicht auf eine Anklage in Erwägung ziehen. Der wird aber nur dann wirksam, wenn sich alles, was Sie aussagen, als richtig erweist.«

»Man wird also keine Anklage gegen mich erheben?«, fragte Renata und versuchte trotz ihrer geschwollenen Augenlider den Gesichtsausdruck des Mannes zu erkennen.

Der Dicke nickte, und Renata spürte eine Welle der Erleichterung. Sie hatte Glück gehabt, möglicherweise bekäme sie Zugriff auf Arbamows Geld, wenn sie nur einen Teil der Geschäfte des Mannes verraten würde. Lange hatte sie Wassili durch das Spiel mit seinen Trieben und Wünschen steuern können, aber endlos wäre das nicht so weitergegangen. Womit sollte sie ihre Aussage beginnen: Mit dem Treffen von Arbamow und Umar Hussain, mit der Schmuggelroute der PKK von Afghanistan durch Russland bis nach Petersburg oder mit dem Erpressungsplan des Finnen und Turan Zanas …

49

Das Büro in Roihupelto sah aus, als hätte hier ein Dutzend Graffitisprayer den Verstand verloren: An die Wände war wahllos die ganze Farbskala eines Malergeschäfts gespritzt worden. Ratamo dachte daran, was Eeva erzählt hatte, aber unter den Farbflecken an den Wänden konnte man beim besten Willen keine gezeichneten Gefängniszellen oder Gitter erkennen. Ein Computer war ebensowenig zu sehen wie ein Multimediaprojektor, von Pappkameraden ganz zu schweigen. Nur die Ratte, die in der Ecke mit Speiseabfällen herumraschelte, stützte Eevas Geschichte von dem Gefängnis, das Adil al-Moteiri inszeniert hatte. Es stank fürchterlich nach Farbe. Irgendetwas war hier tatsächlich passiert, aber was und warum? Ratamo stocherte mit einem Stück Holz in einem dicken roten Klumpen herum, der auf dem Fußboden lag und glänzte, er war noch nicht einmal richtig trocken.

Sollte er die Kriminaltechniker alarmieren, damit sie Fingerabdrücke von al-Moteiri oder Beweise dafür suchten, dass Eeva hier gewesen war? Was brächte das für einen Nutzen? Ratamo beschloss, Wrede zu fragen, und holte sein Telefon aus der Tasche, dabei fiel sein Blick auf eine Erdnussschale mitten im Abfall auf dem Fußboden. Al-Moteiri hatte sich im »Kämp« Erdnüsse in die Tasche gesteckt. Na und, selbst wenn al-Moteiri hier gewesen wäre, was würde das schon beweisen? Für ihn bedeutete es jedenfalls, dass Eeva die Wahrheit gesagt hatte. Sie war mit al-Moteiri hier gewesen. Diese Erkenntnis verschaffte ihm Erleichterung, es war also doch vernünftig, dass er sich auf seinen Instinkt und auf Eeva verlassen hatte.

Ratamo rief Wrede an, der sich für die Idee, in Roihupelto noch weitere Nachforschungen anzustellen, nicht erwärmen konnte, aber Ratamo sicherheitshalber doch beauftragte, mit der KRP die Absperrung des Ortes zu vereinbaren. Er könnte dann später untersucht werden, wenn es sich als erforderlich erweisen sollte. Am Schluss übermittelte Wrede ihm die letzten Neuigkeiten aus Sankt Petersburg: Arbamow war verhaftet und Veikko Saari umgebracht worden. Angeblich würden sie schon bald aus Russland neue Informationen in Hülle und Fülle erhalten.

Er telefonierte auch noch mit Riitta Kuurma, erzählte ihr von seinen Beobachtungen und erfuhr, dass al-Moteiri nach London geflogen war. Genau wie er es in der Bar des »Kämp« gesagt hatte. Ratamo war erleichtert, dass sich einer seiner unerfreulichsten Arbeitstage dem Ende zuneigte. Wenn man ihn wegen der Verheimlichung von Informationen feuerte, dann würde er sich sein ganzes Leben lang an diesen 6. Dezember erinnern.

Kurz danach fuhr der gelbe Kabriokäfer im Schneetreiben erst den Itäväylä und dann die Sörnäisten rantatie entlang. Ratamo erwärmte sich mit Erinnerungen an seinen letzten Sommerurlaub und an die fünfunddreißig Grad Hitze am Comer See. Ihm fiel der Opa ein, der auf einer Terrasse bei der Hitze im Pullover vor sich hin gedöst hatte. Was würde er wohl von diesem Frost halten?

Die jazzigen Tangotöne von M. A. Numminen bewirkten, dass sich Ratamo entspannte und klarer denken konnte. Als er von der Unioninkatu zum Eteläranta abbog, stellte er fest, dass fast in jedem Fenster zu Ehren des Unabhängigkeitstages eine Kerze brannte, auch in den Büroräumen. Er hatte ein schlechtes Gewissen, weil er heute nicht eine einzige Minute mit Nelli zusammen verbracht hatte. Im letzten Jahr waren sie immerhin gemeinsam unterwegs gewesen und hatten den Fackelzug der Studenten fast auf dem ganzen Weg von der Kapelle in Hietaniemi bis zum Senatsplatz begleitet. Er bemühte sich, nicht an Nellis Laborergebnisse zu denken, nahm sich aber vor, sie am nächsten Tag auf alle Fälle in Erfahrung zu bringen.

Am Anfang der Tehtaankatu beschäftigte ihn wieder Eevas Geschichte. War Adil al-Moteiri tatsächlich für all das verantwortlich, was ihr in den letzten Tagen geschehen war? Wohl kaum. Gegen al-Moteiri lagen keinerlei Beweise vor. Aber jetzt glaubte Ratamo, dass Eeva jedenfalls nicht die Gehilfin von Turan Zana gewesen war. Sie hätte sich nie an der Ermordung eines Menschen beteiligt, um kiloweise Amphetamin zu bekommen. Eeva hatte sich ja auch früher nur die Einnahme von Speed und den Besitz von ein paar Gramm zuschulden kommen lassen. Niemand verwandelte sich im Handumdrehen aus einer werktätigen alleinerziehenden Mutter in eine Gehilfin von Drogendealern und Mördern.

Der hohe Schnee machte das Einparken schwierig. Ratamo dachte wieder an Ilona, als er den Käfer auf dem engen Innenhof mühsam in eine schmale Lücke fuhr; bald würde der Zeitpunkt kommen, sich zu entscheiden, was er von dieser Beziehung erwartete. Ilona redete in der letzten Zeit immer öfter andeutungsweise vom Zusammenziehen und sprach mit besonders viel Wärme von Kleinkindern.

Ratamo schüttelte sich unten im Treppenhaus den Schnee von den Sachen, stieg in die erste Etage hinauf, öffnete seine Wohnungstür und freute sich, als er auf dem Fensterbrett eine Kerze brennen sah. Es roch nach Glühwein, Marketta und Ketonen schauten sich in der Nachrichtensendung die Zusammenfassung der Feier im Präsidentenschloss an, und Nelli tobte auf dem Teppich im Wohnzimmer mit Musti herum. Für einen Augenblick kam sich Ratamo wie ein ganz normaler Familienvater vor.

»Wie geht es denn unserer jungen Dame?« Es sollte sich möglichst unbekümmert anhören.

»Ganz gut. Ich habe auch heute kein Fieber gehabt, ich glaub, jetzt habe ich keine Lust mehr zu messen.«

Ratamo wurde etwas leichter ums Herz, aber die gemütliche Stimmung war sofort dahin, als ihm Eevas Tochter einfiel. Wie würde sich Kirsi wohl heute Abend fühlen, seit sie wusste, dass ihre Mutter verhaftet war?

»Na, Mensch, was hat denn der Knabe für einen Anzug an«, sagte Ketonen und starrte verdutzt auf einen glatzköpfigen Mann mit Lederfrack und Reithosen, der auf dem Parkett des Präsidentenschlosses im Kreuzfeuer der Blicke aller Festgäste mit einer um die Hälfte größeren und jüngeren Blondine tanzte.

»Wer ist das?«, fragte Ratamo.

»Irgendein Tänzer des Nationalballetts.« Marketta schien ganz hingerissen zu sein.

Ketonen warf Ratamo einen Blick zu und grinste. »Man darf ja auch anders sein als die anderen. Nur ein toter Fisch schwimmt mit dem Strom«, sagte er, ganz der Meinung seiner Frau angepasst.

Nachdem sich Ratamo umgezogen hatte und nun ein T-Shirt mit der Aufschrift »Zu faul, um manisch zu sein« trug, holte er sich aus der Küche einen Becher Glühwein und etwas Weihnachtsgebäck und wollte sich gerade neben Nelli auf den Teppich setzen, als er bemerkte, dass Ketonen an der Tür des Gästezimmers winkte.

»Was gibt es Neues bei den Ermittlungen?« Der Ex-Chef der SUPO dehnte ungeduldig seine Hosenträger.

Ratamo, der gerade kaute, antwortete nicht. Er betrachtete das Motto »YCCSSOYA« auf Ketonens Krawattennadel und erinnerte sich, dass die Abkürzung aus dem Englischen kam und so viel bedeutete wie: »Du kannst keine Spione fangen, wenn du mit deinem Arsch auf der Bank hockst.« Das war der Humor der Leute von der Gegenspionage.

Ketonen hatte es satt, vergeblich auf eine Antwort zu warten. »Ich habe weitere Informationen über Veikko Saari ausgegraben. Der Mann hat Adil al-Moteiri gekannt und ihm in seinem Testament sogar sein geringes Vermögen vermacht. Und Saaris Kollege, der Hämäläinen von der KRP, behauptet, al-Moteiri wäre selbst im Bestattungsinstitut ›Autio‹ gewesen und hätte Saaris Begräbnis bezahlt.«

Ratamo schluckte blitzschnell alles hinunter. »Jetzt hüpft einem der Iraker dauernd vor die Nase wie ein Männchen mit einer Sprungfeder. Das muss ich Kuurma mitteilen. Anscheinend hat al-Moteiri tatsächlich etwas mit all dem zu tun. Und der Mann ist jetzt in London, der MI 5 will das sicherlich wissen.« Ratamo holte sein Telefon aus der Tasche. Er hatte also recht gehabt: Eeva hatte doch die Wahrheit gesagt, zumindest teilweise.

Ketonen nahm Ratamo das Handy weg und schaute ihn an, als wollte er ihm gleich einen Befehl erteilen. »Nun sag schon, verdammt noch mal, was hinter all dem steckt.«

»Takfir wal Hijra wird morgen einen Anschlag gegen Großbritannien ...«, Ratamo war es so gewöhnt, Ketonen zu gehorchen, dass der Satz schon in der Luft schwebte, bevor er überhaupt nachdenken konnte. »Es sei denn, der MI 5 erwischt Umar Hussain vorher in Nadschaf. Höchstwahrscheinlich aber auch dann.«

MITTWOCH

50

Die Boeing 777–200 der Austrian Airlines setzte leicht wie eine Feder auf der Landebahn des Flughafens Al-Matar in Damaskus auf. Und das keinen Augenblick zu früh. Adil hatte den Service der Ersten Klasse genossen, und der sechseinhalb Stunden dauernde Flug von London über Wien nach Syrien war angenehm gewesen. Doch nun hatte er den brennenden Wunsch, seinen Plan zu vollenden.

Er war fast zu Hause und vor allem endlich weg aus Finnland. Dieses kalte Land, in dem Araber wie Luft behandelt wurden, verabscheute er. Verdammte Hinterwäldler. Diese Emporkömmlinge hatten noch wie Tiere im Wald gelebt, als auf dem Gebiet des Irak die Kulturen sowohl der Sumerer und Assyrer als auch Babylons schon in voller Blüte gestanden hatten.

Das ewige Damaskus war der perfekte Ort, um seinem Plan den letzten Schliff zu geben. Nach dem Tod von Imam Ali im Jahre 661 hatte man Damaskus zur Hauptstadt des ersten Kalifats, des islamischen Imperiums, gemacht. Oder genauer gesagt, im Jahre 40; Adil hatte einen so großen Teil seines Lebens in den westlichen Ländern verbracht, dass es ihm schon Schwierigkeiten bereitete, in den Jahreszahlen nach dem islamischen Hijri-Kalender zu denken. Und in Damaskus war der Kopf Imam Husains begraben, des größten Helden der Schiiten, der Verkörperung des Märtyrertums.

Die vollbusige blonde Stewardess, die sich während des ganzen Fluges besonders um Adil gekümmert hatte, sah wehmütig aus, als er die Maschine verließ. Auf den Koffer brauchte er nur eine Viertelstunde zu warten, die Passkontrolle verlief sehr schnell, und an der Gepäckaufbewahrung stand keine Schlange.

Im Terminalgebäude des Flughafens Al-Matar herrschte früh um acht Hochbetrieb. Die Ausgangstüren rauschten auf, Adil trat hinaus und genoss die vom Benzingeruch gewürzte warme Mittelmeerluft, sie liebkoste das Gesicht und die empfindliche Haut der Beine. Es war unbegreiflich, wie irgendein Verrückter sein ganzes Leben lang in der Nähe des Polarkreises wohnen konnte.

Adil wäre beinahe gestürzt, als ein herauseilender westlich gekleideter arabischer Geschäftsmann ihn anstieß. »*Ismahlee.*« Der Mann bat um Entschuldigung und ging weiter.

Das Taxi raste dahin. Adil hatte keine Lust, etwas zu sagen, als der kettenrauchende grauhaarige Chauffeur eine CD des legendären syrischen Sängers Sabah Fakhri so laut dröhnen ließ, dass die Fenster klirrten. Er kannte das Stück – *Wihyat 'Inayya*. Jetzt hatte er wirklich das Gefühl, daheim zu sein, unter seinesgleichen, weit entfernt von den Europäern, die ihre Überheblichkeit verbittert und verdorben hatte.

Es erschien ihm immer wieder aufs Neue unbegreiflich, dass man in den westlichen Ländern die Geschichte nicht wenigstens in einem Maße kannte, das es ermöglichte, zu verstehen, woher der Stolz der Iraker stammte. Seine Heimatstadt Bagdad war schon vor fünftausend Jahren das Zentrum der Welt gewesen, dort hatte man die erste Gesetzessammlung der Geschichte niedergeschrieben, und dort waren die Sumerer und die Babylonier aus Mesopotamien auf die Idee gekommen, den Kreis in dreihundertsechzig Grad einzuteilen, den Tag in vierundzwanzig Stunden, die Stunde in sechzig Minuten und die Minute in genauso viele Sekunden. Sie hatten die Keilschrift geschaffen und den

Satz des Pythagoras tausend Jahre vor Pythagoras formuliert. Die Menschen auf dem Gebiet des jetzigen Irak hatten sich nie unterworfen, sondern sich stets von ihren Eroberern befreit, früher oder später. Und das würden sie auch jetzt tun.

Heute nahm es seinen Anfang, in zehn Stunden. Sein Anschlag würde dafür sorgen, dass sich wirklich jeder der Milliarde Moslems dem *Jihad*, dem heiligen Krieg, gegen die westlichen Länder anschloss. Osama bin Laden hatte einen Fehler begangen, als er damit rechnete, dass sich nach dem Angriff der Amerikaner auf Afghanistan die ganze islamische Welt gegen die USA verbündete. Er würde nicht an demselben Fehler scheitern, sondern den Hass der Moslems so entfachen, dass ein Krieg der Welten unausweichlich war.

Das Taxi fuhr in einen Kreisverkehr, bog nach Westen in die Ash-Shaghouri-Straße ab, dann nach rechts in die Al-Amin-Straße, und schließlich tauchte es in die von Mauern umgebene Altstadt von Damaskus ein. Adil sah die drei Minarette der Omajjaden-Moschee schon von weitem.

»*Bab al-barid.*« Er ließ den Chauffeur am Westtor anhalten, zahlte und ging schon kurze Zeit später über die rotbraunen Steine auf dem von gewaltigen Säulen gesäumten Innenhof. Die Omajjaden-Moschee war eine der schönsten Perlen der islamischen Architektur; ihre Erhabenheit beeindruckte ihn jedes Mal wieder.

In der Mitte des Innenhofs befand sich eine von einem Dach geschützte Quelle, vor der sich eine Gruppe von Menschen versammelt hatte. Aus ihr löste sich ein schlanker Mann, der Adil ähnlich sah und ihm zur Begrüßung »*Alhamdulillah*« zurief.

Adil küsste seinen Bruder auf beide Wangen und umarmte ihn dann fest. Er hatte das Gefühl, zu lange von ihm getrennt gewesen zu sein. Sadiq al-Moteiri erwartete in der Führung der schon bald entstehenden weltweiten arabischen

Bewegung eine große Zukunft. Adil wollte seine Verwandten im Rampenlicht glänzen lassen und selbst im Hintergrund die Fäden ziehen.

Schließlich ließ Adil seinen Bruder los, betrachtete ihn und lächelte dabei herzlich. »*Keef halak?*«, fragte er.

»Und wie geht es dir?«, erwiderte Sadiq, der müde aussah. »Aber darüber reden wir in Ruhe, wenn dieses Treffen vorbei ist. Alle sind da. Wirklich alle.«

»Jetzt haben wir dank Umar und Wassili Arbamow ausreichend Geld, um zu beginnen. Nur der Urknall fehlt noch«, versicherte Adil, als Sadiq ihn zu der Quelle führte.

Adil gab allen Teilnehmern des Treffens die Hand. Anwesend war die Führung jeder radikalen islamistischen und Terrororganisation, sowohl der Schiiten als auch der Sunniten: Iraner, Iraker, Syrer, Pakistaner, Saudi-Araber, Indonesier … Adil erkannte nicht einmal alle Männer. Aber er war sicher, dass jede ihrer Organisationen bereit war, alles zu tun, um den Feind zu schlagen und einen neuen islamischen Staat zu errichten. Spätestens nach dem, was bald in Nadschaf geschehen würde.

»Liebe Freunde, mein Anteil an diesem Plan nähert sich seinem Ende. Ich habe euch das Geld überwiesen und weiß, dass heute Dinge geschehen werden, die den heiligen Krieg auslösen. Nun seid ihr an der Reihe. Ihr werdet mit Sicherheit erkennen, wann der Augenblick gekommen ist zu handeln. Das wird über alle Rundfunk- und Fernsehkanäle der Welt bekanntgegeben werden«, sagte Adil und vermochte seinen Stolz nicht zu verbergen.

Es folgte ein heftiges Stimmengewirr, dass von einer lauten Stimme mit giftigem Ton unterbrochen wurde: »*Sayyid*, wollt Ihr uns immer noch nicht sagen, was heute passieren wird?«, fragte der iranische Führer der Hisbollah, der einen Turban trug, und stieß mit dem Fuß nach einer Taube, die sich zu nahe an ihn heran gewagt hatte.

»Das hatten wir doch so vereinbart«, erwiderte Adil schroff und sah, wie die Augen des Iraners vor Wut funkelten.

Seinen ganzen Plan hatte Adil nur Sadiq verraten, sonst niemandem, er vertraute allein seinen Blutsverwandten. Von dem vorgesehenen Terroranschlag auf die »Pride of Britain« hätte er natürlich auch den anderen berichten können, wenn er gewollt hätte, aber nicht von dem letzten Anschlag. Die Inszenierung funktionierte nur dann, wenn die Wahrheit im Verborgenen blieb. Für alle. Er wollte die Arbeit von Jahren nicht auf den letzten Metern dadurch gefährden, dass er etwas Unüberlegtes sagte. Ihre eigene Aufgabe kannten die am Brunnen versammelten Initiatoren des militärischen Teils von Adils Plan schon seit einem Jahr.

Im Innenhof der Moschee waren Dutzende Menschen unterwegs, ein Teil von ihnen ging in die Moschee, und die anderen waren gekommen, um Bekannte zu treffen, aber niemand schien die Gesellschaft am Brunnen zu beachten. Adil öffnete einen Knopf seiner Anzugsjacke, die schwarze Seide saugte die Wärme auf. Er entfernte sich vorsichtig Schritt für Schritt aus der Mitte der Gruppe und winkte Sadiq zu sich.

»Hast du dafür gesorgt, dass die Kämpfer in Nadschaf sind?«, fragte Adil seinen Bruder. »Haben Sie schon die Waffen erhalten?«

Sadiq nickte und brachte seinen Bruder dann auch bei einigen anderen dringenden Dingen auf den aktuellen Stand.

Adil schickte Sadiq zurück zur Quelle, damit er ihren Verbündeten Gesellschaft leistete, dann hob er sein Gesicht zur Sonne und überlegte, ob er dem MI 5 schon die entscheidenden Informationen übermitteln sollte. Die Briten durften den Namen der »Pride of Britain« nicht zu früh erfahren: Der Erfolg des Anschlags auf das Schiff würde sicherstellen, dass auch in Nadschaf alles so ablief, wie es im Drehbuch vorgesehen war. Er beschloss, die Taube noch nicht fliegen zu lassen, und bei dem Gedanken huschte ein Lächeln über sein Gesicht. Ihm gefiel der Deckname, der ihm eingefallen war – Taube. Im Koran wurde erzählt, wie sich Mohammed auf der Flucht vor dem Stamm Quraish in eine Höhle flüchtete. Spinnen webten am Höhleneingang ein Netz, und eine Taube baute dort ihr Nest. Deshalb ließen die Verfolger die Höhle in Ruhe, und Mohammed wurde gerettet. In gewissem Sinne verstand Adil, warum religiöse Märchen die Menschen faszinierten. Und wie man sie als Machtmittel einsetzen konnte, das war ihm sowieso klar.

Als Nächstes wollte er Umar Hussain zu einem Treffen einladen, das Umars letztes sein würde.

51

Im stockdunklen Frachtraum des L-Decks auf dem Luxuskreuzer »Pride of Britain« blinkte der Lichtkegel einer Stirnlampe, die Laufschuhe blieben auf dem Metallboden fast lautlos. Als Sliman Mouni den Schiffskörper erreichte, kniete er sich nieder und öffnete den Rucksack. Sein Atem beschleunigte sich, als er die metallene Fußbodenplatte zwischen dem massiven Stahlträger und der Wand hochhob und die Plastiksprengstoffstange an eine Stelle drückte, die unter der Ladewasserlinie lag. Der Schweiß lief ihm von der Stirn in die Augen. Seine Hände zitterten, als er den Zünder befestigte, obwohl er sich immer wieder sagte, dass der Sprengstoff RDX bei Zimmertemperatur äußerst stabil war; gefährlich wurde er erst, wenn die Lufttemperatur weniger als null Grad betrug. Doch das Wissen nahm ihm nicht die Angst.

Mouni überprüfte die Zeitschaltuhr noch einmal im schmalen Lichtkegel der Stirnlampe: Alle Sprengladungen mussten exakt im selben Augenblick explodieren, um sechzehn Uhr britischer Zeit, zwei Stunden nach dem Auslaufen des Schiffes aus dem Hafen von Helsinki. Der über dreihundert Millionen Dollar teure Luxuskreuzer würde auf dem eisigen offenen Meer rasch sinken und mit ihm seine dreitausend Passagiere. Mounis Zelle war nicht imstande, jede wasserdichte Abteilung aller Decks des Schiffes aufzusprengen, aber das war auch gar nicht erforderlich: Die zwanzig Kilo Plastiksprengstoff auf RDX-Basis waren so angebracht, dass sich von den achtzehn wasserdichten Abteilungen des Schiffs sechs mit Wasser füllten. Das Schiff würde es überstehen, wenn zwei Abteilungen vollliefen, vielleicht auch drei, aber wenn sechs Abteilungen unter Wasser stünden, würde es mit Sicherheit sinken, und zwar schnell.

Die Bodenplatte fiel mit einem klirrenden Geräusch wieder an ihren Platz, Mouni ballte die Fäuste; am liebsten hätte er einen Triumphschrei ausgestoßen. Niemand würde den Sprengstoff finden, das war sicher. Er hatte seinen Beitrag geleistet und dabei nicht einmal die geringsten Schwierigkeiten gehabt. Wenn seine Gefährten genauso erfolgreich waren, würde Europa in neun Stunden vom größten Terroranschlag seiner Geschichte erschüttert werden. Die jahrelange Vorbereitungsarbeit seiner Zelle wurde belohnt.

Nun musste er nur noch unauffällig in den Bereich für die Passagiere zurückgelangen. Mouni ging zügig in Richtung Tür. Es überraschte ihn, dass es so leicht gelungen war, die Sprengstoffladungen auf dem Schiff anzubringen, die Vorbereitungen des Anschlags waren schwieriger gewesen. Seine Zelle hatte sich schon vor einem Monat die notwendigen Informationen über das Sicherheitssystem der »Pride of Britain« beschafft; sie waren in das Büro der Herstellerfirma in Plymouth eingebrochen und hatten alle erforderlichen Dokumente gefilmt, aber nichts gestohlen. Und Zugang zu den Schiffsräumen bekamen sie, weil sie zwei Abende vor der Jungfernkreuzfahrt die Daten der Schlüsselkarte des Ersten Steuermannes kopiert hatten.

Ein Poltern ließ Mouni mitten im Laderaum verharren, dann durchschnitt ein Zischen die Luft, und am Ende des Raums zeichnete sich in der Dunkelheit ein schmaler Lichtschein ab, der umso größer wurde, je weiter sich die Hebetür quietschend öffnete. Mouni löschte seine Stirnlampe und rannte, ohne viel zu sehen, zum nächsten Kistenstapel. Seine ausgestreckte Hand stieß schmerzhaft gegen Metall, er tastete sich hinter die Kisten und versuchte, ruhig zu atmen. Das Licht ging an. Sein Puls beruhigte sich schnell, als er sah, dass nur ein kleiner Gabelstapler hereinfuhr, aber er beschleunigte sich wieder, als das Fahrzeug direkt auf sein Versteck zukam. Wenn der Mann ihn bemerkte, musste er ihn töten.

Die Gabel des Staplers schob sich zwischen die Kisten und hob die Hälfte seines Verstecks in die Luft. Mouni drückte sich ganz flach auf den Boden, würde der Sichtschutz genügen? Er war bereit anzugreifen. Dann machte der Gabelstapler kehrt und beschleunigte in Richtung Tür, der Fahrer hatte ihn nicht gesehen. Das Licht ging aus, die Tür knirschte wieder, und das surrende Geräusch des Gabelstaplers brach ab. Die Gefahr war vorüber.

Mouni verließ rasch den Laderaum und versicherte sich immer wieder, dass nun nichts mehr schiefgehen konnte, von jetzt an mussten sie nur in der Masse der anderen Passagiere untertauchen und abwarten.

Er sprang mit großen Schritten die Treppe hinauf und lief bis ans Ende des Ganges mit den Mannschaftskabinen, in der Hoffnung, dass keine einzige Tür aufging, dann stieg er die nächste Treppe hinauf und blieb vor einer roten Stahltür stehen. Seine Sachen waren nicht schmutzig geworden, wie Mouni mit einem Blick auf sein schwarzes Polohemd und die Jeans bemerkte, niemand würde ihn beachten. Er öffnete die Tür zu Deck 4 und hoffte, dass er die Kopie der Schlüsselkarte des Steuermanns das letzte Mal benutzen musste. Jetzt war er im Passagierbereich.

Noch ein Gang und eine Treppe, und Sliman Mouni stand im Atrium auf Deck 5. In einer Höhe von Dutzenden Metern war das Dach zu sehen, Marmor glänzte, die Palmenblätter tanzten im Luftstrom der Klimaanlage, überall spiegelte sich Licht im Glas. Er warf einen Blick in einen Spiegel und lächelte seinem Ebenbild zu: einem jungen erfolgreichen Geschäftsmann.

Auch diese Kreuzfahrt würde mit dem *Eid Al-Adha*, dem Opferfest enden. Aber es würde ganz anders aussehen als das nach den Pilgerfahrten der Moslems.

52

In der operativen Zentrale im Hauptquartier des britischen Geheimdienstes MI 5 saßen etwa zwanzig müde Polizisten, Ermittler, Analytiker und Beamte. Die Krisengruppe des JTAC arbeitete schon fast achtundvierzig Stunden ohne Unterbrechung. Niemand sagte etwas, nur die Kakophonie der summenden und rauschenden Geräte war zu hören.

Melissa Tufton hatte nachts kaum geschlafen. Das rächte sich nun, vor allem, weil die Schwangerschaft ohnehin schon an ihren Kräften zehrte. Das Gehirn arbeitete nur schwerfällig, dabei hätte es gerade jetzt so reibungslos funktionieren müssen wie ein gut geölter Motor. Es war sieben Uhr morgens, der Tag hatte begonnen, an dem ein vernichtender Terroranschlag Großbritannien erschüttern würde. Melissa spürte ein Brennen in den Augen, als sie auf die La-

getafel schaute: In den Straßen von Nadschaf patrouillier-
ten Soldaten des Regiments Black Watch. Das schottische
Königliche Highland-Regiment war die legendärste Einheit
der britischen Armee. Vom Stützpunkt Camp Dogwood
südlich von Bagdad hatte man gestern achthundertfünfzig
Soldaten von Black Watch nach Nadschaf verlegt, um
Umar Hussain zu suchen.

»Morgen!«, brüllte George Langdon, der Chef des JTAC,
als er das riesige Großraumbüro betrat, um Leben in die
Truppe zu bringen. Alle versammelten sich am Ende des
Raumes unterhalb des schweißbedeckten Gesichts eines
Black-Watch-Soldaten. Die elegant gekleidete Analytikerin
des Auslandsgeheimdienstes MI 6 ergriff als erste das Wort.
»Auf dem Feld ist ein neuer Spieler aufgetaucht – Adil al-
Moteiri. Er gehört zu einer der einflussreichsten Familien
der islamischen Welt; der Generalstabschef der syrischen
Armee und ein Berater des jordanischen Außenministers
sind seine Brüder, und in der Führung der meisten arabischen Länder finden sich andere nahe Verwandte al-Moteiris.«

Langdon sagte das noch nichts. »Und getan hat er was?«

»Er hat kürzlich mit Umar Hussain zusammengearbeitet,
über ein Jahr lang, erst in Madrid und dann in Nadschaf«,
fuhr die Frau vom Auslandsnachrichtendienst fort. »Aber
die wichtigste Neuigkeit ist etwas anderes: Heute früh hatte
al-Moteiri in Damaskus ein Treffen mit einer Gruppe von
Leuten, unter denen sich Vertreter fast aller bekannten Terrororganisationen befanden. So etwas hat es bisher noch
nicht gegeben. Es ist tatsächlich irgendetwas Großes im
Gange.«

Langdon wollte gerade eine Frage stellen, aber die Frau
vom MI 6 kam ihm zuvor. »Wir wissen das erst jetzt, weil
die finnischen Kollegen uns ihre Informationen über al-
Moteiri erst heute früh mitgeteilt haben.«

»Es hat keinen Sinn, jetzt jemandem Vorwürfe zu machen«, erwiderte Melissa zur Verteidigung der Finnen. »Der MI 6 hat einen dicken Ordner mit Material über al-Moteiri, die Finnen jedoch nicht. Al-Moteiri hat sich in seinem ganzen Leben keines Vergehens schuldig gemacht, und die Finnen haben von dem Zusammenhang mit Umar Hussain erst gestern am späten Abend erfahren.«

»Überprüft al-Moteiri und klärt, warum diese Versammlung in Damaskus organisiert wurde. Aber der Anschlag auf das Schiff ist natürlich unsere wichtigste Sorge«, befahl Langdon.

Melissa kam wieder zu Wort: »Der Führer dieser Terroristenzelle, Sliman Mouni, wohnt derzeit in London, ist aber aus der Stadt verschwunden. Geboren 1972 in Batna, Algerien, mehrere Hochschulabschlüsse, studierte in Madrid und arbeitete nach dem Examen zuerst in Frankfurt und jetzt hier in London bei Cap Gemini Consulting.«

»Mouni muss gefunden werden, das ist die zweite Priorität, wenn das Ziel des Anschlags geklärt ist. Sonst noch was Neues?«, fragte Langdon, er schlürfte einen Joghurt aus der Plastikflasche und machte einen munteren Eindruck.

Melissa schaute in die Runde für den Fall, dass jemandem in den letzten Minuten noch etwas eingefallen war. »Nichts. Aber wenn man das nachrichtendienstliche Material zugrunde legt, scheint das, was wir schon wissen, sicherer zu sein als vorher: Das Ziel ist ein Schiff, und der Anschlag wird ungeheuer viele Opfer kosten.«

»Demzufolge können wir alle Frachtschiffe mit einer ungefährlichen Ladung ausschließen, aber viel mehr auch nicht.« Langdon dachte laut nach: »Irgendwie brauchen wir eine Ahnung, was für ein Schiff als Ziel des Anschlags ausgewählt wurde. Wollen sie einen Tanker mit Chemikalien in einem Hafen in die Luft jagen oder ein Passagierschiff mit Raketen auf offener See?«

»Alle Schiffe werden schon überprüft«, versicherte Melissa. »Mit der Besatzung allein ist das ein ziemlich hoffnungsloses Unterfangen. Die heutigen Schiffe sind so riesig, dass es Tage dauert, sie gründlich und ohne Bombenspürhunde zu untersuchen und ...«

»Das könnte weiterhelfen.« Der Beamte des Innenministeriums, der einen Nadelstreifenanzug und ein pinkfarbenes Hemd trug, wartete, bis der Laserdrucker zu surren aufhörte, nahm die Blätter und verteilte sie an die Mitglieder der Krisengruppe. »In eine Firma in Plymouth, die Sicherheits- und Überwachungssysteme für Kreuzfahrtschiffe herstellt, wurde vor einem Monat eingebrochen. Es wurde nichts gestohlen, aber die Firmeneigentümer hatten den Verdacht, dass es sich um Industriespionage handelte, und erstatteten Anzeige bei der Polizei.«

Melissa war sofort im Bilde. »Welche Schiffe haben Sicherheitsvorrichtungen dieser Firma?«

Langdon las laut von seinem Blatt vor. »Kunden: sechzehn Kreuzfahrtschiffe, davon drei britische. Eins liegt in der Reparaturwerft in Miami und zwei sind derzeit auf Kreuzfahrt in ...«

Melissa unterbrach den Chef des JTAC: »Das Schiff der Fred-Olsen-Cruise-Lines hat einen interessanten Namen – Black Watch. Das wäre der perfekte Weg, sich an uns für die Beteiligung am Irak-Krieg zu rächen: Ein Schiff zu vernichten, das den Namen der berühmtesten britischen Einheit trägt.«

»Die ›Black Watch‹ ist im Mittelmeer unterwegs und hat etwas mehr als tausend Touristen an Bord, übermorgen trifft sie im Hafen von Palma de Mallorca ein. Auch die großen Schiffe können dort direkt vor der Stadt anlegen, sogar die Flugzeugträger.« Doch dann sah man der Miene des gepflegt wirkenden Mannes vom Innenministerium die Enttäuschung an. »Aber der Kapitän des Schiffes ist Norweger, die Offiziere kommen aus Italien, die Mannschaft von den Philippinen und die Passagiere aus Süd- und Mitteleuropa. An dem Schiff ist nur eins englisch – der Name.«

»Aber bei dem anderen nicht!« Melissa stand mühsam auf und hielt sich den Bauch. »Der Luxuskreuzer ›Pride of Britain‹ der Reederei P&O-Cruises. Symbolisch gesehen, ein hervorragendes Ziel: Die Terroristen würden buchstäblich einen Anschlag auf den Stolz Britanniens ausüben.«

Der Beamte im roten Hemd las immer schneller vor. »Die ›Pride of Britain‹ ist auf ihrer Jungfernkreuzfahrt, auf dem Schiff befinden sich einschließlich der Mannschaft dreitausend Menschen, der größte Teil der Passagiere sind geladene Gäste aus Großbritannien, wirklich bekannte Namen aus Wirtschaft, Politik und Unterhaltungsbusiness: zwei Minister, vier Minister der Schattenregierung und Admiral Harris, der Kommandeur der Königlichen Flotte. Auch der Kapitän ist Engländer, ebenso die Offiziere.«

»Wo ist das Schiff?« Langdons Stimme klang angespannt.

»Auf der Ostsee. In zwei Stunden kommt es im Hafen von Helsinki an.«

Langdon strich sich über seine Bartstoppeln und ging unruhig unter der Lagetafel auf und ab. »In so kurzer Zeit bekommen wir die Eingreiftruppe des SAS nicht an Bord, vermutlich nicht einmal die Antiterroreinheit der Finnen. Bittet den Kapitän des Schiffes, die Überwachung und die Suche nach Sprengstoff zu intensivieren. Und das Tempo des Schiffes zu beschleunigen, wenn das möglich ist. Melissa nimmt Kontakt zu den finnischen Behörden auf: Das Schiff muss geräumt und durchsucht werden, sobald es den Hafen erreicht hat. Aber das alles soll möglichst ohne großes Aufsehen geschehen, es kann sein, dass wir uns irren. Alle anderen durchforsten weiter das nachrichtendienstliche Material.« Langdon gab seine Anweisungen und hoffte, dass man ihm die Angst nicht ansah.

Erik Wrede ging in der operativen Zentrale auf und ab wie Napoleon vor der Schlacht von Austerlitz und wartete darauf, dass alle Anwesenden einen Stuhl unter sich hatten. Seine Daumen steckten in den Ärmellöchern des grünen Westovers.

Ratamo warf Riitta Kuurma einen Blick zu, sie sah immer noch wütend aus. Die SUPO war von den in der Regel so taktvollen Briten heftig kritisiert worden, dass sie den MI 5 nicht schon früher über Adil al-Moteiri informiert hatte. Die Verantwortung dafür hatte Wrede ungerührt Riitta Kuurma zugeschoben.

Ratamo war müde. Zwar hatte er letzte Nacht dank zweier Tenox-Pillen fürstliche sechs Stunden geschlafen, aber der chemische Schlaf war auch nicht annähernd so erholsam wie der echte. Er hatte schon das dritte Mal innerhalb einer Woche denselben Alptraum gehabt: Er war mit Nelli auf der Flucht vor einem Erdrutsch, der immer näher kam, sie konnten aber nicht schnell genug weglaufen, weil seine Füße gefesselt waren. Jedesmal wachte er von seinen Schreien schweißgebadet auf, kurz bevor die Gesteinsmassen sie unter sich begruben. Hing das mit der Angst vor dem Verlust des Arbeitsplatzes, mit Nellis Krankheit oder mit beidem zusammen? Zu allem Überfluss war die Ärztin auch noch fuchtig geworden, als er früh wieder wegen der Ergebnisse von Nellis Labortests nachgefragt hatte.

»Wie ihr schon wisst, hat die SUPO vor einer knappen Stunde aus London die Information erhalten, dass Terroristen möglicherweise versuchen, das Kreuzfahrtschiff ›Pride of Britain‹, das gleich im Hafen von Helsinki eintreffen wird, in die Luft zu jagen.« Damit eröffnete Wrede die Besprechung.

»Die Chefin der SUPO, Ulla Palosuo, kann leider nicht an dieser Besprechung teilnehmen, aber von unserer Seite sind die Oberkommissare Arto Ratamo und Riitta Kuurma anwesend, und verantwortlich bin ich, Erik Wrede, Chef des operativen Bereichs.« Der Schotte wollte sofort klarstellen, wer den Taktstock schwang. »Vom Innenministerium ist hier als ... Beobachterin Staatssekretärin Anneli Seppä, und die KRP vertritt Kriminalkommissar Asko Ylinen. Als Leiter vor Ort in Hernesaari wird der stellvertretende Polizeichef von Helsinki, Jukka Munck, fungieren, und die operativen Aufgaben auf dem Schiff übernimmt das Sondereinsatzkommando der Helsinkier Polizei, das Karhu-Kommando. Dessen Leiter ist Kommissar Ville Kivelä. Ville, sag du noch mehr über die Zusammensetzung von Karhu.« Wrede gab einem blonden, durchtrainierten Mann mit kurzgeschorenen Haaren ein Zeichen.

»Es geht hier um eine Bedrohung, die so enorm ist, dass wir unser ganzes Arsenal einsetzen: drei Einsatzkommandos, eine Hundestaffel, eine technische Gruppe und natürlich das Te-Bo-Kommando. Wir sind bereit zu handeln, sobald der Befehl kommt«, versicherte Kivelä den Zuhörern und setzte sich wieder hin.

»Vom Terror-Bomben-Kommando wird hier vermutlich die größte Leistung erwartet«, sagte Wrede und marschierte vor dem Flip-Chart auf und ab. »Nach Ansicht der Engländer ist es am wahrscheinlichsten, dass man versucht, das Schiff, diese ... ›Pride of Britain‹, in die Luft zu sprengen. Oder sie haben die Absicht, NBC-Kampfmittel über das geschlossene Klimaanlagensystem des Schiffes zu verbreiten.«

Ratamo bemerkte die Verwirrung im Gesichtsausdruck der Staatssekretärin. »NBC ist die Abkürzung für radioaktive, biologische und chemische Kampfstoffe«, erklärte er und sah, wie Wrede zufrieden nickte.

»Wie sind die Terroristen auf das Schiff gekommen? Und wie konnten sie Sprengstoff oder diese ... Stoffe an Bord bringen?« Es schien so, als hätte die Staatssekretärin Schwierigkeiten, die Lage zu begreifen.

»So unglaublich das auch klingt, die Internationale See-schifffahrtsorganisation IMO verlangt von den Häfen immer noch keine strengen Sicherheitsmaßnahmen«, sagte Riitta Kuurma in schroffem Ton. »Nicht einmal nach all dem, was die Terroristen in den letzten Jahren angerichtet und versucht haben.«

»Das stimmt leider«, bestätigte Wrede. »Für die IMO genügt es, dass die Passagiere bloß mit Stichproben kontrolliert werden, auch in den Häfen mit grenzüberschreitendem Verkehr. Von den Tausenden Passagieren eines Schiffes der Größe dieser ›Pride of Britain‹ sind vielleicht zwanzig kontrolliert worden.«

Der stellvertretende Polizeichef von Helsinki schien bereit zu sein, statt vieler Worte nun zur Tat zu schreiten. »Wir müssen noch Kontakt zum Zoll und zum Grenzschutz aufnehmen. Und zur Notrufzentrale, für alle Fälle.« Er stand auf, und man sah ihm an, dass jetzt die Zeit des Handelns gekommen war.

Ratamo und Kuurma verließen den Raum als Erste. Sie hatten es eilig. Ratamo musste sich mit den Grundrissen der Schiffsdecks vertraut machen, bevor die »Pride of Britain« in Hernesaari vor Anker ging, und Kuurma sollte Eeva Hallamaa verhören.

»Ich habe doch gesagt, dass Eeva nicht gelogen hat«, meinte Ratamo zu Riitta, als sie die Treppen hinuntergingen. »Wettest du mit mir um ein Mittagessen, dass sie nichts mit diesen Drogen und Morden zu tun hat?«

Doch Riitta Kuurma biss nicht an. »Das ist durchaus möglich, die Wette lasse ich lieber aus.«

»Übrigens, warum interessiert sich der MI 5 jetzt plötzlich so für al-Moteiri?«, erkundigte sich Ratamo neugierig.

»Der Mann hat noch vor einem reichlichen Jahr mit Umar Hussain in der Organisation Takfir zusammengearbeitet. Nach Melissas Ansicht ist es kein Zufall, dass al-Moteiri gerade jetzt hier war, so kurz vor dem Terroranschlag. Eeva könnte etwas darüber wissen.«

53

Adil al-Moteiri saß im hinteren Teil der Passagiermaschine vom Typ Learjet 40, die über sieben Plätze verfügte, und schaute durch das Fenster auf seine von der Morgensonne beschienene Heimatstadt. Die Zerstörungen Bagdads während des letzten Krieges waren aus der Luft nicht zu sehen, und wenn man die Silhouetten der Wolkenkratzer herausfilterte, konnte man sich leicht vorstellen, wie die Stadt in ihren Glanzzeiten ausgesehen hatte. Wenn irgendjemand all das Gute verdient hatte, was der islamischen Welt schon bald bevorstand, dann waren es die Einwohner von Bagdad.

Er tauchte in die Geschichte Bagdads ein, er wusste darüber fast alles. Die Stadt war im Laufe der Jahrhunderte schlimmer drangsaliert worden, als es sich die letzten Eroberer, die Briten und Amerikaner, auch nur vorstellen konnten. Im Jahre 1258 ritt Hulagu, der Enkel von Dschingis Khan, mit einer zweihunderttausend Mann starken Mongolenarmee in die Stadt ein und tötete bei den vierzig Tage dauernden Kämpfen den letzten Abbasiden-Kalifen und fast die gesamte Bevölkerung Bagdads – achthunderttausend Menschen. Die mongolischen Barbaren errichteten aus den Schädeln der religiösen Führer Bagdads, der Gelehrten und der Intelligenz eine Pyramide und löschten in kürzester Zeit einen großen Teil der technischen und geistigen Errungenschaften der Abbasiden-Dynastie aus.

Adil wandte sich mit besorgter Miene seinem Bruder zu, der neben ihm saß. Es war höchste Zeit, alles noch einmal durchzusprechen. Die Reise würde bald vorüber sein; Nadschaf lag nur hundertsechzig Kilometer von Bagdad entfernt.

»Alles ist in Ordnung. Die Zelle der Kämpfer hat ihre Stellungen in Nadschaf schon bezogen. Zwölf Killer, sicherheitshalber natürlich Sunniten, obwohl der Glaube diesen Männern nichts bedeutet«, erklärte Sadiq al-Moteiri.

Das Arabisch, das Sadiq sprach, klang wie Musik in Adils Ohren. Es tat gut, daheim zu sein. Die Maschine verlor an Höhe, und Adil sah die Steinhügel, ein Denkmal für die viertausend Jahre alte Stadt Babylon. Hier war alles vertraut: die ebene Wüste, Dattelpalmen, Eukalyptusbäume und die vom Euphrat abgeleiteten Kanäle.

Schon bald würde er das Recht durchsetzen, dann wäre er am Ende des Weges angelangt, den er nach seiner Befreiung aus Camp Bucca betreten hatte, und er würde die ganze islamische Welt auf ihren Weg in eine glänzende Zukunft führen.

»Den großen Plan kennst du natürlich schon. Aber ich möchte, dass du auch alles über die Dinge weißt, die mit seiner Vorbereitung zusammenhingen«, sagte Adil seinem Bruder, der sich aufrecht hinsetzte. »Für den Fall, dass mir irgendetwas zustößt. Und auch sonst. Unsere Familie wird bald die mächtigste im Nahen Osten sein, und du darfst als ihr Oberhaupt auftreten.«

Die Maschine geriet in ein Luftloch, und Sadiq preßte statt der Lehne Adils Arm.

Adil erzählte seinem Bruder ganz ruhig alles Wesentliche über seinen Plan. Als er das erste Mal Eevas Namen erwähnte, geriet er in Erregung. »Eeva hat mich die meiste Mühe gekostet. Umar hat die Idee zum Passwort für seine Dateien natürlich von mir, aber ich habe nicht geahnt, dass er die Codezahlen auch mir nicht geben würde. Deshalb musste die Erpressung Eevas unbedingt gelingen. Und da Kirilow und Dworkin auf jeden Fall ermordet werden sollten, um Wassili Arbamow zu erpressen, habe ich Turan Zana befohlen, sich ein wenig … zusätzliche Mühe zu machen.« … damit Eeva wenigstens eine Kostprobe von jener Hölle bekam, in der ich Monate verbracht habe, fuhr Adil im Stillen fort. Alles musste auch Sadiq nicht wissen.

»Dank Eeva bekam ich Zugang zu Umars Dateien. Sie werden die Briten von der Schuld Takfirs an dem Anschlag auf das Schiff überzeugen, und sie enthalten Informationen über mich und meinen Plan, die niemals an die Öffentlichkeit gelangen dürfen.«

»Ist die Frau noch auf freiem Fuß?«, fragte Sadiq.

»Nein. Zana hat in Eevas Wohnung Amphetamin versteckt. Ich habe das der finnischen Polizei mitgeteilt, das heißt, die Frau ist vermutlich schon verhaftet. Aber sie weiß nichts von mir, was für die Behörden von Nutzen wäre. Damit Eeva über die Wahrheiten des Lebens nachdenken kann, habe ich sie ins Gefängnis gebracht, so wie sie mich in den Irak und ins Camp Bucca geschickt hat, als sie mich verließ. Kein Schmerz ist größer, als auf etwas verzichten zu müssen, von dem man glaubte, dass man es schon erhalten hat. Eeva wird ihre Tochter verlieren, genau wie wir unsere …« Adil wollte nicht mehr an die Vergangenheit denken. Als Nebenprodukt seines Planes hatte er seine Rache bekommen. Schon bald würden beide Menschen, die ihn beleidigt hatten, Eeva und Umar, vor dem Recht auf den Knien liegen.

»Was für einen Helfer hattest du in Sankt Petersburg?«, erkundigte sich Sadiq neugierig.

»Ich habe einen alten Mann aus Finnland in den Plan einbezogen, indem ich ihm die Möglichkeit geboten habe, sich an den Drogenhändlern zu rächen. Mit seiner Hilfe konnte ich Arbamow nach Finnland locken und es so inszenieren, dass der Russe dastand als der Schuldige … und sein Register ist lang.«

Die Brüder wurden auf ihren Sitzen durchgeschüttelt, als die Räder der Maschine auf dem Asphalt der einzigen Landebahn des bescheidenen Flugplatzes von Nadschaf aufsetzten. Das Wort *Najaf* bedeutete »wasserlose Hochebene«, erinnerte sich Adil. Zuweilen wunderte er sich selbst, wie ihm so ein perfekter Schauplatz für den Höhepunkt eingefallen war. Sowohl die Sunniten als auch die Schiiten betrachteten Nadschaf als heilige Stadt: Hier befand sich das prächtige Grab von Ali ibn Abi Tálib, dem vierten Kalifen der Sunniten und ersten Imam der Schiiten, dem Vetter des Propheten Mohammed. Das war für die Moslems ein fast genauso heiliger Ort wie Mekka, Medina und die Al-Aksa-Moschee auf dem Tempelberg in Jerusalem. Und die Stadt lag im Irak.

Sein letztes Mahl vor dem entscheidenden Moment würde er im Stadtkern von Nadschaf im Hotel Al-Bader Palace einnehmen, beschloss Adil, als die Maschine auf den Terminal zurollte. Das Restaurant im Erdgeschoss des langsam verfallenden viergeschossigen »Al-Bader« war kurz nach Kriegsende das einzige anständige Lokal in Nadschaf gewesen. Er und Umar hatten dort viele angenehme Stunden mit Pilgern, Geschäftsleuten, Kriminellen, Aufständischen und Journalisten verbracht. Damals war in dem Restaurant nur Kebab angeboten worden; er wollte immer noch nicht wissen, aus welchen Tieren man die fettigen Fleischstücke herausgeschnitten hatte.

Obwohl der wichtigste Augenblick noch bevorstand, fühlte Adil schon, wie der Stolz ihn wärmte. Er war ein perfekter Manipulierer. Nichts verlangte so viel Intellekt wie das Steuern anderer Menschen, das war die höchste Form der Intelligenz. In gewisser Weise war er zugleich Erzieher seiner Opfer: Nach Ansicht von A. J. Greimas handelte es sich bei der Erziehung immer darum, dass der Erzieher den zu Erziehenden so manipulieren musste, dass er bestimmte Dinge tat.

Es schien so, als wäre der Zufall in jeder Hinsicht auf seiner Seite. Selbst das Datum, der 7. Dezember, erwies ihm die Ehre. An diesem Tag im Jahre 1941 hatten die Japaner eine Veränderung der Welt ausgelöst, als sie mit Hunderten von Flugzeugen Pearl Harbor, den Flottenstützpunkt der USA auf Hawaii, attackiert hatten. Der Überraschungsangriff hatte die USA mit in den Zweiten Weltkrieg hineingezogen und dazu geführt, dass sie am Ende Verluste in Höhe von vierhunderttausend Toten erlitten hatten. Er würde heute mit einer gewaltigen Erschütterung den Startschuss für eine Kette von Ereignissen geben, neben der auch Pearl Harbor verblassen würde.

In Kürze würde er dem MI 5 all jene Dokumente schicken, die er auf den von Eeva geöffneten Seiten kopiert hatte: Informationen über Umar, über die Organisation Takfir und die Ziele ihrer künftigen Terroranschläge. Bei dieser Operation war das richtige Timing das A und O.

Umar Hussain wäre lieber über glühende Kohlen gegangen, als Adil al-Moteiri gerade an dem Tag zu begegnen, an dem die »Pride of Britain« untergehen würde. Was zum Teufel machte Adil in Nadschaf, und warum wollte er gerade jetzt ein Treffen? Und weswegen hatten die Briten Hunderte Soldaten des Regiments Black Watch nach Nadschaf geschickt? Er hatte es nicht gewagt, eine Begegnung abzulehnen, Adil hatte Andeutungen gemacht, der Anschlag auf das Schiff könnte gefährdet sein.

Umar hatte das Gefühl, dass die Wände der unterirdischen Kommandozentrale einstürzten und ihn unter sich begruben, es fiel ihm immer schwerer zu atmen. Mehrmals verlor er fast die Geduld, als er die dunkelgraue *Burga* der Frauen anzog. Der Umhang bedeckte die Haut vom Hals bis zu den Hand- und Fußgelenken, der Schleier verbarg Haare, Bart und Hörgerät und das Tuch den Hals. Nur die

Augen und die Hände waren zu sehen, niemand würde ihn erkennen. Manchmal erwies es sich auch als nützlich, dass er klein war.

Umar zappte schnell die Nachrichtenkanäle durch: CNN, BBC, Al-Dschasira. Nichts über die »Pride of Britain« oder über die Gründe für die Operation von Black Watch in Nadschaf. Er hörte sich einen Augenblick die Geräusche an, die von den in Lautsprechern verborgenen Mikrofonen aus dem Geschäft übertragen wurden, und als er sich vergewissert hatte, dass der Weg frei war, öffnete er den Riegel der dicken Stahltür.

Im Geschäft teilte er Nabil mit, er werde in ein paar Stunden zurückkehren, dann trat er hinaus in das Gedränge auf dem Basar. Nabil war der einzige Mensch, der Umars Aufgabe und seinen Hintergrund kannte, das war die Bedingung für Umars Überleben. Man wusste, dass Takfir eine Organisation der Wahhabiten war, die aber hatten im 19. Jahrhundert Raub- und Vernichtungszüge in die heiligen Städte der Schiiten unternommen, die sie für Ungläubige hielten, auch nach Nadschaf. Er würde sterben, wenn man ihn hier entdeckte.

In der von kleinen Geschäften gesäumten Gasse wimmelte es von Menschen, das ließ Umar daran denken, wie es hier zur Zeit des Ashura-Festes aussah: Tausende Schiiten geißelten sich mit Ketten und schlugen sich im Takt lauter Musik auf die Brust. Bei den *Azádári*-Umzügen waren Hunderttausende Menschen unterwegs, manche zogen ein hölzernes Joch und andere schlugen sich mit dem Schwert.

Umar ging einen der vielen von Bäumen gesäumten friedlichen und ruhigen Boulevards der Universitätsstadt entlang, betrachtete die Ziegelhäuser mit ihren Gewölbebögen und steuerte dann auf die Imam-Ali-Moschee zu. Von denen, die ihm entgegenkamen, war jeder zweite ein Geistlicher mit Turban. Es war ein merkwürdiges Gefühl, als er

daran dachte, dass die Vernichtung der »Pride of Britain«
ihn zu einem Führer machen würde, der mächtiger war als
alle Geistlichen.

54

Der modisch gekleidete Sliman Mouni stand im Panorama-
restaurant auf Deck 12 der »Pride of Britain« und beobachtete den Schlepper, der das Schiff in den Hafen von Helsinki zog und dicke, schwarze Abgaswolken ausstieß.
Helsinki machte den Eindruck einer kleinen Stadt: gleichmäßig niedrige Wohnhäuser, Industriehallen, der Hafen für
die Passagierschiffe ... In den Wirbeln, die der Schlepper
hinterließ, schaukelten die Eisschollen und dampfte das
eisige Wasser. Diejenigen, die bei der Explosion der »Pride
of Britain« ins Wasser stürzten, hätten nicht die geringste
Überlebenschance.

Der Luxuskreuzer erreichte in wenigen Minuten den Hafen. Mouni hatte schon am Morgen seine Sachen gepackt,
er musste nur noch das Gepäck aus der Kabine holen. Dann
würde er das Schiff verlassen, zunächst nach Syrien reisen
und sich später dort verstecken, wo ihn Umar Hussain hin-
schickte. Nach der Zerstörung der »Pride of Britain« würde
der Hintergrund jedes einzelnen Passagiers so genau durchstöbert werden, dass man ihm sicher auf die Spur käme.
Würde er seine beiden Gefährten jemals wiedersehen? Sie
hatten während der Reise kein Wort gewechselt, eine Kom-
munikation war nur im Notfall erlaubt. Mouni trank die
letzten Tropfen seines Juice, lutschte das Eis eine Weile und
spuckte es dann zurück ins Glas, als plötzlich aus den Lautsprechern eine Durchsage in Englisch zu hören war, die
Stimme klang angespannt: »Wir erreichen in wenigen Au-
genblicken Helsinki. Wir bitten alle Passagiere, das Schiff

unverzüglich über das Garden Court Foyer auf Deck 4 zu verlassen. Wir bitten alle Passagiere, das Schiff unverzüglich über das Garden Court Foyer auf Deck 4 zu verlassen.«

Mouni sah die besorgten Mienen der Barkeeper und wusste sofort, dass etwas nicht stimmte. Wurden auf Kreuzfahrtschiffen Rettungsübungen durchgeführt? Die »Pride of Britain« war auf ihrer Jungfernfahrt, vielleicht gehörte das dazu, vielleicht wusste auch die Mannschaft nichts von der Übung. Ihm fiel ein, dass man auf der anderen Seite den Kai für die Kreuzfahrtschiffe sah, er lief rasch quer durch das Restaurant.

Vor Schreck wich ihm das Blut aus dem Gesicht, als er auf dem Kai Polizeiautos, Transporter, Feuerwehren und eine Hunderte Meter lange Schlange von Bussen sah. Hatte man den Anschlag aufgedeckt? Das war die einzige Erklärung, zu einer Übung schickte man nicht ein derartiges Arsenal. Er musste handeln.

Mouni stürzte los zu den Aufzügen und hämmerte auf die Metallplatte; in dem Pfeil, der nach unten zeigte, leuchtete es rot auf. Beide Lifts fuhren abwärts, dann in die sechste Etage und wieder nach unten. Die Durchsage hatte ganz sicher auch den letzten Passagier auf die Beine gebracht. Mouni war gezwungen, die Treppen zu benutzen, das würde ihn etliche Minuten kosten, und er brauchte noch die Zugangskarte aus seiner Kabine.

Der Sprengstoff mußte von Hand gezündet werden. Und zwar jetzt sofort.

55

Die Polizisten des Karhu-Kommandos warteten auf dem Kreuzfahrtkai von Hernesaari darauf, dass sich die Versorgungstür der »Pride of Britain« öffnete. Sie trugen feuerfeste dunkelblaue Overalls und kugelsichere Westen, dunkle Helme mit Gesichtsschutz und Springerstiefel. Jeder Polizist war mit einer Glock-Pistole bewaffnet, die in einem Futteral am rechten Oberschenkel getragen wurde, ein Teil der Männer hatte zusätzlich eine Maschinenpistole der Marke Heckler & Koch MP5 A3 oder eine Pumpgun Remington 870. Die Polizisten der Gruppe, die dem Schiff am nächsten kauerten, hielten Schutzschilde, und die hinteren hatten Türrammen auf der Schulter.

Die Schäferhunde der Hundestaffel bellten, und die Männer der technischen Gruppe unterhielten sich leise, während der weiße Transporter des Terror-Bomben-Kommandos auf den Kai gefahren wurde. In seinem Laderaum wartete ein anderthalb Meter großer Bombenroboter mit sechs Rädern auf seinen Einsatz.

Der Kreuzfahrtkai von Hernesaari war ein etwa zweihundert Meter langer, mit einem Maschendrahtzaun umgebener Streifen Asphalt, über den der Seewind pausenlos wehte. In der Regel legten die großen Kreuzfahrtschiffe für einige Stunden am Kai an, manchmal auch für einen Tag, damit die Touristen die Stadt kennenlernen konnten, aber die »Pride of Britain« auf ihrer Jungfernfahrt sollte nur haltmachen, um die Vorräte aufzufüllen.

»Die Passagiere werden also mit Bussen ins Messezentrum gefahren?«, erkundigte sich Ratamo bei Ville Kivelä, dem Leiter des Karhu-Kommandos, und erhielt als Antwort ein Nicken. Er überlegte, ob er mitfahren müsste, um Passagiere zu verhören, oder sollte er im Fahrwasser des Karhu-Kommandos an Bord gehen? Was hatten die Terroristen vor? Würden sie sich auf dem Schiff verstecken, mit den anderen Passagieren ins Messezentrum fahren oder sich in die Luft sprengen? Vielleicht waren die Männer von Takfir gar nicht mehr an Bord. Das Wichtigste war, die Sprengladungen zu finden, dachte Ratamo und beschloss, beim Karhu-Kommando zu bleiben. Er spürte die Spannung im Magen.

Die dicke Stahltür öffnete sich quietschend, und die Gruppen des Karhu-Kommandos warteten schweigend auf Befehle. Jede Gruppe hatte einen Bombenspürhund dabei, und das Te-Bo-Kommando würde sofort zur Hilfe gerufen, wenn sich Sprengladungen fanden.

Kivelä und Ratamo betraten das Schiff und blieben stehen, als ein Mann schnaufend vor ihnen auftauchte. Nach der prächtigen Schirmmütze und den goldenen Zeichen am Ärmel zu urteilen, gehörte er zu den Schiffsoffizieren. »Wer ist hier der Leiter? Ich bin der Erste Steuermann des Schiffes und stehe Ihnen zur Verfügung.«

Kivelä verlor keine Zeit. »Diese Männer beobachten die Überwachungskameras des Schiffes.« Er zeigte auf zwei Mitglieder des Kommandos. »Geben Sie jemandem den Befehl, sie hinzubringen. Und unsere drei Einsatzgruppen brauchen Führer, die das Schiff wie ihre Westentasche kennen. Es bleibt jetzt keine Zeit, einen Blick auf die Grundrisse zu werfen.«

Der Steuermann verteilte die Aufgaben mit ein paar energischen Befehlen an fünf Mitglieder der Mannschaft. »Die Sprengladungen müssen an der Ladewasserlinie des Schiffes oder darunter angebracht werden, das heißt, wir gehen das Schiff Meter für Meter von unten nach oben durch. Eine Gruppe beginnt am Bug, die andere am Heck und die dritte in der Mitte.« Damit hatte Kivelä die ihnen zugeteilten Führer eingewiesen, und alle drei Gruppen stürmten in den Fluren des riesigen Schiffes davon.

Ratamo schloss sich Kiveläs Gruppe an, sie liefen ein paar Minuten durch die verwinkelten Gänge, dann wurde der Befehl »Halt!« gerufen, und die Gruppe blieb auf dem Hauptflur des L-Decks stehen. »Du kannst hier irgendwo warten, laß das Sprechfunkgerät an«, befahl Kivelä Ratamo, dann gab er ein Kommando, seine Gruppe setzte sich wieder in Bewegung und ließ den Mann von der SUPO allein auf dem leeren Flur zurück.

Kiveläs Gruppe stieg hinunter auf das M-Deck und rannte in Richtung Heck, als der Bombenspürhund Witterung aufnahm. Er zog seinen Hundeführer vor eine Brandschutztür, und Kivelä drückte sein Ohr an den Stahl. Er hörte jemanden sprechen, es klang arabisch, aber sicher war er nicht.

»Wir sind am Heckende des M-Decks, seht ihr über die Kameras in diesen Frachtraum hinein?«, flüsterte Kivelä in sein Mikrofon am Helm.

Es dauerte einen Augenblick, bis einer der beiden Karhu-Männer an den Überwachungskameras antwortete. »In dem Frachtraum befinden sich zwei Männer und Sprengstoff, Waffen sind nicht zu sehen, und der Raum ist fast leer.«

Kiveläs Arme zuckten durch die Luft, als er seine Leute mit Handzeichen auf ihre Positionen beorderte. Solche Situationen hatten sie Hunderte Male trainiert, aber nun wurde es ernst, und ihren Gesichtern sah man die Anspannung an.

Einer der Polizisten riß die Stahltür auf, und die Mitglieder des Kommandos sahen etwa zwanzig Meter entfernt zwei dunkelhaarige junge Männer, der eine lag auf dem Fußboden, und der andere hielt Sprengstoffstangen in den Händen.

Die Terroristen riefen sich etwas zu, der eine zog eine Waffe aus dem Gürtel und der andere hantierte mit der Sprengladung.

Der Bombenspürhund schnellte in den Raum, war mit ein paar Sätzen in der Mitte und schlug die Zähne in den Ellenbogen des Terroristen, der an der Sprengladung herumfingerte. Der andere Terrorist schoss, kurz bevor zwei Mitglieder des Kommandos ihn mit einer Maschinenpistolensalve in die Brust trafen.

Sliman Mouni löste den Plastiksprengstoff vorsichtig von dem Stahlträger im mittleren Frachtraum des L-Decks und schaute auf die roten Ziffern der Zeitschaltuhr: Nur ein paar Stunden, und alles wäre gelungen. Als er begriffen hatte, was im Gange war, hatte er sofort seine beiden Gefährten angerufen, und sie wussten nun alle drei, dass in dieser Situation das äußerste Opfer erforderlich war. Wenn einer von ihnen dazu käme, genug Sprengladungen zu zünden …

Mouni rannte an das andere Ende des Dutzende Meter langen Raumes, legte sich auf den Bauch, ruckte an dem Metallrost, hob ihn hoch, tastete nach der Sprengstoffladung, packte sie entschlossen und holte sie heraus. Für Angst blieb keine Zeit mehr. Wie viele Sprengstoffladungen würde er einsammeln können, bevor die Polizei ihn fand? Diese beiden genügten nicht, das war sicher, er musste aus dem Frachtraum nebenan noch mindestens zwei holen. Das würde vielleicht reichen, das Schiff zu versenken.

Mit dem Plastiksprengstoff unterm Arm stürzte er zur Brandschutztür, trat hinaus auf den Hauptgang des L-Decks und erstarrte, als er einen Mann in Zivil weit entfernt am Ende des Ganges stehen sah. Doch der schaute in die andere Richtung. Mouni blieb keine Zeit zu warten, er lief mit großen Schritten so leise wie möglich über den Flur. Metall knirschte, als er die Klinke nach unten drückte. Er wandte den Kopf zur Seite, und um ein Haar wäre ihm ein Seufzer der Erleichterung entfahren: Der Mann schaute immer noch in die andere Richtung. Mouni betrat den Frachtraum, und die Tür fiel hinter ihm dumpf ins Schloss.

Vielleicht hätte er doch in der Ratakatu bleiben und Eeva zusammen mit Wrede und Kuurma verhören sollen, überlegte Ratamo frustriert auf dem leeren Flur und stopfte sich noch einen Priem unter die Lippe. Plötzlich hörte er hinter sich ein dumpfes Knallen und drehte sich um, sah aber niemanden. Hatte nicht eben auch etwas gequietscht, oder war es das Eis, das an den Flanken des Schiffes schabte? Er hatte es satt, hier zu warten, nach den Meldungen im Sprechfunkgerät schien alles Wichtige ein Stockwerk tiefer zu passieren; zumindest zwei Terroristen hatte man schon gefunden. Er zog seine Glock-Pistole aus dem Halfter.

Dumpf knallen konnte auf diesem Gang nur eine Stahltür, dachte Ratamo und ging in die Richtung, aus der er das Geräusch gehört zu haben glaubte. Er wollte lieber etwas tun, als hier unnütz herumzustehen. Mit jedem Schritt beschleunigte sich sein Puls.

Türen befanden sich auf beiden Seiten des Ganges. Er blieb vor der ersten stehen, bemerkte, dass seine Handflächen feucht wurden, und überlegte, wie er die schwere Tür mit der Waffe in der Hand öffnen könnte. Er versuchte es, aber daraus wurde nichts.

Also die Waffe ins Halfter, ein Ruck an der Klinke, mit aller Kraft daran ziehen – und er starrte in den dunklen Frachtraum und hörte nichts außer seinem dröhnenden Herzschlag. Er tastete nach dem Lichtschalter, erst auf der einen Seite der Tür, dann auf der anderen, und endlich flackerten die Leuchtstoffröhren. In dem riesigen halbleeren Frachtraum roch es nach Fisch und Salz. Er atmete tief durch, löschte das Licht und kehrte auf den Gang zurück.

Die Überprüfung des nächsten Raumes wäre einfacher, jetzt wusste er, wo sich der Lichtschalter befand. Ratamo ging quer über den Hauptflur und versuchte sich zu beruhigen. Er zog an der Metallklinke, riss die Tür auf, trat in den Frachtraum hinein, schaltete das Licht an und schaute in die Augen eines Mannes, der in einer Entfernung von etwa zehn Metern vor ihm stand – das war Sliman Mouni! Ratamos Augen registrierten drei Plastiksprengstoffstangen zu Füßen des Mannes und in Mounis Händen einen Gegenstand, vielleicht den Zünder.

Was sollte er tun, es blieb keine Zeit, lange zu überlegen und zu warten ... Mouni würde das Schiff sprengen ... die Angst lähmte ihn ... würde er so sterben ... Ratamo stürmte los, auf den Terroristen zu, und zog die Waffe aus dem Halfter, ein Schuss knallte; die Kugel prallte auf den Stahl hinter ihm, das schrille Geräusch des Querschlägers betäubte seine Ohren. Er warf sich auf Mouni, beide stürzten zu Boden, und Ratamos Waffe rutschte unter einen Stapel von Metallkisten.

Eine Faust traf Ratamo am Hals. Er schluckte, um die Kehle frei zu bekommen, sah Mounis Beretta einen Meter entfernt liegen und rollte sich zu ihr hin.

Seine Finger waren nur noch ein paar Zentimeter vom Griff der Waffe entfernt, da kam Mounis Fuß geflogen, und die Pistole rutschte bis ans Ende des Frachtraumes. Mouni sprang hoch und stürmte seiner Beretta hinterher.

Er würde sterben, wenn er hier nicht wegkam ... Allzu viel bliebe ungetan ... vor Angst stockte ihm der Atem. Ratamo griff nach dem Zünder, riss sich hoch und rannte zur Tür. Er musste es schaffen ... noch zehn Meter ... er hörte keine Schritte mehr ... hatte Mouni seine Waffe erreicht ... Metall klirrte ...

Ratamo tauchte durch die Türöffnung, landete im Gang auf dem Bauch, rollte sich zur Seite und kroch im Schutz der hohen Schwelle zurück, um die Tür zu schließen. Erst als er die Klinke mit beiden Händen nach unten drückte, wagte er wieder zu atmen. Er spürte im Mund den Geschmack der Magensäure. Jetzt musste er Kivelä Bescheid geben. Sein Herz hämmerte. Er hielt mit der linken Hand die Klinke so fest, dass die Knöchel ganz weiß wurden, und holte mit der anderen das Sprechfunkgerät aus seiner Jackentasche.

»Dieser Mouni ist hier, verflucht, in einem Frachtraum auf dem L-Deck. Er hat Sprengstoff, viel. Den Zünder habe ich mir geschnappt. Verdammt, kommt schnell ...«

»Wir sind gleich da«, antwortete Kivelä.

Das Sprechfunkgerät fiel zu Boden, als Ratamo die Antwort hörte, er drückte auch die andere Hand auf die Klinke und zählte die Sekunden. Dann wurde ihm klar, dass es in dem Frachtraum auch noch einen anderen Ausgang geben musste als die Brandschutztür. Irgendwo wurde ja auch die Fracht hineingebracht. Mouni würde durch die andere Tür herauskommen, ihn umgehen und töten. Die Angst breitete sich im ganzen Körper aus, die Sekunden krochen dahin, dann vermischte sich das Geräusch von Schritten mit seinem dröhnenden Herzschlag. Das war Mouni. Er hatte nur noch einen Augenblick zu leben.

Plötzlich wurde ihm klar, dass er viele Fußpaare trampeln hörte. Noch etwa ein Dutzend quälende Sekunden vergingen, dann traf Kiveläs Truppe ein, und Ratamo konnte die Klinke loslassen. Die Hände waren ganz gefühllos geworden.

»Was ist da drin?«, fragte Kivelä.

»Ein großer Frachtraum, Metallkisten, ein Mann – Sliman Mouni, zwei Pistolen und mindestens drei armdicke Plastiksprengstoffstangen, so lang wie ein Baguette. Aber das hier nicht.« Ratamo hielt den kleinen schwarzen Gegenstand hoch, den er mitgenommen hatte.

»Seht ihr den mittleren Frachtraum auf dem L-Deck, was macht der Terrorist?«, sagte Kivelä in sein Mikrofon und erhielt die Antwort über die Kopfhörer.

»Mouni fingert am Sprengstoff herum«, sagte er seiner Gruppe. »Vielleicht ist er trotzdem imstande, ihn zu zünden. Rauchgranaten können wir nicht einsetzen, dann sieht man nichts mehr, und wir müssen den Mann und den Sprengstoff sofort finden«, überlegte Kivelä laut. »Tränengas wirkt zu langsam, der Mann könnte noch Zeit haben, die Ladungen in die Luft zu jagen.«

Kivelä brüllte ein paar Befehle, und die Männer des Karhu-Kommandos bezogen ihre Positionen: Zwei Polizisten bereiteten sich darauf vor, die Tür aufzureißen, und sechs Männer waren schussbereit, drei von ihnen knieten in der vorderen Reihe und die anderen standen dahinter.

»Das könnte der schwierigste Teil des Auftrags sein«, sagte Kivelä und ermutigte seine Männer: »Aber vielleicht auch der letzte.« Dann gab er den Befehl.

Die Tür schwang auf, und die Männer vom Karhu-Kommando sahen den Mann, der dreißig Meter entfernt an der Markierung der Ladewasserlinie saß, mit den Sprengstoffrollen um den Hals und mit glänzenden Augen. »*Bism Illahir Rahmanir Rahiim!*«

»Tür zu!«, brüllte Kivelä. Die Tür krachte zu, und die »Pride of Britain« erbebte unter der Wucht einer gewaltigen Explosion.

56

»Weshalb ist Adil al-Moteiri nach Syrien geflogen? Du musst alles erzählen, was der Mann vorgestern in dieser Fotoausstellung und heute in Roihupelto gesagt hat!« Wrede stand mit rotem Gesicht im Verhörraum der SUPO und schrie Eeva Hallamaa an.

Riitta Kuurma griff nach Eevas Hand. »Die Dinge klären sich allmählich. Es sieht so aus, als hätte al-Moteiri tatsächlich auch etwas mit dem zu tun, was dir in den letzten Tagen passiert ist. Es kann sehr gut sein, dass ...«

»Ich habe schon alles erzählt, woran ich mich erinnere«, erwiderte Eeva erschrocken. »Adil redet so viel und so verdammt verworrenes Zeug.«

Wrede wollte Eeva erneut anbrüllen, aber Riitta Kuurma verhinderte das mit einem giftigen Blick und wandte sich dann wieder Eeva zu. »Versuche dir alles ins Gedächtnis zu rufen, worüber ihr gesprochen habt, Satz für Satz. In aller Ruhe.«

Eeva befolgte ihren Rat, versuchte sich zu beruhigen und im Kopf alles noch einmal ablaufen zu lassen, was Adil gesagt hatte, als sie mit ihm in die Fotoausstellung kommen sollte, und worüber sie sich in der »Laterna Magica« unterhalten hatten. Dann fiel ihr ein merkwürdiger Satz ein, den Adil in dem vorgetäuschten Gefängnis von sich gegeben hatte: »*Du bist nur ein kleiner Teil einer perfekten Inszenierung, eines Tricks, der ein neues Zeitalter in der Geschichte einleiten wird.*« Eeva schaute die SUPO-Mitarbeiter an. »Das hat Adil so gesagt.«

Riitta Kuurma fasste Eevas Hand fester an. »Was für eine Inszenierung? Du musst dich daran erinnern, oder Tausende Menschen werden sterben. Versuch es.«

»*Imam Ali hat die Schiiten und Sunniten getrennt, schon bald wird derselbe Mann sie vereinen. Aus seinem Grab heraus. Oder genauer gesagt, mit seinem Grab.*« Die SUPO-Mitarbeiter schauten Eeva konsterniert an.

Wrede schnaufte. »Was zum Teufel soll das denn bedeuten? Wer ist Imam Ali?«

Jetzt brannte bei Eeva die Sicherung durch. »Woher soll ich das wissen!«, rief sie. »Ich wiederhole nur, was Adil gesagt hat, und das war ganz verworrenes Zeug.«

»Auf der ›Pride of Britain‹ hat es eine Explosion gegeben. Das Schiff wurde schwer beschädigt, aber die finnische Polizei konnte die vollständige Zerstörung noch rechtzeitig verhindern. Das Schiff sinkt nicht, und die Passagiere sind wohlauf«, verkündete Melissa Tufton mit lauter Stimme in der operativen Zentrale im Thames House, dem Hauptquartier des MI 5, und die etwa zwanzig britischen Beamten der Krisengruppe des JTAC ließen ihrer Freude freien Lauf. Jubelschreie hallten durch das Großraumbüro, und

Papier wirbelte durch die Luft. Sie hatten es geschafft, der Terroranschlag war verhindert worden!

George Langdon lächelte über das ganze Gesicht. »Herzlichen Glückwunsch. Euch allen. Der Terroranschlag wurde verhindert, aber Umar Hussain muss noch gefunden und gefasst werden. Mit allen Mitteln. Versucht noch durchzuhalten.«

Als Melissa die guten Nachrichten gehört hatte und spürte, wie das bedrückende Gefühl der Angst verschwand, wurde ihr klar, wie müde sie war. Auch das Kind bewegte sich in ihrem Bauch unruhiger als sonst. Sie arbeiteten schon über zwei Tage lang fast pausenlos. Aber der Chef hatte recht. Wenn sie Umar Hussain nicht fanden, würde Takfir in den nächsten Monaten neue Anschläge versuchen, und irgendwann hätten sie ganz sicher Erfolg. »Die Taube« hatte vor einer Stunde eine riesige Menge von Dokumenten über Umar Hussain und Takfir wal Hijra an die E-Mail-Adresse des JTAC geschickt: Die Organisation beabsichtigte, in den folgenden Monaten weltweit Dutzende Passagierflugzeuge zum Absturz zu bringen. Das musste man unbedingt verhindern, Umar und Takfir mussten unschädlich gemacht werden.

Melissa schrak aus ihren Gedanken auf, als sie das kleine Kuvert auf ihrem Monitor sah. Sie öffnete die E-Mail. Der Absender war »die Taube«. Die Anspannung kehrte wie auf Knopfdruck zurück. »Umar Hussain ist um 13.00 Uhr Ortszeit in Nadschaf in der Imam-Ali-Moschee.« Melissa schaute auf die Zeitangabe unten rechts auf ihrem Bildschirm, es war zwei Minuten nach zehn. Drei Stunden Zeitunterschied. Verdammt, Umar war eben jetzt in der Moschee. Wie lange hatte die Nachricht darauf gewartet, gelesen zu werden? Und wie schnell würde das Verteidigungsministerium die Soldaten von Black Watch in die Moschee schicken können?

»Chef!«, rief Melissa.

George Langdon hörte sich Melissas Zusammenfassung der Nachricht an und befahl ihr, sie vor der ganzen Krisengruppe zu wiederholen. In der operativen Zentrale verstummten alle anderen für einen Augenblick, aber als Melissa fertig war, brach ein heftiges Stimmengewirr los.

Melissa wollte gerade vorschlagen, dass Black Watch die Moschee stürmen sollte, als ihr Riitta Kuurmas letzte Nachricht einfiel. »Auch jemand anders hat die Imam-Ali-Moschee erwähnt«, sagte sie zögernd. »Die finnische Frau, dieses Gedächtniswunder, das von der SUPO verhört wurde. Wo ist denn der Bericht?« Schließlich musste Melissa Riitta Kuurmas Nachricht auf ihrem Computer suchen.

»Adil al-Moteiri sprach von einem Trick und behauptete, Imam Ali werde die Moslems der ganzen Welt aus seinem Grab heraus vereinigen. Oder mit seinem Grab.« Melissa las der Krisengruppe den Auszug aus Eeva Hallamaas Verhör vor.

Der Beamte des Innenministeriums im pinkfarbenen Hemd schien verwirrt zu sein. »Mit seinem Grab. Was bedeutet das? Will al-Moteiri ein Wunder inszenieren ... oder droht er damit, die Moschee zu sprengen?«, sagte er und runzelte die Stirn. »Die Grabmoschee Imam Alis ist sowohl den Schiiten als auch den Sunniten heilig. Wenn jemand sie bedrohte, dann würden die Moslems das Grab bis zum letzten Mann verteidigen.«

»Warum sollte al-Moteiri einen der heiligsten Orte der Moslems zerstören?«, fragte die Frau aus dem Außenministerium verwundert. »Der Mann ist doch selbst Moslem und stammt noch dazu aus einer alten Familie, in der es immer viele Geistliche gab.« Sie fuhr mit den Händen in ihren grauen Haarschopf.

Auch Langdon begriff nicht, was al-Moteiri anstrebte. »Imam Ali ist gewissermaßen der Gründer des Schiitentums. Und die Schiiten sind doch die gemäßigteren Moslems, nicht wahr? Die Mitglieder der schlimmsten Organisationen sind doch Sunniten oder Wahhabiten: Al-Kaida, Takfir, Tawhid wal Jihad ...«

Die Vertreterin des Außenministeriums glaubte, Langdon hätte ihr eine Frage gestellt. »Das stimmt nicht. Das ganze islamische Ideal des Märtyrertodes ist eine Erfindung der Schiiten. Die Denkweise ›Durch Selbstmord ins Paradies‹ entstand, als der dritte Imam der Schiiten, Husain, in der Schlacht von Kerbela im Jahre 680 ermordet wurde. Husain zog mit einer kleinen Truppe in den Kampf gegen eine riesige Sunnitenarmee und verkündete schon vorher, er wolle als Märtyrer sterben. Husain wurde natürlich getötet und damit für die Schiiten das Vorbild des Märtyrertums. Deshalb garantiert der Tod im Kampf für den Islam den Schiiten einen Platz im Paradies.«

»Hat das irgendeine Bedeutung? Auch heute noch?«, fragte Langdon erstaunt.

Die Frau aus dem Außenministerium lächelte freudlos. »Die Lehre der Schiiten vom Märtyrertum ist der wichtigste Grund für den gegenwärtigen Terrorismus ... also ihre Verbreitung unter den Sunniten. Beispielsweise die Palästinenser, die Sunniten sind, übernahmen die Märtyrerlehre der Schiiten von den südlibanesischen schiitischen Hisbollah-Terroristen im Jahre 1992. Danach erreichten die Palästinenser mit ihren Bombenanschlägen, dass die Yankees den Libanon verließen, und sie begannen ihre Selbstmordanschläge in Israel.«

Langdon wurde ungeduldig. »Und was hat das mit dem zu tun, was in Nadschaf jetzt geschieht?«

»Wenn irgendein westliches Land die Imam-Ali-Moschee zerstört, dann würden sowohl die Sunniten als auch die Schiiten auf der Stelle in den heiligen Krieg ziehen. Diesen Hass kann man sich nicht einmal vorstellen. Das ist das

Gleiche, als würden das Weiße Haus, der Kreml, der Eiffelturm, der Buckingham-Palast und die Klagemauer in Jerusalem zerstört werden. Und auch das ist noch ein schwacher Vergleich, wenn man das Temperament der Moslems kennt.«

Es war, als würde in Melissas Kopf ein Vorhang aufgezogen, plötzlich schien alles ganz klar zu sein. Die Imam-Ali-Moschee, al-Moteiris Worte von einer Inszenierung und einem Trick, »die Taube« und das Timing ihrer Nachrichten und die achthundertfünfzig in Nadschaf patrouillierenden Black-Watch-Soldaten mit ihren Panzern, ihren Kampfhubschraubern …

Melissa rieb sich mit bestürzter Miene ihren Bauch; Adil al-Moteiris Plan verschlug einem die Sprache.

57

Adil al-Moteiri war auf dem Weg zum Tor des gewaltigen Friedhofs Wadi al-Salam in Nadschaf und schaute auf die etwa zweihundert Meter entfernt in der Sonne glitzernde goldene Kuppel der Imam-Ali-Moschee. Jeder in Nadschaf begrabene Moslem gelangt ins Paradies, hatte Imam Ali verkündet. Aus diesem Grunde hatten so viele Propheten und Geistliche im Laufe der Jahrhunderte gerade hier begraben werden wollen.

Adil hastete im Laufschritt auf der von Palmen gesäumten Straße in Richtung Moschee. Er hatte soeben Melissa Tufton vom MI 5 mitgeteilt, dass sich Umar Hussain in der Imam-Ali-Moschee befand, jetzt war Eile geboten. Die Black-Watch-Soldaten würden nicht sehr lange brauchen, um ihre Positionen zu beziehen und die Moschee zu umstellen. Doch die von Sadiq engagierten Moslemkrieger waren schon bereit, das hatte sich Adil eben von seinem Bruder bestätigen lassen. Alles war bereit.

Er empfand kein Mitleid für die westlichen Länder, sie verdienten all die Zerstörung, die er in wenigen Minuten durch einen großen Knall in Gang setzen würde. Wohin auch immer die westliche Kultur vordrang, überall zählte für sie nur die Gegenwart, das Materielle und die technokratische Wissenschaft, die nicht einmal den Versuch unternahm, etwas über Dinge auszusagen, die für die Menschheit wesentlich waren.

Eins, zwei, drei; Adil sah auf den wenigen hundert Metern schon die dritte Black-Watch-Patrouille. Er erreichte den Innenhof der Moschee und wusch sich schnell an der Quelle, jetzt blieb keine Zeit, das Funkeln des Goldes oder die Ornamente der Minarette zu bewundern. Dutzende Tauben flatterten auf, als er quer über den Hof zum Haupteingang der Moschee rannte. Er zog die Schuhe aus, betrat das Allerheiligste und ging an der Wand der Moschee entlang bis zur Tür von Imam Alis Mausoleum.

Adil blieb stehen, begrüßte die Männer Sadiqs, die an der Tür Wache hielten, und erfuhr, dass Umar nicht gekommen war.

»Lasst niemanden mehr hinein«, befahl Adil.

An den Innenwänden des Mausoleums glänzten die Mosaikmuster aus hellblauem und weißem Marmor und aus Gold. In der Mitte des Saales stand ein gewaltiges Grabmal mit einem goldenen Dach. Seine silbernen Wände waren mit kleinen farbenfrohen Mosaikspiegeln und goldenen Kerzen verziert. Das Innere des Grabmals konnte man nicht sehen, aber Adil wusste, was sich darin befand: Die sterblichen Überreste Imam Alis und die Geschenke von unermesslichem Wert, die bedeutende Männer aus vergangenen Zeiten gebracht hatten.

Umar war nicht im Mausoleum, er sah nur eine Frau in ihrer *Burga*. Adil steckte sich den Knopfhörer ins Ohr und rief Sadiq an. »Umar ist nicht hier«, flüsterte er.

»Wir müssen ohnehin noch einen Augenblick warten. Black Watch ist noch nicht bereit zum Angriff«, sagte Sadiq und beendete sofort das Gespräch.

Adil versuchte vergeblich, ruhig durchzuatmen. Aber er würde sich im wichtigsten Augenblick seines Lebens unter Kontrolle haben, das wusste er. Er war ein Großer, genau wie Bismarck, der Eiserne Kanzler. Auf die Frage des Malers Richmond, ob er tatsächlich der »Eiserne Bismarck« sei, hatte der preußische Staatsmann geantwortet: »Nein, meine Härte ist angelernt. Ich bin völlig nervös, die Selbstbeherrschung ist also die wichtigste Aufgabe meines Leben.«

Plötzlich trat die in einen Umhang gekleidete Frau vor Adil hin und lüftete ihren Schleier. *»As-Salamu 'alaikum«*, sagte Umar Hussain.

Adil war so verblüfft, dass er eine Weile brauchte, bis er antworten konnte: *»Wa 'alaikum salam.«*

»Du siehst noch dünner aus als beim letzten Mal, wie lange ist das schon her – ein Jahr?« Umar musterte seinen ehemaligen Assistenten. »Ich bin nur deshalb hier, weil du ein al-Moteiri bist. Du hast immer sonderbare Einfälle.«

»Du glaubst gar nicht, wie froh ich bin, dass du gekommen bist«, erwiderte Adil mit überschwänglicher Herzlichkeit.

»Der Anschlag auf das Schiff geschieht heute, wie du sehr wohl weißt. Warum wolltest du mich treffen?« Umar sprach langsam und war sichtlich wütend.

»Damit das Recht durchgesetzt wird«, sagte Adil, er schlug Umar mit aller Kraft ins Gesicht und traf genau dessen Schläfe. Umar fiel um. Adil ließ blitzschnell den einen Ring der Handschellen an Umars Handgelenk zuschnappen und befestigte den anderen Stahlring am Sockel des Denkmals.

Es dauerte eine Weile, bis Umar wieder zu sich kam. Er griff nach seinem Hörgerät, das heruntergefallen war, und versuchte aufzustehen, aber die Kette der Handschellen spannte sich. Ungläubig schaute er Adil an. »Wir haben doch bei Takfir zusammengearbeitet. Auf wessen Seite stehst du eigentlich? Was soll das?«

»Sofort nach meiner Befreiung aus Camp Bucca begann ich mit der Suche nach demjenigen, der meine Wohnung in Bagdad in die Luft gesprengt hatte«, sagte Adil hitzig. »Ich habe schnell herausgefunden, dass du den Bombenanschlag gegen die Amerikaner geplant hattest, der meine Eltern und meine Schwestern umgebracht hat. Wie du weißt, dauerte es Monate, bis es mir gelang, in der Hierarchie von Takfir bis zu dir vorzudringen und dein Vertrauter zu werden. Danach war alles ganz leicht. Ich habe dir erzählt, wie du mit dem Heroin, das die afghanischen Freunde von Takfir anbauen, haufenweise Geld verdienen kannst. Als Schmuggler habe ich dir die PKK, die dringend Geld für ihren Unabhängigkeitskampf brauchte, empfohlen und Turan Zana, der wegen seines blinden Hasses leicht zu manipulieren war. Mit Zana hatte ich natürlich alles schon vorher vereinbart.«

Adil hockte sich neben Umar hin. »Als Drogenhändler hätte ich jeden Beliebigen auswählen können, aber ich beschloss, dir Wassili Arbamow zu empfehlen, weil der Russe versprach, dir die Zeichnungen der E-Rakete zu liefern, wenn er das Heroin besonders billig bekäme.«

Auf Adils Gesicht erschien ein selbstgefälliges Grinsen. »Ich verstehe sehr gut, warum du so gierig auf die E-Rakete bist. Sie ist ein perfektes Instrument des Terrors: Ein kleines Gerät, das einen Elektroimpuls sendet, der die elektrischen Systeme der Flugzeuge in der Nähe jedes beliebigen Flughafens lahmlegt. Auch ich habe dafür Verwendung.«

»Willst du mich im Heiligtum von Imam Ali umbringen?«, fragte Umar ungläubig.

Adil genoss die Situation aus tiefstem Herzen. Endlich

durfte er es sagen. »Auf dem Dach eines Gebäudes neben der Moschee warten knapp zwanzig von Sadiq engagierte Moslemkämpfer. Sie werden auf meinen Befehl so viele Raketen auf die Moschee abfeuern, dass hier nur noch ein rauchender Schutthaufen übrig bleibt.«

Jetzt war sich Umar sicher, dass Adil einen Scherz machte. Oder der Mann hatte den Verstand verloren. »Niemand ist so verrückt, dass er die Moschee von Imam Ali zerstört.«

»Eine große Veränderung erreicht man nur durch große Opfer. Und kein Opfer ist zu groß, wenn es hilft, einen neuen islamischen Staat zu gründen. Ich beginne die Errichtung eines neuen weltweiten Kalifats.«

Umar lachte unsicher. »Du bist wirklich verrückt geworden. Das Sprengen der Moschee führt nur zur Trauer der Gläubigen. Und zu deiner Hinrichtung.

»Du Armseliger verstehst nicht.« Adil wandte seinen Blick zum Dach des Mausoleums und spürte, wie seine Beine vor Begeisterung zitterten. »Die ganze Welt wird glauben, dass Black Watch die Moschee absichtlich zerstört hat, um dich zu töten. Und wenn die islamische Welt erfährt, dass die britische Armee absichtlich die Moschee von Imam Ali vernichtet hat, dann werden die westlichen Länder endlich erfahren, was er wirklich bedeutet, der Hass der Moslems. Ich setze die Rache in Gang, die keine bloße Welle des Terrorismus bleibt, sondern zu einer weltweiten Bewegung, zum Aufstand gegen die westlichen Länder führt. Und zur Revolution und zur Entstehung eines islamischen Staates. In diesem Kampf sind alle Mittel erlaubt, und es werden auch alle Mittel eingesetzt.«

Major Nick Feldon hatte seine Männer endlich in Position gebracht. Die Gebäude rund um die Imam-Ali-Moschee waren von allen vier Richtungen aus umstellt. An jeder

Flanke hatte eine Abteilung von hundert Mann Stellung bezogen, zwei Hubschrauber des Typs Gazelle AH Mark 1
umkreisten das Gebiet, und sechs Challenger-2-Panzer warteten darauf, in Aktion zu treten. Niemand würde mehr in
den Bereich der Moschee hinein- oder aus ihm herauskommen. Umar Hussain saß in der Falle.

So eine unangenehme Aufgabe hatte Feldon noch nie erhalten, er würde den heiligen Ort der Schiiten stürmen,
Umar Hussain suchen und mit Gewalt herausholen müssen. Die Begriffe Tumult oder Aufruhr waren zu harmlos,
um das Chaos zu beschreiben, das seinen Männern bevorstand.

In den Kopfhörern seines Helms knackte es, als sich einer
der Hubschrauberpiloten meldete. »Auf dem Dach eines
Gebäudes am nördlichen Ende des Gebietes bewegt sich etwas. Etwa zwanzig bewaffnete Männer, sie haben mindestens vier tragbare Raketen.«

Feldon bestätigte die Information und befahl dem
Hauptmann, der neben ihm stand und schwitzte, ein paar
Männer hinzuschicken, um zu überprüfen, was dort im
Gange war, dann beorderte er drei Panzer an das nördliche
Ende des Moscheegeländes, und beide Hubschrauber soll-
ten das Gebäude in Schussweite umkreisen. Der Schweiß
lief ihm in die Augen. Die Nachmittagssonne glühte wie die
Flamme eines Schweißbrenners, und der überall schwe-
bende feine Sand blieb im verschwitzten Gesicht kleben.
Der Gedanke an die Menschenmenge, die sich zum Mit-
tagsgebet in der Moschee drängte, ließ Feldon noch mehr
schwitzen.

In Adils Knopfhörer knackte es – Sadiq.

»Alles ist bereit. Black Watch hat seine Stellungen bezogen, die Hubschrauber lauern über dem Moscheegelände,
und auf den Straßen stehen mindestens vier britische

Tanks. Wenn es jetzt passiert, halten alle die Briten für die Schuldigen.«

Adil atmete tief durch, er musste nur ein paar Worte sagen, und damit würde er eine der größten Veränderungen in der Weltgeschichte auslösen. In den kommenden Jahren des Krieges würde sein Name mit dem Blut von Hunderttausenden, vielleicht von Millionen Menschen in das Buch der Geschichte geschrieben werden. Er würde seinen Platz unter jenen einnehmen, die nie in Vergessenheit gerieten.

Der Moment der Erfüllung war gekommen und machte Adil demütig. Jetzt vollendete er eine Aufgabe, die er in Camp Bucca gefunden hatte. Er würde sich nicht an den Briten rächen, sondern die Iraker und alle Moslems belohnen. Alles hing davon ab, wie man die Dinge betrachtete, mit wessen Augen, durch welche Brille und mit Brillengläsern welcher Farbe. Das hatte er im Kern der Dunkelheit begriffen, dort hatten die Farben gewechselt: Aus Schwarz war Weiß geworden und aus Weiß Schwarz.

»Erteile den Befehl in zwei Minuten, damit ich noch Zeit habe, das Gebiet der Moschee zu verlassen«, befahl Adil seinem Bruder, dann hörte man in der Leitung ein Rauschen, und das Gespräch brach ab.

Major Nick Feldon vom Black-Watch-Regiment stand in Gedanken versunken da und schrak erst hoch, als er das Wort »Sir« zum zehnten Mal hörte. »Der Generalstab. General Portman«, sagte eine kleine Sergeantin, die das Feldtelefon auf dem Rücken trug und so schnaufte, als wäre sie aus Bagdad hierher gerannt.

Feldon nahm ihr den Hörer aus der Hand.

»Jemand versucht, die Imam-Ali-Moschee zu sprengen. Das darf nicht gelingen. Auf gar keinen Fall! Sonst bricht eine Hölle aus, deren Feuer nichts mehr löschen kann«, brüllte der britische General.

Feldon sah, wie die Teile des Puzzles ihren Platz einnahmen. Jetzt begriff er, was im Norden des Moscheegeländes im Gange war: Die Männer mit den Raketen wollten die Moschee sprengen. »Du stürmst mit der zweiten und dritten Kompanie die Moschee, sobald ich den Befehl gebe«, sagte er dem Hauptmann, der sich den Schweiß abwischte, und schwang sich neben den Fahrer in seinen Jeep. »Zum Nordende.«

Wenig später hielt der Wagen vor einem weißen zweigeschossigen Haus, wo zwei Gruppen des Regiments Black Watch auf Feldon warteten. Über ihnen dröhnten die Rotorblätter der Hubschrauber, und die Panzer hatten ein paar Dutzend Meter entfernt Stellung bezogen.

»Alle Männer auf dem Dach müssen getötet werden, zuerst jene, die Raketen tragen«, befahl Feldon den Gruppenführern und folgte den Soldaten, während die Männer an der Spitze schon ins Treppenhaus stürmten.

Feldon stieg noch die Stufen hinauf, als auf dem Dach der erste Schuss zu hören war, dann eine Salve eines Sturmgewehrs, und danach hallte das Rattern der Maschinenpistolen durch das ganze Treppenhaus. Er beschleunigte sein Tempo, nahm drei Stufen auf einmal, sprang mit einem Satz hinaus aufs Dach und richtete seine Waffe auf den einzigen Araber, der noch stand – und ins Visier einer abschussbereiten Rakete vom Typ Trigat MR schaute.

Adil erstarrte, als die Moschee schwankte und draußen das Geräusch einer Explosion zu hören war, dann einer zweiten und einer dritten. Die Wände erbebten. Noch nicht! Sonst würde er es nicht schaffen, hier herauszukommen, bevor die Raketen einschlugen. Er warf einen Blick auf Umar, der an den Handschellen zerrte, dann waren seine Muskeln endlich bereit, ihm zu gehorchen, und er hastete aus dem Mausoleum hinaus.

In der Moschee wimmelte es von Menschen, manche der Betenden lagen immer noch auf den Knien, aber der größte Teil drängte voller Angst zu den Türen. Adil rannte an der Wand der Moschee entlang, bei jedem Schritt war eine neue Explosion zu hören, er musste es bis auf den Innenhof schaffen, er sah schon Licht durch die Tür ...

Adil stürzte hinaus in den höllischen Lärm, er lief weiter weg von der Moschee, wich dabei den Menschen aus und blieb dann mitten auf dem Innenhof stehen. Aus der Angst wurde Freude: Die Rotorblätter der britischen Hubschrauber dröhnten, und die Menschen, die zum Mittagsgebet gekommen waren, schrien und schimpften. Plötzlich teilte sich die Menschenmasse vor ihm, und er sah Hunderte Black-Watch-Soldaten hereinstürmen. Wenn die Moschee jetzt explodierte, dann würden alle glauben, dass die Briten sie absichtlich gesprengt hatten.

Er könnte noch Zeuge sein, wie die Moschee zerstört würde, und sehen, wie die Wut und der Hass der Massen hell aufloderten. Adil wandte den Blick zum nördlichen Ende des Innenhofes der Moschee, zum Dach des Gebäudes, von dem Sadiqs Krieger ihre Raketen abschießen würden. Doch da stockte ihm der Atem. Adil fiel auf die Knie in den Sand, er konnte auf dem Dach nur britische Soldaten erkennen ... und einen der Männer Sadiqs. Auf seiner Schulter lag eine Rakete. In Adil regte sich die Hoffnung. Er sah, wie eine Fackel aufleuchtete und die Rakete losflog, aber die Freude, das nun doch alles gelingen würde, schlug um in Todesangst, als er begriff, dass die Rakete direkt auf ihn zu kam ...

DONNERSTAG

58

Die Fahrstuhltür öffnete sich in der dritten Etage des Hauptquartiers der Sicherheitspolizei, Arto Ratamo erblickte den schönen weißen Kachelofen, trat auf den Flur hinaus, und sah, dass in der Ratakatu Hochbetrieb herrschte. Kollegen hasteten den Gang entlang, an den Türen gab man sich die Klinke in die Hand.

Es war schon fast Mittag, und Ratamo hatte so gute Laune wie ewig nicht, obwohl ihm die Ereignisse vom Vortag noch durch den Kopf gingen. Er konnte sich nicht erinnern, wann er das letzte Mal zwölf Stunden durchgeschlafen hatte. Ein junger Arzt hatte ihn nach der Explosion in der Notaufnahme der Poliklinik von Töölö untersucht und verkündet, dass ihm die Ohren noch ein paar Tage klingen würden. Das hätte er auch ohne den Quacksalber gewusst. Es kam ihm auch jetzt so vor, als würde er direkt an seinem Ohr eine Orgelpfeife hören. Aber immerhin hatte der Arzt ihm Schmerztabletten gegeben, die ihn betäubt hatten, als wäre ihm ein Holzklotz auf den Kopf gefallen.

Am meisten freute sich Ratamo jedoch, weil mit Nelli alles in Ordnung war. Die Laborergebnisse waren endlich komplett, und demnach war das Mädchen gesund wie ein Fisch im Wasser.

Ratamo zuckte zusammen, als ihn jemand von hinten an der Schulter packte.

»Du scheinst ja wirklich überhaupt nichts zu hören«, rief Wrede. »Komm in Raum A 310, wir sind gerade dabei, die einzelnen Handlungsfäden miteinander zu verknüpfen.

Die Medien sind heiß auf Neuigkeiten, ich muss gleich wieder eine neue Erklärung abgeben. Und es gibt jede Menge zu berichten, Mann, du ahnst ja gar nicht, was alles ...«

Wredes Geschnatter würde ihm seine Ausgeglichenheit und seine gute Stimmung nicht verderben, beschloss Ratamo. Außerdem wusste er dank Riitta Kuurma schon ungefähr, was nach der Explosion an Bord der »Pride of Britain« noch alles geschehen war.

Einen Augenblick später setzte sich Ratamo im schallisolierten Beratungsraum der SUPO neben Riitta, die erschöpft wirkte.

»Du bist ja anscheinend wohlauf?«, sagte Riitta und berührte seine Hand.

Ratamo sah an ihrem Gesichtsausdruck, dass sie sich immer noch für ihn interessierte. Er nickte und ließ seinen Blick durch den Raum wandern. Anwesend war die Staatssekretärin aus dem Innenministerium, die schockiert aussah, Asko Ylinen von der KRP, Ville Kivelä, der Leiter des Karhu-Kommandos, den Ratamo mit einer Handbewegung grüßte, und der stellvertretende Polizeichef Jukka Munck, der die Operation in Hernesaari vor Ort geleitet hatte und jetzt an der Stirnseite des Tisches stand und darauf zu warten schien, dass er das Wort ergreifen konnte. Es war genau dieselbe Zusammensetzung wie bei der Besprechung am Vortag, als man die Erstürmung des Schiffes geplant hatte.

Munck räusperte sich, damit der Lärm nachließ. »Die Flanke der ›Pride of Britain‹ wurde also bei der Explosion aufgerissen, aber das Leck konnte begrenzt werden, so dass es nur eine wasserdichte Abteilung betroffen hat. Das Schiff wird heute in die Reparaturwerft geschleppt und angeblich innerhalb von ein paar Wochen wieder in Ordnung gebracht. Der einzige am Leben gebliebene Terrorist wird gerade verhört, und die evakuierten Passagiere ...«

Ratamo schaute sich auf dem Fernsehbildschirm, der unterhalb der Decke befestigt war, das Bild der Nachrichtensendung ohne Ton an und sah die vom Hass verzerrten Gesichter Tausender wütender Bewohner von Nadschaf. Die britischen Soldaten versuchten die wogenden Menschenmassen im Zaum zu halten, und im Hintergrund erkannte man eine goldene Kuppel und zwei hohe Minarette.

Riitta beugte sich zu Ratamo hin, um ihm etwas ins Ohr zu flüstern. »Der MI 5 glaubt, dieser al-Moteiri habe versucht, das Ganze so zu inszenieren, dass es ausgesehen hätte, als wäre die britische Armee schuld an der Zerstörung der heiligsten Moschee der Schiiten. In Nadschaf herrscht immer noch totales Chaos, aber die Moschee steht jedenfalls noch, obwohl auf dem Innenhof eine Rakete explodiert ist. Ein britischer Major vom Regiment Black Watch hat angeblich die absolute Katastrophe im letzen Augenblick verhindert.«

In Ratamos Ohren pfiff es, und in seinem Kopf ratterte es, das Gehirn brachte die neuen Informationen in einen Zusammenhang mit den Ereignissen der letzten Tage. Ratamo war überzeugt, dass Eeva auch bei allen anderen Dingen die Wahrheit gesagt hatte, nicht nur im Falle von Adil al-Moteiri. »Es war übrigens Eeva Hallamaas Verdienst, dass überhaupt jemand auf die Idee gekommen ist, al-Moteiri zu verdächtigen.«

»Das wissen wir doch.« Riitta klopfte Ratamo auf den Handrücken, wie um ihm zu danken. »Eeva durfte schon nach Hause gehen, jetzt kann man all das, was in den letzten Tagen geschehen ist, mit ganz anderen Augen sehen.«

»... und die Personalien der Russen, die in Pajamäki tot aufgefunden wurden, haben wir gestern Abend von der Petersburger Miliz erhalten.« Damit beendete Munck seine Zusammenfassung und setzte sich hin.

Wrede ging mit ernster Miene zur Tür des Beratungsraums und schloss sie. »Dann noch kurz zu etwas anderem. Ich habe hier eine Pressemitteilung, die in diesem Augenblick zur Veröffentlichung freigegeben ist.« Der Schotte machte eine Pause und schien außerordentlich stolz auf sich selbst zu sein.

»Die Chefin der Sicherheitspolizei Ulla Palosuo und der Chef der Antiterrorabteilung Jukka Liimatta sind suspendiert worden.« Wrede ließ das Blatt sinken. »Sie stehen im Verdacht, dem Vorsitzenden einer Oppositionspartei im Zusammenhang mit der sogenannten Loviisa-6-Affäre vertrauliche Informationen zugespielt zu haben und … Na, vielleicht ist es besser, dass ich nicht noch mehr sage. Aber ich übernehme nun ab heute vorübergehend das Amt des Chefs der SUPO.«

Jetzt ist es also passiert, das hätte man sich ja denken können, überlegte Ratamo, schob sich einen Priem unter die Lippe und schaute Riitta mit hochgezogenen Augenbrauen an; sie schüttelte lächelnd den Kopf. Der Schotte würde also doch der Chef der SUPO werden.

Ratamo stand auf, er hörte nicht einmal die Hälfte von dem, was gesagt wurde, in seinen Ohren tönte es, und er hatte Kopfschmerzen. Er ging zu Wrede, drückte ihm die Hand und erklärte ihm, er werde jetzt gehen, er sei ja krankgeschrieben, dann verließ er die Besprechung. Ein Telefongespräch musste er noch führen, dann waren diese Ermittlungen für ihn zu Ende.

Er setzte sich auf das bunte Sofa im Pausenraum und holte gerade sein Handy aus der Tasche, als Riitta neben ihm Platz nahm.

»Nun haben wir den Salat, jetzt sind wir Wredes Gnade ausgeliefert. Man hätte eben doch auf diese Gerüchte hören sollen«, sagte Riitta Kuurma verärgert.

»Und was hätte das geholfen? Mit Wrede kommt man schon klar, man darf bloß nicht nach seiner Pfeife tanzen.«

»Du hast gut reden. Ihr seid ja während dieser Ermittlungen richtig gute Freunde geworden, fast wie Brüder.«

Ratamo ärgerte sich über die Bemerkung: »Lass den Quatsch. Außerdem ist der Schotte nur vorübergehend Chef, wer weiß, ob gegen Palosuo und Liimatta überhaupt je Anklage erhoben wird.«

Kuurma kehrte wütend in die Besprechung zurück, und Ratamo suchte im Speicher seines Telefons die Nummer von Mikko Reiman. Der Mann verdiente es, die Wahrheit über Eeva zu erfahren, und Eeva verdiente eine neue Chance mit Mikko.

EPILOG

»Der Dackel hat aber ein dickes Fell«, sagte Ratamo, er wollte Nelli zum Lachen bringen, als sie auf der Treppe hinunter zur Laivurinkatu einen übergewichtigen alten Dackel überholten. Seine Tochter schmollte, angeblich war es nicht angenehm, wenn man seine Freundin zu Hause besuchte, und der Vater kam mit. Ratamo warf den Priem in einen Mülleimer.

Das war der dritte Tag seines Genesungsurlaubs, in gewisser Weise war er also doch zum heißersehnten Urlaub gekommen. Die letzten Nächte hatte er wie ein Kind geschlafen, nun fühlte er sich so gut wie lange nicht. In diesen Tagen hatte er ungewöhnlich viel Zeit mit Nelli verbracht, vorgestern waren sie in Nuuksio zum Skilaufen gewesen, und gestern Abend hatten sie gemeinsam alte selbstgedrehte Videos angeschaut. Es freute ihn auch, dass sich Nelli in Ilonas Gesellschaft ausgesprochen wohl fühlte.

Die null Grad kamen ihm fast wie Frühling vor, die eisige Frostperiode war vorüber, und jetzt trat man überall in Schneematsch. Die Kinder, die im Tehtaanpuisto Schlittschuh liefen, schien die Wasserschicht auf dem Eis nicht zu stören. Ratamo wurmte es, dass ihm die Ermittlungen der letzten Woche immer noch pausenlos durch den Kopf gingen. Und das würde sicherlich auch nicht so bald aufhören, derart merkwürdige Kriminelle waren ihm vorher noch nicht über den Weg gelaufen. Turan Zana war ein als Kurde erzogener Türke, der die Türken mehr als alles andere hasste, Umar Hussain war ein spanischer Terrorist, der Anschläge gegen Europäer plante, und Adil al-Moteiri …

Ein Besuch bei Eeva Hallamaa schien jetzt bedeutend verlockender zu sein als vor wenigen Tagen, überlegte Ratamo, während er sich vor dem A-Aufgang der Sepänkatu 7 den Schneematsch von den Schuhen klopfte. Es sah ganz so aus, als würde Eeva nicht angeklagt werden. Ratamos Gedankengang wurde unterbrochen, als er den Namen Saari am Briefkasten in der ersten Etage las. Was für seltsame Schicksale doch unter einem ganz gewöhnlichen Äußeren verborgen waren.

Nelli drückte auf den Klingelknopf, und als die Tür aufging, verschwand sie in Kirsis Zimmer, noch bevor Ratamo richtig die Wohnung betreten hatte.

»Herzlich willkommen. Es ist übrigens das erste Mal, dass in diesem Haus ein Polizist mit einem Lächeln erwartet wird.« Mikko Reiman wischte sich die Hände an der Schürze ab.

Auch Eeva, die gerade eine Weinflasche öffnete, sah frohgelaunt aus. »Sehr lange haben Mikko und ich also nicht getrennt gelebt.«

Man drückte Ratamo ein Glas Rotwein in die Hand und setzte ihn sofort an den Esstisch. Es roch nach Knoblauch und irgendeinem orientalischen Gewürz, das er nicht erkannte. War es Ingwer? Es tat gut, Eeva und Mikko zusammen zu sehen.

»Nun erzähle alles. Was meintest du damit, als du am Telefon gesagt hast, dass die Gefahr allmählich vorüber ist?«, fragte Eeva eindringlich, während Mikko eine dampfende Suppenschüssel auf den Tisch stellte.

Ratamo überlegte, wie viel er erzählen durfte. »Die Kurden, die Turan Zana geholfen haben, wurden in Stockholm gefasst. Es sieht so aus, dass die Männer lieber reden, als wegen der Morde an den Russen lange im Knast zu sitzen. Natürlich behaupten sie, Zana wäre an allem schuld, er kann ja nicht mehr widersprechen. Er soll auch daran schuld sein, dass … hier bei euch und in Mikkos Fotoatelier Amphetamin versteckt wurde. Es scheint so, als würde sich alles aufklären.«

»Kirsi, Nelli, kommt essen!«, rief Eeva und musste ihre Aufforderung noch zweimal wiederholen, ehe die beiden Mädchen endlich am Tisch erschienen.

»Pfifferling-Kartoffelsuppe«, sagte Eeva und schöpfte Ratamo mit der Kelle Suppe auf seinen Teller, es duftete gut. »Von eigenen Pilzen, das sind die letzten.«

»Es tut mir übrigens im Namen der SUPO leid. Oder genauer gesagt, es tut mir leid, dass es so lange dauerte, bevor man dir geglaubt hat.« Ratamo sah aufrichtig aus.

»Nun rede keinen Blödsinn«, erwiderte Eeva fröhlich. »Ohne dich hätte das für uns alle schlecht ausgehen können.« Sie wies mit der Hand auf Mikko und Kirsi.

»Und Adil al-Moteiri?«, fragte Mikko Reiman und schaute verstohlen zu Eeva hin.

Es dauerte einen Augenblick, bis Ratamo imstande war, zu antworten, die Suppe brannte im Mund. »Der Mann, der den Anschlag auf das Schiff geplant hat, Umar Hussain, hat über al-Moteiri alles erzählt, was er von ihm weiß, aber das ist nicht viel.«

»Irgendwie steckt Adil hinter alldem. Das ist ganz sicher«, sagte Eeva, und es klang wütend.

»So sieht es aus. Das war wirklich ein ganz unglaublicher Mann.« Ratamo schaut Eeva fragend an, denn immerhin kannte sie al-Moteiri ja bestens.

Eeva saß lange schweigend da. Man hörte nur, wie die Löffel an das Porzellan klirrten. »Psychopathische Genies oder Intelligenzbestien gibt es wohl immer. In friedlichen Zeiten schreibt man über sie medizinische Gutachten, aber in Krisenzeiten beherrschen solche Typen die Welt. Oder zumindest möchten sie das.«

Ratamo bemerkte, dass Eeva immer ernster wurde, und deshalb versuchte er, das Gespräch aufzulockern: »So wird es wohl sein, in einer Gruppe ist jener der Klügste, der am wenigsten verrückt ist.«

»Zum Glück vererbt sich Genialität nicht«, ergänzte Mikko Reiman im gleichen Tonfall.

Ratamo betrachtete Kirsi, die einen munteren und lebhaften Eindruck machte, und löffelte dabei seine Suppe. Komisch, dass ihm die ungewöhnlich dunklen Augen des Mädchens nicht schon früher aufgefallen waren. Und erst jetzt bemerkte er, wie schmal Kirsis Gesicht und wie ungewöhnlich lang ihre Finger waren. Seine Hand mit dem Löffel verharrte mitten in der Bewegung, als ihm klar wurde, wem das Mädchen ähnlich sah. Ein Verdacht kam in ihm auf. »Hast du al-Moteiri nicht damals in den Staaten, an der Uni, kennengelernt, irgendwann um die Jahrtausendwende?«

Eeva wirkte verlegen. »Damals fing unsere Beziehung an. Aber kennengelernt haben wir uns viel früher, in London, während des Studiums. Das ist schon über zehn Jahre her«, sagte Eeva und schaute ihre Tochter liebevoll an.

Taavi Soininvaara

Der Finne

Roman

Aus dem Finnischen
von Peter Uhlmann

Leseprobe

»Wer die Vergangenheit kontrolliert, kontrolliert die Zukunft;
wer die Gegenwart kontrolliert, kontrolliert die Vergangenheit.«

George Orwell, 1984

Helsinki

Montag, 31. Juli

Der gebeugte, blinde Mann öffnete seine Wohnungstür, hielt inne, als ihm der fremde Geruch in die Nase stieg, und begriff, dass der Tag gekommen war, auf den er gewartet hatte, voller Angst, seit über sechzig Jahren. Otto Forsman wusste, dass jemand in seiner Wohnung gewesen war, es roch nach Zigaretten und Rasierwasser, nur ganz leicht, wie ein Hauch, aber er spürte es trotzdem.

Forsman ging durch den Flur ins Wohnzimmer, zählte dabei seine Schritte und blieb beim zwölften stehen. Dann drehte er sich um und setzte sich in den Sessel. Vor Angst atmete der alte Mann schneller. Waren sie noch hier, würde er jetzt sterben? Das durfte nicht geschehen, auf gar keinen Fall. Nur er wusste, wo das Dokument und die Beweise lagen, jene Informationen also, deren Schutz er sein Leben gewidmet hatte, die düsteren Geheimnisse, die er sein ganzes Mannesalter im Kopf mit sich herumgetragen hatte. Unter dem Siegel des Geheimdokuments waren Berichte über die finstersten Kapitel der Geschichte verwahrt, er musste es unbedingt seinem Nachfolger übergeben. Unter allen Umständen.

»Nun ziehen Sie wenigstens die Schuhe aus, Forsman«, sagte Eila Lähde nachsichtig, »ich habe heute früh hier sauber gemacht. Sie sind es doch, der ständig herummeckert, wenn etwas unordentlich ist. Alles muss immer auf den Millimeter genau an seinem Platz sein ...« Die Schwester vom Pflegedienst hatte hinter dem blinden Mann das Wohnzimmer betreten und legte nun ihre Handtasche auf den Esstisch.

»Komm her. Setz dich aufs Sofa und sei einen Augenblick still. Ganz still«, unterbrach Otto Forsman sie schroff, dabei hielt er den Kragen seines Flanellhemdes fest wie das Zaumzeug eines Pferdes.

Eila Lähde bemerkte an seiner Stimme, dass irgendetwas nicht stimmte, und tat, was er verlangte, damit er nur ja nicht vollends die Fassung verlor. Von all ihren Kunden geriet Forsman am leichtesten in Wut.

Hellwach registrierte der alte Mann die Umgebung. Er hörte das pfeifende Geräusch der Luft, die durch das undichte Küchenfenster hereinströmte, und spürte auf der Haut, dass sich die Raumtemperatur im Laufe des Vormittags erhöht hatte. Und er roch nun noch deutlicher die Duftspuren, die jemand in seiner Wohnung hinterlassen hatte: Zigarettenrauch, der sich in der Kleidung festsetzte, und ein aggressives Rasierwasser. Hatten die Russen ihn gefunden? Forsman war dankbar dafür, so hoch empfindliche Sinne zu besitzen. Im vorletzten Winter hatte ihm die Zuckerkrankheit das Sehvermögen genommen, doch sein Tast-, Gehör- und Geruchssinn hatten sich danach so entwickelt, dass es Augenblicke gab, in denen er sich nicht einmal mehr danach sehnte, wieder sehen zu können.

Forsman bereute, und zwar so sehr, dass es in den Schläfen schmerzte. Er hatte zu lange gewartet. Über sechzig Jahre hatte er sich selbst und fast vierzig Jahre lang auch seinen Sohn auf diese Aufgabe vorbereitet. Hatte er nun versagt? Oder würde er es noch schaffen, seinen Plan in die Tat umzusetzen? Warum hatte er die Anzeichen der Gefahr nicht ernst genommen? Die offenkundig schon einmal geöffneten Briefe, das Geräusch eisenbeschlagener Schuhe, die ihm in der Stadt anscheinend folgten, die Ahnung, beobachtet zu werden … Und wenn er nun sein Versteck nicht mehr rechtzeitig erreichte?

Die Schwester setzte sich aufs Sofa und rückte ihren üppigen Körper bequem zurecht. »Möchte Herr Forsman nun vielleicht erzählen, auf was wir hier eigentlich warten?«, fragte sie so freundlich wie möglich.

»Ich muss nach Kruununhaka. Jetzt sofort. Du bringst mich hin.«

»Also ich habe jetzt garantiert keine Zeit, nach Kruunun-haka zu fahren«, entgegnete Eila Lähde und schniefte. »Ich muss zu Hause sein, bevor …«

»Hör zu!«, fuhr Forsman sie an. »Dies ist ein Notfall. Es ist etwas … passiert. Ich verspreche dir auch, dass du für deine Mühe entschädigt wirst. Wir lassen nächste Woche den Gang zur Bank und zum Einkaufen ausfallen, du kannst in der Zeit frei nehmen. Und du bekommst auch noch ein bisschen Geld, als Lohn für deine Bemühungen, sagen wir einhundert Euro.«

Eila Lähde betrachtete ihren schwierigsten Kunden mit ge-runzelter Stirn. Otto Forsmans schmales, faltiges Gesicht unter dem grauen Haarschopf wirkte, sofern das überhaupt möglich war, noch blasser als sonst. Wie stets, wenn er nach-dachte, strich er über seinen Spitzbart. Was war plötzlich in den Alten gefahren? Vor einer Viertelstunde war er noch ge-nau wie immer gewesen, schwierig zwar, aber doch vernünf-tig, und jetzt wollte er sie bestechen wie ein Politiker.

»Na gut. Der freie Vormittag ist natürlich in Ordnung, aber Geld nehme ich nicht. Das ist verboten. Ich bestelle uns ein Taxi.« Eila Lähde erhob sich mühsam und wandte sich dem Tischchen zu, auf dem das Telefon stand.

»Kein Taxi!«, entgegnete Forsman in barschem Ton. »Erst zu Fuß über die Freda zum Kamppi-Center, dann mit der Metro nach Kaisaniemi, und von dort wieder zu Fuß bis zur Ecke Snellmaninkatu und Vironkatu. Ich will …« Sicher sein, dass mir niemand folgt. Den letzten Teil des Satzes be-hielt Forsman jedoch für sich. Er hätte die Frau dafür nicht unbedingt gebraucht, den Weg von zu Hause bis zu seinem Versteck in Kruununhaka kannte er auswendig. Aber in Begleitung eines sehenden Augenpaares würde er die Strecke schneller bewältigen. Jetzt war jede Sekunde kostbar. Wie waren ihm die Russen auf die Spur gekommen?

»Na dann los, sonst wird hier noch der ganze Tag verplempert«, sagte Eila Lähde energisch.

Kurz danach traten sie hinaus auf die Abrahaminkatu. Forsman zog seinen weißen Teleskopstock aus und klopfte damit alle halben Meter auf den Asphalt, während sie die belebte Malminrinne in Richtung Fredrikinkatu hinaufgingen. Seine Sinne erfassten die akustischen Reize an diesem Julimontag. Viele Einwohner Helsinkis befanden sich noch im Sommerurlaub, deshalb war die Flut der Geräusche, die auf ihn einströmten, etwas schwächer als sonst, das galt auch für den Gestank der Abgase. Der letzte Julitag zeigte sich warm und windig. Zuweilen glaubte Forsman dasselbe metallische Geräusch von Schritten zu hören wie an den beiden Vortagen, doch dann ging es wieder im Verkehrslärm unter. Er bekam schlecht Luft, und der Schweiß floss ihm in Strömen übers Gesicht. Angst erfasste seinen ganzen Körper – Angst, er könnte bei seiner Lebensaufgabe versagen.

Am Eingang zum Kamppi-Center von der Fredrikinkatu griff die Schwester nach dem Arm des alten Mannes.

»Rasch in den Aufzug, er ist gleich rechts vorn«, befahl Forsman.

»Was soll denn … diese Eile … als wenn man … um sein Leben rennt«, keuchte Eila Lähde.

Forsman erstarrte. Da waren sie wieder. Die gleichen Schritte, die er in den letzten Tagen manchmal gehört, aber nicht ernst genommen hatte. Die Stahlabsätze eines schwergewichtigen Mannes klirrten, das Geräusch kam näher, der Verfolger erhöhte sein Tempo …

Mit aller Kraft zog Forsman Eila Lähde zum Aufzug. Nun war er sich absolut sicher – sie hatten ihn gefunden. Und jetzt wurde ihnen klar, dass er fliehen wollte, denn er wich das erste Mal seit einer Ewigkeit von seinem Tagesrhythmus ab. Er geriet in Panik, als ihm ein Gedanke durch den Kopf schoss: Was würde mit dem Dokument geschehen, wenn sie ihn erwischten? Plötzlich blieb Eila Lähde stehen.

»Die Tür zum Aufzug ist ... hier. Und jetzt darf Herr Forsman erst mal erklären, was zum Teufel eigentlich los ist.«

Hastig tastete Forsman nach dem Aufzugsknopf. Der starke Geruch eines Reinigungsmittels stieg ihm in die Nase. Die Absätze seines Verfolgers waren deutlich zu hören.

»Diesen Aufzug betrete ich erst, wenn Herr Forsman mir sagt, worum es hier ...« Beim Sprechen drehte sich Eila Lähde um, schaute in die Richtung, aus der sich die Schritte rasch näherten, und schrie auf, als sie den Mann mit dem Messer in der Hand sah.

Es klingelte, und die Fahrstuhltür öffnete sich. Im selben Augenblick, in dem Forsman hineintrat, schwirrte das Messer durch die Luft und traf Eila Lähde an der Halsschlagader. Ein dumpfer Aufprall war zu hören, als die Frau zusammenbrach. Forsman presste sich dicht an die Aufzugswand, tastete nach den Plastikknöpfen und drückte schließlich den runden Knopf. Sein Herz hämmerte. Die Absätze hatten ihn fast erreicht. Er hielt die Luft an und atmete erst aus, als sich die Tür des Aufzugs schloss. Wütend schlug der Verfolger mit der Faust gegen die Stahltür.

Der Fahrstuhl ruckte an, und Forsman wischte sich warmes, salzig-süßes Blut von der Wange. Gleich würde der Lift auf der Ebene der Bussteige für den Regionalverkehr halten, und dann kam die schwierigste und wichtigste Phase seiner Flucht. Wenn er es schaffte, rechtzeitig den nächsten Aufzug zu erreichen, dann wüsste sein Verfolger nicht, ob er in den Bus irgendeiner Regionallinie, in einen Fernverkehrsbus oder in die Metro eingestiegen war, sie alle fuhren auf verschiedenen Ebenen ab. Den Grundriss des Kamppi-Centers hatte er anhand einer Reliefkarte für Sehbehinderte auswendig gelernt, und seinen Fluchtweg war er über ein Dutzend Mal abgelaufen.

Sekunden vergingen, die ihm wie eine Ewigkeit vorkamen, dann öffnete sich die Aufzugstür. Forsman lief, so schnell er konnte, mit großen Schritten den Gang des Terminals für den Regionalverkehr entlang, mit der Spitze seines weißen Stockes den Markierungen für Sehbehinderte folgend. Die bedrohlichen Schritte waren nicht zu hören. Er musste es einfach schaffen … dreiundvierzig, vierundvierzig … Bis zum nächsten Fahrstuhl waren es einhundertzwölf lange Schritte. Hoffentlich erinnerte er sich richtig?

Als Forsman bei einhundertzwölf angekommen war, bog er nach links ab und stieß mit dem Stock gegen Glas. Er ging einige Meter an der Glaswand entlang bis zur nächsten Ecke, wandte sich nach links, erreichte den Aufzug und drückte auf den Knopf. Im selben Augenblick hörte er die Schritte wieder, vermutlich hatte sie der Lärm übertönt, jetzt waren sie schon ganz deutlich zu vernehmen.

Forsman betrat den Aufzug. Der oberste Metallknopf würde ihn zu den Bussteigen für den Fernverkehr befördern. Doch er drückte den nächsten Knopf, der ihn direkt zum Metrobahnsteig brachte. Es fehlte nicht viel, und er wäre vor Erleichterung auf die Knie gefallen, als die Tür zuglitt.

Kurz danach rauschte sie wieder auf, und Forsman hörte, wie eine U-Bahn zischte und die Räder auf den Gleisen quietschten. Endlich hatte er einmal Glück, gerade fuhr ein Zug ein. Vom Aufzug waren es nur sechs Schritte bis zur Bahnsteigkante, dann könnte er in den ersten Wagen einsteigen ... Drei, vier ... Sein Stock traf das Bein einer Frau mit heller, klarer Stimme ... Fünf, sechs ... Ein dumpfes Geräusch erklang, als er den Kunststoffbelag in einem U-Bahnwagen betrat.

An der Haltestelle »Hauptbahnhof« atmete Forsman wieder etwas ruhiger. Wie lange würde er sich in seinem Fluchtquartier versteckt halten müssen? Es war Montag, in vierundzwanzig Stunden würde eine Kettenreaktion ausgelöst werden, wenn er seine Anwältin nicht anrief. Die Juristin hatte strenge Anweisungen, einen von ihm geschriebenen Brief sofort abzuschicken, falls auch nur einer seiner Kontrollanrufe an jedem Dienstag und Freitag ausbliebe. Die Anwältin wusste nicht, was der Brief enthielt, und wollte es vermutlich auch nicht wissen. Ihr genügte es, dafür, dass sie sich die Mühe machte und zweimal in der Woche ein paar Worte mit einem senilen Alten wechselte, ein monatliches Honorar von eintausend Euro zu kassieren.

Der Zug hielt an der Station Kaisaniemi. Forsman lief rasch einhundertvierundzwanzig große Schritte gegen die Fahrtrichtung und wandte sich dann nach rechts. Noch einmal fünf Schritte, und er bog nach links ab. Auf der Rolltreppe duftete es nach frischem Kaffee. Forsman hastete gebeugt durch das Stimmengewirr und den Essensgeruch der oberen Ebene des U-Bahnhofs, die Treppe hinauf zur Kaisaniemenkatu und schließlich, so schnell er konnte, zur Ecke Snellmaninkatu und Vironkatu. Wenig später knallte er die Tür seines Verstecks zu, sank zu Boden und setzte sich auf die blanken Dielen der Einzimmerwohnung. Es schien so, als hätte man ihn in die Vergangenheit gezerrt, in den Sommer 1944, in dem er als junger Mann den Auftrag erhalten hatte, ein Geheimnis zu bewahren, das die meisten Menschen um den Verstand gebracht hätte.

Forsman erhob sich und kontrollierte, ob die Verdunklungsrollos heruntergezogen waren, dann vergewisserte er sich rasch, dass alles so war, wie es sein musste: Sessel, Tisch und Matratze befanden sich im Wohnzimmer, Geschirr und Trockenproviant in der Küche. Auch der muffige Geruch und der Staub, der in der Luft schwebte, waren vorhanden. Nun musste er sich nur noch beruhigen. Er beschloss, sich nicht zu Tode zu grämen, sondern auf seinen Plan zu vertrauen. Jahrzehntelang hatte er Zeit gehabt, zu überlegen, wie er dafür sorgen könnte, dass dieses wichtigste Dokument der finnischen Geschichte in sichere Hände übergeben wurde, wenn man ihn aufspürte. Und er hatte eine Lösung gefunden. Am nächsten Tag würde eine Kette von Ereignissen in Gang gesetzt werden, die seinen Sohn Eerik unweigerlich auf die Spur der Wahrheit führen musste.

Voller Begeisterung müsste er jetzt sein, und nicht voller Angst. Auf diesen Augenblick hatte er schließlich seit jenem Tag im Sommer 1944 gewartet, an dem er seinen Kameraden im entferntesten Winkel Lapplands umgebracht und die Leiche in der Teufelskirche versteckt hatte, einer Felsformation, die einem riesigen Unterstand glich und an deren Dunkelheit er sich immer noch genau erinnerte.

Helsinki

Sonntag, 6. August

Arto Ratamo schleppte ein halbes Dutzend Taschen und Beutel zur Wohnungstür, trat dabei auf einen Hundekauknochen, knickte mit dem Knöchel um und landete im Flur auf seinem Allerwertesten. Die etwa zwei Meter hohe Standuhr schwankte, als eine Tasche krachend an den Uhrkasten fiel. Musti, die helle Labradorhündin, bellte dumpf, als wolle sie lachen. Dann klingelte es.

»Was machst du denn wieder für einen Mist, das ist echt ätzend mit dir.« Ratamos zwölfjährige Tochter Nelli tadelte ihren Vater, sprang über seine Beine und öffnete ihrer Großmutter Marketta die Wohnungstür.

»Hast du auch wirklich alles mit, was du im Ferienhaus brauchst? Das Wetter kann sich dort im Laufe einer Woche vollständig ändern«, sagte Marketta besorgt. »Gummistiefel, Zahnbürste, das Balderdash-Spiel, einen Pullover, Regenkleidung …«

»Ja, ja, ja … Der da hat den ganzen Vormittag in meinen Schränken rumgewühlt. Wenn ich allein gepackt hätte, wär's viel schneller gegangen«, erwiderte Nelli und zeigte vorwurfsvoll auf ihren Vater, der auf dem Fußboden saß.

»Kommst du also dann am nächsten Wochenende Nelli abholen, damit wir mit Jussi nicht extra nach Helsinki fahren müssen?«, fragte Marketta, und Ratamo versprach ihr zu kommen.

Die drei schleppten Taschen und Beutel die Treppe hinunter und auf die Straße, die alte Dame Musti folgte ihnen und hinkte dabei auf der linken Hinterpfote. Ratamo versuchte Nelli einen Kuss zu geben, aber die befreite sich mit einer raschen Drehung aus seinem Griff und schwang sich ins Auto auf den Beifahrersitz.

»Benimm dich ordentlich und überrede Jussi nicht zu irgendwelchen Dummheiten«, rief Ratamo ihr noch zu, bevor Marketta Gas gab und mit ihrem Kleinwagen in Richtung Tehtaankatu fuhr. Als das Auto verschwunden war, zog ein seliges Lächeln über Ratamos stoppliges Gesicht.

Kurze Zeit später goss er sich in seiner Küche eine tiefrote Flüssigkeit aus einer Flasche Château Pierredon in ein Kristallglas. Das ist die Nummer eins unter den Urlaubsgeräuschen, dachte er, als man das Gluckern des Weines hörte. Nachdem die Roggenbrotscheiben im Toaster hochgeschnellt waren, bedeckte Ratamo sie reichlich mit Graved Lachs und setzte sich dann genussvoll seufzend an den Bauerntisch. Auf diesen Augenblick hatte er gewartet wie ein Schuljunge auf das Ende der letzten Stunde vor den Sommerferien. Für einen alleinerziehenden Vater war es eine seltene Freude, einmal eine ganze Woche nur für sich zu haben. Und er musste nicht einmal Gewissensbisse haben, weil Nelli selbst vorgeschlagen hatte, nach Pusula in Markettas Ferienhaus zu fahren.

Und obendrein war er auch noch Strohwitwer. Ilona hatte im Winter ein größeres Stipendium erhalten und damit für den Sommer ein Atelier im Haus des Finnischen Künstlerverbandes in der Nähe von Florenz gemietet. Ratamo wurmte es allerdings, dass Ilona die ganze Zeit, in der er Urlaub hatte, im Stiefelland mit ihrer Kunst verbringen wollte. Mal sehen, ob er sie mit Nelli zusammen besuchen würde oder nicht. Sicherheitshalber hatte er schon mit Nellis Schuldirektor vereinbart, dass sie eine Woche später als die anderen wieder mit der Schule beginnen durfte.

Der Wein und die Urlaubsgedanken wirkten entspannend. Er nahm das Kristallglas und das letzte Lachsbrot, ging ins Wohnzimmer und kramte in seinem chaotischen Plattenregal, bis er J. J. Cales CD »Travel Log« fand. Als Cales Gitarre aufheulte, ließ er sich mit ausgestreckten Beinen und Armen aufs Sofa fallen und starrte die Gipsfiguren auf dem Fensterbrett herausfordernd an. Wer würde als erster dem Blick nicht standhalten? Aber sowohl Lenin und Elvis als auch Kekkonen ließen sich nicht auf dieses Duell ein.

Er hatte Appetit auf Kautabak, wie immer, wenn er Wein trank. Rasch schob er sich einen Nikotinkaugummi in den Mund und versuchte nicht daran zu denken, dass er sich das Tabakkauen abgewöhnen wollte. Drei Wochen Urlaub lagen hinter ihm und genau so viel noch vor ihm. Im Laufe des Winters hatte er sich bei der Sicherheitspolizei zusätzliche freie Tage verdient, weil er im Trubel einiger komplizierter Ermittlungen selbst an Wochenenden von früh bis spät geschuftet hatte. Auch der Arzt hatte ihm einen längeren Urlaub empfohlen: Er litt unter Schlaflosigkeit, gegen die nicht einmal die stärksten verschreibungspflichtigen Tabletten halfen, und zu allem Übel hatte man ihm im Frühjahr auch noch Blutdruckmedikamente verordnet. Es tröstete ihn nicht im geringsten, dass er Tausende Schicksalsgefährten hatte, finnische Männer um die Vierzig, die sich angesichts ihrer gesundheitlichen Probleme eingestehen mussten, dass die Jugendzeit vorbei war. Die Schuld an den Beschwerden gab er dem Stress und dem Umstand, dass keine Zeit mehr blieb, Sport zu treiben.

Ratamo behielt den Wein lange auf der Zunge, klopfte mit dem Fuß im Takt von J. J. Cales »No Time« auf das Sofakissen und überlegte, wie unglaublich schnell die letzten zwanzig Jahre vergangen waren. Das Medizinstudium, die Hochzeit, Nellis Geburt, die Jahre als Virusforscher in der EELA, die entsetzlichen Erlebnisse im Sommer 2000, der Tod seiner Frau Kaisa, die Polizeischule, das kurze Zusammenleben mit Riitta Kuurma, die Arbeitsstelle bei der Sicherheitspolizei und die schwierigen Ermittlungen. In den letzten sechs Jahren bei der SUPO hatte er unendlich mehr bedrückende Erfahrungen gesammelt als in den reichlich dreißig Jahren davor. Dabei war er mit jedem Jahr ernster geworden. Wenn das so weiterging, bestand die Gefahr, dass er ein humorloser Zyniker wurde. Vielleicht sollte er zur Abwechslung einmal an seine Gesundheit denken, sich eine Auszeit nehmen und sich in aller Ruhe Gedanken über seine Zukunft machen.

Er fragte sich, was in Finnland heutzutage falsch lief, wenn so viele Menschen derart verschlissen wurden, dass sie, so wie er, entweder einen langen Urlaub, Psychopharmaka oder eine Therapie brauchten. Und viele kamen gar nicht mehr dazu, rechtzeitig innezuhalten, sondern fielen mitten in der Arbeit tot um.

Die Klingel unterbrach Ratamos düstere Gedankengänge. Er steckte das letzte halbe Lachsbrot in den Mund und warf einen Blick auf die Uhr – die Jungs kamen zu früh. Ihm war bei dem, was da auf ihn zukam, etwas mulmig. Nach langem Zureden hatte er schließlich eingewilligt, seinen eine Weile zurückliegenden Geburtstag mit seinen beiden besten Freunden zu feiern. Als Geburtstagskind, das im Mittelpunkt des Geschehens stand, fühlte er sich so unwohl, dass er nicht einmal in Erwägung gezogen hatte, eine große Party zu organisieren. Durch die Wohnungstür hörte man, wie Lapa Väisälä im Treppenflur irgendetwas mit lauter Stimme erklärte.

Ratamo hatte die Tür noch gar nicht richtig aufgemacht, da drückte ihm schon ein zwei Meter großer blonder Mann eine Flasche Calvados Père Magloire X.O. in die Hand. »Mit der Erfahrung von vierzig Jahren – Arto Ratamo«, sagte Timo Aalto, der seit den Teenagerjahren den Spitznamen Himoaalto trug, in feierlichem Ton.

Lapa Väisälä holte eine kleine Pappschachtel aus der Tasche und zog einen Zettel und ein Fläschchen heraus. *»Ratamo[1] – entzündungslinderndes und schleimlösendes Hustenkraut.* Ratamo verhindert das Bakterienwachstum und dämpft Juckreiz.« Grinsend überreichte er Ratamo die Flasche mit dem Naturprodukt.

Auch Ratamo musste lachen, als er den Beipackzettel las.

»Ratamo ist eine zählebige, fast überall gedeihende Pflanze, die viele nur für lästiges Unkraut halten. Ratamo ist jedoch eine wertvolle Heilpflanze.«

Eine Stunde später saßen die drei nach der Sauna in Handtücher gewickelt und ermattet im Wohnzimmer und kühlten sich ab. Himoaalto verschlang eine auf dem Saunaofen erhitzte Grillwurst, Lapa Väisälä las irgendeinen Flyer, Ratamo fuhr sich mit der Hand durch die kurz geschnittenen schwarzen Haare, um sie irgendwie in eine Form zu bringen, und alle drei tranken Bier.

Gebrochen wurde das Schweigen schließlich von Lapa Väisälä: »Wir wollen mit Niina und den Kindern auf eine Insel in den Schären vor Turku ziehen, nach Rymättylä.«

Ratamo sah ihn verblüfft an. Lapa Väisälä war der letzte, von dem er gedacht hätte, dass er sich danach sehnte, die Hektik in Helsinki gegen die Ruhe auf dem Lande einzutauschen. Und seine Frau Niina konnte er sich unmöglich in Gummistiefeln vorstellen, sie erinnerte ihn eher an eine wandelnde Produkt-Präsentation.

»Ich habe eine Stelle im Ambulatorium von Naantali bekommen, und Niina ist in der Uniklinik für Innere Krankheiten in Turku untergekommen«, fügte Väisälä zu seiner Rechtfertigung hinzu.

»Wir alle haben ja in den letzten Jahren eine Kursänderung vorgenommen«, sagte Ratamo, und Schweigen senkte

---

[1] fi. ratamo – dt. Wegerich

sich über das Zimmer. Himoaalto wirkte irritiert und Väisälä verlegen.

Schließlich lenkte Himoaalto das Gespräch auf die vor einem Monat zu Ende gegangene Fußball-WM, und die Stimmung wurde sofort ungezwungener. Während des Turniers hatten sie fast jeden Abend in ihrem eigenen WM-Studio bei Ratamo gesessen, denn hier schaltete niemand den Fernseher aus, weil abgewaschen werden sollte.

So waren ihre Gespräche immer, dachte Ratamo, über ernste Dinge wurde nie geredet. Im Laufe der letzten Jahre war Väisäläs Mutter an Alzheimer erkrankt, Himoaalto, der gerne und viel trank, hätte fast seine Familie kaputt gemacht, und er selbst hatte erfahren, dass der vor zwei Jahren gestorbene Tapani Ratamo gar nicht sein biologischer Vater war. Von anderen Widrigkeiten ganz zu schweigen. Vielleicht genügte es, dass sie alle drei über die Angelegenheiten der beiden anderen und auch ihre Probleme Bescheid wussten. Vielleicht verband das Schweigen sie miteinander.

Ratamo zog ein T-Shirt mit dem Text »Keine Macht den Dogen e. V.« an, trank einen Schluck kaltes Bier, biss in eine Grillwurst mit reichlich Senf und griff nach dem Flyer, den Väisälä mitgebracht hatte. »Erntefest der Bürgervereine von Ost-Helsinki auf dem Sportplatz Herttoniemi am 6. August: Bratwurst und kalte Getränke, Verkaufsbasar, Flohmarkt und finnische Meisterschaften im Absurden Fünfkampf.«

»Das habe ich letzte Woche von einem Patienten bekommen«, verkündete Väisälä, noch bevor Ratamo fragen konnte.

Auch Himoaaltos Interesse war geweckt. »Da gehen wir hin?«

Ratamo lachte schallend. »Die fünf Disziplinen sind: Schnurbartziehen, Kühe rufen, Dreckweitwurf, Mückentöten und Blutdoping.«

»Das ist ein Blutwurstwettessen, das Blutdoping«, erklärte Väisälä.

»Schauvorführungen gibt es in den Disziplinen Ballett der über hundert Kilo Schweren, Stabgymnastik und Dialektreden«, las Ratamo vor.

Timo Aalto warf sein Handtuch auf die Sofalehne und griff nach seinen Hosen. »Da müssen wir unbedingt hin. Und wenn dieser absurde Fünfkampf nicht der Knaller ist, gehen wir in die neue Mückenkneipe«, schlug er vor und erntete fragende Blicke.

»Na, die neue Kneipe von Matti Mukke meine ich.«